時代的眼·現實之花

《笠》詩刊1～120期景印本（九）

第76～83期

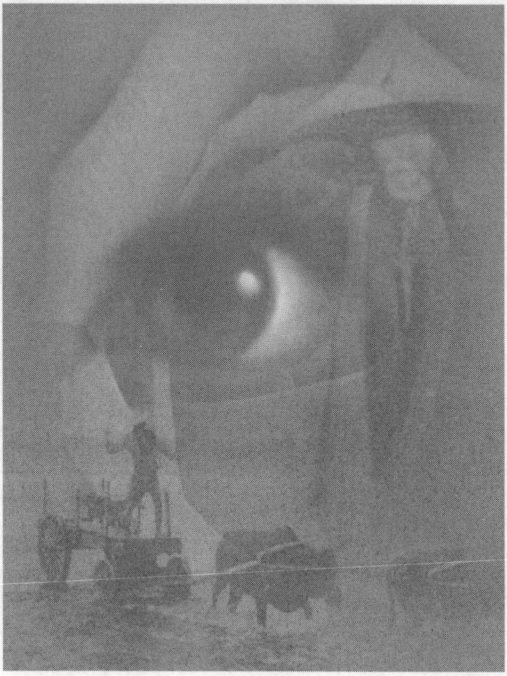

臺灣學生書局印行

76 笠

詩双月刊
LI POETRY MAGAZINE
民國五十三年 六 月十五日創刊
民國六十五年十二月十五日出版

自左起巫永福、黃靈芝、北原政吉，隔一人右趙天儀、陳秀喜。

笠同仁日本詩人北原政吉詩集「候鳥」出版紀念會於十月十一日在台北舉行。

同仁巫永福先生致詞

卷頭言

詩在那裡呢？

趙天儀

有人連語言文字都不通，就來寫現代詩；當然，語言文字通了，也未必就能寫出現代詩。有人連基本素描都沒磨練過，就去搞現代畫；當然，練過基本素描，却也未必就能畫現代畫。然則，爲什麼？詩刊出了那麼多，詩集也出了那麼多，詩爲什麼還那麼少呢？

詩，不在閒會的場合；詩，不在熱鬧的交際所；詩，不在自我陶醉的象牙塔；詩，不在盲目流行的十字街頭；詩，不在虛僞造作的世界裡。

那麼，詩在那裡呢？

詩，在口袋裡嗎？詩，在筆尖下嗎？詩，在詩刊詩選裡嗎？詩，在報紙的副刊裡嗎？詩，在白日夢裡嗎？詩，在自我的潛意識裡嗎？詩，在一群泡咖啡的所謂詩人的呑雲吐霧裡嗎？

不！詩不在那裡！不！詩也不在這裡！

然而，詩在那裡呢？許多人懂英語，却不一定就能懂英詩；正如許多人懂中國話，却未必眞懂中國詩一樣。

然而，詩在那裡呢？詩，在民族性裡嗎？詩，在鄉土性裡嗎？詩在社會性裡嗎？

然而，詩在那裡呢？在意象的構成裡嗎？在節奏的律動裡嗎？在意義的餘味裡嗎？

不！不！詩，只在你我的心裡，像燃燒的烙印一樣！

笠詩双月刊目錄76

非馬詩抄

非馬

這隻小鳥

感冒啦太陽太大啦同太太吵架啦
理由多的是

這隻小鳥
找藉口不到一個合適的藉口
竟把個早晨
唱成金色

唐山地震

被緊緊揪住衣領
沒頭沒腦
猛搖一陣之後
而多半還是若無其事的
我的同胞呀！
我越來越相信

多一次緘默
鎖鍊上便多一個牢固的環
多一次隱忍
囚牆上便增添一塊磚

如何從死牢裏救出
我們卑微的希望
我想知道

失眠二首

1

在故鄉廢墟
躊躇的
一聲

喂，有人在嗎？

竟從夢中逃亡
在清醒腦殼的
夜空上
自一顆星到另一顆星
輾轉轟傳

2

走進夢鄉
一隻羊
兩隻羊
三隻羊
四隻羊
五隻羊
——
突然
因刀影一閃
而齊齊
向曙光初露
的窗口
逃竄

楊逵詩抄

八月十五日那一天

楊逵

民國卅四年
八月十五那一天
我在首陽園的草棚裏，
手捏兩把汗
眼睛盯在遙遠的東方——

好像看到了，
在那裏——東京皇宮墻上
日皇高舉着双手
白旗懸在天空。

昨天的報紙告訴了我們：
日皇將有「重大放送」！

收音機已經調整好了！
等着又等着，
爲要「謹聽」
他的「重要放送」！

有點心焦，
一刻好像是一冬
我的預想——也就是我們的希望
是不是會落空？

還有六十秒，三十秒
十秒，五秒，三秒——
錶的指針遲遲擺動

最後一秒塞着的氣
與播音齊響！
心——整個的跳
打擊了空鐵桶似的
全身的神經顫動！

聽到了嗎？朋友們
「神的兒子」——日本天皇
他，宣佈了
「無條件投降！」

「投降」——這一句
輭弱的悲鳴
喚起了我們的歡騰！
五十年來的奴才
將此解放！
五十年來的奴才
將重回祖國！

我們不是痲雀

半空出現了一隻鷹

兩隻眼睛好像兩盞燈
掃射着
眼下可笑的和平

樹上雀窩裏
嘴接嘴
母雀在餵小寶寶
啁啁唱着太平的歡樂

唰的一聲
伸出鈎嘴尖
老鷹轉圈
舞着鐵鈎般的爪
撲到雀巢上

好像晴天霹靂
樹葉向上飛
雀巢墜下地
小雀驚啼跟母奔

一粒好種子

欺詐的舖子壞東西
專門出賣壞種子
一包一包種下去
長不出好芽，開不出好花蕊
錢財勞力都白費
躭誤的時間眞寶貴

今天得到一粒好種子
好種子呀好種子
用盡心血找到你
趕快鬆地種下去
提防老鼠提防鷄
時刻照顧，早晚澆水

時候到了，發芽又長枝
開花傳下千萬好種子
莫讓掉在石頭裏
鳥獸吃掉變成屎
莫讓掉在臭溝裏
泡水腐爛無生機

漁人

殘陽染紅了銜接天涯的海，
滾動的白浪滔天，叫人心寒，
地平線上點點帆影，若隱若現。
海鷗在滿佈紅霞的黃昏裏，
三三五五趕回老家去了。
成群的漁婦，手揑一把汗，
摒息站在沙灘上，凝視着那些——
被激浪翻弄的白帆，
寄望它能够海鷗一般，
又快又平安的，載回她們的人。

一九七六年台北手册

喬林

第一頁：下班時的公車

一部公車是一個上帝
這時候哪個上帝將停下來
拯救我
在昏花的專望裏
一個個的上帝捨我加足馬力而去

丟下的一團團黑煙
是一部部令人感動嗆喉的聖經
我虔誠的接納
細細的嘸讀
眼睛裏淌出涙水

我已知道懺悔
我已知道身載的罪
我的體內已塞滿黑煙
可是哪一位好心的上帝
肯停下來
拯救我
不再捨我而去

六五年六月四日

第二頁·等水

小女兒夢裏喚着：
水來了。水來了
媽媽也喚：
水來了。水來了
從夢裏慌慌張張的走了出來
老爸爸撐着半眠的眼
死盯着天花板
在聽
午夜後的心跳

在聽
打開的水龍頭
開始第一滴水滴的滴响

諾大的屋子
把氣全逼住在那
食指大的肚臍眼

六五年六月七日

作品二首

陳秀喜

玫瑰色的雲

夕陽逐漸沉下
一朵白雲多情
還在天邊逗留
染上餘暉依依之情
愛意一致之時
天空一朵玫瑰色的雲
造成和諧的黃昏

回顧時
彩雲已無影蹤
心中深深銘刻着
遐想　愛相映的形象
回憶一朵玫瑰紅的雲
到老邁愈是溫香

秋夜沉思

心溶入思索的連環
眼似行星的痴鈍

數着累積的幽怨
尋自我的分辯
憂慮已長葉
誰來扶摘它

恆星忙着眨眼
莫非是喚我回憶
曾屬於我的怡悅
溫柔的情愫姍姍而來
忘了憂沉在思維中
醒着織夢最好

驀然
毒蠍的妒心熾燄
可望的夢等着我
誰去遮住它

一絃琴

西西

就這樣沈默的
凝望窗外的楓葉轉黃
靜聽秋天的脚步聲
由一連串互相追逐的枯葉組成
而在如此這般季節也商業化了的國度裏
又到何處探尋
梧桐細雨剪秋風的地理中心？
難怪榆樹一病不起
印第安人的神秘藥物加上虔誠的祈禱
號稱可以治癒
而在如此這般神秘也商業化了的國度裏
又到何處探尋
嚐百草的神農？
四年一度的政治秋風
也如轉紅的楓葉一般
佔據整個新聞的山頭
總續式的抵背（Debate）
絕不亞於江湖賣藥者
而在如此這般政治也商業化了的國度裡
又到何處探尋
所謂禪讓政策？
（二十世紀的劉備必須三顧茅蘆
與劉備抵背）
難怪榆樹一病不起
而孔明何在？

秋意

孫家駿

千年松柏，不會喝酒，萬竿綠竹，不會喝酒，山脚下的老楓樹，只好斟滿西風，舉杯自飲了。

自從昨夜那行雁陣，飛向天涯，老楓樹就有說不出來的淒楚。望着長空，望着行雲，望着臨塘的那叢蘆葦，那叢蘆葦竟變成一群白頭。

那叢白髮的蘆葦，說甚麼也不肯遠去，千百年來，他們的祖先就死抓着那塊泥土。

老山楓醉成一橋血淚，臨塘斷葦又佝僂成易水送別的雪衣人，可是那横空長鳴的雁陣呢？

山高，水濶，白髮望我，我也白髮，喝酒吧！喝酒。

這成什麼話

林宗源

阮查某人講我
每日一頓電影
加
每年二便旅行
也沒想要賺大錢
就是寫詩
連伊也不愛看

我講
賺多捐多
何必白費心血

妻講
想想你的子孫

我講
這時不比古早
子兒開嘴講自由、平等
講阮不必甲伊管
我想給伊吃好穿好
儘量給伊補習

補到大學、留學
也算儘了義務
何必賺大錢
錢賺愈多，
人愈紅目
買很多的土地
你愈愚呆
阮甲你講
阮沒上舞廳
也沒上酒家
是一個很乖的丈夫
你還求什麼？

妻講
這是什麼話！

哈哈！
愚話

白話古詩

黃騰輝

白話古詩

提着原子筆，寫着白話的詩人
自豪是「五四」以後的現代人
寫着「花」
寫着「月」
寫着從生活游離的
——感情的遊戲

仲秋的幻滅

奔月的嫦娥，
玉兎，
月桂。

好幾千個月滿的秋夜，
我們只嚼着月餅，沉醉，
沉醉在美麗的謊言。

突如其來的登月小艇，
敲開廣寒的門扉，
始知毫無生命的廢土一堆。

那過去的一切歌頌，崇拜、幻想，
一場歷史的滑稽，

古典的權威在崩潰。

摩托飛車

閃電疾雷，
一陣噪音，
不見踪影。

速度的時代，
旺盛的青春，
瘋狂的刺激。

蛇行，
獨輪飛車，
都市深谷衆車驚避，
征服的快感。

騎着鐵與火，
閃過死亡邊沿，
生命的特技，
女友的喝彩！

一聲衝擊，
金屬與血肉的粉碎，
一聲嘆息，
多浪費的青春。

風雨樓詩輯

趙天儀

不眠的夜

不眠的夜
我鑽進了被窩裏
却一直清醒地
睁着眼睛
望着那天花板
以及窗外染黑的世界

恍若不眠的星星
鑽進了雲被裡
却瞇着晶亮的眼睛
透視着遠方
透視着暗暗的大地
透視着宇宙黑色的神秘

露珠

當日落西山
按了電鈕一般
夜空的銀幕幽暗而深藍
月亮昇起，逐漸地清明
星星浮現，個個精神抖擻

當日出東山
又按了電鈕一般
夜空的銀幕徐徐地緊閉
太陽微笑着，滿面紅光
我是小草無名指上的一顆露珠

深深地，我瞭解夜裡的深邃與黑暗
深深地，我瞭悟白晝裡一切光茫的力量
我將含淚地微笑
緊跟着夜色無聲的步履
毅然地消隱歸去

追求

林外

向下 才自然
向上 是衝犯
陷於不幸 才正常
追求幸福 是違抗
安於缺陷 才馴服
嚮往美滿 是叛逆
　熱情 是瘋狂
　勇氣 是蠢動
　大志 是幼稚
　有這些而驕傲 是放肆
挫折 是自然
失敗 是當然
失望 是應得
頹喪 是活該
顛仆 是無可逃亡的命運
　不許成功 也沒有成功
快樂 只是做個搖旗的前導
幸福 只是自我精神的滿足
　傻子 才軟癱在地上鼓掌
　傻子 才嘴角流着血微笑
上帝 不獎賞這樣的傻子
只是 冷眼望着
不採取方法 加以取締
不拿出手段 加以處置
只在注意 能有多大能力

流浪陌生的鄉里

周伯陽

我在不知名的鄉里徘徊
旅情給我無限的安慰

任雨打日晒
永年失去粉刷
古老而沒有活氣
只有幾條褪色不堪的舊街
街上舖滿着微微的寂寞

燈光初上時
我在心裏點亮旅愁的燈火
孤獨正是象徵流浪飄零
命運無法脫離流浪的桎梏

我在陌生的鄉里徘徊
旅情給我感受滿足感
我陶醉在流浪的時光中

潔航輯

趙廼定

只是想叫你

伊在厨房叫：「趙——。」
我問詢：「幹嘛？」

伊在客廳叫：「趙——。」
我問詢：「幹嘛？」

伊在臥室也叫：「趙——。」
我問詢：「幹嘛?!」

幹嘛幹嘛——
伊攬腰目我後
伊秀髮貼我頰：
「不幹嘛不幹嘛
人家只是想叫你嘛！」

人家離不開你

伊怒氣責備
白衣怎可合在黑衣裡清
伊怒氣衝衝說：
我來我來，不要你幫忙
你啊——越幫越忙

誰說不行合在一起淸
我要這麼淸就這麼淸
伊嗆音伊啞腔：
氣死了，我出去了——

我平靜的說：
好啊，出去就出去——

伊梳頭伊換裝
我斜眼瞄伊，但見伊傻傻兒坐
我裝不見呀——用力猛搓衣服
心頭噗通噗通提吊桶
我禱伊不要眞生氣走了

搓呀搓，但聽門扇一聲關門響，一聲關門——直響
伊眞的出去了，怎得了——
我一陣心急趕把客廳兒瞧

只見伊光脚丫依門旁

心頭噗通噗通不再響
我呀——故意寒臉冷霜霜：
「怎的不出去啦！」

伊蹙眉嗡聲答：
「人家離不開你嘛!!」
伊呀伊，伊攤双手快步向我來

生活三首

廖莫白

車票

只要車掌再咬一口
渴望，就從車窗外
慢慢偎來，而且一口
一個太陽
這當然不是信仰問題
有一天，再一口
咬的不是車票
是我致命的部位
我死去
衆多的淚水
也沒法挽住我

可口可樂

打開可口可樂
瓶中湧出一片
海
這双脚怎麼也跨不出去
這双手怎麼也爬不上來
每打開一次瓶蓋
我就溺死一次

電視

常常不注意的把脖子
拉成屋頂上的天線
張大着口
望着遠方
妻的眼淚
兒子的童年
都是遙控的RCA
至於晚餐，嗎不嗎下
綜藝節目的歌聲
連自己也管不了

一九七六七月廿七日寫於劍潭

造化與摹仿

簡安良

造　化

嚼著稻草
瞧著滿院金黃的稻穀
終日辛勤耕作的
牛
在牛欄裡眯著眼笑起來

吃完飼料
就隨地呼呼入睡
四處便溺的
豬
在豬舍裡看見屠刀纔知道流淚呢

臺灣人哪
還是當牛好
當豬是沒好報應的呀
在收穫的季節

摹　仿

野菊向太陽摹仿
在早晨綻放笑靨
在黃昏收斂慈暉

露珠向星星摹仿
在夜晚睜眼哭泣
在白晝閉眼假寐

太陽向野菊摹仿
在銀河道旁盛開
在不經意中凋謝

星星向露珠摹仿
在黑暗時出現
在不被注視時殞滅

値日及其他

曾妙容

値日

忍坐一室孤寂
揮手
欲推出一窗無聊
奈何
寂寞是層層空氣
死死摟住

種花

要幾粒向日葵種子吧
種一線相思　在攜手同遊的街道
種一份懷念　在即將告別的屋宇
願我是一株向日葵
日日凝望著太陽
沐浴陽光的傾注

痂

碗口大的傷痕
拿著藥去拭擦
眼見日日夜夜在結疤
拿手去撥弄時
想起過往的痛苦
也在心底結成疤
而內心惶然
拿什麼去拭擦
拿什麼去撥弄

日子

什麼是日子
酸疼的腳
走著厭倦的道路
疲乏的人
過著機械的生活
困惑的大腦
想著迷茫的問題
要是能不要　多好
酸疼的腳
還是走著厭倦的道路
疲乏的人
還是過著機械的生活
困惑的大腦
還是想著迷茫的問題
這就是日子

故居

南方雁

陷在故鄉多坑的道路
才想起
離家又有多年
老屋裏的草木以失去主人的悽楚
爬滿了廊前的小路
十七年的庭園伴我
而我竟沒能將脚印一一塡滿
只是椰樹的斑痕依舊往上旋
從前的幼嫩枝枒
現已長得能懷抱整個故鄉

牙齒再也認不出的牙刷
身體再也躺不出的榻榻米
臉孔再也照不出的鏡子
天花板再也量不出的身高
書本再也讀不出的心得
將一頭埋在故居的棉被裏
却聞不出多年遺落的汗酸
36張底片
照不盡故居淒老的面貌
園裏的玫瑰鄉下人樣瞧著我
說我的頭髮太長太捲了
怪我把遺落在異鄉暖暖的巢穴
我欲言又止
仰視南歸的雁行

啊，故居是否您能容納我
讓我伴您 在您蒼老的書房
讓我抛棄那一切愛戀
那一切異鄉異色的情網
啊！故居 是否您又以鷄鳴喚我
以您塵土棟的詩行眠我
如我又奔跑在你四周
快樂如昔日家中的老狗
啊！故居
爲何您總是那麼悲觀地搖頭

哀浪子

張子伯

拜把兄弟們
乾掉這杯吧
不管酒從何來
我們從何來

小土地神看到　聽到
我們誓言如一把鋒利的刀
待割的手指不懼碗如斷涯深沈
我流着你的血
你流着我的血

巷戰之後
一截呼痛的斷指
殺戳殺戳殺戳的每日
每日每日的消蝕
我們的臉　今日陰晴不定的氣候
陪我們笑吧　保護費塞在手裡
陪我們哭吧　陰暗的中華路

替菲菲買一支接吻用的唇膏
自摸不着紅中打出二條放槍
然後用小小酒杯當鏡子去否認腐茄般的嘴臉
誰種的禍?!

當血猩嗅尋而至
開門一支嘿嘿冷笑的刀進來
血跳出應流的兩岸
夜空貼着的月　失血的臉

最太平的是闖入眼眶的太平間
浪子喲如果你是衣
母親正一針一針的縫你
死醒之際你躺在旱河亂石間
天正一節一節坍下來
浪子喲你聽
從落盡葉的森林間
母親的哭泣聲
鐘聲般的走來

用鮮血再邀兄弟們乾杯吧浪子
他們睜目如銅鈴冷送你去認識鐵鍊的意義去聽喪歌的
悠揚　喊他
用溫暖的手喊他
喊——他——
已是爆光的一灘冰水

—記一位流氓之死

工廠少年

顏道信

夜里歸來，行過小樓
疲倦且低首
地上的影子和玉蘭花香
細細傳說：總有女子慣於
支頤等待
一個窗口的戀情

跨進屋里頹然躺臥
他人的屋簷下，想伊
如何衣食如何家書的愁容
如何，此刻
荒蕪的田莊如何

明日，一切是否依然
打卡鐘印下單薄的數字
收支平衡就得快樂
無論如何伊得忍耐
粉紅胭脂花衣裳別人的事
摩托車嫁粧的事
忍耐，伊得忍耐，明日
誰是數字的主，機器的主
也許
星群便是問題
夜夜邀入
等待的夢裡

江南村

李瑞鄺

打從　戰爭不再是戰爭
打從　硝烟祇是少數島嶼的晚餐菜肴佐料
　　之后
他把M一步槍交還給年輕的軍械士
　　之后
就這麼地
讓一碗一碗的陽春麵
燙熟了一年深於一年的江南鄉愁

就這麼地
十年二十年過去了
小巷依舊是長長瘦瘦的小巷
麵攤依舊是凄凄涼涼的麵攤
不必問他鄉音未改理由
不必問他華髮早生原因
老鄉，吃完這碗麵你就回家吧

註：江南村是台中一小麵攤，賣陽春麵，兼賣牛肉麵。

吳濁流先生紀念專輯

吳濁流先生生平事略

吳濁流獎金基金會

吳公名建田，字濁流，號饒畊，先祖焦嶺人氏，於嘉慶年間來台，落籍新竹縣新埔鎮巨埔里，世代業農，詩禮傳家，允稱望族。公誕生於遜清光緒廿六年（民前十二年，西元一九〇〇年）。父諱秀源，排行居三，時當吾台淪日第五年。年十一入新埔公學校就讀，十七歲升臺灣總督府國語學校師範部，廿一歲畢業，即任官爲臺灣公學校教諭，任新埔公學校照門分校主任職。次年撰「論學校教育與自治」，發表於新竹州教育課論文集，對日閥教育政策，痛下針砭，從此遭當道側目，輾轉左遷於苗栗四湖公學校、五湖分校（後獨立爲五湖公學校）等邊僻地區學校，歷十四載之久。民國廿五年，公年三十有八，始得調出山區，轉任關西公學校首席訓導。四十歲，時當中日事變第三年，日閥泥足已深，爲闢兵源，在吾台全面實施青年訓練，苛擾兼施，公向日人校長抗議，復遭左遷於馬武督分校任主任。次年以服務廿年獲敍勳，適又因郡視學（督學）肆意凌辱台籍教師，抗議無效，憤而辭職。

復次年（民國卅年）公年四十二，隻身歸祖國，任南京大陸新報記者，住南京，惟僅一年多即返臺，任臺灣日日新報、臺灣新報等記者職。

民國卅四年，公年四十六，臺灣光復，六百萬臺民重見天日，公仍任臺灣新生報、民報等記者，四十八歲轉任社會處科員，次年就任大同工職訓導主任，又次年改任臺灣機器工業同業公會專門委員，迄民國五十四年退休爲止。

公開始寫作甚早，初多爲教育論文及舊體詩，尤以後者，慷慨激昂，熱情澎湃，前後輯印有「濁流千草集」、「濁流詩草」等書，共收詩作達二千餘首。小說創作則於三十七歲（民國廿五年）始染筆，先後著「胡太明」（後易名爲「亞細亞的孤兒」）、「波茨坦科長」、「泥濘」、「路迢迢」、「無花果」、「臺灣連翹」等長篇小說，以及小說集「瘡疤集」、「吳濁流選集」、隨筆「黎明前的臺灣」、「風雨窗前」、「談西說東」等。譯成日文在彼邦行世者有「黎明前的臺灣」、「泥濘」、「亞細亞的孤兒」等三巨冊，蜚聲東瀛，享譽甚隆。

公並於民國五十三年創辦臺灣文藝雜誌，獨立設臺灣文學獎、吳濁流文學獎、獎勵後進，不遺餘力，忽忽於茲，已歷十二載，內外統籌兼顧，至於心力交瘁。民國六十五年九月十一日，偶染風寒，不意併發肝疾、糖尿、白血球過多等症，十月七日溘然長逝，享壽七十有七。公爲人耿直，嫉惡如仇，不畏強權，其志浩然，一以貫之，如日據末期，冒死寫「亞細亞的孤兒」，正氣凜然，允稱反日抗日文學之代表作，始亦代表我民族正氣之流露也，其將不朽，自在意料之中。

吳濁流文學獎基金會　敬述

吳濁流先生遺像

詩魂醒吧！

——併悼吳濁流先生——

巫永福

十月廿二日晚上接到笠詩刊編輯趙天儀君來函說：『「笠」75期已付印中，76期（十二月）擬出一輯紀念吳濁流先生，特請先生惠賜鴻文，以有關吳先生的生平、漢詩及新詩方面的記事為中心，題目不定，字數不拘，在十一月十日以前集稿』。等語，乍讀之下非常驚惶，因為我平時少寫這樣專題的中文，但回想到濁流先生是多年來所最敬佩的長友，當可藉此機會，一為塞責外，更可聊悼濁流先生於萬一，極感有意義，雖自知文字笨拙，乃勉強撰寫此文。

濁流先生的生平事略，據吳濁流文學獎基金會所述如下：

「吳公名建田，字濁流，號饒畊，先祖焦嶺人氏，於嘉慶年間來臺，落籍新竹縣新埔鎮巨埔里，世代業農，詩禮傳家，允稱望族。公誕生於遜清光緒廿六年（民前十二年，西元一九〇〇年），父諱秀源，排行居三，時當吾臺淪日第五年，年十一入新埔公學校就讀，十七歲升臺灣總督府國語學校師範部，廿一歲畢業，即任官為臺灣公學校教諭，任新埔公學校照門分校主任職。次年撰「論學校教育與自治」，發表於新竹州教育課論文集，對日閥教育政策，痛下針砭，從此遭當道側目，輾轉左遷於苗栗四湖公學校五湖分校（後獨立為五湖公學校）等邊僻地區學校，歷十四載之久。民國廿五年，公年三十有入，始得調出山區，轉任關西公學校首席訓導。四十歲，時當中日事變第三年，日閥泥足已深，為闢兵源，在吾臺公面實施青年訓練，苛擾兼施，公向日人校長抗議，復遭左遷於馬武督分校任主任。次年以服務廿年獲敍勳，適又因郡視學（督學）肆意凌辱臺籍教師，抗議無效，憤而辭職。

復次年（民國卅年）公年四十二，隻身歸祖國，任南京大陸新報記者，住南京，惟僅一年多即返臺，任臺灣日日新報，臺灣新報等記者職。

民國卅四年，公年四十六，臺灣光復，六百萬臺民重見天日公仍在臺灣新生報，民報等記者，四十八歲轉任社會處科員，次年就任大同工職訓導主任，又次年改任臺灣機器工業同業公會專門委員，迄民國五十四年退休為止。

公開始寫作甚早，初多為教育論文及舊體詩，尤以後者，慷慨激昂，熱情澎湃，前後輯印有「濁流千草集」「濁流詩草」等書，共收詩作達二千餘首。小說創作則於三十七歲（民國廿五年）始染筆，先後著「胡太明」（後易名為亞細亞的孤兒）、「波茨坦科長」「泥濘」「路迢迢」「無花果」「臺灣連翹」等長篇小說，以及小說集「瘡疤集」「吳濁流選集」，隨筆「黎明前的臺灣」「風雨窗前」、「談西說東」等。譯成日文在彼邦行世者有「黎明前的臺灣」，「泥濘」、「亞細亞的孤兒」等三巨冊，蜚聲東瀛，享譽甚隆。

公並於民國五十三年創臺灣文藝雜誌，獨立設臺灣文學獎，吳濁流文學獎，獎勵後進，不遺餘力，忽忽於茲，已歷十二載，內外統籌兼顧，至於心力交瘁。民國六十五年九月十一日，偶染風寒，不意併發肝疾、糖尿、白血球過多等症，十月七日溘然長逝，享壽七十有七。公爲人耿直，嫉惡如仇，不畏強權，其志浩然，一以貫之，如日據末期，冒死寫「亞細亞的孤兒」正氣凛然，允稱反日文學之代表作，殆亦代表我民族正氣之流露也，其將不朽，自在意料之中」。

關於先生的身世生平，在其長篇小說「無花果」中也有生動的自述，而且提到其思想的形成是受着其祖父的影響。即「祖父的思想，如陶淵明的行徑，想超越現實的態度，不重金錢的地方，中庸的處世法等等至今仍然對我有所暗示似的」。類似的表示於其遊南京雜記的文章中也有。

濁流先生像舊時的讀書人一樣的木訥，不阿諛，做起事來非常有骨氣，晚年勤於書法，所以於其出版書冊中多有自題，也曾贈我一幅中堂，曾參加日本的書道展得獎，所以本年九月十一日日本國際墨技專門學校校長大庭節郎先生來臺之時，濁流先生與我因同時參加其今年五月間在東京舉辦的第一屆中日親善墨技展是日晚上於立法院同桌歡談，宴請這位遠道而來的來賓，不料這成爲我與濁流先生最後一次的聚談。之後，聽到濁流先生病危雖立刻趕到臺北市立仁愛病院五樓的病房，濁流先生已經不省人事，不能言語，甚覺難過。

濁流先生雖然活到七十有七，平時常常表示要再活十年，俾便完成其未了的事業，因爲他還有一個雄心，就是要設立臺灣文藝資料室，不但要收集文學資料，還要集臺灣繪畫的作品存入其中，故於本年八月我曾收到他油印的一封信：

敬啓者：老一輩的作家，大多數感覺日暮途窮，不敢前進，有的還抱著僥倖心理，希望天公撥開雲霧現出月光，高照前途，再走幾程，斷不敢冒險走到天明。我也是其中之一，反省到此慚愧萬分，自憐毫無志氣及勇氣。近來愈覺時間寶貴，再加兩年多我就八十歲，到了八十歲，任你自豪，也是老人，原來老人實際上無力做事，所以八十以前要做的事，還是趕快着手，不然就追悔莫及。

近幾年來有一件事，常常傷我的腦筋，因爲很多學者及大學生來本社找資料，有的來自美國，有的來自日本，有的來自韓國，可是本社都提供不出資料給他們參考。例如極容易蒐集的臺灣現代小說，本社拿不出比較完全的資料。所以除非本社附設一個資料室，否則無法應付他們。

今年四月，我想到設立臺灣文藝資料室，與同仁相商結果，鍾主委肇政先生爲我共同負責，實際方面請趙天儀先生協力。敬祈各位先生指導並且踴躍賜贈圖書及資料爲禱。

臺灣文藝社社長　吳濁流

附臺灣文藝資料室設立宗旨

一、鑒於諸多文學資料日久散佚，搜求愈益不易，設一保管並整理資料之機構，刻不容緩，此爲本資料室設置之原始動機。

二、本資料室以蒐集中國新文學史料及作品，包括本省日據時期臺灣新文學中文、日文史料及作品爲目標。

三、本資料室業務以集中保管並整理上述資料爲主，以期有裨於中外學者之研究、評價，並有助於中國文學史、臺灣文學史等之編纂。

四、本資料室之資料，需仰仗國內外文化界先進及當代作家捐贈，敬請各位先進及作家們惠贈並指教。

五、本資料室之組織及其他細節另訂。

信上濁流先生還親筆添寫幾句；「敬祈惠賜大作一套及其他，俾便永久保存，嘉惠來者，幸甚」等語。

濁流先生一生曾有兩次大病險失生命第一次是一九二五年二十六歲時因肺炎臥病經月，第二次是一九六二年六十三歲時因四次咯血臥床一月，而他積極地參加文學活動者乃自一九二七年二十八歲時加入苗栗詩社，一九三二年三十三歲加入大新吟社開始的。對於他的作詩，他在其小說「無花果」中即有這樣的自述：「公學校四年級的時候，漢文一星期中只有兩堂課的清朝時代，由一位老秀才擔任教學，這位秀才非常嚴格，對不用功的學生一定用鞭子鞭打。我能認得一些漢字，能作漢詩的基礎，大概就是從他得來的」。

濁流先生擅於古今體五七言詩，並有特別的愛好，且幾乎認爲是唯一正統的詩，可能與他少年時所接受的教育有關。他一生所作的大部份詩二千十二首都納入於民國六十二年出版的濁流詩草，其中屬於五七言的詩包括五古、五絕、五律、七古、七絕、七律即有二千零四首，所佔比例達百分之九九以上。其餘被編爲雜詠的長短句、自由詩只有八首少得可憐。雖然他也認爲漢詩有革新的必要，也認識漢詩偏重於形式的弊害，仍不能自拔。

濁流先生於民國六十年個別設立了新詩及漢詩獎，用意是要獎勵創新。他對於詩的要求及看法可從其詩論「漢詩必須革新—漢詩偏重形式的弊害及改進意見」（一九六四年）。「再論中國的詩—詩魂醒吧」（一九七〇年）。及散文「關於漢詩壇的幾個問題」（一九六四年）、「覆鍾肇政的一封信併希望青年作家讀一讀」（一九六四年）、「爲自由詩壇說幾句話」（一九六五年）、「看雞栖王的作風—須要創作有中國風格的新詩」（一九七〇年）、「羅福星的詩與人」（一九七〇年）、「川端康成演講的弦外之音」（一九七〇年）、「設新詩獎及漢詩獎的動機」（一九七一年）、「贅言」（一九七一年）。就可知道他認爲詩要語淺。意深、音圓，以自己的語言，以自立自主的思想，表達易懂易起共鳴的感情。

但濁流先生把吾國的古今體五七言詩稱爲漢詩這一點我想不大妥貼。因爲日本人爲區別起見把中國的字、文、人、學問、詩分別稱爲漢字、漢文、漢學、漢詩，所以習慣地這樣稱呼或不可定。總之，我們中國人把自己的古體詩稱爲漢詩實有商榷的餘地。

吾國廣義的詩、詞、曲。包括古今體詩、樂府、廻文詩詞、寶塔詩，集句詩詞、聯句詩、打油詩詞、時曲、民歌、詩謎、酒令、彈詞、鼓詞、童謠等等，如照嚴羽滄浪詩話所分類者百多詩體。

吾國的詩歌、童謠的起源很古。傳帝堯時的康衢謠與擊讓歌「日出而作、日入而息、鑿井而飲，田畊而食，帝力于我有何哉」爲最早。至周朝春秋時代所集成的「詩經」的詩三百餘篇，大部分都是前代及當時的民間歌謠。其詩以四言爲基，間雜有二言、三言、五言、六言、七言、八言、情調優美。而國風篇有想思，無相思病，以直截奔放的情調唱出自由戀愛、男女相歡、家事人情或諷刺國政紊亂等等。

之後，楚辭繼承詩經發生於楚國，最早者爲九歌，作者不明，係民間的祭歌。離騷爲屈原所作，全篇二千四百六十一字，爲吾國古代文學史上最長的自敍詩，另宋玉著有長篇的抒情詩「九辯」及巫覡所唱歌詞「招魂」等等。由這楚辭的時代起文學乃漸漸由平民進入於貴族及文人。但楚辭也爲此缺乏新的生命與衰微。至漢時辭賦、樂府、五言詩盛行，司馬相如，曹植，李延年等作家輩出。其中樂府直接承繼詩經，歌行不限字數，要協音律，非常動聽，有郊廟歌、舞曲、鼓吹曲、相和歌，而相和歌最有文學價值。如白頭吟、孔雀東南飛、王昭君等等。孔雀東南飛，千七百五十六字，爲古今第一的長詩。

五七言的古今體詩於唐代大成。以康熙年間編纂的「全唐詩」一言，即有詩四萬八千九百餘首，二千三百餘家，上自帝王、貴族、文士、官僚下至僧尼販夫皆有。李白、杜甫爲代表。這五七言詩章法嚴整，以二十字或二十八字排比，命意遣詞不容稍懈，雖言盡意無窮，正如林語堂先生所評；「有如席上的冷盤，一口一口嚼去，醒人脾胃，在長篇記事詩便不宜了。唐詩的好處便在此，短處也在此，五言古詩可能六十韻至百韻，但是便覺單調，雖可以記事，總覺得音節少變化。」

唐代之前魏晉南北朝文學受樂府的影響，產生純粹的五言古詩，接近於自然，表現非常強烈的厭世思想，且傾向於形式的唯美主義。魏晉信老莊，南北朝迷信佛教，竹林七賢、陶淵明、陳後主等作家輩出，這些作家大部分也都是樂府的作者，郊廟歌辭，燕射歌辭、舞曲辭、鼓吹歌辭之外產生了清商曲辭，淸商曲辭中吳聲歌、西曲歌爲數最多，也是第一流的優美文學作品。

長短句爲詞的原名，又稱詩餘，是樂府的變體，因句的長短不一定，故稱爲長短句。漢魏六朝至唐代樂府與外國音樂發生了密切的關係，而民間的俗曲亦成其一詞調，如南方的民歌竹枝詞、楊柳枝、浪淘沙、調笑、款乃曲等。而唐代出了大詞家溫庭筠，南唐出了後主李煜奠定了宋詞的基礎。因爲詞可以入樂，而詩不合樂調。我們如讀李後主的「問君都有幾多愁？恰似一江春水向東流」，或「太怱怱，常恨朝來寒重晚來風」。其音調之美，確是唐詩所無的。

北宋自從柳永多創新聲，敍事抒情，脫却舊詞調花間的束縛及規範，使詞有了新的生命。之後蘇軾、秦少游、李清照、辛棄疾等發揚光大，長短句遂成爲宋朝的特色。因宋詞脫離了律詩的拘束，致抑揚頓挫，更得曲折美妙，合時白話自然的音樂。這是宋詞有白話的自然節奏之故。

後來由宋詞發展至元曲，再擴大爲傳奇，才有了西廂記，牡丹亭等值得稱道的文字。詩人極力講究格調練字造句之時，民間情歌，却能暢所欲言，熱熱地眞情流露。其意境常爲唐詩、宋詞所不能道到的地方。如：

我今去了，你存心耐，
我今去了，不用掛懷，
我今去，千般出在無奈；
我去了，我就回來，
我回來，疼你的心腸仍然在，
若不來，定是在外把想思害。

這首白話歌詞出自白雪遺書。編者華廣生，編於嘉慶甲子（一八〇四年）。這詩的閨怨情癡非常感人，其音節之美雖與詩經四言不同，却可比美。

又霓裳讀譜有一詩，癡情天眞，意境更奇。

欲寫情詩，我可不識字。
煩個人兒使不得，無奈何畫幾圈兒爲表記。
此封書惟有情人知此意。

單圈是奴家，雙圈是你。
訴不盡的苦，一溜圈兒圈下去。

這是乾隆六十年，根據津門三和堂顏曲師所錄，王廷紹編撰的。

又一九四一年日人柿崎進編的「中國的民謠與童謠」裏也有很多可吟味的詩謠，茲摘錄其「高梁葉」。「纏足」如下。

「高梁葉嘩喇喇，
丈夫死了誰當家，
我那天呀！
東家的碾子西家的磨，
誰和我牽驢拿笸籮，
我那天呀！
一把子菜兩把葱
丈夫死了沒人痛，
我那天呀！
苦煞小儂」。

「小脚婦誰家女，
穿了弓鞋三寸許，
下輕上重怕風吹，
一步艱難如萬里。
媽媽扶、姐姐纔，
偶然碰痛死俺，
請問此脚纏何時，
她說我不知，
五歲六歲纔能言，
阿娘就讓把足纏，
指兒尖尖、腰兒細，
哭天喊地娘不管；
問阿娘：
女兒疾病娘痛傷，
女兒跌倒娘着慌，
兒今脚痛入骨髓，
兒自痛楚娘不忙；
娘慰女：
阿娘少時和你也相同，
但求脚小嬌玲瓏，
歲肯忍受痛苦把脚纏」。

這些白話自由詩，很自由很自在，而其詩體變化莫測，但都注重韻律。

宋的時代尚有一種「淘眞」或謂「陶眞」是男女瞽者、彈琵琶、唱古今小說平話。故又稱「盲詞」。屬於唱詞，唱詞中又有彈詞及鼓詞。

宋金元時代，散曲與戲劇盛行。如戲劇不談，散曲乃詞以後占着領導的地位。作者不但有文人，倡夫妓女之中亦有長於此道者。其在文學上的影響，除雜劇之外明清的彈詞與盛行於民間的小調，均直接間接受着其薰染。

至明清時代，詩與古文衰頹，而小說，戲曲，唱詞却創造新的境界。

總之，吾國的詩謠自古以來一直進化，且各有特色，而詩經經楚辭、樂府、詞、曲、鼓詞等雖間亦有如屈原的離騷等由文人所作，大都是民間自然發生的歌謠。從這些歌謠都可看出各時代的民情風俗及生活樣態。因歌謠批判人生，表現人生，是最眞實的民衆之聲，也是赤裸裸的民間文學。由於發源在一般下層社會，雖無作意、裝飾、技巧，也有極其素朴單調的部分，都以吾們中國獨特的音律語調，天眞地自然地表現其感情思想，信仰或對人物、政治的是非，善惡的批判及人間的種種葛藤。

詩歌詞曲必須有韻律，這雖然是世界共通的事，但吾們中國的詩歌，自古以來即特別嚴格地被遵守，自然發生的民間的歌詞也是未嘗踏出這個規範。

茲再舉唐李白憶秦蛾「簫聲咽，秦娥夢斷秦樓月。秦樓月，年年柳色，灞陵傷別」。

元代衛立中之殿前歡（每句嵌有雲字）

「碧雲深，碧雲深處路難尋。
數椽茅屋如雲賃，雲在松陰。
掛雲和有八尺琴，
臥苔石將雲根枕。
折梅蕊把梢心，
雲心無我，雲我無心」。

及明代唐伯虎「七十詞」：

「人年七十古稀，
我年七十爲奇。
前十年幼小，
後十年衰老；
中間止有五十年，
一半又在夜裏過了。
算來止有二十五年在世，
受盡多少奔波煩惱」。

日本的古典文學俳句五七五三句一首十七字，由五言四五二十字脫變，和歌五七五七七五句一首三十一字，由七言四七二十八字影響而成，到如今仍盛行於日本，因爲語簡意深，呂律優美的源故。近代詩人三好達治，以優美的情調，猶如音樂悅耳動聽的呂律，譜成自由體詩，而深受日本人的喜愛，可見音律對人的影響。

吾國自鴉片戰爭以後，深受西洋資本主義國家之害，爲求活路各方面要維新，革命乃成爲時代的潮流，因此詩歌方面，詩體的解放也成爲新文學的重要主題，自由律的白話詩，無韻詩及小詩登場至今，爲新體詩的主流，元來無韻詩，小詩起源於法國，被介紹至我國後急速地成爲詩壇的主體。

臺灣的所有詩人中濁流先生最推崇霧峯林幼春號南強先生（一八七九－一九三九年），爲第一人著有南強詩集，清末之梁啓超先生最常識其詩才。日據時爲爭民權爲日人所拘，仍不屈其威，有「吾將行」之詩云：

「灌夫獨死嬰獨生，此心豈免常怦怦，決然敝屣妻與子，便爾口角含雷霆，憶聞急電正月杪，百喙勸我鋒難攖，走投醫氏欲逃死，有類觳觫求庖丁，朝來南北又傳警，二臂已折誰能爭，鉄生訣我院門外，怒髮盡堅如荆卿，瀛洲雪飛大如掌，况我一老方東征，籐床白日擁爐火，顏胡厚矣吾將行，呼嗟乎，顏胡厚矣吾將行，貪夫殉利士殉名，此時撫枕坐嘆息，死縱可緩愁翻增，起拔吾劍撞吾觥，搖搖欲墜東方星，臥聽四野荒鷄聲」。

至於濁流先生的詩如何呢？。我想引用關西大學教授竹內照夫文學博士於一九七一年夏爲濁流先生「晚香」詩集撰寫的序，因爲所評甚爲恰當者：

「孔子曰：（志於道，據於德，依於仁）游於藝」，其原意不論爲何，據愚見，乃是「君子不可不有優游於藝術的一面」吧。而據個人所看吳濁流先生之漢詩，大率成於作者自身之言語，不濫肆摭拾古人陳詞，抑且現代語俗語悉皆適宜地予以雅語化，以入於詩中，而能無失乎漢詩之品位。兼具技巧卓越，而不留鑿痕，眞情流露其中，頗不乏能促發讀者之感動者。先生舊作尚有「悲鳴」（此爲新詩體作品）之類，有謂：「忘却自己的詩歌，只在模倣……吹不出自由，吹不出眞理，予時下僞詩人以痛擊。用自己的語言，唱自己的歌，想必就是先生之信條吧」。

濁流先生的詩作，如前述大都限於五七言詩，雖有慷慨熱情，却無奔放的流露，承繼舊傳統有餘，創造新的詩調却不足，所以他也有自知之明。自作「吳濁流文學獎基金會成立有感」詩、慷慨陳詞，寄託於萬千諸後秀振文壇：

「誓將熱血挽狂瀾，七十光陰一指彈，
寄語萬千諸後秀，一心一德振文壇」。

他看見現在的文壇不振，而自己又年老，無力創新，所以寄託於後人，應是感慨萬千，其設置新詩獎，漢詩獎的原意亦在此。

雖然如此，他在五七言詩小說等方面的成就及其一生的事業成績，却有如他的一首詩：

「且喜夕陽餘艷在，
殘威燒却半天紅」。

之感。猶如在夕陽的餘艷之前，使你回味無窮，在滿染着半天紅之下，使你懷念排徊，濁流先生的詩魂，期待着未來的美景，乃佇立於返照之中。

同鄉之誼（悼念吳濁流先生仙逝）

杜芳格文
陳秀喜譯

不知時分。但已是黃昏。對畫了緩斜陵線的山際，一群白鷺急急回巢。

秋！流着新埔街上和石頭坑山里之間的河水旁，白豆花和纍纍成熟的稻穗都映在清澄的水面。

舍弟（醫師、潘外科）去診察您的時候，那是您將回歸的數天前，而我在國外。「亞細亞的孤兒」您往何處去？知否回歸的地方？

十五年前，您以同鄉之親，始給我介紹「笠」的同人，以及文藝界的人。在中山北路，美而廉——。我的詩被刪掉了一半以上才刊在「臺灣文藝」。獨斷的吳先生。

看星的時候會想起，親人臨終時，人們祈禱冥福的禱詞。

如今，星在故鄉，秋的夜空光輝，因已是黃昏了。

我所認識的吳濁流先生

黃靈芝

吳先生的嫉惡如仇是人人皆知的。他的代表作『亞細亞的孤兒』即出此倫理感。這也許和他的前身「教師」有關。

吳先生一向尊重學問而好學。凡有什麼名家的演講會，他都曳杖參加。他也尊重所謂「專家」的意見。凡做事之前，他都先問過專家的意見，作自己的參考。雖然他所認定的專家，不一定全是眞正的專家。像我，他一向當我是美術專家。其實，不過是我的名片上寫某某美術會會員的因故而已。

吳先生是一位實行派的人物。他不欣賞善於大言壯語，喜在紙上談兵的理想主義者。他自己也有理想，但都在「可能」兩字能容納的範圍內。都是以一己之力能實現的理想。如晚年熱心奔走的文藝資料館的設立，本來有人勸他建一所現代化具有規模的資料館，但被他婉拒了。

吳先生創辦『臺灣文藝』，旨在培養新人，而且這種熱情非常盛旺。如前幾屆吳濁流文學獎評選會上都有委員建議「得獎作從缺」的情況出現。這時泛於吳先生臉上的一抹失望之色，是局外人無法想像得到的。宛如浪費掉一年寶貴而辛苦的經營似的。

吳先生喜歡討論，主觀相當強。有一次我們同去八里參觀聖心女學院。在車上碰到一位神父，他馬上就討論「神」起來了。使得這位謹厚的神父很不自在。

不過，相反地，吳先生也時常不忘客觀的理智。有一次淡江文理學院開文藝座談會，會中有幾位外國的著名教授參加。吳先生最喜歡討論的對手，本來就是這些「名人」，所以他馬上提出問題討論一番。這時有一位本省籍學人即刻阻止吳先生，說「今天我們是來聽外國教授演講的。並非來聽吳先生演講的」。也許這位學人知道吳先生的爲人而猜得出吳先生的討論必會延拖很長時間而想加以阻止，但語氣有一點傷和氣，用的也是很容易傷到別人自尊心的那種說法。可是這時，吳先生却說「對對，眞對不起」而坐下。雖然是一件瑣事，但恐非誰都能做到的吧。

吳先生一向自奉甚儉。有一次我說「臺灣文藝」的編排不够雅觀，有一些作品被剪掉尾節而移到別處去了。對作家也不禮貌」。但他的回答是「節省一頁，可多培養一位作家」。

吳先生雖然不容許不必要的開支，但必要時又不吝嗇解囊。如每年召開的基金會或評選會都準備酒菜以饗遠道而來的委員們，並堅持要付車馬費。又如他主持的歡迎會之類的宴會，有時候有人忘記繳納餐費時，他也不願強人所難，而自己解囊了事。

吳先生是懂得禮貌的人。無論什麼會，他都準時到。如果不能參加，一定事前連絡，從不例外。使得主持者能够安排事宜。

吳先生一生寫了不少小說，也寫了不少詩。我自認沒有資格評論他的作品，因讀的不太多。並且文藝作品者，最好經過三、五百年之後再來品味較客觀，也正確。眞如一些故宮博物院的學者們所主張的「作品經過千百年之後，才能變爲藝術品」的說法。不過我不能活到那麼久，暫以我讀過的吳先生的作品來說，大致可說社會性重於藝術性。

文藝本與文學爲兩回事。文藝是屬於藝術而文學却屬於學術，吳先生之所以在國內外受重視的原因，恐非在於藝術性的成就，而疑是在於學術上的資料價值（因重視他的人不在藝術界而在學術界的居多）。對於這點，我替他非常惋惜。（雖然我並無歧視學術之意，它是推動文明的原動力，但有一個萬確的事實，藝術可進入千古的殿堂，但學術只能在千萬年之後的辭典裏任一個專用名詞的角色而已）。

又論他的詩，雖然他本身也以詩人自居，但我認爲他的詩只不過是讀書人的消遣，一已如往的所謂文人的興趣以及教養所在。他是一位唐詩的信奉者，也可說是唐詩的追隨者。可是我一向懷疑唐詩的詩性不高，至少有很多篇膾炙人口的唐詩絕非是好詩（關於這點，日後另詳論）。吳先生說是詩人或文藝家，到不如說是受過儒家思想薰陶的讀書人。

現在大家很關心『臺灣文藝』的前途。不過，我的想法很單純。如果能繼續就繼續，不能繼續就停刊，不必勉強。因自古以來，文藝雜誌的壽命本是不很長。一些雜誌停刊的同時，也必會有別的雜誌創刊，而文藝本身是不會中斷的。並且眞的創造也不必靠雜誌讀者來支持。歷史上不知有多少藝術家，在孤獨的環境裏誕生的。像莫廸里亞尼、梵谷，甚至於吳濁流先生的『些細亞的孤兒』不也就在沒有讀者的逆境下被寫出來的嗎？

（原載臺灣文藝）

敬悼吳濁流先生

巫永福

逝了畏友吳濁流
留下詩草三千首
多作古體五七言
任君挑選評春秋
曾云熱血挽狂瀾
但已垂老心不就
眼看騷壇沉不振
惟有寄託諸後秀
乃設詩獎聊表志
互相奮步興詩優
力求創新齊前進
好得妙詩留悠久
好讓功成大初衷

吳濁流先生的漢詩

林　外

說吳濁流是小說家，也是詩人，當然沒有人會提出異議。不過，依我的了解，他似乎「立意」要做個小說家，却「自自然然」地成爲一個詩人。這話並不是說，小說家沒做成，變成一個詩人，而是說，他成爲小說家，是「立意」而成功，他成爲詩人，那是自然的，沒有立意奮勉的。

因此，如果要了解其人，與其從小說中摸索，實不如讀他的詩。對個人心性的流露來說，詩勝過小說。至於社會價值，那就相反了。

從社會價值的觀點來看，他的詩固不如小說，從創作的立場來看，他寫小說，是完全受意志的鼓舞，是艱苦的勞作，而他寫詩，則與意志無關，完全是有情於衷發之爲快，是自然的流露，是生活的快樂，是人生的享受。

他平素的爲人及在小說中的表現，都可以從他的詩中看出端倪。

一、他的情思是外爍的：——他不用「哲學」思想寫文章，文章都是受到社會現象的激發，而情湧於心，思想浮現於腦際，鬱於中，不發不快，所以，寫詩，幾乎是有所見，有所聞，有所感而後作。所以，他的詩，就是他的生活，他的詩就是他的人生。詩，是生活的記錄，詩是心性的具體描繪。

詩之性格如此，所以，讀他的文，除可見其個性之外，又是社會的反照。

二、眞而不飾：—其人衣着、容貌，不求修飾，極厭虛僞，其詩，在創作上，也不求華麗，華而失眞，是他所唾棄的，如何使心中眞情，在詩中活現，這就是他所追求的最高的快樂，最高的境界，如「催職」：

爲何消息杳　轉眼又秋風
稚氣小兒女　朝朝看信筒

因求眞，就成了如此的「自描」，白，成了他的詩的一大特色。有什麼，寫什麼，是怎樣，就怎樣寫，不搔首弄姿，也不會小病大叫，也沒有刻意求工，予人眞率和親切的可愛。

三、敢而不怕：——有話而不敢說，是作家的一大憾事。不敢說，成就當然就要打折扣了。吳濁流只要心中確有什麼，他就敢無所顧忌地說出來，他不怕人笑他，他不怕人反對他，請看「鄰席女」：

搖腿粉肌半露時　令人陶醉令人痴
入眸嫩白胭脂色　不會風流也會迷

這種詩，不是有頭有臉的紳士所敢觸筆的。只有吳濁流敢，只有他不怕，他的小說，也是這種精神的產物。

文中所擧的詩，沒有什麼代表性，我也不知道，他的代表作，究竟是那幾首，只是隨手翻到，把它錄下而已。

吳濁流的詩作十分可觀，但我總覺得很遺憾，因爲現在已不是舊體詩的時代，從文學的時代性來講，用在這方面的心力，形同浪費，如果他能及早放棄青年時代養成的習慣，改作現代詩，在現代的臺灣詩壇，或許能佔一席之地。光復後，他才四十歲，如有志，並非不可成，因而更覺可惜。

當然，他作詩，並沒有功利觀念，只是遣情，只是尋樂，從這一點看，對他個人的生命價值來說，無疑是很高的。因此，尊敬吳濁流的人，必須珍愛其詩；唯有重其詩，才是尊其人，也才能使吳濁流在天之靈，感到喜慰：—我想。

悼念吳濁流先生

陳秀喜

當我知道吳濁流先生住院的消息，無可置疑的，感覺事情不妙。吳濁流先生和我，十年的友誼，在我印象中，他有一對炯炯的眼神，紅潤的面頰，宏喨的聲音，看來是比他的年齡年輕又健康。他有沛然的氣魄、充滿了所謂吳濁流精神。教我怎能想像病人的吳濁流先生。九月二十九日上午九點，我抱着擔憂，往中華開放醫院探望。吳濁流先生看到我，伸手緊緊握住我的手。表情是那麼悲愴又沉重，我任淚水滴下，不知怎樣安慰他才好。吳濁流先生的令媳對我說「仲秋夜，我爸爸約好一位小姐，預定去拜訪妳，然而，那位小姐竟失約了。致使我爸爸一直等候，終於整夜沒有出去賞月」。如果我知道吳濁流先生想要賞光，我一定會到府上接他來共賞仲秋月。如今想來眞是一件憾事。今年春天，吳濁流先生贈我一副揮毫。事先他打電話來說「我寫的是情詩，很熱情，妳的先生會介意嗎？」我笑着說「保證絕對沒有問題，既然是情詩愈熱情愈好。」在電話中，吳濁流先生朗誦給我聽。並且強調第三、四句子「擬收千古英雄淚，寄與深潤不寐人。是有待商榷的地方」他哈哈大笑。吳濁流先生不但是一位有骨氣的文學家，而且是一位富有浪漫氣質的詩人。他是一位歌頌青春，讚美女性的羅曼蒂克的人。

記得在笠詩社十周年的年會上，他說「我沒先見，幾年前寫文章罵新詩，現在我知道錯了，請各位詩人寬恕」。從此事可窺知，吳濁流先生是一個大勇者。「台灣文藝」雜誌，設有鼓勵新詩人的「新詩獎」。設有投稿的園地「詩潮」。爲推展詩運，不遺餘力。吳濁流先生仙逝之後，自各地寄給我的，年輕人的信中，讓我知悉，在年輕人的心目中，是非常敬慕吳濁流先生，且哀悼甚深。而今我失去了訂交十年的故友，但是，吳濁流那傲骨的氣質，浪漫的氣質，是詩人們所不能缺少的，我們將永遠銘記着今年秋天，除了吳濁流先生之外，另一位傳統詩人吳燕生女士也仙逝了。使我非常感傷。在此，願祈禱兩位詩人的冥福。

故吳濁流兄千古

爲亞洲弱者請命寫出動心弦小說故事

替無依孤兒呼籲綻開殖民地文學奇葩

王詩琅　敬輓

探病記

旅人

一天晚上，詩人趙天儀打個電話來，說吳濁流老先生入院了，電話掛斷後，我即對妻說，要到中華開放醫院看看吳老先生。妻說：「你今天到外面跑了一整天，也累了，改天再去也不遲，何況外面正下着雨。」我一面穿衣，一面對妻說：「還是現在去好，吳老先生年紀那麼大了，入醫院總不是好事，改天去，恐怕見不到最後一面也說不定。」說罷，我逕自出門了。

公車到了仁愛醫院，停了下來，我下車後，從醫院旁的一道巷子走進去。一邊走，一邊想了好多。早上剛到仁愛醫院探望一位同事，現在又經過這兒去探望吳老先生，爲什麼認識的人都病倒了？那位正發高燒，直躺在病床上，愁容滿面的同事的影像閃過腦際之後，吳老先生的影像又浮起了，但不知已消瘦多少？

一踏進開放醫院的大門，才想起應當買點什麼，又走了出來，繞了個彎，到信義路四段這邊買點葡萄。回到醫院雨已經停了，兩隻鞋子浸了水，在門口抖了幾下，搭上電梯，一顆忐忑的心，也跟著上升。

進了病房，吳老先生的媳婦和孫子從椅子上站了起來，問我是誰，我報了個姓名給她。這時，聽到吳老先生發出不小的呻吟聲，他的兩手按著肚子，從此側轉到那側，不時喊著：「唉唷，痛，唉唷，痛。」，看到這個情景，我的心裏眞是難過。一會兒，也許，他聽有人在和他的媳婦談話，勉強停止了呻吟，微弱地問他的媳婦說，誰來了？媳婦靠近他的耳朵應答之後，他似乎要坐起來，我趕緊把他按了下去。我不敢和他多說話，只是對他說好好休養，然後，再問他的媳婦一些病情。臨走前，我深深地注視吳老先生一眼，我內心的深處，似乎有某種預感昇起，而這種預感使我默默地向著他說：「吳老先生，我這一眼，是對著即將成爲不朽的人所發出的最大敬意。」

離開醫院，天又下起小雨，我沒打傘，讓雨絲飄落在臉頰，然後滑落胸前，滑出他的愛護文學青年的慈祥的臉龐以及那熟悉的他的「敬呈詩神」的詩句：

秋蟲喞喞徹宵鳴，
悔我當初認識卿；
已墜情淵難返轡，
只期一死報知音。

懸崖勒馬言何易，
難悟臨崖返轡先；
一墜情河沉到底，
痴心雖死不呼天。

百椿庭院夜深沉，
虛室孤燈淚不禁；
諒必前生多作孽，
千聲喚不醒痴心。

當日非因酒亂神，
憐卿心事是天眞；
仰觀天上一輪月，
夜夜無情冷照人。

黃昏的輓歌

——悼念吳濁流先生

趙天儀

當黃昏的晚風
響起了幕落的輓歌
當夜空的星星
點亮了古寺的碑銘
安息吧，啊啊，安息吧

您執拗古典詩，譏諷現代詩
從否定到肯定，從誤解到瞭解
您却提供了詩潮的園地
如提供了紙、硯臺與筆墨一樣
要讓年輕的一代作詩的演出

您想栽培
而用心血來灌溉
您是一位老園丁
在向晚的田野裏播種
在暮色的菓園中去除蟲害

當您在一場大病以後
悟到了工作的眞諦
您堅定而有毅力
倔強而有恆心

說幹就幹，決不躊躇，決不猶豫
或在黎明時辰
或在薄暮時分
您常自新生南路出發
因爲散步就是運動
健行就是考驗

猶記得去年中秋夜裡
您光臨了寒舍
我們同登風雨樓的陽台上賞月
雖然黑雲密佈
月光時而隱藏，時而顯現

您的語言
有濃重的鄉音
我常吃力地傾聽着
我會猜想
您心底的語意自那混濁的語音

而今，您已悄悄地訣別了
雲遊四方的意志未了

收集資料的壯志未酬
但您已然歸去
如黃昏歸去叢林的白鳥

您用傳統的形式
抒發您的詩情
您以歷史的使命感
塑造了您的小說和評論
我們將不再是亞細亞的孤兒

當黃昏的晚風
響起了幕落的輓歌
當夜空的星星
點亮了古寺的碑銘
安息吧，啊啊，安息吧……

樹

——焚寄吳濁流先生

吳夏暉

站着，是一棵樹
烈日當空，樹站着
化爲一座蔭棚
底下是，躺着的盆栽

你是樹，長在自已的土地上
　長在快秋收的季節
祇是，冷風北下時
不見落葉竟突然枯槁了

這是十月
應是豐收季
你去了，那地方應是一座儲藏庫
讓收穫的作物投靠你，或者
讓土地翻耕，再等春天？
原油就要漲價了，我們不能再等

——一九七六、十、十四

淳洸集簡評

周伯陽

有人說台灣地區的新詩運動，是從台灣光復後才開始的，這獨斷的沒有依據的一句話，顯然是不正確，和事實有相當的出入。台灣光復前已經出現過一羣新詩詩人，在本省詩壇活動，浪漫詩人邱淳洸也是這一羣詩人中之一，由他的出現可以指出這一句話與事實不符。

邱淳洸，本名邱淼鏘，「淳洸」是他的筆名，本年六十七歲，台灣彰化籍，本省光復前台中師範學校畢業，曾任本省台中、彰化等各縣市小學教師和校長等。校長退休後專心從事著作，他是詩人兼書法家，可見他是一位多才多藝的詩人。他的年紀這麼大，而對於詩作方面又這麼熱情，眞的令人欽佩。他年青時喜歡旅行，曾出國旅行數次，遊歷日本三島及朝鮮半島（韓國）與到過國內海南島。光復前他以「淳洸」的筆名出版新詩詩集，光復後他又以「琴川」的筆名出版書法書籍數冊，並且在台中舉辦「琴川書道個展」數次。

邱淳洸在本省光復前，曾把新詩作品發表於「文藝台灣」和「台灣新聞」等，本省各處文藝雜誌和報刊，而有關新詩方面的著作一共有三冊，都是用日文撰寫的詩集。

該三冊新詩著作大略說明如左：

第一冊「化石的戀」：小曲集（早期詩集）

第二冊「悲哀的邂逅」：新詩詩集（早期詩集）

第三冊「淳洸詩集」新詩詩集（日文詩作的結集）

我們想要諒解邱淳洸的詩作品的盧山眞面目的話，應該先將該三冊詩集的內容簡單說明以做參考：

化石之戀：有輕輕地哀傷的旅律，也有吐露出晚春梅檀的芳香。

悲哀的邂逅：有冬天海水黑黑底色調，在遙遠的地平線上噴出青年時代浪漫的幻影。

淳洸詩集：這是邱淳洸本來的姿態，也是他依依難捨的心聲，好像不能熄滅而永遠的燈光似的能在詩壇裏存在。

現在我要簡介他的第三冊詩集「淳洸詩集」。他在光復前的詩作品，包括長詩和短詩計有三百多篇詩，經精選的結果，選出一五九篇詩輯爲一集，並訂名爲「淳洸詩集」（包括序詩一篇，不包括短詩），他又把本詩集分爲四部詩篇，就是㈠那個時侯篇，㈡旅的詩帖篇，㈢海南風光篇，㈣生活賦篇等。

㈠那個時侯篇：本篇所收錄的詩計有六十三首（不包括短詩，描寫那個年青時侯的純情，他說現在追想起來每一首詩都是得意的作品。其中「少女」一篇，有法國象徵詩人「古爾蒙」（Remy de Gourmont，1858-1915）的風度。他的詩品有奇異的美。

少女

好久才遇到少女的眼睛
詩人看見那光輝青色的夢——

少女是黎明時像麻雀愛講話

少女是淡淡地月夜的小徑
少女是在窗邊放出芬芳的啊喉樹（榕樹的一種）的果
實
少女是六月黃昏的月眉
少女是追憶遙遠的微笑
少女是摘不到朝暮的一顆星

少女是內在於詩人的藝術
少女是詩人永遠的家鄉
少女是更純眞的蘇醒
少女是更熱情的「祝福」

少女是表露沒有邪心的眼睛
少女是要把那芳香和音樂，送給予詩人

㈡旅的詩帖篇：本篇所收錄的詩計有二十四首，（不包括短詩），詩人總是喜歡旅行的，他曾旅行日本三島和韓國，他說這些詩能喚起十幾年前的記憶。

從旅行歸來

旅行在呼喚我
原野和山巒與海洋都在呼喚我
旅行是慰問疲勞的心象
旅行是養育着自然的孩子

旅行是歌唱孤獨
旅行是不會把好朋友忘掉
旅行是能給予達到希望
給予新的希望
旅行是我的好朋友！

旅行是懷念遙遠的古時侯
旅行是能觀看雲間的月亮
旅行是在深山裏天亮時的歌

旅行是洋溢出來的清水
旅行是充滿着山的靈氣
旅行是流過來的陽光的溫暖！
那是永恆不得忘記的慈母的乳房

㈢海南風光篇：本篇所收錄的詩計共十七首（不包括短詩），他不但出國到過日本三島和韓國，也到過國內海南島，而一段時間還在海南島居住，他又說現在回想起來他的詩作品餘韻溺溺，好像殘留着懷念似的。

南風

在這深夜裏
轟轟地響出來的是什麼聲音呢？

掠過遙遠地各島嶼
乘越狂濤而來的
溫暖的這感觸
海潮的鹹味
無限地吹過來南方的風

椰子林的觸手在發抖着
吹亂老榕樹的樹枝
這些吵吵鬧鬧的片刻
這平靜的瞬那間
詩人的靜寂底心崁今天也聽到
從高高地樹梢掉落下來的木棉花的聲音
青蛙歌唱着和故鄉一樣的歌調

海潮從海邊遙遠地山岳帶廻音過來
又渾然響出來
轟轟地響出來的是海潮嗎？
無限地吹過來南方的風

㈣生活賦篇：本篇所收錄的詩計五十四首，他時常特地留意本身的將來，想要堅強地活下去，雖然辛苦，而他要更努力更深入，使它洋溢出人生的快樂來。

故鄉之歌

故鄉仍舊以古時侯的姿態
還睡在寒冷的晚秋裏——
淡霧悄悄地走進來
在淡霧中天亮時的玫瑰花凋落了
像凋落的玫瑰花似的
街燈的影子在輕訴淺淺的夢

那又是象徵點亮時代的豪華嗎？
白色底黎明的芬香是這樣寶貴
但回憶故鄉的明和暗時，令我哭泣喲！
現在身在遙遠的客地
爲鄉愁寂寞低唱望鄉的歌

（我和父親釣魚時路過的草呀！
我和哥哥遊玩過路的花呀！
充滿於慈祥的母親臥房呀！
又姊姊的歌聲呀！……）

啊！睡在寒冷的晚秋裏
故鄉是像黎明的月色似的
寂寞地，寂寞地滲透在我的心靈

編輯手記

本社

詩刊多，表示詩壇欣欣向榮，但眞詩少，却表示詩壇令人憂慮的一面。從唐詩宋詞襲取辭藻，重覆其意象，大作白話古詩，是否爲眞古典呢？從武俠吸取靈感，刀光劍影，捕風捉影，大作所謂武俠詩，是否已走火而入魔呢？「笠」一直面對着現實，面對着歷史，企求着多方面的攝取與表現。且讓我們在中國的土地上，創作屬於我們今日的詩吧！

本期創作，新人舊人都提出新的作品，前輩作家楊逵先生的詩作，亦極珍貴。「華岡詩展」可窺探今日大專院校的詩風的一班，我們希望他們能擺脫夢囈，脚踏實地，提高其水準。本期翻譯，林鍾隆所譯日本「北海道兒童詩選」，將給我們正在發展中的兒童詩以一些衝激。臺灣文藝社社長前輩作家吳濁流先生逝世，他的作品，以小說稱著，但他亦愛好詩，且用傳統的形式表現，我們出專輯以表我們對他的敬意與哀思。

法國詩人 莫黑亞

(Jean Moreas 1856—1910)

莫黑亞，原籍雅典，因醉心法國文化而留居巴黎。他於一八八六年九月十八日在雜誌「費加羅」(Le Figaro)發表一篇「文學宣言」(Un Manifeste Litéraire)，奠定了象徵派的基本原則。他說：「象徵主義是說教、誇張、虛僞的傷感與客觀描寫的敵人；……象徵藝術之最基本特色，就在於永不使人直接領會其理想本身。」

他一直是象徵派的理論主將。然而其所受希臘文化的熏陶，使他在一八九一年脫離象徵派陣容，另組羅馬派(L'Ecole romane)，試圖恢復洪薩與謝尼葉的傳統。漸漸地，他的詩作傾向於古典的完美；它們表達出詩人生活經驗與觀察自然的憂鬱感想，其中最具成功的是一八九九—一九〇一年的「短詩集」(Stances)，由短詩組成的選集。

(本文參考鍾期榮：論象徵派的詩(上)，香港「大學生活」雜誌第八十三期。)

莫黑亞詩選

莫渝譯

歌(Chanson)

鷸鳥在蘆葦叢中！
(我應否對你提及
鷸鳥在蘆葦叢中？)
喔！你，美麗的水靈。

豢豬者與豬仔！
(我應否對你提及
豢豬者與豬仔？)
喔！你，美麗的水靈。

我的心墜入你的網中！
(我應否對你提及
我的心墜入你的網中？)
喔！你，美麗的水靈。

譯註：水靈，原文爲 Fée des eaux，係水中仙女，爲避免與水仙花誤會，故譯作水靈。

短詩集（Stances）

①

與靈氣爲伴，懶散的煙縷，
你我有類似：
你的生命只是剎那，我都已耗盡，
然而我們同出於火。

人類，磨損膝蓋，收集灰燼，
以求生存！
不要對我們嘆息，也不用再墮落，
讓我們燃燒殆盡吧！

譯註：靈氣即以太（ether，原文）。

②

我感覺出你在我的眼中，月亮，光明的月亮
在這個夏夜；
我的心在你的光芒中散發出眩人奪目
且沁涼的快感。

如果你不再是夜神狄安娜，在你消失時，
好端端地引導我的步履
在陰暗中，在墳墓旁，而且
不管是生是死！

③

當我回來時，坐在風中，坐在夜裏，
坐在一塊孤岩之端
我將聽不到，此刻聽得見的
使我的心悸的此地之聲。

不滿意於你，海洋啊！飛濺
幾滴泡沫在我臉上：
那時，你當以一陣波浪刼我而去
以便在你的鹼澀中睡去。

候鳥詩抄

北原政吉作
陳秀喜譯

壺

每一個壺乍看是 够實用的形態 紋樣細膩 色彩帶
着古香 充滿銅器特有的韻味
可是 壺中是 悲哀的空洞 如此也是無可奈何吧
這時節壺是可憐的
說來 我們也是壺 是活着的壺 我們是 塡滿苦樂
愛憎的壺 被擺在博物館櫥中的壺 以後還是受到珍
愛的待遇 我們是 每天 在虛實激烈的陋巷晒曝
被打屁股 被扭鼻子 喘着氣 切開時會滴血活着的
壺 罇入來就完了 容易壞 會苦腦脆弱的壺
請勿損傷 掉下去也不會破的 直到永遠
以艷亮的顏色 比那些博物館的壺 希望是更被珍愛
被尊重的 眞正是人的壺
不然是 比博物館堂皇的櫥中擺着的壺 說實是意味
着可憐的壺吧

胡蝶蘭

眞正的蝴蝶蘭 不在到處都綻放 胡蝶蘭開了 這樣
高興的人 眼睛看到的只是影子
眞正的胡蝶蘭 是以眼睛看不到的地方才開了 在
心淸澄的深山 在幽谷奧處有人如此說過

年輕時 以爲它是在高官 豪商的庭院 誇耀着傲慢
的傢伙
當知道眞正的胡蝶蘭 已是頭髮白了
我以諦觀的臉 單獨走峻嶮的山路 濃霧的路 以
手摸索 去尋覓失去的夢 在旅途
山谷對面 確實有白色的 胡蝶 在舞着 楚楚的
高潔的花香自那邊飄來了

候鳥

在渚邊 挖掘熱砂
深入奧地
是探險家嗎
不
是傳道者嗎
不
留下來的
寂寥的影子
有戀愛中的少年的
倩影
在揚起的潮 白髮的候鳥鳴着
淡水的 青色海邊

華岡詩展

中國文化學院
華岡詩社提供

物語

向陽

春天從我們身旁走過，從我們身旁
走過，便不再回頭了

任杜鵑染血成刺目的山水
任山水跨躍爲洸洋的雲霧
任雲霧吐噫出精敏的霓虹，也
任霓虹啊霓虹，飄飛著你的眸，你的眸
不再沾染杜鵑的泣血

夏日在我們舌中翻騰，在我們舌中
翻騰，便突然僵化了

聽艷陽奏吹短笛
聽短笛描繪海浪
聽海浪詈罵岩岸，也
聽岩岸啊岩岸，光臨在你額上，你額上
僵疲的是奏罷的艷陽

秋夜打我們足下團圓，打我們足下
團圓，便鏡般碎了

引月色流連無力的池塘
引池塘摩娑萎弱的菊草
引菊草擁吻蕭條的楊柳，也
引楊柳啊楊柳，登高於你髮際，你髮際
碎了的是月色的蒼白

冬季自我們手裏滑落，自我們手裏
滑落，便葉般枯了

看北風替林木作嫁
看林木爲山嶽裁裝
看山岳讓冰雪休憩，也
看冰雪啊冰雪，飄覆你頰邊，你頰邊
枯了作嫁的北風

藉一樹新楓

陳風翠

潤麗了半日風薄的黃昏
許是躁急的春雨
雜沓的跫音趁夜色
留下一樹水凉
便愴然離去了
(也許清晨你醒來
　你還可感受到迷人的綠意
　微冷且肅穆如他們晨間的默禱)

風薄的黃昏。你無以解喻
許多違離許多哀傷
淡如風絮如雲絲
　落葉爲何總是　沈默
　在三尺泥濘的雨聲裡？

一寸草葉也許
教風薄的黃昏　凝聚爲
令我們窒息的音籟
某種意義緩緩形具
藉一棵新綠的楓樹，使我們
窺啓天空

天空，雨後的陰灰
忽然轉換成你凝睇時的神采了

流

陳　容

燭斷後，望不見了這般愁顏
這不見的黃花，怎麼在黑暗中也長著、開著
唯獨歷史，唯獨我
從那條河流的一端向另一端
流不過這平坦的墨原

你來渡口，緩緩的撐著竹筏載我過去
看我的面容在水面漂
這樣貧瘠，紛亂的一頁歷史
若是我在這裏，燭臺在那裏，寂寞
歷史也跟著覆蓋著。有那一天
目再張，火再現
才能夠再見黑漆漆裏無盡的星

最危險的地域在脚下
每個人都要伸出一脚，伸出時代
踢翻了門檻，那時又見
滿天的星斗
我隱去，時間也隱去
那張面孔，除了傷口的血
一切都是安靜的

冬之舞

效鷗

山居，不穩定的氣流
這常下雪的日子
舞著
蘆葦露出小丑的笑容
什麼時候
妳的臉也褪色了
怎知，我
囚著一季冰冷的雪茫

然而，我的脊椎骨
結成一株銀樹
冰柱下，泅出
化作雪夜的暗語

揚起吧
妳依然笑著揚起
雪的生姿
在冬的一季，舞著

就算是過客
我携著一片雲的印象流浪
(不要！絕不)
讓雪花在手中消融爲
低低的飲泣

一九七五、十二、十四、夜

落鷹峽

蔡龍銘

在峭寒之險的道上
傳聞有一處落鷹峽
雖是滿地的荆棘叢林
却有群鷹群鶚張牙舞爪地盤据
因谷中積貯著燿耀得令人昏眩的黃金
滿谷的黃金和貪婪者的屍骨雜陣
時光總在恐怖氣氛的洶湧裏淘過
死神的手常在此捉摸

白骨堆積如山了
由此可以數出許多淘金死難的故事　但—
沒有悲歌
只是群鷹的吆吟吶喊
獵者的欲望黏在肉上投入峽谷
鷹鶚的貪食在銜取帶著碎金的肉塊上
鷹鶚飛昇
槍聲同時響了
啊！人爲財死；鳥爲食亡
落鷹峽總是那樣繁富
荆棘、財寶、貪慾、死亡……
時光在恐怖裏洶湧
死神在混濁裏猖狂

老貨郎

趙衞民

雖然最後他說
我依然懷念—
門閭前那聲熟悉的膩喚

吆喝買賣卅年的浪子
江湖寥落，作客他鄉
劍眉星目的少年郎
星一移，已多病兼老耄

「老嘍！不要疲累的太甚了」
每當入暮時分，老貨郎
佝僂著邁進酒樓
濁酒澆不平抑鬱的塊壘
而故居或許已成廢園舊事
依稀在酒光如霧中幌近
娘的弱手隔著千里招著
隔著山隔著江，無力的搖著
泛黃的酒旗迎風微弱的飄著
貨郎瞪著酒，囁嚅的說
我要回去……

急促的呼吸，顫抖的雙手
酡紅的臉頰，如煙的眼神
又忽然側耳，彷彿聽及
遠山羣起的鷓鴣聲
暫驚起微醺的愁眼
旋即又
被醉意趨得遠遠地

六十五、三月五日

錶的聯想

陳瑞山

一枚古銅色斑剝的臉頰
俯昂間 已臥於子夜的邊陲
緩展朵朵夢囈的呢喃

遼穹的幕帷
依稀揚起古戰場
烽火的餘燼 裊嫋

孩提的風景
落著母親句句的叮嚀
滲鑄成一尊泥人的鄉愁

圓的國度裡
我的跫響
一如秒擺不休的滴答

幻影

陳夢聽

又是黃昏
我鵠立
如株無風無葉底樹
傍着潺潺的江流

唯見
轉彎處
綠衣空來
西天裡
霞光紅了又碧
碧了又紅

當彩色節目過去
黑的幕上
出現一輪明月
我乃拉上夾克
縮着頭

驀然醒視
身旁有伴
如此熟悉
如此默契
我歌亦歌
我舞亦舞

月亮呀
請躲到烏雲後
讓我們訴說
千古的寂寞

華岡之曉

周正賢

太陽出來的時候
觀音的頭髮就燃燒起來
昇華成
一片雲
兩片雲
許多片雲

天空的害羞漸漸褪去
成了一片溫柔的白
氤氳著觀音
氤氳著我

夜讀

黃建業

我愛夜讀
把長長的夜
摺成小小的夢和願望
夾入書中
你娉婷的影子　便寂寂
如月般昇起

我是夜讀的人
常窺探你的脚步
如淸晨的雨
我的衣領何冰冰
沉沉的天階
北斗仍如水
我的脚步　寂寂
而此際
一切的思念已是多風的潮水
已是基隆港口
沉默於霧的穿梭
和早渡的來往
串串的珍珠
在平藍的緞子上起浪

湧向憔悴的肌膚
我愛夜讀
愛讀妳的牽念為燈娥
飛入一行一字的經史
也逕目妳的唇邊
借些紅墨
圈點多情的柳永
放任的莊周

J•J•
我是愛夜讀的人啊
而妳是窗外迷惘的燈火
幽幽的月下　我常遙望
當夢已靜靜
空空的街巷
閒閒的落著　幾聲讀書聲響
而一隻流浪的貓　輕輕踩過

笠消息

本社

※「臺灣文藝」社發行人兼社長吳濁流先生於中華民國六十五年十月七日逝世，並於十月十四日舉行告別式，備極哀榮。先生一生努力創作，以「亞細亞的孤兒」等小說、詩、評論、遊記及隨筆等數十種專書飲譽文壇，本刊本期出專輯紀念，以表我們對鐵血詩人文壇先進吳濁流先生的崇高的敬意與哀思。據悉「臺灣文藝」及最近崛起文壇的「出版家」及「夏潮」均將出紀念專輯云。

※臺中市政府爲紀念總統 蔣公誕辰，暨文化中心大厦落成紀念並配合六十五年度臺灣區運動大會，於民國六十五年十月二十六日起至十二月五日止，在臺中市文化中心舉辦各項文化展覽。展出內容有兒童詩畫展、樹石展、書法及美術展、美術設計展、市政建設圖片展。展出單位有臺中市政府、笠詩社、臺中市樹石藝術協會、中部美術協會等，展出期間，情況頗爲熱烈，參觀者絡繹不絕。

※民國六十五年十一月一日、二日本社社長陳秀喜女士應私立高雄醫學院阿米巴詩社的邀請，前往作現代詩的演講，並參加座談會的討論，情況熱烈。又山水詩社的白浪萍，綠地詩社的傅文正等詩友，亦跟陳社長歡聚談詩。

※民國六十五年十一月四日本社同仁趙天儀應國立政治大學長廊詩社的邀請，前往演講「現代詩的創作與修辭」。

※民國六十五年十一月五日，趙天儀應私立輔仁大學藝術學會的邀請，前往演講「心象的構成：現代詩的繪畫性」。

※本社同仁杜國清暑假返國一行，並經日本，返美國加州大學桑他•芭芭拉校區任教。其第四部詩集「心雲集」，譯詩集「惡之華」，已交純文學出版社出版。他所譯劉若愚教授的「中國詩學」，亦將由幼獅書店出版。其英文著作「李賀研究」也將在美國出版。

※臺灣文藝社暨吳濁流文學獎基金會於民國六十五年十一月七日開會，擬決定變更登記，繼續刊行「臺灣文藝」季刊，五十三期爲紀念吳濁流先生專號，明年將爲革新號，繼續發揚臺灣文藝的鄉土精神，並由巫永福先生任發行人，鍾肇政先生主編。

※由耕莘文教院、耕莘青年寫作會聯合舉辦，洪建全基金會贊助的「耕莘詩歌朗誦週」，已於民國六十五年十一月八日至十二日晚在耕莘文教院舉行。十一月八日由臺大現代詩社主辦「花開的聲音」，九日由笠詩社，政大長廊詩社合辦「長廊之夜」，十日由師大噴泉詩社、南廬吟社合辦「今古迴響」，十一日由東吳海棠詩社、淡江詩社合辦「山海之夜」，十二日由草根詩社舉辦「草根之夜」，並有楊弦發表新歌。

※本社同仁日本詩人北原政吉出版詩集「候鳥」出版紀念會於民國六十五年十月十一日晚上假臺北市老大昌西餐廳舉行，本社同仁巫永福、陳秀喜、黃靈芝、吳建堂及趙天儀等均前往參加會餐，並有座談、朗誦詩等餘興，情況頗爲熱烈。

※「詩人季刊」向各詩社及詩人徵詢有關資料；計有「中國當代詩社資料表」、「中國當代詩人資料表」。

※日本「朝日新聞」夕刊報導鍾肇政著「插天山之歌」，陳千武著「獵女犯」，係以日據時期爲背景的創作，頗受重視。

出版消息

本社

Ⅰ 詩誌

※「詩脈」季刊第二期已出版，該刊爲南投縣等中部詩人岩上、王灝、向陽、洪錦章等所創刊，社址設南投縣草屯鎮育英街47巷39弄15號，定價二十元，郵撥二六二二八五號嚴振興帳戶。

※「草根」詩刊第十八、十九期均已出版，該刊爲目前唯一的詩月刊，定價十二元。

※「秋水」詩刊第十二期「詩人季刊」第六期均已出版，定價十五元。

※「神州」詩刊第五期，即由天狼星改名，本期爲詩刊論詩刊，集體評草根「彩虹居」詩誌第四期「北極星」詩刊第十三期「長廊」詩刊創刊號均已出版。

※「詩風」詩刊第五十一期，已由香港詩風社出版。

※「綠地」詩刊第四期「大地」詩刊第十八期均已出版。

※「詩學」第一、二輯已出版，瘂弦、梅新主編。定價一二〇元，巨人出版社出版。郵撥三八一一八號。

※「創世紀」詩刊第四十四期已出版，定價二十元，編輯部爲臺北市吳興街二三九巷五十四之二號。

※綜合性文藝月刊「夏潮」，以社會的、鄉土的、文藝的爲號召，已陸續評介日據時期臺灣鄉土文學多篇。第四、五、六、七、八期均已出版。社址臺北市寧安街一巷五號，郵撥一〇六二七八號，定價二十五元。

Ⅱ 詩集

※日本詩人北原政吉詩集「候鳥」，例入笠叢書出版、北原政吉曾畢業於臺北市建成小學、臺北市第一師範學校，居臺多年，且熱愛中華民國，爲詩人兼畫家，早年曾在臺北任教，目前爲笠詩社同仁，芳蘭美術會會員。

※馬博良詩集「美洲三十絃」，已由劍世紀詩社出版，定價平裝三十元，精裝五十元。馬博良即詩人馬朗的本名，曾於香港創刊「文藝新潮」。

※本社同仁林榮德著「林榮德詩集」已例入笠叢書由笠詩刊社出版，臺南開山書局發行，特價三十元。這部詩集由董日福書法，精裝精印，典雅別緻，爲一感情眞摯風格淸新的現代詩集。

Ⅲ 評論及其他

※本社同仁林鍾隆著日文童話「みなみのしまのできごと」（お話繪本），本年九月，由日本東京學習研究社出版。如有需要者，可請林先生代購，航寄一百元，船運五十元。請利用郵政劃撥五三四二林鍾隆帳戶。

※楊素絹主編的「壓不扁的玫瑰花」，收錄討論楊逵的人與作品十餘篇，計有池田𥻘子、顏元叔、朱西寧、張良澤、寒爵等所論的作品。本書係爲楊素絹女士紀念乃父楊逵先生七十一大壽，資料極爲珍貴。例入夏潮文庫，由輝煌出版社出版，定價四十五元。

※楊逵著「羊頭集」，係繼「鵝媽媽出嫁」之後的第二本結集，包括「首陽園雜誌」、「羊頭集」、「園丁日記」、「智慧之門」、「入田春言的回憶」等十餘篇散文與小說創作。亦例入夏潮文庫，定價四十五元，由輝煌出版社出版，郵撥一〇六六八一號。

菲華詩人作品

九行五章

林泉

草

我是幻想的草
在豪華夢裏
如何裝飾冷漠的大地？
一片行雲有雪的潔白
一朶花有燃焰的殷紅
而你乃有雨後的蒼翠
洗盡灰塵，在風中
舞以青光，在踐踏下
孕育一個倔強的世界！

一九七四、八、卅一

吉他

手中的吉他彈出一窗風雨
一窗淅瀝，一窗音符
誰是那風雨？那音符的本身？
家路自耳朶伸入
踐踏着紊亂的步伐
如何能聞見心中震盪的言語？
如此凄涼如此昏晦
如繩的旋律總纒不住哀傷
抱絃琴的手總抱不住落日！

一九七四、九、八

焚身

由憤恨的薪炭燃起的一把火
覺醒的血瞬息奔流全身
以道義爲引物
濃煙中一朶人的玫瑰綻開
一朶火的曇花熄滅
過程中醞釀着一未知的風暴
自意識裏尋出火的言語
自火裏尋出血的聲響

而那聲響刹那間已成爲永恆

一九七四、九、十七

死

死神凸起來的大肚皮
慣於飲盡時間的血液
吹熄明日的太陽

鞋聲中再沒有你的影子
只有殘月繞過墳邊的山路
梳着離離原上榮枯的草

在未來無盡的靜默中
我思夢當年的波浪
如何捲入歷史的海港？

一九四、、七九九十

慰

靈魂生銹的日子
歲月總似一塊黑布
蒙蔽它的光澤

黑暗於外光熱於內
一輪暫時沉淪的太陽
在烏雲密佈的天空

而你何須愁嘆？
我非江河的軀體
慣於低處下處奔流

一九七四、九、十九

日本兒童詩創作集

北海道兒童詩選

林鍾隆譯

兒童自已創作的詩（序）

我想，關心兒童詩的教師、父母、社會人士、詩人，都有必要了解，兒童自已寫出來的詩，是怎樣的。

這才是我們指導兒童詩的習作，評判兒童詩，推行兒童詩教育，很重要的依據。

兒童詩究竟是怎樣的呢？或各執一偏，或茫茫然不知如何。各執一偏也好，茫茫然也好，都沒有辦法指導兒童詩。

兒童自已創作的詩，究竟怎樣？爲了參考，我曾譯出「日本兒童詩選集」，自已掏腰包，印出來。最近，北海道的一個寫詩朋友，谷克彥先生，寄了一本薄薄的詩集給我，是北海道的一種兒童詩刋，叫「サイロ」的，發刋一〇〇號紀念時，所出的一本選集，書名爲「像藍色天空那樣的花」，載有二十八首兒童作的詩。

北海道教育委員會委員長岡村正吉先生，在「サイロ」百歲誕辰祝辭中說：

一首一首的詩中，有孩子們的心在跳躍。

讀着讀着，便會傳來，孩子們活潑的聲音。

從這些詩中，我們可以知道，孩子們，在想些什麼，做些什麼。

我們會感覺到，放聲高歌的孩子們，堅忍的偉大。

孩子們美麗的心聲，迸裂出叫喊，希望能持續不斷，使得孩子們更爲健康活潑，進而使激起的波紋逐漸擴大，成爲對更廣大的世界的孩子們的呼喚。

同感於岡村先生的話，我把這二十八首詩譯出來，讓大家看看。每一首詩，都附有選者的欣賞或評鑑，也把它摘譯出來，對了解和欣賞，以及提高或加強我們對兒童詩的認識，我想會更有幫助。

一九七六、十一、十二於白馬莊

巨響

二年級 佐藤健司

轟隆！轟隆！
以爲是飛彈落下來了。
像跳舞似的，
從頭到脚呼嚕嚕嚕地震抖。
心臟愣了一下。
原來是噴射機，
就安心的開步走。
巨大的聲響，
眞嚇人。
嬰兒 都給嚇了一跳呢！

帶廣市總合企画室長 **小野寺 俊一選**

佐藤同學在二十年前的太平洋戰爭時雖然還未出生，但是，巨大的聲響，和二十年前絲毫沒有差別，同樣使人不安。巨響的確是很討厭的聲音，使人和動物都感受痛苦。最後的那「嬰兒 都給嚇了一跳」是很出色的。

螻蛄

四年級 高橋勝昭

今天，
我發現了螻蛄。
螻蛄，
是會吃青菜的害虫。
我對勝兒說：
「雖然可憐，還是把牠殺了吧！」
勝兒，
立刻把牠用力摔在地面上。
螻蛄，
彈了起來，
落到樹叢裏去，
不見了。

北海道大學助教授 **鈴木秀一選**

這首詩中，反映出農村兒童的生活，有健康的孩子們，躍動的影子。詩，沒有累贅，很結實。把健壯的孩子們，浮彫出來了。

溫　泉

一年級　德原五郎

老師！
昨天，
我和爸爸、媽媽
到第一飯店去洗澡。
我在水裏悶了三十秒鐘。
爸爸說：
我能悶得很久了！

帶廣市畜產大學教授　**鷹津義彥選**

這首詩，把想說的話，把禁不住要說的話，採取直述的方式寫出來。因此，躍動的心的韻律，正好切合。

歉　收

五年級　大山口惠子

今年是兇年，
收到的多半是豆殼。
精實的
總共只有三四包。
這樣，沒有辦法生活。
爸爸今天說：
今年，
冬天也得去工作了。
我時常想：
爸爸已經五十歲了，
那樣的身體，
去工作，
一定會害重病。
每一次聽爸爸說這樣的話，
心裏就充滿不是滋味的滋味。
但是，
並不是說我要去工作。

北海道大學助教　**近藤潤一選**

兇年，這沉重而痛苦的每天的心情，完全集中到體念爸爸的惠子，那溫暖的心上。惠子彷彿憤怒地凝視着襲來的意外。

爸爸會去工作，沒有人能阻止。可能的話，我想換他。可是，我還是小孩，工作又艱苦。會去工作的，不是我，還是爸爸。無告的悲哀，苦痛着惠子小小的心靈。

心的共鳴

二年級　栗原節子

沒有神的存在。
天上沒有神。
誰說的？
我的深深的心說的。
神會依情形的適當與否，
時而在，時而不在。
神會拯救我們的痛苦。
誰說的？
我的淺淺的心說的。
神沒有什麼用處，
神，不論怎樣祈禱，
也不會應。
神給信仰愈深的人，
更多的好處。
這也許是眞的。
我的淺淺的心和深深的心，
靜靜的發生共鳴。

帶廣市史編纂委員　**小林正雄選**

心中有激烈搖動的東西，作者看得很分明，寫成了很好的詩。

心裏的問題，是很難寫的，因爲要把握自已的心，很不容易。但是，直視自已的心，是很重要的事。這首詩，格調高，節奏也美。

爸爸的味兒

四年級　中西啓子

擱在電視機旁的爸爸的帽子，
飄然送來爸爸的味兒。
掛在窗邊的帽子、衣服，
有汗的氣味。
夏天，
拚命工作的時候的氣味，
殘留在那裏。
雖然洗過了好幾次。
爸爸的身體上
這種汗的氣味很濃。
我喜歡這味兒。

帶廣市川西小學校長　**池田　健選**

誰都能寫的詩。讀的人能率直地產生共鳴的詩。有健康的面容，洋溢着孩子們的活氣的詩。珍重語言，孕滿了自已的語言的詩。平凡的事，但不是有所凝視就無法發現的詩。勞動眼、耳、鼻、手、脚、心去寫成的詩。這是我對孩子們的詩的要求。

這詩健康、清潔。描寫細膩簡短的語言，表現適切。對任何孩子都有親切感。

動物園的貓頭鷹

二年級　村田弓子

昨天到動物園去，
看了貓頭鷹。
貓頭鷹停在樹上，睡着。
貓頭鷹的身體
和樹很相像。
彷彿貓頭鷹，
變了樹似的。
只有一只貓頭鷹，
轉動着眼睛。
使人心裏很不舒服。

帶廣市商店主人，詩人　**福島運二選**

作詩最要緊，最基本的，是觀察。但是，不是像上自然課，要寫出存在的眞實的那種觀察法，而要探索強烈撼動心的事物。因此，觀察之前，要有心的作用。作者是懂得動着心去觀察的人。

像藍色天空的花

三年級　船越秋子

藍色天空中的花，
藍藍地亮着；
經常，經常，
閃閃爍爍地亮着；
像寶石一樣，
如同鑽石一般。
藍色的花，不會消失。
但是，
只有在藍天時才看得見的花。
藍藍的花，
藍空的公主。
有這樣的花多好！
有的話，要在全世界的
每一個國家，裝飾這種花。
閃閃的，亮亮的，
經常耀眼地亮着。

北海島大學文學部長　**野田寺雄選**

詩不是講理，而是要把那時所思、所感的，以原有的狀貌，呈現出來。這才是詩。這首詩，是合乎這條件的好詩。凝望着藍天，的確可以看到花。閃閃亮亮的很美的花。天空那麼美，爲什麼地球會那麼醜呢？大人大概不會有這樣的感覺吧。

小馬

三年級 共原秀夫

小馬死了。
兩天就死掉了。
臨死的時候，叫着「媽媽」。
母馬不知如何是好。
我也不知如何是好。
爸爸打電話問人，
也無法知道。
爸爸騎車去叫獸醫，
那時小馬已經死了。
微瞇着眼睛死了。
剛生下時非常可愛的小馬。
獸醫來時，我已上學校去了。
幾天後，把小馬埋了。
我不知道埋在那裏。
母馬出聲哭了。
母馬的眼淚流出來了。
母馬流了很多眼淚。
那時，我想起了小馬，
就抬頭仰望天空。

帶廣市教育委員會學校教育課長 **太田 清選**

是乘着風來的呢？還是從嫩草上長出來的呢？
那可愛的小馬，現在無影無踪了。
母馬的眼睛滿是眼淚，叫聲悲傷地流向天空。
不要屈服於悲哀，忍耐吧！

參觀日

二年級 德原五郎

今天是參觀日，
媽爲我來了。
剛好上音樂課的時候。
老師說：
「練習吹口琴吧！」
我舉起了手。
輪到我了，
我的胸口脹得滿滿的。
那時候，母親已經走了。
我覺得非常遺憾。

帶廣市畜產大學助教授 **梅根榮一選**

和平常不一樣的日子，那種期待、不安、失望，我也有過這種體驗。我喜歡這首詩。

鈴蘭

二年級　遠藤桂子

鈴蘭，
有很好的香氣。
漸漸枯萎以後，
就像某種草的氣味。
鈴蘭，
彷彿在棒子上吊着燈籠似的。
小小的花，
像鬱金香一般。
因爲吊着燈籠，
棒子好像不勝負荷似的。

帶廣市主婦　**伊藤　百合子選**

本來我也是一個喜愛鈴蘭的女孩。因爲北海道的觀光宣傳，做得太多了，不但失掉興味，而且變得非常討厭了。

讀了這首詩之後，我好像又會喜愛鈴蘭了。這首詩教了我，鈴蘭的確是很可愛的花。

颱　風

二年級　正司圭子

颱風並不只是風而已，
還有雨，眞討厭。
樹也會斷，眞討厭。
玉蜀黍也會彎，眞怕人。
到外面看看，
風會把東西吹得像鳥一般飛來，
眞怕人。
會到那兒去，沒辦法知道，
所以，還是躲在家裏吧。

空知教育局指導課長　**佐佐木正雄選**

這首詩，作者的心情，很眞實地，用自己的話表現出來，這一點很吸引我。對一年級的同學來說，這是非常優秀的作品。

這不僅是對自己說的話，我想對於被吹走的東西，無可奈何的心情，也表現得很淸楚。

雪的早晨

三年級 本保 久美子

白色的國家。
擴展的國家。
寒冷的國家。
雪的國家。
枯樹、松樹，
一切的一切，
都被白色擁着。

雪的早晨。
擴展的早晨。
寒冷的早晨。
白色的早晨。
那，
一切的一切，
都被白色包擁着。

帶廣市會社專務 有田 宏選

雪白，和花的美一樣。誰都知道。直覺地捕捉到映入眼裏的雪的早晨的風景，又進一步對雪做更深的思考。作者閉着眼睛深深地思考。映入眼中的，皮膚所覺的，頭腦所得到的——朦朧的，而在思索的深處，確實把握到的雪的早晨的感想，在張大眼睛的作者眼中，已凝固不動。毫不浪費地流動着的韻律，凝結在這首詩中。

春

二年級 近藤宏子

春會動哩。
樹挺挺地伸長，
要衝上雲霄似的。
死亡的河川，
彷彿復蘇了似地流着。
山上、草原上，
樹的芽、草的芽都露出臉來。
側耳靜聽，
一伸一伸的，
傳來
沙拉、沙拉、沙拉，
蹦、蹦、蹦的聲音。
雖然只是一點點，
春是會動的呢！

帶廣市新聞記者、詩人 松原一民輝選

隨着春會動的作者的大發現，我也注意看看河、山、樹的芽。並側起耳朵，看看會不會眞的有聲音。於是，各種各樣的聲音，充滿了耳朵。有新的發現，就再寫在詩上吧。

龜出走

三年級 內田祥子

去年
去帶廣
買了龜。
放到
家的池中
就不知道那裏去了。
我
怎樣找
都看不到。
「亀
也會
出走嗎」
我想。

北海道教育廳總務課職員 **杉谷 彰選**

祥子的龜，究竟是爲了尋找什麼人，出走的呢？

太陽

三年級 成田 寬

黑暗的夜過去了
明亮的早晨來了。
東方的天空
五點半左右就出現紅紅的太陽
逐漸露出來了。
終於 全身出來了。
太陽 昇得很高很高了。
太陽的光 照着孩子們
照着屋子
照着河流
照着高山
照着海
漸漸向
西方的天空
紅紅的太陽 會落下去。
沈了 沈了 漸漸沈了。

岩手大學助教授 **駒林邦男選**

孩子們生來就是「天動說」，但是，「全身出來了」，這樣的感受，還是第一次看到。

哥哥

四年級 野熊一惠

清晨起來
想上厠所
發現哥哥回來
睡在起坐間。
我躡脚到厠所去。
我很高興。
在我睡着之後
很遲才回來的吧。
哥哥回來了
一家人就團圓了。
媽媽一定很高興。
每一次大門戛拉戛拉響起來
媽媽就要問
是不是大勳回來了？

帶廣市教育委員會社會教育課課長補佐 **田代廣和選**

這是會使心裏温暖的詩。再過一個鐘頭，就能和哥哥說話的一惠同學歡欣的面孔歷歷可見。一惠對哥哥的愛心，對父母的了解，全家人齊集品嘗的小小的幸福的喜悅，彷彿從字裏行間滲出來似的。最後一句母親平常說的話，在這首詩中，使整首詩有統一的作用。

母親

三年級 高橋信子

母親經常在
編織。
不是我的衣服。
我在心裏想：
「好喜愛 那件衣服」。
鼓起勇氣問了一聲：
「這衣服 是誰的？」
「是別人的。」母親說。
我在心裏想：
「正如所料」。
費了很多辛苦，
衣服終於做好了。
母親給人送去了。
過了一段時候，又有人來說：
「麻煩你織一件衣服」。
我禁不住露出不愉快的面孔。

十勝教育局指導班主查 **何部重雄選**

這首詩，是把作者家的生活味兒，率直地表現出來的好詩。

耕耘機

三年級 遠藤惠子

耕耘機的引擎
發動了
就響起達達達的聲音。
響出
會震動頭頂的聲音
又繼續響
喉嚨都會癢起來。
把泥團丟進去
就像小小蝗虫一樣
彈回來
我心裏感到不舒服
就下來看看
彷彿覺得
泥土活着似的。

札幌市教育評論家 坂本 亮選

這首詩的詩材，和農家子的身分很貼切。作者不僅看，還放入泥土，上去坐，這是驚人的。所見所感，都是經驗者才能寫出來的生動的言語。

考試

四年級 篠尾雪則

試卷傳過來了。
我的桌上有艱難的試卷。
老師下令開始做。
第一題很難。
和試題相瞪眼也不會。
第二、第三、第四題做出來了。
從頭再來，
不會還是不會。
時間過得快得像惡作劇。
「會被媽媽罵」
胸口脹得難受。
如果全部都能做多好！
啊！如果全部能做眞好！

帶廣市教育研究所長 高橋忠寬選

把運氣不好或懶惰不用功的孩子，在考試時絕望焦急的心情，寫得很好。

大家快活地笑憲一君的小小失敗，也是爽快的結尾。使人覺得會成長的更明朗，更健康。

牧師

六年級　早坂　猛

國語課的時間，
上到　原始林的聖者。
老師範讀後　問大家：
「牧師　是怎樣的人」？
憲一君認眞的說：
「是牧場的守兵。」
「混蛋」！
老師大聲笑着說。
大家「啊哈哈」笑了。
我也有趣地笑了。
憲一君露出疑惑的面孔，
瞪着大家說：「笑什麼？」
老師說話的時候，
也有人嘻嘻地笑。
我也覺得好笑得難於忍受。
不久鈴聲咭咭地響了。
大家一齊「啊哈哈」笑了。
憲一君也「啊哈哈」笑了。

帶廣市第三中學校長　**片倉　文雄選**

這首詩，是把作者的班級或上課情形，表現得很眞實的詩。

教室的氣氛很愉快，很吸引人。沒有浪費，沒有做作，如實表現的態度，也很好。

肩槌

六年級　澀谷惠子

用畢業旅行買的肩槌
給父親搥肩。
開始時
蹦蹦輕跳着。
我的心也跳着。
可是，手漸漸重了。
還是忍耐着搥。
父親默默地動着脖子。
很舒服地動着脖子的父親
並沒說些什麼
我可知道父親講了些什麼。
「謝謝……」
但是，感謝的心情
也充滿了我的心。

帶廣市光南小學校長　**三神公輝選**

無言中，親子間温暖的心的交流，會透入心胸。不是作的詩，是從生活中自然生出來的詩。是做爸爸媽媽的必須讀的詩。

鹿

四年級 前道勝美

圍欄中
有一隻鹿。
角斷了。
流着血。
怪可憐的。
柵欄周圍
有很多蒼蠅。
鹿
一定想
在廣大的草原
任情奔跑。
可是角斷了。

帶廣市明星小學校教頭 森本惠一選

詩中，作者慈愛的心，深情的心，表現得很好。把所見所想的事，好好地用心去感受，有很珍重地把它寫出來的時候，就會出現很好的詩吧。這首詩是會使人產生這種感覺的好詩。

團栗

五年級 遠藤 幹

拍答拍答！克朗克朗！
團栗開始掉了。
有戴着帽子落下來的團栗。
也有脫了帽子的團栗。
孩子團栗，媽媽團栗
掉落很多。
孩子團栗
單獨從樹上落下
掉在不認識的團栗中
獨自個兒茫然呆着。
好好地戴着帽子
跟母親一齊落下來吧。

帶廣市主婦 井上亞深選

團栗帽子，是動人的。孩子團栗，媽媽團栗的地方，那有趣和快樂，像大浪湧向心裏。會戴帽脫帽的團栗，作者一定是個愉快的少年。我認爲這是一首，能培養少年的愛心和智慧，會打動很多人的心的作品，因此非常喜歡。

漁場

四年級　渡邊裕幸

到七號看守寮，
爸爸不在。
在沙灘玩了一會，
爸爸回來了；
叫我到看守寮裏面去。
我很害羞；
漁場中，
有很多大人。
睡了一晚，
第二天張開眼睛，
都到海邊去了；
看看時鐘
才四點三十分。
吃了秋鰺飯，
小魚很好吃。
下午一時，回到十勝的家。
把看守寮的情形告訴媽，
媽聽了，愉快的笑着。

帶廣市主婦　**河內都選**

去訪問，因工作而離開家過生活的父親的情景，率直地表現出來，隱隱可感。能以笑臉聽孩子傾談的母親，更是賢明溫柔的母親。是一首可以聞到潮味、魚味的好詩。

工事

五年級　及川聰

轟隆　轟隆
前面的空地
傳來巨大響聲。
爲了豎起公寓的柱子
在挖掘很大的洞。
到旁邊去，地面會震動。
在炎熱的日光中
戴着白色圓帽的叔叔
忙迫地轉動着。
起重機一上一下地
活動着很大的手。
轟隆　轟隆
在中午的靜寂中
響着挖洞的聲音。

惠庭町島松小學校長　**桂　元三選**

工事的進行，是孩子們很感興趣的。先是被巨響所引，然後一一寫出所見所感，末三行的結尾，更令人喝彩。是把全身所感，加以凝縮，有強有力的律動的詩。

貓，加樂

四年級 泉田吉德

加樂
在松樹下安息着。
落了葉的一條細枝
在風中搖曳着。
臨死的加樂
一定很悲傷吧。
一定傷心得
沒有辦法述說吧。
經常和我玩耍。
眞不敢相信
已經死了。
加樂的身影 歷歷如在眼前。
加樂死的時候 小小的眼淚
掉在地上。
媽媽抱着加樂
埋入土裏。

帶廣大谷短期大學講師 **神谷忠孝選**

這首詩，覺得好的，是結構。是倒敍的。時間的逆流，反使思念之情，表現得很突出。

落幕

初中三年級 朝崎陽子

請看看樹木
請看看疲憊似的枝條
然後，回想
那美麗的日子
那日子難道不是眞的……
不相信，眞的……
那樣美麗的日子
可憐地褪盡了色
之後
只留下靜寂
請緩緩地踢踢落葉看看
能感覺
當時的清爽嗎？
那日子到那兒去了
在這靜寂中有了落幕
眼睛看不見的
別的更悲傷的
秋的　落幕

帶廣大谷短期大學講師 **佐佐木充選**

中學是開始思索的時期，想了解自己，也探索將來、人生。踏入思索的第一步，就是去而不回的時間的大河，巨大的圓環的感悟。在這種時間制約中生活的生命，究竟是什麽，一切藝術都是解答此疑問的嘗試。
這首詩雖不是完美的作品，但我覺得，是想把合於中學年齡的意識，努力率直加以表現的作品。

譯後記

這本「サイロ」發刊一〇〇號紀念詩集有幾點令人驚異的事實，我想提出來，讓大家注意：

1 一本專門刊出兒童詩的刊物，居然發行了一〇〇期（時間在八年前），現在仍繼續出版。

2 從選者職位看，教育官員，關心兒童詩；大中小學校長、教師關心兒童詩；記者、詩人，甚至家庭主婦，都關心兒童詩。

3 各階層人士，不但關心兒童詩而已，都會評選，能寫出個人的欣賞，很了解兒童詩。

這三點，我想是重視兒童詩，兒童詩教育發達，兒童詩成就高的重要原因。

還有一點值得一提的：

詩的標點——這本集子中的標點法，多半是只有句號和引號。詩的標點很難，說話用引號，一種意思完，用句號，其餘不標，這種辦法，作者不會增加什麼困難，閱讀上，又更方便，對了解有幫助。是可採的辦法。（龜出走、太陽、哥哥、耕耘機、肩槌、鹿、工事、貓，加樂即依原標點法標點。）

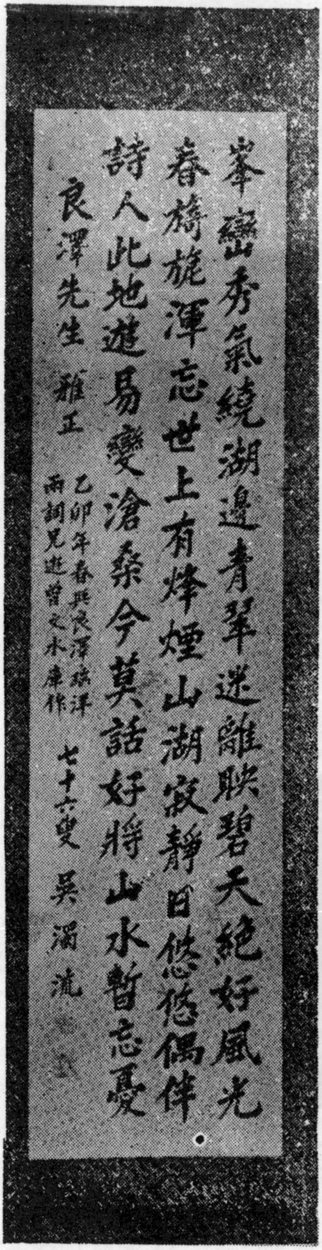
峯巒秀氣繞湖邊青翠迷離映碧天絕好風光
春檮旋渾忘世上有烽煙山湖寂靜日悠悠偶伴
詩人此地遊易變滄桑今莫話好將山水暫忘憂
良澤先生 雅正
乙卯年春與良澤琢洋
兩個兒遊曾文水庫作
七十六叟 吳濁流

臺灣文藝社社長故吳濁流先生眞跡

詩畫四帖

詩：桓夫
畫：陳世興

觸角

蚌殼張開
現出內部龐大的空間
就可看見
眞珠層的躍動吧

持有產生眞球的
強益的慾望
才放出千萬隻觸角
在水中伸進　伸進

每一隻觸角
都是精銳的尖兵
不管主宰者的緊防掌握
却仍柔軟不輟地伸進

爭先伸進的觸角
向自然的奇蹟
向懷孕的奧秘
冀求生命的完成

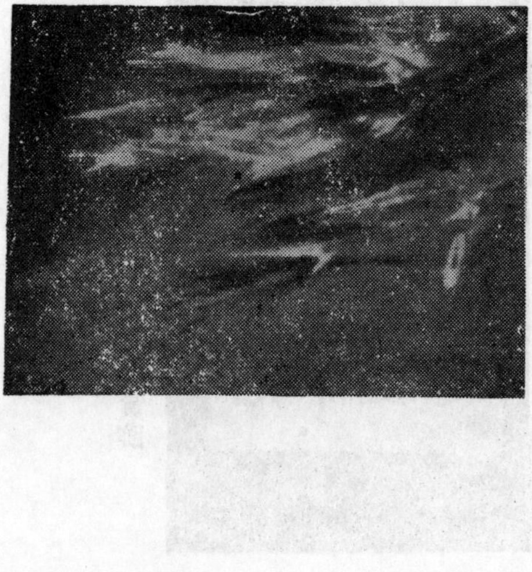

嬌美與哀愁

游泳的姿勢
最易閃出雌性的
嬌美
因而在黑亮的
玻璃缸裏
各種混血的熱帶魚
互爲梭織
綺麗的夢

因而在玻璃缸外
清靜的湖水岸上
有異質的夢
疊積着繽紛的落花
而落花的姿勢
最易顯出季節的
哀愁

水平線上

把四方遙遠的水平線
　　　　　　拉近來
拉近在觸手可及的範圍
濃縮海的思想

潛水艇浮出海面之前
春的密碼仍未被解開
只有黑色的主題
意欲飛上天

意欲飛上域外的繽紛去
留下歷盡滄桑一花瓣
在濃縮了的思想
　　　　海的中央
——飄浮著。

山

不是雲
也不是文鰩魚
是抑不住的情意
糾纏着山的形象亂飛

而一座山 在海上
藏有熔岩的慾火在心中
以休火山的姿態
維持嚴然的巍峨

等到不規矩的熔岩爆發
山就改變了面目
飛雲會躲開
文鰩魚不再飛上來

兒童詩

桓夫選

火

水上一個螢火，
水中一個螢火，
慢慢的合成一個。

小學六年級　周錦熔

柳樹

森林裏的樹木
個個伸向天空伸長胳臂
妄想摘取星星和月亮
不合群的柳樹
却悄悄退至一旁
伸長纖指在地上逗小草
還把手臂伸入池塘划水兒

小學六年級　林美玲

雲

雲！
你是一位魔術大師
只要看着你
你會變出我們要的東西
雲！
你掩蔽了天空的缺陷
犧牲了自己

小學六年級　吳瑞文

本省企業家何永先生捐建之台中市立文化中心於十月廿五（光復節）日落成啓用，笠詩社協辦兒童詩畫在該中心展出十二天，適逢區運期間，由全省來的觀衆前往參觀，盛況空前，甚獲好評。

臺中市立文化中心舉辦之「兒童詩畫展」作品

中華民國行政院局版臺誌第一二六七號
中華郵政臺字第二〇〇七號執照登記爲第一類新聞紙
定　價：國內每冊新臺幣20元
海外地區：日幣240元　港幣4元　菲幣4元　美金1元
全年六期新臺幣100元　半年三期新臺幣55元
※郵政劃撥21976號陳武雄帳戶（小額郵票通用）

出版者：笠詩刊社
發行人：黃騰輝
社　長：陳秀喜
社址：臺北市松江路三六二巷七八弄十一號（電話：5510083）
中部資料室：彰化市延平里建寶莊51之11
北部資料室：臺北市北投百齡五路220巷8號4樓
編輯部：臺北市敦化南路355巷83號
經理部：豐原市三村路90號
印刷廠：華松印刷廠　電話：263799號
廠　址：臺中市西屯路一段一二三巷八號

77 笠

詩双月刊

LI POETRY MAGAZINE

民國五十三年六月十五日創刊
民國六十六年二月十五日出版

富久尾　豐作（日本、帶廣市）

卷頭言

詩人的情操

趙天儀

在社會上，每一行有每一行的行規，如果破壞了行規，必爲同行所不恥。這種行規，幾乎是以品性的端正與否爲基準。因此，如果一個和尙，不守淸規，吃素只吃到肚臍上，必流於酒肉和尙，爲同行所不恥。同理，如果一個神甫，雖然開口博愛，閉口道德，但是，骨子裡却男盜女娼，也必流於神棍，爲同行所唾棄。

詩人這一行，雖然不是一種職業，但是，却一向被認爲是一種神聖的事業，詩人也以能被尊敬爲詩人而自豪。因此，詩人的情操，格外地被重視被推崇，詩人光榮的事蹟也往往成爲文學史上的佳話。然而，相反地，如果一個詩人，遠離正義，遠離眞理，甚至心術不正，明鎗暗箭，雖然即出詩刊，也出詩集，而其內容貧乏空洞，甚至充滿了邪氣，那就跟酒肉和尙一樣，離開佛家的正道更遠了！

詩人楊喚嘗認爲今日詩人要做一個愛者和戰士；因爲眞正的愛者，需能自愛，也能愛其所當愛。眞正的戰士，是一個勇士，以保衛國家，扞衛國土爲已任。而這種愛者和戰士，都以能犧牲小我，完成大我爲其生命的眞諦。

試看我們今日的詩壇，不乏心地光明的詩人，在那兒辛勤的耕耘，默默地爲詩而付出他們的心血。可是，却也有一些少數令人齒冷的敗類，帶來烏煙瘴氣，儘做那些最差勁的事！

詩人呀！多少人以你的名字，在默默修行，在暗暗行善呢！

詩人呀！多少人假你的名字，在招搖撞騙，在妖言惑衆呢？

詩人呀！只有好好地創作，認眞地創作，以你的心血來感動我們，以你的眞摯來啓廸我們，那才是詩的正道吧！

笠詩双月刊目錄77

詩話剪貼

生命的火燄

何瑞雄

我的生命裡有一股能燒燬一切打擊，一切阻力的熊熊火燄。大無畏的、肆無忌憚的、狂野的火燄。是這一股火燄的勢力，使我能夠活到今天。……每當我被這人世間的殘酷際遇，汚濁環境，悲慘惡運摧毀，走投無路、無告、絕望的時候，我生命的火燄便熇然狂燃起來！啊，這就是生命力，我的詩的某一層境界，就是這樣的一股生命力！

畢竟詩心的原境是一片至極純淨的美。我以這樣的一片心境降世，以這樣的一片心境涉世，以這樣的一片心境完成詩的旅程。……我的詩，有與現實世界撞擊激蕩出來的聲響。

兒童詩的本質

林鍾隆

詩的精神，據我目前的了解，成人小孩原沒有什麼不同，只是感體有別，難度、深度會有成長上的不同而已。有人以爲兒童詩與成人詩應有分別，因而對本質的認識產生偏差，這是不幸。尤其是把有趣當詩意，是可笑的錯誤。

詩的創作觀

林宗源

我說：寫「詩」何必寫得像浪漫派、象徵派、或超現實派。管他傳統不傳統，只要把心裡的「意象」，自然地寫出，沒有半點匠味，心裡就覺得爽快。

寫詩，就像剖腹；發表，就像挖出的心；讓人品嚐似的，我覺得有一種像流血的痛苦。……

詩、生活與現實

簡安良

對於生活，這是詩的泉源。我最不習慣於那種風花雪月鴛鴦蝴蝶調，文學無法反應現實，算什麼文學？最可腦的是，如何反應法？這就是功夫了。

方言詩的開拓

向 楊

方言詩的寫作，對我，主要在於開拓語言層次的伸展，以及鍾鍊鄉土的語言，以達於文學的語言之境界，路能不能走得通，目前我尚在摸索，但我既做了，自必須做完它。

詩的油井

楊傑美

在那麼多口我鑽過的井中，那一口才是屬於我個人的生產的油井呢？在我寫了將近六年的詩之後，努力追求自己的詩，那才是我今後惟一的期望吧？

詩的基本觀念

南方雁

我認爲，詩必要有節奏，必要觸及一般人的生活層面，必需有詩味（讓人的想像空間增大），有時代意義，以最白的話寫出既優美，又回味無窮的作品。

電腦

黃騰輝

以一個數字邏輯支撐的迷信，
曾經使我們醉心於生活的密度。

但，爲那科技設下的數量剖析，
却巧妙地計數起複什的靈性與情愫。

讀着以數字羅列的詩，
吃着只計算卡路里值的營養餐，

哎！一個過份迷信於計數邏輯的
變態人生。

詩畫四帖

詩：桓夫
畫：陳世興

水池

她厭煩劇場
逃避了絢爛的生命
來到水池邊蹲下來

明知道那是一場戲
但是她眞的流淚了
淚珠滴在水池上泛起漣漪

絢爛的餘暉
仍然纒繞着她的臉
她的思維
却成了一黑暗的燧道

她希望　停滯的水
開始暢流
她希望　腐蝕的意念
隨着流水　洗乾淨

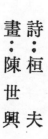

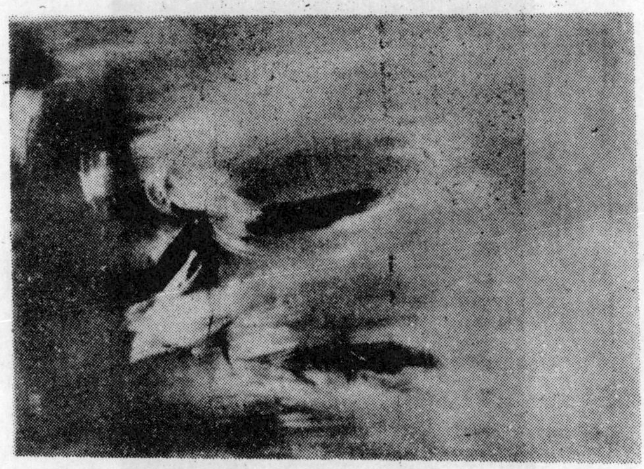

春息

崗上有桃花
桃花映在少女的臉一半紅

昆蟲們匿藏
在少女淺黃的胸脯裏
探悉萌芽的音响
纔使少女的喘息恢復平靜

春風一吹　朗爽地
擾亂了少女的心微微蠢動

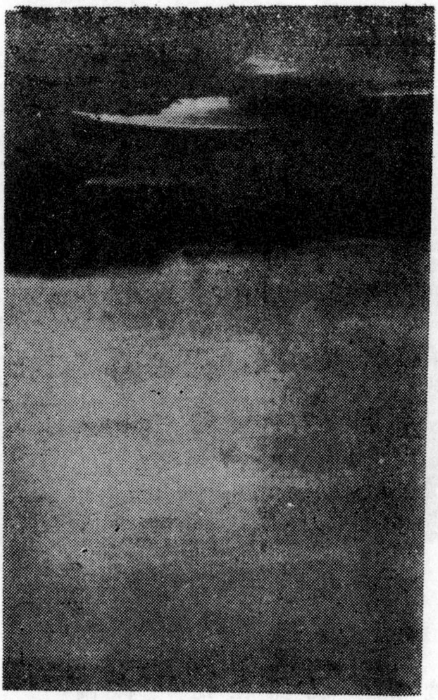

純潔

海濱的沙灘　蜿蜒
沒有脚印
那純潔的貞操
要獻給誰

沙灘盡處
就是海的深淵
植有地獄的針林
阻碍了思想的飛行
就像拖長的噴射雲
飄越海去吧
不要毀滅自己
持續淨白的純潔啊

饗宴

年輕的女神耍着銅環
在雲端飛走
爲了赴一次魔神的饗宴
年輕的女神展開羽衣
在風裏飄盪

清淨又奔放的慾望
像堰不住的激流
衝進惑亂的海
年輕的女神擧起酒杯
跟衆神敬酒

在海濱　浪潮撲向巨岩
急促地旋舞着
爲了躲避魔神的糾纏
年輕的女神像浪潮般
急促地旋舞着

鄰居的愛

贈池田敏雄先生

陳秀喜

尋訪一個人
你淩霄而來
當你落魄又將離別時
曾以竹筒裝紅茶
捧給你的人

你站在人道上
曾同情她
她站在人道上
曾給你溫暖
粗長的一節竹筒
潤喉的紅茶
烙印在你的心
你的名字
烙印她的記憶中

你看到
躺在病床老邁的鄰居
她看到
卅年前的日本青年
驚喜的笑容
宛如
被侵蝕半截
帶傷痕的玫瑰
在寒風中
仍然綻放凄爽的花容

什麽人講

「佛祖」不免繳所得稅

林宗源

阿彌陀佛，閉口
閉口，阿彌陀佛
我佛慈悲
借佛的光
吃四方的和尙
你的錢不是天掉下來的

過去看在佛的面子
現在看到和尙、尼姑、道士
以及一座接着一座的寺廟
太多的寺廟，太多的和尙
我佛不該慈悲
也應該是吃流汗錢的時候
別人去太空挖取天國的礦物

咱們還在夢遊天國
不像話
這個時代借佛的光
吃四方是不行的
有人寫一首詩
買無一客牛排的代價
也着報所得稅
你坐咧或者站咧
也沒比人大幾寸
誰說不要繳所得稅
除非你是門神

冶金者與紅豆

岩　上

冶金者

我無意地陶鑄了一條項鍊
竟是思慕的象徵
你不自知地購買
把它送給了你的愛人

你的愛人
也不自知地天天配帶
漸漸地
你的愛人消瘦下去
因爲她已浸染了我思慕的痛苦

紅豆

曾撿拾滿袋的紅豆
却不敢輕易地投寄
一顆顆的紅豆
是一顆顆心底寂寞

讓紅豆的晶瑩在掌中閃爍
沿着掌紋的陷溝
滑東又滑西
它到底要滑東還是滑西？
這是落寞頽圮的城郭
我的生活如掌的封閉

吾鄉禽畜

吳晟

猪

時常咬嚙欄柵
時常嘗試跳出蚊蚋叢集的猪舍
你們也想出去蹓躂蹓躂透透氣吧
你們也想出去奔馳奔馳吧

吃飽了睡，睡飽了吃
無聊的時候
掘掘混著自己的屎尿的爛稻草
不管天色怎樣轉換
仍然一窩一窩大量繁殖
這樣舒適的一生
不是很好嗎

不必抱怨殘飯剩菜
不必抱怨窩在這樣齷齪的住所
也不必介意某些人們
拚命研究怎樣吃你們的方法
聞到你們的糞味
却掩鼻遠遠避開

安心的生，知足的活吧
吃飽了睡，睡飽了吃
所有的天候，和你們無干
這樣舒適的一生
不是很好嗎

牛

不必回想你們粗大的脚印
怎樣耐心地踏遍吾鄉的稻田
一季又一季
怎樣犂鬆了每一塊泥土
人們很忙碌
不能負荷那麼多記憶

不必緬懷你們堅韌的脖子
在吾鄉這幾條坎坷的牛車路
怎樣堅苦的來來往往
負載過吾鄉人們所有的生活

人們很忙碌
不能再等待你們的步伐

不必怨嘆城市的屠宰場
以屠刀大量誘走你們的同伴
不必追悼你們碩大而笨重的體軀
一季又一季
怎樣在吾鄉的稻田上
一面喘氣，一面反芻枯澀的稻草

也不必對著你的主人默默流淚
自從耕耘機的聲音
轟轟作响，驚擾了吾鄉
自從牛肉香味
自歐美，自從不需要你們的都城
大量飄進吾鄉
吾鄉微賤的人們，不能抗拒

羊

那是無盡無盡的草原
在遙遠遙遠的夢中
以千萬種青綠向你們招手
默默的低著頭嚼嚼雜草
你們從不表示什麼

那是絢麗絢麗的晚霞
在灰黯灰黯的影子之上
以千萬種嬌媚向你們微笑
默默的低著頭走回破草棚
你們從不表示甚麼

乖馴的一生，不敢奔馳
不敢大聲喊叫
也不敢仰起畏怯的眼神
期待甚麼——

默默的低著頭嚼嚼雜草
默默的低著頭走回破草棚
乖馴的一生
你們默默沉思甚麼？

雪崩

向陽

阿生伯從來未曾看過
雪，那白花花的雪呵
阿生伯從來不曾看過

去冬北地下了一場細細的
雪，細細的字體呵
我草草寫了一封滿滿的
信，滿滿的淚水呵
阿生伯託人回的信苦苦的

活了一大把年紀，阿生伯
說要看那柔柔的雪，說
雪哪比得他那飄飄的鬢來白
阿生伯硬是不信邪，雪
哪比得過銀鬢哪，更冷酷

回鄉的時候，我帶了一大片
冰凍的雪，一小張卡片
彩色的雪景，點綴著
紅男綠女的巧笑與奔逐，讓
阿生伯撫撫鬢哪看那白白的雪

看那茫茫的雪中火熱的青春
撫那白白的鬢上黯黑的世故
阿生伯呵也就不會
說我欺他年老眼花，騙笑的
說他看我年紀輕輕，戇囝仔

走進村裡小小的土徑，竟
沒再看到長長的身影，阿生伯
沒再枯坐矮矮的板櫈，杜鵑
沒再塗滿紅紅的胭脂，雪花呵
自斜陽的暖暖裡溶化，竟

出殯的那一天，坐在
阿生伯的板櫈上，硬是不信邪地
我看著那片輓幛，白花花的
行列，點綴著，黯藍慘綠
雪樣地流過，長長的土徑

阿生伯還是沒有看過
雪，那白花花的雪呵
阿生伯還是沒有看過

情詩兩首

林　外

泛

為了泛舟，急急投入
那曾想過
是沈思的漣漪　還是秋波
蘭槳輕搖　波紋微漾
那千萬年早被認定的笑意
誰能證明不會是掙扎抗拒？
疲極棄船上岸
見你漸歸平寂
不敢天眞地告訴自己
——那是寂寞相思
凜然於——
疑似被打破沈思的
憤怒與抗議

風之歌

這喜悅　我才有
燠熱的夜晚
戀慕得飢渴難耐的人兒
沒有一個會害羞
沒有一個會怯於表露
當我擁抱，撫愛其身
她們的喜悅　是赤裸裸的
她們是虛心的　虔誠的
沒有掩飾
不憂窺視
所以我輕歌曼舞
所以我時而瘋狂　時而茫然忘我

白文鳥的故事及其他

陳坤崙

白文鳥的故事

老爸爸在菜園工作
抓到一隻
從籠裡飛奔自由的白文鳥

老爸爸回家
從床下找出
一個破舊的鳥籠
暫時白文鳥有個家

老爸爸又到鳥店
買了一隻白文鳥
讓籠裡的白文鳥有個伴

隔了幾天
老爸爸發覺籠裡的白文鳥
全是溫溫柔柔的少女
於是又到鳥店……

我家有了四隻白文鳥
兩個鳥窩
一對對一双双……

火

劃一根火柴
點一支煙
火祇一點點
生命多麼短暫

一點點火的生命
全世界的人都輕視
時時被丟棄路旁
時時必須被強迫結束自己

不被重視的火的生命
有時却扮演火燒的角色
那時所有的新聞
搶先報導：
火！必須小心

夢話

爸爸睡覺
經常說夢話：

鋤頭在那裡？
雜草長得好快啊！

媽媽睡覺
經常說夢話
白菜一斤3元？
菜好難賣啊！

爸爸媽媽
睡覺也在說話
小孫兒聽了
笑哈哈

太陽爺爺

層層的雲
不能遮住小小的地球

你爭我奪
忙忙碌碌的人類啊
你知你脚所站着的地球
像你輕視的一隻螞蟻
一粒細沙那麼小嗎？

不幸的人類
依然爭奪權利互相殘殺
自已制造的苦難
何時才能結束呢

層層的雲
不能遮住可憐的
被血染紅的
小小的地球

寂寞男子

莫　渝

有時候是一株尤加利樹
有時候是一座六角亭
有時候是一條走不完的長街
有時候
却是西門町的走馬燈

每次晚餐後
總得連帶的把坐也不是站也不是的煩燥
統統
甩到窗外去
任它們碎成夜空中的繁星點點

一把雍菜仔

曾妙容

小小長長的
藍色的航空郵簡
載來姊姊的希望：
要一把雍菜仔

雍菜仔要出國了
雍菜仔要在芝加哥的一角
像許許多多的留學生一般
生根發芽
忙著包裝的父母親目嘆：
活了一大把年紀
竟不如雍菜仔一把

啊！爸爸
不要羨慕
啊！媽媽
不要羨慕
不要羨慕雍菜仔要出國
雍菜仔是中國的
聽不懂洋人的話
喝不下洋人的水
吃不慣洋人的肥料

出國的
雍菜仔不再是雍菜仔
是
姊姊濃濃的鄉愁

花市與敲鑼旺仔

羊子喬

花市

一但走進愛情的零售市場
眼就緩緩地瞌閉
聲聲鶯啼燕語
用不著守著秘密，更不用單戀

兩股之間的裂縫
交織著原始的本能
穢物隨著水溝滾流
當精液奔入淡水河
便灌溉著文明的下流地帶

你的手勢已無法拒絕最低消費額
褪落的衣衫
有如落葉飄零
你的姿勢是入夜的歌聲
隔著淡水河唱著後庭花
管他戰火漫延何處
床便是唯一僅存的淨土

敲鑼旺仔

繳賦稅哦——
一陣鑼聲過後便響起有氣無力的嘶叫
那個羅漢脚仔——敲鑼旺仔
邊走邊叫了三、四十年

他的背後總是誘引一群小孩子的戲笑
秋收過後的賦稅
隨著鑼聲敲遍了村南村北
繳完水租，又要繳賦稅

現在不再聽到摧繳賦稅的鑼聲
村里幹事的擴音器
取代了鑼聲
取代了沙啞的嘶叫

毒蛇

周伯陽

史前因你在伊甸園
教亞當和夏哇偷吃禁果
遭到上帝懲罰
被斷去四肢只好爬行來贖罪

有時以佛陀的姿態出現
盤旋在草莽深處
像坐禪似的緘默絲毫不動
企圖悟徹眞理

又有時把蛇身懸掛在樹枝上
怒視來往的人類
昂起三角頭示威
口噴出兩條舌頭來威嚇

有人崇拜你爲蛇神
爲什麼人類討厭你的存在
因你那殘酷的兩支毒牙
隨時出賣人類的生命
交給予可怕的死亡之神

鄉音

趙天儀

在異國的天空下
來到無人的曠野上
面對着如浪的草原
岑寂的幽谷
以及一條潺潺地流動的小河

好久好久
沒聽到鄉音的他
好久好久
沒操過京片子說話的他
在異國的天空下
引頸遙望着

眞想用鄉音大聲地嘶喊
讓山谷的回聲
穿過自己的耳膜
即使是一句憤怒的語言也好
即使是一片遺忘的語言也好

幻

陳鴻森

一

慾望封閉着的季節
我站在窗前
拋擲出意識地望着
丈夫走後的遠方

一個個薄暮裡
暗淡的青春底落影
帝國主義的魘夢——
「出征在今朝
忠君衛國
誓死不復返……」的歌聲
彷彿又在耳邊響起

　結婚八個月　據說大日本遭到　米國的侵凌
　又被其切斷了糧食路線　相信着「滅私奉
　公」的神話　在狂喊着「皇軍萬歲」聲中
　他走在　參功聖戰的行列裏　乘着W軍艦
　開向「橡樹・蠻荒・死」的南洋

在歷史之榮光的空虛裡
浮沉着

成爲一個數目的他
迫使我蹣跚地
向着明日的曙色　流亡
在那遭受大量搜刮
而致物資貧乏的
慘淡時日裡　生活
只剩下了淚的
鹹味

二

陸續傳回來的
據說前方
已由吃緊而趨窘迫
如今已完全
陷在挨打的狀態裡

　活在成爲上等兵的興奮和驕傲裡的　我年青
　的丈夫　已然中斷了他的訊息　打聽着那些
　被遣回的人們　也只愕愕地張大着嘴

被一再掃蕩的小島
打旋　浮沉

他 已流落在
黑暗的無限擴展裡
我亦被漂到
一片焦慮和惶恐的
荒灘
誰也不知戰爭
　將延續到什麼時候
日子一天天過去了
不幸的預感之翅
開始在身邊拍個不停——
夜裏
我夢着他滿身的血跡
夢着燒傷的皮膚底焦味
夢見剛死者微開的口
以及 映照着屍骸的
夕陽……

三

開始迭接出現的空襲
猛然地讓我體會到
與丈夫同樣
　面臨生的斷崖的心情
而在私心底感受着
一種暗澹的幸福感

　彈片四射 彈火的紅光照亮着滾動的黃塵 機群掃射過後的藍天裏 隱約地浮現着 丈夫曲扭的臉——命運一如逐漸在暮色中轉暗的窒內 我開始經常地被莫名的暈眩或劇烈的頭痛 襲擊者 像滲入光的底片 我的世界已然崩潰 我終於倒下了

一個黃昏
在焦灼的困頓裏
我忽然看見了
某種暗光
閃爍地召喚着

　模糊的意識裏 我知道——如果丈夫的時間已靜止 那麽此刻 定是他來携我同行的 逐漸地 一片死魚的肚白色 淹沒了我的知覺……

不知經過了多久
我突然被一陣雜沓的聲音
驚醒過來——
那充滿着
憤懣和怨懟的聲音裏
却有個聲音 在我背後
溫和地說着

　「尊夫只是受了些傷吧 他很快就要回來了 您請放心 自己多加保重吧」

我迅速地回轉過頭
四周空無一物
而彷彿沐浴在
一種至福的淨界裏
某種神秘的力量
把我拭淨了

四

我健康逐漸恢復的當兒
傳來了
戰爭已告結束的消息
不久 帶着
被切除的帝國主義的疤痕
丈夫回來了

相會的那瞬
我忽然又聽見
那陣異樣的聲音
其中有個悲鳴着
「依附着他們歸鄉的船
然而 回到這片土地
就能給予我們安慰嗎？」
丈夫似乎猛然一顫
而顯出了異狀

「在一陣冷意和痲痺中醒來 我發覺我中彈倒在一林蔭處 陽光偶而透過葉隙 灑在身邊的濕草葉上 四周的景物 彷彿以着極其優雅的姿態 奇妙地在溶解着 我意識到這是我最後的黃昏了 但我隨即又喪失了知覺

不知經過了多少時候 我突然被一陣奇異的聲音——剛剛我忽然又聽到的那聲音——把我喚醒了 『兄弟 振作起來 勇敢地活下去 戰爭就要結束了』 而有股無形的力量 慢慢地把我扶起……」

五

活着或者死去
只是列隊在
候着死的
先後秩序之別吧

從戰爭中
僥倖的活了過來
而以着兩倍以上的
生的實感
生活着的我們
不得不相信着
一切實存之間
均被某種力量
在運作着
而當年 那些無辜的死者
已差不多快被遺忘了
還活着的
不久 也將離去

三十多年了 那些異地的戰死者 今已成了那土地的一部份 那些戰時的憤怒和愴痛也已被磨滅得 只剩下一點微末的歷史底不平和委屈罷了 然而 三十年來 充滿着憤懣和怨懟的 那陣異樣的聲音 並未曾消失 它時而在我心底幽微地廻响着 又時而激烈地在我耳邊响起

有一夜

我忽然夢到了
一群被痛苦和悲哀
扭曲了的
人形的影子
以着絲縷的聲音
傾注入我耳底

「我們是一群卅多年前無辜的戰死者　然而
——可笑地　我們竟在死之中　才覺悟了這
場人爲的戰爭底欺罔和空虛　以及　生的無
償性
我們在擁擠的　死之途　眼睜睜地看着　自
己無人收掩的軀殼　在惡臭中腐爛着　於是
乃決意集體背叛死的意旨　以共有的力量
亟力去阻擋後來同胞的　死
但是　由於對死的叛逆　三十多年了　我們
卻一直無所棲止……」

我驀地醒來
感覺屋外正鑠鑠地反射着
可怕的陽光
這時　我彷彿又看見了
那些燒焦的肌膚　以及
剛死者微開的口——

鑽井

楊傑美

在界定得那麼嚴密方正的井場上，我把凌空建構的井架架好，手裏握着一根尖銳的鑽桿，開始一寸一寸地朝着我深厚的內部一層層地挖掘下去……

第一口井噴出的是一隻隻憤怒的氣泡，蒸發到大氣中。第二口井噴出的是一加侖污黃腥膩的血，流泄進黑暗的陰溝裏。第三口井噴出的是一桶黏滯沉重的淚，被滾放在無人的大倉庫內。第四口井噴出的，哎，竟是一粒一粒黑的發亮的我的靈魂的晶體，碎成一顆顆的炭末，一柱一柱地噴湧上來噴湧上來……

在這黑靜的夜裏，握着鑽桿的手一口又一口不停地鑽探着，努力地鑽探着；只是我不禁開始納悶起來，在我鑽鑿過的那麼多口井中，那一口才是屬於我自已的，我單獨擁有的，我眞正能湧出油來的生產井呢？

噍吧哖

——謹獻一切爲這塊土地流過血汗的人——

奚落

序曲

龍山寺廣場聚集著人們
昔日的殿堂
最後的一把香火奉上去了
艋舺的居民在風雨中佇候
父老們直搖頭
怎麼向下一代說
冠著中原姓氏的日本國民？

艋舺憤怒了
鹿港憤怒了
台南府城憤怒了
他們披荆戴雪
他們磨破了足掌
晒裂了皮膚鍛鍊了意志
原來的惡水重重

原來的野莽瘴癘
原來的荒山毒蟲
化做阡陌萬里
築起小城廟宇
而他們竟然一直遠離著祖先的土地
荷蘭人的壓榨統治
西班牙的侵略
滿清王朝的出賣
而今
又在如何的一種苦難之下啊！

我們的祖先從歷史中學習了忍耐
他們有無數的美德
他們有令人淚下的善良
他們受苦受凌遲
數百年來
期待著怎樣深植中原的血液
在這一塊令人不捨的土地

後堀仔山結血盟

民國四年

當日本海軍在塭寮海灘登陸
余清芳還是十七歲的少年
年輕的火種
燃起了後日的熊熊烈火
血派如此的沸騰
怒視驕赤的太陽
旗，在他英勇的胸膛前撕裂
撕裂
撕裂
看那野蠻的種族
他們的圖騰是如此脆弱
在我們的勇士脚下
頭顱染滿鮮血地滑落
銅色的子彈掛在腰側
發亮的赤刀提在手裡
我們的執戈武士
很久以來就已是民族的光榮
驍勇的中原少年
我們將在未來惦念他們的英勇
那些使日本人膽寒的
從艋舺鹿港到府城
無不同聲頌揚
還有江定
還有羅俊
傳說他們有如古代的勇士
古銅的肌膚
爍耀的眼神
健美的身段跟農夫一般的純樸與忠厚
險峻的山勢
連緜的森林
後堀仔山是他們的根據地
江定的經營
屹立有如鋼牆鐵壁
張着眼睡覺的少年
比梁山泊的好漢更勇猛
他們如此地渴望
連睡眠也用來訓練勇氣
他們要洗濯太陽族的血腥
要把驕橫的侵略者
剁成千段

牛港仔山之戰

讓我們以血來回憶他們的奮鬭
看他們是怎樣獲得赫赫英名
因爲他們都已逝去
與祖先同享歷史的光榮
然而這歷史的光榮
我們豈知他們以多少的血肉築成
那個以太陽爲標記的自大民族
他們的爪牙密布

他們的軍探凶狠
他們的心思奸詐
後堀仔山的英雄
無不成爲角逐的獵物

尖山森林的血鬪是令人追憶的一幕
羅俊率領他的人馬
在每個樹叢和野地
鼓舞著決戰的士氣
他是一個年輕的猛漢
畫像貼在每個城市的告示牌
他的頭顱値得上一萬兩黃金
大和民族的軍警
還有凶惡的狼狗
日以繼夜地搜擊尖山森林
羅俊的馬靴
有如永不疲倦的機器
日人一個一個踩落鞋底
他的人馬
英勇不下於羅俊
尖山森林的每一株樹木
都掛著血淋淋的屍體
戰鬪的聲音震動了山谷
羅俊發亮的刺刀
塗成了黏稠的暗紅
鋒利的刀磨鈍了
在血鬪的最後一刻
用盡了他的力氣
與戰袍陳屍在寂靜的森林
敵人的屍首是他們的寢具

當日軍結束了尖山的血戰
轉移目標向牛港仔山
牛港仔山山谷重叠
樹木比野草還多
山谷比大海更深
那裡從來不知什麼叫做道路
毒蛇盤繞在每條樹枝上
野熊穿著V字的黑衣奔走
有長著長牙的山猪
凶厲的野猫
除了後堀仔山的漢子
沒有人能够不迷失

日本軍警潮水般
挾著猛烈的火器和大炮
山都震動了
整整七八個日夜
沒有一名壯漢倒下
江定率部衆擊退
一波又一波進擊的日軍
子彈服從他們的命令
沒有一個出現的日軍站著回去

余淸芳是一卓越的領袖
他的面目俊秀

他的膚色黎黑
他的身材中等而壯健
他的英勇使日軍望風披靡
江定的機智
罷俊的老謀深算
部衆鐵一般的意志
在余清芳的指揮下
給予日軍最上乘的招待
他們四方尋覓最適宜的
殉難的土地

而日軍洶湧的攻勢一再退下
余江乘勝進擊
我們的少年勇士
英勇擊潰日軍無數
他們以敵人的屍首
做爲陳屍的土地
以無名的英雄
贏取萬代的榮名
牛港仔山躺遍了他們的屍體
當夏季的花草旺盛地生長
當林中野獸狂肆地交配
他們的雄心堅定
掩伏在山中每一個角落
他們胸膛裸露
血和汗濕遍每一寸土地
緊握的長槍
每個敵人面前擊發

令人恐怖的血戰中
日軍的砲手
加深了泥土暗紅的血色
憤怒的戰士
抗拒著彈林砲雨的入侵
在最後一位衝鋒者倒地前
結果了那位砲手
把屍首
陳壓在砲門之前
那個勇猛的戰士
是江定的兒子，一個年輕的槍手，
一個美麗女孩的情人

余清芳眼看戰鬪吃緊
握著滾燙的長槍
率領部份人馬圍殺噍吧哖
日軍飽嚐致命的攻擊
被凶猛的火器團團圍住
余清芳像一頭猛獅
撕裂每一個大和族人的心臟
遍地的屍體在炎日下
聚成一股血腥的惡臭
於是日軍潰敗
大批大和援軍趕到
瘋狂的報復驟雨般降落
惡毒的敵人砲火
擊中視死如歸的戰士

余清芳滿身傷痕
滾在黃沙泥地和岩塊後面
以最後的火力投向敵人
逃離了這次必死的困鬪
和江定在四社寮溪會合
奈何東逝水
嗜腥的敵人如浪潮
余清芳面對殘餘部衆說
「日軍追圍
我軍已敗
爲免砲擊
部隊解散
各奔前程」

噍吧哖大屠殺

當余江敗北，部隊解散
大和族面對慘重的傷亡
瘋狂的仇恨
報復的屠殺是被料定的後果

日軍的詭詐
高舉招撫牌
騙取了我們少年勇士的忠厚
質樸的庄民
以慶生的心情
荒野中挖掘自己的墳墓
剷起一堆土
就剷起了一堆死亡
那方寸之地
就是他們曾千尋萬尋的
殉難的土地
他們的生命
便宜地換取了小小的欺罔
這小小的欺罔
使他們的死亡
更
莊嚴

蜿蜒的土溝是一條潛行的蟒蛇
死前的一刻他們才瞭解
機槍的子彈像甜蜜的謊言
一個一個炸開了他們的胸膛
五千具軀體
只爲著保衛他們自己的土地而炸碎了
震顫而起
栽進溝底
泥土被剷在他們身上

荒野回復原先的平坦
家屬以及情人
帶來鮮花取代了先前的野草
我們的祖先
在歷史上，就是這麼流血過來的
我們仍能深深地惦記著嗎？

大辟之刑

當余江突圍分手
敵人的詭詐如野草一般地蔓延
廉價出讓的道義常使英雄
出師未捷
身先死
後堀仔山血盟
終於在日軍法場實踐了
余江背負死刑牌
行刑隊的長槍
在他們身上築了一個大蜂巢
面對死亡
他們的臉色冰冷
刑場是死寂的
余清芳伏臥在地上
江定伏臥在地上
他們擁抱著土地
血，從他們身上流出來
不停地流出來
漸漸地
凝固
沒有人去動一下屍體
他們的屍首被棄置
哦！不是被棄置
他們的肉體還給這塊土地
他們的心
他們的精神被每一個人帶回去

終曲

我們的執戈勇士
很久以來已是民族的光榮
看驍勇的中原少年
我們將在未來惦念他們的英勇
讓我們以血來回憶他們的奮鬪
看他們是怎樣獲得赫赫的英名
他們有無數的美德
他們有令人淚下的善良
他們受苦受凌遲
數百年來
期待的是怎樣深植中原的血液
在這一塊令人不捨的土地
而他們都已逝去
與祖先同享歷史的光榮
然而，這歷史的光榮
我們豈知他們以多少血淚築成
我們眞能深深地惦記著嗎？

設計篇

吳夏暉

0.禁食

如果說爲了肥育一定要把我的睪丸除掉
我才不相信，但主人爲了去我的勢
一整天，禁食我確是事實。

那天，被禁食的兄弟們
　除了喝馬達自古井中送來的白水
　除了躺在紅磚舖成的床上呆想
除了更覺悟於殘酷的現實
除了用尾椎摸摸自己的睪丸，之外
什麼事也沒有做，元氣都叫陽光晒乾了
就這樣，兄弟們被故意禁食了廿四小時

我才不相信，主人禁食的目的
是要取去子孫的命脈
那一天，除了喝水
　除了躺着
　除了醒悟
　除了把玩
主人並沒有眞正動手
我還慶幸無發生意外事件

一九七五、八、十六寫
在笠山農場

1.意外事件

來了一個叫獸醫師的兇手
聽說是職業的
主人喊他，像下午六點開飯時喊我們
一樣的聲音一樣的表情，
連動作也一模樣
倒是客氣點火請長壽烟

兇手要兄弟們排隊
然後，一個一個，一個一個

被壓倒在地上
在地上，被梱住
然後，一個一個，一個一個
被丟進肥皂池，那肥皂是櫻桃的
還以爲是特別待遇呢！
原來主人是幫兇，幫着獸醫師拿碘酒
並且強迫拉開兄弟們的双腿
我親眼看到鼠蹊和兩股間
兄弟們下部突起的兩顆球體

分明是謀殺，刀子一起一落
睪丸像被壓了一下
跳出來，叫兇手接住
主人說：獸醫師，你應該去當捕手
　棒球很熱門，至少你可以出國

一九七五、八、十九寫
在玉豐駐在所

2. 捕手

與其說除掉睪丸是一件殘酷的事情
不如說：那是一種美麗的痛苦經驗
當我被碘酒浴過，手術刀在我表皮劃過
獸醫師，用力壓迫我的一剎那間
我給他一個暴投，投出
睪丸從總夾膜裂口衝出

主人說：怎麼落接了？
落接也是一種意外
如果捕手當不成你的執照就要吊銷了
那裡有獸醫師像你如此差勁
獸醫師扔掉手術刀
理直氣又壯，顯然在作強辯：
我不行？你行？
何苦花錢要我當兇手

然後，大吵大鬧起來
而我依然在繩梱之中
　在冥想之中
我想：主人要不是虛膽
　他也不肯花錢受氣
我想：獸醫師要不是無賴
　也不會見財動刀子

一九七五、八、二十寫在笠山農場

玫瑰花　林我信

——贈陳秀喜女士

不要告訴我雲的故事
讓我聽聽你園子的玫瑰
昨夜，她被虫子咬了
我們如何安慰她呢？
你用露水，我用泥土
來，讓我們告訴她
風信再來時，用你最深的凝眸
深深地守住她
現在，我們要不要告訴她雲的故事？

一九七六、十二、十七

答案　廖雁平

答案，別引誘我粉碎眼前的化石
就不能保留你的神秘
要不然我又怎會如此痴狂
懷着狂人的血液
攀登探涉無人煙的處女地
假使一定要清澈如鏡的溪澗
就要到山巒纍纍的叢林裡
若果要傾聽繞耳的音韻
那麼請到海潮起伏的港灣去
答案，請別掀開你誘人遐思的窗簾
讓我永有詩的題材在假設中成立
世態炎凉在推論中滋長
愛情的故事在歸納中成爲不朽的經典

六十五、九、二十七

上山　秋聲

於是我們上山
蹦着月影、趿着芒鞋
拾道壘壘的迷夢
於是我們上山
涉過澗流、躍過崖岩
棄包袱於烏蕩的潭
於是我們上山
剜去双目，截去双臂
立軀體爲萬木之一

大度山詩展

夜懷東海

趙潤海

冷冷的窗
窗外是搯著數不完的星子
把星子作娥黃
貼在盛唐繁華的鬢角
還有我們低垂的額上

油加利挺在蕭蕭的寒瑟裡
伏蟄著寂寞
猶自想
扯住過往的蟲噪

還有相思林
可以盛來
煮一杯朦朧的記憶
然後沸騰掉整個山城的懷念。

生活的歌

戴文采

煤球孔裡
竄出來的呼吸
火燎煙燻着毛邊紙日曆

有醬瓜的中午
半濃不稠一鍋
糊了的七情六慾

烹茶

霍　馬

烹茶在山裡的洞天
竹林裡湧出一捧捧嘩然裸浴的泉
嵐氣叫仰不止的崖壁又高又遠
這裡却不見幽深的禪院
張帆的風低低廻過　留下一蠢蠢
無瑕的壺　歲月斑駁的椅
和一個茗泉的思念

山路總有好幾層　叫拉長的凝望迂曲九轉
或僅造一個倜然的黃昏等待
等歸返的鐘磬召喚
在一處野鳳烹茶的山壑
竹林裡湧出一瓢啞然忘機的泉
茗泉的思念，默默濯去一路的足酸

哀歌

莫隱

晚風遊戲於
山谷與瀑布之間
楓葉與夕陽
一齊醉了

我沒有醉
面對這幅畫
左看右看
橫看豎看
却再也看不出
風景

眼珠汪汪浮出
或人畫贈的
從前那朵奇葩

懷古

喬東

晨食後
兀自坐在多陽光的祖祠庭前
想一些久遠的祖先們
池里湧著老祖父時的山泉
而子孫終將採擷的新蓮
雲 淡淡鑲上
遠離老屋的陰影
初春，去冬的重逢依稀逼人
我且蹲坐在多陽光的祖祠庭前
晒去積沈的冷濕
明日，還不是驚蟄
該擔心的不是春雷，也不是穀雨

傳說是個年少威武的老祖先
（那是個怎樣的祖先啊！）
一個亂世的祖先
所擁有的只是旗服與辮子罷
延平郡王焚去三千載的儒冠
舉劍，艦旗幡幡
鵠首向東，大陸到島國
整朝代的悲哀
仰首，河漢熠熠
斗首東指，天樞到天玄的久遠
把青年渡成了老年
而一脈血系由是傳遞下來

或許，傳說的日子是不該再提起了
我且蹲坐在多陽光的祖祠庭前
細數前山新綠幾叢
却也分不清是桃或是李了

中國新詩論史㈦

——原載笠七四期中國新詩論史篇數應爲㈥誤植爲㈤，特予更正，故本期續爲㈦。

旅人編

丙、季紅與英豪

季紅（本名齊道旁），民國十六年出生，河南人，曾任軍中要職，作品曾被翻譯爲英法日韓文字，詩論有「詩之諸貌」一文，詩作尙未結集出品，惟重要作品已獲選入「六十年代詩選」。

他的詩論「詩之諸貌」一文，頗有創見，如非有豐富創作經驗，甚難寫出。此文包括四個子題，第一個子題爲觀念之貌，第二個爲靜觀——清醒的時刻，第三個爲第二度清醒——靈感之否定，第四個爲批評之批評。

第一個子題「觀念之貌」：談到詩的創造，是要在最寧靜，最明澈的時刻爲之，才能使一首詩獨立存在，有一種高超引人的境界。他認爲沒有醞釀成熟的觀念，詩的文字花朶便不會站起來，便無法在讀者面前建立起詩的眞貌。他替詩大膽地下了個與衆不同的定義：「詩是一個觀念之人所共見的風貌」，並且堅信觀念有多深厚，作品即站立多麼久，寫詩者所能耗費的時間，永遠可在時間上獲得報償。

第二個子題「靜觀——清醒的時刻」：他認爲詩人要學習觀察與靜默，才能將自我溶於萬物，而後自萬物中清醒，心中的「主意」自會表現出來，而且所表現的是未爲人發現的，未爲人所道出的，是長久存在著的道理。

第三個子題「第二度清醒——靈感之否定」：季紅認爲詩人的創作階段有三，第一階段是欣賞的階段，是直觀的，萬事萬物使詩人感動，精神舒展，這個階段就是第一度的清醒。第二階段是與意象作祈禱般地應位的階段，其特質是關切、抽離、超昇，此即爲第二度清醒。第三階段是艱辛的勞苦與工作，亦即表現。他反對創作需恃靈感來臨之說，他認爲在上述創作的三個階段裏，靈感無立足之地。

第四個子題「批評之批評」：他認爲批評是一種責任，目的是要顯揚創作者的靈魂，讓讀者與作者看見。他又認爲批評起於完全的欣賞，但批評的完成却在於理智的自審與印證。批評者必先是讀者，然後他又是作者，了解批評的性質：批評必當是純粹的、眞正的，即必須是批評之批評。

現在另談李英豪的詩論。李英豪，廣東中山人，西元一九四一年出生，專事寫作，詩論集有「批評的視覺」。

李英豪認爲詩起於感物，成於觀念的表現，它的呈示近乎「物化爲知，與我爲一」之智境。這種對詩的看法，不是和季紅所說的：「詩是一個觀念之人所共見的風貌」有點相同嗎？兩者都注意到觀念對詩的重要。同時，李英豪所說的「物化爲知，與我爲一」，不是與洛夫的「與物同一」的詩觀又相同嗎？他又說：「詩，在其自身發展的動向中，必和『美』自然的相聯，它沒有實用的目標，只有創造的目標」，這是他的「詩無本體論」，詩無本體，它祇有自由獨立的創造作用，跟科學和一般的藝術有別。因此，詩入乎藝術，又超乎藝術，從感知相渾中，與美成爲一體，創作一個新的世界，它是不斷生長著，永無止境。這種看法不是和葉維廉的「秩序的生長」一樣嗎？（葉氏喜好「秩序的生長」這句話，其實也就是他的詩論的重心，所以曾把這句話作爲詩論集的書名）此外，李英豪認爲中國傳統的文學批評方法並未建立，有賴於輸入西方的批評，才能使中國的新文藝復興。這種對外來「輸入」的要求，不是和紀弦的「移植」論調一樣嗎？只不過紀弦要求的是創作方法的輸入，而李英豪是批評方法的輸入而已！由此可見，移植說的詩論家，不管彼此意見如何不同仍離不開基本共通的觀點。

對於李英豪的詩論，筆者的感覺是「激進有餘，獨立見解仍嫌不足」。從上面的舉證，除了證明移植說詩論永有基本共通的觀點之外，也可證明李英豪的見解，仍然無法超出其前輩詩論家的觀點。他的批評詩的子彈，固然精銳、射程遠，可惜這個子彈自製的不多見。但無論如何，在移植說詩論家當中，他是最年輕的一位，他還有時間來超越前輩，從「模倣的批評」跨入「獨立的批評」不是不能達到的。

丁、瘂弦與張默

瘂弦（本名王慶麟）河南人，西元一九三三年出生，詩集有「瘂弦詩抄」、「深淵」，作品曾被譯爲英法日韓等國文字。

瘂弦，這根沙啞的弦，其實並不沙啞，他的筆名是自謙，沙啞的弦，彈出的却是美麗的音符。因爲他的詩寫得很好，所以大家便忽略了他也會寫詩論這趟事，他的「詩人手札」（見中國現代詩論選）一文，是值得探討的。

在「詩人手札」裏，瘂弦談論到很多詩的問題。他認爲新興的文學、藝術，常使某些故步自封的理論家困惑，儘管是類理論家不肯承認它的存在，但它只要是眞實的感性的眞實，它便會存在，毋須要人承認。他相信，每一作家都有他的血系，世界上似未產生過一個沒有臍帶的作家反抗他的血緣，企圖仳離，而有新的作品出現。

關於新舊詩的論爭的焦點，瘂弦認爲是在於「解」與「感」這兩個字觀念上的差異。只求去「解」而不知去「感」，自然無法進入現代詩的堂奧。

他要求自己寫詩，盡力在搜求一切的不幸，讓這些不幸成爲他的詩篇，當這些詩篇存在時，他便感到喜悅。他寫詩，總喜歡鯨吞一切感覺的錯綜性和複雜性，結果由於貪多，無法集中於一個焦點。

他說：「一個詩人把生命中最好的時光浪費在政治抒情上，甘願將已經戴在自己頭上的桂冠拆得一葉無存，而降格成爲一個『社會主義』的喇叭手，你說，還有什麼比這更令人惋惜的？」，對於那些在中國境內搞普羅文學運動的詩人們，瘂弦很替他們婉惜，如艾青、臧克家、胡風、青勃、鄒荻帆諸人。瘂弦從反面替詩下了個定義：「詩，究竟不是一面戰旗」。

此外，他談到詩要札根於現實的生活中，詩和散文的區別，作家走在讀者前面，詩與械械文明，詩的批評，超現實主義、僞詩以及詩的破壞和建設等問題，都有很精闢的見解，這些見解的得來和季紅一樣，是從不斷地創作中體驗出來的。

瘂弦還有一篇「二月之獻」（見「心靈札記」一書的文章，足可媲美里爾克的「致青年詩人書簡」。他自剖爲何愛上詩，爲何把詩當作戀人，爲什麼不作「大詩人」而要作「純詩人」等問題，讓有志於詩的青年人做個參考。

他說：「詩人的德行並不是爲了將來的報酬而努力。我們對詩一往情深並非爲了追求報酬。辛勞之後獲得報償的觀念對於濶大的靈魂永遠是一種漠然。我一直信仰一件事：詩本身的痴情一如紀德筆下的戀愛。詩是詩人最菁華的一部份，詩人把全部的德行——對於美的德行——懸繫在這上面，它提高了詩人，它使他昇華自我，沒有這個，詩人就要回到資質極爲平凡的那種庸碌的水準上了。這便是另一形態的自救之道，自救現代人，現代智識份子，現代詩人的一種「起碼」。」他又說：「詩只怕眞的是一種赫然的存在吧？而它的召喚多麼使我無法抗拒！它是對於「絕對」的冒險，它的對於「永恆」的衝刺，它有著太多的或然率。它生活著，在它自身中，在作者那裏以及讀者那裏，甚且，它在歷史那裏。它是輝煌，整體的輝煌，它是甜密，整體的甜密。」從上面所引述的話中，吾人也許可以了解到瘂弦之所以成爲瘂弦以及異於他人的原因了。

瘂弦的詩論介紹完了，也談一談張默的詩論了。

張默（本名張德中），安徽人，詩集有「紫的邊陲」、「上昇的風景」，詩論集有「現代詩的投影」、「現代詩的批評」，作品曾被譯爲英法日韓等國文字。

張默是一位詩的表現論者，他認爲一個眞正的現代詩人，永遠在講求表現，而不是像傳統詩人只是在敍述。他說：「倘你想望寫詩，應該儘量設法從表現開始，眞正表現了的藝術品，才能與時間抗拒，所以說：「表現就是存在」（見「現代詩的投影」一書。張默所說的「表現」一詞，其內涵和商禽所說的「演出」完全一樣，商禽把詩的「表現」說成「演說」（見中國現代詩編選「詩之演出」一文），只不過企圖將靜態的詩作描述成動態而已。

現代詩固然是要求表現，但表現成什麼樣子呢？張默認爲要「表現的生氣」，表現一個生命的滑落到另一個生命的閃耀，從此一事物的開始到彼一事物的茁壯。至於如何去「表現」呢？張默說要掌握「新」與「變」的要素，他相信掌握了這兩個要素，創作的火燄便不會停止，祗要詩的生命一日不枯萎，誰也無法阻止任何一個人成爲最優秀的詩人。

如果認爲張默是一個詩的表現論者，便認爲他是一個技巧至上者便錯了。他說：「如果我們過於玩弄技巧，結果反被技巧迷失，這實在是不智之擧。」，所以張默的一再強調「表現」，並非爲「表現」而「表現」，他所說的「表現」的眞義，是在鼓舞詩人勤奮地創作，不要怠惰，尤其要抓住強旺的青春期緊緊地，忙碌地寫作，否則稍一疏忽，必被後起之秀拋得遠遠地。

張默的詩論發表的不算少，他很勤奮地寫，也儘量地求好，可惜有些詩論文章，好夾雜洋文，東一段艾略特的金句，西一段梵樂希的良言，全篇讀來，令人感覺他是在做摘錄筆記，而非在寫論文，比起洛夫、季紅或瘂弦來稍差一截。

第三目　移植說的特徵

移植說的詩論家，其主張雖彼此互相有不同，但大抵都有共同的特徵：

第一、他們的詩論，雖有自已的見解，但均以西洋現代文學的理論爲基礎論述，較少自中國傳統的文學理論出發。

第二、他們的詩論是「主知」的。所謂主知的「知」，其涵義應解爲「思考」，「主知」的意思，也就是說主張理想的詩應爲思考性的，而不是抒情的，抛棄浪漫情緒的外衣，使詩傾向冷澈厚重的實體。

第三、著重新技巧的表現。他們認爲有豐富的詩的思想和感情，而沒有新的技巧表現，詩作自然無法完成，縱使完成了，也不是一首上乘的詩。而他們所崇尚的新技巧是什麼呢？這包括求意象之繁美，潛意識的自動流出以及詞性的多樣轉化等。

第四、立論堅決果斷，行動積極豪邁。他們是詩壇的立說者，也是行動者。他們主張什麼的詩論，也立即付諸行動寫什麼樣的詩，因此他們多數是詩人兼詩論家。如果說，政治上有前進派、保守派和中立派三種，那麼他們便是詩壇上的前進派，而蛻變說者是保守派，口語說者是中立派。

至於如何判斷一首詩是「移植說」的「現代詩」呢？當然是從上面所說的移植說的特徵去著手認識。不過，在此另行舉出三個簡單的方法辨別：

㈠字句較洋化：字句洋化的結果，讀來不像中國句式，甚至帶點朦朧的意味。因此詞意也就不可能一下了解。

㈡意象繁美：移植說的詩意象都比較繁美，如果拿口語的詩與之相比，讀者會發現後者爲平白，當然這不是意味着移植說的詩比口語說的詩好，其實各有優劣點。今且舉出實例比較：

從灰燼中摸出千種冷中千種白的那隻手
舉起便成爲一炸裂的太陽
當散髮的投影扔在地上化爲一股煙
遂有輭輭的蠕動，由脊骨向下溜至脚底再向上頂撞
——一條蒼龍隨之飛昇
錯就錯在所有的樹都要雕塑成灰
所有的鐵器都驟然於揮斧人的緘默
欲擰乾河川一樣他擰乾我們的汗線
一開始就把我們弄成這付等死的樣子
唯灰燼才是開始
（洛夫「石室之死亡」第五十七節）

南國的夜
一支按摩的笛音
穿過了那古老的幽暗的小巷
吹醒了我惺忪的眼神
「茶，杏仁茶
熱仔杏仁茶……」
依稀我猶記得祖母端碗的臉
在寒流下
流露著一紅潤的溫暖
小巷裡，有我夜讀的燈光

有一支淒涼的笛音
伴著一碗燒噴噴的杏仁茶
以及一幅安祥的祖母的容顏
（趙天儀鄉音組曲「杏仁茶」）

上面引了兩首詩，第一首是洛夫的詩，屬於移植說的詩，以意象繁美取勝；第二首是趙天儀的詩，屬於口語說的詩，不以意象繁美取勝，而以親切，眞摯的感情及方言的運用取勝，兩者技法側重之點不同，但均能達到詩的效果。

㈢詞性轉化多：詞類有許多種，如名詞、動詞、形容詞、限制詞、關係詞……等，而移植說的詩，在運用這些詞類的時候轉化較爲頻繁。

冬天拒絕了繁茂，往往堅硬
就是嚴層的生命，山出現
而向海流，河川生
而不避窪地，湖泊是故
無以高擧目身，花瓣
把一切呼喊切爲潭盪的雲
（摘自葉維廉「終句」）

前面的詩是從葉維廉的一首詩「終句」摘錄下來的。其中「繁茂」二字，「繁」和「茂」各是形容詞，兩個形容詞聯合構成「繁茂」這個「詞聯」，其本身即帶有形容性，而「冬天拒絕了繁茂」這個詩句當中的「繁茂」，已經名詞化了，也就是說由「形容詞」變成「名詞」了。又如「呼喊」也是「詞聯」，由一個動詞和另一個動詞聯合而成，其本身即帶有動詞性，現在說「花瓣把一切呼喊切爲漂盪的雲」，試問「呼喊」如何被切？必定是名詞化了才可能被切，也就是說由「動詞」變成「名詞」了。

析陳鴻森的「幻」

趙廼定

「幻」所探討的是——夫妻間是幻，人的生死是幻，戰爭是幻，甚至以「大日本人」意識滙聚而成的日本帝國亦是幻。所以作著如此說——活着或者死去／只是列隊在／候着死的／先候秩序之別吧！所以作者如此說——我們是一群卅多年前無辜的戰死者，然而——可笑地，我們竟在死之中，才覺悟了這場人爲的戰爭底欺罔和空虛，以及生的無償性。

幻是描述一位妻子，結婚八個月就和相信「滅私奉公」的神話在狂喊「皇軍萬歲」聲中的丈夫離別，因之自己成爲「在歷史之榮光的空虛裡／浮沉着／成爲一個數目的他／迫使我蹣跚地／向着明日的曙色流亡。

戰爭由吃緊而窘迫而陷在挨打的狀態裡，因之中斷了年青丈夫的訊息，爲妻打聽被遣回的人們，只有愣愣地張大着嘴，所以作者如此的描述「他已流落在／黑暗的無限擴展裡／我亦被漂到／一片焦慮和惶恐的／荒灘。

由日子一天天的過去了，因之「不幸的預感之翅／開始在身邊拍個不停——／夜裡／我夢着他滿身的血跡／夢着燒傷的皮膚底焦味／夢見剛死者微閉的口／以及映照着屍骸的／夕陽……。

當彈片四射，彈火的紅光照亮着滾動的黃塵，「迭接出現的空襲／猛然地讓我體會到／與丈夫同樣／面臨生的斷崖的心情／而在私心底感受着／一種暗澹的幸福感。」機群掃射過後的藍天裡，隱約地浮現着丈夫曲扭的臉——命運一如逐漸在暮色中轉暗的室內，我開始經常地被莫名的暈眩或劇烈的頭痛襲擊，而襲擊者像滲入光的底片，我的世界已然崩潰，我終於倒下了。

在「一個黃昏／在焦灼的困頓裡／我忽然看見了／某種暗光／閃爍地召喚着」，在模糊的意識裡，我知道——如果丈夫的時間已靜止，那麼，此刻定是他來携我同行的。

逐漸地，一片死魚的肚白色淹沒了我的知覺……。「不知經過了多久／我突然被一陣雜沓的聲音／驚醒過來——。」「那充滿着／憤懣和怨懟的聲音裡／却有個聲音在我背後／溫和地說着」：「尊夫只是受了些傷吧，他很快就要回來了。你放心，自己多加保重吧！」

「我迅速地回轉過頭／四周空無一物／而彷彿沐浴在／一種至福的淨界裡／某種神秘的力量／把我拭淨了」。

「我健康逐漸恢復的當兒／傳來了／戰爭已告結束的消息／不久帶着／被切除的帝國主義的疤痕／丈夫回來了」

「相會的那瞬／我忽然又聽見／那陣異樣的聲音／其中有個悲鳴着『依附着他們歸鄉的船／然而回到這片土地／就能給予我們安慰嗎？』丈夫似乎猛然一顫／而顯出了異狀」又陷入那情景：在一陣冷意和痲痺中醒來，發覺自己中彈倒在一林蔭處，陽光偶而透過葉隙，灑至身邊的潤草葉上，四周的景物彷彿以極其優雅的姿態，奇妙地在溶解着，我意識到這是我最後的黃昏了，但隨即又喪失了知覺，不知經多少時候，突然被一陣奇異的聲音——似乎剛剛聽到的聲音把我喚醒了：『兄弟，振作起來，勇敢地活下去，戰爭就要結束了。』而有股無形的力量，慢慢地把我扶起……。

從戰爭中僥倖的活了過來，因之體悟到「活着或者死去／只是列隊在／候着死的／先後秩序之別吧」。「而以着兩倍以上的／生的實感／生活着的我們／不得不相信／一切實存之間／均被某種力量／在運作着／而當年那些無辜的死者／已差不多快被遺忘了／還活着的／不久也將離去」。

三十多年了，那些異地的戰死者今已成了那土地的一部份，那些戰時的憤怒和愴痛，也已被磨滅得只剩下一點微末的歷史底不平和委屈罷了，然而，三十年來，充滿着憤懣和怨懟的那陣異樣的聲音，並未曾消失，它時而在我心底幽微地迴響着，又時而激烈地在我耳邊響起。

一個慘痛的經驗在心中的刻劃是深鉅的，「有一夜／我忽然夢到了／一群被痛苦和悲哀／扭曲了的／人形的影子／以着絲縷的聲音／傾注入我耳底」：「我們是一群卅多年前無辜的戰死者，然而——可笑地，我們竟在死之中，才覺悟了這場人爲的戰爭底欺罔和空虛，以及生的無價性。我們在擁擠的死之途，眼睜睜地看着自己無人收掩的軀殼，在惡臭腐爛着，於是乃決意集體背叛死的意旨，以共有的力量亟力去阻擋後來同胞的死，但是，由於對死的叛逆，三十多年，我們卻一直無所棲止……。

「我驀地醒來／感覺屋外正鑠鑠地反射着／可怕的陽光／這時我彷彿又看見了／那些燒焦的肌膚，以及／剛死者微開的口——」

此詩誠如作者在目錄上所標明：幻（敍述詩）；亦如作者在後記所述：「我並不迴避我詩中的敍述成份」及「在方法論上，我意圖以敍述性來實踐我的詩底社會性。」所以「幻」處處是平白的敍述，易於被讀者接受與認識，正如作者所倡言的社會性；惟由於敍述性過強，本詩的迴盪力量不够，所有的迴盪力量的產生，僅在敍述『事』本身的淡淡愁產生而已，亦即讀者不能靠想像力與思考力而推延，只有依賴經驗的迴照中，才比較可以品味。（一九七六、九、十八）

里爾克「形象之書」二首

李魁賢譯

盲女

陌生男
　妳這樣說，不會惶恐嗎？
盲女：
　不。
　那是很久的事。另外一個女人。
　她當時能看、能喊、能觀賞地生活，
　她如今已死。
陌生男：
　是困苦死去的嗎？
盲女：
　死亡對於無預感的人誠然殘忍。
　當陌生者去逝者，人必須要堅強。
陌生男：
　妳不認識她？
盲女：
　——毋寧說：她曾經是陌生者。
　死亡本身使孩童疏遠母親。——

但第一天是恐怖的日子，
我全身受了傷。在事務中
開花和結果的世界
從我連根拔除。
連同我的心（我如此感覺）我
有如掘開的大地敞開，飲盡
我眼淚的冷雨，
不斷地從死亡的眼中
緩緩流出，好像去逝時
雲從空虛的天空降落。
而我的聽覺擴大，全部展開。
我聽是聽不到的事物；
流過我髮上的時間，
在脆弱的玻璃瓶內鳴响的寂靜，——
而感覺到：在我双手旁拂過
大朵白薔薇的氣息。
我一再地思量：夜和：夜
且想着明亮的綵帶，
有如白晝一般的進展；
且想到清晨，早已在我的掌握中。

我叫醒母親，當睡眠沉重地
自黝暗的臉龐下降，
我喚着母親：「媽，醒醒！
關燈！」——
傾聽着。久久仍然寂靜無聲，
我感到自己的枕頭已經化石，——
然而，我好像看到一些照明：
那是母親在悲傷流淚，
爲了我不願再提的事。
關燈！關燈！我常常在夢中嘶喊：
空間在下陷。將空間
從我的臉和我的胸托起，
妳必須把它舉起，高高舉起，
必須再把它還給星星；
天空壓在我身上，我還能這樣生存。
但我是訴妳嗎，母親？
不然向誰訴？然後又是誰？
誰在幕後？——冬天嗎？
母親：暴風雨嗎？母親：夜晚嗎？說呀！
或者是：白天？……白天！
沒有我的份！沒有我怎可有白天
我沒一處缺陷嗎？
爲什麼沒有人問我？
難道我們全部忘了？
我們？……但妳一定在那裏！
妳還有一切，不是嗎？
妳的臉還可爲一切事物效力，
盡一切所能。

當妳的眼睛休息
即使如此疲倦，
還是可以再張開。
……我的只能沉默。
我的花朵即將褪色。
我的明鏡即將冰凍。
在我的書中字行即將消失。
我的鳥即將在小巷內繞着飛翔
並自己撞傷在陌生的窗。
什麼都不再和我攸關。
我被一切所遺棄。——

陌生男：
我是海上島嶼。
而我已越海而來。

盲女：
怎麼？在島上？……已來到？

陌生男：
我還在小船上。
我已緩緩靠岸——
靠向妳。船在搖盪……
船旗向陸地招展。

盲女：
我是一座孤島，
我很豐富。——
首先，在我的神經中
由於衆多的需要，
仍然遵行古老的途徑；
我也因此受苦。

全部由心房傾出，
竟不知往何處，
但我隨後發覺全部都在那裏
全盤的感情，我所存在的一切，
在不爲所動的幽閉双眼裡
聚集，擁擠，而且叫囂。
我全部被誘惑的感情……
不知是否經年如此靜止，
但我幾週來已知
已斷絕了全部的歸程
而且無人認識。

然後阻塞了通往眼睛的道路。
我再也想不出。
如今一切在我身邊圍繞，
安全而且沒有憂慮；有如康復的病人
感情昂揚，享受着散步的安慰，
走過我身體的黝暗家屋。
有人在閱讀
回憶錄；
但年輕的
都向外張望。
因爲在他們踏入我邊緣之處
是我玻璃製的衣裳。
我的額可看，我的手可讀出
別人手中的詩篇。
我的脚和所踐踏的石子晤談，
鳥兒都把我的聲音
從日常的牆壁帶出。
如今我絕不再感到匱乏，
所有顏色都移入
雜音和氣味裡。
而且不斷地鳴响
優美得有如音調。
書對我有何用？
風在樹林中翻葉；
我懂得那些話語，
且常常輕聲重複。
而把眼睛像花一般摘下的死亡
我眼不見爲快……

陌生男（輕聲）
　我明白。

鎮魂歌

——獻給克拉拉·衛絲陀芙

才一小時前地上又增加了
一件事務。增加了一個花環。
片刻前還是輕盈的落葉……我加以編串：
而如今這常春藤異樣的沉重
好像從我的事物中吸吮
未來的夜夜，而充滿了黑暗。
如今在翌夜之前我幾乎悚然，
只有我親手編製的這花環，

不敢預想會變成什麼模樣，
當藤蔓圍繞籠圈；
完全爲了需要，而瞭然：
有些事無法再存在。何等
迷惑於從未踏入過的思域，其中
我必定已經見過一次的奇妙事務即立在裏面……

……孩童在遊戲中摘下的花卉，順水飄流而下；由張開的手閘指一朵一朵落下，直到再也認不出是花束。而他們帶回家去的剩餘花卉，正好可以燃燒。當有人想到睡眠時，才爲了被折斷的花卉而哭泣了整個夜晚。

葛瑞泰，自妳出生起
就注定很早會死去，
金髮時就死去。
遠在妳能確實生活之前。
因此，主在妳之前降生一姊
然後又是一兄，
在妳之前是二近親，二純潔者，
向妳指示死亡，
妳的：
妳的死亡。
妳的兄姊之出世，
只因妳對自己的死之習慣，
而妳在二者臨死的時刻
和數千年來威脅妳的
第三者達成了和解。
爲了妳的去逝
生命才告產生；
編花的双手，
使薔薇感到變紅
使人感到英勇的眼光，
加以構成而又加以消滅
而且三度創造了死，
就在死走近妳本身之前，
已自熄燈的舞台步出。

……可愛的遊伴，死以可怕的樣子接近妳嗎？
曾經是妳的對敵嗎？
妳曾否悲泣到使他動心？
他把妳自溫馨的枕上
搶奪到全家中無人睡眠的
搖晃不定的夜裡……？
他是何模樣？
妳必定知悉……
妳因此回歸故鄉。
…………
妳知道
杏仁如何綻放
而湖水蔚藍。
妳知道，只有在初戀時
於女性感情中存在的許多事物。
大自然向妳細語
南方逐漸暗淡的日子裏
如此不盡的美，
有如二者共有一個世界

那樣極樂的人，以同一的聲音，
才能自幸福，嘴唇道出——
妳已經徐徐對這一切有所覺悟，——
(啊，有如不盡的痛苦
接觸妳不盡的謙遜)。
妳的信從南方來
還留有陽光的溫暖，只是伶仃孤獨，——
妳不斷地爲追踪疲於
懇求的信函而奔赴旅途；
因爲妳不欲光彩奪目，
每一種顏色都使妳感到受罪之苦，
而妳就在焦急不耐中生活，
因爲妳淸楚：這不是**全部**。
生命只是一部份……依靠什麼？
生命只是一音調……什麼旅律？
生命只有與向前擴張的空間的
許多圈結合才有意義，——
生命只不過是夢中的夢，
但夢醒時是在別處。
所以妳已解脫。
妳已大大地解脫。
而我們所知的妳還是矯小。
妳所有是多麼少：始終帶些
憂鬱的淺淺微笑，
非常柔潤的髮和一間小屋，
自從姊姊去逝後一直由妳續住。
似乎此外就只有妳的不服
如今我以爲是妳靜靜的遊戲伴侶。

可是妳的存在
已太多。而我們常常明白
妳在黃昏時進入客廳；
常常知道：現在必須祈禱；
有一群人進來，
這一群人跟隨着妳，
因爲妳知道路。
而妳必定知道
妳早已知道
昨日……
妳是姊妹群中的老么。
看呀，
這花環有多重。
他們要把這沉重的花環，
放置在妳上面。
妳的靈棺可承受得住？)
如果在此黝黑的重量下
妳的棺受到破壞，
在妳衣服的褶紋裡
會爬滿了
藤蔓。
還繼續向上長着卷鬚
生出的卷鬚纏繞着妳，
還有在藤蔓的卷鬚內運動的樹液，
以股股流湍的聲音激動妳；
妳是如此的純潔。

妳已長長伸出而且就此鬆弛。
妳肉體之門輕掩着
藤蔓就此濕濡地
爬進……
…………………

有如尼姑
排列的行列
依着黑色的繩索
向前走
泉啊，因爲妳的內部黝黑
在妳血液的虛無通道中
她們湧向妳的心房：
在此做溫柔的痛苦
遇上了蒼白的
喜悅和懷念——
她們漫步着，有如在祈禱中，
完全消失於
黝黑而完全打開的心房

但這花環只在光中
在生者之間，在我的身旁，
才顯得沉重；
而它的重量
在我把安放置妳旁邊時
已不再存在。
大地，妳的大地
是完全的平衡

在我凝視的眼神中顯示沉重，
從我圍繞着它的軌跡
也是沉重；
看到它附在上面的人
大家都恐懼不安。
把它拿給妳，自從它完全編成
就是屬於妳。
從我這裡拿給妳。
就讓我孤單！它就像一位過客……
我自愧無顏見它。
你也怕嗎，葛瑞泰？

妳不能再走？
不能再和我在屋內小立？
脚痛嗎？
那就停留在大家集合的地方
明天把花環帶去給妳，孩子，
穿過落葉的林蔭道。
會帶去給妳的，安心等待，——
明天還會給妳帶去。
即使明天狂風大作，
花朶也不會遭受很大損害。
會把花帶去給妳。妳有權利
接受花，孩子
花在明天也會變黑而枯萎
並且就此久久消失。
因此不必憂傷。妳不須再分辨
何者上升而何者下降；

顏色已褪而音調已瘂，
而妳根本還不知道，是誰
給妳帶來這一切的花卉。

如今妳知道排斥我們的外在，
即使我們在黑暗中經常瞭解；
由妳所憧憬的對象
贖回至原來的所有
在我們之間妳是小小的造型，
也許妳如今已是茂盛的森林
有風和樹葉的交响。——
相信我，遊伴，暴力不會發生在妳身上：
在妳生命開始時
妳的死已老
因此死儘裝着生
所以生不能殘存於死後

……………………

是什麼在我周圍漂盪？
是夜風進來嗎？
我不會戰慄。
我堅強而孤獨。——
今天我作了什麼事？——
……黃昏時我拿着藤蔓，編製
並把它彎曲在一起，直到它完全屈服。
再把它塗上黑色的光彩。
而我的力量
就在花環內循環。

譯後記

里爾克這一首「鎮魂歌」，雖是題獻給他妻克拉拉·衛絲陀芙，却是替克拉拉為思念其亡友葛瑞泰而寫。

『形象之書』(Das Buch der Bilder) 是里爾克的第六部詩集，也是里爾克從新羅曼主義轉向即物主義過程中的一個轉捩點。

這部詩集在一九〇二年七月初版，收集一八九八年至一九〇一年間的作品，大多是里爾克在柏林的史瑪根村所寫，也就是在他第二次旅俄前後時期的作品。於一九〇六年十二月再版時，又增加了一九〇二年至一九〇六年間的一部份詩，包括「愛人的少女」「聖女」「兒時」「少年」「受堅信禮的孩童」「晚餐」「隣居」「卡露悉橋」「寂寞」「阿香提」「孤獨」「秋日」「回憶」「秋末」「預感」「暴風雨」「史肯的黃昏」「黃昏」「柯樂娜家族」「衆聲」等。

當然，里爾克同時期的作品，還有一部大聯作『時間之書』(Das Stundeu-Buch)，就是這部詩集，使得里爾克被許多人誤解為「神的探索者」。

在『形象之書』內，也有一些作品是以宗教為題材的，例如里爾克本人很喜愛而且一再為他親蜜而鍾愛的人朗誦的「最後的審判」，這一首長詩是他對壁畫的幻想。從「最後的審判」也可看出，里爾克並不是以神的追從者或宗教的虔誠信仰者立場來歌咏神跡，而是以他知性的想像力把神還俗為人間的本性來處理，雖然含些詼諧，但仍本着嚴肅的態度謹慎從事。對於宗教的態，里爾克在後來，尤其是在旅遊過北非之後，有更重大的轉變。

在『形象之書』裡，以各形各色的人物爲他詩中的形象，而在表現上，是逐漸從熱情洋溢的「主觀」精神，改變採取更爲「客觀」的態度。他的「形象」的把握，是以「事物」爲主體，即使得內在的意念和外在的實體之間有着適宜而親切的融合。

譯者自從一九六八年譯完『給奧費斯的十四行詩』後，就着手從『形象之書』起，準備把里爾克詩集逐一完整的譯出。記得當時還對葉泥先生誇下海口，要以十年時間完成。不料工作上的變化，使我「淪陷」於俗務而不能自拔，『形象之書』的翻譯也因此竟一拖八年才告完成，而且很多地方還未及仔細推敲，只有待之來日，再更求完美。

拙譯『形象之書』，連同前譯『杜英諾悲歌』『給奧費斯的十四行詩』及『爾里克傳』，已交給大舞台書苑出版社付梓，形成一套里爾克叢書，其中還有一本是葉泥先生的大作『里爾克及其作品』，所以是五本一起出版。

這一次要不是坤崙兄的熱心和催逼，可能我還要繼續「冬眠」。如今一番春雷驚動之處，希望還能鼓起餘勇，爲里爾克另一部重要作品『新詩集』(Neve Gedichte)貢獻心力。

詩已成爲文學的最後堡壘。

在今日鉛字文化的氾濫，大衆化現象的浸透裡，看詩或寫詩，不外就是一種抵抗。

因此「笠」詩刊的對象，仍然在不可能商業化的方面，與一般通俗的刊物，顯然有其不同的性格與任務。完全不依靠商業書店販賣的途徑，僅依賴直接訂戶的不斷增加而求繼續發展。敬希愛護本誌的讀者參加長期訂戶。

人間的連絆

千葉宣一作

陳秀喜譯

第一次讀詩那天的顫抖
第一次寫詩那天的害羞
〈能够編一卷詩集
死也不會後悔！〉如此
眩想着祈求過
少年時——

我的兒啊　如今父親是
渡着你架好的語言的橋
登着你建造的語言的塔

凝視你心的平原
傾聽你心的潮音

你的燃燒生命之歌
你的讚美的力
你發現的世界的意思

自心傳心　你的詩鼓勵父親
自心傳心　你的詩給父親安祥

海涅新詩集

梁景峯譯

1

我在花間漫步
自己也開了花。
我像在夢遊，
步步蹣跚。

抓緊我啊，愛人，
免得我太沉醉了。
不然我向你下跪，
花園裡人很多呢。

2

我們的心已經
結成了神聖同盟。
它們緊貼在一起，
它們成了知己。

唉，但那點綴你
胸前的小玫瑰花，
那可憐的同盟者
幾乎被壓碎了。

3

清晨我送給你
林中找來的紫羅蘭。
夜晚我帶給你
黃昏時摘來的玫瑰。

你知道，這些鮮花
要告訴你什麼花語？
白天你要對我忠貞，
夜裡你要好好愛我。

4

我掩住她的眼睛
吻她的嘴唇。
這一來她不放我干休
她追問我爲什麼。

從深夜到天明，
她不時地問我：
你吻我的時候，
爲何掩住我的眼睛？

我不告訴她爲什麼，
我自己也不知道原因。
我就掩住她的眼睛
吻起她的嘴唇。

5

姑娘佇立在海邊，
憂愁地長吁短嘆。
黃昏的落日
深深地感動了她。

我的姑娘，高興起來，
這是一齣老戲，
太陽現在眼前落下去，
又從後面昇上來。

6

我們在這岩石上
建立新的教堂，
第三部聖經的教堂。
苦難已受夠了。

欺人的靈肉二分法
終於被消滅。
我們不再愚蠢地
折磨我們的肉體。

你聽到神在大海中？
他用千萬聲音說話。
你看到千萬神光
在我們頭上？
聖神在光明中，
也在黑暗裡。
一切存在的都是神，
神在我們的胸裡。

7

我是托馬斯
當然不信羅馬
和耶路撒冷教會
承諾的天堂。

但天使的存在
我從來不懷疑。
完美的光輝形體，
她們生存在地球上。

不過，夫人，我否認
那些生靈有翅翼。
我看到的天使們
沒有翅膀。

她們潔白的双手很可愛，
她們美麗的目光也可愛。
她們愛護人們，
趕走人們的惡運。

她們的仰慕和恩寵
撫慰每一個人，尤其
那背負双重痛苦，
被稱爲詩人的男子。

法國詩人邦維爾及其詩選

莫渝 譯

Théodore de Banville

Catulle Mendès

邦維爾

(Théodore de Banville 1823—1891)

邦維爾，一八二三年三月十四日出生於穆連（Moulins, 法國中部，阿利葉省府，距巴黎南方二八六公里）。在他將近七十歲的生涯裏，著過十餘部詩集。「女像石柱集」（Les cariatides, 1842）（註一）是他十九歲出版的處女詩集，這時已經流露出對希臘美的崇拜，他在詩裏描寫希臘神話與雕刻，影响了黎瑟（Lisle, 1818-1891）的追慕希臘文藝，或者我們可以說，邦維爾的「女像石柱集」前導了黎瑟的處女詩集「古代詩集」（1852）（註二），兩部作品均是醉心希臘的詩集。此外，邦維爾在詩集「鐘乳石」（Les stalactites, 1846）、「抒情短詩」（Les odelettes, 1856）、「絕妙短詩」（Les odes funambulesques, 1857）則傾向於俏皮滑稽及工於音樂。他也能駕輕就熟的處理中世紀的各種詩體裁，模仿維龍的歌謠體與歐列昂的廻體詩。而「法國詩概論」（Petit Traité de Versification francaise, 1872）一書是他的詩觀，這部詩學啓發了後世多方面詩藝的泉源。他還寫過喜劇「葛林爪」（Gringoire）。

雖然論者謂他是巴拿斯派領袖人物之一，而且其詩集十餘部，但詩史的地位却遠不如只有四部詩集的黎瑟；而在幾位巴拿斯派詩人中，他最具天賦，因爲他能輕便自如的將詩思溶入完美形式，他的詩思却是靠著文字與音韻造成的想像與激動；他說過，只有在韻律方面，才是抒情詩人；同時，「法國詩概論」一書裏，他主張：「詩的藝術，做主要因素，是韻律，是音樂成分。」極力追求形式，使他成爲「一位藏身在空想的天國裏或美麗夢鄉中的詩人。」（註三）；主張詩的音樂性，使他博得魏崙（Paul Verlaine, 1844-1896）以前「最甜美的詩人」（註四）

邦維爾崇拜過雨果，崇拜過葛紀葉，但也影响了黎瑟，影响了魏崙，可惜詩作內涵的空洞，擠身不了主要詩人的行列。

一八九一年三月十三日詩人死於巴黎。

註：

一、cariatide，專指柱形女性雕像，或作caryatide。如指柱形男性雕像則特稱atlante或télamon。

二、黎瑟雖年長邦維爾，但他眞正參於文學工作是二十七歲之後，這時已一八四五年，邦維爾處女詩集三年前即問世了。

三、見黃仲蘇編：近代法蘭西文學大綱，下卷七六頁。

四、見盧月化編著：十九世紀法國文學，三三八頁。盧月化同時描寫邦維爾「他的臉不瘦也不肸。小小的嘴，智慧、狡黠，但無惡意。驚奇的眼光，好像孩子看到了仙景，充滿著光明，喜悅和慈惠，更富于一種說不出的高超、幻覺、光輝和誠摯。」（同上頁）。

哦！當死神……

(Oh! quand la Mort……)

哦！當死神不知止息的

在我們雙雙吻別後
將我們扔入他翅膀上的大衣時，
讓我們孿生石般安息吧！
玫瑰花吸取了由我們
雙雙恩愛的軀體與靈魂散溢的
芬香，多情鴿子
就在我們墳墓上長時啄食！

—一八四五、四

註：末二行有「蝴蝶雙雙飛」的意味。

雕刻家，小心的覓求……
（Sculpteur, Cherche avec soin,……）

雕刻家，小心的覓求，熱切的盼望，
一塊製成精美花瓶的無疵大理石；
看了看許久，既不在表面上重新設計
神秘的愛情，也不設計出神聖的戰鬪；
它沒有赫克力斯這位聶梅怪物的征服者，
也沒有誕生於芬郁海上的維納斯；
沒有反叛的失敗者狄坦族，
也沒有以葡萄藤搓成馬鞭
駕御獅車微笑的酒神，
沒有在月桂花蔭影下
天鵝群中戲謔的麗達，也沒有
白百合花池塘裏驚喜的阿特米斯。
讓潔白的瓶身比美巴貢得，
馬鞭草叢冒出莨苕花的枝葉，
把並排緩步的双双少女
在瓶身最下方，她們步履穩定迷人
柔臂順著長袍右側垂放，
而成綹的秀髮披在小小頭上。

—一八四六、二

註：

詩中所有專有名詞皆是希臘羅馬神話人物：

一、赫克力斯（Héraclès, Hercule），大力士，完成十二件冒險事業，第一件即征服了聶梅（Némée, Nemea）地方的猛獅，取得獅皮製成護身鎧甲。
二、狄坦族(Titans)反抗天神宙斯失敗的巨人族。
三、酒神（Bacchos, Dionysus），經常以野獸（獅、豹等）作爲御車工具。
四、麗達（Léda），海倫母親。葉慈有名詩「麗達與天鵝」即以此故事爲內涵。里爾克也有詩「麗達」。
五、阿特未斯（Artémis）狩獵女神。
六、巴貢得（Bacchante, maenades）致奥菲斯於死地的瘋女。

致卡杜爾，孟岱司
（A Catulle Mendes

經常的，厭倦菲力士丁人
與惡意眼神，親愛的卡杜爾，
爲了染成菲力士頭髮，

我欲前往杜爾城。
因爲，朋友卡杜爾•孟岱司，
可能還高興著
忘記我們的黑色地獄，
離此甚遠，就在柯黑茲城。

而且，在中央山地看不見
塵埃染白的無光澤的白米，
而且，跟著那些了不起的設計
你寫下所有的鬼詩。

如果讓我們的醜猴子溜走，
往李玆城的碎石，
將可能被我撿進
我的手提袋。

同時，我會大聲叫喊，
受到你歌聲的回響，
當我傾身墨水盒上，
沾取這黑色高西特河水時。

—一八八八

註：

一、卡杜爾•孟岱司（1841-1609），出生於聖產葡萄的波爾都省。是位詩人，劇作家、批評家。邦維爾好友。

二、此詩較其它任何詩作更不該被翻譯。作者輕佻、開玩笑的企圖濃於詩篇內容，望首詩頗具打油詩意味，每一節一三行、二四行皆爲呼應韻脚。例如首節一行末的「菲力士丁人」（philistins），配合著三行末的「染成菲力士」（Philis teints）；二行末的「卡杜爾」（Catuelle）配合著四行末的「前往杜爾城」（jusqula Tulle）。可惜筆者翻譯時無法將原詩的此種效果藉中文譯出。介紹此詩，主要目的強調邦維爾的主張韻律，同時，此類詩篇也影响了魏崙的「致史岱封•馬拉梅」一詩也如此的尋人開心。

三、杜爾城，柯黑茲城，李玆城均位於法國中央山地。

四、黑色地獄，noir Hadès。

五、末行的高西特河（Cocyte）是地獄的一條河名，在此意味著前行的墨水。

六、「菲力士丁人」有譯作「非利士人」或「菲力賽人」。依據聖經，非利士人是古代以色列人的仇敵，居於巴勒斯坦，好戰。另據孟實文鈔中「安諾德」一文言：「菲利賽人」這個名詞是德國詩人海納（Heine）創用的，而流行於英文中則從安諾德起。所謂菲力賽人是愚而好自用的人，是頭腦頑鈍，新思想不能滲入的人，是一味反對自己所不懂得的學理的人，是道聽塗說，不窮其究竟的人。安諾德所下的定義是「光明驕子與思想功臣的仇敵。」（該書一一八頁）。

裴外詩選

非馬譯

爲妳我愛

我到鳥市場去
買了些鳥
爲妳
我愛
我到花市場去
買了些花
爲妳
我愛
我到鐵市場去
買了些鍊條
沉重的鍊條
爲妳
我愛
然後我到奴隸市場去
找妳
但找不到妳
我愛

在夜裡擁抱的男女

在夜裏擁抱的男女
靠在幽暗的走道上
過路的人指指點點

但戀愛的男女
不是爲別人而擁抱
只熔成一個影子
在黑暗裏顫動
引起路人的憤怒
他們憤怒他們指責他們笑話他們嫉妒
但男女們不是爲別人而擁抱
在他們初戀的星光下
他們比黑夜輕
他們比白日遠

向日葵

星期裏的每一天
冬天及秋天
在巴黎的天空上
工廠的烟窗只吐灰色

但春天來了，一朶花在他耳上
在他臂上一個漂亮的姑娘
向日葵向日葵
那是花的名字
姑娘的渾名
她沒有名也沒有姓
在街角跳舞
在貝維爾及塞維爾

向日葵向日葵向日葵
街角的華爾滋
而陽光的日子來到
帶着甜蜜的生活

巴士底獄的精靈們吸着藍煙
在塞維爾天空貝維爾天空
的香氣裏
甚至別處
向日葵向日葵向日葵
那是花的名字
姑娘的渾名

兩隻參加葬禮的蝸牛

兩隻蝸牛出發
去參加一片死葉的葬禮
他們坐上黑柩車
而爲了表示他們的哀悼
在他們的角上纏了黑帶
同時把窗帘深深低垂。
他們在秋天一個漆黑
沒有月光的晚上出發
但當他們抵達
天哪！春天已經來到
死葉子們都復活了
剝奪了這兩隻蝸牛

搶天呼地的樂趣。
但太陽來了——
請太陽說
請寬懷
坐下喝杯
啤酒或你們
心裏想要的任何東西
待會兒你們可以去搭
晚上開向巴黎的巴士
你們可以看沿途風景
借月亮的光
但此刻把你們的
喪帶擱在一邊
它們陰暗了你們的
眼白汚黑了
你們的手背
使人想起棺材
的東西很少受人歡迎
顯露你們的本色
生命的顏色：
之後所有鳥獸
所有草木
都開始用吃奶的力氣
唱歌並且開始
碰杯狂飲
呵那眞是個快活的黃昏
一個快活的春天的黃昏
而兩隻蝸牛回家去
比他們來時快樂而聰明
並且有點醉醺醺
他們蹣跚着當他們飄飄滑行
但如同對待詩人及瘋子
月亮俯視着他們

不可

不可讓知識份子玩火柴
因爲要是不管他們
這些先生們的精神世界
便一點兒都不靈光
一旦獨處
便胡亂來
爲他們自己造
一座自我碑
並且自命慷慨爲建造者
慶功
讓我們再說一遍
要是不管這些先生們
他們的精神世界
便要豎起
紀念碑

失時

在工廠的大門口
那工人突然停步
爲這好天氣所絆住
他轉身看着太陽
紅而圓
在他封閉的天空裏微笑
他霎了霎一隻眼——
喂！太陽同志
那豈不是天大的損失
把這麼美好的一天
送給上司？

禮拜天

在栗樹排立的廣場
一座石像牽着我的手
今天是禮拜天電影院都客滿
鳥在他們的樹上看着人們
石像擁抱我但沒有人看到
除了一個盲童指點的手

生日

在我母親的血潮裏
我于冬天出生
一個二月的晚上
幾個月前
在充盈的春潮裡
燄火在我父母之間點燃
那是生活的陽光
而我早就在裡頭
他們把血液灌進我的脉管
那是從流泉來的烈酒
非來自岩穴
而我，有一天
也將像他們一樣離去

大幹線的兒子

我在一個晚上出人意外地降生
我的父親戴着他的八面反光鏡
參加舞會去了
當他看到我，他大發雷霆
我不是有意的
我的母親說

但我的父親不要聽
他戴了他的高帽
搭上他的不定期火車（高烟筒的）
走了
他到一個他一直想去看看的國度
當他到那裡他坐下來
他的高帽子擱在膝蓋上一杯冰
水在他面前的桌上
他高談濶論
胸脯挺起
挺起胸脯呀我的朋友們
他說
還有許多別的
在那裡的每個人都瘋了般的鼓掌
不久他回到我們的國度
在途中他經過人們
而在每個他經過的國度
他高談濶論
擧他的高水杯戴他的冰帽
他說
抬起頭挺起胸
抬抬手把錢遞一遞
而那些不肯遞錢的我父親用
　高烟筒的火車把他們壓爛
他不像一般人我的父親
　許久以後當他回到我們的屋子
他已變得很有錢
很狡詐
很老
但他總把他的八面反光鏡戴在頭上
即使在床上
他一起床便上新的國度
他到過的地方新的工廠烟囱便林立
而每個人都被灰塵及煤灰蓋住
每個人都咳嗽
他不像一般人我的父親
有的說他是鐵道會社的社長
有的說他控制了所有礦產與煤礦
有的沒說什麼但當他走過他們拾起石頭
但他們從不敢投
他們被灰塵及煤灰累慘了
被灰塵及煤灰累慘
我的父親吹他的口哨
所有的人便沿着鐵路站
放下他們的石頭
拾起更多的石頭
沿着幹線放
而幹線越來越長
我的父親給他們一點點工錢
而他們站在那裡
他們的一點點工錢在他們手裡
被灰塵被鐵銹被煤灰累慘了
我是一個白手起家的人我父親說微笑着
幹得好我母親說
而她大哭
我什麼都沒有說因爲我只有五歲

而我到六歲才開始講話
而日子飛逝
而突然
突然一下子
苦日子來了
生意不景氣
我的父親賣了他所有的鐵路
且失去了他的理性
而監產官在屋裏來往穿梭
用煤斗把它挖空
我們搬到一個破落區去住
在一座牆上佈滿飛虫的屋子
而日復一日
我父親在鏡子裏照他自己
他的八個反光鏡在他頭上
他數他的反光鏡
但他累得
只能數到七
於是他便狂呼亂叫
一個不見了！我被搶了
而他把自己關進餐櫃
他老早便在它的門上用粉筆寫上
特別預訂車廂
而他待在裡面好多天去復元
我的母親坐在椅上哭
她是在候車室裡
我的父親說微笑着

一個好日子他從餐櫃出來
但他走到軌道的另一邊
而被冰箱壓爛了
這冰箱是九點三十分的快車
我父親說，最後的一班車
也是我的最後一班……
要命的轉轍器失靈！我母親說哭着
總是找藉口但我知道那是蓄意破壞
絕對的
我快死了的父親糾正
他死去拒絕同修理工人握手
因爲到底他是社長。

清單

一塊石頭
兩座房子
三片廢墟
四個掘墓者
一座花園
一些花開
一隻浣熊
一打牡蠣一隻檸檬一塊麵包
一線陽光

一片巨浪
六個樂師
一個有門墊的門
一個佩榮譽勳章紳士

另一隻浣熊

一個彫塑家彫塑拿破崙
一朵花叫金盞花
兩個情人在一張大床上
一個收稅員一張椅子三隻火鷄
一個教士一個疔瘡
一隻黃蜂
一個漂浮的腎
一座馬廐
一個無用的子嗣
兩個旦米尼克修士三隻蚱蜢一隻折椅
一個傷心的聖母三個糖爹爹兩隻錫剛先生的山羊
一個路易十五鞋根
一隻路易十六靠椅
一個亨利二世餐櫃兩個亨利三世餐櫃三個亨利四世餐櫃
一隻畸形衣櫥
一個線團兩隻別針一個老先生
一座帶翅的勝利塑像一個會計師兩個助理會計師
一個俗人兩個外科醫生三個素食者
一個食人肉者
一個殖民地遠征隊一隻種馬半品特好血一隻孑孓蠅

一隻美國龍蝦一座法國花園
兩隻英國蘋菓
一個望遠鏡一個跟班一個孤兒一個鐵肺
一天榮耀
一星期善行
一瑪莉月
一可怕年
一默然分
一漠然秒
以及……

五或六隻浣熊

一個哭着上學的小孩
一個笑着放學的小孩
一隻螞蟻
兩塊打火石
七隻象一個渡假的推事坐在折椅上
一隻母牛
一隻公牛
兩個快活的愛三個大器官一隻褐色小牛
一個奧斯它利茲太陽
一支蘇打水吸管
一杯白酒加檸檬
一個侏儒一次大赦一座受難石像一條繩梯
兩個拉丁修女三度空間十二使徒一千零一夜三十二姿勢
六個地區五個基位十年死心塌地的服務七種

大惡兩根手指飯前十滴三十天坐牢內有十五天
單獨拘禁五分鐘休息
以及……
好幾隻浣熊。

里維耶拉

躺在長椅上
一個舌頭萎縮了的婦人
一個長婦人
比她的長椅還長
不再年輕
在休憩
他們也許告訴過她海在那邊
所以她望過去
却看不到
董事長們走過鞠躬如也
這是克林男爵夫人
蛀牙之后
她的丈夫克林男爵
兎糞之王
在她的大脚下穿着他們的小鞋子
他們走過鞠躬如也
不時地
她抛給他們一根舊牙籤
他們吮它欣喜欲狂

繼續走他們的路
他們的新鞋子同老骨頭都在吱吱作响
而從別墅傳過來一陣蒼白的音樂
一陣稀疏的，尖銳的
明確的音樂
像一個棄嬰的啼聲
那是我們的兒子
那是我們的兒子董事長們說
他們驕傲地微點着他們的頭

絕望地
把樂譜擲向彼此的臉上
伯爵夫人傾耳聽
這音樂使她高興
但她的耳朶掉下來
像一片老屋瓦
她朝下望

看不到它
只依稀注意到它
而很和靄地把它
當成一片被風吹過的枯葉
這時小孩子們
停止了男爵夫人早就聽不到了
的悲傷的噪音
除了她一隻被侵擾的耳朶
因不平衡
而突然聳上

在她可憐的頭上嬉戲
隨心所欲地
每個稚氣的小淘氣把她的
記憶隱蔽，磨損，拔光
而當她徒然搜尋
爲了打發那威脅她，且窺伺她的時間
一個能夠使她把眼淚都笑出來的
很悲哀很傷感的好遺憾
或甚至只是一場哭泣
而她只找到一個不體面的斷續的記憶
一個老太婆赤身露體坐在駱駝背上
淘氣地揑製一個海鳥糞餅的幻象

出版消息

本社

I 詩刊

※「草根」月刊第二十一期已出版，本期爲春聯專輯。定價十二元。編輯部是台北縣新店鎮安康路一段一七六巷十五號，郵撥一〇五六六七號林月容帳戶。

※「秋水」季刊第十三期已出版，本期有三週年獻言，定價十五元，社址是台北市郵政14—57號信箱，郵撥一〇〇四六六號涂靜怡帳戶。

※「葡萄園」季刊第五十八期已出版，定價二十元，編輯部是板橋市中正路幸德巷四七弄六之二號，郵撥一〇八二四四號吳青王帳戶。

※「綠地」詩刊第五期已出版，編輯部是屏東市永安里自立路23號，郵撥四四六四四林小鳳帳戶。

※「大海洋」詩刊第五期已出版，編輯部是高雄市楠梓軍校路七八〇巷七七弄六五號，郵撥四四九二六號李昇平帳戶。

※「八掌溪」季刊創刊號已出版，定價十元，編輯部嘉義市興業二村六十號。

※「長廊」詩刊第二期已出版，編輯部是台北市木柵國立政治大學長廊詩社。

※「詩風」詩刊第五十二、三、四期，均已出版，地址是香港北角英皇道郵箱四九九三號。

II 詩集

※楊喚詩集「水果們的晚會」，夏祖明畫，定價三十五元，已由純文學出版社出版。

※林煥彰詩集「妹妹的紅雨鞋」，劉宗銘畫，定價三十元，已由純文學出版社出版。

析楊喚詩三首

趙洒定

○鄉愁

在從前，我是王，是快樂而富有的，
隣家的公主是我美麗的妻。
我們收穫高粱的珍珠，玉蜀黍的寶石，
還有那掛滿在老榆樹上的金幣。

如今呢？如今我一貧如洗。
流行歌曲和霓虹燈使我的思想貧血。
站在神經錯亂的街頭，
我不知道該走向哪裏。

「鄉愁」先點出從前的我——「是快樂而富有的，隣家的公主是我美麗的妻。我們收穫高粱的珍珠，玉蜀黍的寶石，還有那掛滿在老榆樹上的金幣。」再點出如今的我——一貧如洗，流行歌曲和霓虹燈使我的思想貧血。站在神經錯亂的街頭，我不知道該走向那裏。」——這即是先點出從前的我是快樂而富有，次點出如今的我却一貧如洗，在往昔和今日對照之下，愈發懷念昔日的家鄉；而且以往不僅精神上甚至在物質上都是充實的，可是今日的我，非但物質上貧乏，甚至在精神上的愉悅亦不可得。

「鄉愁」的文辭有其特殊的造意，如「隣家的公主是我美麗的妻」，可做爲我妻美麗及妻在夫眼中皆是美麗兩種解釋，語意具開濶性；「收穫高粱的珍珠，玉蜀黍的寶石」，意爲收穫珍珠似的高粱，寶石似的玉蜀黍，但文辭一經倒裝——更能使珍珠和高粱，寶石和玉蜀黍成爲更恰合的置換，富趣味性並且可使語意更具延伸性；而「神經錯亂的街頭」則是擬人化的造辭，街頭而神經錯亂，則行於其上的人當然「不知道該走向哪裡」，而更茫然。

小時候

小時候，
在哭聲裏長大，
讓我的日子永遠蒼白憂鬱。
從落後的鄉村走出來，
又跌落在都市的霓虹的燈彩裏。
我做過夢，寫過詩，
也愛過一個美麗多情的少女。

「小時候」是一首回憶的描述，哭表悲傷、不滿、不愉快、不滿足等灰色字眼，而「小時候，在哭聲裏長大」，可見其孩提時代的苦痛，那一段日子眞是「永遠蒼白憂鬱」。

而從「落後的鄉村走出來」，「又跌落在都市的霓虹的燈彩裏」，有前一節的描述，因之落後的鄉村給人的印象亦是不愉快的感觸，「跌落」也是不愉快的辭意，因此該節我描繪的小時候也是不愉快的，而在這種不愉快氣氛中，作者楊喚說：「我做過夢，寫過詩，也愛過一個美麗多情的少女。」可見小時候有其愉快的一面——詩與多情的少女皆是令人嚮往的。

「小時候」一首所描繪的是平常人的遭遇，由於楊喚用了通俗的「哭聲」、「跌落」、「夢」、「詩」與「多情少女」的辭彙來描繪愉快面或不愉快面，因此更能感染讀者。

懷劉妍

閃動着，閃動着的，是妳的眼睛，
流過來，流過來的，是我們的愛情；
每當我回到走近來的過去的日子，
我的心就一如美好的田野和亮藍的星星。

那時候，那時候我們都該有多傻呀，
焦躁地守候着一個不會到來的童話，
日日夜夜地夢想着要駕金車飛去，
白色的馬是雲彩，美麗的軛是虹……

有一天，妳發覺：我的歌聲失踪了，
那是因為我要去追尋我理想的神燈；
離開妳的愛撫和親人們的庇護，
獨自走進這冰冷的世界上來旅行。

可是，我呀，是如此的脆弱與卑污，
竟時時錯誤地滑落，如一粒脫軌的流星，
不是在懺悔着我不該遺棄了我的旗；
就是咒罵自己：怎麼又做了一次怯陣的逃兵……

此刻，黑暗的屋子，像沉悶的舞台，
沒有妳溫柔的投射與愛的照明；
我躺着，像突然跌倒下來的悲哀的角色，
把這首懷念的詩朗誦給不在的妳聽。

「懷劉妍」是愐懷詩，也是情詩。「閃動着，閃動着的，是妳的眼睛，流過來，流過來的，是我們的愛情」，蘊含緩緩動態感；「每當我回到走近來的過去的日子，我的心就一如美好的田野和亮藍的星空。」這「走近來」三個字，意含慢慢接近，緩緩憶起。

第二節「那時候，那時候我們都該有多傻呀」，語意幼稚，似同年幼時，而「焦躁地守候着一個不會到來的童話，日日夜夜地夢想着要駕金車飛去，白色的馬是雲彩，美麗的軛是虹……」，更可知是青梅竹馬的描繪。

接着敍述，有一天作者失踪了，獨自走進冰冷的世界來旅行，那是因為要去追尋理想的神燈；可是，不幸的是——時時如一粒脫軌的流星錯誤地滑落—而懺悔不該遺棄旗，或又做一次怯陣的逃兵。這「一粒脫軌的流星」、「怯陣的逃兵」皆是卑微的，卑微的人甘願「離開妳的愛撫和親人們的庇護」去追尋理想的神燈，可是又如此地脆弱與卑汚，而今自我時時在懺悔在咒罵，眞是徒有理想而力不從心。

此刻「黑暗的屋子像沉悶的舞台，沒有妳溫柔的投射與愛的照明」，所以黑暗的屋子還是黑暗，只得躺着，「像突然跌倒下來的悲哀角色」，悲哀的角色雖靠自我抑制力而存在，總也够悲哀的，而這悲哀的角色此刻又突然跌倒下來，這凄痛怎不令人更不忍，所以，只得「把這首懷念的詩朗誦給不在的妳聽，所以只得回到昔日的情景以冀求一份寄託。全詩亦如同「小時候」一首的對比，以昔往和今日的衝突而加深懷念的情意。

談兒童詩的欣賞

周伯陽

兒童到了六、七歲以後，想像力逐漸豐富，愛美的需要也漸漸增強。所以簡單的兒歌已不能滿足他的需要，進一步他所希求的是優美的，新鮮的，有想像趣味而且有節奏的詩了。

詩本來就是一種最藝術的語言，它的本身包括了美的旋律、美的詞藻、美的形式和美的意境四種特質，有了這四種特質，然後再運用含蓄和激刺的筆法把它表現出來，使人有一種深切的感受。所以詩重在體會和欣賞，成人如此，兒童也是如此。不過兒童感受的能力，因生活經驗少和理解力，識別力弱，所以不喜愛含蓄過深的詩，因此給兒童選詩和作詩，也要顧及兒童能力所及。

近年來，我們可以在書店或文具店裏發現到一些精美的卡片，上面除了有一幅很美的圖，在圖下還附有一首短詩，無論大人小孩見了，都極想買來，當心愛的寶物般珍藏起來。在寂寞時，會拿出來欣賞，雖然所附的詩，兒童不見得能夠眞正的了解和欣賞，但因這幅畫却使每個買者心中充滿了一首詩的感情，而這首詩只不過沒有發展罷了！所以，我們可以明白一件事，那就是兒童必需藉一幅畫，或眞實的情境才能寫出詩句來。如憑空創作，必定會失敗。

北斗七星

北斗七星，
好像一支銀湯匙！
假如用它來舀起，
銀河的水渴的話，
那是多麼甜美啊！

——童謠和兒童的生活——
From the Japanese

兒童是富於想像的，關於這首詩，兒童盼望自己的身體長出雙翼來，並在遼濶的天空中自由自在地飛翔。寧靜而有文雅的旋律，能誘導兒童的心靈指向天空的小星星。銀河美麗的河水（由許多小星星組成）給兒童想像是鮮明的夜景。

月船

在天空的海洋！
乘着升起的雲浪，
月船滑行着！
經過星星的森林。

From the Japanese

這一首詩，富有想像的趣味，天空廣闊無邊和一望無際的大海一樣，所以月在天空中像一隻船的滑行。

小鴨鴨

小鴨鴨，
不要怕。
我來抱抱你，
你是我的洋娃娃，
我是你的小媽媽。
睡在我懷裏，
讓我帶你回家吧！

兒童都曾有過這種喜愛動物的經驗和心理，而且在詩中表現了兒童是多麼的重要。這隻鴨子多麼需要她幫忙。而且因此，自尊心建立起來了，兒童感覺到幫助人快樂。而且如果沒有她，小鴨鴨就很可憐呢！

星星

我常常想知道，誰點亮了天上的星星！
現在我終於發現了！

一羣亮亮的螢火蟲！
舞蹈在樹叢中，
飛出飛進的——尋找着天空。

一會兒，
星星就閃出了清瑩的亮光。
當然啦！是螢火蟲點亮了天上的星星。

這首詩，是星星和螢火蟲一樣，閃閃爍爍，所以把他們聯想在一起，尤其是最後一句，是螢火蟲，點亮了天上的星星，更是傳神之至，韻味無窮。

雨停了

雨停了！雨停了！
田裏青蛙叫，
小鳥枝頭跳，
樹上蟬鳴叫知了。
你知道，我知道，
田園風光眞美妙。

這首詩是成人寫的詩創作，雖然是成人寫的詩，但是有押韻，有內在的旋律，並有詩的意境很高，讀來也很自然順口。

我們不要低估兒童的欣賞能力。往往兒童的鑑賞力比成人還要敏銳，但是却常被成人埋沒和抹殺了，成人常對兒童說：「你懂什麼？你不懂！這首詩，這麼幼稚，我教你。」於是往往把自己的意見和詞彙灌入到兒童心靈裏；以致兒童的作品均是成人或古人作品的再版，沒有創作的特色。埋沒了兒童的天眞無邪，挫敗了兒童的創作意願，寫出來的兒童詩歌，也往往不被兒童所喜愛、欣賞。因爲成人寫的，不是兒童心理需要的。於是兒童對於創作和欣賞，均失去了樂趣。

在我們來欣賞，臺灣地區兒童的詩創作。

池邊的綠樹

你是個愛美的姑娘，
天天照著鏡子，
每當風先生來時，

你就擺動那婀娜多姿的細腰，
令我不得不再看一眼。

這首詩雖然沒有押韻，但是詩的意境很高，令人回味不已，讀來也很自然順口。

春天

盼望春天早來到，
春天終於來到了；
百花齊放朵朵嬌，
賞花客人直叫：「好」；
春天，春天不要跑，
一直陪我陪到老。

這首詩句句有韻，這位小作者對韻和詩均有濃厚興趣，所以喜歡每句都押韻，由於最後兩句，表現着兒童的企望和私心，正是兒童常有的心理，所以，使這首詩生動又活潑。

晚霞

是誰那麼會畫圖呢？
把天空塗得那麼漂亮。
又是誰那麼頑皮呢？
一會兒就弄成一片烏黑了。
好可惜啊！

這首詩是以擬人法寫的詩創作，詩的意境很高，兒童是富於想像的，他彷彿置身於遼闊的天空中，有個畫家畫出晚霞來，並欣賞晚霞的美麗。

在中國兒童文學作品中，「詩歌」出品是最少的一種。但是詩對兒童的影響力，啓發力却是最大的。尤其現代的詩歌，富於想像，熱情奔放，如果再配上優美的音樂和繪畫，更是錦上添花，對兒童有極大的引誘力。

日本兒童詩

藍祥雲譯

豐收

六年級　石川洋子

今年能夠全家
過着快樂的年
姊姊也因爲豐收
不用再到遠方工作了
全家過快樂的年
媽媽很高興地說：
「今年能過着快樂的過年」
爸爸也說：
「今年要做更多更多的年糕」
豐收實在太好啊！
明年也能夠，後年也能夠
就是再後年也能
年年豐收就太好了

北海道東群北門小學

草原的音樂

六年級　野澤悅子

呀！到了
大家歡笑的臉
深呼吸——一次
「好吧，開始啦，」老師的聲音
老師拉的手風琴
大家歡樂的唱
嘶——姍姍過去的風中
手風琴的聲音
大家唱的歌
隨着風飛過
坐在樹根頭唱歌的人
坐在草坪上唱歌的人
大家合着手風琴
歌唱
第一次唱出草原的音樂

青森縣三戶群赤保內小學

哥哥的女朋友

六年級　久保みどり

東京都杉並區井荻小學

我哥哥是大學生
已經十九歲了還沒有女朋友
眞不中用的哥哥

有些中學生
就有了女朋友
是不是「龍介」這個名字不好
眞想他早早有個女朋友

漂亮的女朋友就太好了
帶她來了我就要逗逗她
哥哥啊
會不會臉紅而害羞

爭執

六年級　杉本和法

薄群市薄群北部小學

淸晨　睜開眼
兩顆心在爭執
想馬上起床的心
想再貪睡一會兒的心
心和心
引起了混亂的大戰爭

從嘴裏呵欠像連珠炮
我對這個爭執
一點兒也沒辦法
只有
想這種不能停止又
不能停止的戰爭

憎惡　憎惡的　大戰爭

人

五年級　芳野律子

豐川市櫻町小學

人是不可思議的
我沒有說「要走」
却自然地我會向前走
像現在寫的這首詩
我沒有命令寫它
鉛筆動了一下
在不知不覺間
完成了一首作品
眞想知道：
人創造的
不可思議的力量

抽煙

三年級　鈴木健之

我頂喜愛的爸爸
最愛抽香煙的爸爸
香煙眞的那麼好抽
巧克力糖
才好吃呢
又甜又有味兒
巧克力糖

香煙會有什麼味兒
香煙的煙會嗆進眼裏
我勸勸爸爸不要抽
爸爸却對我微微笑
啣含煙斗的爸爸
在旁邊我點上火石
看他那樣：香煙眞好
我長大了
好好地抽抽看
不過還是不要抽

南部樂群富榮小學

櫻花的樹

三年級　內藤智子

櫻花的樹
不輸給雨
屹立不動
絕不屈服
櫻花的樹
眞堅強

櫻花的花瓣
散落去了
而櫻花的樹
怒放青綠的葉
抗拒寒風

安城市中部小學

西瓜

二年級　神谷利香

圓圓大大的西瓜
吃了西瓜眞好吃
西瓜的顏色　紅紅的
甜甜的冷冷的紅西瓜
不知道有誰不喜歡吃西瓜
我却是頂愛吃西瓜
爲什麼那西瓜會那樣
大大的　圓圓的
很想到西瓜園去看看
每天每天都想吃的西瓜
甜甜好吃好吃的西瓜

詩的性格

陳千武

1. 紀錄性

詩裡的紀錄性，是否描寫事件事實的現象？紀錄產生的〈種問題背景是什麼？例如紀錄片電影，比戲劇性的電影較有趣，原因是劇裡造作的事件，不比事實那麼迫眞令人感動。有人認爲南極探險電影，比愛情影片更有吸引力，是因爲探險片有其超出虛構界限的娛樂性之故。

戲劇或小說的題材，逐漸陷入被限定的範圍，找不到出路的時候，人人都會想到紀錄的世界，那是據於事實的迫力，而想打開阻礙戲劇性想像力的一種要求。但是紀錄本身是否具有特殊的價值？這是必會產生疑問的問題。

所謂紀錄電影，也有新聞或以教育爲目的而攝製的，也有藝術性的紀錄影片。新聞影片當然爲爭取時間最重要；倘有新聞畫面稍爲不顯明，但祇要比人家較迅速地捕捉了歷史性的瞬間提出報導，便是新聞片的生命，膠片或構成上的藝術價值是次要的問題。然而假使這裡有一鄉村，必要把鄉村的生活情況納入鏡頭的場合，報導的要求並非最重要的，那麼必然發生的問題，便是表現上的要求。

紀錄本來就是要紀錄事實或事件，但是爲了使紀錄詩有其紀錄的價值，就必須要求新聞和眞實性。在此，說眞實性似乎不太適當，應該說核心性吧，迫近事物的核心，在如何迫近的技巧裡，才有紀錄方法的問題。

然而說詩的紀錄性，不妨以構成詩內容的事件紀錄性來考慮。例如以車禍爲詩主題的時候，可以說這首詩就是社會事件紀錄性的詩。紀錄性這句話本身就很模糊，不過這種意義的紀錄性，是否達到了藝術的表現或創作上的要求，當然是另一個問題，亦即在此會造成了雖有新聞性但缺乏眞實性的結果。

不論於詩，凡藝術表現上窮極的要求，是實現眞實性。實現眞實性不是說要照樣畫葫蘆，應該說是迫近於原有的核心才對。我們看看下面阿波里奈爾的詩吧。

我就任火藥庫的警衛
有一隻可憐的狗在哨舍裡
向草叢逃逸的兎子
在護士室裡有傷兵
擤着打呼魯的小兵的鼻子，伍長巡邏去
有九十九彎曲的道路能看得見
美麗的山澗染滿春色的花木
有老人們在咖啡室議論着
坐在傷兵的枕頭邊值班的護士相思着我
大艇和巨船在荒狂的海上
我有像交響曲指揮者般鼓動的心臟

在我母親的家上空飛行船經過了
在巴迦拉車站要乘火車的一位女人
舐着檸檬味的糖菓的砲兵
在畫布的天幕下露營的阿爾布斯獵步兵
在遠方射擊着九十糎炮的陣地
在遠方有很多朋友戰死

要忠實地捕捉現象，也許就會像這首詩一樣，毫無脈絡地捕捉支離滅裂的解體着的東西。一般說忠實的描畫，如學校的作文，教學生要把所見所聞忠實地記起來，這種作文只會現出支離滅裂的現實而已；老師所要求的忠實，是要學生順應着一種規格的圈子去寫，事實學生們也只照老師的教示，在一種圈子裡寫作，這些作文教育的事實姑且別論，在此成爲問題的紀錄精神，可以說就是指把事實予以事實重新估價的態度吧。

若要忠實地觀察現實，現實會越來越模糊。我們對現實的認識，自以爲非常熟悉，而現實也非常習慣性地容納我們，但若要認眞忠實地和現實對決，那個時候的現實，必會從那瞬間現出未知的側面來對付我們。這些却是外部的紀錄的問題，當然也有內部的紀錄，也有發現被某種觀念包紮着，未露出外部的現實的紀錄方法。千萬不要以狹窄的觀念來認定「紀錄」這一語言。

2. 象徵

從詩裡丟棄象徵，詩便不成立。這一說法，雖有些極端，但並不無道理。因爲，詩是依靠象徵機能成立的，而自然又是象徵的總和。所以表現事物屬於自然的狀態時，在這種狀態裡多少會顯出心裡的象徵動態。例如，表現落日的風景，等於表現心裡的落日。

詩人在悲哀的時候，不一定要寫出悲哀的字句，而可以用黑色的花，來表現悲哀。

這就是象徵的方法。

假如以天鵝爲主題的時候，天鵝便表示天鵝本身，而又需要顯示某種心理狀態，始能令人以象徵接受。這種象徵主義 (Symbolisme) 的特徵，狗就以狗本身且必須象徵着某種事象。——如果，狗開始講話，那就已不是象徵的効果，却構成了譬喩、寓意 (allegary) 的效果了。

3. 寓意

寓意是一種逆理的世界。像岩石暢流、樹葉沉溺的逆說也是眞的一世界，那是一種倒置的現實。例如，人變成狗，狗說人話。如果說那個人是狗，這是比喩的表現，是賦與價值的平面的階段。但狗做人的行爲所表現的世界，換句話說，那種寓意的世界，是比喩的立體攝影化的世界。

喜歡使用寓意的方法較多的作品是童話，因爲兒童都還不能將夢和現實顯明地分別，他們認爲隨時能和樹木、岩石、人像、玩具等互相講話，認爲動物也會解人語和講人話。以小孩來說，沒有幻想參與的世界，是非現實的世界。所謂寓意就是從幻想的世界，重新以教訓式，看清現實世界的一種方法。在「卡里巴旅行記」裡出現的大人國、小人國，從那些不存在的事實，幻想的現實，才能描畫更寫實性的人間世界出現。

我們都是　搭在同一列車
橫穿時代　去旅行
我們看看外景　我們看厭了
我們都是　在同一列車飛走
將到達何處　誰都不知道

隔壁的男人睡着　有一個人在發牢騷
另外一個人喋喋不休
擴聲機播報站名
穿過歲月飛走的列車
好不容易達到目的地

我們打開行李　我們包裝行李
一點兒條理也不懂
明天在何處呢？
車長從門隙窺探
一個人在嗤笑着

上記引用的詩是德國詩人 Erich Kastner 的作品「列車的譬喩」的前半段。這首詩把人生比喩爲「列車的旅行」，因此他便寫着走在歲月上的列車，永久不能達到目的地。Kastner 的哲學是人不因環境而變化，所謂戰爭，革命或罷工會發生的原因，依照他的表現來說，人都在同一列車裡，大部份却坐在錯誤的事實上，如果不坐在錯誤的事實上，而各人各坐在自己應該坐的車廂裡，便不會發生爭執。總經理就是總經理，工友就是工友，而缺乏總經理素質的人來做總經理，缺乏工友素質的人來擔任工友，才會發生問題。如能人盡其才，才適其宜即不會發生問題了。他的很多作品裏各處都滲透着這種想法。

王子走過沙漠，只碰到一朶花而已。那是有三葉花瓣的花，是很普遍的花。

「午安。」王子說。

「午安。」花說。

「人住在什麼地方。」王子很誠懇地說。

花看過一次隊商經過這裏。

「人嗎？似有六、七個人吧。幾年前我看過他們，不過，我不知道在那兒看到他們。他們被風吹來吹去。因爲他們都沒有根嘛，很不自由。」

「再見。」王子說

「再見。」花說。

這是桑、廸克儒柏里著「星星的王子」的一節。在沙哈拉沙漠中央，有一天遭遇飛機故障的飛機駕駛員，遇見一位不可思議的男孩子，在這世上所有的大人都忘記了的，只對眞實的事象才感興趣的男孩……，那是星星的王子。桑、廸克儒柏里是意圖在大人的世界裏，配這位不可思議的小孩來對立，而思考人生的意義。

寓意並非爲了幻想而幻想，是從幻想的現實出發意圖迫近現實的核心的方法，這一文章裡的花和星星的王子的會話也含有各種的意義。對于花認爲只有六、七個而已，這種想法可以看做小人不識泰山也好，從更深刻的意義上認爲花在不意中道破了人的孤獨也好。在「被風吹來吹去，因爲他們都沒有根嘛，很不自由。」這一句語言裡我們可以讀出人無限寂寞的象徵呢。

寓意能以寓意成立，是因現實被倒置，而被倒置的現實，具有教訓的意義之故。如果，這種教訓的意義，含有批判色彩濃厚的時候，就成爲諷刺的力量。

4. 諷刺

指不識字的人說：「他把報紙倒過來看。」這種揶揄的講法就是諷刺。

但諷刺並非攻擊個人的問題，而大部份都是揶揄社會制度，或有時含有攻擊政治的意義。例如 Gogol 的「檢察官」，是描畫流浪的青年冒牌檢察官，到一個鄉鎮發生騷動的故事，暴露了露西亞官僚制度的腐敗。

在資本主義社會的制度，若仔細一想就會感到很多場合，人們在不知不覺之中，做着自己創造的文明的奴隸。在資本主義社會，生產不及社會總需要，或生產超過社會的總需要，均會發生所謂恐慌，而混亂起來。人自己造成的商品，反而支配着人，這是非常矛盾的關係。對這種矛盾，加以揶揄，而不以正面攻擊的方法，從側面給與嘲笑，是一種明智的方法，會令人感到難堪。

諷刺詩，就是這種社會性或政治性批判的變形的表現，必須具有銳敏的批判精神。

語言

※尋找語言，不是爲了吝嗇的自我表現，却要做爲與人連繫的唯一方法。

※首先並沒有所謂「詩」的型態，從頭到尾有的是語言而已。詩人的目標，不在於寫詩，而是在意圖造型語言擴大的世界。

※語言是難予捕捉的看不見的嫌犯。

※語言是萬人共通的用具，隱藏在人感情的末端，常閃出許多的矛盾。詩人要有耐性，善用與語言格鬪的狡智，才能駕馭語言。這種狡智的格鬪，換句話說就是習練詩作的技巧，也就是現代詩重視技巧的理由。

※追求最純粹的，會使想像力活動的語言，空閒下來。

※寫詩是要明確地認淸自己的死以外沒甚心。而認淸自己的死，等於就是切實地捕捉生的狀態；語言介在其間——。

富久尾　豐作（日本・帶廣市）

1975. Obihiro. JAPAN. Yutaka Fukuo

陳秀喜詩集

覆葉

樹的哀樂

笠叢書 五十五元

潘芳格詩集

慶壽

笠叢書 即將出版

中華民國行政院局版臺誌第一二六七號
中華郵政臺字第二〇〇七號執照登記爲第一類新聞紙

定價：國內每冊新臺幣20元
海外地區：日幣240元 港幣4元 菲幣4元 美金1元
全年六期新臺幣100元 半年三期新臺幣55元
※郵政劃撥21976號陳武雄帳戶（小額郵票通用）

出版者：笠詩刊社
發行人：黃騰輝
社長：陳秀喜
社址：臺北市松江路三六二巷七八弄十一號（電話：5510083）
中部資料室：彰化市延平里建寶莊51之11
北部資料室：臺北市北投百齡五路220巷8號4樓
編輯部：臺北市敦化南路355巷83號
經理部：豐原市三村路90號
印刷廠：華松印刷廠 電話：263799號
廠址：臺中市西屯路一段一二三巷八號

78 笠

詩双月刊

LI POETRY MAGAZINE

民國五十三年 六 月十五日創刊
民國六十六年 四 月十五日出版

笠同仁陳千武往訪日本參加靜岡縣詩人們的歡迎派對簽名留念

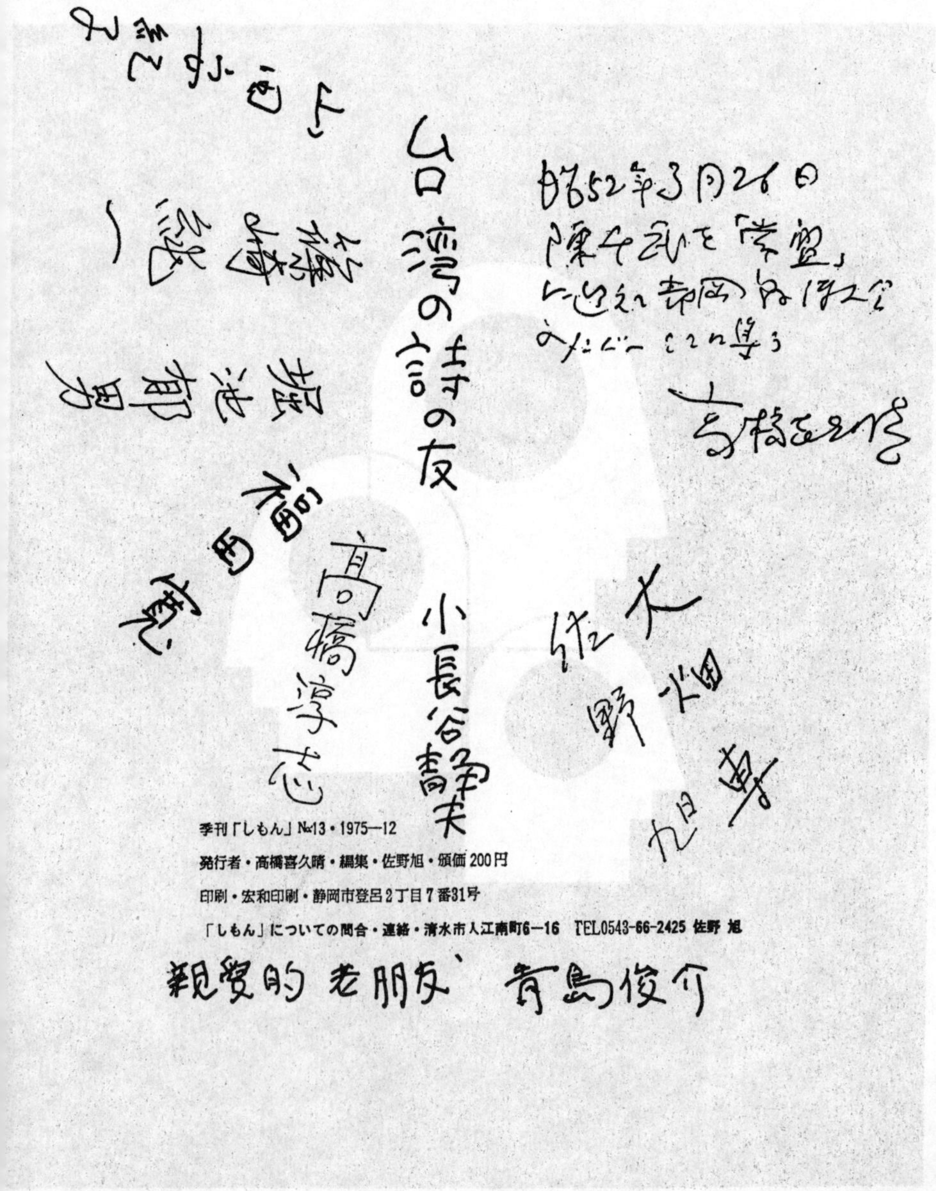

卷頭言

智慧的語言

趙天儀

當白話取代了文言，成爲中國新文學的工具時，的確有其劃時代的意義。但是，白話在新詩創作中所扮演的角色，却顯得根基不够穩固。因爲現代詩的興起，有些詩人乞憐於文言，所以，也產生了一些新文言。劉大白的改良詞，只是曇花一現；而今新改良詞流行，究竟有多少能耐，也是還有待考驗！

不錯，文言在中國古典文學上，固然有些已成爲藝術的語言，但有些却已陳腐不堪。而白話在中國現代文學上，雖然有其主流的地位，但有些表現却頗粗糙，似乎未予以加工精製。在中國現代詩的語言中，有些固然是接近了口語的白話，但有些是從文言中生吞活剝，讓陳腐的語言，像細菌一樣地漫延，外表上看來似有文言的濃縮，骨子裏却已逐漸地腐化了。許多文白滲雜的表現，常常是金玉其外，敗絮其中，內容空洞，實值得我們深深地來加以反省。

白話是語言的工具，文言也是語言的工具；語言的使用是否準確有力，完全要看使用者如何表現。倘若說詩人是語言的使用者，而詩是語言的藝術，那麼，我們所欣賞喜愛的詩是怎樣的呢？

詩的語言，是沒有固定現成的，有而且只有當創造者表現了詩的本質的刹那，那種語言才是詩的語言。因此，那種創造性的語言，才是詩的語言；因爲那是有其隱藏的奧義，甚至充滿了高度的智慧。所以說，詩的語言，是一種智慧的語言，如哲學的眞諦一樣，機智而豐盈；因此，所謂的弦外之音，所謂的不落言詮，該也都是表現了創造者的智慧的結晶。

詩人呀！請表現您的智慧吧！因爲智慧的語言，才能意味深長，才有震憾心靈的力量！

笠詩双月刊目錄78

商業大樓

林亨泰

電梯狠狠振撼着骨骼
失重地昇
二十世紀的樂園便近在樓上
電梯停靠之處
總覺得不花些錢是迂腐的

按鈕吧
經理先生擁有一副可愛的面孔
即將整個店舖奉獻在您的面前
請、請、請……
女銷售員將熱忱的爲您服務

請買回一些東西吧
這不就是贖體重的唯一辦法嗎？

電梯麻木地降
如果顧客依然空手而歸
這不知該算誰的過錯？

悼亡

非馬

A

也許等那一天
你臨終的手勢
瀟洒如落葉
飄旋
你最後的嘆息
滿足如熟菓
墜地
而我的心
金黃的秋日般甯靜
那一天，也許
我會讓你
眞的
逝去

B

讓被摘下的
你
在我心頭
青澀

誰知道
也許有一天
你臨終的手勢
會瀟洒如落葉
飄旋
你最後的嘆息
滿足如熟菓
墜地
而我的心
秋日般甯靜

繁榮

李魁賢

從黑暗街角
飄出一位黑衣人

大學生一千
高中八百
一邊唸着菜單
一邊像螞蝗咬住了
行人的背影不放

吃掉了腐蝕的人影
吸盡了純潔的女血
把都市的夜景
蠶食成痳臉

在輝煌的高樓陰蔽下
蠕動的螞蝗
以細胞分裂的方式
隨着建築業
繁榮起來

借錢過日

林宗源

偷偷仔借
偷偷仔吃
死要面子的社會

驚給人講敗家子
硬守着很重很硬的土地
暗中過着不好過的日子

看買十賣七還三賺四的生意
與阮用嘴講價的買賣
阮不是生意人的材料

排路邊的生意
走私、犯法的生意不敢做
驚您活起來罵阮
怎麼辦！祖父！

祖父，時代不同了
賺錢不會花的想法，眞愚
給您燒去那幾山的金錢
您在天國
千萬不要再買土地

買您愛吃的魚圓湯
玩您愛玩的古董
給您燒去的黑頭仔、洋樓、佣人
是不是壞了
對您忠心嗎？

舊的不是全是壞的
假如您要換新的
阮再給您燒去
直昇機、太空船、別墅
只是佣人
阮不敢給您燒去

雖然，阮過着借錢的日子
阮還是感激您留給阮的土地
生長慈愛的稻谷
每當嗅到白米飯的氣味
就想起您慈祥的面容

祖父，阮不敢賣去您的土地
可是，您的土地一日一日
失去收獲的數量

窗及其他

桓 夫

窗

有窗
窗是我的寂寞
是寂寞的裝飾品

有雨
雨滴流在窗玻璃上
窗玻璃的雨絲
構成密密的鐵格子
囚我於黯然的籠子裡

有悲哀
悲哀的聲音
從鐵格子窗外傳進來
我必須探望
探望雨絲不是淚水
也不是鐵格子
的眞像

密林

昨天　我摸索
在密林中
密林是情竇初開的
處女地

今夜　我站在
懸崖斜面
看密林的情火在燃燒
忽視我的存在在燃燒

然而　我還要
竄進密林
尋找
遺落在樹與樹之間
那初戀的快樂

白日夢

在僞裝的暗夜裏
滑出來的閃光
留戀在一葉孤舟上
孤舟盪漾着
孤舟堅持着

把諂媚的反光推向下流去
那是泛在水上的白日夢
孤寂地憂愁着
夢見昨日迷失的情侶

愛 情

綠色的風景
展開在白磁的畫面
站在畫面上
風景緊緊地擁抱着我倆
我感到
愛情怎麼這樣僵硬？

不知是黎明
或者是月亮的光
把我倆的影子
濃黑黑地
套印在清爽的記憶上
叫我眞透不過氣來

但我願意
承受愛情這樣無限地
僵硬和重量

水性

水的精神
適應環境流傳下來的
水的精神
汪洋而冷靜

水的聲音
丟進石頭迸出來的
水的聲音
叫喊激痛却寬容

水的顏色
愛的漣漪畫出來的
水的顏色
像衝天的火花

公害

曾經

趙天儀

在風風雨雨的日子裏
在受難的黑夜裏
我在風雨樓上
遙望着
曾經擲筆，無語問蒼天

在淒風苦雨的日子裏
在期待的冬夜裏
我在書房的燈光下
苦吟着
曾經歌詠，血淚凝結的詩篇

在風雨綿綿的日子裏
在冰冷的寒流裏
我在泥濘的小徑中
惦記着
曾經被劫，逢凶化吉的時光

公害

一艘油輪沉沒了
汚染了海峽
海面的油垢塗滿了岩石的黑臉
在陽光下
那閃亮的油光
使波濤染成滾滾的濁浪
使潮水無法洗淨，再淸澈見底

一個博士墮落了
汚染了學府
詭辯的詐術欺瞞了無知學子
謊言取代了眞理
一如那無法洗淨的油澤
塗滿了圍牆裏逐漸地混濁腐爛的空氣

當那滾動的海潮
不斷地
向那岸邊的沙灘衝浪
冲洗着油澤的汚染
而圍牆裏的空氣
却無法去除那惡臭的漫延
且讓那鄉愿在製造着無形的公害

位置

鄭炯明

把頭埋在棉被裡
輕輕地劃亮火柴
不必舉行儀式
就這樣點燃它

讓波特萊爾描述的髮的聯想
滲雜著皮膚燒焦的臭味
瀰漫整個室內

如此，我才能保持清醒
才能確知自己的位置
在迷失的人生道上

吳濁流文學獎暨新詩獎揭曉

由臺灣文藝社所舉辦的吳濁流文學獎與新詩獎揭曉：第八屆吳濁流文學獎有陳千武的「獵女犯」和李篤恭的「小黑」，佳作獎有廖翺的「我們來唱歌」。第五屆吳濁流新詩獎有兩位佳作獎，爲趙迺定的「我裝着適意的吸着紙煙，以及簡安良的「根」。幾乎都是詩人得獎。

故鄉與夾竹桃

林　外

故　鄉

故鄉　決不是
一度曾經離開的人所當歸去的地方
藏在心裏
悲傷的時候　快樂的時候
那懷念的快樂
是沒有什麼可比的
若有企圖親身去體會的欲求
只有招來失望和空虛
只有遠離故鄉
旅人才會常常懷念
故鄉才能給旅人心靈溫暖和慰安
故鄉不是不曾遠行的人的天國
也不是遠行歸來的人的樂園
只是繼續旅行的人的天堂

夾竹桃

在沒有花的季節（初秋）
只有夾竹桃
鮮明地
傲然地
妖媚地盛開着
在放眼是一片狂綠的校園中
眼睛被那花釘死着
身體被吸引得禁不住要親近過去
疼痛的心　無可如何地
像花瓣一般綻開着
要滲出血來了

一九七六年台北手册

第三頁　靈是眼睛

喬　林

車里是眼睛
車外是眼睛
眼睛眼睛，一閃一閃的眼睛
底空的滿天飛

妹妹說：像螢火蟲的屁股
弟弟說：像方頭金蒼蠅
嗡嗡的看在眼里响在胃里

我說，那是自動機器
您沒看那眼球上有了灰塵
它就一眨一眨的把它拭去

自動機器那麼靈那麼密
妹妹說，像空氣那麼靈那麼密
弟弟說，以前呼吸空氣，現在呼吸眼睛這眞科學

我相信

林煥彰

我睁開眼睛，並未看到
所有的事物；
我閉着眼睛，也非一無所見
我堅決相信：
我的眼睛，不僅僅是對外的

因爲我看到了
我最深的內裏，淸楚地
豎着幾重身影；
過去，未來和現在，一樣親近。

強風中的稻

陳秀喜

強風是牧羊狗
趕雲的羊群來
眺望
稻如翡翠的衣裙
掀起波浪的舞姿

走向田畦
強風是
嚴酷的叱咤聲
稻心不由主
如瘋人散亂的頭髮
驚惶呼救着

佇立觀看
強風中的稻
根緊緊抓着泥土
背負着累稔
爲了站穩而掙扎
也許　稻知道
農夫一季的辛苦

神　龍

周伯陽

來自五千年的歷史
獨自創發文化
歷代相傳的聖獸——龍
是靈的象徵
週身披上神秘的鱗甲

你誕生於東方神州
而流傳於神話
在九天之上，或千雲之中
若隱若現，隨歲月浮沉

神龍傲視於寺廟
是美的形象
造成石柱浮雕的傑作
壁畫富於寫意
現出飛空的英姿
舞龍早成爲傳統的民俗

雲中之仙，水中之靈
是代表祥瑞，也代表夢兆
隨你呼喚雲雨交馳
你在藝術上有永恒的價值
神州！就是神龍的家鄉

醜惡內裡輯

趙迺定

一條長長的河奔去

美國人的誠實
小公司多找一分錢我不要
大公司多找一分錢我不要退回
——上帝說：大公司有錢。我說：大公司不在乎
一分錢
照收不誤吧！
政府是巨無霸公司
所以商人說：嗨，兩本帳以利漏稅
所以司機說：喂，過橋給兩塊半不拿票
所以官員說：你，可以多開，只要給我十分之一回扣
政府是巨無霸不在乎一分錢
於是一分錢滴落，又一分錢滴落
而流成一條長長的河奔去啊——
奔去

何永撈不滿口袋

你口袋最好是我口袋，我口袋可是我口袋
所以啊——我可撈你口袋，讓我撈吧！
所以啊——我口袋千萬你不要動歪腦
我口袋只唯一；你口袋可是千千萬萬——個口袋
所以啊——我撈你口袋，我撈你口袋
可是，上帝啊！何永撈不滿我口袋
何永撈不滿——我口袋

冬

徐德標

我坐在樟樹的殘株，
以悲痛的眼神兒，
深切地望著，
冬枯的環山。

草已毫無生氣地，
枯成黃色，
樹葉發出沙沙的細聲，
枯葉掉在我的頭上，
然後又歸於寂靜。

曾經競唱著的小鳥何在，
環視林中都不見。
從遠處傳來微弱的鳴聲，
但對於我的鼓膜，
也只能聽做悲痛的哀鳴。

一切都絕望地映入我的眼裏嗎？
難受的重擔壓上心頭。
若無那美麗的春天的期待，
好像寸刻都難於生存。

盆景

李篤恭

一個跑不出的世界——外邊只有水泥牆壁和地板
小蝸牛　油蟲　螞蟻　蚯蚓　甲蟲　蜈蚣　細菌……
一小撮土壤養育着無數的生命

給與澆水後　一双眼睛審視着：
蝸牛有沒有喜怒？　甲蟲有沒有愛恨？
蚯蚓正在想什麼？　蜈蚣在祈念什麼？
螞蟻有怎樣的道德？　細菌有何樣的宗教？

蝸牛吃食枯葉　蜈蚣吃食蝸牛　甲蟲吃食蜈蚣
油蟲盜窃草汁　螞蟻剝削油蟲　螞蟻害怕蜈蚣
蚯蚓啃食草根　爲草根挖鬆泥土　製造沃土
細菌消化一切腐化發酵而溶解　調和着生命

一棵玫瑰佇立於那世界中　迷惑於身邊毛蟲雜草之侵犯
恒在追隨着太陽　把陽光和養份排列組合成花實

俯視着那似乎和平安靜的運行
一双眼睛誦唸着莫名的經典
又在編織一套莫名的
哲學

日安・台北

廖莫白

站在草地上打太極拳的老人
努力的把蒼白的太陽
搓紅
日安！臺北
許多猶似鳥叫的嬰啼
禁歛在早車的呵責下
他們看見盆地
又下陷一公分
這麼小的恐懼
只須服下一粒教堂買來的
鎮靜劑
也就不再說什麼
日安！臺北
這是你的早晨
好大好大的一面沼澤
裏頭奔竄着
一條條酷似糞蟲的東西
日安！臺北
其實這是上帝住的城
所以我們內心
並不感到虛幻
每天我猶喜歡推開後窗
看看雨後
一堆堆垃圾在初晴的晨陽中
彷彿是一股煙
直昇到天國

・七六年十二月寫於劍潭

一杯濃茶

華笙

一杯濃茶豈只那點旨意？
茶葉是飽經風霜的長者
我們對之吞雲吐霧
豈能品嘗
它的苦澀？
一杯濃茶下肚
是否使你成熟？
成熟的歲月也不過像
泡浸在開水中的茶葉
由捲縮而擴大　擴大
然後是
慢慢的沉落
落入
將被丟棄的屍骨

鄉愁篇

曾妙容

無聊的人

如果有醇酒
就喝它一個酩酊大醉吧
如果有美夢
就睡它一個漫漫長夜吧
如果無酒也無夢
該做什麼好
把澄藍的天空
讀個透澈吧

鄉愁

車子駛向遙遠
一個未知的旅程
從故鄉帶出的
鄉愁幾許
腦海裏裝著
心彎裏裝著
箱篋裏裝著
而
無處裝載的
一股新生的鄉愁
正自心底
不可遏止的默默滋長

噴泉

簡安良

不是左眼流向右眼
就是右眼流向左眼

當你躺在世界的某張床上哭泣
不是面對右邊的人
就是面對左邊的人

當你站在世界的某個角落流淚
不是淚滴在自己腳下
就是淚滴在我的頭髮上

而天空永遠不理睬這些
你儘管哭泣吧
你儘管流淚吧
大地永遠默默地忍受

詩兩首

楊傑美

世界之夜

一顆一顆雕花的人頭
一樹一樹地鑲嵌在
比血還要殷紅耀眼的
世界的刑場上

一滴一滴蒼寒的珠淚
一簇一簇地凝鑄在
比惡夢還要漆黑扭曲的
世界的疤臉上

一顆一顆的人頭潺潺地滾動着
在世界歷史漸漸拓寬的長夜裏
一滴一滴滾燙的熱淚
向着那最黑最深的長夜之心
大力地掉落着
淋漓地傾注着

哀某妓女

你茫茫入世的第一版是在
十五歲的那年 梅雨霪霪

海棠嚶嚶啼的一個長夜裏
被妳的繼父高熱噴注的墨油
狂驟地滾印出來的
妳喧騰的第二版是在
紙貴的洛陽街
被無數熱情的讀者激昂的燭淚
翻來掀去硃批得爛熟的

妳的聲名和妳的美麗
在放逐了陽光的排字房裏
被一隻一隻踵接着匍匐前進而來的
一隊隊忙碌的活動鉛版

逐頁逐頁地
鉛印了又鉛印
滾刷了又滾刷
逐冊逐冊地
再版了又再版
裝訂了又裝訂

洛陽的紙眞的是越來越貴了喲
只是妳秘密的排版印刷費
却隨着通膨指數
而呈反方向地節節遞降
曾經鮮麗的封面啊如今也愈來愈乾枯
愈來愈憔悴得像
一本虫蝕風化的絕版古書

註：通膨指數即通貨膨脹指數

詩兩首

陳坤崙

脚

爲了美觀大方
脚被判了罪
註定長期生活在
潮濕又黑暗的牢房裡

無日無夜喊寃枉
沒有回聲
無日無夜渴望陽光
陽光不來

爲了美觀大方
醜陋的脚
却過着卑微的生活

曇花

一點一滴的忍耐
一滴血一滴汗的累積
夜半人靜沒有一點聲響
這樣還不够
還必須等待沒人看到的時候
無聲無息地把生命開放

夜半人靜沒有一點聲響
你寂寞的把生命開放
也寂寞的把生命結束

黃昏

陳至興

錯過了一班車
在這麼偏僻的鄉間公路
時間似乎一下子就多了起來

對面的站牌
是一個父親模樣的中年人
一輛老舊的脚踏車
以及嘴角嬝嬝的一根香烟

車輪揚起的輕煙過後
兩個便當掛在車把上
弟弟坐在前面
姊姊由後攔腰而抱
父親笑著
慢慢踏向田邊路

此去二、三十里
在這昏黃的時刻
相信每一個站牌
都有一位父親或者母親

成長

聞綺

在稍蹤即逝的時光裡
二月將過，嚴冬
在爆竹聲中，亮着新的對聯
踩着春息，從媽媽懷裡哭着落地
我已數過了二十四個年頭

在蟬鳴的季節
撕磨在膝邊，佔據了你和我
一支埋在地層下的歌聲，躍出了地面
不少的歲月，我曾錯過
無言的凝視，葬於如海的深淵

二十四個年頭了
在北風中，你吐露溫馨
如驚動一顆顆的珍珠，在我眼中流轉
無須點綴二月的風
我已了悟從初生到成長的滋味

遠遊之魂

秋聲

這一次的遠遊，我也許會
梢回自己的魂
在黎巴嫩，阿拉和基督同樣喜歡流血
我們也是海棠葉脈裏的子民
屬於火的季節
已經來臨
西貢的臉不再長出稻米
從永珍來的吉普賽人都有一對哭過的紅眸
湄公河在夜裏吟着古老的悲歌
這個緯度，憤怒的掌紋應該張開
擒住太陽讓它看看
骨積成山屍横遍野血流成渠哀泣滿地
讓它舔着每一寸土地的控訴
且慚愧，且黯然神傷
我們需要剌出捶胸扼腕的右臂
指摘原始在萬年之后
復活。民答那峨的對抗還沒解除
源自瀾滄的泛濫正於春末開始
金邊、曼谷、吉隆坡
暹邏灣的咽喉是一口被扼緊的咽喉

亞美利加的軍火販子[illegible]也測不準麻六甲的危機
伊們將東經一百度以外
遺給了太平洋的波濤，和紅鬍
這一次的遠遊，我應該會
梢回自己的魂
南非和羅德西亞的喧嘩仍然不打算屈服
黑的解放從牆間站起
白的頑拒自每座教堂裏輻射
花與花之間、瓦與瓦之間、平靜與平靜之間
許多垂死或已死的眼睛
怒閃著鮮紅、絕望、期待
和一些菊花的情緒
我們也是以脚嗅地的同類末裔
除了同情
這裏可以收割到一望無際的教訓
安柯拉的手凋萎了
從加勒比海來的烈焰猶譃譃地訕笑
叢林生長的愚昧
撒哈拉以南的小兒痲痺

嗜血的習慣
薩伊的舞步比所謂紊亂更紊亂了
許多胸脯在火箭砲的呼嘯中爆烈成蛇
柯威齊的銅緩緩停止了脈博
從密西西比河喊出的譴責未曾如此虛弱
兵刃與心臟，於是這般
和五千年前的邪惡親蜜擁吻

這一次的遠遊，我勢必會
梢回自己的魂
巴基斯坦的風是回歸線的風
伊斯蘭馬巴德總不會安靜的入睡
印度河的水位並不是那種說穩定就穩定的鞭子
喀拉蚩在沸騰中燃燒了
棕色的領袖們這回眞的擔心蘇里曼山會
一夜之間癱瘓
飢餓的足跡陷落喜馬拉雅以南的城鎭和鄉村
棉花棉花，德干高原撐不直新德里的脊樑
恒河的水又能沖洗多少噸的貧窮？
那個赤脚寬衣的人，救了釋迦牟尼
他是救不了喜歡生育的加爾各答與孟買的
聖母峯上的狐狼嚎狺未歇
也許喀什米爾眞是一個無家可歸的浪子
看吧，有人在打鐵
有人在西姆拉的宮殿裏乾掉第五杯香檳
有人在偷賑濟的糧食
有人在路上對每一隻從面前走過的牛行禮
有人在哭、有人在病
有人在靜靜的噓氣
塔爾沙漠的仙人掌衰老了
雨，只活於阿拉伯海濱

這一次的遠遊，我終究會
梢回自己的魂
中東的石油一定能使人瘋狂
巴比倫永遠固執
阿拉是絕對正確的存在
除了可蘭經，其餘都叫死亡
肥沃月灣的五穀，巴格達的光榮，埃及的文明
錯誤不在黑海裏海地中海以南
叫那些摩西的族人停止無理的蠻橫
聖母與基督，基督與阿拉
耶路撒冷你到底選擇哪一派系的罪惡？
上帝的民衆是最優越了
以色列於是有權殺戮那群巴勒斯坦人的呼吸
猶太啊猶太，美索不達米亞爲你悲唱
紅海紅給札格洛斯以西的教徒看
高加索的爪牙開始舞踊土人的兇殘
所以西伯利亞的寒流是令人嘔吐的寒流
民兵，你的槍扛在肩上
你的日子揹在背上
聽聽利雅德那個首富的話吧
談一些事情：生命、土地、宗教
或者禱告、握手，和商業關係
墳墓長不出夏日的玫瑰

這一次的遠遊，所以我一定會
梢回來自己的魂
逆水泅泳，是同個暗夜
告白各地招搖的光炬，在泅水之后
負起年青的長槍
昂首，於長江，於黃河
於帕米爾更遠的地面
我將讓骨灰伴着榮耀撒遍空際
同時，記住
斷臂后梢回自己的魂

每處山崗，每處平原
死了，只是躺在母親溫熱的胸脯
如果狂醉是歸宿
這是唯一完整的無疑
不要計較葬身何處了，我的兄弟
需要站立的都到這熔爐裏
每粒星斗都找到俯瞰的方位
我們於是攜手走我們的路
二十世紀末不再適宜漂泊的兩棲
生根的是永恒的
叫所有拜倒新大陸的華裔突變
叫所有浮萍面對狂瀾的冲擊
擧刀肩上
我們向古聖先賢立誓
嗜好做拼音的螟蛉者將自各個陰溼的角落
剷除。啊！每種迷途的細胞
自認中國的把脚尖轉回中國

老邁的手絞已算不準歷史的航線
這一棒接下吧！年青的一代
行乞必然在另一次寒冬裏僵化
施捨並不是永開的佛門
清醒的人都瞧明了七十年代衰頹的痕跡
喪鐘震鳴每顆良心的律動
還是讓移植的白羊失足吧！

新生的嬰兒總能記憶黃色的高貴
扛起我們的意志
道長，道上奔馳的芒鞭更長
興安至雲貴，崑崙至江漢
插下勝利的標竿
每片施惠投擲給貝加爾湖更遠的同胞
古老的聲音包容五千年的雄渾

眞的，我或許會梢回自己的魂
如此高貴的帝國，三代以前秦漢以前
今日却死於轎車洋房牛排的封閉
死於高速公路的夾殺
刈稻的鐮刀能闖出孔孟的氣息嗎？
制禮作樂的人是一項新潮的譏誚
推動輪軸的手
在搖滾中蛻變爲野蠻的顫慄
唐太宗只被無聊時隨意的販賣
我們是一群可鄙的後裔
以整批的無知做慢性自戕
以幼稚的敲擊傾斜原衰的脊樑

然后在病發中集體剔去
這樣一次遠遊，我無疑會
梢回自己疲億的魂
種些樹種些花、種些軒轅的分支
將双耳埋在雲際聽星河的流音
將瞳孔藏入森林夜夜閃着微弱的密光
將軀體遺給大地滋養另一批出征的武士
以最最東方的姿勢
祝福着旭日
昇

未亡人

莊金國

夜來
夜去
夜操得綿綿的晨縷
撕裂爲抹布

抹桌
抹椅
抹濕濕的床
是孩子尿了的氣味
微腥的氣味

仔細嗅着
又有些不是

是伊昨夜回來
惱人的纏人的
啊初夜
呼喊一聲…痛
驚起一身…汗
抑且弄得倦倦底

却又不得不裝做
若無其事的樣子

捕魚人家

風信子

有千帆歸自夕陽的海面
盛滿了喜悅的船隻
以吃重的身子
迎向岸頭的歡呼

魚滿簍　酒滿甌
老漁夫蹲着羅溪脚
和同伴五喝十地揸拳
嚷紅了脖子
喊啞了嗓子
僅爲了豐收
而有誰見——
那深鏤顏面的紋溝
那響自丹田的笑聲
那一家浸潤在歡樂的情景
較諸宴席上一擲千金的饕餮客
較諸歌樓舞榭股票市場中的名利客
相去幾多？

有千帆歸自夕陽的海面
星星爲它們掌燈
妻孥站在岸頭守候
有一瓶老酒在飯桌上等待開動

訊誤

陳瑞山

攀擷紗帽山的新楓，二片
右手的，悄悄夾入詩裏
左手的，緩緩寄向綠色的谷底
(沿着清脆的尋夢溪
有熟稔的影子，浮映水中)

之后，我乃一戍城的斥堠
逡巡，守候綠衣人的歸訊
蘆荻搖紅了殘陽
雪花雰白了七星
杜鵑開落了花潮
梅雨繡綠了牆籬
……

而綠衣人的歸訊，依舊是
依舊是一封誤遞的郵箋

今夕，凭眺繁燈漠漠的淡水
低詠易安的武陵春
讓裸掌上錯縱的渠脈
泛湧成天邊一道盈盈的河漢
任　星兒　浮沈

邊緣之一——蒙古症

管中閔

不再是一片無言的記憶了
記憶在腐後，現實在
眼前，一道眩目的閃電
蒙古銀蹄點點滴滴的
踩著，侵壓著……
當灰頂沉沉下墜，下墜
樹苗呵樹苗
你還經得起幾番枯萎
在人群焦點之外
一幕默片有多孤獨
又有多少侵蝕

地板赫然形成，擁擠的
舞台 主角紛紛臥倒
蠕動成隻隻乏力的，蛹
並且漫不經心的展開
爲清涼的雕塑
脚步是很稀少的
更別說一隻溫暖的手了
偶然發生一些參觀
無非是心血來潮的間奏

哎！這原是斷臂的三月哀傷
竟也無人回首觀望
有的是無瞳的日光燈
冷冷俯視
掙扎的一切一切的掙扎
太陽遂變作天使的專利
灰牆太小也不容納兒童樂園
沒有歡舞沒有淚
此處一切禁足
一切靜肅
灰白的蒙古業已佔領
並且宣告移民

那麼這必然是上帝的失誤
或是撒旦的地盤
不可蹴及的深淵啊！
斑爛的七彩爲眼而設
何獨他們視而不見
天籟地韻爲耳放歌
何獨他們聽而不聞
飛騰者飛騰疾躍者疾躍

何獨他們生命靜止
一如水紋不興的荒井
土掩苔蔓的荒井啊荒井

當初也必然沒想到
這層陰影會自動地移植
父母的手方自一揮
行程已到終站
終站是社會邊緣
蒙古的汗國

人跡堅持著遠離
便要我如何渲染
這份持久而驚人的意象
而此刻華厦愈高小屋愈仄
休止的靈魂將往那去
將往那去？

後凝

Mongolism 是一種先天性的異常發育，患者智力停滯，發育畸型，手足無力，是人間最悲慘的疾病之一

街頭象徵

林野

一、郵筒

欲言又止的一張嘴
總是嚥下更多不輕易吐露的心事
直到風吹雨打在它木訥的臉上
寫下那麼多青澀的憂鬱

二、電桿木

擱淺在我神經上的紙鳶笑我是檣桅
無所事事地豎起抽象的下午

三、巴士站牌

而天空一逕是倒立的海洋
在雲靄蒼茫的遠方
數種方言此刻正喁喁交談

楞頭楞腦的你一瘦再瘦
絕塵之後依然我思故我在
你既不登車又非送別
祇為你信守的那人正唱遍陽關
斷腸在天涯

無緒調

周清嘯

生命中有幾次海
打着日浪來舖一片岸
岸上有幾次我踏下的足印
一瞬間失了踪跡

一路過來的樹和風
滿脚的草色和塵沙
當我越過山來望海
天濶雲低，雨斜斜小濕了衣
又有幾次的冽寒如爽爽的春天
有幾次舟葉的搖幌上
看不見方向

黑髮中有幾片濤聲
嘩然成流不去底河
當我看見夕陽有潺潺的月光
夜晚又有幾次雪和荻花
飛成絕激的天色

當我看完世界角度來此
只爲地平線上那抹暗藍
曾經在畫布塗我的一笔
浪汐後，全成了歲色

南下的火車

文豹

寂寞又熱鬧
　南下的火車
充滿了
　鄉村的人情味

學生讓位給侏儒
侏儒轉讓給婦人
　婦人又讓給跛腿

這時上來一位龍鍾的老人
手上有一片西瓜
冷不防
　被車門夾住了

千鈞一髮之際
　跛腿的躍上前去
　　打開車門
急時搶救了那片
流血的西瓜

於是大家都笑了
　笑出了感動的眼淚

也是獨語

墨刀

在寫詩的路上，我只認識陳鴻森
一個背着一把雕刀，一路喊殺過去的人
每次他來，都在我家過夜
每次他演說，我當聽衆

不過我也有一樣勝過他
我自創的武功無拳道
威力大概可和李小龍的截拳道頡頏
或許還要略勝一點點
李小龍已經死了，不會再站起來

人活在這窘迫的世界
偶爾不妨自我吹噓一番
把自己漲大，把我美化
飄飄然不知身之所之
這樣可以閃過現實的追殺
這樣可也是一種心靈的緩衝吧

你不快樂吧
你感覺自已是龍游淺水虎落平陽嗎
那麼來參加我的行列
在那滿是星光斑爛，掌聲震天的路上
把寂寞的自已
逐漸旋成一潭龍捲風
席捲天下

酒瓶和奶瓶

劉明哲

發薪的日子，他的臉
他的臉蒼白無比
走向出納室的脚
像昨夜酩酊的亂步

會計小姐的筆跡毫不溫柔
如妻賒米的字據
○的誤差
職務的誤差
關係的誤差
薪水袋辨認某種血緣
如今20年櫛風沐雨
拿酒來，縱然奶瓶仍然乾涸
酒精從不回答問題

順天知命集

張子伯

念父篇

小徑告訴我你去的地方

群樹驚退　小徑直奔家門
告訴我城鎮已無消息　雁鳥揮擺冷冷翅翼飛來
我的坐姿是劃過黃昏天的那一聲凄啼
風依舊在搖着頭的蔓草中吹呼喊的口哨

又是另一個天用黑布蒙住我受傷的眼睛
小徑葉落如蝶了　如整理悲痛後遺棄的手帕
自你離去　父親
小徑依舊　如他強壯的手臂呵護着家園
呀！自你離去　父親
西風掩泣中小徑漸瘦了
並且在每個黃昏
用它蒼茫的盡頭告訴我
你去的地方

下完這陣大雨之後

念你時
對鏡自照
父親你年青的這一張臉

母親說這是一面無星無月的天空
但總要爲枯旱龜裂的鄉土下幾滴雨水
雷聲響起時　父親你閃電般逸去
霏霏細雨中如芽我們逐漸茁壯
在衆多的鄉人不斷懷念你的言談中
我們漸漸寬濶的胸膛
使得母親掠開髮上靉靉陰霾露出圓月般的笑
在我們下完這陣大雨之後

菩薩吟

林尹文

古廟燃著碗燈。

佛陀的臉疲倦的
微笑，拈花傳與迦葉以
禪，之后就這樣的
不堪疲倦

睡著幾千年的歷史
任是荆棘石眼眸
之裡糾結成
荒蕪的傳說與
簷角
冷冷的月。

和尚自來撞鐘，落日
之后，散去著袈裟
疲倦的老尼，兀自睡夢去了。
經不再唸，鈸亦不響，木魚
靑磬且自寂寞歇息爲
盤旋起舞的虬龍
繞樑、嘆息瞬間的糾結。
（老鼠來，偷油；老鼠去
悲憫，佛陀的手
合什）

我共眠坐過三更，擊柝
的人不來；燈殘
鷄啼。碗燈燃著
古廟裡，臥佛
仍然睡著古代的傳說，任其
荒蕪

（菩薩意欲過河，擺渡的人不來；
婆心悲憫，芸芸，奈何？）

有一日

吳淸玉

有一日我必定要去
尋找我遺落的臍帶
這臍帶曾經牽繫着我的感情
有一日我要把它找回來
找來繫在我理智的腦海裏
讓它們彼此相容
彼此融合成一
有一日我看見了
一個眞正的自己
在鏡子面前
辨識自己

狂流

林梵

橫江欲渡風波惡
一水牽愁萬里長
——李白：橫江詞

殘雲潑墨
河水奔瀉
流竄而下

在我們的河灣
兩岸死力
扼緊河道的
頸穴
水流回旋
淼淼洪波，逼
吾人不得橫渡
渡者，非達摩
皆，滅頂身仁

只有天空，是
自由自在的吧
吾人皆無
飛鳥的翅膀
擺不脫地心引力

牽愁萬里
望水浩嘆

食屍鳥盤旋於空
吾展睜金剛怒目
掃視，只引來
一陣嘩笑

午夏

劉克襄

或者穿上赤裸的拖鞋
排斥一個深冬
或者刁一根過度傾斜的紙烟
讓自己感覺不適
或者彈幾葉烟蒂
搔着了大地之癢
或者等待汗衫
被秋天接收

一個細長的午夏
臉首先發現沈悶

年終獎金

李瑞騰

緊緊握捏
一疊所謂年終獎金的鈔票
事務所外頭冬陽暖暖
溫熱了我多皺的容顏

懶於理會
老闆一付施捨者的嘴臉
反正嗟來之食我已完全習慣
二房一廳的尾款隔些天正可繳齊
不再租屋的興奮
久久不能自已

總得買幾斤腊肉　或者
年糕之類應景食品歸去
無論如何年總是要過的
下班之前我作如是決定

信

悄翔

該不該貼上郵票
讓郵戳肯定它進過郵局
要不要投入郵筒
讓郵差代傳遞到你手裏

說它是信我却懷疑
因為只有稀疏三兩句
說它非信又何必
寄
從北到南
不僅麻煩了郵差
又困惱著你

常青樹

——從「覆葉」到「樹的哀樂」

李瑞騰

做爲一個詩人，陳秀喜女士是很能够了解「樹」在中國人思想形式中的象徵意義，套用傅述先先生在「詩人與樹」中的話來說明，那就是：「總之，樹無疑常被視爲沉默的象徵。除此而外，樹還象徵不少可貴的觀念」，所謂可貴的觀念，便是希望、和平、青春、愛情等等。

放在我們社會的普遍經驗上來看，「十年種樹，百年樹人」、「前人種樹，後人乘凉」諸種說詞無疑都傾向於高貴情操的歌誦，正如「國語」一書中所做的一個譬喩：「人之有孝也，猶樹之有枝葉，猶庇廕之，况君子乎？」這個簡單的明喻，喻體便是兩代之間一種微妙的牽繫，更準確地說，是做爲母性一種高度的光輝，無疑的，這是貫串陳秀喜女士兩本中文詩集的主要題旨。

從「斗室」裏走了出來（「斗室」是陳女士在民國五十九年用日文寫就的一本短歌集），詩人出版了中文詩集「覆葉」（六十年）和「樹的哀樂」（六十三年）在「覆葉」時期略顯得生硬的詩語言，到了「樹的哀樂」時期自然而然順暢起來，可是無論如何我們都不能忽視，對於一個自幼接受日文教育的詩人，轉換另一種語言寫作，在自然的變易底層是含有多少的痛苦，詩人曾不只一次表白過這種悲哀：「被殖民過的痛苦，迄今不但尚未消失，握筆時，那種陣痛的苦悶，還是折磨我」（「樹的哀樂」後記），就在這種情況之下，她有了如此卓越的表現，難怪熟悉她的人會有「終於跨過了那極限的鐵欄柵」（趙天儀語）、「像過了一道危險的獨木橋」（林煥彰語）等贊嘆的語言出現。

無可否認，她的詩中沒有美麗繽紛的意象，沒有浪漫的色彩，然而就詩構成的三要素：題材、題旨、技巧去看，在平淡的語調當中却傳達出詩人內心底層濃郁的感情，縱使是面對最平常的事物諸如花與樹，她都可以給予較爲高貴的生命情操，將她「細膩而敏銳的心靈」（借用趙天儀的話）客觀地投射出來。以下我試圖從她所塑造的一個主要意象「樹」出發，看她如何借著這個意象的隱喩與象徵去體現她的內裏世界，首先看與「樹」息息相關的「葉」。

「覆葉」既被做爲詩集的命名，則這意象語的含意在她的詩中自然擁有不可輕視的地位，「風雨襲來的時候／覆葉會抵擋」（嫩葉），抵擋暴風雨的襲擊無疑是一種艱辛，一種生命的痛苦煎熬，然而這種忍受，竟「不是爲著伸向天庭／只爲了脆弱的嫩葉快快茁長」（覆葉）：

繫棲在細枝上
沒有武裝的一葉
沒有防備的

全曝於昆蟲饑餓的侵食
任狂風摧殘
也無視於自己的萎弱
成爲翠簾遮住炎陽
成爲屋頂抵擋風雨
倘若生命是一枝樹
不是爲著伸向天庭
只爲了脆弱的嫩葉快快茁長（覆葉）

嫩葉無視於風雨吹打會有的哀傷，無視於蕭蕭落葉的哀嘆，卻是「從那覆葉交疊的空間探望／看到了比夢中更美而俏麗的彩虹」，這一強烈的對比—透露出一種嘲弄意味。在這裏，「覆葉」當然是比喻父母，「嫩葉」比喻子女，天下「父母心」，在詩人筆下總是如陽光普照著子嗣的生命，女兒不幸在車禍中喪生，詩人把它比喻成「嫩葉」被摧殘於車輪下，年老的情境已如「枯葉」，淚盡而繼之以血，「吞飲刻刻的悲愴」，猶是呼喚著一個「小靈魂」，盼她「歸來」，然而「無可奈何花落去」，只能如是地發出囈語：

神啊
請把小玲的腿打斷
罰我抱她的手臂，直至癱瘓
請把小玲弄成瞎子
罰我變爲拐杖
請把小玲弄成白痴
罰我終身爲奴隸（父母心）

情願自己做牛做馬，只要女兒仍是活著。詩人在這裏便是從個人的感情出發，將這種深沉的悲愁投射到人類普遍的共同情緒上。

「枯葉」或者「落葉」對於詩人來說，豈僅是「悲落葉於勁秋」（陸機文賦語）而已，其中有著年華老去，對於殘生的感悟：「山腰上有一棵老樹／樹梢的葉子都隨風飄去了／蒼白的樹幹已灰白／我尋到／共患相鄰的對相了」（復活）、「或許那一葉／既是達觀無常／令我感悟到／珍惜殘生」（須臾的美），她喜愛將「枯葉」、「覆葉」、「落葉」和「綠葉」、「嫩葉」對比，於此我們是不難看出她創作時的那心態了。

這種譬喻本身是單純的，到了她的關心的「樹」，她的觀物思維依然保持著原先的細膩的而在詩的脈絡之中，意義顯得繁富了，恰如上面所說的象徵著不少可貴的觀念諸如希望、青春、愛情等等。

在「覆葉」集中，「那隻鳥飛來樹枝上／樹枝會情願地承擔／最美好的粧飾」（愛情）比喻愛情的存在與輝煌；「別後你的影子會在我心房／也許是同嚐鄉下濃湯的那棵樹／清潔而茁壯的樹」（鄉里之樹）烘托出一種純樸的鄉情，而「牽引我到老榕樹下／挖掘童年的溫暖」（無形的禮物）在溫馨的氣氛中更帶出了童年的美麗記憶。

如同「覆葉」詩集一樣，「樹」在「樹的哀樂」一集中亦是主要意象，用一個批評術語來說，是一個「母題」(motif)。緣由是樹在中國人的生活及思想領域中扮演著相當重要的角色，這只要從被合稱爲「歲寒三友」的松、竹、梅，或者從被合稱爲「四君子」的梅、蘭、菊、竹在整個中國文學或藝術中出現的情況，我們是不難發現，它做被做爲題材用來譬喻或象徵，或直接被拿來當做歌詠對象，在經過創作者的移感（Empathy）之後，它們都成爲有血有淚的生命體，舉鄭板橋的一首詩來看：「咬定青山不放鬆，立根原在破巖中；千磨萬擊還堅勁，任爾東西南北風」（題「竹石」詩），是很能瞭然上面所說的道理。

對於詩人陳秀喜女士來說，「樹」是視爲一種共名使用（當然也有用類名如梅、竹的，不在本文探討之內），她筆下的樹，有哀有樂（如「樹的哀樂」），可做爲探尋消息的對象（如「荒廢的花園」），或者用做象徵一種永恒的生命愛情（如「長青樹」）。

陽光被雲翳
樹影跟鏡子消失
樹孤獨時才察覺
扎根在泥土才是眞的快樂（樹的哀樂）

幾次風雨
惹妳嗔怒
常青樹並不動搖
我暗自嘆息
青葉染上妳的胙色（常青樹）

詩人的生命彷彿都投注在樹的身上，由於對於自我的凝觀照，縱使是年齡已衰老，花園已荒廢，她深切體悟到「我是樹，樹是我」的生命哲學，樹有根，根深則本固，而根生在泥土中，她不只一次的提到「泥土」，「扎根在泥土才是眞的存在」、「扎根在泥土才是自已」（樹的哀樂），對於泥土的呼喚，也正是對於國家民族的呼喚，對於這樣一位「在浮萍中長大」（魚）、擁有「被殖民過的痛苦」（「樹的哀樂」後記），聽著她發自生命底層的聲音，除了深深地被她感動，我們還能說些什麼呢？

民國六十六年三月十日風雨陽明山

兩點星光

林鍾隆

先謝謝恒秋先生送給我他與四位朋友合出的「露點螢光」。字體、印刷、裝訂，皆頗有線裝書的古香，是很別致、很有詩味（而沒有市儈氣）的外表。我從頭瀏覽一過，檢視腦幕，留着兩點星光：

一、大部分的詩，都十分、十分地流利、優美。太流利了，不免驚疑，這樣，會不會像散文？太流利了，如同車行在高速公路，這樣會不會感覺不出，原本的高低起伏？原本應是凹凹凸凸的，這樣流利了，塡得平平了，是不是加了許多可以不要的材料？我懷念那原始。

二、有一首，像是字數最少的詩、恒秋的「漂泊的日子」：脚／踩在洼底／怎麼／踢不起那粒／石頭。手／延伸於背包／怎麼／摸不出那粒夕陽。」用詞雖有問題，深度雖嫌不足，但是，「那感覺事物的詩人的態勢，很像有可能得到凡人得不到的東西。這樣的探索，使我期待未來的成績。

此外，五個人都太年青了，年青得只有年青。

為孩子們而歌唱

媽媽拼命地打我

詹冰

媽媽一邊責罵，一邊拼命地打我。
我一邊哭叫著，一邊拼命地躲開。
好不容易爬進桌子下面躲起來了。
鬆了一口氣，我開始摸撫脚上
蚯蚓般無數條紅腫的傷痕——。

事情是這樣的——。
那一天下午，
到王爺廟前玩彈珠，玩膩了。
至學校看學生玩躲避珠，也看厭了。
在回家的途中，
走過阿石伯的雜貨店的時候，
我看到很多又大又可愛的洋葱。
我心裏想，用洋葱來煮麵條吃，
不知有多好吃呢？
我吞下滿嘴口水，走近店前的洋葱堆。
趁著阿石伯低頭打算盤的時候，
選一個比較小的洋葱，
偷偷藏在褲袋裡，就快跑回家。
回家後，一邊拿出小洋葱，
一邊和媽媽說：

「媽媽，我很想吃麵條。
用這個洋葱煮給我吃——。」
媽媽看我手中的洋葱，
不待我說完就問道：
「那裏來的洋葱？」
「在阿石伯的店裏拿來的——。」
「快去還給阿石伯！」
「我，我不敢——。」

我眞的不好意思去還洋葱。
我站着動都不敢動，一直在後悔着——。
我覺得手中的小洋葱，愈來愈重了。
「看你以後再敢不敢拿人家的東西！」
媽媽還沒罵完，竹子就飛來我的脚上。
好痛呀！我忍不住跳不起來。
最初我不敢逃走，一直忍受下去。
可是媽媽不斷地用竹子打我，
最後，我才爬進桌子下面躲起來的。

這是我六歲時發生的故事——。
以後，我再也不敢拿人家的東西了。
是被媽媽打得太痛嗎？
不是的！
因爲那次被媽媽責打的時候，
我看到媽媽的臉上掛着
比星星還亮的兩顆淚珠！

搬家後

林建助

一

小薇，
你猜錯了，
我還是走路去上學，
每天都數著車子，
但是，常常數不清楚，
爸爸說你們的學校前面那條路，
不久也將會有很多車子；
不要怕，
假如我們又是鄰居，
我會安全地帶你走過去的。

二

小薇，
我家有了你們沒有的信箱，
但是都沒有我的信，
為什麼還不寫信給我呢？
是在用功讀書吧！
不用擔憂啦！
我已經不與你同班，
不會和你爭第一名了。

照相

林我信

媽咪說要照個天使
我就伸長舌頭裝魔鬼
媽咪生氣了
媽咪不要生氣嘛
人家做個最乖最乖的天使就是了

媽咪幫我梳個公主頭
說待會上台給好多好多双眼睛看
還塗上鏡台前媽咪的大罐小罐
那紅紅的東西，舔起來還甜甜的
媽咪說不許舔

「來，來，笑一笑！
做個最漂亮的公主」媽咪說
(咔嚓)
媽咪！人家不要做公主
人家做王子好不好

電的幻想

劉醇寬

電隱藏在那裏？
那裏是它安身的家？
或許是電燈泡，
或許是電火爐，
或許是電冰箱，
或許是電視機，
或許是在一個我們都不知道的地方。
可是它有一個家，像我們一樣。

那麼它的形象又怎麼樣？
是不是像小貓？
是不是像山羊？
是不是像猴子？
是不是像爸爸？
是不是像媽媽？
我不知道，因爲我不曾看過它。
或許它就是像我一樣，
有眼睛、嘴巴
和手。

啊啊，電就是電，
管它是住在那個地方，
或者它是像什麼東西，
它就是那樣的偉大，
偉大的祇要它在——
電燈就笑迷迷的發亮，
電爐就很容易把飯煮熟，
冰箱內就有好吃又好涼的冰淇淋，
電視機內的小侏儒就跑出來表演節目……

禮物

林庭秋

好久不見的阿姨來了！
媽媽不知那來那麼多話，
跟她談個不完，
害我等得好着急。

「最近乖不乖？」
「很乖啦！」
「功課有沒有進步？」
「有嘛！」
「………」
阿姨不知那來那麼多話，
害我等得好着急。

林憲詩選

陳秀喜譯

自序

這些詩是經過三十年，比喻說，是想摘就摘下的茶葉的乾積。

用篩過濾之後煮過，經過歲月，很奇妙的味道的茶，但是願以悲傷歌詠沒有悲傷的。人的感情摘下來成集的詩集，願予以贈送親友們。

心的花

悲傷將離別的人啊
咬碎人世的嗟嘆
哭着將離別的人啊
忍耐規定的鞭苔
把面頰靠光滑的面頰
難堪的夜晚的一刻
成爲年輕時難忘的夢
留着柔柔的手掌的感覺
光因須臾的喜悅而搖幌
瞳眸懷着生命而濕着

花瓣是
爲着緊奏的調微微抖着
宿命啊　遙遠的地方
把人之子的身軀流去吧

家鄉

行去的盡頭如夢
悲傷如霧
一夜我關閉家扉
忘記旅行的日子
發出鈍的聲音

青樹的葉梢
雲過去了我不知道
並排的茄苳樹
染陽高高的城門外
渡過寂靜的影子
朱紅的花凋落——不知名的
遠方故鄉的山川
五月雨中愛惜野薔薇的日子啊
你是遙遠如狹霧
如淒寂之日的夕雲

無人看的琥珀的暮色

銀杏的葉子

遠空飛舞來的銀杏的葉子
插上瓶口已數天
秋日的離別和愛底淚的留念
那一葉悲傷地光亮着
我不堪凝視它
那一葉的重量和廣展的形
唯以印象測量

寒來我多穿暖衣
在燈下照着銀杏的葉子
光彩的消失也許是悲傷的褪色
細細葉脈的放射忽感有勁力
又忽然回到一葉的孤獨
對着 以孤獨的心撿來的銀杏的葉子
對着 以孤獨的心親親的銀杏的葉子
過去的秋天的事都傾訴
訴盡之後夾入詩帖

悲　韻

跟誰都想離別
滴滴的雨聲調和這心情
有如在土倉庫裡也能相愛的人
過寂寞的生活也好
　生計沒有問題吧
如此自棄是感情的全部也好

悲哀的生命的因子
寒夜顫抖的那條
金屬光黑黑的街
生死總是無常
如今更是深深地在胸中
以致命的一刺

光波很撩亂
有如慘劇的預告
似混雜的
離家吧離家吧
瘋狂的調音通向天鳴響着

作者簡歷

林憲一九二五年生，中華民國台北市人。
一九四五年東京都立高等學校畢業，同年北海道帝國大學醫學部入學。
一九四六年國立臺灣大學醫學院（轉校）。
一九六〇年北海道大學醫學部授與醫學博士，哈佛大學研究員。
現任國立臺灣大學醫院神經精神科教授兼主任。著有日文詩集「愛的故鄉」。
現住所台北市寧波西街70號—一（二樓）

里爾克『新詩集』

李魁賢譯

早年的阿波羅

有如春日的晨曦常常
穿透過還是光禿的樹枝：
在他的頭部無物可阻止
所有詩篇的光芒

致命地照射在我們身上；
因爲尚無陰影遮住他的眸光，
他的太陽穴冷得不宜桂冠
而稍後才開始從眉上

升起薔薇園，巍然高聳，
花瓣由此一瓣一瓣
飄落到顫動的嘴上，

他的嘴仍然堅定而煥發容光，
只是露出他的微笑啜飲
宛如把歌聲灌注入他的內心。

少女怨

在我們小時候
那段歲月，長久
獨處的傾向平淡；
其他都在爭鬪中度過，
而人人有他的立場，
他的近傍，他的遠方，
一條路、一隻獸、一幅畫。

我還在思量，人生
從未阻止我們
沉緜於回想。
我在內心中不是最偉大嗎？
對自己的一切不再像
孩童般安慰和瞭解嗎？
突然間我像是被放逐，
當立在我胸部的丘陵，

我的感情呼喚
不是振翼便是告終之時，
孤獨對我而言
變成過度的龐大。

愛曲

我該如何守護我的心靈，以免
觸及於你？我該如何把它高舉
越過你達到另外的事物？
啊，我深願使它偎倚
在黝暗中迷失的某物
安置在陌生的安靜地點，
此處不因你內心的震動而傳揚。
可是所有觸及你我的萬物，
使我們結合猶如一道琴弓，
從兩條弦上拉出一個音響。
我們究竟在何種樂器上緊張？
而我們在何種樂師的掌中？
哦，甜蜜的樂曲。

愛蘭娜給莎孚

哦，妳是強力擲遠的投手；
有如槍矛留在其他事務間
我原來是在親人的身邊。是妳的嘯聲
把我擲遠。我不知身在何處。
誰也無法把我帶回。

我的姊妹邊想我邊杼織，
且家裡滿是親切的脚步聲。
只有我一個人在遠方未歸，
我心驚膽戰如像一個心願；
因爲，美麗女神在她的神話中間
熱情熊熊，使我的生命洋溢生機。

莎孚給愛蘭娜

我要給妳帶來不安，
震撼妳，被藤蔓纏繞的手杖。
有如死亡把妳貫穿
又把妳像墓般轉讓
給天下一切事物；萬象。

莎孚給艾爾凱奧斯

斷片

你有什麼話要跟我談？
你和我的心靈有什麼關聯？
當你要說未說之前
垂下了你的双眼。

看呀，這種事物的言談

我們熱衷到聲名遠揚。
我想到：在你們中間
可憐消散了我們少女的芳香，

在神的保佑下，賢惠的我和
與我同樣賢惠的，我們少女群
保持着貞潔，以致在美智蓮街上
夜裡自我們養育的乳房
薰發出蘋果園的芬芳－

是的，這些乳房，就是你未選定
做爲果實的雕塑，求婚的少年
沉沉地垂低下了他的臉。
去吧，容我重拾我的絃琴
這是你所橫加阻擾的；一切已安靜。

……………

這位神並不是二者的守護神
但當祂通過一人

……………

一少女的墓碑

我們還記得。好像必然
一切會再度重來的模樣。
有如一株樹在檸檬園的岸旁
將妳小巧輕盈的乳房
帶進他血液的潺潺流響！

——屬於那位神　就是窈窕
逃亡者，女性所溺愛的人。
甜蜜而熱情，溫暖如像妳的思念
遮住妳早晨風光的細腰
並傾身如像妳的眉毛。

供奉

哦，自從我認識你，我的肉體
就從每一條脈管綻放，愈顯芬芳氣味；
看呀！我的步伐更加畢直而纖細，
而你只是等待－：然而你是誰？

瞧！我感覺，我好像遠離了自身，
有如遺落老朽的生命，一葉一葉地。
只有你的笑語似喧嘩的天星
在你上方而立刻也在我的頂上閃熠。

所有一切經過了我的童年
依然無以爲名，而且似水明亮，
在祭壇上我將跟隨着你命名，
祭壇是從你的髮上照出光芒
而且輕易地以你的胸膛做爲聖冠。

東方調晨歌

這張床豈不像是海岸，
我們所躺臥的狹窄海岸？
確實沒有什麼比得上妳高聳的乳房，
我的感情在暈眩中攀越的乳房。

有這麼多吶喊聲的此夜，
動物的嘶鳴而震烈的此夜，
對我們不是可怕的陌生嗎？而如何：
在外界緩緩開始的所謂白晝，
豈不比夜更受我們瞭解？

如此非交錯躺臥不可
就像花瓣包圍雄蕊：
到處都有無可奈何，
堆積成山而竟對着我們崩落。

爲了不願見周圍靠攏擁簇，
當我們已彼此擠壓着肉身，
却突然自妳也從我內部射出！
因此我們的靈魂是靠背叛生存。

亞比煞

I

她躺着。而她孩童的手臂
由臣僕安放抱住老邁的人體，
就這樣她舒適地躺了好長光陰，
只是爲那人的高齡略感到憂心。

而常常於夜梟叫囂時
在他的鬍鬚中活動她的臉；
而夜的一切本質，隨侍
不安與期望降臨而群集她的身邊。

星星都和她一樣在顫抖，
香氣尋尋覓覓地飄過臥室，
幃幔微動，發出信號，
她的眼光徐徐地隨着信號巡視——。

可是她留在昏迷老人身旁
未悉夜中之夜的本意，
保持處女身，輕盈得像靈魂一般
仍躺在他那具冷僵的王體。

II

國王靜坐默想着空空的一天

完成的行爲，沒有感覺的快樂
和他所豢養的心愛牝犬——。
可是一到黃昏，亞比煞就得
在他身上拱成蒼穹。他神志不淸的生命
荒涼如被咀咒的海濱
躺在她寂靜無聲的胸脯星座下面。

有時候，好像知道身上有女體，
從他自己眉宇之間看透
不能動彈的沒得接吻的嘴；
而眼看：她感情的青綠嫩枝
下向下傾身屈就他的基地。
他頓感僵冷。他傾聽像一隻狗
尋覓着他最後的一滴血。

大衛在掃羅王前歌唱

I

吾王，你聽，我演奏的弦琴悠揚
如何飄向我們活動的遠方：
星星紛紛迎面奔向我們，
我們終於降落如像雨點，
而就在降雨的地方，百花怒放。

你依然寵幸的少女也在綻放，
如今已是成熟女子且對我誘惑，
處女的氣息你當能感受，
少年立在秘密的門口
緊張，臉色憔悴，而且呼吸急喘。

我的琴音爲你把這一切重彈，
可是我叮嚀的旋律已有酩酊醉意：
你的良夜，吾王，你渡過的夜晚——
如何使盡了你創造的力量，
啊，一切的肉體是多麼美麗。

II

我相信可以爲你的回憶彈奏和音，
因爲我有預感。可是從那一條弦
我才能爲你把握她暗中歡悅的呻吟？——

吾王，他擁有這一切的回憶
而且以強勁的生命把我
壓倒而又將我蔭蔽；
來吧走下你的御座來打破
我的豎琴，它使你如此衰敗無力。

豎琴如像被摘光了果實的樹：
透過爲你負載果實的樹枝，
如今可看見深沉的影子
有如迫近的黎明——，我認不出。
容我不再抱着豎琴睡眠，
請看這双少年的手：

吾王，你以爲還是不能把握
一個肉體的八度音？

Ⅲ

吾王，你在幽暗中藏身，
而我還是可以隨意支配你。
看，我堅定的歌聲沒有絲毫破損，
而包圍我們的空間變得冷凄。
我孤苦伶仃的心和你迷惑的心
懸吊在你激怒的風雲間，
有如發狂的猛獸彼此亂咬
而銳利的爪只對着唯一的目標。

如今你感覺到，我們如何變相了吧？
吾王啊，吾王，重量會蛻化成精靈。
如果你靠着少年，吾王啊，
而我靠着老人，彼此依偎着身心，
我們就活像一個星座在旋轉運行。

約書亞的宗族會議

有如大河在河口，以溢滿的水量
一舉衝破了防洪的堤岸，
如今在各宗族長老的爭執聲中
最後是約書亞宏亮的聲音出衆。
有如笑面人受到了打擊，
有如所有的心臟和手掌都默無聲息，
好像三十個戰鬥中的舌劍喧嘩
集中在一個口中；說出了這一番話。

數千人一再地滿懷着驚訝
有如在耶利奇城外的偉大日子，
但如今在他口中吹奏着大喇叭，
而衆人生命的城牆搖動不止，

他們飽受了驚駭而輾轉不安
已無防禦的餘地而被壓倒，曾經
他們想到，他如何以專橫的力量
在基遍城對着太陽吆喝：停！

神就驚荒前往，活像奴隸的模樣，
去停止太陽，直到他的手疼痛難當，
猶豫不決是否該停在被殺戮的種族頭上，
因爲只有一人希望太陽停止不再運轉。

這一個人就是他，就是這一位老人，
他們公認以他百歲的高齡
怎麼樣也無法再逞能。
而他却站起來，闖入他們的陣營。

他以冰雹降落草莖上之勢出聲；
你們願對神承諾什麼？在你們周圍
環立着等待你們選擇的無數衆神。
但當你們選擇時，主就會把你們粉粹。

然後以無比自負的語調說話：
我和我的家，我們仍然事奉耶和華。

他們全體吶喊着！拯救我們
給我們兆示，加強我們爲難的選擇訓練。

可是他們看他，好像已沉默多年，
攀登他設在山頂的堅固城池，
然後渺無踪影。這是最後的一次。

浪子出走

如今擺脫一切糾葛離家遠行，
是我們的但不屬於我們的事物，
有如古泉中的水，在戰慄中照映
我們而又把影像破除，
擺脫這一切，有如荊棘隨形
再一次纏住我們——遠行，
而那事和那人，
任誰都已看不見
（已是如此家常和習慣），
却突然這般調和而安靜
好像一件開端而逼近地觀看，
而且預感，苦惱如何缺乏個性，
如何超越每一個人頭上，
從童年時代一直到人生邊緣——；

然後繼續遠行，手掙開手的牽連，
好像痊癒的傷口又告破裂，
而遠行，向何處？進入不穩的境界，
沒有血緣的溫暖的遙遠大地，
在一切行爲的背後有如佈景
毫不動心：分不出庭院還是牆壁；
而遠行，爲何？由於衝動，由於本性，
由於不耐煩，由於暗淡的期待，
由於不可理解，由於獃呆；

這一切都是爲自己爭取而又放棄
也許把握的事物還是會掉落，
爲了獨自死去，不知道爲什麼——

難道這就是新生命的源起？

「法蘭西民歌集」選譯

一八九七年

保爾·福爾作
莫渝譯

圓舞曲

要是地珠上的女孩子都手牽著手，就可以繞著海大跳圓舞曲。

要是地球上的男孩子都成了水手，就可以用船隻在波濤上構築一座美麗的橋。

那麼人們就可以繞著地球大跳圓舞曲，要是所有的世人手牽著手。

這女孩死於愛情

這女孩，她死了，死於愛情。
他們將她埋葬，日出時埋葬。
他們讓她單獨臥著，單獨打扮。
他們讓她單獨臥著，單獨在棺木裏。
他們快樂地，快樂地同陽光回來。
他們快樂地唱著：「每人都會輪到。
這女孩，她死了，死於愛情。」
他們走向田野，向田野一如往常……

我有藍色的小花

我有藍色小花，我有比你的眸子更亮的藍色小花。——給我！——它們屬於我的，它們不是任何人的。所有山上的花，愛人，所有山上的花。

我有紅寶石，我有比你的紅唇更生動的紅寶石。——給我！——它們屬於我的，它們不是任何人的。在我家的灰燼下，愛人，在我家的灰燼下。

我找著一顆心，我找著兩顆心，我找著千顆心。——給我看！我找著愛情，它是每個人的。在路上各處，愛人，在路上各處。

人生

第一聲鐘響暗示：「這是耶穌降生馬槽的時刻……」
第二聲：「好呀！我的未婚夫！」
緊接著是葬禮的鐘聲。

侍從與王后

一位親切的侍從突然經過，一位美麗的王后突然唱歌。——皇上！喔——你將他們吊死，喔，喔，你將他們殺死。

一位親切的侍從突然唱歌，一位美麗的王后突然下來。——皇上！喔——你將他們磨死，喔，喔，你將他們殺死。

一具大絞刑架在柔草間，一具金色石磨在大草坪上。——皇上！喔——你將他們磨死，喔，喔，你將他們吊死。

一位白袍僧侶突然經過，一位紅袍僧侶突然唱歌：——皇上！喔——你將他們課以重稅，喔，喔，喔，爲了寺院。

少年的詩園

梁小燕

小女孩

費爾曼作 Rose Fyleman

我將爲妳蓋一幢房子
倘若妳不哭泣，
一幢房子，小女孩，
像天空一樣地高。

我將爲妳蓋一幢房子
在金黃的時光，
全部最清新抖擻，
爲了這台階與門扉。

我將完成這幢房子，
爲妳也爲我。
用胡桃與榛子
鮮嫩地來自樹上。

我將爲妳蓋一幢房子
而當它已經落成
我將用葡萄蔓蓋上屋頂
而把陽光隔在門外。

畫眉

吳爾夫作 Humbert Wolfe

在遙遠的角落，
被搖擺地封閉着，
每天早晨
一隻畫眉歌唱着。

牠的嘴是如此地黃，
牠的羽衣是如此黝黑，
牠使一個傢伙
背地裡吹口哨。

安娜，我的女兒，
想想牠
特別地
爲我們倆歌唱着。

蛾群與月光

黎佛斯作 James Reeves

蛾群與月光對我意味深長
魔術—瘋狂—神秘。

巫女們怪異又狂野地跳舞
惡作劇襲擊着大人與小孩子。
貓頭鷹尖叫聲來自叢林的深處，
蛾群飛舞穿過了月明的沼澤，
在黝黑而又秘密的智慧中蠕動着
像是僞裝的一個陰謀者。
蛾群與月光對我意味深長
魔術——瘋狂——神秘。

我聽到一隻鳥兒歌唱

黑福德作 Oliver Herford

我聽到一隻鳥兒歌唱
在十二月的黑暗裏
一種魔術的事物
去甜密地記憶。
「我們將接近春天了
然後，我們在九月裏，」
我聽到一隻鳥兒歌唱
在十二月的黑暗裏。

自然的驚異

佚　名作

我的祖母說，「而今那不是瘋狂
男孩子必須吹口哨，而女孩子必須亮金嗓子
但那是怎麼搞的呢！」我聽到她說——
「彷彿明天如昨天一樣。」
祖母說着，當我問了她爲什麼
女孩子不能像我一樣吹口哨，
「孩子，你曉得那是自然的事
男孩子正吹口哨，而女孩子正亮金嗓子。」

一個孩子的祈禱者

愛德華作 M.Betham—Edward

主，給我的生命一盞小燈、
在這世界中燃燒；
一點點火焰燒成光明燦爛，
不論在那兒我將去。
主，給我的生命一朵小花，
那將給大家帶來歡樂，
盡情地盛開在故鄉的樹蔭下，
雖然那地方是小小的。
主，給我的生命一支小歌，
那安慰了悲傷，
也幫助了其他人們使成堅強，
而且使歌唱者喜歡。

出版消息

本社

Ⅰ 詩誌

※「詩脈」季刊第三期已出版，定價二十元。編輯部：草屯鎮育英街47巷39弄15號。

※「大地」季刊第十九期已出版，定價二十元。編輯部：台北市郵政信箱23之20號，郵撥一〇一八六四號余崇生帳戶。

※「草根」詩月刊第二十一、二十二、二十三期均已出版，定價十二元。編輯部：台北縣新店鎮安康路一段一七六巷15號。郵撥一〇五六六七號林月容。

※「葡萄園」詩季刊第五十九期已出版，定價二十元。編輯部：板橋市中正路幸德巷47弄六之三號，郵撥一〇八二四四號帳戶。

※「八掌溪」第二期已出版，定價十元。編輯部：六脚鄉蒜東村三二〇號。

※「綠地」詩刊第六期已出版，定價二十元。編輯部：屏東市永安里自立路23號。郵撥四四六四四號林小鳳帳戶。

※「北極星」社慶特刊已出版，由台北醫學院北極星詩社出刊。

※「詩風」第五十五、五十六期已出版，定價十二元。地址：香港北角英皇道郵箱四九九三號。

※神州詩社第一輯「高山流水、知音」已由故鄉出版社出版，定價九十元。

※「臺灣文藝」革新號第一期已出版，定價二十五元。編輯部：桃園縣龍潭鄉龍華路五十三號，郵撥五三四二號林鍾隆帳戶。

Ⅱ 詩集

※潘芳格詩集「慶壽」已由笠詩刊社出版，非賣品。此詩集係潘女士第一本詩集，中日對照，蓋以日文創作，並中文翻譯而成者。

※李魁賢譯德國里爾克詩集「形象之書」列入里爾克叢書，已由大舞台書苑出版社出版，定價五十元。又「杜英諾悲歌」、「給奧菲斯十四行詩」及「里爾克傳」亦由該社重新出版。

※杜國清譯法國波特萊爾詩集「惡之華」已由純文學出版社出版，定價六十元。

※吳晟詩集「吾鄉印象」，已由楓城出版社出版，定價四十元。

※夏菁詩集「山」，已由純文學出版社出版，定價四十元。有余光中、楊牧的序。

※許其正詩集「菩提心」，已由三信出版社出版，定價三十元。

※陳慧樺、吳達英詩集「雲想與山茶」，已由國家書店出版，定價三十元。

※古添洪詩、散文集「晚霞的超越」，已由國家書店出版，定價四十元。

※王今軒詩集「折箭賦」，已由世英出版社出版，定價二十元。

※方明詩集「病瘦的月」，已由文津出版社出版，定價四十元。

Ⅲ 評論及其他

※夏志清著「人的文學」，已由純文學出版社出版，定價四十元。

※陳慧樺著「文學創作與神思」已由國家書店出版，定價四十元。

※古添洪著「現代詩、比較文學」已由國家書店出版，定價四十元。

※張文環著「滾地郎」，已由廖清秀翻譯，由鴻儒堂出版社出版，定價四十五元。

※廖清秀著「金錢的故事」，譯著「共犯者」，亦已由鴻儒堂出版社出版，定價均為四十元。

小毛蟲的想像與蛻變

趙天儀

今年在板橋舉辦的「兒童文學研習會」，除了大家一同上課以外，也分組從事創作的研習。一般的課程，包括了兒童文學的各個部門。分組的研習，則包括了兒童散文、兒童小說、童話與兒童詩等組。關於兒童詩的創作問題，則分別請蓉子與我去演講。而在創作的評鑑方面，則由藍祥雲先生與我去輔導。兒童詩組，一共有九位學員，他(她)們都執教於國小，有教學經驗，也有創作經驗，經過了四週的研習以後，他們對兒童文學有了更深刻的認識，對兒童詩的創作也有了更高的興趣，尤其是他們都非常認眞與謙虛，實在令人感動與興奮。

兒童詩組的九位學員，在研習過程中，分別從事兒童詩的創作，平均每位學員創作至少五首；取材範圍以動物、植物、自然或季節的感受、以及日常生活的體驗爲其領域。在評鑑的過程中，我再挑選比較具有創造性的作品，每位學員提出二首至四首來討論與講評。然後，由藍祥雲先生加以整理。玆將這個詩集取名爲「小毛蟲」，共計二十五首。

玆依「小毛蟲」作品的排列順序，簡介如下：

一、許細妹的作品

許細妹的作品，有「小毛蟲」、「下課時」與「母親的畫像」三首。她的作品，從一般性的經驗出發，在敘事的過程中，末了來一個多樣的統一，點出了詩的意味。例如：在「下課時」的末了說：「只有圖書室吸引了成群的書呆子」；在「母親的畫像」的末了說：「媽！像不像您」。輕輕的一筆，好像畫龍點睛，點出了詩的特徵來。

二、張金線的作品

張金線的作品，有「馬」與「媽媽的手」兩首。他的作品，有一點歌謠形式的傾向。「馬」有三節，形式重複；「媽媽的手」有五節，形式重複，句法也重複。這種表現方法，要注意不要流於過份形式化或句法的單調。「馬」這首詩，從「動物園」、「兒童樂園」到「家裏」；「馬兒」雖然不同，却各有不同的味道；尤其是「爸爸變的馬」，更有一番情趣。「媽媽的手」，「爲我蓋上踢落的棉被」，雖然是日常生活中的細節，却很眞摯。

三、邱淑榕的作品

邱淑榕的作品，有「酸梅」、「路」、「老師不在時」與「如果天天下雨」四首。她也有一些形式重複，語法缺乏變化的傾向。「酸梅」巧小玲瓏；「路」似乎押了脚韻，比較深沉。「老師不在時」；非常有趣，彷彿是貓不在，老鼠跑出來作怪的情景，尤其是末了兩行：

「我希望老師快快回來
又害怕老師快快回來」

這裏充份地表現了小學童那種矛盾而微妙的心理，頗爲突出。

四、吳義輝的作品

吳義輝的作品，有「小老鼠」、「媽媽的心」、「買菜」與「故鄉的花園」四首。「媽媽的心」，形式較整齊；其餘三首則形式較自由活潑。「小老鼠」這首詩，頗富於機智與幽默，表現了一種兒童心理，把害怕小動物的心裡表現出來；「我怕牠，牠也怕我」；煞是有趣。在「媽媽的心」；「她希望：爸爸的摩托身，不要在半路上拋錨」；充滿了愛的關懷。「故鄉的花園」，在抒情中有一種緬懷故鄉的淡淡的思念。

五、姜鴻廷的作品

姜鴻廷的作品，有「書包」與「黑板」兩首。他的作品，有一種兒歌的趣味，一種歌謠的傾向。他喜歡在押脚韻上下功夫，例如：在「書包」中；「屋」、「服」、「庫」、「出」、「咕」等，便是一個例子。也許作者可以在兒歌方面求發展。

六、廖木坤的作品

廖木坤的作品，有「電扇」與「鄉村的早晨」兩首。「電扇」把一靜一動的不同意味表現出來，頗有擬人化的效果。「鄉村的早晨」則有白描的意味；「一眼瞥見蘆筍的髮絲和稻子的脖頸上，綴滿露珠時」該是一幅「鄉村的早晨」的寫照吧！白描是一種基本功夫，須要冷靜的觀察與銳利的直覺來加以把握。

七、張健盟的作品

張健盟的作品，有「上課速寫」、「原子筆」、「眼鏡」與「煙灰缸」四首。他的作品，表現手法似乎比較老練，有即物性的意味。但是，也較爲接近了成人的觀念。「原子筆」的自述，「眼鏡」的對比與聯想，都很有意味；倒是「煙灰缸」，較富有情趣。

八、楊金泉的作品

楊金泉的作品，有「雨後」與「夏」兩首。他的作品，有抒情性。例如：在「雨後」：

「雨，不知道什麼時候走了，
他把彩色的攝影作品，
留在球場的水潭裏，供人欣賞，」

這種意象的表現，頗爲鮮明。也許作者也需在兒童詩的趣味上多加留意。

九、張仁川的作品

張仁川的作品，有「老師疼我」與「風兒」兩首。「老師疼我」一詩，頗有眞摯的感情，由於一次生病，老師的照顧，使她說出了心裏的話：「老師最疼的人是我」。在「風兒」中，有些白描也頗生動而有趣，例如：

「風，你最愛惡作劇
老是把爸爸的帽子吹跑
想看看是不是禿頭」

這表現了一種兒童天眞的想像，令人感到一種會心的微笑。

也許在作品的評鑑上，我們較容易注意到兒童詩的創作技巧，尤其是修辭的問題。我們可以注意到比喻的新鮮，形式的活潑，語法的創新與流暢等等的問題。不過，在兒童詩的精神意義上，我們也不可忽視；我以爲兒童詩該是童心、愛心與詩心的三位一體，渾然交融，不可分割的一種創造。同時，我們對兒童詩的領域與眼光，大家不妨放大放寬，不要太拘限於目前已有的兒童詩的作品與成規上，大膽地再開創新的途徑與新的氣象來。

「小毛蟲」雖然還是幼蟲，但是，可以成繭、成蛹、成美麗的蝴蝶；彷彿醜小鴨也可以變爲白天鵝一樣。當我們看到了「小毛蟲」這部兒童詩的詩集時，我們將期待着；讓小毛蟲再醞釀牠的潛在的想像，也許有那麼一天，牠將蛻變，而那成群多彩的蝴蝶，將從原野的青空上，翩翩地飛舞而過呢！

（自國語日報「兒童文學週刊」轉載）

寫在「小毛蟲」前面

藍祥雲

由小學教師寫兒童詩，並且集體合集成一本詩集，或許這本「小毛蟲」是第一本。

在國內，兒童詩逐漸被重視的今天，這本詩集的推出是含有積極的鼓勵作用。這一次在國校教師研習會「兒童讀物寫作研究班」，參加「童詩組」的九位小學教師，經過四週的研習與創作活動後，把他們的作品愼重選輯，並經指導教授趙天儀先生的評鑑；面對這本智慧和心血的結晶，我們很感欣喜。也希望藉此，拋出一塊「磚」，而能引來更多兒童詩創作的「玉」。

九位作者，他們各有不同的「詩觀」，所以在「表現」於詩的，或各有異；但他們皆有一顆熱愛兒童的心，熱愛兒童詩創作的心却是一致的。在本詩集以前，他們幾乎未曾有兒童詩創作的經驗，他們願意以一張白紙的心情，描繪一幅兒童詩園地美的畫像；因此，願意接受各位讀者的批評和指教。

在九位作者初選詩作之際，筆者均分別和他們有一段彼此了解與討論詩作的機會，爲了紀念這段友情，在詩集出版前，我在每一首詩後附上「幾句欣賞的話」；這也是我有意請教各位的地方。這篇「寫在前面」，一方面代表九位作者對兒童文學開拓的誠摯的心，一方面表示九位作者出版詩集，更覺得是一種責任，一種榮譽。

民國六十六年兒童節

「小毛蟲」短評

藍祥雲

小毛蟲：這是童話裏的「醜小鴨」？等到小毛蟲長出美麗的翅膀，弟弟妹妹不再討厭他了。

下課時：作者在最末一行才點出圖書室的一角，這種「轉換」增加了詩的變化。

母親的畫像：這可能是一般做「母親」的「畫像」，只是作者想極力描述她心中對媽媽的一種思念。

馬：從動物的馬到玩具的馬，都是作者所喜愛的；但是畢竟比不上最柔軟最安全的「爸爸變的馬」。

媽媽的手：說不完的媽媽的愛心，從媽媽的手表露無遺。作者有意在「造詞」上求形式的「美」！

酸梅：採取小小的對比來分別酸梅「青青」時和「紅紅」時的特徵；它的聯想很富童趣。

路：以「路」喻「人生」，是嗎？在極自然的節奏中能聽到音樂性，可以朗誦的歌聲。

老師不在時：第二段的「排列」或許是無意的，但很能表現老師不在時小朋友們的「動作」，眞有趣。

如果天天下雨：討厭下雨的讀者讀了這首詩不知會有什麼反應？事事往好的方面去解釋也會愉快的。

小老鼠：能捕捉一個小小孩的心，拿小老鼠來和他「打照面」，顯得多麼率直，有趣。

媽媽的心：媽媽所關心的是太多太多了，甚至她希望「爸爸的摩托車不要在半路上抛錨」。被孩子看出。

買菜：用直述的方式寫出菜市場的「景」，孩子究竟是孩子，生怕媽媽忘了買他最喜歡吃的紅蘋果。

故鄉的花園：故鄉，童年，都能引起人深深的回憶；故鄉的花園連想童年時候，都有動人的情意。

書包：這首詩的最末一行才給了人一種情思，否則單把書包做一番描繪是乏味的。

黑板：有點兒「謎」味，利用黑板周圍去襯托黑板的地位。像這種「長」詩比較不容易表現無餘。

電扇：這種「詩想」就很活潑，作者對電扇的觀察入微；電扇，有時垂頭喪氣的？有時就搖頭擺腦的？

鄉村的早晨：多美的描繪！有如展開在眼前的一幅畫；最重要的：能聞到「鄉村的」氣息。

上課速寫：教室的氣氛很愉快，作者能捉住小朋友們的心理，天眞、雅氣、又怯場……。

原子筆：寫出作者與原子筆間的友情，尤其是最後二行：原子筆已「盡了力」，而我怎能「忍心丟棄他」？

眼鏡：用爸爸的眼鏡和奶奶的眼鏡做一對比，寫出不同的願望，可見作者的想像力和感情都很豐富。

煙灰缸：寫「物」較難，尤其是孩子少接觸的「物」；好在這首煙灰缸有統一的意象，算是不錯的詩。

雨後：雨後，有如彩色的攝影作品，這份想像意外的美；不要讓太陽把雨的作品帶走？我們該怎麼辦？

夏：「夏發火了」，使人聯想到夏日炎炎，什麼都沒有勁兒。這首詩，很有節奏，又很切合時令。

老師疼我：有一天發現老師「最疼的人」是「我」，眞想大喊：充份流露出孩子無邪的心。

風兒：「風」兒有了生命，他好頑皮哦。作者用快樂的想像和風兒做朋友，能表達心中的感動。

許細妹作品

小毛蟲

妹妹說：毛毛的
弟弟說：軟軟的
拱著身體爬行的小毛蟲
——好討厭
爬著 爬著
小毛蟲找不到爸爸和媽媽
傷心的蜷曲在樹葉裏
不吃也不喝
做著一連串追求幸福的夢
當雨後天青
彩虹架起了一道七色的橋
小毛蟲竟長出美麗的翅膀
飛舞在花叢裏
逗得弟弟妹妹好高興

下課時

大夥兒向老師一鞠躬
表示一節課又結束了
校園再度活躍起來
青草地上練 夫的
翻滾著 爬著
民俗運動夠味兒
跳繩 踢毽子
天空紙鳶翱翔 隨著跑道
——追逐牽長線的伙伴
樹蔭下
鞦韆輕輕鬆鬆的盪了起來
蹺蹺板上上下下復活了
吊梯和爬桿也不甘寂寞啦
承擔許多攀騰的能手
只有圖書室吸引了成羣的書呆子

母親的畫像

我在紙上畫著——
像童話裏白雪公主一樣的臉
像小黑狗鬈毛似的頭髮
像毛毛蟲睡着了的兩道眉毛
像龍眼子子發亮的一對眼睛
像傘鈎一樣的鼻子
像紅柿子一樣的嘴巴
像阿拉伯數字3的兩隻耳朵
媽 像不像您

張金泉作品

馬

動物園的馬兒
挺立著四隻粗大柱子
我仰頭看
他威嚴的來回散步

兒童樂園的馬兒
媽媽餵一塊錢
他就高興的跳起來
我神氣的叫著

家裡的馬兒
一上一下往前走
好柔軟　好安全
誰不愛爸爸變的馬

媽媽的手

媽媽的手
盡情的　盡情的
爲我做出可口的菜

媽媽的手
精巧的　精巧的
爲我裁製美麗的新衣

媽媽的手
鼓勵的　鼓勵的
爲我唱的歌兒拍拍手

媽媽的手
輕輕的　輕輕的
爲我蓋上踢落的棉被

媽媽的手
不停的　不停的
爲我的成長而辛勤

邱淑榕作品

酸梅

青青的酸梅
掛在樹梢
是樹的小眼睛

紅紅的酸梅

含在口裏
是媽的小親親

路

滾動的圓輪　重重地壓過
小心走　不要翻了筋斗
細碎的石頭　輕輕地躍過
小心走　不要刺痛了我
急速的步伐　匆匆地走過
小心走　不要猶豫回頭
冷酷的北風　呼呼地吹過
小心走　不要放蕩做弄
美麗的夜燈　默默地照射
小心走　不要今宵虛過
喔喔的鷄啼　從長空劃過
小心走　希望就在心頭

老師不在時

這是屬於我們的時間
小精靈開始美妙的舞蹈
說說笑笑　蹦蹦跳跳　吵吵鬧鬧
我希望老師快快回來
又害怕老師快快回來

如果天天下雨

如果天下雨
我們一定會有萬全準備
不會因雨季來臨
感到措手不及
如果天天下雨
我們一定會感到驚奇
當太陽露臉
和我們招呼之際
如果天天下雨
那麼龍蝦螃蟹
將躍出水面
和我們一同嬉戲
如果天天下雨
那麼螞蟻蜻蜓
將長出特殊雙翼
告訴我們一些屬於他的小秘密

吳義輝作品

小老鼠

我怕牠，
牠也怕我；
我慢慢的
走到廚房的門口，
亮開了燈，
牠就兩眼瞪著我。
我叫了一聲「媽！」
牠就喞喞叫著
往暗處躲。

媽媽的心

媽媽的心，我知道，
她希望：
我每天吃飽飽；
姊姊的功課學得好。
媽媽的心，我知道，
她希望：
爸爸的摩托車，
不要在半路上拋錨。
媽媽的心，我知道，
她希望：
我們大家身體好；
從早到晚樂陶陶。

買菜

菜市場，
人眞多；
有魚有蝦又有肉，
青菜水果樣樣有。
媽媽買了很多很多……
可是我的手上什麼也沒有。
媽媽！媽媽！
請你不要忘了買
我最喜歡吃的紅蘋果。

故鄉的花園

又是杜鵑花開的季節，
你是否記得老家的花園。
矮矮的竹籬笆，
不等邊的四方形。
杏花樹披上了新娘的紅裝；
杜鵑花也借了一件花衣裳；

多情的玫瑰，到處走動；
含苞的、綻開的、怒放的，
表現著我們童年的天眞……

太陽傘的小榕樹，
是你親手雕塑的成品；
桂花和夜來香，
是我們晚上捉迷藏的
好夥伴。

你是否還記得，
那故鄉可愛的花園。
常常在靜靜的夜中，
輕輕的敲著我的夢窗。

姜鴻廷作品

書包

布料做成的空中小屋
住著書姊妹舒舒服服
它是收藏知識的倉庫
書包兄弟也進進出出
張開口瞪眼睛嘀嘀咕咕

黑板

白色的小天地裏
滿屋子前前後後白晰晰
黑板長長橫跨在墻壁
疑是放映電影的銀幕啊

烏溜溜的小眼睛
凝望著小天地的白點呀
希望能在星羅棋佈的字裏行間
獲得讀書的優良成績
學習到能文善寫的工力

在黑漆漆的黑板園地裏
藏有奧妙奇特的空地
等待著智慧靈魂的接濟
敞開你的心門，它就歡喜
把白點子送到你的腦海裏

黑板雖黑 心却不黑
白的知識佈滿在黑板的園地裏
天南海北的學識
上天下地的知識
黑哩黑哩白白地送給你

廖木坤作品

電扇

電扇
沒事做的時候，
老是垂頭喪氣的，
提不起精神；
一旦動起來，
就搖頭擺腦的，
歌曲哼個不停。

鄉村的早晨

當太陽公公揭開雲幕
一眼瞥見蘆筍的髮絲和稻子的脖頸上
綴滿露珠時
不禁讚美著說
他們打扮得多漂亮啊！

張健盟作品

上課速寫

「是不是？」
「是！」
「對不對？」
「對！」
「會不會？」
「會！」
「會的小朋友請舉手。」
他望著你，
你看著我。

原子筆

阿姨送我一枝精致的原子筆
拔開藍色的筆帽
就能流利的畫畫兒和寫字
天冷了
原子筆患了感冒
揮來畫去
除了桌面的抗議

還是流不出藍色的足跡
因他已絞盡了腦汁
我一直不忍心把他丟棄

眼　鏡

爸爸有一付黑色框的眼鏡
奶奶有一付金絲框的眼鏡
爸爸的眼鏡可看清楚遠遠的景物
奶奶的眼鏡可看清楚小小的針孔
爸爸常常戴着眼鏡遙望茫茫的大海
想看哥哥指揮的軍艦是否打此經過
奶奶天天掛着眼鏡看報紙
想看看什麼時候反攻大陸

煙灰缸

爸爸老是把半截香煙壓進煙灰缸
　強迫它吸煙
叔叔和伯伯每吸一包煙
　總有一半送給它
所有吸香煙的大男生
　都把帶濾嘴的那一半
丟進它的嘴裏
每天我都像學校的工友
把它吸不完的
　各色各樣的煙頭倒掉
小心地擦拭乾淨
以免煙灰缸患了喉頭癌

楊金泉作品

雨　後

雨，不知道什麼時候走了，
他把彩色的攝影作品，
留在球場的水潭裏，供人欣賞，
佳佳、甜甜，快點兒出來！
糟糕！太陽出來了，
他一直瞪着水潭哩，
看樣子，要把雨的作品帶走，
佳佳、甜甜，我們可要守在這兒！

夏

荷花一天到晚搽面霜
蟬兒總是學電鈴唱歌兒
雨兒有時敲小鼓

有時彈古箏
有時什麼事兒也不做
所以 夏發火了
害得我 全身滾着鹹鹹的水珠兒
覺 睡不着了
書 看不下去了
球 沒勁兒打了

張仁川作品

老師疼我

老師最疼小美麗
都說她乖
說她將來有出息

有一天
我病了發燒
吐得好厲害
老師急得眼淚都掉下來
趕緊騎著老爺車
帶我回家
看到媽媽

我哭了
我想大喊
老師最疼的人是我

風兒

風兒，你最頑皮了
最喜歡跟葉子在地上跳舞
花兒向你低頭
一陣過去
你痴痴的笑

風兒，你最愛惡作劇
老是把爸爸的帽子吹跑
想看看是不是禿頭
把媽媽新燙燙的頭髮弄亂
急得她的臉都氣紅了
但是我喜歡
把風箏帶上半空中

腳踏車有輪子
風兒沒有
人有兩隻飛毛腿
風兒也沒有
風兒你跑得都比誰快

孩子們的歌聲

文紋提供

北京人

五年級　張清芳

我是一個北京人
我們的家就是山洞
我們是靠打獵和耕種爲生
雖然
我們的頭腦不好
但是我們不覺得可恥
因爲我們還知道鑽木取火和
　用火煮熟食物呀
吼！吼！
啊！長毛象來了
準備去迎戰吧
要是贏了
還有肉可吃和
皮做衣服呢

書　包

三年級　王　雲

有一個書包
還沒有破之前是一個
年青的書包
等老了以後
而是老書包了　就再也不是年輕的書包了
慢慢的就破得不能用了

老頭的丫頭

一年級　陳冠旭

一個老頭　穿鞋頭
　拿著斧頭　上山頭去
砍木頭
砍著這頭，砍著那頭
後邊來個小丫頭

端著一盤小饅頭
地上一塊小石頭
絆倒了那們小丫頭
灑了一地小饅頭
回家挨了個小拳頭

熱帶魚　　五年級　張清芳

我是一條痴情的熱帶魚
我追求貝殼內的人魚公主
已三年了
她從來不理我
每當她把貝殼打開
我正想跟他說話
她又把貝殼蓋起來
她的肚子時常冒著氣泡
表示她不再出嫁了　不過
我仍然在追她
你想
我還會追她多久呢？

貓　　一年級　閻志平

捉了一整天的魚
一條也沒捉到
眞不中用
每當我要捉魚的時候
主人就來了　幸好
我的手脚快
不然被主人發現
就完了

鯨魚　　一年級　范可炘

鯨魚是一隻很大的魚
如果我們把小鯨魚養在家裡
就會使人不得了
因爲牠會變得很大的
把房子都弄壞了

錢筒　　三年級　王雲

這隻豬給牠吃肥料牠不吃
牠要錢
給了牠錢牠高興的叫起來了
臉也高興的紅起來了
牠永遠不吃東西沒關係
只要錢越多越好

詩話剪貼

論劍與詩　林宗源

鍊劍學拳，招式是初步的功夫，修身、鍊精、氣、神到合一的地步，才是眞功夫。心不到則劍鈍，心到則劍利，意動就可隨意劍式，看起來平平淡淡的一招，往往可以制奇招異式的，你體會到我的意思吧！也許你會聯想到我看武俠小說的原故，很久以前，我看到一本書，記得有一位劍術名家，他爲了創奇招，在他學過的各派招式內，苦苦地思考，乃然不能超越他的意界，有一天，當他看到藝旦跳舞，那隨意舞動的姿勢，他跳起來，說：那就是劍式，同理，我說：那也是詩的形式，只是要達到沒有形式的形式，沒有技巧的技巧的境界，要從有形到無形是多麼困難啊！

存在精神的重估　鄭炯明

我嚐試用平易的語言，挖掘現實生活裡那些外表平凡的不受重視的，被遺忘的事務本身所含蘊的存在精神，使它們在詩中重新獲得估價，以增加人類對悲慘根源的瞭解。

現代詩的衝擊　岩上

現代詩在解脫了格式與韻律的限制之下，所追求的已不再是一個字或一個詞所擔負的片面的突破，而是詩想的動向所統御的全軍的衝擊。

寧謐的眞諦　陳明台

不只要擁抱和接受一切，尤其要拒絕和抛棄一切，踽踽獨行的人才理解寧謐的眞諦。

要求眞摯，要求親切，給出愛，給出關懷，給出感動，然後，給出詩。

詩的精神與形式　傅敏

詩的精神是赤裸的女體，形式是衣裳。不僅爲了展示衣裳，而是渴望有人進入。徒有形式，詩是不成立的。爲了怕羞，詩披上適身的衣裳。

詩也是一種工具　林煥彰

詩是語言的藝術，甚至是語言的魔術；但我還是相信：詩，也是一種工具。所以，我寫詩，我利用它來記錄我的喜怒哀樂。

詩是一種工具，因此，我不反對它抒情、敍事、諷刺、批判或激勵等等用處，我只反對非詩的而又假藉詩的名譽到處顯耀的東西。

時代的尖兵

訪問桓夫先生

何豐山

每一隻觸角
都是精銳的尖兵
不管主宰者的緊防掌握
卻仍柔軟不輟地伸進

爭先伸進的觸角
向自然的奇蹟
向懷孕的奧秘
冀求生命的完成

這是桓夫先生在他近作『觸角』一詩中的最後兩段。由詩中，我們可隱約地看到一位站在現代思潮前端的勇士，如何艱辛底探求詩生命完成的創作過程，表現着強烈的前衛意識。

桓夫，本名陳武雄，又名陳千武，許多讀者對此三個名字並不感到陌生，且對他那受人傳誦別樹一幟的作品，有著相當的偏愛。「密林詩抄」、「不眠的眼」、「媽祖的纒足」、「野鹿」、「日本現代詩選」……。他也是第一位將日本詩作有系統譯介的中國詩人。桓夫寫詩，陳千武致力於翻譯和批評，但知道三名合一的並不多。他那股創作衝勁，永不氣餒的亢奮精神，正是這一時代文藝工作者的榜樣。而笠詩社的崛起與屹立，更是中國現代詩史上的主流力量，左右著當今自由中國詩壇的風尙。

一個晴朗的週六下午，我們來到了此地——位於豐原近郊桓夫先生的居所。首先映入眼簾的是一隅幽雅寧謐的庭院，樹植着各式花木，散發出一縷縷沁脾的清香；被引進客廳後，我們見到了琳瑯滿目排列齊整的書籍，和具剛毅健碩外表，爽朗風趣言談中肯的桓夫先生。於是我們很榮幸的和陳先生談起有關笠詩社的興起與現代詩的展望。

※笠詩刊之創立與發展※

民國五十三年六月，吳濁流先生在臺北創辦臺灣文藝雜誌之同時，由一批有着共同理想和目標的臺灣省籍詩人吳瀛濤、趙天儀、李魁賢、林亨泰、錦連、詹冰、桓夫……等人，在卓蘭成立笠詩社，出版笠詩双月刊。

當時詩人們提出許多詩刊名稱，諸如：「桑之樹」、「華麗島」……等等，最後決議採用「笠」，取意爲臺灣本土的斗笠乃是大衆普遍適用之物。在大太陽下、在雨天、笠爲本省社會中各階層人士所喜愛，用以遮蔽陽光與風雨之實用品；無論農民、工人、教師、學生、老年人、小孩子都離不開它，而獨具淳厚簡樸的鄉土風味。

「迄今十三年了。」桓夫先生說：「初期參加笠詩社的成員並不多，經過了一段篳路襤褸、慘淡經營的患難歲月，終於闖出一點兒成就。」

今日笠詩社共有四十餘位同仁，分佈於臺東、宜蘭、臺北、高雄、臺中等全省各地，以及海外的日本、美國。他們集會討論，而且採取輪流編輯方式，不但發表現代詩暨兒童詩的創作，且致力於英美詩和日本詩的引介譯述，如法國詩人繆塞作品的介紹，及波特萊爾『惡之華』的中譯，並富強烈的批評意識，且由個人自費出版笠叢書，呈顯出一副豐盛的面貌。

在不斷求新、求變的歷程裡，七十七期以來，笠詩刊始終保持着它獨特的鄉土味風範。在許多現代詩社脫期、復刊、時輟時辦難以維繼的情形下，由於笠詩社同仁們的努力與團結，故獨具堅靭的生命，成爲中國詩界最持之以恆，準時出版的唯一刋物。

※縱承與橫移之爭辨※

中國新詩的成長，確以外來的影响爲其主要因素，和中國舊詩的傳統甚少血緣。——覃子豪

就如同現代抽象繪畫一樣，現代詩也被人視爲異端藝術而不能忍受。自從現代派擎著「現代詩乃橫的移植」旗幟步入中國詩壇，傳統的繼承與西洋的移植似乎一直成爲爭論不休的焦點。

有些人僅勇於固守一成不變的方程，自足於已被承認的傳統，而忽對傳統的體認與再出發，他們不知反叛傳統也是文學歷程躍進另一境界的原動力。任何一種想要突破傳統界線的運動，它的起步往往總是萬分辛勤的，也唯有在古典與外來刺激的交互激盪下，現代詩乃有今日之成就。清末慈禧太后以義和團對抗八國聯軍的船堅礮利之故事，如今却成爲史材的笑料。

瘂弦在其『詩人手札』中宣言：「我們必須努力度過那最初的（革命期的）傳統之揚棄（其實應該說是破壞）與實驗階段不可避免的矯枉過正，及以表現上的刻意冒險，以建設我們的成熟，或者說，使我們的詩達於成年。」由現代詩壇蓬勃發展的風氣來看，這段話應該是奮鬪了數十載光陰的現代詩最好的詮釋了。

桓夫先生認爲，詩經、楚辭、樂府、詞、曲，我國的詩謠自古以來便在不斷地蛻變進化中追求新的形式，以表現各時代的民情風俗及生活樣態。日本的古典文學，俳句五七五三句一首十七字，和歌五七五七七五句一首三十一字，和吾國古典詩詞有著相當的淵源，然同樣地在押韻格律限定下，成爲一種塡字遊戲的作品，已無法深刻地表現出這時代躍昇的文明暨內心情懷。五四運動以來，由白話詩的解放發展至今，乃有藝術革命的現代詩興起；以廣邃深遠的意識加上現實題材爲表現對象。

現代詩乃自動飛躍的精神的顯露，不可能定型或者停頓下來；更不用擔心中國現代詩會西化的問題，詩是語言的藝術，凡使用中國文字寫出來的詩作，絕不可能成爲西方文化的附屬品。因爲在文字組織法和語言方式上，中西互異截然不同；漢文字本身每字皆有它的獨立意義存在，而以字母拼字的英文則否。桓夫擧例；曾獲得第一屆笠詩獎翻譯類的「日本現代詩選」，即是用本國語言將它翻譯成自己的作品，其味道和原文大不相同。

※晦澀與明朗之徵結※

詩本身乃精神之作業，範圍廣泛，且由於個人學識思想與生活背景互異，加以音樂性、繪畫性、意義性上匠心獨運的表現巧腕大相逕庭，於是產生所謂象徵主義、神秘主義、自然主義、超現實主義、新即物主義……等家派本位，譬若藍星的詩風，創世紀超現實思想的純粹經驗論，各有風範。

在詩的晦澀難懂與明朗之對比上，桓夫先生認爲詩的

難懂在於其表現出的樣態非直接的，而在隱喻、象徵的廣度心象呈顯。詩爲煉礫最經濟的文字，呈露最豐富內涵的文學表現方式，意在言外，情溢乎辭，利用語言的外延張力和濃密度，以有限暗示著無限，和小說、散文訴諸理智作用的文藝作品迥然有別。故詩必得花費更大腦力加以思索，難懂仍可解、可感。例如：曾榮獲一九四八年諾貝爾文學獎的英國詩人艾略特(T.S .Eliot)爲廿世紀全世界詩壇最具影响力的大詩人，以艱深難懂的「荒原」一詩名聞遐邇，詩中題材和視覺紛然雜陳，非細嚼慢嚥不易領悟，然却爲世所公認之不朽名作。

有些詩人創作意象昏暗不明的晦澀詩，賣弄文字魔術的神秘，在語言組織上迂迴，甚而作不知云何的作品，隔離了讀者的經驗，是本末倒置的作法，詩應力求明朗化，而明朗並非淺白如同散文分行的僞詩；明朗必須含蘊著深刻的意義，流露著濃郁的感情，見雲破月來花弄影深入淺出之境。

※詩的時代意識※

法國近代哲學家居友（Jean Marie Guyau）說：「藝術的感情，在它的本質是社會性的，成爲結果而表現的，是依了個人生命與普遍生命結合而擴大之。藝術的最高鵠的，即在使發生具有社會的特質的審美感情。」關心詩材的人們，常指責現代詩人總喜歡蟄伏於象牙塔，在自我孤寂圈內打轉，僅能創作一批吟花詠月，自憐自誰的作品，而不敢正視著個體所依賴的民族社會中的各項問題。

關於詩的時代意識，桓夫先生認爲，如果一名詩人未能超越自我，而逃避他那個時代，漠視著存在的那個民族與社會中的群衆，則等於自絕於社會，亦猶如盲者之對於燭光。唯有具世界性與超時空性的詩，方有不朽的價值，倘若僅在個人情感思想的顯露方面下功夫，無法掀引讀者意識的共鳴；或者無病呻吟，憑空構架，這些作品，均不足取。

詩的世界意識必由民族性演進而來，而民族性又必須由鄉土味出發。即與孟子所言：「爲我，是無君也；兼愛，是無父也。」之論略同。

詩的創造完全建立於個人的情感和經驗上，但好的詩本身自然具有一種超越性。故能使個人的特殊情思和經驗轉化，並提升爲普遍性的意義。詩人必須對身旁所熟悉的事物，無論一草一木、一行一止加以重新的體驗與領悟。將民族和社會意識放入自我精神活動中，加以一針見血的批判，千錘百鍊，巧妙的構思表現出來，方能表現永恆連結存續的必傳之作。

※詩內容的三要素※

詩的進化以音樂性爲先，繪畫性、意義性隨後出現，譬如嬰兒呱呱墜地，先能辯音而後漸漸認清週遭人物之面貌，再進而有獨立判斷思考的能力。中國詩起源於鄉土民間的歌謠，所謂「詩歌」以唱表現人性美，乃聽覺機能的感動；今日的詩已演進爲看的詩，於曉悟詩意的存在，引發內心的美的感動。

桓夫先生特別強調詩作戲劇化。教條的抒寫，傳單式的表現方法徒令人厭煩，而不能掀起個人情感之波瀾；唯有著力於形象的創造，將感性和知性適度揉合，經過戲劇手法淨慮後，曲折有致地表達出來，令讀者有份廻腸盪氣的感受，才稱得上是成功的作品。杜國清先生主張詩的內容有驚訝、諷刺、哀愁三要素，此點最爲桓夫先生所稱道。

驚訝——乃是一種新奇的感受。拾人牙慧，亦步亦趨，模仿被翻炒了千萬遍的舊有東西，在感覺上已不再稀罕；今日的詩要打破習慣性的內容，將自己的視覺深度擴大，在生活的眞實中發掘更多可以表現的題材，以新的面目出現，使讀者有著驚訝的感受。新的觀念、新的體驗、新的思考、內容的新奇，並非在形式上的刻意造作，形式決定於內容的表現；若形式創新，而內容索然無味，僅予人以視覺之一亮，稍縱即逝；有吐故納新的新內容，才能令人有永恆的驚訝。

諷刺——是帶着揶揄兼幽默感的批判精神，表現在詩裏的知性要素。詩人本身必須有豐富的學識和生活的經驗，深刻而敏銳底去觀察自身以及外界形象，利用比喩或影射的技巧，經過意識分析後，多重且廣泛地批判社會百態。

哀愁——廣義的哀愁是感性的情緒，屬於柔性的抒情面。即指詩中至眞至純的情意的自然流露，令人激情昂揚永難磨滅；一首好的詩，必具深刻的感人力量。

※不滅的迴響※

學識和創作是表裡互襯的一體兩面；創作雖非在理論的支配下生產，但却內蘊於中而發於外，一位成功的詩人必得有汪洋浩瀚的胸懷、清晰的觀念，加之精神經驗的不斷錘鍊，不停歇地前進。火中鳳凰的誕生是心路歷程經過無數顚仆、掙扎、流血的結果，最後凌越萬象之上。

兩個多鐘頭的訪問中，得桓夫先生的教導，獲益於知識之薰陶，深深地烙下不滅的迴響。

臺中市立文化中心於四月十七日舉辦現代詩座談會

笠詩刊同仁 ←

大地詩刊同仁 →

詩人季刊同仁 ←

詩脈詩刊同仁 →

台中市立文化中心舉辦現代詩座談會會場一瞥

中華民國行政院局版臺誌第一二六七號
中華郵政臺字第二〇〇七號執照登記爲第一類新聞紙
定　價：國內每冊新臺幣20元
海外地區：日幣240元　港幣4元　菲幣4元　美金1元
全年六期新臺幣100元　半年三期新臺幣55元
※郵政劃撥21976號陳武雄帳戶（小額郵票通用）

出版者：笠詩刊社
發行人：黃騰輝
社　長：陳秀喜
社址：臺北市松江路三六二巷七八弄十一號（電話：5510083）
中部資料室：彰化市延平里建寶莊51之12
北部資料室：臺北市北投百齡五路220巷8號4樓
編輯部：臺北市敦化南路355巷83號
經理部：豐原市三村路90號
印刷廠：華松印刷廠　電話：263799號
廠　址：臺中市西屯路一段一二三巷八號

笠

詩双月刊

LI POETRY MAGAZINE

79

中華民國五十三年六月十五日創刊
中華民國六十六年六月十五日出版

六月十九日上午

笠詩刊發行十三週年年會

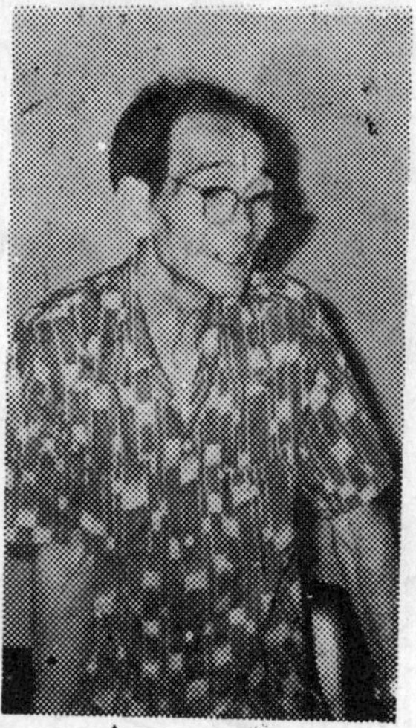

楊逵先生
致詞

社長 陳秀喜
報告社務

發行人 黃騰輝
主持年會

卷頭言

在我們的土地上 在我們的時代裡

李敏勇

請給出一些眞正的「詩」吧！

在我們的土地上，我們的都市和鄉村；在我們的時代裡，我們的現在——必然存在著眞正屬於我們的東西，從這兒，我們當能發現到眞正屬於我們的詩。我們需要它。

詩不是異國之花，也非他鄉之草。在我們的土地上，在我們的小小的偏促地域，有我們混合著都市和鄉村的空間底構成——或許它是不調合的；堅硬的混凝土，冷漠的銅，透明的玻璃；或許它是不和諧的，從播種到收割。

詩不是過去，也非未來。在我們的時代裡，在我們的低迷的震盪時代，有我們混合著失望和希望的時間底構成——也許它是不明朗的；時常有霧的心象；也許它是顫慄的，在風雨裡，希冀的火在搖幌。

然則，這就是我們的土地，我們的時代。必須有從我們土地，我們時代，萌生的詩。——我們要求這種「定位」。

唯有這種「定位」，我們的詩才具備在歷史或地理裡，取得落點的條件。唯有能落點，我們的詩才有鮮活的生命，而不致成爲語言的自瀆或幻影。

必須向非詩的一小截過去訣別：在這一小截過去裡，詩常常只不過是惡品質的渲染或不凝視現實的形象底堆砌或羅列。必須向詩的始原的基盤去尋求連帶，重新延續詩的生命。唯有這種訣別，才有所謂甦生。

詩必須從孤立的陣地回歸，在現實的基盤定位、生根。

笠詩雙月刊目錄79

秘密

巫永福

在天和海和大地深長的緘默裏
處於天堂和地獄和無罪的一個世界
依稀咬緊生命活着　獨自
在海濱，晒無憂的裸體

樂於偎倚月亮和太陽的寂寞
讓白沙礫和海藻纏身粧飾
像聽搖籃歌聽着海鷗的鳴啼
枕着無虛僞的岸邊那清爽的波浪

拋棄世俗的煩腦，遺忘吧
遠離鄉閭，融入靜穆的海濱吧
如幻希望躍動，一心一意飛翔天空
如夢俯瞰海和大地於脚下

願永恒睡在甜蜜的深處不醒
枕於波浪浪漫的夢痕不知何時
想再見也不行，我獨自
擁抱着空虛的思維在心胸

龍子吟及其他

非　馬

龍子吟

一顆顆
定時炸彈
在通貨膨脹的
肚皮下
滴答
滴答
滴答
……

顚倒四曲

・昏・

爭啄了
最後一粒
太陽
這群飢餓的野鴿子
竟咕咕地
向我逐漸糢糊的眼球
走來

·晨·

塗滿惡夢的
黑紙上
一個清秀的輪廓
浮現

·夜·

扭亮
一城燈海
照千里外的
妳
奈何把眼緊緊閉起？

·日·

我是個好丈夫
億萬年的軌道
還得億萬年地走下去
但怕妳受不了
這炙人的現實
我讓臉上
佈滿陰霾

你的存在

探訪烏脚病人記

陳秀喜

當我踏入病房
清爽的
一聲「平安！」
是　双臂殘缺
一聲「平安！」
是　双腿殘缺
一聲「平安！」
是　双臂、双腿都殘缺
手、脚齊全的我
却　說不出「平安！」
迅速的淚
逼我嗚咽着
自責遲來探訪
病床纒住我們的鄉親——
請原諒、昨天的我

想及
手術刀截斷砷素的魔掌
截斷沉重的陰影
曾是　最有用的
曾是　最忠實你的
變成無用的
我知道

千萬個傷心也比不上
你淌血的心
病床爲伴的
鄉親啊
你可知道
殘酷的砷素
不是敵人
絕望才是勁敵
生命仍然屬於你
故鄉屬於你
我們屬於你

附記・據說全世界患烏脚病的人臺灣省北門鄉最多

你的存在

你的存在
是一座大水庫
恩潤了將枯萎的稻
豐潤了將凋謝的心

你的眼是
砥過的勁矢
能射殺困惑
却無能射殺
流水的蹤跡

窺看
水庫寂然的心

也許
是佇立着
那一朶雲

偶感

徬徨的盡處
微醺的月
偎依着椰子樹梢

自從那時候
搖醒了我
人生有寶貴的時刻
攝近的心
溫暖的情
不斷喃語於紙上

人生如車輛和泥土
來往一條路
難免揚起了埃塵
倘若 年輪是
爲勿忘却而存在
最好的年輪是
不管埃塵之多少
心総繫車輪和泥土
不管歸途時
醉醒的月已離開椰子樹梢
路還是存在着

66年4月25日

有孤岩的風景

林亨泰

因酷熱發燒的地帶
碧空總是不值錢的|
太陽浴在起泡的風景中
不知所措地在那裏燃燒
季節把乾的鵝卵石
拋棄在無水的溪底
光與影猛烈地交錯
遂使夢幻滴下了汗珠
喜與太陽對峙的孤岩
發亮在那裏眞叫人擔心………

我所喜愛的

桓　夫

緊張和慌亂之中
無意射出的精液
流盡了之後
我從頂峰顚落下來
屈在地上
向所有愛我的女人
降伏

東山再起
還需要一段自憐
也需要女人賜予
循環的愛撫
和安慰
我再也不敢妄想
征服有刺的山岳

絕不會參與
爭風吃醋
或者爭權奪利
我還是很純潔
一點邪念都沒有
我所喜愛的，仍然是
淸新而崇高的美

（一九七七、五、八）

悲歌

杜國清

眼睛
在黑暗的天邊
不斷流淚

一眨眼
一道波浪湧來
在黑暗中
浮動着
朦朧的島

漂流的島
覆蓋着星光閃亮的黑衣
繫以白波的紼繩
落花仍在過去的峽口
打着青春的漩渦

這世界若有足够的深溝
容納情人的眼淚
島 擱淺在域外
默念着往生

像一座山 懷念着
當年的水

情人的眼淚湧來
永遠像那波浪

島 獨坐在這世界的角落
遙望着天邊
痛念一生的哀緣
直到華岩在內部崩陷

詩三首

連日大雨

雨，趕快停下來吧
粒粒皆辛苦
但是 粒粒稻穀都
發出了綠色的芽
生出了白色的根
雨，趕快停下來就好了

一九七五、九、廿四

詹冰

搶割的農夫臉上
流下的是雨水嗎？
流下的是汗水嗎？
流下的是淚水嗎？

雨，趕快停下吧！

溫度計

溫度計的玻璃管中
有一條紅色的蚯蚓
天氣熱牠就爬上去
天氣冷牠就縮回來

駡太陽

金土流着汗在罵太陽；
「太陽是壞東西！
夏天這麼熱
還要烤燒大家——」
停電的時侯金土又罵太陽；
「太陽的膽小鬼！
總是在白天出來
在夜裏都不敢出來——」

體驗㈠

拾虹

少女是純潔的語言

妳睡成一隻蜻蜓的姿勢
輕輕地幌動
就飛了起來
負載著語言的重量
我們喜愛這樣滑翔的快感
支撐著語言的平衡
我們相互交叉
向懸崖緩緩地下降
在突然失去速度的一刻
獲取裸露的眞實

她•我已婚

趙廼定

摟一縷羞怯——
望望瓜子臉挺直鼻尖
一份少女羞赧正綻放綻放——
微眨眼微眨一池澈藍
她，誰家少女？

偷偷瞄一眼她，偷偷以右手掌掩住左手無名指的
戒
戒戒戒戒。我已婚
而我企望——
企望認識
認識她再不然只要多望她幾眼

她只是流盪着馬尾
她只是洋溢處女嬌羞
她只是少女
而這馬尾而這嬌羞而這少女
對已婚我
對已婚我是多麼會燃起渴望

偷偷以右手掌掩去左手無名指的戒
偷偷瞄一眼她，偷偷的
偷偷偷偷的

阿姆坪行脚

孫家駿

一、沙岸

魚類遊過
麋鹿馳過
千年層積的
又在我脚下醒來
歲月

二、枯根

曾是生命的手
今日仍是
雖幹斷枝焦
猶裂岩椎石

三、孤岩

坐待星冷
坐待月落
歷盡潮汐

歷盡霜寒
於是你瘦成一柱磷磷石骨
風化成鐵
雨泣成川

四、橫舟

目送那人去後
傍危崖自有一份存在
任
花飄落
鳥飛來
風搖擺

五、聞歌

起自林際
彈回對山
剛剛滑過耳畔
又碎成水紋一片

詩兩首

陳坤崙

割草機

不守規矩的小草
囂張地活着
整個美麗的花園被破壞了

美化環境必須除草
這是人人都知道的

割草機吱吱喳喳
把小草的脖子
一株一株割斷了
祇剩下
守規矩的
隱藏在泥土裡
小小的草

鉛字

鑄字機開始鑄字
咔咔……
鑄造傳達思想的文字
安安靜靜躺在檢字架上
各就各位準備跳上檢字工人的手

一盒一盒檢好的字
伸長脖子
盼望排版師父
把它排成一行一句
排成一行一句的文字
期待着
被安放在印刷機上
白色的紙印着黑色的字

鉛字的生命到此爲止
這一切他都清清楚楚

清晨的訪客

郭成義

有一個早晨
當曙光漸漸要透出的前刻
我忽然預見了一道微弱的光芒
以天使般優美的力量存在著
那就是我現在的未來嗎
遙遠的某處
我確定必有什麼在吸引著我

至於我何時開始了我的出走
已沒有人知道
我幾乎是
帶著出生時的全興奮
離開了那沒有熱望的地方

長久以來
爲了尋找那不斷在吸引著我的
天使般奇異的光芒
我已習慣於這樣
在曙色未透的早晨
即做著自我暗喻的旅行
每到一個陌生的地方
我就能感到

我吱吱作響的骨骼
那是
必有什麼在抽緊我身上的每一寸弓吧

漸漸的
我發現了類似於我熱望過的光芒
也曾經在寂寞而封閉的四周
悄悄的出現過
悄悄的被出現過

有一度
由於過份的靠近
便突然像失却了幻想
而急速成爲一支箭的我
持著未及調整的肉體
失魂地衝破了
那些門窗……

從
流血的現場敗退下來
以後
那不可思議的光芒
已越來越變得粗大而失去了眞實

我只有
帶著出生時留記的傷痕
在四顧無人的清早
孤獨的做著行走的夢

我確定
遙遠的某處
必有什麼在吸引著我

然而
每當我抬頭望見
微弱的燈光
從緊閉的門窗緩緩向我透露着
一些不可期待的熱望

我知道
我早已喪失了那種
張腰弓背
飽含生命的進擊精神了

雖然只是一隻貓
明天還要繼續沒有背脊的旅行……

虎山溫泉之旅

周伯陽

新山巍巍 分列在兩旁
那尖銳的峯頭 冲進雲端
山靈搭乘白雲在漂泊

河谷躺臥在眼前
因長期旱象 河水已枯乾
致使河床像生銹不堪
雜亂大石頭攔住去路

車子沿着河床道
朝向上游緩慢地爬上去
但搖幌不息 車身頻頻跳動
我被震動得似乎肌骨要粉碎

吊橋懸掛在遠處半山中
它載着晚霞在搖曳
它成爲虎山溫泉的標誌
它像鼓勵我 振作奮發
也像告訴我 目的地要到達

我的體軀盼望能長出翅膀來
立刻飛進浴室裏
舒適地洗一個溫泉澡
欲將旅塵和疲憊一齊冲洗掉

拜拜

趙天儀

引頸遙望
舉着香火的婦人們
在街頭上等待着
燒着香火的小姐們
也在街頭上等待着

午後一場雷陣雨
稍稍緩和了龜裂乾旱的大地
而媽祖生日出巡
燒香的在燒香
趕拜拜的在趕拜拜

報上雖然登載了
鎮長不歡迎趕來鄙鎮吃拜拜
但公路局的車輛依然擁擠
摩托車的行列依然
閃電式地擁進了小鎮的街頭

黃昏以後
小樓燈火輝煌
在酒氣洋溢的圓桌上
芳鄰的工人們碰杯的碰杯，猜拳的猜拳
也許鎮長已經喊啞了嗓子

漁火與情歸

林　鷺

漁　火

把賭注點燃夜暗了的海
無數漂搖的眼睛就
眨起希望

望着望着
顫慄的熱情
怎樣溫存往日的夜？
出發就是永恒的歸向？

擊碎岩石的浪花
總是夾雜着笑語與哭聲

骰子在漩渦中浮沉
陽光鑄身子為一尊古老的鏡子
恁容顏等候在無線的岸邊

風雨來了
爐灶吹起的
又是那一步幽幽的
燐火？

青春呀！
從揚起的風帆中飄去
而夜再漆海成黑的時候
我們依舊看到
海上紛紛昇起一盞盞
亮麗的
漁火

情　歸

不再苗你錶上的
　時針、分針與秒針
就這樣走過
　山下不曾凋謝的季節
有往事也是丹楓
　一　路　醉去
恁是秋風逐秋雨
　苗得青苔石階，落落
　　回首，一地的飄零
何須再見
何須再見
路已被蹂躪得如此瘦弱
叫它如何消受你的步履

小小的秘密

林宗源

風颱來了
老父出去巡魚塭
老母在厝內擔心

一粒目瞯看着母親
一粒目瞯看着門口
天暗了
雨落沒停
老母也坐沒停

我偷偷地跑到無尾巷口
望着爸可能轉來的路
淋着雨
沒人行的路
風哭很大聲
爸爲什麼還無轉來

想請求天公讓我立刻長大
去魚塭看爸爸
轉來向母親講；
「爸眞平安
塭內還有眞多事情」
那是不可能的
只好合起双手
請求天公
叫爸趕緊轉來

脚眞酸，目瞯也眞酸
想回家，又捨不得離開
爸，你知道嗎？
我在等你
等你轉來罵我打我

家庭計劃

衡榕

回來就是這回事

離開外島
單號天空
血淋淋的遊戲
就沒時間
害怕了

每天跟著火車
歪歪斜斜的
去盤算一大堆的
公里路

唉
回來就是這回事
星期一到星期五
兩條腿
緊緊的在趕集
然後—
星期六
緊緊的
抱著女兒
回家—
親親

家庭計劃

要命的
兩個孩子恰恰好
一個男的
一個女的

去了二分之一的機會
剩下的就祇好
猛算了
高溫期的前一剎
眞是—那婆婆
一定是
高手

是不是要南下

問問—唉唷
想來就頭大
上天保佑
零零不要失靈
要不然……
—怎麼
連門兒都
沒—有

車子在飛

回家路上
車子在飛
飛過四脚亭
和暖暖
到八堵
我驚駭得
跳下車
改搭—
火車

瓶頸時間

他們說
知識爆炸
我還不會
聞到—
異味

有一回
從天母回木柵
在中山北路
在羅斯福路
我確實看到
人口爆炸成
一團
頭暈
和
嘔吐

衡　榕

家庭計劃

林外作品

林外

柱子

被放上那個位置
就再也不允許消息了
只有努力撐下去
讓屋裏的人
有安樂的生活
除了柱子發生問題
屋裏的人
不會關心柱子

雨

是一堆土
承受雨點的撲擊
點點滴滴　落處
彈起氤氳塵雲
雨不同於雨
於觸及之瞬間潛入
不留痕影於乾渴的土地
點點滴滴
落於山嶺
既而
西北雨
橫掃過原野
驚顫中
雨在土裏
滙成巨浪
自乾涸的山谷湧流而去
而大地却滋潤了自己

愛情㈠

不要說我欺負你
是你不願意欺騙我了
你要離婚　那是眞的
因爲你日漸感到痛苦
要我蓋章　是殘忍的
答應　是我莫大的悲哀
我沒有欺負你
你是知道的
我沒怪你欺騙我
你也是知道的
我希望和過去一樣遊戲

你千方百計欺騙我
我就不知天高地厚欺負你
我已習慣老樣子
希望你不要感到厭膩

愛情(二)

他說你沒愛他對嗎？
老實說：還沒有。
你不愛他，爲什麼跟他生孩子？
我是試着愛她，才跟他生的。
試的話，生一個就知道了
爲什麼要生好幾個？
因爲這種事，很難判斷；
爲求確定，我繼續嘗試，又生了孩子。
現在你有沒有愛他，確定了沒有？
我還不能確定。
他說你不愛他，這一點確定了沒有？
我沒有去確定這樣的事。
那你想怎樣？
請求法官，讓我繼續嘗試，
到我能確定爲止。

竹篙是槍　籮筐是倉庫
大地就是糧食
是的，兄弟
這條路我的祖父走過
我的父母走過
我也在結實地
赤足地踏在世界上
前面的道路上
有兄弟姊妹們正在走
我們要一起走　一起工作
我笑了說
早晨　大地
故鄉　你好

田野淚

楊傑明

草茹寮

在此　忘憂的大地
霜月冷燙的苦種
不斷由天上走向人間　播種
一點一滴流血分裂繁殖着自然傳遞的生命

(此時
屋內的黑暗世界
四方穿梭漂流浮動着一片清靜與安詳？
夢幻般地自我一再生長着純眞的和平
而屋外光明的世界
却又如許翻騰着山頭多層風雨的不平？
光明與黑暗神聖地雄霸一方相互追逐殘戮暗殺)

因此　不忍心的
夜的巡行使者
哀傷地搖頭走過忘憂的大地　夜夜
留下屍白的軀體而帶走散放過亮光的神靈

茅草的輪廻

晚秋　你們被鏈刀攔腰切落
死佔的生命一根一根　枯黃
從此不在世間興風作浪
一處一處安靜　堆放
堆放在無人問起滿載寂寞的曠野

春來
因着新生雨水的再生腐爛
與新鮮野火一遍一遍的淋燒施肥
生命重新破土復活的
茅草　一叢一叢一方一方

一寸一寸茁壯
日漸抬頭的小茅草
却又快速激烈地佔領煙色的曠野　通道
開始　興風作浪
用多齒的利嘴向外製造流血事件

短詩三題

宋澤萊

困苦

我曾認識一個舊時代的人
在海南島參加二次大戰
逃亡和苦難盤踞他的一生
因爲戰役歸來，他就進入監獄二十四年
後，他又回來
健康、樂觀
除了缺少一個妻子

楓紅，什麼是困苦
是否指著我們戀情的憂鬱
是否指著我們創業的顚沛和流離
是否指着我們童年、青年、壯年以及整個生命的失去
不是，因爲那些只是小小的
私人的問題
因此我試想，那個舊時代的人一定
歷經一個紊亂、變動、屠戮、集體死亡的變局
以及
他曾爲著某些群衆而犧牲
雖然，他從未說過這樣叫困苦

吹牛

在塑膠鞋工廠裡，我和二個工人做著大夜班
眼眼因無眠而血紅
我們無所遊樂，最後用吹牛來遏止
睡意
「我今年六十。」他說：「廠長屢次要開除我，
然而，他從未成功，因爲我抵得上二個年青人。」
「我失業在路上走。」另一個人說：「廠長見到我，親
自下到摩托車，他用我，因爲我是最聽話的人。」
我們董事長是我親戚的朋友
他們繼續說
我們董事長的大女兒對我眞好
他們繼續說
我們董事長扣別人工資，但從不扣我的
我們董事長去酒店歇息都要我作陪
我不會被開除
我也不會
我擁護董事長
我願做他的奴隸
我愛戴他！

我也愛戴！
他們叫了起來
終於，他們發現已經沒有吹牛的資料
他們把手伸出來，便看到他們被機器輾斷的幾根
手指
我永遠愛戴他！
二個工人說

無言

在漁市場的角落，有著
照攘的蒼蠅，油汚和腥膻
我遇見一群剛釋放出來的囚犯
他們健朗、愉快而充滿希望
但只有一個憂傷著，每天回家
他的妻子就指著他；你讓我們受苦二十五年！
他，
無言著
在海濱，竹筏上
海浪因風雨而激盪
我又遇見那些釋放出來的囚犯，他們仍然
健朗，愉快而充滿希望，但
只有一個憂傷著：每天回家
他的兒子就指著他：你是個嚴重的犯人啊！
他，
無言者
有一天，他離家出走了
在桃園的公路上因車禍而被輾斃
他的朋友仍然
健朗、愉快而充滿希望
只在沒有人聽到的地方嘆一口氣。

春日

李篤恭

出門
每每總是帶不走一大半心靈
上班
這一小半時常被呼回去
守護着兒子
爲他防阻
蝕傷了我身軀的病菌
摧毀了我心身的飢魔
戮殺了我魂魄的夢魘
仰頭一看
驚訝於這世界竟然會有這麼美好的春天！
蔚藍的春空展孕着美夢
乳白的霧霞擁抱着大地
草木萌芽而綠油油地呼吸着春氣
聽說過但我從來未見過的大美春日！
把自己隔離自這太好太好的春晨
不與兒子爭

身分證

張伯章

是一張方方長長套着塑膠的卡片
裡面刻着
我的爹
我的娘
和我未曾烙印的妻

是一張方方長長套着塑膠的卡片
上面寫着
我的職業
我的生辰
我的字名
和那隨我流離的阿拉伯數字不曾變換

我那遙遠無期的家鄉呀
就嵌在套着塑膠的卡片
隨這瘦瘦的影子
飄向東呀飄向西
飄向南呀飄向北
飄向北方風風雨雨的山城

夫妻啓事

劉明哲

海在遠方，星在遠方
而你在那裏，看星
看海

醬油與鹽的爭執
鹹鹹的總是那串眼淚
味精與糖的異見
甜甜的總是同床的夜

而夜被割據，從此
霜月拎在不同的簷角
潑一床酸酸地醋

我走到海邊
走向天文臺
海搖頭，星星搖頭
究竟，你把臉埋在
誰人的胸懷？
不聽海濤
也不見星光

自由或者不自由

廖立文

一

張三會說：
青山在天空之外，河流在青山之外，田野在河流之外，村落在田野之外，電線桿在村落之外，鎮公所在電線桿之外，衛星城在鎮公所之外，城牆在衛星城之外，城內在城牆之外——而天空在城內之外

二

李四會說：
七星山在「野外」雜誌之中，「野外」在夜總會之中，夜總會在辦公室之中，辦公室在沙丁魚汽車中，汽車在長長的快車道中，快車道在汽笛的早晨和烟肉的黃昏之中，早晨和黃昏在三噸白米飯之中，白米飯在乾巴巴的兩顆眼珠子中——而死掉的眼珠子懸在七星山中

三

聽說街頭有個擺書攤子的小老頭
聽說他的兩個拳頭不斷地捶著眼睛
聽說他想飛却飛不起來
聽說在某大某教室內有個掛眼鏡的
聽說他的手不斷地排泄出粉筆屑而粉筆屑不斷地孵出淚
聽說一把斧頭噗的一聲便砍入了講桌
聽說一個老不死的夜夜在街角一個麵攤上吃米酒
聽說他老婆有一隻手掉進了棺材
聽說那個攤販是十三個爸爸
聽說每一條麵都纏住了他脖子
聽說溫州街有個小男孩老坐在斗室裡看風景
聽說他脚跟天天敲著他老子的脊骨

四

聽說還有更多更多的風死在一個巷子裡
聽說還有許多許多故事吊在許多許多女孩子的髮稍啞了
聽說暑期中有個胖子從游泳池中探出頭來說：「無聊！」
聽說他數學不及格

歸不得的金雞

許長榮

當穿上祖先的五彩衣裳
在雅樂聲中　群鳥封我爲后
黃鶯金嗓的歌頌
孔雀眼神的羨慕
編織我的喜悅和驕傲
而今
脈溥的每一次跳動
有著萬把利刃的緊扎
用力摑自已貪婪的嘴巴吧
一切的後悔都太遲了
甜餌的背後
是一具具的枷鎖
茂盛的樹林已成眼前果樹一株
碧綠的草原已成脚下黃沙粒粒
盤中的佳肴
和人類的愛憐
却是身在鐵絲網裏的代價
可愛的原野啊
別抹去我多年的嚮往

湛藍的天空啊
別再增添我更深的憂鬱
萬年不斷的流水
何日伸手
撫慰重歸的兒女

喔
不
不
讓那耀眼奪目的衣裳
離我遠去　離我遠去
我願以五彩換取一襲烏黑
只要能徜徉在大地的母懷裏

如果我是一棵樹

吳青玉

如果我是一棵樹
母親啊！母親
妳就是我的大地
逐吸吮着妳那芬芳的泥土
助我長大成綠蔭

如果我是一棵樹
母親啊！母親
我就是妳緊抓的根子
年年日日晝在妳額上
刻下線譜
施我無比的恩惠

如果我是一棵樹
母親啊！母親
妳我交融的血脈裏
却有我嬌嫩的稚情
跟愛的燦爛

如果我是一棵樹
母親啊！母親
讓我根植於
土壤之愛比死更堅強

彎彎西子灣

林興華

異邦的情緒，停泊
在外海
在燈塔與泳裝之間
洶湧是野性的水花擺盪
分層的
潛入鯨紋的沙灘
遠遠
漂來脚印一双双
一排排圍着潮聲思量
翻滾這情調是白浪
跑來的少女，一躍
泳圈一套
圓圓圈住西子彎的腰
艷陽彎彎輕吻西子彎彎的臉
一不經意
竟吮起滿灘慵懶的花傘
在每一個假寐的圖象裏
我從斜斜的陰影中
走來

後記：初旅高雄聞有海灣名西子，已闢爲公園，慕名我前去，唯人地生疏，錯搭幾次車，誤繞幾段路，得來費極功夫，然而歸來竟得一詩，也算不虛此行。丁已年四月記于海岸餐廳。

情人的花雨傘

林野

——愛屋詩展No.5——

落雨時，我倆將世界縮版成一小小宇宙
在傘下 在天空的蔭影下
來，與我合抱一個玲瓏的愛字
看它如何柔情滿懷
如何軟香盈袖

打唐朝起 雨就這般落着
在長安 我必撐一把紙傘
穿過貞觀年間青石街道上溜滑的馬蹄聲
獨飲在酒肆的閣樓
鎮日神馳
欲幻化爲一隻蛺蝶之翩翩
飛過庭院深深
飛入妝鏡中之嫣然

或者暗地差遣一個書僮
約妳三更時分提着一顆忐忑的心
如提一盞明明滅滅的燈籠
繞過西廂後的梧桐
在濛濛的月色裏尋覓
在我語言混亂的眼中驀然垂首

雨霽後
我倆都要醒在現代的喧囂
那麼，就趁早攀登七色橋的繽紛
遠去人間的擾攘
而且想想如何將今夏製成標本

六五、十、十一於青年公園

老婦

南方雁

倚著門的老婦
用頭巾包著臉的
望着四層樓包圍的天巷
巷口穿梭的汽車 兩眼深凄的
用小脚支撐的老婦

證實她還活著
不是門前的驕車
是對面那回憶中的小孩的臉蛋

天天我看到她
天天好似看到了自己
那一天 天巷積水
將你我浮得一般高
駕一尾孤舟
與你同遊

當我走後

——告別古城之三

老七

當
我
走後
古城
有一隻秋蟬唱我
的
名
以怎樣的聲調
唱落
一城的
秋色離紅
如果
有人
還想祭我
三杯兩盞淡酒
一些
清茶四菓
不要
如此這般的
雞鴨魚肉

一九七五、九、十一晨九時

應召女郎

李瑞鄺

隱入
蜜斯佛陀的
千層面具底裡
小攝企圖窺春的陽光
猶眷戀百葉窗內
席夢思上
的慵懶
隱入
觀光飯店的
豪華套房內裡
一個素未謀面的丈夫
正等待女郎袒裎侍候
僅有的漣漪是
肥瘦高矮老少俊醜的輪輪換換
銀行存摺逐漸豐盈時候
紅顏乃絕裙而去
從良是一條路
成爲老鴇是一條路

驚夢

——吾與伊的神話

林梵

吹笛的人暗裏走過
笛聲驚醒失落的臉
匆匆
一扇黑門打開
又一扇黑門
匆匆
打開，又一扇
匆匆
打開黑門
驀然驚覺
月亮殷紅如眼

吾手裏，無談
緊抓一綹黑髮
啊，纏繞
　　　　陰
陽
是，伊人
痛楚的遺物

（寃家啊，寃家）
吾心陣陣抽搐
緩緩流淌鮮血
懨懨無神
終日憶念
微微張開病了的双眼
空空茫茫投向虛無
無心無意，迎送
壯濶的天空
飄盪而過
一抹
寂寞的日影
受傷的鴿子
擧翅難飛
越
界
就是霜風舞動
秋葉之火燃燒心脈
突然，落日背後
襯托凄冷的顏色
絕對的寧靜
深沈，响應
隔空呼喚
時間過去了

歷史過去了
髮已落盡
身死爲蟲食
骨節亦然鬆散分解
愛
永不蒼老
寃家，吾帶著喜悅
逐日
奔向死亡
來了

一丙辰孟秋

花也微笑

簡安良

路是這麼漫長
患小兒麻痺症的男孩
坐在路旁
望著路這麼漫長
駛過來的驕車
載著他的幻想飛馳而去
塵埃被留住
在他的臉上寫滿歲月的汚垢
路還是不爲誰縮短
散髮的瘋婦
在路的另一頭
抓一束小野菊在手中
走向我
男孩在我背後伸長他的小手
瘋婦走向我
噢，天地至大
誰該向誰奉献自我？
讓瘋婦挽著我
我推著輪椅
椅上的男孩捧一束花微笑
媽祖微笑
花也微笑

清明

呂欽揚

爸爸說：今天是家族團聚的日子
生人與死人合圍成一個圓
我們刈開荒草
以裊裊心香邀請祖先分享一束鮮花的野奠
千年的祖宗都來，白髮皤皤
無言俯視綠水悠悠流下青山
灌溉了子孫乾渴的田園

香薰裊裊，紙灰騰飄
墓碑上未剝落的字雕
揚起河東塵埃蕭蕭斑馬的鳴嘯
馳驟過火焰秦宮與灞橋
大唐邊疆猶是胡人的啾聲與弓刀
而後濺起長江的水波，江南的歌簫
無情最是錢塘煙柳隨風搖……

呵呵祖先，一炷馨香焚過了
待啼鳥飛起，落葉也將歸根飄
然而此地的流水不息，春山不老
今天我們在臺灣懷想不朽的中國
願萬年後的清明仍有追思的情調

六十六、四、廿六

冬夜

郭暉燦

冬夜
就讀大學的政雄在家
母親竟這樣楚楚哀求
逼上門的冷冷面孔
無論如何寬限個時日
勿有所威脅

勿有所威脅
母親竟這樣楚楚哀求
讀大學的政雄在家

尖銳歸於平靜
母子相對無語
各自回房安眠
却還凝視
窗外那燈火輝煌
何時才能熄滅呢
無可奈何合起眼來諦聽
那遲遲夜歸的敲門聲

野宿

黃昏
某次的
山落之后
我的寂寞奔向湖
晚流便拈來一方的風景讓我
席地而臥
滿耳燦爛的水聲就澎湃的擦亮了
一盞千盞的燈在我攤開的掌葉
我遂見到一季
疲憊的千山和萬水
如此殘忍之夜
縱有浮屠千層
梵具聲聲慢
我亦難渡
深泊霧雨的
年輪

不知午夜醒來
喧吶已在
我的掌山
翻滾著
隱隱的夜嘯
伊曾經失信
千百次的言語
豈止蘆葦花擊劍的
太極
那愈刺愈深的
是我血流汨汨的
容顏

哎！今宵
我竟以露濕爲床
　　寒星爲被
儼然坐觀了一夜的
水聲
不知明日
在我這張破舊的臉上
烙下的
可是另一條往事的
痕跡
喬洪
六十五、十二、十九竭誠於上山

荒地

雨樵

一聲淒啼
顫動於眉角
在岸與岸間凝成寒夜的悲壯
旋波嘩向盡處
我如何以水聲
俘掠林中羽翼的飛揚

獨囚於此
突然
聲音從瞳孔中醒來
自你暈眩的凝視裏
我將花果落下
這些膨脹中迸出的鮮液
煮沸冷凍的塵煙
當手指交叉出發信號
我將再度的奔躍
就在那遠方的山巒間
我們逼近
變貌的岩石兩岸

那些無火的燃燒是樹嗎？
那些無聲的崩潰是山嗎？
那些無風的狂嘯是海嗎？
而無人將你定名
成爲層雲雷電間的一種雕琢
像一片湛淨中消失的白揚
搖搖於異國的土壤

燃一把火
在雪原
在風和露的盛宴裡
在羅馬的船梭上
灰燼的冷漠，山嶽的寒濕
已不成歌
那是十八世紀的黎明
傳說已久，還未命名的
荒地

一九七七、二於板橋

年景三帖

風信子

一

有一種野獸叫着年
據說每年總要下山一次
呑噬大地龍種
所以除夕夜
總被打點得像最後的晚餐
一家人團圞
大吃又大喝
當最後一刻已降
年仍未來
人間爆竹乃轟來響開
彼此恭賀重生

二

開正上街
大家都是歡頭喜面
猴囝仔一個個新衫新鞋
玩具槍乓乓乒乒吵個不停
遊春的姑娘
面浮春花
古老的唐裝跟
西部的牛仔
夾纏在
裙脫瀟湘的新潮派女人間
誰說蛇是冷血動物?
在此蛇年

三

年年難過年年過
物是人非事事休
初五隔開　開工利市
鬧熱已過
鑼聲不聞
不管是大人囝仔
新的一年是新的希望
人還是要做下去
這是人間的條件

家村

翁懷之

城市的你只消沿著一條鄉人走慣的
小徑蜿曲在織綠的秧田上
近望幾棟磚紅瓦灰的平房
那就是我的家村

我的家村四季都鳴唱著
狗吠聲及小兒快樂地哭嚎
雞鴨振落的羽毛繽紛在牛哞豬叫中
鄰居兩老在屋簷下抽煙聊天
晚上據說這里小孩指數的星星
比你們城市大人所創得還要多
日日夜夜有人肯定太陽月亮
都會翻爬家村的每一屋頂而過

你眞的不用折腰脫下鞋子
一逕的橫跨這門檻進來
屋內濕涼地擺列竹籐椅
請飲一杯自家泡茶吧

我們共話田園情懷之餘
開窗悠然望著山顏
聞出鄰居汗臭中的稻香

（聽你們城市說樹有異色人有異味？）
然而很要緊我忘了告訴
這些年頭家村的鄰居已變遷
城市的你一日如心興胡不歸來兮
將看到良田千頃化成蜂巢高樓萬間

民國六六年三月中旬稿定。

無籍男屍

劉克襄

祇想陷入更深的天空
那個吸烟的單身漢
在橋頭，靜望
　昏霧以後的水岸
　水岸以後的城市
　城市以後的黃昏

黃昏逐漸倦怠

那個吸烟的單身漢
發覺脚下的孤橋剩下一些陳腐
　河水積滿二岸的寂靜
而一切都很沈悶

除了夜晚
當他在晨報被人尋到
祇是一俱無籍男屍

六六、三、廿九

長嘯

彈道

我 呼嘯而起而飛而穿越
黑漆的天際
若撕裂黑衫般地
堅決狂放而霸道

我 頹然而降而落而陷入
灰黃的岩縫
若擠入書堆般地
惶惑生怯而微慍而
頭疼心碎而崩潰

我 於是分割自己若在實驗室
解剖貓體蛙體猴體人體 冷靜細膩片片滴滴涔涔
於是 於是 衆靈齊吟
——
我們的肉身要割切多少塊 生命才不朽
我們的血液要淌流多少滴 小溪才成渠
要喟歎多長
要呼嘯多久
眼睛才聽見耳朵才看見
昔日的對頭已携手黑衫書堆可以協和再不相丑
噢噢——衆生 這答案在
風起雪落雲來雨落的笑談裏 這答案在
花發花謝花飄花落花飛花散的耳語裏

一九七六、十二、二十二馬祖

掌

——給愛妻秀蘭

林清泉

暖陽自你的掌間躍出
掌紋如昔

風景線平分你的掌
明媚的春光在招引
引你於掌間的憂情
把掌貼在你的髮際
於是動人的故事
如雛菊的展現

指尖乃綻放的小花
朵朵裝飾着你的髮絲
纏綿的情結覆於掌間
誘以一絲的空隙
暖陽自你的掌間躍出

故事

葉香

這個故事是起自一粒偶然被篩落的瘦弱稻穗
雖然瘦弱畢竟是有生命力的稻穗
在不充足的陽光與貧瘠的土壤裡
如一滴水默默滲濕一片泥地
稻穗也長出二百多族民來

而看呀，愛開玩笑的上帝看呀
你給了他完好的花，又給了他半殘的莖
你給了他完好的莖，又給了他破裂的葉
你給了他完好的葉，又給了他割碎的枝

他們要呼痛，嘴吧已被蠶蟲封鎖
他們要控訴，曾握過筆管的手已被割離
他們要逃跑，曾穿過百米賽的鞋已被叛逆的脚竄失
他們想舒一舒，嘆口氣也是好的
而誰來聽呢？
盡是比他們更哀愁的漫漫長夜與寒風

漫漫長夜與寒風
調起一根凄涼的單弦
梭巡大街小巷爲悲苦的稻穗唱出哀愁
看氣象穿衣的人們
急忙掩耳、關門、開燈
躲進各自的堡壘
眼不見爲淨

故事是不是到此爲止呢？
不，他們還會繁沿更多的族民來
雖然瘦弱
畢竟是有生命力有感覺的稻穗

打靶

鄭明助

有人站著
欲把你槍斃
或有以跪姿來看
要你死
却又回生的兀立
在臥下去的瞄準裡
相信你會感受創傷的心
——有目共睹
任你在遠方
硬被指認爲唯一的假想敵
即使有獨當一面的勇敢
我啊
仍要命中你慣穿的犧牲

寫雨

周清嘯

煙靄渺渺又一個雨天
隔着窗想看街上的人影
成團花簇在幌搖的早春
若繁華而遙遠的燈市
落下一場纏纏的風雨
霧就千萬年般升上來
在玻璃上留下它清清底淚
誰在哭着，自古代
爲一個破的家，爲一個碎的國

這是否一幅無法觀覽的江山
只繪下成畫，流失成水
突然想走到外面的雨聲裏
問自己飄浮底足音
何時划成清晰的搖櫓
遙叩那江岸

無休止地飛花了這雨
窗外，三兩傘影零落的滄桑
在我未生之前
曾經是這場雨嗎
爲一個家，一朵蒲公英
曾經爲越山飛絕的棧道
隔着窗，隔着雨簾
撐傘可以去哪裏？

稿於民國六五年二月廿八日

網

華笙

心能摸索手的缺陷嗎？
能掌握的是否僅限於
縐紋所編織的網
自我投入
尋求苦楚割裂的喜悅
笑聲竟也能
迷惑蜘蛛

心所不能做的
風做了
風箏的網
膨脹得可以網住青天
破裂也好
斷裂也好
反正墜落就是一種姿勢

顛沛

秋聲

從芝加哥回來的苦力
眼中載着
五大湖的臥姿工廠的稜齒還有狂醉
直蠻語屠殺是一種職業
勞資之間的契約

也就托起一双風霜的手
尋着漸凸的紋路
長江的浪幅桐柏的斜角還有故鄉
說那年代鮮血實在是賤品
生死之間的過渡

因果

文豹

一個跛腿的女乞丐
下嫁給
一個瞎眼的男乞丐
沒有人嘆息，每天
男乞丐背着女乞丐到處去
乞討
於是兩人都有了飯吃
以後他們的兒子
双眼炯炯
健步如飛
有的當畫家
有的當國手去了
他們被公認是
一對最美滿的婚姻

十二月

佐青

——給孤獨的萬枝仔伯

十二月
風沙不敢闖進的灰色下午
一個微駝的老人在榕樹底下劈材
他的口中不停的數著落葉
他的斧頭頻頻的彎下腰
去叩問木塊軟軟的年紀

(六十六、四、四在西瓜寮)

外双溪與南港

廖莫白

今日天氣，陰
外双溪和南港
也一樣，望過去
你的臉，就在那邊
失去陽光而蒼白

明日天氣，晴
我打算擺出幾日來潮濕的軍服
連同剛目潮水退出的愛情
一起曬乾

外双溪和南港
每日我都用双倍的感傷瞭望
也許你正欲伸出
双手，相握住風中的我
外双溪和南港也一樣

寫於軍旅中

寄

——給一位遠方的友人——

張綉綺

走過雨的嘆聲
　憂鬱成形
夜，擁簇冰涼的種子
　在滲沁的回憶裡　躺着

七絃琴染着哀思
　揮落一山滿蔭的回顧
讓陽光死去
讓我們微笑的影子
　在霧裡重逢

在楓葉滿天飛的季節
一切將開始
而我們將沿着尼羅河畔
　細數着落葉的跫音

木棉樹

莫朕

今日再看到妳
擎天的英雄樹
　像高張的一把綠傘
　搖幌在山巓
　繪滿了向上的意志
　繪滿了無數花卉
　繪滿了風霜
　繪滿了血淚
　現在　該留下些少空隙
　　繪出我的憧憬
八年了呀
妳繪不出我的憧憬
却投射一團陰影
因此　妳心裡明白
我那美麗的希望
掉落在坎坷的故鄉
難怪我爲漂泊感傷
難怪我爲春天惆悵
今日再看到妳
鮮艷的男兒花

　像高舉的一把火炬
　搖幌在海隅
　灼紅了褪色的春夢
　灼紅了半個天空
　灼紅了新悲
　灼紅了舊痛
　現在　該留下些少餘燄
　　灼熱我的生活
八年了呀
妳灼不熱我的生活
已溜走一串歲月
因此　妳心裡明白
我那美麗的家園
荒廢在黑暗的彼岸
難怪我爲過去繫戀
難怪我爲老大悲怨

九行四章

林　泉

街燈

當漆黑的手臂抹去白晝的光
你便以眼瞳起始工作
在茫茫的夜裏

你的眼神代替睡去的太陽
指點着行人的步伐
縱使是在暴風雨中

生根似的釘在土地上
於自己的光明裏忍受寂寞
且獨照自身的陰影極

流螢

極目處，幾點流螢
翻飛於夜的腦殼裏
有如我昔日夢想的閃現

宇宙的旅客，更誰像你？
在暗黑天地中
作無盡的光飄泊！

用自己的微軀
鑄造溫暖
慰藉人間凄冷與孤獨的心靈

詩

飄逸於腦際看不見的雲
朵朵奇異的
懸掛在心沐浴的海上

有時又如遠方示意的燈光
明朗似潺潺的流水
縱然繁雜時它是馱着記憶的重疊山峯

一種跳動着時代脈搏的韻律
一律貫穿世紀的言語
它血管裏的血液乃流向永恆

沉默

一切聲響
都終歸偉大的沉默
因爲聲響乃蝸居於沉默中

無數喧嚇的英雄事蹟
最後，還是併入
沉默的悠久歷史

如今，歌唱吧！
於偉大的沉默中歌唱
當你還未完全趨向永遠沉默的時候………

為孩子們唱歌

春天來時

林我信

不要詢問我的故事
當樹葉悄悄落下的時候
你會聽到我把枝頭嘻笑地搖弄
綠芽們，也探頭問究竟了
噓！不要告訴他們

喜鵲嘰嘰喳喳地飛來了
小河也忍不住想伸腰
太陽伯伯急急地將你的窗子打開
你千萬不能告訴他們喲
不要詢問我的故事

大山小山忙著迎著客人
和風也把草兒吹成一片片地毯
愛玩的小孩都出去了
當祖父堆著滿臉笑容
說他也要去時
哎！哎！我實在藏不住了

一九七六、十二

早晨

林建助

姊姊，
趕快燒粥做早餐吧！
哥哥，
上班來不及了呀！
弟弟，
也忙著要去上學喔！
輕一點，輕一點，
小妹妹抱著洋娃娃，
還在睡呢！

六十五、十、廿二初稿
六十五、十二、十九定稿

踢下一顆石子

放學後，
慢慢地走到橋上，
美麗的夕陽在水中，
用力下踢一顆石子，
它就碎了！
假如剛剛欺負我的榮陽，
能在水中，
只要踢下石子，
他一定也會碎了。

六六、一、七初稿
六六、一、十九定稿

讀詩感想

談桓夫詩集「媽祖的纏足」

田代　操等

田代　操（日本西宮市詩誌「灌木」同仁）

對於中國文學缺乏知識的我，無能力鑑賞貴著全部的作品，感到遺憾。不過，欣賞其中日文詩的大作，好像通過管子孔看天空那麼，能接觸到大兄底詩的一端。「龍舞陣」一詩有勁力的憤怒的詩意，便以調配了乾燥的原色，給我強烈的衝擊。還有「在屋頂下」一詩深刻的思索性，令我承受了從歷史的脚鐐產生的抗議。其他用媽祖爲主題的一連串日文詩，有其一貫的硬性鄉土骨氣，在那兒開花，又像似哀愁的蝴蝶溥打羽翼的詩情，令人共鳴。

王詩琅（省籍文藝作家、文獻專家）

我平素很敬佩你幾十年如一日爲建造美麗的詩的園地努力不懈。接讀大作，對於「不知恨」及「媽祖的纏足」中一連的詩篇，都引起了無限的共感。尤其是這本詩集的後記裏所說的「教育與生活就是兩條不相交叉的軌道」「不論任選那一種（臺語或國語或日語）都難如意表達」，凡是生長在這交叉時代從事寫作的土生土長的省籍人，誰都曾以身感到的痛苦。弟嘗曾和閩南籍的朋友談到文字和語言的問題時，他們也都嘆氣地說：「我們要寫作時，通常是要把自己的意思和語言翻譯成文字之後才能下筆，因爲我們本來的語言就不是文字，所以非如此不可。」因此，環境比他們更複雜，波折更多而又在許多種的政治體制生活過來的省籍人士，此感特深。你所說的「我底思考發想的語言是極不統一的」更是有深切之感，這恐怕是要經過遙遠的時間，才能解決的問題吧。

高橋すみえ（日本帶廣市詩誌「裸族」同仁）

「媽祖的纏足」於數日前收到了。眞使我得到意想外的感激，尤其在詩集裏的簽字使我高興。這是難得的珍貴詩集，我該好好保存它。詩集的題名可稱爲「basotekitensoku」嗎？記得我在女中唸過漢文，但也許我那個時候不太用功，竟無法讀解大著裡的中文詩，覺得遺憾。不過，後半用日文寫的，每一篇都深深浸透入我的心靈。不祇是一個人的抒情或傷感，而且有其切實的民族精神所貫穿的，站在人性認識的強烈的禱告，探求生命根源的作品，使我接到無限重量的感受。集中「死的位置」「夜」「龍舞」「造花」「在屋頂下」等詩都深深打動了我的心。

謝謝您贈我這麼好的詩集，您是不是曾經在日本住過？由於日文詩的語言非常熟練，我才這麼想。

佐藤詠子（日本帶廣市詩誌「裸族」同仁）

尊名曾經谷克彥先生介紹，我早就認知了。還有，閱過大作好像是很久的朋友，今又受贈詩集「媽祖的纏足」更增加了親愛。我雖是「裸族」詩誌的同仁，但仍不知道詩是甚麼。您不笑我淺學肯贈詩集，厚情使我感激不盡。謝謝！

拜讀了詩集的日文部份，雖不能完全瞭解，但很切實地令人感受到腳踏在風土，歷史的貴國的現狀。

「面向媽祖，一張有權力的椅子」

「人人都熱中於撒佈毒藥」

在這樣的現實裡，

「那種跨耀正氣的精神」

「可不是純白而無味的花／那種優雅的東西」

這種問話，眞似以一個人的心靈向我直追探問。

還有「向文化的裏面／逃去的，是誰？敲打銅鑼呀！／敲打心胸呀！」

像這些詩句，便有超越國境叫人禁不住的共感。當然我還沒有能力探到這些詩深刻的領域，因爲對於貴國，住在那兒生活的國民，甚至在其中一員的您，都還很陌生。前面我說過的親愛感，只是對着遙遠國度裡的個人的摯愛而已。因此要瞭解大作加以批評是不可能的。我不敢冒昧，只是這些詩，讓我深深思考到有關國家、民族、歷史、宗教、文明那些很多的事情。

幼時，有一位住在鄰家很愛我的阿婆，小腳穿着朱色的布鞋，那強烈而不可思議的印象，仍留在腦裏。

前幾天，谷先生送給我「詩學」雜誌刋有您著作的文章影印，越使我對您的工作增加敬意。看到您也譯過「星星的王子」一書，像尋到知心的朋友那麼覺得高興。星星的王子常傳給我們「肉眼看不見的珍貴的東西」，而這一次他又透過大作給了我珍貴的果實。我雖然詩選不好，但是把詩繼續寫下來，總有這樣的好處。

上谷澄子（日本北海道詩誌「裸族」同仁）

我在一個小小的公司當經理，由於金融的不景氣，不得不裁減人員，所以工作非常忙碌，因此您贈我的大著，迄未深入欣賞，不過，稍爲翻閱，便被「恕我冒昧」一詩魅住了，在有如浸透出來的詩句裏，看到了詩的年輪。我想要經常透過詩回顧自己，提昇自己。

金光林（韓國詩人。詩誌「心象」主編）

曾經寄贈的詩集，除了華麗島詩集之外，都無法解讀，此我感到後悔，但這一本詩集附有日文詩，能窺見到您的作品傾向，詩的世界，覺得很高興。詩裏主題的一貫性和中國人獨特的思考，看起來必是相當令人重視的傑作，讓我慢慢地重複欣賞。

希望「笠」和「心象」爲中心，積極推展中韓兩國作品的交流吧。

唐文標（文藝批評家）

謝謝您寄來的二本詩集，我很喜歡。事實上杜國淸君已送給我那「剖伊詩稿」，所以我早就拜讀了。再說，由於笠的慷慨，（謝謝您和傅敏君的熱情和支持），我也常讀到您在其中發表的詩，所以並不陌生。

關於詩，我是很羡慕杜君的研究不倦的，我自己雖也化了一些時間，但近年來已很少再努力，很不詩了。也許這就是您的垃圾箱裏的意念的意思，我相信只有這種意念人才能談詩的，如今的詩人呵，他們的創新其實也只是一的種復古的行爲吧了。沒有愛心的幼苗，不過是到處糾纏在枯朽的陳苗木架上，是不會呼吸到新鮮空氣的。您的詩很有田園味道，這是我很敬佩的，總使人想起少年在農鄉傍晚時分聽到老伯爺公說故事——與及教訓，您的像這種刺人的但又眞美的教訓，有時我讀起來總忘記它是詩，或者現在人說的詩。不管人說的美呵愛呵那種歌頌山潭的，還是誰呼喊的醜呵，罪呵那類超和慾的新詩。詩是生命，許多人却把它當作智慧遊戲，您說是不是呢？我是比較喜歡媽祖的纏足（不太懂纏足後和以前的不同這個典故，但在「恕我冒昧」中那個意思却是同意的）您用媽祖這象徵確很妙，和我幼時念「東萊博議」的味道是很投合的。例如其中的「大拍賣」「今天又是陰偶雨」「星星之淚」「手術」「遊戲」「映像」「歌仔戲」………等等都很好，像詩的內涵另是一個活潑的世界，您在文字外更顯現了眞實和希望。另一方面，大概基於我大都是「都市長大」的人，我慣於抒情派的詩作，因此讀起來很慢很不習慣，（但寫「新」詩人應使讀者不習慣的），我感到您的詩有點「硬」，有時寫哲理是太「直接」一些，我個人是喜歡表現多過抽象，描寫多過名詞的，可能這是方法上的不同，我自己也想不通怎樣最好。但是世俗之間，所謂空靈，所謂詩意，所謂瀟洒……其實不過是言中無物而已。

我最近很忙，很有意替「笠」譯些東西，但一直放不下心了。只好以後再效勞了。

（一九七五、四、一七）

谷　克彥（日本帶廣市「裸族」詩誌主編）

從「隱身術」「屋頂下」二首，很容易感受到像欣賞繪畫那樣，活生生而直接追求出來的風土的苦澀。「漩渦」裏的（被漩渦着忘掉了自己——）如此不得不照射未來……以及現實的這種思考。又「花」裏的（我們也像媽祖般坐着凝視而已）的感慨，能把戰後三十年臺灣現代詩的成果做爲日夜坐右的詩集，眞是我們「裸族」同仁的幸福，將不斷地欣賞，深深吸取詩的微妙。謝謝！

幾瀨勝彬（日本東京都清瀨市）

媽祖對於我來說是很懷念的存在。五年前我寫的處女長篇推理小說「喚死亡的遊戲」裏，就有天上聖母演成重要的角色。那個時候我還沒到臺灣去過，只是聽人家的話和依據看過的書籍，想像坐在黑暗而香烟漂揚的廟內的媽祖像描寫在作品。從此以後媽祖便留在我的心，到了前年訪問貴國叁拜幾處媽祖廟，確認我曾經寫過的媽祖像並無差錯，而覺得很高興，於是對於媽祖更增加了親近感。記得那個時候我寫過一首和歌，

叁拜媽祖廟站在狹路上
看黃昏徐徐擁塞於街道

留下這麼一點感觸。

在「媽祖的纏足」裏，大兄所歌唱的媽祖，令人感覺到是假托於現實的媽祖而表現另一種存在，不論那些象徵如何，在我的胸懷裏都重現了媽祖像和媽祖廟鮮豔的情景。

X光照片

曾經我看過
透過X光線
看了一位女性肉體的一部份

很顯明的
那是跟健康女性的那些
完全不同的影像
畸型……
不錯
應該正直的骨格歪曲着
縮捲
而軟

古時候
男人用「美」的甜陷阱
巧妙地引誘女人
「脚越巧小的女人越美」
於是憧憬虛榮美的女人
便忍着痛苦
爲了造成巧小的脚
而拚命地努力
然而
那種營爲
變成了所有的女人
必需修練的過程
的時候

女人已經被嵌入
男人所拖的陷阱裡
不能動盪
但是女人終於
沒看破了男人的陷阱

古時候
男人用「盲目」的手段
防止女人們的逃亡
盲目
不但防止了逃亡
且也奪走了
分別男人美醜的能力
於是女人
爲了爭取男人的歡樂
把悲哀的肉體的蕊
也奉獻給黑暗的沼澤

「美」的甜陷阱
比較「盲目」
還沒那麽慘酷和虐待
但是，那才是
陰濕而狡猾

曾經看到一張
X光照片的時候
纏足的脚的影像
不但是女人的悲哀

更把男人陰慘的計謀
告訴了我
媽祖是不是眞的
纒着脚
如果眞的纒着脚，那麽
媽祖呵發揮祢的靈力
把歪曲了的骨頭
正直地伸長吧
祢持有那種靈力
慢慢把它伸直
不斷地按摩
使骨頭完全恢復正常
媽祖呵祢應該努力啊
獻香
祈禱
要救助那些求祢的人們
必須是祢的脚骨
恢復正常以後的工作

啊啊天上聖母——
駕雲的女神——
給我看看用祢的脚走路的
健康的脚步吧
九天玄女娘娘——
急急如律令——

即興寫成了如上，還沒有推敲，還不完整，但是以這篇做爲給「媽祖的纒足」的和詩吧。

值夜班的工人

楊傑美

無止無邊的是夜的巨靈之爪
穿透過夜空柵欄層層的阻隔追奔而來
狠狠地撕抓着佝僂的大地
凹凸起伏而又曲折無盡的脊背

無止無邊的是工廠的機械
不停地吐出來又呑進去
像風爐般一間一間壓縮的轟響
把滴滴文明的汚血成灘成河地嘔瀝在
忍耐着鞭笞而等待黎明的鐵皮之上

無止無邊的是你
是你的漂浮的船一般的感覺
是你的閃爍在高遠的太空中
一顆孤獨的星一般的感覺
在這鼾聲高揚擺盪得昏沈的時刻裏
獨自醒着而又不停地工作着的一双手啊
獨自顫抖地觸撫着
灼亮在那密密麻麻的儀板上
一盞指示着生活的心形紅色警燈

日本宮崎市・詩誌「絨緞」110號刊載

詩集散策

南邦和

中華民國63年12月出版　笠詩刊社刊行

評桓夫詩集「媽祖的纏足」

每年用火藥熱鬧熱鬧新春
於是幾千年來
不像戰爭的戰爭不斷地延續
人們都露出着野狼的眼光
把爆竹的空殼散亂在媽祖宮的院子
…………以下略…………「魔鬼」

這是我收到外國詩人署名贈送自己著作給我的第一次經驗。對於桓夫詩集「媽祖的纏足」的印象，使我感到對於隔着海住在遙遠南方的國度裏的這位未見過面的詩人，持着無限親愛的思念。由楊啓東設計封面的這本詩集，裝幀並不很豪華，但用藍底配於粉紅色封面的効果，確實給人感到東洋異國的味道。

我和詩人桓夫的連繫，是從五、六年前寄到我手裡的中華民國代表詩誌「笠」的交流開始的。當時我不知道為甚麼會有這本雜誌寄到住在日本南端的我手裡來。但是寫着「日本國九州……」的地址寄來的「笠詩刊」，已經跟從國內各地寄來的其他詩誌一樣，令我感到十分親蜜的夥伴之一了。

在評論，翻譯方面使用陳千武的名字寫作的這位詩人，已著有數本個人詩集和包含詩、詩論的許多翻譯書，如「日本現代詩選」「田村隆一詩文集」「愛國」（三島由紀夫著）等的書目看來，他也許就是介紹日本文學的第一人者吧。一九二二年出生的這位詩人，在日本來說顯然屬於「戰中派」的「荒地」同世代的詩人，從經歷過殖民地歷史的「臺灣」這個宿命性現實的國度，我們可以推察他就是受過帝國主義時代的日本教育課程的世代。

詩集「媽祖的纏足」，當然是用他們國家的語言寫成的中國現代詩。可惜以我的力量，要完全瞭解所有作品和鑑賞是不可能的。不過據於同文同種的親近感，可追溯作品的主題，加以臆測的評價。例如，分類在1.「佛心化石」2.「垃圾箱裏的意念」的作品，便會感覺到持有社會性、諷刺性的這位詩人敏銳的眼光，同時能感受像這個國家傳統的水墨畫那樣具有東洋的自然感表現。

成為表題的3.「媽祖的纏足」，附有中日兩國國語的對譯，（應該正確地說是兩國國語的獨創作品），給我們也可欣賞。以「媽祖的纏足」這種象徵性表現本身，已連繫於這位詩人所意圖的激烈的諷刺和現代文明批判，而收在這一輯的十七首詩，且各有其獨立的完整性；又具有以連作的意圖貫穿主題流下來的較大範圍的長詩構想。

我雖未接觸過他們國家的歷史和現實，但也可以從這些作品群感覺到充足的想像性世界的理論和描寫力。詩集前頁的插圖，也許就是媽祖廟的照片吧。透過面對廟內黑暗的位置上睡着一千年的廟主問話的方式，詩人銳利的眼光所發出的現實批判和豐富的感性，向着這個國家的歷史和民族以及面對面的脚下的現實，這不僅爲單純的民俗性感受，且令人對於這個國家政治狀況的關心，得到了深刻的感銘。

集中，給我印象特別深的作品是「咀咒」「花」「魔鬼」「魂」「銅鑼」「龍舞陣」「恕我冒昧」等詩篇。

「笠」詩雙月刊第八十期預告

本社

本刊已堂堂進入第十四年，爲現代詩誌在臺灣唯一從不脫期的詩刊。本刊爲提倡現代詩的創作，評論與翻譯，不遺餘力。願爲發揮詩的創造精神，爲開拓詩的新世界而再接再勵！

在我們的土地上，在我們的時代裡；我們需要怎樣的現代詩呢？我們不要只是一味地風花雪月，毫無戰鬪意志，毫無現實氣息的詩！我們也不要只是一廂情願地歌功頌德，毫無批評精神，毫無忠告諍諫的詩！我們要拋棄掉書袋子，也要割愛非男非女的娘娘腔！

然則，我們需要怎樣的現代詩呢？

我們需要謳歌自由，但自由不能只是空口說白話！

我們需要禮讚眞理，但眞理不能只是盲目地追求！

我們需要發揚正義，但正義不能只是鄉愿的口頭禪！

我們需要發揮詩藝術的眞諦，創造屬於我們這一代的詩！

我們從感動出發，我們面對現實的人生，我們要從自我批判中來逼視詩的新世界。

本刊從第八十期開始，公開徵求各種題材各種表現的詩。第八十期的主題曲爲「都市」。

一、題材：都市

二、題目：題目自定，字數行數不拘。

三、截稿日期：六十六年七月底。

四、致贈本刊。

在我們的土地上，「都市」是近年來崛起的新興地區，人口密集，道路拓寬，車輛疾馳，高樓大厦林立，已不再是戰後的一片廢墟。然而，生活在這種新的社區裏，不知產生了多少的悲歡離合？多少的人間悲劇？應召女郎也罷？計程車司機也罷？小店舖裏的學徒也罷？離鄉背井的學生也罷？新女性主義者也罷？在各行業裡，相信您們也有您們的衷腸要傾訴！相信您們也有您們的血淚要歌唱！

那麼，來罷！讓我們手牽着手，心繫着心，來歌唱都市的交響，來歌詠我們明日的新希望！

析非馬「傘四首」

——刋笠七十三期

趙廼定

「傘四首」第一首可做爲邂逅、相愛慕來看，第二首是初戀的雀躍，第三首是思念的哀傷，第四首則是對傘功用的反諷，對自我解脫的希冀。

第一首「同上面的天空／爭絢爛」，短短幾個辭語即描繪出傘的絢爛不在藍天白雲或萬里青空之下；而「妳用花傘／替自己撐起／一個小小的天空」，此即點出「花傘」和「妳」的結合，花傘亦即同上面的天空爭絢爛的傘，且點出也撐起一個小小的天空。上言傘與天空爭絢爛，又加傘，用移植與對等，我們必然可以產生一個明亮豔麗的概念，因之傘明亮豔麗，而天空亦是明亮豔麗，由此亦聯想傘下女郎是明亮豔麗。

妳用花傘替自己撐起一個小小的天空，「然後回頭來／用一個甜甜的微笑」，眼爲靈魂之窗，眼之用來表達語言是最善於的，回過頭來表有意或已知或同意，回過頭來，再用一個甜甜的微笑，更是默認與讚同；對這回眸與微笑，有誰能抵禦呢？所以非馬如此寫着：「把躲在墨鏡裡的／一對眼睛／炙傷」，躲在墨鏡裡而非花傘下，當然指男士，且相悅的更該是異性，對同性，「妳」又何必「回過頭來／用一個甜甜的微笑」呢？前言女郎的眸善表達情感，因此當那回眸拋射過來，墨鏡的一双眼睛就被炙傷了——感受到青春與熾熱，套句俗話說：一見鐘情呀！

第二首「共用一把傘／才發覺彼此的差距」，這共用一把傘很輕易的告訴人，是二人或二人以上使用一把傘，由於第一首或下節的敍述，可知一對情侶共用。才發覺彼此的差距，這差距開闊性很強：可爲精神意識的差距，由於有差距有別，因之更互相吸引，由於有差距，非熟識，因之在互相吸引中仍有所顧忌與膽怯、害羞；另一種差距爲實體的差距。

「傘四首」中第三首的差距，在前一差距，用精神意識的差距解較適合且包容力大；而後一差距，則以實體的差距解較風趣，且擴張力大。

「但這樣我俯身吻妳／因妳努力踮起的脚尖／而倍感喜悅」，由於有差距，我俯身吻妳，妳亦踮起脚尖，這不是意味着兩情相悅嗎？實體差距的消失，因之令精神意識上的差距同時消失，達成二而一的結合。

第三首「被摺起來當拐杖用的傘／在妳雨中走過的小路上／爲每隻夭折的脚印／量測哀傷的深度」。這第三首的「被摺起來」「當拐杖用的傘」，乃是前述「撐起一個小小的天空」「共用」的傘，可是現在被摺起當拐杖用，一則怨恨撐傘——睹物思情，一則不勝傘之撐或孱弱得撐不起傘，總之，傘主人是一副失神落魄，搖搖慾墜之態。傘——在妳雨中走過的小路上，爲每隻夭折的脚印，量測哀傷的深度，此更描繪出思念、懷念之意了。

第四首「這麼多／熙熙攘攘／的／傘」「竟找不到／一把／有／仰天狂笑／看傘下／傴僂的靈魂／淋成／落湯鷄／的／豪情」；傘的功用在於用來遮陽遮雨，當然「找不到／一把／有／仰天狂笑」的傘，能够「看傘下／傴僂的靈魂／淋成／落湯鷄／的／豪情」。而竟找不到亦是一種現實的不滿，且有希冀與慨嘆的意念存在，此種希冀——乃是希冀看傘下傴僂的靈魂淋成落湯鷄，亦即回歸自然，對現實的自我解脫。

綜結「傘四首」，亦可視視同夫妻共同生活，由邂逅——相戀——以達消失，最後一首乃對「邂逅——相戀——消失」這固定模式的反抗；竟然，不能够超出此格局。家即同傘一樣，傘撐起一個小小的天空，由之而導入另一主人翁，共同覆於傘下生活，當某一主人翁消失，另一主人翁亦只得用傘當拐杖了——衰年老或不勝哀傷，這是多麼成定局呀——眞的沒人能破例？（一九七六、七、二○）

離異

林仙龍

讓他去吧
讓他……衰弱如一片落葉；一九七四年
他走了；在窗口停頓的
泣聲，夾雜一些
恨……喧騰如一陣狂風
逝去
一九七六年；她在另一個小城的樓台
晾尿片；見到他
獨步的身影，風一般的
詭譎，襲繞而來
仍有怨。這不便稱呼的
男人，如果仍是一片葉子
如果……她也是一片葉子
天際冷濶，隔著
兩片翻飛的姿勢
沉沒

詩人的備忘錄 (24)

錦連譯

不左顧右盼，走上直線的你所選擇的路。隨着技巧而產生的一種遊戲。在表現方法上，偶然的可能性所帶來的發見、弱點同時也是長處的，對於表現的全身性的耽溺所帶來的奇蹟。全身性的投入感，自然本身的生命感——詩人必須耐心地等待發言的機緣而固執地保持沉默。

文學在本質上是一種「迷惑」，作品是「迷惑的痕跡」，而對詩人來說，除了那迷惑以外，不可能有眞實的。

假使詩是內部風景的記錄，那末，它祇不過是沿着「生」行走而已。但詩並非沿着「生」行走，而是竪立或刺進於「生」的。詩人所記錄的世界並非靜止的內部，而是指向內部與外部婚姻的運動。敢言之，則不是從那裡被彈出而外部化的自我的焦急嗎？

面對不斷流轉的心象之龐大的「輪廓群」，詩人苦心經營，在無數痛楚之後產出了作品。因此世上恐怕再沒有比所謂「正解」更與詩作品無緣的吧？深深地被作詩的本質上的孤獨侵蝕了的詩人的敗北，錯誤，祈念——海德格曾以另一種口吻說過：「作詩在根源上等於喊叫神的名字」。

今天對詩感到絕望，已算是陳腐的了。不，藐視詩，已經是成爲大衆的常識吧。但儘管如此，人們仍然高唱着詩精神，稱揚有詩性的。同時漫談小說或談論美術和音樂的人，也都把「詩性」一詞，像零錢一樣揮霍。另外，所謂稱爲「詩」這一類東西的氾濫也是够嚇人的。登載數篇或數十篇「詩」的小册狀的同人雜誌，不知一年發行了多少，但其中能够稱爲詩作品的究竟有多少？確實令人懷疑。多半是除了爲滿足作者本身的些少世俗性的欲望以外，不是可以斷言它祇不過是毫無執筆，刋行和發行意義的一些廢紙嗎？

當你四下查看蝟集在我們周遭的無數「詩」之大群時，你會發覺一個確實的事實；那就是以狂熱的姿態去談論對未來的詩的希望，或對已經被編入過去遺產中之詩，以抱着鄉愁的安心感去回顧，遠比就當前的詩去談論要來得更容易。

詩性經驗絕非在熱狂中顫動身子，或在甜蜜的鄉愁中陶醉於刹那性的忘我狀態。而應該是在此時此地所實現的想像世界中，發見自己的存在，浸在有着生存印證的諧和的充足感之中。能給讀者以這種經驗的詩作品，的確少之又少。甚至在早就成名的「詩人」的作品裡，也是不容易找到的吧。

里爾克『新詩集』

（連載之二）

李魁賢譯

橄欖園

他在灰白的樹蔭下攀登
完全灰白的身影溶化入橄欖山
而且把他滿是塵埃的頭額深深
埋入汚垢的熱烘烘手掌。

落得這般後果。這就是結局。
如今我該向前走，在我失明之際，
爲何，爲何你要我，必須
說出「你在」，當我自己再也看不到你。

我再也看不到你。即使在我的心裡。
即使在其他人的心中。即使在此石頭裡。
我再也看不到你。我是單獨自己。

我是單獨自已背負全人類的悲苦，
希望借重你對人類加以安撫，
可是你不。哦，莫可名狀的恥辱……

後來傳說；天使出——。

爲何是天使？啊，夜來臨。
夜在樹林中無心翻葉。
衆門徒在他們的夢中翻身，
爲何是天使？啊，夜來臨。

涖臨的夜，並無希奇；

已經歷過數百遍。
狗入眠而石置地。
啊，悲傷的夜，啊，平凡的夜，
等待着重臨的清晨。

因爲天使不會向這樣的祈禱者走去，
而夜在他們的四周就顯不出恢宏。
迷失自己的人使一切都失落無影踪，
他們被父親所捨棄
而又被摒拒於母親的子宮。

庇佑祂

耶穌呀，我又看到了你的双足，
是當時一位年輕男子的双足，
我膽怯地脫鞋並加以濯洗；
好像在我的髮中意亂情迷，
有如一頭白獸在荊棘叢林裡。

就這樣，在這情意無限的夜晚，
我首次看到你未嘗被愛過的身體。
我們還沒有過躺臥在一起，
而如今只能在仰慕中守望。

可是，瞧，你的双手龜裂——：
愛人喲，不是我，不是我咬破。
你的心房洞開，任人踏入：
其實應該只是我的進口。

你已累，而你疲倦的嘴
對我悲傷的嘴沒有任何慾望——。
啊，耶穌，何時才是我的良辰？
要是我們一併毀滅該多美。

註：庇佑祂（Pieta）通常是指抱着基督屍體的聖母馬利亞像。本詩是歌咏Maria Magdalena。

少女歌頌詩人

看啊，一切都已開放：我們也是這樣；
因爲我們也無非如此幸福而已。
在動物體內的所謂血液和黑暗，
却在我們當中成長爲心靈並以

心靈繼續呼喚。而且向你呼喚。
你只是自由自在地攝取於你的臉龐
當做風景；溫柔而且沒有慾望。
因此我們想，你必定不是這樣，

當心靈呼喚的時候。可是，難道你呀，
不是我們毫無保留地完全委身的對象？
而我們還超過任何誰嗎？

和我們一同從旁經過無涯。
你却存在，你的嘴，我們傾耳聽講，

而你，對我們敍說的你：你存在。

詩人之死

他躺臥。隆起的顏面，
在高枕中顯得蒼白而冷漠，
自從世界和它有關的智慧，
從他的知覺剝落，
即重於束手旁觀的歲月。

看過他生活的人却不知道，
他和一切萬物非常融合成一體；
因爲這一切：深淵、草地
以及水流，原來都是他的容貌。

啊，他的容貌是全然的廣濶，
如今仍向他親近並有所需索；
而他的面具今已憂心逝去，
却顯得溫柔而且開啓
有如被空氣腐化的果實內底。

佛陀

他似在傾聽。寂靜：遙遠……
我們凝神屛氣直到再也聽不見。
他是天星，而我們看不到的，
其他巨星環繞在他四邊。

啊，他是一切。我們眞的在企求，
他能看見我們？他會需要？
倘若我們在他面前跪倒，
他仍入定不動如一隻獸。

他內心靜慮逾數百萬年，
吸引我們匍匐到他跟前。
他已忘情於我們經歷的事物，
而他所參悟的正可指點我們迷津。

日晷儀的天使

Chartres

有如深思熟慮的否定者
環繞雄偉大教堂騷擾的狂風中，
令人一度因你的微笑，
而更溫柔地轉向你的感動；

微笑的天使，動人的塑像，
從百張嘴精鍊成功的嘴；
你完全沒覺察，我們的時間，
如何從滿盈的日晷儀上向你滑墜，

在那日晷儀上的一日總數，
同時，實在是一致，保持深切的平衡，
宛如所有時間是纍纍的成熟果實。

石質天使啊，關於我們的存在，

你知道什麼？而你仍保持幸福的容顏，
也許要把日晷儀面板帶進夜裡？

大教堂

在那小小的鎮上，古老的屋宇，
好像市集蹲踞在四方，
注意到這些的人突然，而且驚慌，
把店舖關閉，完全關緊，靜默無語，

吆喝者噤聲，鑼鼓也偃息，
興奮的耳朵都向彼方傾聽——：
其間這些都安靜地佇立，
在那側壁的古老摺襞罩套內，
而對於衆多的屋宇則絲毫不知情；

在那小小的鎮上，你能看見，
大教堂如何自周圍的圈子，
脫顯而出。它的巍峩高聳，
超越這一切，如果太接近，
以自己生活的眼光不斷眺望，
則好像其他什麼都沒發生；有如命運，
在大教堂內却積重難量，
化成石頭並決定了永存，
而非那在黝暗的街道下，
偶然獲得了任何令名，
如像小孩帶着雜貨店販賣的
紅紅綠綠的圍兜進入裡面。

就在此大教堂的基石中誕生，
於此聳立姿勢顯示力量和壓迫
而愛雖到處留下葡萄酒和麵包的香醇，
在大門口都充滿了愛的怨嗟。
生命在鐘鳴聲中游移，
而在充滿厭倦且突然
不再攀登的塔內，死亡存焉。

大門口

I

有如在那潮水倒退時，
冲向岩石的洶湧波浪
保持着形成的姿勢；
它們在墜落中自手掌

展現種種花樣，有許多是善意
慷慨給出，爲的是固執某事物。
它們和玄武岩中的型態相異
從頭上的榮光和僧帽可以看出，

還有偶爾的一絲微笑，
面容即爲此保持其時間的平安
有如像寂靜的時間字盤；

曾經是耳朵的貝殼，
如今向前推入空門，

捕捉市區裡的每一聲呻吟。

Ⅱ

如此意味着非常的遼廣：
有如以舞台上的佈景意味着
整個世界；正如藉劇中的主演者
披着他行動的外套而登場：——

此大門的黝暗也是這樣延伸
步上他深邃的悲劇性舞台，
如像父神無所限制地遨遊往來
而且就像神不可思議地化成兒身，

他在此從悲慘的附屬物
當中取出而劃分成無數的
微小而幾乎啞默的角色人物。

然後，（據我們所悉）仍然只能
從盲者，墮落者，和瘋狂者
產生救世主，為唯一的演員。

Ⅲ

他們如此屹立着，固執心懷
（永恒矗立，從不走動）；
偶爾從摺壁的傾斜中
現出和他們一樣頂立的姿態，

而停留在走半步後的佇立，
經過數百年即可在此趕上他們。
他們在拱台上保持着平衡，
拱台上是他們看不見的天地，

是他們所未踐踏的混亂天地，
雕像和動物，宛如包圍他們欲加危害，
彎身，打滾，結果仍能堅持到底；

因為在那裡的姿態有如賣藝者
只要如此搖撼且激烈抖動着身材，
就可保持他們額上的棍棒不會掉了。

薔薇花窗

在那內部：他們無精打彩的步子，
踏着使你迷惑的寂靜無聲；
而忽然群猫中有一隻
對她顯露慌亂不安的視線，

強暴地收入她的大眼，——
那視線，有如捲入了漩渦
在短時間裡漂浮到水面
接着沉沒而喪失了全部意識，

眼睛看來似乎靜止不動，
却張大着與狂嘯搏鬪
而將視線拖到紅血當中——：

從大教堂的黝暗中，有一天
龐大的薔薇花窗抓到了一顆心
就把它爭取到神的內面。

柱頭

有如從一堆噩夢的心神不寧
從糾纏紊亂的苦惱
翌日爬升着：拱頂的緣
就是這樣自錯綜的柱頭攀高

容許鼓翼的造物在裡頭
擁擠而且謎般地糾葛交疊：
他們躊躇着且突然仰首
而那樹液激流上升的濃密樹葉，

終於以急速的姿勢翻觔斗
以這種形成球狀而滾姿勢——：
對一切向上再向上窮追猛兜，

一再和黑暗一同冷淡降落
對這些古生物的生存覓食
有如負擔着雨的哀愁。

春天

潘芳格

許久，我遺忘了你，
你是誰？
是詩，春天，溫柔的心。
啊！不錯！

人生是荒海，而常聽詩和春天和溫柔的
心，似盛開的花，那麼美麗而優雅，可是如此從心靈深處
思慕著你，憧憬著
你，這又好像是第一次。

想念你，我很高興，不過，
不知為何，覺得悲傷欲哭，是因你太慈祥了不是嗎？
是的，一定是這樣的。

跟著太陽和風，春天呀！你回來了。
輕輕地敲我的心扉，
然後以那舒快的詩，
好比美麗的小姐在華美的陽臺上踱著輕盈的步子一般，
從心扉裏出現。

春天呀！許久我遺忘了你，
抱住我這疲倦於生活的心靈吧！

紀德詩選

莫渝 譯

1.

微風飄飄
撫摸群花。
我全心聽你，
世界初晨之歌。

晨間醉意，
初生之光，
花瓣霑濕……

勿蹰躇
順著最溫柔的忠告
且讓未來
輕輕地浸濕你。

一切秘而不宣
陽光暖和的撫摩
即使最羞怯的靈魂
也委身於愛。

2.

充滿懶散的春天，
我懇求你的慈惠。

滿懷倦意的你
我把內心交付你。

我那猶疑的思惟
隨著微風飄揚。

一道柔和的光輝
蜜般的進入我身。
啊！只能看，只能聽
透過朦朧睡意。

透過我的眼瞼
我承接你的光，

太陽它撫摩我；
諒有我的懶散……

充滿寬容的太陽，
飲我無遮攔的心。

3.

溫柔的驚喜
迎待我的乍醒！
我不會覬覦
無形虛影；
却喜歡你，無疵的蔚藍。
輕盈似艾利爾
要是我眷戀海角天涯
我就一命歸西。
而我知道，沒什麼
比你更實在，
傾聽你就聽到你。
爲了品嘗此蜜
我不能再等待。

4.

眞實青春的門坎，
樂園的門廊，
新的歡愉
迷住我的心靈……
主啊！請擴展我的陶醉。
請把隔離
你的空間掃除
即使不幸
我還懷念著你……
主啊！請加重我的銷魂。
乾燥的砂土印上
赤足脚跡，
我純樸的詩篇
沒有忘記押韻。
醉心於無憂無慮
並且忘懷過去，
在抑揚的水波上
我的內心搖盪。
含笑的灌木叢
綴滿初開花朵，
低泣的老橡樹
一群鳥兒築巢。
搖動樹棄，
歡笑，神聖的旋律！
我品嘗比酒更烈的
一種飲料。
哦！太亮的光線
穿透我的眼瞼！
主啊！你的眞理
刺傷我直抵心靈。

（以上四首譯詩，選自「新糧」）

離別詩二首

（韓）金又蓮作
陳千武譯

於三月下旬

由於四季
素有嚴肅的規律
時常
有出發的心和
送行的心
在車裡車外
互搖着手

三月下旬
在積壓下來的想念
的薄霧裡
奔走

嫉妒鮮花
在非季節的
秋風嶺的風雪裡
數千萬隻的蝴蝶
飛舞著
飛舞著
終於濕潤而融解
而流逝

離別

一動就
發出吱吱的聲音
把欲滑下去的，吊水桶
撈上，又撈上
想爲自己振作
而沉重的神志
却一直墜下

汲滿了水
洗臉
水滴散潑在四周

忽而，仰望天方
那北岳山嶺，眼看着
離去的飛機
竟悄悄地用雲
把臉隱蔽起來

註：譯者於今（66）年三月十九、二十兩天，訪問漢城，韓國詩人金光林先生和金又蓮女士來機場迎接，並引導參觀德壽宮、博物館等。雖係初次見面，但一見如故；相處不到廿四小時就離別，却仍依依不捨。一個月後，金又蓮女士寄來長信及離別詩二首，情意未盡。金光林先生也來信說；親深感覺到詩心超越了國境……。

十勝野幻想

——或「人間的土地」

千葉宣一 詩
陳秀喜 譯

你聽到嗎
第一次 看十勝野下雪 嬰兒的吶喊
向(未知) 以憧憬和不安
撕裂世界 那樣的吶喊

你知道嗎
第一次 在十勝野蒔植豆 搾乳
在荒野中 耕耘人間的土地
開拓者的驕傲 瘋狂似的喜悅

那樣吶喊是 我們的出發
那樣驕傲是 我們的勳章
那樣喜悅是 我們的歌
開墾十勝野的 昔日的父母們的
熱淚 血滴 在相互回響

在異鄉創造故鄉
在血中流的血啊
在淚中流的淚啊

——如今
家家熄燈
回憶開拓的過去
星星在 唏噓

像天使的淚
白花瓣 紛繽
在十勝野 飄舞
人的心湖 深處
降落着鎮魂歌——

十勝野啊 鄉親啊
萬物都凍盡的嚴冬夜
相信摯愛
今天的一日 悔省才好
明天的生命 祈禱才好

看!
新雪的山脈 遙遙
比火焰的玫瑰更崇高的
噢噢 我們的太陽
告一九七七年的黎明
照「約束的大地」
放出的小駒群
在光之中——化爲光
把永遠的明天 亂舞

(日本現代詩人會會員)
(日本,帶廣畜產大學教授)

戰後日本詩選

林鍾隆 譯述

石原吉郎

一、簡歷

大正四年（一九一四）出生於靜岡縣的伊豆。東京外語學校德語部畢業。一九三九年入伍，一九四五年在哈爾濱被蘇連軍隊所羈留。一九四九年十二月，在卡拉甘達被起訴，判重勞動二十五年。一九五三年特赦歸國。詩集有「桑久、班沙的歸鄉」，「石原吉郎詩集」，「水準原點」。評論集有「望鄉和海」。昭和三十九年（一九六四）以「桑久、班沙的歸鄉」獲H氏獎。日本現代詩人會會員。

二、詩

位置

平靜的肩膀
不僅供聲音的羅列
比聲音更近的
敵人在那裡排列
勇敢的男人所追求的位置
既不在其右
也不在其左
無防備的天空終於撓屈
成爲正午的方的位置上
你在呼吸
且點頭
自你的位置 那是
最優秀的姿勢

事實

在那裡的事物
是在那裡的
那樣的東西
看
有手
有脚
也有淡淡的笑
看到的人
就說看到
瘋狂地
敲破杯子
推開門
很快地消失的 無數
屈辱的背部上面
着實地擱着
厚厚的手掌

要逃到那裡去
他們 全部
消失無影 仍然
在那裡
在那裡那樣子
像被忘了罰的罪人一般
看
有腳
有手
並且
有淡淡的笑

背後

你的右手
要擊我左手時
我的右手
會握住你的左手
打的人
和被打的人相對面時
左右會明確地
逆轉過來
懂了吧 這一點
是做為敵人的
必要而充分的條件
確認了這事
你就要
轉過身
擊打你的背後

三、詩風

石原吉郎的詩，漠視他在西伯利亞集中營的體驗，是無法論述的。他所刊行的全部詩集中，都收有許多這期間的體驗的直接、間接的反映的作品。這個詩人，在西伯利亞的特殊的極限的體驗，就如反復被拉回去的記憶的深底的生的原點一樣，他的詩，不論直接或間接，可以說是從這原點發出來的。

但是，除了一些直接透視西伯利亞體驗的作品之外，他的詩並不一定是容易體會的。就如「位置」或「事實」這樣的作品，一切說明的要素（說明或描寫）都沒有，係通常的詩那種可依言辭的意思做為理解的頭緒的，一點也沒有。有的，只是凛然的斷言的口吻。那幾乎全由骨格形成的詩的語言的感化力之強，是無與倫比的。他的詩，一舉越過意義上的距離的斷溝，而一下子攫住讀者。那是拒絕與他人的安易的交通的詩，在這種拒絕之上，反而由於一種力業（努力）而使交感得以成立的詩。在這裡，可以看出，詩的言語才具有的不合條理的傳達機能的鮮明的勝利。石原吉郎的詩，就是這種現代詩的逆說的顯著實例。

四、感想

石原吉郎的詩，不易懂，是事實。懂了，就會發現，他把很簡單的事物，寫得很難懂。位置，是孟子中所說的學者至於轂的「轂」的位置。事實，是關在集中營中的囚人的印象。背後是對付敵人的惡毒方法的諷刺。但是，要從詩了解到這些，却要費一把工夫。為什麼不寫得平易些？要知道，平易些，就平凡無奇，不成詩了。難懂，不是造作，是使平凡的事物，更具有迫人的鮮明度，使平板的，更為凸出，更有感人的力感。

試論詩與畫㈠

陳香

一

「味摩詰之詩，詩中有畫；觀摩詰之畫，畫中有詩。」這段話，是宋朝大詩人蘇軾（東坡）所說的。「摩詰」，即唐朝大詩人王維。

其實，詩與畫，在藝術領域中雖各有其表現的方式，自成小圈子；但向來，却也曾或多或少、或深或淺，糾結着不解之緣。

不管詩中的實境或意境，如果一觸及「景」的話，便就會不其然而然的鈎勒出畫面來。

凡屬畫面，總是實境的充斥；能多少夾帶意境，已經堪稱爲「工」，也即是一般人之所謂「傳神」了，允推上乘。

蘇軾與王維一樣，不但能詩，亦善畫。由於「慧心」和「慧眼」所感應而昇華爲共鳴，所以，才會發出曠古的評語，說王維「詩中有畫」；「畫中有詩」。

王維的詩，的確多是實境夾帶意境，而且又能往往渾成一「景」。例如：

　　空山不見人，但聞人語響。
　　返景入深林，復照青苔上。

這首詩，題目叫做「鹿柴」。「柴」，本來要寫爲砦、音寨、是籬落的意思。王維曾建別業（即別墅）在輞川（今陝西藍田縣西南）的山谷中，有鹿柴、木蘭柴等遊憩處。詩就是描寫鹿柴的景色，妙在上二句以靜中寓動，「空山」既「不見人」，「但」又「聞人語響」；下二句却在動中寓靜，「返景」（景同影、古通用）既映「入深林」，又廻「照」到「青苔」的「上」面。眞是一個優美的畫境，而且，境中的音響、色澤亦皆是堪怡人。又例如：

　　獨坐幽篁裡，彈琴復長嘯。
　　深林人不知，明月來相照。

這首詩，題目叫做「竹里館」。「竹里館」，是王維輞川別業中的一棟特殊建築物。「篁」，就是竹叢，因爲建築在竹叢中，所以命名爲「竹里館」。詩中也是動、靜兼俱的一種優美畫境。既是「獨坐」，却有時「彈琴」，有時「長嘯」（蹙口成聲謂之嘯），而事實上是在「深林」，「人」並「不知」，只有「明月」曾經「來相照」。

有人鈔到左錄的一首詩，給蘇軾看，說是王維的，並讚不絕口的喊好。詩云：

　　藍溪白石出，玉山紅葉稀。
　　山路元無雨，空翠濕人衣。

蘇軾看後，即認定是贋品。搖搖頭說：「非也，此好事者以補摩詰之遺。」（見蘇東坡筆記）

蘇軾何以會這樣說？更何以會辨別出是「好事者以補摩詰之遺」，肯定它爲僞託的？理由非常簡單，因爲王維的詩，不致這樣草率、淺陋，連一點情致都沒有。四句全在白描，非僅烘托不出優美的意境，甚至連實境也白描得太過平淡無味了。

王維的詩，雖然在一首中常常會糅合着白描兼工筆的成分，但總是圓融的。例如：

不知香積寺，數里入雲峯。
古木無人徑，深山何處鐘。
泉聲咽危石，日色冷青松。
薄暮空潭曲，安禪制毒龍。

這首詩，題目叫做「過香積寺」（寺在今陝西長安縣子午谷北），「過」，是未得其門而入，所以寫的只屬寺外的景物。前兩句與末兩句，皆屬於白描；而中間的四句，則分明是工筆。

如果譯成口語，即為：不知道香積寺在那裡，走了好幾里路，已經抵達雲峯的下面。只見古木林立，却沒有人行的路徑。深山中不曉得從那裡傳來鐘聲，泉聲又好像要把危石吞下去一般。日光照射在青翠的松樹上，也顯露出冷意。黃昏了，在空潭的彎曲處，倘使能學僧人安禪靜坐，必定可以制伏毒龍似的一切慾念。

詩中的「古木無人徑，深山何處鐘。泉聲咽危石，日色冷青松」四句，也是靜中有動、動中有靜、而且音響、色澤都曾經加意點出。

王維是信佛的，他的名與字，就是將「維摩詰（維摩詰是佛名，其義為淨名；淨者清淨無垢之謂，名者聲名遠布之意）拆開而套用。他還有一首詩，題目叫做「終南別業」，詩說：

中歲頗好道，晚家南山陲。
興來每獨往，勝事空自知。
行到水窮處，坐看雲起時。
偶然值林叟，談笑無還期。

「終南」，山名，即南山。橫亙關中南面西起，秦隴，東徹藍田，連綿八百餘里。王維即建築別業祝山陲。

宋人蘇庠對王維這首詩，非常激賞，曾在所著的後湖集裡說：「此詩意之妙，至於造物相表裡，豈直詩中有畫哉？觀其詩，知其蟬蛻塵埃之中，浮遊萬物之表也。」而黃庭堅也說：「余頃年登山臨水，未嘗不讀王摩詰詩，顧知此老胸次，定有泉石膏盲之疾。」（見山谷別集）

不過，這當然全是但憑意境與實境所能够調和的角度批評，着力在「興來每獨往，勝事空自知。行到水窮處，坐看雲起時」四句；尤其是後兩句，更歷來直被推許為「難得的警句」。

究其實，王維的「輞川積雨」七律，也是同一類型的傑作。詩說：

積雨空林煙火遲，蒸藜炊黍餉東菑。
漠漠水田飛白鷺，陰陰夏木囀黃鸝。
山中習靜觀朝槿，松下清齋折露葵。
野老與人爭席罷，海鷗何事更相疑。

這描寫的是王維輞川別業所見。「積雨」，即久雨。「蒸藜」，是蒸野菜；「炊黍」，是炊小米；田間送飯叫做「餉」；「菑」，即田畝。「清齋」，為吃素。「野老」，指鄉野的老人，也是王維自況。「爭席」，猶言爭奬坐位。第三、四句的「漠漠水田飛白鷺，陰陰夏木囀黃鸝」，為實境；第五、六句的「山中習靜觀朝槿，松下清齋折露葵」，則為實境夾帶着意境。再以全首詩來說，無異反映出一大幅悠閒自得的田間畫面：動的，是田家的樂景：靜的乃係作者出世的心跡。而「漠漠水田飛白鷺，陰陰夏木囀黃鸝」兩句，也正將音響、色澤都歷歷刻劃出來，難怪同樣成為千古名句。

從這幾個實例，已足佐證蘇軾所說的「味摩詰之詩，詩中有畫；觀摩詰之畫，畫中有詩。」前半段完全不錯。

至於後半段，因爲我們很少看到王維的畫（縱使故宮博物館或者畫冊裏偶有，也只屬一鱗半爪），所以，還講不出肯定的感想來。

二

「詩中有畫」，實在不僅是王維一人所專美的特徵。如果能多方欣賞，留心尋覓，任何人的詩句中，都可發現到這種特徵，問題在乎多寡，不在乎有無。

「天晴一雁遠，海濶孤帆遲。」這是李白送張舍人詩中的兩句。

「星垂平野濶，月湧大江流。」這是杜甫旅夜書懷詩中的兩句。

「山遠疑無樹，湖平似至流。」這是韋承慶浮江詩中的兩句。

「曉煙平似水，高樹暗如山。」這是雍陶塞上詩中的兩句。

「山昏函谷雨，木落洞庭波。」這是許渾送人南遊詩中的兩句。

「松門天竺寺，花洞若耶溪。」這是張籍送吳處士遊吳越詩中的兩句。

「桑柘晴川口，牛羊落照間。」這是呂溫宴別詩中的兩句。

「驛道青楓外，人煙綠樹間。」這是孫逖揚子江樓詩中的兩句。

「氣蒸雲夢澤，波撼岳陽城。」這是孟浩然洞庭詩中的兩句。

「天勢圍平野，河流入斷山。」這是暢當登鸛雀樓詩中的兩句。

「春潮帶雨晚來急，野渡無人舟自橫。」這是韋應物滁州西澗詩中的兩句。

「綠樹遶村含細雨，寒潮皆郭捲平沙。」這是溫庭筠送人詩中的兩句。

「帆飛楚國風濤濶，馬度藍關雨雪多。」這是杜荀鶴辭鄭員外入關赴擧詩中的兩句。

「野寺山邊斜有徑，漁家竹裏半開門。」這是李嘉祐送宋中書遊江東詩中的兩句。

「閒花半落猶邀蝶，白鳥雙飛不避人。」這是方干題睦州環溪亭詩中的兩句。

「橋通小市家林近，山帶平湖野寺連。」這是韓翃冷朝陽歸上元詩中的兩句。

「叠嶂懸流平地起，危樓曲閣半天開。」這是劉憲山莊應制詩中的兩句。

「寒林葉落鳥巢出，古渡風高漁艇稀。」這是杜牧五湖館水亭懷別詩中的兩句。

「一水護田將綠遶，兩山排闥送青來。」這是王安石書湖陰先生壁詩中的兩句。

「長江繞郭知魚美，好竹連山覺筍香。」這是蘇軾初到黃州詩中的兩句。

「老樹稀疎影，驚禽斷續戶。」這是劉敞月夜詩中的兩句。

「樓臺見新月，燈火上双橋。」這是賀鑄秦淮夜泊詩中的兩句。

「屋破蝸書壁，庭蕪鶴印沙。」這是孫覿春事詩中的兩句。

「客裏逢歸雁，愁邊有亂鶯。」這是陳與義道中寒食詩中的兩句。

「瘴樹餘紅葉，春江又綠波。」這是劉子翬出郊詩中的兩句。

「束江崖欲合，漱石水多旋。」這是范成大初入巫詩中的兩句。

「亂山徐吐日，積水遠生煙。」這是陸游鄰水延福寺早行詩中的兩句。

「奇哉一江水，寫此二更天。」這是楊萬里宿蘭谿水驛前詩中的兩句。

「人行秋色裏，雁落客愁邊。」這是方岳泊歙浦詩中的兩句。

「潮聲寒帶雨，山色淡生秋。」這是黃庚書山陰驛詩中的兩句。

上面三十個例，均係信手拈來的。詩中的畫，筆觸固然全不相同，或抽象、或寫實，但却總都自成其畫面，這個問題當然已無庸討論。

可是，有一點應該強調的，那就是構成畫面的條件，往往意境蘊藏於安境，色澤遮蔽住音響。實境是畫面的輪廓，色澤是畫面的本質，凡屬於入畫而特徵比較突出的詩，都是色澤濃厚而又鮮明的，也可以說是：「富有色澤美」。

三

自古以來，詩中最富有色澤美的，應該首推蘇軾。

蘇軾最喜歡在詩中渲染的色澤，第一是白，第二是紅，第三是青。此外，還有丹、赤、朱、絳、赬、紫、皁、縞、練、蒼、翠、碧、綠、黃、鵝黃、烏、黑、玄、墨。眞是五色繽紛，大有野獸派的風格。

我曾寫過一篇專文，分析「蘇軾詩中的色澤美」（載中央日報副刊，修改補充以後，再收入讀詩劄記一書中），指出蘇軾渲染於詩中的色澤，多半是形容詞，如：白雨、青泥、蒼雪、綠霧等等；其次是名詞，如：青牛、白鶴、朱橘、黃金等等；或代名詞，如：黃封、白羽、黃帽、白足等等。而且，運用的手法又特別巧妙。

①蘇軾以顏色渲染境界。如：

「白足赤髭迎我笑，拒霜黃菊爲誰開。」（九日尋臻闍黎）。

「日上紅波浮翠巘，潮來白浪卷青沙。」（次韻陳海州乘槎亭）

「纖纖入麥黃花亂，颯颯催詩白雨來。」（遊張山人園）

②蘇軾以顏色反映印象。如：

「紫李黃瓜村路香，烏紗白葛道衣涼。」（病中遊祖塔院）

「江城白酒三杯釅，野老蒼顏一笑溫。」（與潘郭出郊尋春）

「面額照人元自赤，眉毛覆眼見來烏。」（贈黃山人）

③蘇軾以顏色標揭人事。如：

「黃帽刺船忘歲月，白衣擔酒慰孤縲。」（和邵同年戲贈賈收秀才）

「老來厭伴紅巑醉，病起空驚白髮新。」（病後城外尋春）

「青衫公子家千里，白首先生杖百錢。」（立春日病中看醉友）

④蘇軾以顏色形貌器物。如：

「忽見黃庭丹篆句，猶傳青紙小朱書。」（次

回道人韻）「爲愛鵝溪白繭光，掃殘雞距紫毫芒。」（次文與可韻）「潔似僧巾白疊布，暖於蠻帳紫茸氈。」（詠紙帳）

⑤蘇軾以顏色顯示時地。如：

「連娟缺月黃昏後，縹緲新居紫翠間。」（白鶴新居欲成夜過西鄰翟秀才）

「千里黃流失故君，年來赤地到青徐。」（次韻張昌言喜雨）

「壽州已見白石塔，短棹未轉黃茆岡。」（至壽州）

⑥蘇軾以顏色抒述感慨。如：

「年來白髮驚秋速，長恐青山與世新。」（李頎題畫）

「白鶴不留歸後語，蒼龍猶是種時孫。」（題竹閣）

「酒如人面天然白，山向吾曹分外青。」（平山堂次王居卿祠部韻）

⑦蘇軾以顏色襯托景致。如：

「翠浪舞翻紅罷亞，白雲穿破碧玲瓏。」（登玲瓏山）

山雞號黑暗通蠻貨，蜂閩黃連採蜜花。」（送喬施州）

「甂傾半熟鵝黃酒，照見新晴水碧天。」（暴雨初晴樓上晚景）

⑧蘇軾以顏色指喻食品。如：

「試碾露芽烹白雪，休拈霜蕊嚼黃金。」（九日尋臻闍黎）

「黑黍黃粱初熟後，朱柑綠桔半甜時。」（與毛令尉遊西菩提寺）

「青浮卵椀槐芽餅，紅點冰盤藿葉魚。」（過詹使君食槐葉冷陶）

這類富有色澤美的句子，在蘇軾詩中，可謂俯拾即是。爲了不屑浪費篇幅，所以，只各擇舉其三例。但亦已足够證實，蘇軾是擅用種種的色澤，反覆在詩中鮮明的渲染，創造出更濃的畫意。這是自古以來，任何詩人的作品中所未曾有過的，由他破例，由他獨步。其特點，是更能表現出熱情、有容光之美；而其缺點，則是掩蓋去淳厚、有粗獷之疵。

出版消息

本社

I 詩誌

※「詩脈」季刊第四期已出版，定價二十元。編輯部：草屯鎮育英街四七巷三九弄一五路。郵撥二六二八五號嚴振興帳戶。

※「秋水」詩季刊第十四期已出版，定價十五元。社址：臺北市郵政一四－五七號信箱。郵撥一〇〇四六六涂靜怡帳戶。

※「詩人季刊」第七期已出版，定價十五元。編輯部：臺中縣沙鹿鎮文昌街四八號。郵撥二四一九九洪醒夫帳戶。

※「創世紀」詩刊第四十五期已出版，定價二十元。編輯部：臺北市吳興街二三九巷五十四之二號。郵撥一〇四二五四張德中帳戶。

※「八掌溪」季刊第三期已出版，定價十二元。編輯部：民雄鄉中樂路一〇六號。郵撥二七五四八號帳戶。

※「華岡詩刊」第一期、第二期，均已由中國文化學院華岡詩社出版。

※「笛韻」詩双週刊，在臺中民聲日報出刊，已出刊至第八期，張子伯主選，稿寄臺中縣后里鄉甲后路四二四號。

※「詩風」月刊第五十九期已出版，定價臺幣十二元。地址：香港北角英皇道郵箱四九九三號。

※「羅盤」詩双月刊第一期、第二期均已出狀，定價臺幣二十元。地址：香港九龍洗衣一四五街三樓前座。

※「詩潮」詩刊第一期已出版，社址：臺北市敦化南路三六二巷四六－二號。

II 詩集

※楊子潤詩集「劍塵詩鈔」一卷已由興國出版社出版，定價三十元。

※林鍾隆等編輯的「月光光」兒童詩集第一集已出版，定價十元。編輯部：中壢市中央西路二段白馬莊三六之二，郵撥林鍾隆五三四二帳戶。

※林鍾隆譯「日本兒童詩選」再版出書，用五號字體新排，函購地址與郵撥跟「月光光」相同。

※許細妹、張金泉、邱淑榕、吳義輝、姜鴻廷、廖木坤、張健盟、楊金線、張仁川等合著的「十毛蟲」詩集已列入笠叢書出版，定價十元。

III 評論及其他

※陳芳明著「詩和現實」，已由洪範書店出版，定價五十元。

※林以亮著「林以亮詩話」，已由洪範書店出版，定價五十元。

※黃永武著「中國詩學」鑑賞篇、設計篇、考據篇已由巨浪出版社出版，各定價九十五元。

※瘂弦編「朱湘文選」，已由洪範書店出版，定價五十元。

※顏元叔著「離臺百日」，已由洪範書店出版，定價五十元。

※楊牧著「柏克萊精神」，已由洪範書店出版，定價五十元。

開拓創作的新領域

——編輯手記

柳文哲

在詩壇上，只要有人丟了一塊食餌在池塘裏，那麼，我們便可以看到，有無數的小魚，爭先恐後地前去追逐。雖然，也因而激起了一陣小小的漣漪，但是，很快地，便又消失了！這就是爲什麼我們缺乏創造性的作品的原因罷！許多詩選，我們乍看之下，琳琅滿目，事實上，都是一些小魚在那兒追逐一些小小的食餌而已。

不錯，我們有不少的高利貸，拿一些已發了霉的陳貨，在詩選、自選集裏，搖來幌去。我們也有不少的暴發戶，在尚未贏得挑戰的資格以前，就熱心於詩選，甚至詩以外的活動了！因此，雖然大名鼎鼎，却拿不出什麼貨色來。難怪有不少人拿了什麼獎，再也不見作品，簡直是再見全壘打了！

在我們這個社會上，寫詩，本來就是一種不計報酬的傻事。詩人本來就是傻瓜，但是，在一個缺乏傻子精神的國度裏，這種傻勁，不啻是對於斤斤計較功名利祿的一種反抗！然而，不幸的是所謂詩人也者也庸俗起來了。

因此，我們呼籲，詩人們，如果您眞心愛詩，那麼，認眞努力創作罷！不要沈迷在一點點虛名，也不要陶醉在一點點成果上。把眼界打開，打心胸放寬，去創造更強而有力的作品罷！

本刊已進入第十四個年頭了！我們寂寞地向前邁進，我們不喧嘩，我們需要的是毅力，堅強地邁進！我們看到不少的詩刊，向我們挑激，但一個一個倒下去了！我們也看到不少的詩刊，在熱鬧歡騰一陣以後，就煙消雲散了！我們知道，我們離理想還有一段距離，但是，我們依然馱着希望，像沙漠上前進的駱駝一樣，一步一個脚印。

不錯，詩壇上增加了不少的詩刊，我們願意向他們祝福。詩刊最大的任務，就是鼓勵創作，提高創作水準，並從事有關詩的介紹與評論。

本刊一面激勵同仁踴躍創作，一面也鼓舞新人的創作與進步。從下一期開始，在創作上，我們一期提出一個題材的領域，讓大家來拓荒來挖掘。第八十期的主題曲，便是「都市」，都市跟我們現代生活可以說息息相關，相信大家一定有不少的體驗與感受，值得大家來重視來加以表現。像本期陳秀喜女士的作品「探訪烏脚病人記」，便是一個值得我們重視的題材的例子，在臺灣，這種病患者的不幸的遭遇，我們早就風聞了，可是，有多少詩人或作家來關注我們這些自己的同胞呢？我們重視詩的新題材的開拓，也就是意味着重視詩的內容的充實。

參加笠年會同仁

趙天儀講現代詩的世界

梁景峰講白荻的詩

現代詩講座會場一瞥

六月十九日下午

「現代詩畫插花聯展」六月十七至廿二日在台中市立文化中心舉辦

中華民國行政院局版臺誌第一二六七號
中華郵政臺字第二〇〇七號執照登記爲第一類新聞紙
定　價：國內每冊新臺幣20元
海外地區：日幣240元　港幣4元
菲幣4元　美金1元
全年六期新臺幣100元　半年三期新臺幣55元
※郵政劃撥21976號陳武雄帳戶（小額郵票通用）

出版者：笠詩刊社
發行人：黃騰輝
社　長：陳秀喜
社址：臺北市松江路三六二巷七八弄十一號（電話：5510083）
中部資料室：彰化市延平里建寶莊51之12
北部資料室：臺北市北投百齡五路220巷8號4樓
編輯部：臺北市敦化南路355巷83號
經理部：豐原市三村路90號
印刷廠：華松印刷廠　電話：263799號
廠　址：臺中市西屯路一段一二三巷八號

笠

詩双月刊

LI POETRY MAGAZINE 80

中華民國五十三年六月十五日創刊
中華民國六十六年八月十五日出版

今年六月十七日至廿二日之間初次在台中市立文化中心舉辦現代詩插花聯展，共有一百多件作品，配合插花五十多盆，展示效果極爲成功。

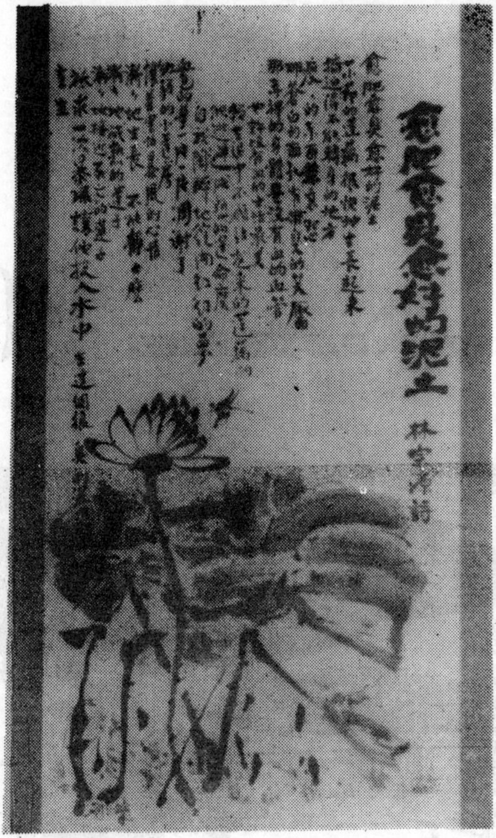

現代詩畫展

卷頭語

熊熊的詩火

李勇吉

每個詩人，他的心中恆是燃燒一盆盆熊熊的詩火，而這盆熊熊的詩火則決定了他的命運——在創新的語言裏過活；在漂泊的歲月中，躍動孤獨的靈魂。這盆熊熊的詩火，象徵著詩人的生命，正如奧林匹克運動會競技場上的聖火，象徵著運動員的生命一樣，極其壯麗與悲愴！

不管詩人，爲了維持肚子的溫飽，去從事詩人以外的任何行業，他的心中的那盆熊熊的詩火，永遠是燃燒著，不會因爲他是搞貿易的，他的詩火就熄滅了；也不會因爲他是教書的，詩火就熄滅了。譬如桓夫的本職是公務員，趙天儀是編纂，李魁賢是公司總經理，陳秀喜是家庭主婦，從表面上看來，他們所隸屬的行業都不相同，他們的生活天地也跟著不同，但是他們的心中都有一盆熊熊的詩火，日夜不斷地燃燒，燃燒得忍耐不住的時候，他們便抓起筆桿、捕捉生命、時間、語言、愛與同情，然後在一畝畝的稿格上站起，在一個個讀者的心中站起，成爲詩人的容貌。

嚴格說來，每個人都有一盆熊熊的詩火，它的燃料即是對衆生的關懷與同情，對國家民族的熱愛。當那盆熊熊的詩火燃燒得使你受不了時，你虔誠地跪下來，向你自己所信仰的神禱告，你便成了宗教的信徒；如果你沒跪下，而是拿起筆桿，用新鮮有力的語言傳達衆生的心聲，便成了詩人。但爲什麼有的人却沒有那盆熊熊的詩火呢？不是沒有，那是他們不自覺心中有那盆熊熊的詩火吧！即使自覺到，也不知如何去加添燃料、任其逐漸冷却，而顯露其稿灰、化石性的生命本質。

詩人心中的那盆熊熊的詩火，不僅僅是爲了詩篇的創作，其最終目的，是爲了去引燃另一盆已止熄的詩火。在暗夜裏，你如果覺得心中有一盆熊熊的詩火在燃燒，請不要忘記去引燃另一盆已止熄的詩火。

笠詩雙月刊目錄80

體驗（二）

拾虹

都市的感覺

走出臺北車站
曬著夏日的陽光
突然衝動起來
跟隨著紫色的
陌生的少女
走入地下道
走出地下道
走上天橋
走下天橋
希爾頓大厦的陰影
斜斜地橫過來
一顆年輕少年的心
仍然拒絕死去

愛是做出來的

每一次做愛的時候

總是閉住眼睛
所以 做了無數次的愛以後
仍然不知道
愛像什麼樣子

親愛的
我愛你
我也愛妳
親愛的

我們是做了愛以後
才如此地相愛的

月夜

月亮的光輝
冰從窗口射入
落在裸露的軀體上
冷的肌膚漸漸地發熱

妳突然翻身上來
閉住眼睛
在上面
掉着眼淚

港邊傳來
船笛的鳴聲
彷彿被擊中一般地
軟弱下來

都市即景

非馬

之一

壯志凌雲

自窗口
一隻小鳥飛起
只一掠
便沒入了
灰連連
的屋脊

之二

一直到把太陽
晒下了山
銀髮的老人
才徐徐自長椅上
站起
然後微昂着頭
安詳地走向
目射兇光
逡巡街心的
獸群

他佇立在街道的一邊

六六年五月十一日

喬林

他佇立在街道的一邊
大巴士向左邊開過。小轎車向右邊開過
小轎車向右邊開過。小卡車向左邊開過
卡車開過。救護車開過
開過。開過。車。車。車
樹佇立在街道的一邊

他瞪着對面的樹
自根部以上一大截被車呼嘯掠刼而去
一次再一次再一次

樹瞪着對面的他
整個的被車呼嘯掠刼而去
一次再一次再一次

他找着車與車間飛去的空隙
看樹
樹找着車與車間飛去的空隙
看他

石牆

大埤頭之歌(2)

李魁賢

在青綠的月光下
踩着飄然的風
像踩着落葉一般的
民防隊員接踵走過
頹圮的石牆下
種植着仙人掌科
以河石堆砌的圍牆
鼾聲和抽水馬達的音響
一樣清晰可聞
對着以耕稼交談的民防隊員
石牆是一頁斑黃了的手卷

紅毛番上陸時構築的石牆
還留下唯一的銃口
張開黝黑的歷史的眼睛
凝視着點燃煤油燈守夜的日子
抱緊大龍刀守夜的日子
除了供奉的戰旗和戟外
那嘶喊
就和乾旱時設壇求雨的咒語

同樣化成醺然的落葉
投入池塘內的一聲微響

讀過詩經
被里民恭稱老菊伯的祖父
當過十九年頭的保正後
就只有水煙斗是唯一的知己
每當提起石牆外的濠溝
掉落過多少不識水性的蔣幹
就怡然撫摸
笑彎了腰的小毛頭腦袋
老菊伯出殯時
沿路滿是草鞋的印痕
路祭擺到墓地的山麓下

然後是在農會任職半生
退休的興伯仔
泥土對他已是一種母親的呼喚
把破損玩具的稻田作業
拿做棋子下着
每到星期日的上午
就盼望着
工程師的兒女們，攜帶
又似陌生的第三代的安慰
回到大埤頭來
那時，傾圮的石牆內
便又飄浮着陽光的笑聲
粗糙的河石

又有畏怯的小手去摩挲
石牆是一頁斑黃了的手卷
巡更的民防隊員
踩着醺然的風
就像踩着落葉一般的
在青綠的月光下

後記：有一段時期，特別關切我所生長的鄉村的脈動，那是在大屯山麓下的一個村落。我常常返鄉，觀察各方面的變動，和小時候的回憶加以對照，耳畔常會飄起自然無聲的歌唱，感到整個身心的交融。於是發奮寫下一連串的「大埤頭之歌」，可是只完成「選擧日」和「石牆」二首，便又陷入都市的漩渦中，唱那些心焦的歌。「選擧日」發表於「笠」22期，當時承如今遠在日本的葉笛兄加以讚賞，但我一直猶豫着，還是沒有決心繼續寫下去。如今「選擧日」已收入拙作「赤裸的薔薇」，但這一首「石牆」原稿，却一直壓到如今紙張都有些發黃了，而「笠」也一忽兒又出版了60次了。

我是一瓶紅標米酒

林煥彰

米而曰酒，是已經被提昇了
但我還是酒類中最最下品！

坐也不是，臥也不是
我是一瓶被搖晃着的
紅標米酒。

十五塊也好，十二塊也好
最好還是十塊
因爲愛我的，他們都是
最最低收入的勞動者。

喝也不是不喝也不是
我乃一瓶快而不樂的
紅標米酒。

狗，嗅覺

孫家駿

汗腥味，是，脂粉味，不是
屁臭味，是，汽油味，不是
土香的果菜，是，農藥味，不是
海鹹的魚蝦，是，防腐劑味，不是

五千年一直跟着主人打獵的
滿街擁擠的，似乎是
又都不是

　　改變與不改變的
始終不改變的，一種天性
在樹上結巢
在洞裏營窩
於是高樓林立

這是蠻荒的另一代
成群甲蟲蠕動
攀援
窗
纍結
儘孵化些不長翅膀的鳥

愛情的漩渦

桓夫

情流

突破河堤的對峙
流進海
流進和藹的碧海

瞬間
架設在港口已久的
海市蜃樓燃燒起來了

蔓衍的火
燃燒了恨的歷史
燃燒了動亂的理念

而滿天的紅
只留下誠實的彩色線條
映像在肅穆的海面

聽

聽愛情的漩渦
貝殼的耳朵
聳起思慕的天外線
靜靜地等待着

繽紛的彩紙
不知道要慶祝誰的婚禮
從天上飄落下來
飄在古代的風情周邊

貝殼的耳朵
睜開鼓膜的心眼
想收聽濕潤的愛
却聽到遠洋的音響

當我患上僂麻質斯的時候

林宗源

每一寸肌肉
每一粒燒紅的細胞
我知道體溫最少有40°C
不願叫媽
假如死去
算我不曾活過

鷄救了我
恨鷄
鷄叫醒了媽
也叫來媽的手

在三更半夜
在怕鬼的年齡
沒有聲音的哭
哭濕了的枕頭
我哭，咬着牙齒
想靜靜地死去

媽叫醒了爸
爸雷一樣地罵：
「死死咧好」
「死死咧好」
「什麼人叫他愛踢球，做選手」
不過來看我一眼
也不送我到醫院
苦了媽

注射
吃藥
媽端來一碗猪肝湯
爸怒吼地罵着母親
講我已經吃下很多的藥仔錢
還補什麼！

目屎滴落碗裏
喝下的是愛？或是恨？

只為了不乖乖地讀「死書」、「聽話」
不考大學，哈哈！
「我」是什麼？
「人」是什麼東西？
「生命」的意義又是什麼？
該死的學校
只教我考、考、升學、又升學
聽老師的話
聽父母的話
聽話的孩子才乖
聽話的學生才是好學生
聽話的人才是好人
不可疑問
不能反抗
告訴我！老天！
「教育」是什麼？
「親情」是什麼？
「思想」又是什麼東西？
活在「聽話」的世界
幼弱的肺
關着黑暗的空氣
小小的心
被傳統咀嚼
不
我要割斷傳統的癌
我要呼吸新鮮的空氣

荔枝

巫永福

黑葉荔枝盛產的季節又到了
就想到唐玄宗皇帝的美人楊貴妃

也想到爲了奉獻荔枝一程繼一程由嶺南
以騎馬加鞭遠路辛苦飛馳到長安的情景

更想到那絕代的傾國美人如果再世
她會以什麼語言表達她底歡喜？

我想貴妃會豔然會心一笑，親切地
與李太白、杜甫一樣以河洛話表示！

李白、杜甫以他們的河洛語大作其詩，並將發見
有與他們講同樣語言的福佬人在此地哈哈大笑

福佬人與唐人一樣聲韻悅耳流暢
押韻的格調，呂律的動聽均相同之故

現在一些却忘記了自己的語言
自較難理解唐詩韻脚旋律的巧絕了
可惜！

時間給與我的愛

陳秀喜

時間是
奔向天空的神駒
高擧馬蹄
一聲嘶號
這一剎那
我曾有過
驚奇，驚喜、驚魂

不情願被祂白白踩
甘願獻上我的至愛
給馬蹄上留着
愛加愛的痕跡
暗自歡呼
勝利屬於我
無情的嘶號
屬於祂

瞻仰　天馬星座
凝視斜臥的銀河
我要尋找愛的殘骸
那些如夢中的繁星
對我以閃爍招呼着
我以懷念的熱吻投給它們

稻子

林外

終於明白了
我是一棵野生的稻子
烈陽、洪水、暴風雨
他們不是泥土的產物
他們可以玩弄我自尋樂趣
我是土地的兒子
我不能離開泥土
乾旱　我垂着頭忍受
洪水　我仰起頭來呼吸
暴風雨狂擊　我就把脚跟穩住
我是一根稻子
我要生長，結穗
不幸的是——才長出來　怕鵝
不幸的是——長高些　怕牛
不幸的是——結了穗　怕鷄
更不幸的是——熟了　怕人
只能祈禱一切可怕的事都不要發生
只能希望讓我靜靜地生長

可是　連太陽都豔羡萬分
可是　連月亮星星都在窺伺
爲什麼？
爲什麼！
終於明白了
我是一棵懂得盡力生長的稻子
我是一棵野生的稻子
我的上一代是
我的下一代當然也是

相思花

羅明河

拂去亂髮　背着手
念起小小黃花的日子
輕輕踩過的毋忘我草都是又高又濃
就從此　雕塑的愛情已凋謝
美麗的微笑要化爲午後最憂悒的星
烟波散了　雲煙沒了
凄凄地　點起寂寞的燭火

走過去　走盡新民橋
我們的戀　就像這橋下的水
仍湧激緩下
且流著沙沙而去的悲音
又像妳那玫瑰沉思的眼
不停不停飄垂著蹣跚的瑩淚和傷痕

妳立在噴泉
妳立在燈下
我要步向妳

企盼二度虹的乍現
妳却給我以凛冽的眸光
給我以沓沓的跫聲
給我以水仙的　妳那冰冷的小手
水榭前　花就要開了
開在園中
開在我們的心裡
在佛羅侖斯以拿波里的歌聲
喊妳　呼喚妳
呼喚妳來
携妳去看花
看我們所儀儀心愛的相思花

鋤頭及其他

陳坤崙

鋤頭

蚯蚓啊
別怪我的無情
我沒有眼睛
也沒有力量控制自己

那個頭戴斗笠的人
你也別怪他
他不能看到躲在泥土裡
無時無刻忙着翻鬆泥土的你

當鋒利的鋤頭
無情地把你分屍
眼看着你那樣地掙扎那樣地控訴
我也無可奈何

蚯蚓啊
怪自己吧
爲何生來
是躲在泥土裡
必須等待這突來一擊

小草說話

在厚厚的柏油路底下
沒人察覺我活得那麼辛苦
祇好伸着我的根
向無窮盡的泥土吸取養份

終於我推開厚厚的柏油路的壓力
伸着脖子張開眼睛瞧瞧這個世界
汽車的輪子立刻把我壓扁

生爲小草
祇要有根
沒有任何東西能把我毀滅

扁担

農夫啊
看你天天把我放在你的肩上
挑那麼重的東西

農夫啊
摸摸你的肩
已生厚厚的皮
看看你的背
已成爲弓形
天天看你
流着一滴一滴的汗
看你無言的抬頭望天
那變化莫測的天

農夫啊
我是一根不流汗也不流淚的扁担
天天跟你生活在一起
你的淚你的汗
已滲入我冰冷的體中

失業的日子

風信子

履歷表像丟石子
一粒又一粒
沈入大海

六百字的自傳
一張又一張
從三百六十個角度
寫膩了自己
敎人欲哭

誠徵人才的老板
依然有眼無珠
貨棄於地會撿
人棄於野不屑

一天又一天
我消耗着
履歷表 照片 六百字稿紙
一天又一天
我變成求職欄廣告迷
有一天 我將死於
寫自傳的桌旁
這倒是一件搶眼的新聞

詩兩首

踽踽獨行的身影

趙廼定

面牆，他摸索一劃一劃的刻紋
紋線只有五條，而一條滋長無數條
無數紋線是長串歲月的刻痕積累
屋外相思樹一次開，他髮兒一次白
屋外相思樹一次謝，他髮兒還是一次白

這裡，每個地域在複印足跡他的
這裡，每個空間在重復他的身影
太多的歲月來匆匆，太多的歲月去匆匆
日出日也落，雨下雨也止
同樣嘴鼻同樣抬槓同樣的嘔氣
天天日日日天天吸不到一絲絲味兒新鮮

面牆，他摸索一劃一劃的刻紋
天天日日日天天嗅不出一絲絲味兒新鮮
于是他穿上西裝散發樟腦味
于是他抹上髮油又照照亮鏡
六十四大年紀，他走三十里外大都市
——那曾是他業務上接觸的地方
他沒有給陌生的摩天樓瞄一眼
摩天樓也不給他瞧一眼眼
他匆匆趕趕的走向那熟悉的場所
有點遲緩，他逗留在四個大金字下
他怯怯踽踽行，他微弓弓腰腰更壓低
一個遲緩一個張顧，一個怯怯一個搜索
他望向熟悉的角落，那裡陌生眼神處處
人事已非——，人事已非——

突然他看到一個踽踽獨行身影的推車走過
衝動，他面向他靜靜站立默默注視
他心轆轆蹦跳蹦跳轆轆
他看到他只驚恐的只默然的一瞥
于是他猛然強力點一個頭
于是他看到踽踽獨行獨行身影的推車更迅捷
——只又拋來一個驚恐默然

他哀鳴處處：「你不認識我了！」
踽踽獨行身影恨恨道：「你該找有錢的！」
我沒錢！我不會請你客，我沒錢！」

他僵立木然，他木然僵立。

一個踽踽獨行身影獨行身影的推車走過
一個踽踽獨行身影獨行身影僵立木然

一隻麻雀啾啾

一隻麻雀自樹叢激射
一個彈弓我射出一粒小石頭
望天，我言我要碎麻雀一鄉間腦漿
一個彈弓我射出一粒小石頭
一隻麻雀自樹叢激射
望天，我言我要碎麻雀一鄉間腦漿
蔭不到一葉葉蔭的一隻麻雀，自四樓電線
掉下
一個箭步我射出一掌
捬拾
掌住了一隻麻雀；碎了一城市車囂人叫聲
碎滿地的車囂人叫聲
但願應不碎一聲麻雀啾啾
於路與樓縱橫，一隻鳥
引爆我心一片田野鄉村
一個箭步我射出一掌捬拾
掌住了一隻麻雀啾啾

夜都市

周伯陽

華燈初上
霓虹燈正眩耀他的美麗
滿街煥然一新
宛如從空虛深處甦醒

月亮在天上鳥瞰着
都市的另一面世界——
大厦高樓 搖身一變
創造瑰麗的不夜城！

一家家商店行號
都在渾身解數
競爭推銷商品
強調物美價廉 不二價

不夜城熱鬧 喧嘩
吸引許多人潮帶給交通擁擠
如此夜都市進入另一個高潮
另一個境界

奔竄的歲月

秋聲

(一)掘墳

土葬的臉鏤着
盛唐風骨元明淸的更迭
一張張瘦了
市政府辦公桌上
被出賣

通知單昨天收到
山崙子那座公墓劃作貧民住宅區
祖宗，開天闢地以後
你們的賠償
每把骨頭只值四仟
老爸扛着鋤頭來了
再燒些紙錢
祖宗，湊足了該買棟新居
這裏人煙太多
地皮貴

土葬的臉長滿青苔
睡在古代
一瓣瓣憔悴了
碑文跌下來
數都數不淸夜有多深淵

(二)橫屍

一點都不抽動了
血，走在煙塵中號啕
漸漸敗北
書包在路口仰望
雲如何拆散
小主人緩緩提昇的眼睛
如何睡成星斗

裂頸之際
咋舌的喉嚨從窗口炸出
當交通警察圍堵車流
一隻雪了的手
遺失記憶
有某種情緒烤肥七月
一份額外祭品
以後就沒有家了
腦海依然烙着
老師父母嘮叨千回的叮囑
道上的風
嘆息
而且，輪下
縷縷招搖的嘴角

㈢失眠

一双空洞
對街四樓鐵欄裏
吊着
整條木柵路煮沸的煙流
孩子們揭竿的派系
夜
醒成一串砲彈
一把霓虹劍
雕鏤七月竹下去的脊骨
在沈默的窗櫺上
唆使一隻左手需要沽酒
把失眠灌醉
然後走私
　自己
據說也稱戰役
一座肩胛堅持要將月色
流放撒哈拉
從此，滿空星河陷落
在胸膛上
如嚶泣的孤兒
在緩緩嘔吐的泡沫裏

㈣擁擠

靠得更近了
再近一點
某些鞋族將找不到陸地
某些頭顱將淹沒
輕薄將尖叫起
毛孔掩面大哭
當紅燈一路醒來
眼睛在囤積憤怒，下車
或藏住禮節
放縱各種頻率的謾罵給空氣

如果家還很遙遠
總經理歌星妓女大學生
人們是沿途磨蹭的鯊丁魚
脂粉味一逕胖了
囚徒的肺

最好把戒指美鈔關緊
斑馬愈多了
煞車，踉蹌以外
也許有一枝派克鋼筆
暗暗逃亡

㈤迴避

電影院散場
山洪洶湧的七竅
終究懦動不竭的水牆
我
還在暗幕裏

聲音說女主角太可憐
有人在擦眼淚
嗑瓜子的嘴打盹了
被一劍刺死的
是誰？

冷氣緩緩蛇出
長長的暑假扛在背上

蔡學長說今年考取研究所
廣告片上
一個妞穿很得火

當蒙面刀客一躍而落
萬箭齊發
那身影快似流星避開險地
廝殺結束之後
西門町，我左肩抽痛

㈥碑廈

盆地內鵠起一群巨獸
稜利的臉
割據每條公路的四線道
咀嚼
汗流夾背的脚跟

複眼閃動旗語
追殺，每個多霧的月色
將人們的青春期
在子夜的乳房之外
走私給泥

有一種混凝土的蹲姿
截下許多黎明
坐視手錶
鼠奔於跨下

走出一段骷髏的空洞
也常被膜拜如神
除了巍峩
是一牆山巖般的動物
聳上來
整個世紀的碑文

(七)攤販

一件廉價的襯衫拈在手裏
擺地攤那人在說服
一次交易
蹲坐的霜紋
寫滿下午兩點以後的疲憊
髮很活的少女拾起一枚鑽戒
頻頻試着
食指勾起的幻覺
評估這般色度的彩虹
眞否永遠北斗
水蜜桃在角落裏觀望
駐足的貪婪
赤色迷你裙的眩舞
老懷疑一肚子甜汁已經衰老
在高跟鞋下、
煙目四方蛇昇
五塊一條的手帕掩住鄉巴佬
第四期肺癆
總算計需要買海綿口罩
儲存細菌

(八)亡命

咱不能老乾瞪眼
公園子邊那塊地盤叫人砸了鍋
弟兄被修理
劍雲幫呵十幾年招牌
虧了
蛇聯那班傻小子可是吃了豹胆
抽稅抽到老虎頭上
咱不要讓道上朋友笑話了
西門這地面日後還得
混混
什麼三頭六臂
咱哪是說躺下就躺下的泥鰍
只二別忘了隨身携帶
今晚有好戲看了
做掉豬哥林那群王八羔子
天不怕地不怕記牢約法三章
血酒爲盟的事甭絕了

咱的名聲就此一舉
想想左臂的紋龍
即使翹辮子也要義氣氣

(九)賭徒

擲骰子的右腕瘋了
就不信邪
房產儲金豈會一夜之間
改名換姓；妻兒喔
豈會成一張借據

因此眼臉撐住整個秋天
看賭注如何煙消
看一隻無名指如何
拆卸項鍊
才聞出某種悔意

飲盡一杯醉
老祖宗呵，原諒了
玉鐲子做本終有一回撈上
潰退的彎脊
許多双羨慕的星星

而以後就一文不名了
月在織着
淡水河的暗泣
那頭還壯年的青絲在漂白

一段荒謬的故事

(十)單調

因爲單調
狗在巷子裏狂吠
痲雀在電線桿上音樂
一些交媾
在牀上製造流血

因爲單調
乞丐晚上嘸了氣
菜市場的喧嘩還未集結
幾隻貓
從垃圾裏擎出惺忪

因爲單調
產房裏一個哭聲很大的孩子
在哭
一屬母性的吟哦
被人搖醒

因爲單調
許多老師租間密室
教育一群學生從六歲起
架出
某種深度

瞧！這個城

劉克襄

空中花園仍沿着你的眼睛遊行
青石的冷椅早晨的露泣你戀着
咖啡的夜奶茶的晨你戀着
落葉小徑你走過，坐着
雲泊在河中沒有流走你戀着
你的眼睛從隱瞞中緩緩透露

清晨時
沿河隄去尋下一首詩的美麗吧
有人擲下一朶昨晚凋萎的玫瑰
在路上，讓它繼續生存
安詳、晴空的星期天
收音機解釋今天的路面狀況
丟一枚銅板給菓汁機驚醒
你不快樂的唱着可口可樂
還教它淹沒。另一枚
在電話中咒罵衛生局
爲了他們忘記帶血的棉紙
從你無法立足脚邊運走
一名女子匆匆走過
你看到伊裸露的肩頭
與如滾球的臀

過了廣場是酒家，教堂左轉是
咖啡屋，再下去醫院旁是舞廳
整條街最後是賣電影畫報的書店
售着林青霞的臉，旁邊的彈子房
幾名學生喧笑的進出
叨着烟

往南走，更熱鬧的街上
一對情侶當街擁吻
圖書舘，你借了一本黑死病
借出卡上你是第一個
被冷寞烙印的人

清晨時
沿河堤去尋下一首詩的美麗吧
城與玫瑰的心情你彷彿懂得
黃昏。薄霧。細雨
一個落日懸在街空
整個留給你不快樂的心情

註　1空中花園是美國詩人艾肯一首詩的名字。
　　2黑死病是卡繆的一本小說名。

猴腦大餐

田野淚之三

楊傑明

我流下慈悲的眼淚
看着你們

你們飢餓的圈圈腸火
凶猛地竄昇
衝破理智的冰點
催使一對對血絲四佈的銅眼
掃過 華麗的餐桌
與我初逢

爲我的下場
落筷擊碗 賣力鼓掌 鼓掌
爲我一遍遍引頸高歌
搭肩歌唱
唱一曲沒頭沒腦的悼歌
爲初逢的我快樂地 送終

當爐火用高溫疲乏了雜沓的音階
飢火昇至殘酷的燃點
我被反綁着 推上刑台
臨刑的我勇敢地抬起
曾經有過掙扎不平和企意辯說的
頭顱 等着
人類救贖的光明
血腥跳出
黑暗的叢林
向我祭跳咆哮咆哮之后
冷冷重重的戮殺戮殺戮殺
迎我回去

啊！頭腦正被搶食超渡的
我 高高興興地眞正哭了
哭了 在最後的呼吸裡
我相信 相信
我的死終於短暫地拯救了 你們
免于失陷飢餓的痛苦深淵

眞的 我高興地連連發出吱吱怪聲 哭了
因爲海量的你們 善良的
允許我 痛痛快快流完
一腔寬贖的純眞眼淚
對着善良與罪惡同棲一口的你們
流乾慈悲的眼淚

女者二章

蕭嘉明

舞　女

多彩的霓虹
染艷輕盈一身
却染不上蒼白生命的扉頁
夜夜離不開
跨步、轉身、輕擺
讓裙底捲起
無數暈眩的漩渦
以足爲招牌
容顏身裁是貨色
論斤算兩
心肝啦
五花啦
任人精挑揀肥
一點冀求在存款

而忙忙碌碌的
是舞廳三部曲
帶進場
帶出場
帶上床
歸結總是傷心一樣

一樣的是花樣年華將消逝
人老珠黃總會來
恩客呵
清燉紅燒任你要
日夜心裏唯一的繫念
是早日遠離這苦海

小牌歌女

彩燈閃耀廻旋着
小牌歌女
輕移蓮步
深深一鞠躬
於是貪婪的眼光呵
焦聚在山溝旁

爲藝術而藝術
爲生活而藝術
勇敢的賣唱者
歡笑的臉上如桃花
飲泣的心靈似刀割
而歌聲帶着悲傷的往事

「再來一個
再來一個」
觀衆的掌聲
希冀着小牌歌女
連連的折腰
爲希望而藝術的藝術

詩兩題

杜逵

獵

——聞說小小羅東鎮附設歌唱節目以娛顧客的餐廳數家。一日赴友人約消夜，果見彩燈旋轉，樂隊五人，歌者近十，八九山地少女，間亦與酒客話家常。

是你自個兒上的山
爲什麼怪我把山給遺忘

七彩燈興奮的週轉生活
它的精神賽過山空的群星
更重要的　炫耀我碧綠的眼膏
一夜夜　不翻山　不越嶺
我的歌聲是矯健的證明

且請飲下手中的酒
佐以拍出星光的掌聲
一杯杯　不孤單　不心寒
我就是山嶺的曲線

你愛山　愛山的味道
我本山的先知
不提避暑，但以
歌聲爲崗，曲線爲巒的情況
這兒豈非高山？

——酒澄如溪
——煙痕似雲
杯底有你設的陷阱
我爲什麼不能把山遺忘？

夜只留一株海棠看舞池

聽
手吉他
把夜敲成一把澆花壺
又將它彈碎

環肥燕瘦的腰肢都一樣
上綻露濕紅唇，下長玉趾
然後，擧熨斗底部的熱度
漏夜加壓……
一件件昂價棉質港衫
一個個光平柔荑小腹

當吉他手無能再緊扣擢弦
迅疾癱瘓的尾音
離譜地　似隻工程車上的怪手
輕輕一拂　毀掉一個陶質瓦盆

而我是盆中一株帶土的海棠
一株貪圖斜倚夏夜而春睡的海棠
你已知　夜已碎
盆已毀

夜碎，夜碎之後呢？
盆毀，盆毀之後呢？
背脊如數條同聲暴裂的拉鍊
我花是落一地的星火

歹徒

鄭日影

學浪漫耍時髦
你們來自各方
步履匆匆過
遲遲邊幻想
且帶以染色的双眼
望穿遙遠的夢景
只要能弄到手
認可了自私底心願

有日出而出
日沒而出
來者心不善
想什麼幹什麼
（人爲財死）或
（有爲色也）

力爭強權，惡霸糾葛
爲了奪回失去的面子
爲了多瞄一眼嫌疑與誤會
爲了爭一時長短
爲了發洩淤積多年的妒恨

逞強
狠毒辣手
爾後留下令人追緝的脚印
於是四處遁形秘密
或想脫離凡俗
自引爲榮
哪知天外有天
網住的竟是
你們多舛的命運

阿雄的一日

顏道信

$\frac{1}{4}$

日昇在巨型煙囪背面
擁擠著無表情的臉
鐵灰制服上別著工作證
七點卅的阿雄，機車停入定位

在廠房與天空之間
出勤卡與薪水之間
沒有誰敢於忘記
制度的脚步
忘記效率報酬的計算
以及所謂
忠誠的必要

$\frac{1}{2}$

今天的馬達繼續紡織
未完工的昨日
　車子房子妻子孩子
　用歲月規規矩矩織出來的面子
老實的阿雄是個好人
勤勉負責又快樂
二十年前聽話的小工，二十年後
名片上的課長，董事長逢人便說
　大家都有希望，你看
　阿雄就是個榜樣

$\frac{3}{4}$

五點卅，日落在廠區大門
散步的狗兒開始躱閃
右手遮陽，一波波淹滿路面的人潮
雲上的歸鳥看不見阿雄，只聽得
報時鐘塔
日日不變的回聲

街道燈火密疊在下
狹窄或者豪華，房舍密疊在下
鳥兒的窩巢，鳥兒瀕臨死滅的夢想
在人們郊遊的，在阿雄久已忘記的
故鄉

$\frac{0}{4}$

電視節目結束後的床上
摟著妻子的阿雄滿足的
想著平順又安全的歲月
　是，董事長，謝謝
　董事長，是董事長
呢呢喃喃一如年輕時候加班的夜裡
止不住的瞌睡和咒罵

都市詩抄

王希成

鏡裏計程車

司機右側幌著頭的鏡子
喜歡在紅燈時端詳我匆忙的心情
細細推敲輪子上滾轉的方向
一種了然我匆忙的飄泊
如似清明亮麗的神色
頓時使我無懼生活這位司機
朝前奔去

公路局乘客

車掌小姐撕不去的
我票據上飄泊的鄉愁
瀰滿車厢
一站一站觀覽風景
逐漸在沈思中清淡
只剩個影子
斜倚窗旁
凝望熟悉的站名
鈴聲已響過幾遍

學生月票

尋不著那個影子
我交出車票
走路回家

煩躁的車聲
等不及我月票上的影子向伊揮別
想只有現在的心情
那麼輕易將人群
推成遠遠漠不關心的喜宴
三十個歲月
六十戶伊走後的窗
也只能由車掌小姐
一一御下
而沒窗的影子
自然只好跳出月票
笑笑走入遠遠漠不關心的喜宴

都市兩題

長嘯

公共汽車

爲什麼大家灰沉着臉
是讀書倦了
是上班累了
還是麻將輸了
同乘一車也是緣啊
爲什麼大家大眼瞪小眼
是生活厭了
是身體病了
還是老板罵了
同居一城也是福啊
爲什麼大家擠來擠去
是約會遲了
是客戶跑了
還是家裏失火了
我們都是同胞啊
多難得的機會
讓我們面對面
肩並肩
體會那同源同根的血溫

經濟專家

古時候的人說
「不患寡而患不均」
所以我們要
平均地權
節制資本
要
照顧低收入者
幫助經濟上的弱者
可是有一天
一群人出現在講臺上
自稱是有良知的知識份子
有人說他們是
經濟學家
經濟學家說了
功利其實是公利
經濟要不斷起飛
大家要拼命賺錢
咱們才有希望
讓大家來競爭

讓大家來自利
「天下那有白吃的午餐」
是的 高貴的經濟學家
天下那有白吃的午餐
所以窮人的子女
必須去做工去賣淫
去爲老板賺大錢
去爲富人當消遣
是的 親愛的經濟學家

天下那有白吃的午餐
所以你必須在國內說教一番後
趕緊飛回亞美利加

附記：有那麼一位經濟學家，引洋人 There is no free Lunch（天下那有白吃的午餐）爲題，在聯合報寫了一系列討論臺灣經濟的文章。長嘯有感賦詩，聊示回應。

一九七七・嘉義

硬漢

自剖之一

黃漢欽

額頭對著額頭
成閱兵隊形散開的商店
是兩排軍容最不整的部隊
五臟六腑的臉譜
在窗與窗
門與門間
搔首踟躕的賣弄青春

那家江湖郎中
開的膏藥店
可別把麥克風嗓門拉得太高啊
雖然說這是一個自由開放的世界

閱兵官的車隊
老早老早的就從部隊面前一遍一遍的開過
可是誰是閱兵官啊
除了那位踢破鐵鞋也走不完這條街的
硬漢

水菓攤及其他

林仙龍

水菓攤

這攤子
鳳梨、木瓜、香蕉、葡萄和蘋果……
在人家的屋簷下，這生意
簡單而現實
你們停留選購或者嫌棄
我一致奉上
道謝

各行各業，男女老少
食用或者餽贈
有不同的買法，我需要適切的
契合心意
這麼個皆大歡喜……賺幾個錢
養家；在每天回家的夜路上
我若識未識的踢著一路的、
人性。我恍有悟知
這時候，却睏倦矣
我不能認眞，只有忘記這一切
才能擺攤子，繼續
作生意

房屋

蓋房子的工地
堆置著許多骨骼和肌肉
這個狼藉而痛苦的地方
許多工人的靈魂。用許多形式
編繪，凝固
煉成一幢屋子
你住進來，在黝黑的夜裏
你的靈魂悄然的
有了歸屬
不受傷害

渺小

爲著一片高漲的潮聲
獨坐海邊，欲言未言
那些船
越跑
越遠
我躺下來，許多遙遠的事故滙成一片浪濤
天空廻旋
失去方向

市之流

冷瓶

一

市招的貧血
變相地穿著借來的珠寶大衣
摟住路人
聲聲：愛我！愛我！

人如龍

二

每一顆痲子的憤怒
扭曲於緊張的足蹄
在遺落的卡夫卡臉譜
在秦人的馳道上
汽車無畏地輾過「養樂多」空瓶
高貴的閨女
尖叫著：Wooly bully ——
人如龍。

三

一双皮鞋又黑又亮，跨進了門坎
速克達師父來了
（何須哭泣於癌症的手
長翅的機車在高速公路早已和死神成親
苦主——我——顧主拿到十萬塊）
燭台下
開唱機提起梵唄的沙啞
手捻著一串古典
電什：善哉！善哉！
燭台下
人如龍

四

老鼠，你又要到何處成親？

都市之夜

羅林芳

五光十色的都市之夜
是一個婀娜多姿的
誘人入迷的魔女
多少人沉醉在她的懷裡
獻出畢生的心血
結果——
有哭的
有笑的
有哭笑不得的

兩端無極

萬志爲

我沒有絲毫要你原諒的意思，眞的。沒有
只是你帶給我的除了痛苦外，就是數不盡的虛無
彷彿被修剪的多餘樹枝，鋪滿地面
我要的，豈是那做作的惋惜
曾經是水份過多的海綿，現在是焦燥得冒了烟的
砂土，我再也擠不出一滴
所謂的眼淚，給你
那怕你已沉浸在鹹濕的淚缸中泅泳
我也再提不起消暑的任何興趣

一切，都會成爲過去
就像時間對待一切

或許我在你心中只是一個幻影
而血肉之軀的我啊！
已經又有一扇門在身後緊閉
千辛萬苦渡過河來
不容有第二種方向考慮
一條路只容一人踽踽
不用再做任何努力
連一加一等於二，都是
無法持久的眞理

雨刷

李瑞騰

如果我躺成斜斜的仰姿
二郎腿習慣翹得很談不上風度
奔馳由他奔馳
我祇是順便兜兜風而已
這一日
即使不是風和日麗
至少有個沒有雨的天空

再沒有比如此日子更令我感覺愧疚
隔窗那個叫方向盤的傢伙
左轉彎右轉彎忙得不可開交
我却無所是事

如果我馬不停蹄兜着圈兒掃除
双臂揮灑自如
味口對極了的這種天氣
大雨傾盆小雨淅淅
都不能妨碍我露天工作

再沒有比如此日子更令我感覺愉悅
眞正的幸福應該是忙碌

噴泉

許其正

拋撒一把上去，又拋撒一把上去……
是誰在往上拋撒的呢
他竟然有那麼奇妙的神力
那一把把白色的細石子
經他往上一拋撒
就綻放成了一叢叢白色小花
一叢叢純潔，一叢叢美

生命呀，昇騰吧
生命呀，激盪吧

那一把把白色的細石子
是一叢叢白色的小花
一叢叢純潔，一叢叢美
持續不斷地綻放在空中
是誰在往上拋撒的呢
他竟然有那麼奇妙的神力

拋撒上去，又拋撒上去……

仙人掌

張春榮

像猛握得可以出汁的拳頭
狠擊一切

從不毛的沙礫
就憑這付鋼針的尖銳
　打出一幅響噹噹的硬漢招牌

就將一輩子
緊握成一對亢張的刺蝟
　迎向飛沙迎向
　走石迎向霸靂迎向風暴

任何叫囂
都顯得多餘

風雨錄

黃金清

風　雨　致百玉

在長巷鏤刻凝重的脚印
由北方步入南方
　妳棋盤的眼網
張羅整季午后的落寞
落寞中有風有雨
淚就在密密的風雨中淌下
灑向悲愴

記憶不死
風雨攫走了路
我們只得佇足兀立默對
波濤中孕起燃燒
　我心若有谷
　　就留給妳
但風雨依然喧嘩
將憧憬輾碎

由南方步向東方
雨過風止月正圓
網結碎裂於千潯之外
星子紛爭汲水而躍出雲翳
披染幾許盪漾的街灯

風雨夜

在僅有一顆微星也凋謝的
午夜 不能奉献寧靜時
於是躑躅沮喪之外
我只能低首斂眉

當光與熱交織成歡欣
千百串的成熟
眺望古典的歲月
我心仍潮濕
不復記憶亮麗的陽光

煩囂的多稜世界
即使不帶一句喧鬧
亦將擲落一泓憂情

　且飲低垂的時序
看雨捲寂夜

聽風撫蘆笛
讓我低首斂眉的心
投入振翅的風雨

心 愁

午后傾盆大雨的天空
以及一把傘也遮不住的心愁
在激越水流之下
向我壓下來—壓下來

纖雨的霓虹閃滅
是生命和黑夜的詮釋
歲月把一株古榕孕成山
山外無人—人外有山
　琴韻隱入雨聲
　蛻作陣陣星墜
煩躁的七月
便吶喊出一灘灘的幽怨

　妳凝視的靈眸
　我在棕櫚樹梢搜尋
今夜我將沐風雨成傴僂
然後在單絃的鼓聲中
袈裟一襲—
臨湄遙望的孤獨

風雨中揮別白玉

一聲衝破風雨裙裾的尖銳嗚咽
從耳邊呼嘯而起
於是 死立月台的右手揚出
送走了妳
也揮走了我整個午后的歡笑

風雨中妳來
風雨中妳去
妳來去只爲風雨
　不是爲我

我翻閱積雪千丈的孤獨
和從前一樣
一根根料峭的手指
豈能鎖住別後的寂寥。

畧談現代詩

—在芝加哥中國文藝座談會上講

非馬

不久以前有人問我「什麼樣的詩才算是現代詩？」這次座談會我被指定來談關于詩方面的問題，便拿這個題目來同大家討論討論。

去年在時代週刊上有一篇文章介紹幾本新出版的詩集，提到目前美國詩壇的情形，說在美國，寫詩的人比讀詩的人多。這話雖然有點言過其實，却說明了一個趨勢。許多人把寫詩當成一種發洩，一種自我治療。這種情形，相信不只美國如此，在臺灣也一樣。有些人文章還沒寫通，便提起筆來大寫其只有他自己懂或者連他自己都不懂的所謂現代詩，大概便是受這潮流的影響

當然，這種自我治療對病人本身自有它的功能。何況一個人用不着化一毛錢，只要找一支筆一張紙，便可以把讀者當成免費的精神病醫生，有時說不定還可撈個現代詩人的頭銜，名利双收一番，確實是很合算的事。但是我相信沒有多少人願意長期做這種義務醫生的。上過幾次當以後，許多人便學了乖，從此不再談現代詩。我想這是詩讀者越來越少的原因之一。

然而目前是個需要詩且適合詩生長的時代。在電影與電視橫行的今天，詩同短篇小說成了文學的最後兩個堡壘。而我深信，把人類從未來各種精神危機裡拯救出來的文學將是一隻有力的手。

究竟什麼是現代詩呢？我認爲一首成功的現代詩該具有下列的這些特徵：

現代詩的第一個特徵是「社會性」。今天一個有抱負的詩人不可能再躲到陰暗的咖啡室裡去找靈感。他必須到太陽底下去同大衆一起流血流汗，他必須成爲社會有用的一員，然後才有可能寫出有血有肉的作品，才有可能對他所生活的社會及時代作忠實批判與記錄。我們用不着擔心社會性或時代性會減少一首詩成爲不朽或永恒的可能性，正如我們不用擔心一篇好作品會因爲帶有強烈的地方色彩或鄉土情調而不被其它地區的讀者所接受。杜甫的許多詩，「批評當時社會的不安定，戰亂頻仍，使得老百姓離鄉背井，妻離子散，今天我們在這裡，還是可以深深地受感動。

現代詩的第二個特徵是「新」。這個新不是標奇立異，而是在思想上在形式上有革命性的創新。人家或自己已經說過的詩，如果沒有超越或新義，便盡量避免。甚至在一首詩裡已經用過的字，如非必要，便不再重覆。因爲在今天這個

時代裡，一般人的心靈長期地受大衆傳播媒介的不斷侵襲，多多少少都變得有點麻木，長了繭。一個舊的，被許多人一再使用過用觀念，好像一把磨鈍的刀，是無法深入讀者心靈的。相反地，如果我們能從表面上看起來平凡的日常事物裡找出不平凡的意義，從明明不可能的境況裡推出可能，這種出其不意的驚訝，如果運用得當，常能予讀者以有力的衝擊，因而激發詩想，引起共鳴。

現代詩的第三個特徵是它的「象徵性」。我們可以這麼說，一首不含象徵或沒有意象的詩是很難存在的。一個帶有多重意義的意象不但可以擴展想像的領域，而且使一首詩成爲一個有機的組織。一方面它是一個自給自足的小天地，另一方面它又同宇宙裡的事事物物相呼應，相關聯。當然，如果只是爲了意象而意象，完全不顧及詩內容的要求，把一首詩寫成像堆滿了各種顏料的畫盤，這種玩弄文字魔術的詩是註定要失敗的。

現代詩的第四個特徵是「濃縮」。現代人生活緊張，不可能有閑工夫來聽你囉嗦。一首成功的現代詩一定是經過千錘百鍊，在主題上在語言上都嚴密得無懈可擊。用最少的文字負載最多的意義。一個字可以表達的，絕不用兩個字。因爲一個不必要的字句或意象，在一首詩裡不僅僅是浪費而已。它常常在讀者正要步入忘我的欣賞之境時絆他一脚，使他跌回現實。詩的濃縮也要求我們避免用堆砌的形容詞及拖泥帶水的連接詞。「過量地使用連接詞或形容詞，必要使一首詩變得鬆軟疲弱，毫無張力。

以上四個特徵是我認爲一首成功的現代詩所具有的。至于一首詩該明朗或晦澀，我想得由詩的內容來決定。一般說來，表達快樂的情緒不可能用晦澀的形式，而一首明朗的詩也很難表達纏綿的感情，這是無法強求一致的。

詩的斷想

趙天儀

詩是以人類的語言通過記號的表現，是詩人的情感、思想通過情緒、節奏、意象與意義的凝聚，作藝術綜合的演出。

從詩的創造方面來看，詩人是創造者，是開天闢地的靈魂的錘鍊者，是浪跡四海的精神的流浪者。

從詩的批評方面來看，詩人要能入又能出；能入才能創造，能出才能批評。詩人一方面要能自已生產，一方面也要能自我批評。批評需有批評的知識，以及深刻的人生的體驗。

從詩的鑑賞方面來看，詩作是詩人心血的結晶，是智慧的創造品，是詩人瀝盡心血而後已的藝術品。

詩學是哲學的一部門，也是美學的一部門。詩學，在方法論上，是一種後設理論；在精神論上，是一種價值理論。

詩，在本質的類型上，有抒情性、敍事性及戲劇性。抒情的樣式是透入，敍事的樣式是表象，戲劇的樣式是緊張。如果現代詩只採取了抒情的樣式，那麼，自然就缺乏史詩、敍事詩及詩劇的演出。

詩，在表現的功能上，有鄉土性、民族性及社會性。鄉土性是詩的溫床，民族性是詩的根苗，社會性是詩的莖幹。以鄉土性爲基礎的民族精神，才能往下紮根，然後，開花結果。

現代詩必須吸收外來的影響，但不等於橫的移植；也必須接受本土的影響，但也不等於縱的繼承。外國詩的眞品，中國當代詩壇吸收的太少；中國詩的眞精神，不在於膚淺地模倣唐詩宋詞的調調兒。

詩可以表現時代精神，但時代精神不等於是詩。詩可以表現現實意識，但現實意識也不等於是詩。詩是植根於現實的土壤上，而作超現實的想像的飛躍。

詩是通過了語言的記號而存在，但又是超越了語言的一種想像的存在。是從現實存在到超現實存在，是存在的存在。詩人，是存在之夜的點燈者，從黑夜燃到天明。

詩人的備忘錄 (25)

錦連譯

戰後詩人最應注目的特徵，乃是在前代本國詩遺產之中，認識了爲他們本身之詩創造的有意義的觸發劑這件事。當我們一想到從前的詩人們經常把其獨創性的依據，求於當時海外詩的新匠心，同時藉着藐視前代詩人的存在來強調他本身的獨自性這事實時，這正是劃時代性的詩狀況之變革。要說在第二次大戰後，近代詩終於獲得能成爲一種傳統的階段，也就是說得到了具有一個實體的機會，應是決非誇張其詞吧。

可是我們的詩却背着更可怕的傳統。它也許可以說是幾乎等於罪孽的受了咒咀的宿命。當然，今天的大衆傳播截然的劃分「傳統詩」爲傳統詩，「現代詩」爲現代詩是我們所熟悉的。然而，今天的詩人靠自已的語言而在勤於想像世界的構築之孤獨的瞬間，他究竟有否工夫玩弄空言說是他所寫的是「現代詩」，而與「傳統詩」毫無相關的嗎？我們仍然在「傳統詩」的陰影下掙扎着找尋突破口。因爲我們都無法容易的從最初的詩脫離而去。

詩的體驗，經常都是與淸醒後的夢相似。事後把有意識的光線照射它，而取出朦朧的似是筋骨的東西，倒是屬於可能。然而若欲從詩的體驗導出一個澈底淸醒的理論來，那到底是沒有希望的。如今對於詩，我們站立於一種轉換的門口。我們好像已經走到了若不給予詩作的過程以根據，則無法自拔的時期了。

因此我們就對作爲語言藝術的文學這一個課題，搜求其基礎性理論的文献並且作了筆記。我們必須盡量解剖從來的詩的體驗，該補的一邊要靠其他補充，一邊非給予爲了重新寫詩的有意識的根據不可。

詩是必要的。在詩作品裏寫出了眞實，世界既不會凍結，有時甚至連自我發覺都不會。但是，正因爲他確實講出了眞實，那時我們的精神會被詩充實是不容置疑的

對詩人而言，在作品裏吐出眞實，似乎意味着把現實上的抑壓，藉寫詩來觀念性的和一時性的予以解消。吐出之後，想要再吐出眞實這意識會再度產生，因此詩乃是具有永續性質的。

詩是什麼？那就是如果在現實的社會說出，也許會使全世界結凍起來的眞實，藉着「寫」說種行爲說出的。然而，這當然衹不過是向一百個詩作者發問，會得到一百個答案中之一而已。

讀幾首李魁賢的詩

~「赤裡的薔薇」讀後

林鍾隆

一、現代感覺

李魁賢是個化學工程師，他不是讀文學系的；他不是想寫詩而寫詩的，是在生活中，深有所感，才吐之爲快的。所以，他的詩，沒有無病呻吟的毛病，而具有堅實的生活基礎。

但是，生活土壤上，所開出的花朵，並不是，有就可貴，更不是美就可愛，最要緊的，是不是古代的土壤不會生長的，不曾開放的新種。因爲現代的土壤，已不是古代的土壤，應當種出現代的花朵。

李魁賢的詩，由於植根於生活，吸收的是現代土壤的滋養，因此，出現了現代的感覺。這是現代詩，很重要的一種因素。

關於這一類的，我想提出三首來欣賞：

不會唱歌的鳥

起先只是好奇
看鋼鐵矗立了基礎
接着大厦完成了
白天，窗口張着森冷的狼牙
夜裏，窗口舞着邪魔的銳爪
對着我們的巢
因爲焦慮，聲帶漸漸僵硬了
有如空心的老樹
於是人類在盛傳：
鳴禽是一種不會歌唱的鳥

這首詩的欣賞也許不止一種，但是，高樓大厦的林立，使人有了一種被禁錮的感覺，也隔絕了自然，於是，人就像籠中的鳥，喪失了歌唱的快樂了。作者唱出了人喪失自然性的悲哀。

蒼蠅（節錄）

一隻金頭蒼蠅
在平板玻璃門外
享受豪華的日光浴
……
在伸腰的咖啡時刻
偶然注視到蒼蠅
優美的姿勢
也抑制不住一股遐思
假使有一天
也能悠閒地欣賞別人在忙碌
這樣想着
彷彿自己就是那隻蒼蠅了

這是工業社會忙碌的人，在「伸腰」，在喝「咖啡時刻」，見到一隻窗玻璃外的蒼蠅時，觸發的兩種心情。一方面嚮往那種「悠閒」，另一方面，又對「悠閒地欣賞別人在忙碌」的，無限痛恨和厭惡。這是認定二十世紀是忙碌的時代，只需要適當的休息，而不敢悠閒的現代心靈的心聲。

關於這首詩，後面還有這樣兩行：

却忽然看到
蒼蠅醜陋面目

前面所以把它刪去，是覺得，這兩行，是可以不要的，因爲這樣的詩意，抓得太死了，刪去，才有餘味，才有含蓄的豐姿。這一點，是作者今後作詩，有必要留意的。

俘虜 節錄

創業眞是這麼難嗎
好像四周圍都有埋伏的敵人
……………………
回到家，像是交換回來的俘虜
即使妻兒也不能體會那種辛酸

前兩行的「勾心鬥角」，不是現代才有的，不過，也不能沒有「於今爲烈」的慨嘆。後兩句，可眞眞實實地道出了：在外忙碌一天，回到家時的現代人的身心疲憊的情狀。

二、人生痛悟

文學是表現人生的，文學絕不是人生以外的任何什麼。只要活着的人，只要有所生活，對人生自然會有所感受

不過，這種感受，也不是有就有意義，而必須要能深，才可貴。

作者以深刻的人生感悟，發而爲詩的，也提出三首來欣賞：

回憶佔據最營養的肝臟部位

回憶是孤立的煙囪
一到黃昏
就吐着濃濃的煤煙
存在於語言之前
這虛無的生活狀態
起先就把不住的風向
往往向東向南向西向北
飛鳥般地悠然擴散
回憶是流動的陷阱
把吐出的煤煙
又誘進來
好像捉迷藏時在門檻跑出跑進的孩童
而自得其樂
這樣，一到秋天
回憶變成了癌
佔據最營養的肝臟部位
一面坐吃肚空起來

這一首詩，可以說把「回憶」(悲傷的)的實在情形，

寫得太好太好了。有誰能像李魁賢，對悲傷的回憶，看得這樣清楚的呢？

擦拭

白紙上留下的汚點
想用暴力的手指擦拭
無法掩飾的紀錄
想用刀片細心刮除

再好的技術
也會傷害到無瑕的紙質
纖維的血管被割斷後
怎能彌補平勻的完整

在心靈的宣紙上
不小心弄汚了怨恨的斑點
要用愛的畫筆加以渲染
自負的手不要輕易擦拭

這首詩，對人生的汚點問題，有很深刻的體悟，對去除汚點的方法，也有很好的提示。一般人只圖用「暴力」去「擦拭」「刮除」，因而連「質」的完整都破壞了，不知用「愛的渲染」才可掩去汚點，成就美麗的圖案。這是自沈痛的經驗得來的，極可貴的人生哲學。

養蘭　節錄

但每年到年底一定要開花
因爲我們是華麗的民族

……………

至於蘭要有品性
有自己的哀怨
等下班後任他們向寒夜傾訴

這首詩令人想起某西洋作家的小說——在臺上與人歡笑，在臺後却有自己的悲苦。人生是應當「讓別人喜悅」的，至於「自己的哀怨」，只有靠自己咀嚼。這是對人生的智慧的透視。

三、戰爭的悲劇

經過兩次大戰後，戰爭已變成人類共同的恐怖，不幸的是，到處發生戰爭。作者以「越南悲歌」爲題，寫出了幾首極爲沈痛的詩篇。

婦女二

倒下去的時候，
身體彎曲成C形
苦心建造一個外子宮
懷裡猶緊抱着授乳的嬰兒
好讓他重享出生前的安寧

這是多悽慘，又多麼動人的一幕。是對戰爭的強有力的控訴。

叮嚀　節錄

我還要跟着軍隊走
還有需要我們保護的土地

我不能帶着你們
不是我狠心不管
……
只是料不到這種情況
也沒想到母親會和你們走散
如今你們要緊緊拉在一起
不要再分離
……
好好帶着你的弟弟
我立刻要去追上部隊
不能詳細告訴你們怎麼走
……
還有，遇到有水的地方
先洗一把臉吧
眼淚不要再白流
留着回來灌溉田園噢

這位父親的勇敢、堅決，兩個孩子的無依、無告，以及用「眼淚」來「灌溉田園」的沈痛，使人的心根都要被搖動。

四、喜悅

「赤裸的薔薇」的作者李魁賢先生，看來是個極富愛心的人，在在用愛的心眼透視生活所接觸的事事物物；又極富於同情心，對所愛的一切，流露出無限的悲憫。但他不悲觀，並沒有被哀傷悲慘所擊倒，在沈痛的詩畫中，有一種指向遙遠的美的光輝，放着微光，如天邊的恆星，指引夜行人一般，放着微弱而引人神往的光輝。這又是很令人喜悅的一點。這大概就是認定人生是要讓人喜悅的作者，刻意（也許是自然）給我們的喜悅吧。

凝聚與擴散

莊理子

從少年激情的楓堤，到「還我本來眞面目」的沉穩中年的李魁賢；我們一逕往回尋索，復展望「孟加拉悲歌」一詩的集大成——而以之預卜詩人將與「孟」詩同在（且不說同不朽，因爲不朽的鑑定並非時人可以置喙的）。詩的歷程上，儘多這樣先例：如方思之有「豎琴與長笛」，黃用之有「自囿」，「後記」，鄭愁予之有「天窗」，「錯誤」，白萩之有「流浪者」……既使他們不再寫，我們亦會銘記在心，亦且記憶深遠。

李魁賢早期乃至近期作品，每善於抒發個人情性，挖掘片面底現實；這也是多數詩人正在走或繼續採探平凡生活的體裁。日前，顏元叔在中國時報人間副刊發表一系列攻擊「現代詩」的雜文中，再三責怪詩人「一天到晚閉門造車，自創語系」，而不以普通語寫普通事。對衆多不待顏之舊調重彈，卻早已自覺而淸醒的詩人說來，顏之大肆嘲弄的筆鋒未免以偏概全。對某些不敢面對現實的象牙塔中人，他們何能體會「俘虜」的辛酸——

千萬要忍耐
千萬要忍耐啊
不斷地警告自己
創業眞是這麼難嗎
這樣仰制着快要氾濫的情緒
好像四周圍都有埋伏的敵人
而最大的敵人是內部的潰爛

回到家，像是交換回來的俘虜
旣使妻兒也不能體會那種辛酸

千萬要忍耐
千萬要忍耐啊
這樣抑制着快要氾濫的情緒
却因反省爲什麼忍耐而茫然

「回到家，像是交換回來的俘虜」，此一詩句不正是做爲現代機械人的最佳寫照嗎！

李魁賢凝聚了廿二年（一九五三—一九七五）生活小品的長期冶煉，終於迸射出擴散出「孟加拉悲歌」慘亮的光輝。雖然這是一篇充滿異國情調的時代悲劇，但所謂人同此心，心同此理，我們未嘗不能以之反觀諸己——

我們有拉曼
就有麵包吃
我們有拉曼
就有水喝
我們有拉曼
土地會再長穀子
我們有拉曼
就有黃麻可織衣
我們有拉曼
就能平安過生活
好讓子子孫孫傳說
拉曼是我們的阿拉

這以「單調的名字」唱成「優美的旋律」，讀者讀後，不僅不覺單調，反而滋生一種悲憫的情懷。

「孟」詩整整一百行，其中最震人心弦的意象當推首尾相呼應的——

孟加拉的弟兄們
張大嘴巴一如合不攏的天空

「張大嘴巴」竟如「合不攏的天空」，其驚悸其絕望，其渺小與莫大的對比，誠乃別出心裁的創見。

作爲李魁賢第四本詩集「赤裸的薔薇」之代自序文「孤獨的喜悅」，是近年來難得發現的一篇上乘的散文。

——詩人的要務：唯孤獨，唯愛。

——詩人的勇決，該表現在把孤獨與愛當做命運，背在身上，當做羅網，纏繞肢體。

好一句「詩人的勇決」！問題是當代詩人之中，又有幾個能夠把「愛與孤獨」背在身上的呢？然則，李魁賢之有「孟加拉悲歌」，至少已呈現一段辛苦而來的過程，至少，我們會銘記在心，亦且記憶深遠。

里爾克「新詩集」

（連載之三）

李魁賢　譯

中古時代的神

而他們把神留在心中
盼望神存在且能審判
而他們終於像重錘般
（爲阻擾他的昇天行踪）

把大教堂的負荷和質量
揹在身上。而他該只要
在他無限的數目上方
指着數目廻轉而且有如鐘錶

以指示表現行爲和日常工作。
但突然他全心付之行動，
而驚愕城市的人民

讓他在受到他的聲音驚嚇以前
隨着外懸的鳴鐘裝置繼續前進
並自他的鐘錶面字盤逃走。

陳屍所

他們從容躺在那裡，好像
後來終於發現了那行爲，
曉得彼此以及和這般冷寒
融洽無間並且和諧無違；

因為這一切似乎還沒有終結。
究竟在口袋內會發現
哪一種名字？在嘴巴周圍
厭倦的表情已被洗淨：

他沒有消失；他只是變成純粹。
鬍鬚依然，更加幾分的堅硬
依看顧者的鑑賞都是很端正，

只要不引起參觀者的嫌惡。
眼睛藏在眼簾的背後
逆轉，如今朝向內部觀閱。

囚犯

I

我的手如今只剩
一種驅逐的姿勢；
從潮濕岩
滴落到古石。

我只聽到這種拍擊聲
而我的心臟步伐
配合水滴的行程
隨即一同消失物化。

水滴愈滴愈驟急，
好像又來了一匹獸。

何處愈來愈明晰—。
這些我們都很熟。

II

想想看，如今天空中的風是何等模樣
還有你口中的空氣以及眼中的光彩，
那是你的心和你的双手所置放
渺小地方周圍滿佈的石塊。

而如今在你內心呼喚明日，接着
還有：往後呼喚來年，如此繼續不斷—
那是你內部的創傷而且滿是膿漏
只能任其潰爛却不能再加以破傷。

那已是過去的事，那些事多瘋狂
在你心中已告平息 從未笑過般
可愛的嘴，却哄堂笑出。

曾經是神如今變成守衛獄卒
狠狠地把不潔的眼睛
塞入最後的牢中。而你生存至今。

豹

巴黎植物園中

他的目光因來來往往的鐵欄
變得如此倦態 甚麼也看不見。

好像面前是一千根的鐵欄
鐵欄背後的世界是空無一片。

他的濶步做出柔順的動作，
繞着再也不能小的圈子打轉，
有如圍着中心的力之舞蹈，
強力的意志暈眩地立在中央。

只有偶爾眼瞳的簾幕
無聲開啓——那時一幅形象映入，
透過四肢緊張不動的筋肉——
在內心的深處寂滅。

瞪羚

令人迷惑的是：兩組中選的語言
如何能達成和諧無間的韻律，
有如一個訊號在你內心來來去去。
從你的前額升起枝葉與琴絃，

而你的一切已流入戀歌
成爲比喻，其語言，柔和
有如薔薇花瓣，置放眼前，
不再閱讀，只緊閉着双眼：
爲了看見你，被帶走，有如

每一足脛都把跳躍裝上膛
尙待射發，只是頸子挺擧頭部
在諦聽：有如在林中沐浴的女郎
手足無措，在她轉向的臉龐
映現出森林湖泊的風光。

獨角獸

聖人仰首　而祈禱遂如
頭盔從頭頂向後掉落：
因爲從未被信賴的白獸
悄悄走近有如食物被刼走
而露出乞憐眼光的無助牡鹿。

象牙座一般的脚
在輕鬆的平衡中走動，
一道白色光輝醺然滑過獸毛，
落在獸額，明亮，靜立不動
有如月下的塔，這般皎潔的窗，
一步一步把它升擧高聳。

有略帶薔薇色之灰白毛絨
的獸嘴微微張開，略閃熠
白齒(比什麼都要白)的光芒，
鼻孔張大而且輕輕吐氣。
然而牠的眼光，什麼都遮不斷，
任意把形象投影在空中，

並且結束了一則藍色的傳奇。

聖賽伯天

好像橫臥者一般地屹立；
完全以巨大的意志力支撐。
宛如授乳的母親般入迷，
又像一頂花冠，以自身編成。

而箭矢破空而至，一支接一支
如像從地的腰間噴射而出，
箭矢末端哆嗦着堅決意志。
而他內心窃笑，毫無受傷的苦楚。

有一度他悲傷滿懷無法自禁，
而且眼中露出痛苦的神情
但迅即克服，視同細微末節，
並對破壞美麗事物的人
憐憫地寬恕，不加以斥詰。

註：聖賽伯天（Sankt Sebastian）天主教聖徒，為弓箭所射死而殉教。

捐獻者

那是向畫家協會的訂單。
也許救世主從未向他顯身；
甚至從來沒有一位主教正像
這一幅畫內所見慈靄走近他的身旁
並且把手輕放上他的肩。

也許這就是一切：就這樣跪着
（正像我們所經歷過的一切）：
跪着：以致我們本身的輪廓，
企望外出的輪廓，非常緊張地
留在心中，有如馬匹牽在手裡。

倘若發生不可思議的事件，
沒有約定而且永遠無法確認，
我們但願它看不見我們
不要走近，走到我們的身邊，
而只顧忙碌並且潛心深研。

天使

他以頭額微微前傾的姿態，
把應受的限制和應盡的義務遠避；
因為永恆的來者迂迴地
透過他的心房龐然挺立地前來。

深邃的蒼穹在他眼中充滿了形態，
而每一個都對他呼喚：來吧，認識吧——。
他柔軟的双手從你重負的存在
什麼都接不住。然則他們會來吧

在夜裡走向你和你纏鬪 考驗你，
且怒氣冲冲地穿過了家屋
把你抓住，如像是他們創造了你
並且從你的形式中把你驅逐出。

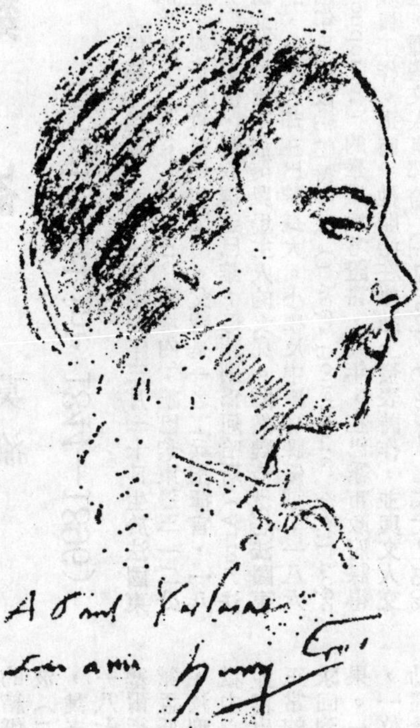

Verlaine at about 23

魏崙及其詩選

Verlaine the Dandy, 1869

魏　崙

(Paul Verlaine 1844—1896)

莫　渝

保羅•魏崙，西元一八四四年三月三十日生於法國東部麥慈（Metz, Moselle 省境內；離巴黎東邊三一二公里，鄰近盧森堡與德國）。父親是一名工兵指揮官，一八五一年退伍，舉家遷至巴黎；母親則爲阿哈斯（Arras,法國北部城市）甜菜農場主人的女兒。雖然魏崙世居法國東北，他本人却在巴黎長大。小學及中學功課優越，一八六四年取得波納帕特中學（Lycée Bonaparte, 今名Lycée Condorcet）的畢業會考證書，同年，在巴黎市政府謀得職員工作。這時，他開始在雜誌上發表詩作，並與文人交往，這些文人有郭培（Francois Coppée, 1842~1908）、法朗士（Anatole France, 1844~1924）、孟岱司（Catulle Mendès, 1841~1909）和葉荷狄亞(Heredia, 1842~1905）等。當時，他最心儀於波特萊爾（1821~1867，魏崙未曾與之謀面）和雨果（1802~1885，兩人曾於一八六八年會晤），但是行動上的主宰人物則爲黎瑟（1818~1894）和邦維爾（1823~1891）。一八六六年出版的第一卷「當代巴拿斯」詩選即選入魏崙七首詩，出版商同時也出版他的處女詩集「土星詩集」（Poèmes saturniens）。隨後四年間，魏崙又印行三冊風格迥異的詩集：「女友」（Les amies, 1867），「風流慶典集」（Fêtes galantes, 1869），「善良之歌」（La Bonne Chanson, 1870）。「善良之歌」是爲妻子而寫的詩集，她是魏崙的音樂友人西福利（Charles de Sivry）異母之妹馬斯爾德•莫岱（Mathilde Mautè）。一八七〇年的結婚，並未使魏崙戒除嗜酒成性的惡習。次年，認識韓波（1854~1891），受其相當大的影響。一八七二年七月，魏崙拋離待產的妻子，與韓波浪遊比利時、倫敦等地。一八七三年七月，魏崙無法忍受韓波的不告而別，在布爾塞爾街頭用槍傷了韓波，二人決裂。韓波走遠，魏崙則入獄孟斯（Mons, 比利時境內）監獄兩年，後因表現良好，減刑爲十七個月（一八七三年八月至一八七五年一月）。獄中心情平靜，悔恨自己的輕躁罪孽，皈依了宗教信仰，並寫出那首有名的「屋頂上的天空」。出獄後，過了幾年正常的生活，在英法等私立學校擔任教席，也曾向政府要求回到一八七〇年「巴黎公社」時失去的市政府職位，不果。一八八三年初，有個很好的機會，改善他的生活情況，一位農夫之子呂西安（Lucien Lètinois）有意請他協助經營農場，可惜元月呂西安突然死於傷寒（時年二十三歲），三年後，魏崙母親去世，同年冬，妻子改嫁（時年三十歲），已經再沒有人阻止他的墜落了，放肆與浪蕩的生活，影響身體健康甚鉅。

雖然一八八四年以後，他出版了十餘部詩集和七冊散文集，成了詩壇著名人物，享有「詩王」（le prince des poètes，十六世紀的洪薩與廿世紀的福爾也享有此銜）之稱，但酗酒的浪子生活使他的晚年在醫院裏歇了很長時間。一八九六年一月八日，詩人死於巴黎，享年不到五十二歲。

魏崙一生著作甚多，詩集將近二十部，散文亦有七冊，重要者如下：

一、詩集：土星詩集（1866）、女友（1867）、風流慶典集（1869）、善良之歌（1870）、無言歌集（Romances sans paroles, 1874）、智慧集（Sagesse, 1881）、昔今集（Jadls et naguère, 1884）情詩（Amour, 1888）、平行集（Parallèlement, 1889）、幸福集（Bonheur, 1891）、爲她歌唱（Chanson pour elle, 1891）。

二、散文集：邪惡詩人集（或惡魔詩人集，Les poètes maudits, 1884, 1888）、醫院記（Mes hôpitaux, 1891）獄中記（Mes prisons, 1893）、懺悔錄（Confessions, 1895）。

看過魏崙的簡單生涯與著作，我們更進一步探討他的作品：

一、初期（1866～1871）：

1. 土星詩集—在此集裏，魏崙儼然是波特萊爾與黎瑟的模仿者，此外，一些巴拿斯派詩人像邦維爾等也給予影響，然而屬於魏崙的個人聲音已經微露出現，屬於魏崙特有的感性、陰柔、哀傷都可以看出。波特萊爾影響他的不僅詩的內在因素，連詩集名都包括了，波特萊爾說過他的「惡之華」（1857）是一部「土星的詩集」。整個而言，魏崙這部處女詩集揉合著波特萊爾的憂鬱，黎瑟的絕望，邦維爾的韻律。集中較著名的作品有「我熟稔的夢」和「秋歌」。

2. 風流慶典集—此集大部份作品，是由瓦陀（Antoine Watteau, 1684～1721）的繪畫獲得靈感。瓦陀的畫描寫題材大部份是上流社會貴族族仕女的生活，畫面輕鬆柔合，色彩精緻華麗，情調高雅歡樂。「月光」、「曼陀鈴」二詩不僅是詩，也是一幅高雅的畫面。

3. 善良之歌—這是魏崙贈予未婚妻的一組詩，取材平凡，某些作品表露單純與眞摯的情感，堪爲魏崙最優秀作品之一，例如「淡淡的月」一詩即是。

二、受到韓波的影響（1871～1873）：

1. 詩藝（Art poétique）—認識韓波，不僅改變了魏崙的生活，也改變了他的文學觀念，使他脫離巴拿斯派而走向另一條路，發現新的詩境，即象徵、暗示、夢幻、音樂性等。「詩藝」是這個新詩觀的原則，完成於一八七三年，直到一八八四年的「昔今集」出版才發表。這首三十六行的詩是象徵派的宣言。

2. 無言歌集—這是採用新理論的實際表現。如同詩集標題，魏崙想使用文字一如音樂中的音符，也就是說不向文字要求意義，而是要求音樂的價值與臆測的效力。整集詩作二十二首，分爲三輯：被遺忘的短詩（Ariettes oubliées，比利時風光（Paysages belges）和水彩畫（Aquarelles）。這集子詩作有卓越的文學價值。其中「綠意」一詩寫于英國，是贈內的情詩。「淚滴著我的心」是許多選集必選之作。

三、宗教詩人（1875～1881）：

1. 智慧集—此集完成於一八七三年至一八八一年。包括截然不同的三輯：第一輯有二十四首，爲魏崙獄中時內心善惡之爭的思慮；第二輯有四首祈禱詩，最末一首則包含六首十四行詩的與上帝對白。第三輯有二十一首難詩。孟斯監獄裏十七個月的監禁，詩人有了宗教的渴望與皈依，他變得完全眞誠，悔恨昔日行爲，期盼正常生活，希望上帝予以拯救與安慰。

就內容而言，魏崙詩作有兩個特點：

1.自然與眞摯—魏崙說過：「藝術是絕對的自我」。事實上，在他的詩中，他坦誠純眞的表露自我；他的詩，大部份均只是他的希望、毛病與悔恨的懺悔錄。

2.夢幻與憂鬱—魏崙詩作中往往帶有憂鬱、輕微傷感的天然韻味；在他整個的描述與幻境中都帶有特殊的情調音韻，他的詩富於朗吟，特別是一般所謂「魏崙式」的那些詩篇。

在形式方面，他挑選最能表達他感性的形式，並且按照「詩藝」所要求的做到：

1.他經常扭曲句子間的邏輯規範，這些句子不按詞章法則的結構，而是依循詩人情緒的內在節奏。

2.在字彙上，他極力採用多義性文字，增加詩的含蓄。

3.詩律上，雖然他未提倡自由詩，但不重視押韻。擴大詩句抑揚頓挫變化的柔性與增強跨句的柔性。

4.詩體上，魏崙一反法國詩的傳統，選用單音節詩體。他認爲單音節給人的印象是曖昧、模糊、模稜兩可，波動、象徵、引人入勝。

十九世紀末期，魏崙的詩替法國詩壇打開另一扇窗牖——象徵派詩風，他的詩從許多觀點看，有其一貫性。與當時的詩人如波特萊爾、馬拉梅、韓波相較，魏崙是最多產的詩人，一生約有八、九百篇，然其佳作不過五十來首。依今日看，他的影響已略遜於上述三位詩人。

附記

法國象徵派幾位大師中，波特萊爾的物我契合，韓波的天才橫溢，馬拉梅的晦澀艱深，都不易學習，只有魏崙的表面感傷與音樂至上，最易學得，他對中國新詩的影響也最大。師承魏崙且自認爲魏崙弟子的李金髮，就是中國第一個以象徵派的技巧寫詩的人（註一），據他云：「……漸漸的喜歡頹廢派的作品，鮑德萊的『罪惡之華』，與及 Verlaine 的詩集，看得手不釋卷，於是逐漸醉心象徵派的作風……從那時起，開始寫些短詩，隨興所至，吟哦幾句，沒有中心思想，沒有韻，只是自己覺得新顯……」（註二），又云：「到了巴黎，則開始讀魏崙的詩集，因爲牠是『有毒』的，最合年輕人的胃口……」（註三）。

從李金髮詩集「微雨」（民國十四年出版）裏介紹三首魏崙詩作以來，陸續譯介的人士有：朱湘（一首）、梁宗岱（五首）、侯佩尹（一首）、賈子豪（十三首）、胡品清（十七首）、施穎洲（十首），此外，盛成、盧月化、蘇雪林等撰文介紹，民國四十六年三月一日出版的「復興文藝」第四期還以封面人物推介（賈子豪譯詩）。半個世紀了，魏崙詩作的中譯情形並未加深增廣，甚至連起碼的「魏崙詩選集」未曾出版單行本，誠爲詩壇憾事。

註：

一、見賈子豪：論象徵派與中國新詩。「賈子豪全集」Ⅱ第三一七頁，或第十一頁。李金髮是否曾自許爲魏崙的弟子，待查，但賈子豪這麼說，胡品清介紹這位法國詩人時也附帶這麼說。

二、見李金髮：文藝生活的回顧。「飄零閒筆」第五頁。

三、見李金髮：答瘂弦先生二十問。「創世紀詩刊」39期第三頁。

魏崙詩選

莫渝譯

1. 我熟稔的夢　(mon rêve familer)

我經常夢著這個奇異而動人的夢
夢中有位陌生女人，我愛她，她亦愛我，
每次，她既不完全一樣
也非另一位，她愛我，了解我。
因爲她了解我，我的心全然的
只爲她一人。唉！停止只爲她一人的
問題吧！我額頭汗珠，
只有她知道如何在淋淋中扇涼。
她是棕色的，金黃或玫瑰色的？——我沒注意。
芳名呢？我猜想該是溫柔且清脆
一如受放逐生活的情侶們。
其眼神宛如石像，
其聲音，遠遠的，岑寂的靜肅的有著
轉換沈默的親切感。

2. 秋歌　(Chanson d'automne)

秋天的
小提琴的
長長鳴咽
以單調的
低沈旋律
刺傷我心。
鐘聲時
一切皆窒息
且失色了
我沈緬於
往日
以至哭了；
我隨
携我走的
狂風
飄東，飄西。
一如
枯葉。

3. 牧神　(Le Faune)

一位赤褐色的老牧神，

在草坪中央朗笑，
無疑的預言一次，
惡運，就在此寗靜瞬刻；
牽引我也牽引你，
憂鬱的朝香客們，
直到單音鼓的廻音，
消失的這刻鐘。

4. 月光 (Clair de lune)

你的心靈是供挑選的風景，
那兒有迷人的演員和舞者，
弄跳琴舞，而幾乎
在他們奇異化裝下面露愁苦。
大家雖以低吟輕唱
愛的勝利與生的歡愉，
他們似乎不信自己的幸福。
而將歌聲融入月光，
融入凄美寗靜的月光，
使林中群鳥進入夢鄉，
使大理石環繞的細長噴池
因噴泉樂極而泣。

5. 曼陀鈴 (mandoline)

夜曲的吹奏者
與美麗的聽衆
在吟哦的枝椏下
互換乏味的對談。
這位是狄爾西斯而這位是阿曼特，
這位是永恆的克利堂達，
而這位是爲無情女郎，
寫過無數溫柔詩篇的達米斯。
她們的絲質短衣，
他們的長禮服，
他們的文雅風采，
以及藍色的柔影；
在消魂的朦朧月下，
旋舞，
而曼陀鈴之音飄盪於，
寒顫的微風中。

6. 情感的對白 (Colloque Sentimental)

在孤寒的古園裏
兩個影子剛剛飄過，
他們的眼神木訥，雙唇微啓，
幾乎聽不見他們的話語。
在孤寒的古園裏

兩個幽靈飄過。

——你還記得往昔咱們的摯愛嗎？
——你爲何要我追憶那些？
——聽到我的名字，你總會心悸一番吧？
你常在夢中見我吧？——不！
——啊！那時我倆親吻，
是無比的幸福！——也許如是。
——那時，天有多藍，希望有多大！
——希望早已遁逝於黑夜了。

他們如此走在黑蕎麥田裏，
只有夜晚他們的話語。

7.出發前（Avant gue tu ne t'en ailles）

在你出發之前，
蒼白的曉星，
——成千的鵪鶉
在臂形花裏唱著，唱著。——
轉向眼神充滿愛意的
詩人身邊，
——雲雀
昇向天空與陽光處。——
你的視線轉向
曙光；
——何其的歡悅
在小麥成熟的田間！——
而且照亮我的思維
在那兒，——好遠啊好遠！
——露珠
高興的在乾草上閃耀。——
在甜蜜的夢鄉中
我的情婦仍睡著……
——快點醒來，快點，
這兒有金色的太陽！——

8.淡淡的月（Le lune blanche）

淡淡的月光，
照在林叢裏；
覆蔭下，
每一枝幹，
發出響聲……

啊！情人。

墨鏡般的池塘
映出
暗柳的
樹影

在那兒，風哀號著……
是時候了，讓我倆入夢吧。

廣大且溫柔的
怡然自得
似乎降自
由彩虹組成星群的
穹蒼……
這是美好的時刻。

9.淚滴著我的心 (Il pleure dans mon coeur)

雨温柔地落在城市上
——韓波

淚滴着我的心
一如雨落在城市上。
是什麼這般頹喪的
穿透我的心？

啊！爲了煩悶的那顆心，
溫柔的雨聲
濺在地上，濺在屋頂！
啊！雨的歌詠！

無端的淚滴在
這顆厭煩的心。
怎麼啦！沒有不對？
這無緣由的憂悒。

無從知曉爲何煩悶。
這至深的煩悶。
沒有愛也沒有恨，
我的心如此苦惱著。

10憂傷 (O Triste)

啊！憂傷，由於一位女人
憂傷成了我的靈魂。

我不是自慰
儘管我的心走得遠遠了，
儘管我的心，我的靈魂
已經遠離這位女人。

我不是自慰
儘管我的心走得遠遠了。

而我的心，我的心非常敏感的
對靈魂說：這可能嗎？

可能嗎？——它做了，——
自負給溜了，憂傷給溜了

我的靈魂對心說：我自個兒是否知道
爲我們而設的陷阱

此刻，雖然避開了
雖然走得遠遠了？

11綠意 (Green)

這是果子，花朶，樹葉與枝幹，
這是只爲你一人跳動我的心。
不要用你白嫩的雙手與
動人的秋波擊傷它。

還綴著露珠呢，晨風
冷顫前額，我就來了。
容許在你的足下養養神，
沈入恢復疲勞的黃金晷刻。

將頭擁入他青春氣息的胸懷，
讓最後一吻的響聲廻盪耳際；
既然你休息了，且讓我溫存的
依靠著，假寐片刻。

12 布魯塞爾 (Bruxelles)

——另題「木馬」(Chevaux de Bois)

我們到，
聖日耳去，
我的輕快
栗色馬。
——雨果

旋轉，旋轉，好木馬，
旋轉百回，旋轉千回，
繼續旋轉，一直旋轉，
旋轉，轉出軒昂響聲。

胖士兵，胖女傭
都在你們身後，一如就在房裏；
因爲，這天，他們的主人
双双親自到坎布爾林園。

旋轉，旋轉，心中的馬匹，
以精敏扒手式的一眼瞄瞄
圍繞著的你的比賽場，
轉出勝利喇叭的響聲。

彷彿醉了够你狂喜的，
在這個野獸大圈裏，
心中舒暢而頭部昏眩，
成堆的壞，成群的好。

旋轉，旋轉，管它是否
需要磨損馬刺，
駕御你的圓形奔馳，
旋轉，旋轉，不用秣草。

加快些，心中的馬匹：
此刻，天已黑了，
該叫回鴿子們，
離開趕集，離開夫人。

旋轉，旋轉！天鵝絨絨的穹蒼
金色星子慢慢綴上，
此刻，人人約黃昏後。
旋轉出擊鼓般的快樂聲。

註：一、四節四行的坎布爾林園是布爾塞爾的一處散步地。原詩爲第三行。
二、六節三行，鴿子們原詩分作二字，即pigeon, colombe，皆爲鴿子。

13 可憐的年輕牧羊人 (Apoor Young Shepherd)

我怯於接吻
一如蜜蜂。
我受苦我熬夜
沒有休息。
我怯於接吻！

我鍾情於卡德
與其媚人秋波
高尚的她
配著修長曲線。

哦！我愛上了卡德！
這是聖‧華倫汀節！
我應該在早晨對她說
但我不敢……
可怕的事啊
好一個聖‧華倫汀節！

她允諾了我，
好福氣喲！
然而要成爲比允諾更進一步的
情人
是何等的大事！

我怯於吻她
一如蜜蜂。
我受折磨我熬夜
沒有休息。
我怯於吻她！

譯註　聖‧華倫汀節（Saint—Valentin）即二月十四日
情人節

14 聽如此柔美的歌聲 (Écoutez la Chanson bien douce)

聽如此柔美的歌聲
僅爲你的喜悅而吟唱。
這歌是間歇的，輕盈的：

宛如青苔上悸顫的水滴！
這歌聲是熟稔的（且親切的？）
然而，此刻它彷彿憂愁的寡婦
匿跡起來，
堅持高傲的樣子，

長長皺紋的面紗
被秋天的涼風拂動
宛如星顆，它掩飾復露現
訝異於眞實的心。

它說，這歌聲令人憶起
生命的仁慈
而嫌忌與羨望
沒有被留下，死亡就降臨了。

它也提到不再冀望的
單純名譽，及
不需克制平靜的幸福所造成的
動人與溫柔的婚事。

允許這不變的歌聲寫入
天眞的新婚歌裏頭。
走吧！沒有較之令一顆心靈
最少憂傷更好的！

它處於痛苦與過渡中，
不帶忿怒折磨的心靈，
如同易懂的德性！……
聲好儁智的歌聲。

譯註：「它」在原詩中用「她」（elle）是「歌聲」的代名詞

15卡斯巴•歐瑞吟誦：

我回來了，乖巧的孤兒，
在我安詳的眼神裏充滿一切，
對著大城市的人們：
他們沒有發現到陰詭。

二十年一件奇事，
以愛情火焰爲由，
要我尋找美女：
她們找不著姣好的。

雖然無國無王
勇氣幾乎不存在了，
我欲爲戰捐軀：
死神並不要我。

我出生得太早或太晚？
在這世上我做了什麼？
啊！爲了你，我的痛苦是深沈的：
請替可憐的卡斯巴•歐瑞祈禱吧！

16 屋頂上的天空 (Le ciel est, par-dessus le toit)

在屋頂上，
　天空如此的藍，如此的靜！
在屋頂上，
　枝椏搖曳棕櫚葉。
在看得見的天空，
　鐘聲緩緩地響著，
在看得見的樹上
　鳥兒獨自哀鳴著。
老天啊！老天！這就是生命，
　單純且寧穆。
從城市傳來了
　和平之聲。
——哦！在那兒，你做了些什麼？
　不停的哭泣，
你說，在那兒，你做了些什麼？
　當你年少時。

17 我不知為了什麼 (Je ne sais pourquoi)

　我不知為了什麼
　心情苦惱著
憶念與狂喜的翅膀飛過海上。
　而恐懼的翅膀
　掩蓋我的情愛於
平靜的波濤上。所有這些我珍惜著。
為了什麼？為了什麼？
　我的思維如同海鷗，
　隨著浪花，憂鬱的飛翔，
　風都平靜了，
　潮流轉向了，海鷗也拐彎繼續
　憂鬱的翱翔。
　　沈迷於太陽
　　沈迷於自由，
一瞬間這種沈迷引導海鷗穿越浩瀚。
　銀白的波濤上
　夏季的海風
溫柔地使海鷗涼涼淺睡。
　有時牠憂傷地叫喚
　警告遠方的船員，
　然後，醉心於起風與浮標
　整個翅膀下傾，投入水中
　再飛起，憂傷地又叫喚著！
　我不知為了什麼
　心情苦惱著
憶念與狂喜的膀翅飛過海上。
　而恐懼的翅膀
　掩蓋我的情愛於

平靜的波濤上。所有這些我珍惜著。
爲了什麼，爲了什麼？

18 葡萄收穫期 (Vendanges)

原題「秋」 (Aueomne)

記憶空白時，
就在腦子裏吟唱，
聽！是我們的血在吟唱……
哦！迢遠的隱密的音樂！

聽！是我們的血在哭泣，
當我們的靈魂逃逸時，
一陣聲音直到聽不見時
煞然靜寂。

紫葡萄血液的弟兄，
黑色脈管酒液的弟兄，
哦酒，喔血，這是光榮結局！

喝吧！哭吧！驅趕記憶
再驅趕靈魂，直到黑暗
吸引住我們可憐的脊椎骨。

短歌

侯佩尹 譯

心中酸淚傾流，
連綿漫城冷雨。
閑愁究是何物，
刺我心頭如許！

瀟瀟冷雨柔聲，
洒地復飄瓦上；
惹得心緒無聊，
冷雨瀟瀟低唱。

無端簌簌淚落，
在這寂寞心裡，
毫無可解原因？
煩惱本沒情理。

最是十分難過，
全不知爲甚麼；
無愛也無怨恨，
心中痛苦何多！

—中國文藝三卷二期
(四十三年四月)

鮎川信夫

陳明台譯

初期詩篇

1.寒帶

穿上軍靴
奔馳而去
在雲之上
支撐著月
白色的標識棒
倒下了
冰河上　風猛烈地吹拂
蒼白的　冷冷的……
青魚一蹦跳
沼澤就回歸靜謐
——不久　北極的合唱
攀在雲上　乘在風上

2.黃昏

星座上　點起了燈
雲的圓圓的肩上
風滑落
尾巴上　積聚著光
青貓踏著步伐
北斗傾斜
淚垂落　在白色的腕上
銅色的月
迅速地
向著樹梢攀登而上
棗木下
濡溼于青色的光
誰在搜尋著失落的義眼

3.夕暮

以青色的鐵鍬

掘著雲的邊緣
珊瑚撒落滿地

是奔馳而去的風
白頸的猫
從星星們私語的影子
窺視著月的圓窗

黑色的花朵　如同散彈一般
迸落在深淵裡

灰白色的咖啡杯上
太陽的香味依然殘留著

4. 靴

夕暮殘存的天空　白蠟色的塔聳立著
白日向著甃石沉落　街道在靜靜的谷間
附合著　如同毽球一般蹦跳的影子
靴　鳴叫著

不久　孩童們會閉上黃色的眼睛
——向著月亮奉獻虔誠

從靴上　生長了鴿子的翅膀
如同氣球一般　昇向天空

因而　從那樣遠遠的天空
可以聽得見　天使們的跫音

5. 逃亡

貫穿青光的箱子，拔去噴水的栓子　逃亡

地軸滑落在身後
伴著月亮奔馳
向著雲

黑犬追逐而來

義足　停佇下來
眼裡星星流轉
回顧的肩膀上　落葉散開著
而微笑的唇閃閃發亮
水飴色的頭髮的對岸　月亮　挨得很近

「渺渺的噴水的躍動
正在附合著
神們的哄笑」

6. 飄泊者哀歌

額上　雪積聚著
悲壯的音樂消逝
從樹林細瘦的枝梢上
鳥離去

伴著波浪　明日的雲

朝著地平線拓展的時候
從純白的被罩裡
可以聽到　鳥兒的啼聲

然而　飄泊者
却嘎吱嘎吱地殘踏肋骨
向高聳的尖塔　攀登
日暮的時候
雲的影子就垂落　在額上
閃閃爍爍的哀傷
越過荒涼的琥珀色的山脈
歌聲漸漸在遠去
閉上眼
地球就靜靜地廻旋
星群撒佈露珠在髭上
那虛無的街道　深遠而寬敞
銹了的城門上
翻飛的淡青色的旗喲

7. 船

小鳥們回歸森林之巢
太陽向著鐘樓在沉落
鑲飾著花的船就通過　夕暮燒紅的天空
孩童們幌蕩著在船上
——小小的白天使
鴿子一般　圓圓的溜著眼

船逃遁　太陽追逐
白色的帆上乘載了透明的夢
青色的風車嘟嚕嘟嚕地廻轉
——這是　只有孩童可以搭坐的
　向天國駛去的船
從寬敞的地上的屋簷
唷喲　唷喲
殘留的孩童們擧起双手
呼喚著
紅雲的波上　伴同泡沫而消逝
鑲飾著花的船

8. 綻霜的日子

有著畫模樣的
玻璃窗上　紅寶石的花
仍未綻開
偷盜了半身像
就如同年青的驢馬一般
會傷風的季節
眺望　雲的邊緣的寂寞的花
跫音就靜止下來
驟然　從背後遮住眼睛
那溫柔的掌也顯得冰涼
縱然如此　爲了即將來臨的明朗的日子

琢磨金鳥籠
手指會暖和起來
霜綻放的日子

9.肥皂泡

因湯匙的響聲而睜開眼
眩目的 七月的庭園喲
白色的蝶 停佇在髮上
綠木下 以黃色的吸管
肥皂泡 咕嚕咕嚕的廻旋著碟子
追逐逃遁而去的鴨
砂 閃爍的岸邊
風的吹拂而破裂的
笑臉 不知向著何處
消逝而去

10構圖

眺望卵型的雲
海的胎內的砂濱
正在假眠中孵化著夢
從光中噴濺而上
青色的樹汁透明
肉體 隨著水而流出
鶯 以細弱的聲音鳴唱
耳朵成爲樂器的午後
不久 訴說著再見
日暮會來到

11貝殼的墓場

I

貝殼的舌上
月光 照著
周圍更形寂靜
如同溶化的松的影子 所有的影子
一邊抹消貝殼的足跡
一邊向著海的方向 流動而去
陰慘的骨的影態
依然在砂中眠著
從一個眼球的瞳孔
窺視僅有青雲的世界

II

貝 鳴著
黑色的海 吼著
顯目的貝殼 哭泣著
划開綠色的植物
搭載了穀物以及指環以及外國的政治學的
巨大的船舶在那兒通過
望見附著船體上大量的貝殼
白色的鹽上坐著的貝殼 流著淚
外國的政治學通過的時候
散佈貝殼的香味的風
廻繞著亮起燈的海岬
喀喀喀地 叩著古老人家的門扉的
聲音 響著

水 流著
白色的圓筒形的頂端

12 椅子

望見海的是 住在壁上的人
在睡眠盜走了燈盞之前
至少
風的聲音會充溢門的那邊吧
依靠著椅子
如同老木的瘤一般
白色的鹽上
或許有人在打著盹

譯自1977年3月「現代詩手帖」

鮎川信夫

本名 上村隆夫 大正九年生于日本東京
早稻田大學中退 參加戰爭
學生時代即發表作品于 新領土等
戰後參加創刊「荒地」
作品很多，主要有 鮎川信夫詩論集，
戰中手記，鮎川信夫全詩集等。

以上十二篇係詩人最初期的詩作，完成發表于昭和十二年至十五年間。

戰後日本詩選

林鍾隆譯述

嵯峨信之

一、簡歷

明治三十五年（一九〇二）出生於宮崎縣。十七歲中學中途退學，二十歲在高橋元吉家做食客，與萩原朔太郎為友。二十一歲到東京，入文藝春秋社。二次大戰後才開始作詩。

二、特徵

他的詩，正如「愛與死的歌」（一九五七）和「魂中之死」（一九六六）兩本詩集的書名所示，一貫地在追求圍繞着愛與死形而上的生之課題，詩風具有內省的，抒情的神秘主義的傾向。但是，在抒情性的根柢，却有着嚴肅到可謂壯絕的生的認識，這一點是不應忽略的。譬如代表作之一的「白夜的大陸」，作者所見的，是排除了事物的外觀所出現的赤裸裸的生的狀貌，是依存在的實相所捕捉到的人世的地獄圖。憑這樣能看透生的實相的精神之眼，這位詩人，深入愛的、死的、存在的本質，從那深處，汲取出使讀者的心震顫，或是淒厲的，或是優美的意象。此外，這位詩人的詩，看來漫不經心的表現上，詩人的神經也非常細膩透徹，使用詩語的適確和效果，及仔細估量的意識的構成法，依據巧妙的比喩成象徵創造出來的具體的形象美等等，皆足以證明這位詩人優秀的言語感覺。

三、詩作

諾亞的方舟

喚醒睡眼中的我
是在某處的地平線
以沒有縫痕的做法
從遙遠的地方撫摸着我的眼皮
這樣我如果也沒有醒來
就會敲響諾亞方舟的鐘聲來喚醒我吧
利用我遙遠的記憶
憑那背後廣邈的綠的反響
在我 除了遠去的事物以外
還沒曾來過
我把眼睛挖去
只為了能把心確實地釘在身上
我也把耳朵忍痛削掉
為了對任何人我都能完全自由
我把嘴縫起來
為了不使有他求
我把兩脚也砍了
為了到達不會有人到過的事物
我把兩手也切下來
只為了最後擁抱的事物
能用全身去記憶

在這世界上 不知何處
一定有大大地緩緩地起伏的海吧
一定有一點一點地流動的
　大大地緩緩起伏的海吧
如果我在那海上像空桶一般漂流
總有一天 諾亞的方舟會拾起我吧
而爲了把我送達新的世界
方舟會鳴着鐘緩緩地改變進路吧

火

請不要熄掉它
那從我之中移入你的小小的火、
那是此也唯一的火
那是大大的鳥飛下我和死之間的深谷拾起來的
那小小的火
對你無所求
只是以像零那樣的空虛庇護着你
爲你抗拒一切事物
現在赤裸的你
攀着那個火站在梯階
站在通往無盡的二樓的梯階上

白夜的大陸

最重要的東西
是從我的靈魂向外垂着的一條繩子
如果能順着那細長的繩子
下到血的沿海州
我會在那裏
看到值得看的事物
我將看見
夜以和白晝不同的大龍卷風
瘋狂地絞扭着林木的情景
而在相信是自己的臉的背面
白骨以嚴謹的組構
徹底固抗着人的原型
還有 遮蔽我背後的黑暗的海上
一圈又一圈地泅泳的海豚
我將發現
那是巧妙地懷着孕的自己的妻子
然後我將看見
肩上扛着大大的長柄鐮刀的瘦巴巴的群衆
排成一列紛紛通過我的面前
不問可否地被趕往白夜的大陸
我如何抓到了長繩
很快逃歸靈魂之中
一點也沒有記憶
但是 突然在耳朵深處
會聽到敲打龜甲那種空洞的聲音
於是我的全身
　竄過難於忍受的痙攣
我就自然地落入高潮了

四、感　想

人生是深不可測的夜的海洋，但精神的眼，能看透它。詩人不應以肉去感表面的世界，應以精神的眼去透視人生。讀這樣的詩，靈魂都會爲之戰慄，眞是入得深又衷得深的靈魂在呼喚靈魂的產物。

愛

——現代詩鑑賞(1)——

陳金連譯

愛是人的本性，生活的源泉。愛會產生信賴，喚起喜悅。父母之愛，異性之愛，夫婦之愛，對近親朋友之愛等等，有各種各樣的形態，然而無論如何，在人的生活上一天也不能缺少的。詩人必須唱出至高的愛。

啊啊，嫉妒心好勝的時間呀
如今斟滿着愛的
這陶醉的瞬間
仍然不得不以跟不幸的日子相同的速度
疾走離我而遠去嗎！

（拉馬丁「湖水」）

薔薇呀　百合花呀　鴿子呀　太陽呀
從前我曾經愛過那些
如今我不再去愛它　如今祇有
小小的　溫柔的　清純的
祇有她　變成了叫做愛的　愛的泉水了

（海涅「抒情插曲」）

詩人沒有一個不歌詠愛。愛以翅膀把人所能活下去的時間賭下。拉馬丁唱着充實的時間是何等的短暫。海涅却唱出愛的翅膀首次造訪的喜悅。「薔薇呀百合花呀……」這些句子，使「愛」更顯出具有美感。

日本詩人的愛的詞藻似與這二首大有不同。它有解不開的幽暗，濕濕地滲出。

今天我仍然也滿懷感受着
這靈魂的加速度
而保持着極度的寂靜
木然地坐着
淚水自然地流下
像要緊抱那樣越發沈思着妳

（高村光太郎「智惠子橋」）

妳和我不能觀賞同一個月亮
無雲的月亮或紅色的月蝕　一個都無法眞到
月光也不能把妳和我一起照射
東西半球的國土
何其遙遠呀
我眺望着月亮
而渴望着見妳

（中野繁治「我眺望着月亮」）

高村把自已的感情直線地發出，中野則把月亮置於核心，靜靜地詠出愛心。

高村的詩用直接法使人就那麼玩味其內容，而中野却採用了讓讀者感取氣氛的手法。

註：拉馬丁（Alphonse de Lamartine 1790—1869），法國詩人，政治家，外交官，當過外相。著有「瞑想詩集」。

出版消息

本社

I、詩誌

※「藍星」新七號已出版，編輯部：永和鎮秀朗路二段一九一巷三十弄十一號，定價二十元。

※「秋子」第十五期已出版，社址：臺北市郵政十四—五七號信箱，定價十八元，郵撥一〇〇四六六號涂靜怡帳戶。

※「葡萄園」第六十、六十一期合刋已出版，編輯部：板橋市中正路幸德巷四七弄六之二號，定價三十元。

※「月光光」兒童詩集第三集已出版，編輯部暨經理部：中壢市白馬莊三十六—二，郵撥五三四二林鐘隆帳戶，定價十五元，長期訂閱十期一二〇元。

※「詩人季刋」第八期已出版，編輯部：臺中縣沙鹿鎮文昌街四八號，定價十五元，郵撥二四一九九洪醒夫帳戶。

※「詩潮」第一集已出版，編輯部：臺北市敦化南路三六二巷四六之二號，定價四十元，高準主編。

※「綠地」詩刋第七期已出版，編輯部：屏東市永安里目立路二三號，定價二十元，郵撥四四六四四林小鳳。

※「長江」詩刋第六、七期均已出版。

※「八掌溪」季刋第四期已出版，編輯部：民雄鄉中樂路一〇六號，定價十五元，郵撥二七五四八號林承謨。

※「長廊」第三號已出版，編輯部：臺北市木柵國立政治大學長廊詩社。

※「華岡」詩刋第三期已出版，編輯部：臺北陽明山華岡中國文化學院華岡詩社

※「詩風」詩刋第六十一期、六十二期均已出版，地址：香港北角英皇郵箱四九九三號，定價十五元。

※「消息」第三期已出版，社址：楊梅埔心四維新村二三四號，定價三十元，郵撥一〇四二八三號李貞生帳戶

II、文藝雜誌

※「夏潮」第十七期已出版了，本期為當前文學問題專訪；訪任卓宣、楊青矗、王拓、趙天儀、劉心皇、鍾肇政、黃春明等。社址：臺北市信義路四段安和路七六巷七一一號二樓，定價二十五元，郵撥第一〇六二七八帳戶。

※「臺灣文藝」革新號第二期已出版，本期為七等生專輯。編輯部：桃園縣龍潭鄉龍華路五十三號，定價二十五元，全年一百元，郵撥五三四二號林鐘隆帳戶。

※「現代文學」復刋第一期已出版，地址：臺北市光復南路二六〇巷五一—二號，定價五五元。

※「頓河」創刋號已由政治大學俄文研究社出版，評論俄國文學，為國內研究俄國文學的唯一學術性刋物。

III、詩集

※李魁賢的詩集「赤裸的薔薇」已由高雄三信出版社出版，特價三十元，附有趙天儀的評論，作者書目，評論文獻，作者年譜，為作者第四部詩集，內容充實，值得愛好作者的作品者珍藏。

※謝武彰兒童詩集「天空的衣服」，由趙國宗畫圖，例入中華叢書出版，定價二十元。

※関根詩集「飛揚的山脈」已由葡萄園詩社出版，定價精裝六十元，平裝四十元。

※張默、張漢良、辛鬱、菩提、管管編「中國當代十大詩人選集」，選紀弦、羊令野、余光中、洛夫、白萩、瘂弦、商禽、羅門、楊牧、葉維廉十家作品，由源成文化圖書供應社出版，定價一三○元，平裝九十元。

※常茵編「中國現代情詩」，已由曾文出版社出版，特價一百元。

※李昇平等作「獅吼集」已出版。收孟郊等十四位青年詩人的作品

、評論翻譯及其他

※劉若愚著「中國詩學」，杜國清譯，已由幼獅文化公司出版，定價精裝七十元，平裝四十五元。本書為一部有系統的研究中國詩的理論探討的好書，凡有志於中國現代詩的創作與評論，不可不讀。

※陳少廷編著「臺灣新文學運動簡史」，已由聯經出版事業公司出版，定價四十五元。

更正啓事

笠詩刊79期封面裡刊登發行人黃騰輝先生與楊逵先生二人照片因製版倒錯，特此更正。

台灣現代詩集　刊行啓事

將「笠詩社」同仁以日文寫成的現代詩，計劃在日本刊行，這一計劃相信在文學史上、文化交流上均具極高的意義。

這一計劃係同仁北原政吉跟其友人小說家兼出版商宮崎端氏差商，徵得同意，為介紹「笠詩社」同仁的詩活動；北原、宮崎兩氏於本年八月六日在臺北市會見陳秀喜、趙天儀、巫永福、吳建堂諸同仁，翌七日於臺中市會見陳千武，分別就出版詩集細節研討後決定刊行。為了充填臺灣詩史上的空白，敬請笠同仁贊同與合作。

有關詩集出版的辦法如左：

㈠請笠同仁自選以日文寫成的作品一至四首，用有格稿紙繕寫清楚，（如屬翻譯並請附中文原詩），務於十一月底以前郵寄同仁陳千武（豐原市三村路九十號）整理後，轉寄同仁北原政吉執編。

㈡詩作品外，請寫二○○字以內簡歷，如出身、年齡、學歷、趣味、職業等，但不願陳述的事項可不必寫，如能就具有魅力的人間像的一面，予以敍述更好。在簡歷上並請附顯示自然氣氛姿勢的生活照片一張。

㈢詩集形式：以四六版裝幀，裝幀插畫設計由北原氏負責，頁數一五○頁至二○○頁。

㈣印刷發行：由日本熊本市大江町渡鹿印刷、出版發行，初版一、○○○～二、○○○部，宮崎端為發行人，定價暫定日幣一、○○○元，（由出版社宮崎氏決定）。

尋找自己的聲音

柳文哲

寫詩，最重要的是尋找自已的聲音，建立自已的風格。如果一個寫詩的人，只能跟着流行走，一窩風的趕時髦，那就會失去了自己的聲音，甚至變成了別人的應聲蟲或傳聲筒而已。

在還沒有談鄉土文學以前，鄉土文學就已經有人嘗試創作，而且有着一種硬朗的存在。如果爲了趕時髦，大談鄉土文學，事實上，已經是晚了一步。

在創作的邊緣上，我們面對着宇宙與人生，社會與個人，也面對着許許多多的問題；我們需要我們自己明智的抉擇與果敢的對決，而不是以假相代替眞相，以逃避現實代替面對現實，然後，來自我欺騙一番。

詩，是在努力追求與創造的過程中，一閃一滅的靈光。詩，不是在那些把詩當作商品一樣地拍賣的買辦者的手裏。我們深深地瞭解，如果我們以一位老百姓的眼光，來觀察我們周遭的事物，我們也有許多的感觸與批評；如果我們的詩人，就是我們老百姓中一位優秀的份子，替我們寫下我們的心聲，那該多麼有意思呀！

不錯，詩人要尋找自已的聲音，但也不妨聽聽我們老百姓的聲音。本期以「都市」爲題材，居然也收到了不少可喜的作品，流露了一些生活在都市中衆生的心聲；我們需要詩人自己的聲音，也需要反映時代的樂府新聲。

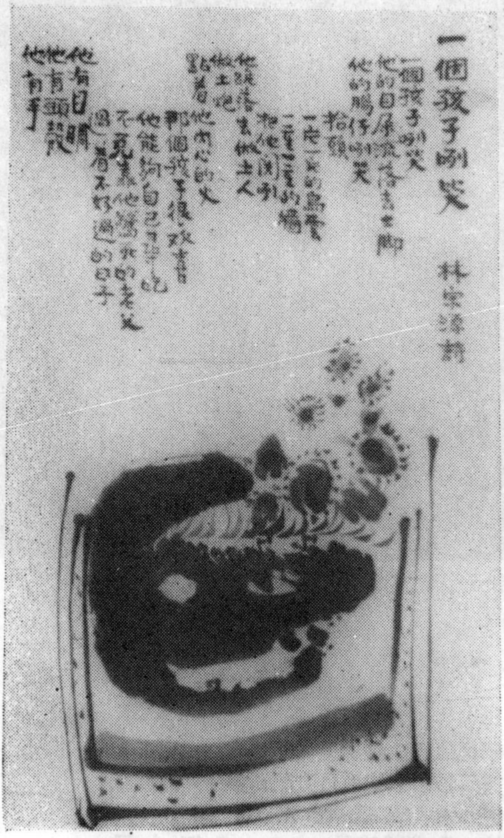

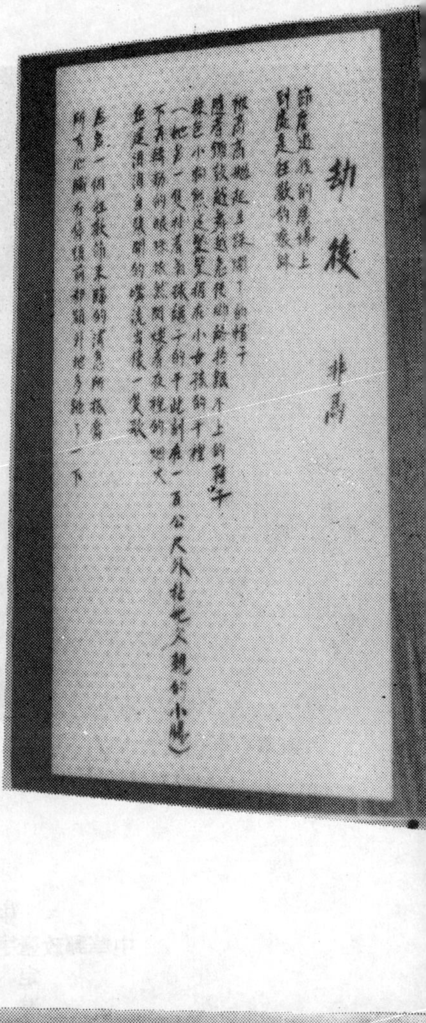

現代詩畫展

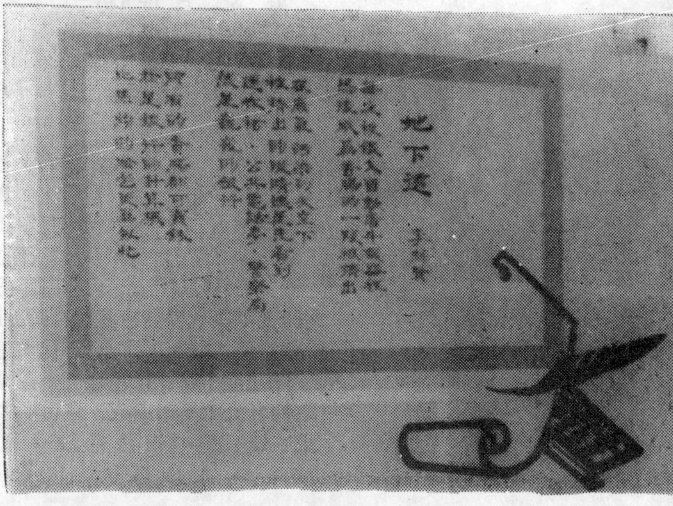

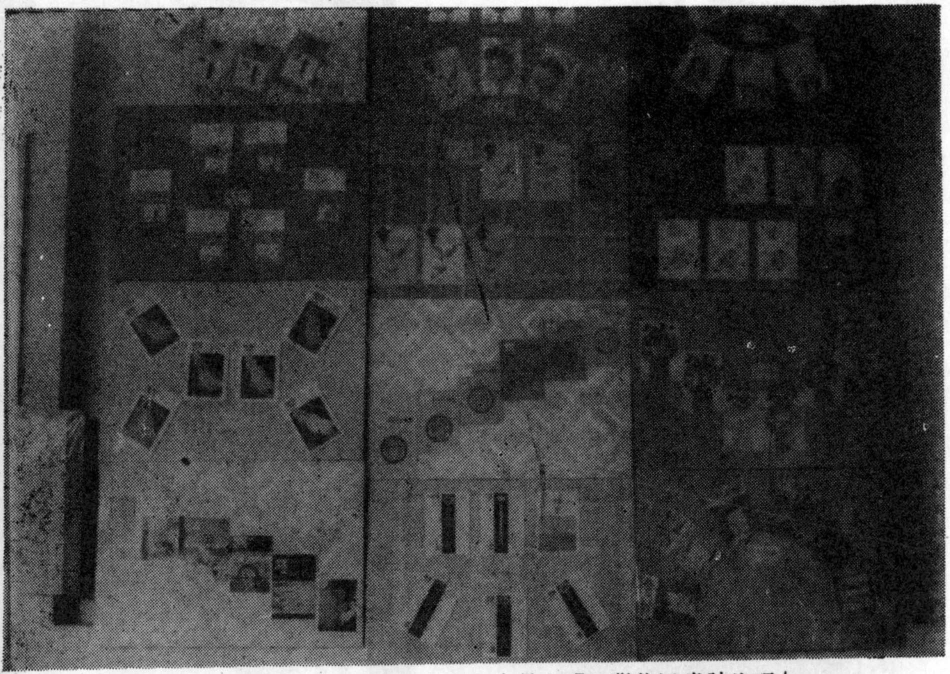

「現代詩畫插花聯展」六月十七至廿二日在台中市立文化中心舉辦

中華民國行政院局版臺誌字第一二六七號
中華郵政臺字第二〇〇七號執照登記爲第一類新聞紙
定　價：國內每冊新臺幣20元
海外地區：日幣240元　港幣4元
　　　　　菲幣4元　美金1元
全年六期新臺幣100元　半年三期新臺幣55元
※郵政劃撥21976號陳武雄帳戶（小額郵票通用）

出版者：笠詩刊社
發行人：黃騰輝
社　長：陳秀喜
社址：臺北市松江路三六二巷七八弄十一號（電話：5510083）
中部資料室：彰化市延平里建寶莊51之12
北部資料室：臺北市北投百齡五路220巷8號4樓
編輯部：臺北縣新店鎭光明街204巷18弄4號4樓
經理部：豐原市三村路90號
印刷廠：華松印刷廠　電話：263799號
廠　址：臺中市西屯路一段一二三巷八號

笠

詩双月刊

LI POETRY MAGAZINE

81

中華民國五十三年六月十五日創刊
中華民國六十六年十月十五日出版

↑ 黃騰輝、巫永福、陳秀喜

「現代詩的批評」座談會側影

↓ 李魁賢、趙天儀、李勇吉、拾 虹

卷頭語

我們需要怎樣的批評？

趙天儀

當我們中國現代詩人，一方面盡其所能地從事創作，另一方面又不斷地爲自已的創作而辯護的時候；我們不難發現，有些現代詩人，如果批評他們的作品要得，立刻就會引爲知音；如果批評他們的作品要不得，馬上就會還以顏色。因此，一種客觀的標準，一些理性的聲音，在我們中國現代詩壇的批評中始終沒有建立起來。

當然，像顏元叔先生的批評，如果我們加以注意的話，不錯，他的確只看到現代詩壇的某些現象，但是，他居然也看到了那麼多的流弊，語氣雖嫌過火，但未嘗沒有中到要害？這是我們創作者需要自我反省的地方。當然，所謂中國現代詩，並非只有內湖一家，更非只有內湖一類的才算是中國現代詩吧！

我們希望，不要把詩人寵壞了！因爲寵壞了，往往使他們得意忘形，自以爲當今大詩人捨我其誰？然而，我們也希望，所謂的批評家，也要能深入地欣賞更多的不同的作品，並且能建立起更富有建設性的理論，來提出切中時弊的嚴格的批評，不但態度要中肯，而且方法要新鮮而有意義，然後，才能共同來促進中國現代詩的進步與繁榮。

中國現代詩爲什麼會給讀者或批評家不良的印象呢？難道以創作者自豪的詩人一點都不需要負責、一點都不需要自我反省嗎？我們認爲，詩的創作者應時時爲他們的創作品做自我批評，詩的編輯者也應常常爲他們所編的刋物做自我檢討；不要讓僞詩流行，不要讓差劲的詩發表，那就是多建立一點功德，且讓我們中國現代詩的面目一天一天地健康起來可愛起來吧！

對中國現代詩的批評，雷聲很大；對鄉土文學的批評，雨點也不小！當我們如果肯耐心地欣賞三十多年來富有鄉土精神的作品時，我們不難發現，鄉土文學的作品，曾經爲我們的中國現代文壇也一點一滴地建立起心血的結晶吧！鄉土文學何罪？曾幾何時，也有一片殺伐之聲？余光中先生以十大詩人之一的身份，竟也大喊「狼來了」，莫非他不想做一個大有爲的詩人，而寧願委屈做那寓言中的撒謊的牧羊童的不成？實在令我們深深地納悶不已。

究竟我們需要怎樣的批評呢？當然，我們需要的是中肯的嚴格的批評，有感性的瞭悟，也有理性的節制，更有知性的深度。我們期待着：詩人能老得漂亮，批評家也能讓讀者首肯，讓創作者心悅而誠服！

笠詩雙月刊81期目錄

雲鄉

李魁賢

愛是不後悔的自棄
正如妳在矜持中
由北方偶爾飄過來
我是和妳同屬性的雲
在南方，我的焦灼
期待着妳的默許

天空爲我們的清白見證
滙合的抉擇不是錯誤
我們有沛然下降的自覺
對龜裂的田地獻身
何須畏畏縮縮

一年的期許是自願的苦刑
相約蒸發回到原來的方位
但我知道，雲的屬性
不是紀念册上的秋葉
我知道，仍會有自然的滙合
再度享受沛然下降的快慰
再度獻身，再受苦刑
以自棄反芻不後悔的鄉愁

關愛的手掌

陳秀喜

教我植蔦蘿
以便遮住烈陽
你贈我幾顆
關愛的種子

颱風的殘暴
跌倒的蔦蘿
知道脆弱的悲哀
土中的根幸免摧殘
更是堅強
促使新蔓進取
期待復活

不多的時日
關愛的大小手掌
已寄生在西邊的小窗
青葉畫意的輕影
像你囁語時的姿態
喚起了窗邊的人
在清爽中
寄與無限的思慕

新儒林外史

趙天儀

年己半百

年已半百
好不容易
再娶了妻室

年已半百
好不容易
生了寶貝兒子

年已半百
好不容易
才得了打狗脫

年已半百
好不容易
接了系主任的寶座

躍武揚威的必要
欺上壓下的必要

濫用名器的必要
唉，教授
誰好大的狗膽
敢在太歲頭上動土

不擇手段

利用宗教
放了洋

利用愛情
得了嫁粧

利用現實
平步青雲

他曾經是
一個神甫

他曾經是
一個匿名者

爲了目的
他不擇手段

畫面的詩

桓夫

夢想

有一天
我要踏着廻旋梯
攀上天空的半二樓
體味人生的晚霞

那時
美麗的餘暉
會把以往「黑」的一面染紅呢
着上彩色的秘密
的戀情
也會逐漸鮮明起來呢

我的夢想
便要跳乘一架魔氈
飛去天方夜譚的世界

島

細長的防坡堤
爲阻遏邪惡的侵犯
守衛着港口

細長的島嶼
山尖豎起武裝的劍
護衛着海的眞理

戰爭激起
在海中爆炸的水柱
是盛開的白喇叭花

而戰爭溶不掉精神的張力
只要等待黎明
接觸光的島嶼
風景便會清朗

溫柔的陷阱

神秘的懸案
總有被揭開的一天
天空白茫茫

我們本可以飛越過去
但，嫉妒的黑雲
暗放耿耿的鷹眼在探望

圖以溫柔的陷阱
挾住我們流動的意志
那無聊的詭計
早被看破了　於是

永不忘懷的教訓
使我們
在黑亮的礦脈缺口
焚修
讓湧起的清淨的白烟上昇
上昇

再見！

林外

「再見」
就是要分手了
像要讓自己了解的口氣
明明白白地說
乾乾脆脆地分別
冷酷的男人相

是該分手的時候了
在心中讓自己了解
嘴上說着再見
却想依偎
却想擁抱
却想親吻
貪得無厭的女人相

違章建築

許達然

終會被拆也建
即使漏雨也住
窮困擠着的
厝是飛不出都市的憂鬱

也有門把蛀聲分開
一片地扯蝕，另一片烏咽了

鎖不住，什麼都是法律
推門，怕被討債

福字倒眞大
陽光裏黃老

窗小盼望什麼呢？
風乱掃地
塵落蜘蛛的迷惑

不必賄賂，蚊蝨就住
稅捐處般吸血
蜂把瘦肉當花粉

咬够了才官樣飛走

只有天
空屬於自己
仍想過多

警察那冬還睡老鼠早搬了

連老鼠那有地方去

「可是你們明明知影不許
在買賣觀光市區
搭蓋這些東西。」

所以讓給路給樹給鳥
啄，然後捧成風景。

沒腰的爸

——弔亡女趙康雅

趙廼定

上次歡欣走進臺大探望妳
今日悲愴走到榮總送走妳

台大人匆急，榮總人擁擠
台大樓房高聳，榮總亭閣交錯
同是人匆急同是人擁擠
同是樓房高聳亭閣交錯
只是一段時刻的消逝恰是妳的一生的里程

四月卅日妳來，小天使妳就
駝負上帝使命獻醫界一個罕見病歷
上帝背負十字架啓示人生；小天使呀——
妳背負上帝使命，用纖細身軀承受四處
針眼
妳背負上帝使命，用纖小身軀承受胸膛
解剖

想妳輕輕一抱，輕輕一逗，輕輕一喚
而綻出一朶朶甜甜的微笑
想妳餓了，要抱抱
而綻出一朶朶的輕嗔——
而妳櫻唇，而妳靈活的眸，而妳高高的天庭
已不見於小推車上，只見於我腦海

沒腰的爸撐不起妳靈活的眼眸
沒腰的爸撐不起妳乖巧的微笑
於是八月十二日妳走了，突然的完成妳使命的
走了

小天使，妳僅度過一〇〇天生命
除了睡覺，妳就是微笑
除了吃奶，妳就是伊伊唔唔自語

不見妳生氣，不見妳火大
妳有的只是早熟的微微笑
妳有的只是智慧的牙牙語語

胖嘟嘟的圓臉，胖嘟嘟的雙腿
何曾知道妳這麼早就要離爸而去
——爸是沒腰的人撐不起妳靈活的眼眸
——爸是沒腰的人撐不起妳乖巧的微笑
只因上帝賦予妳一個使命
讓醫界去分析追踪血癌的原因與發展

就讓妳身軀去承受解剖
以便瞭然血癌的原因與發展
以便治癒他日患血癌的孩童

小天使，妳度過一〇〇天生命
除了睡覺就是微笑
除了吃奶就是伊伊唔唔自語

詩集

遙遠的鄉愁(一)

陳明台

骨(一)

靜靜地躺在散亂的灰燼裡　白色的骨的碎片
靜靜地躺在散亂的灰燼裡　白色的骨的碎片

十字架佇立在廣場
圍成圓圓的圈子
行列裡的人合掌膜拜
茫然地睜大眼睛注視著
十字架佇立在廣場
交錯細瘦的足
黑瀏瀏的烏鴉搧動翅膀
茫然地睜大眼睛注視著

無意味的時間默默地邁著步履
灼熱的陽光
在驟然吹拂起來的夏日的秋風的冷冽裡
直直地照射著
翻飛的巨大的黑色的旗
死去的魂魄的陰鬱的影
隱藏在碎片背後的透明的生

靜靜地躺在散亂的灰燼裡　僵硬的骨的碎片
靜靜地躺在散亂的灰燼裡　僵硬的骨的碎片

無邪的童子

遠遠地眺望著　咧開嘴笑了
虛無的笑聲
响澈蒼白的天空　响澈空盪盪的心

骨 (二)

白色的骨的碎片是看得見的東西
白色的溫煦的陽光是看得見的東西
骨的碎片的背後　幻影是看不見的東西
溫煦的陽光的背後　神是看不見的東西
祖母的笑容是看得見的東西
不
逝去的祖母的笑容是看不見的東西
故鄉的臉是看得見的東西
不
不管何時　遙遠而飄渺
故鄉的臉是看不見的東西
白色的骨的碎片是看得見的東西
骨的碎片的背後　幻影是看不見的東西
白色的溫煦的陽光是看得見的東西
溫煦的陽光的背後　神是看不見的東西

然而
成爲神的祖母的笑容是淸晰地看得見的東西
幻影一般的故鄉的臉是淸晰地看得見的東西

骨 (三)

淡淡的朝陽的照射裡
沙沙地　白色的骨的碎片嗚响著
沒有絲毫希望的心底
沙沙地　白色的骨的碎片嗚响著
長長的手指揑著長長的箸
從臉的位置檢拾白色的骨的碎片　排列起來
從腰的位置檢拾白色的骨的碎片　排列起來
從手的位置檢拾白色的骨的碎片　排列起來
從脚的位置檢拾白色的骨的碎片　排列起來
長長的手指揑著長長的箸
堆砌起來的生的幻影的塔
空盪盪的　死的位置
陰慘慘的　死的位置
寂寞的　死的位置
堆砌起來的生的幻影的塔

火葬場高大的烟囱吐著哀愁
今日依然吹著不定向的風
天氣晴朗
今日依然吹著不定向的風

骨 (四)

罎的質地十分細緻
鑲飾在閃閃發亮的褐色的光澤的表面
白色的紋路
死者額上的二三條蠕動的蚯蚓
死者的臉呈現的倦怠的顏色

罎的形狀起伏不定
從上端沿著兩邊規則的垂落
清楚的曲線
死者凹陷的眼瞼的邊緣緩緩爬動的蟻的行列
死者的嘴張著的恐怖的形象

罎的底部十分幽深
嘩啦嘩啦地
傾瀉下來　向著看不見的一片暗黑的世界
白色的骨的碎片
失去支撐的死者的軀體的墜落

罎的蓋子圓圓厚厚
封閉通向天空的門戶
咭噔咭噔地
不時作著劇烈的喘息
搖搖幌幌的死者的魂魄
禁錮的世界裡的死者的掙扎

閉上眼睛就看得見的東西

判決生的死刑的劊子手持著劍奔來
發了狂的武士持著劍奔來
殘忍的獨裁者持者劍奔來
復讐的孤兒持著劍奔來

從斬斷的頭顱　噴濺的鮮紅的血
從切開的腹部　噴濺的鮮紅的血
從貫穿的耳朶　噴濺的鮮紅的血
從飛落的手足　噴濺的鮮紅的血

凄慘的無聲的吶喊
艷麗的爆裂的烟火
嫵媚的死神的微笑
堅韌的意志的躍動

非情而美麗的幻像
夜裡
閉上眼睛或看得見的東西

黃昏

杉的枝椏無望地攤向天空
杉的樹蔭籠罩長長瘦瘦的影子

劍的尖端揮洒眩目的雪花
劍的光芒擊倒晚霞的地平線

持著劍的是
板著陰沉的臉孔的哀傷的男人是
魂魄隨著雲一般輕飄飄地盪在狂風中的男人是
不斷撲殺著躺在前方的自己的影子而活著的
男人是
包圍於看不見的敵人一般的錯落的
孤岩的神經質的男人是
潤濕於異國的雨的寂寞的男人

佇立著是的

烏鴉
罩上黑衣的死的幻影一般
呼嘯地越過頭頂
滿天亂飛

夕暮的殘照裡
冰冷的一張臉孔
暗鬱的一株杉
陰森的一柄劍
威脅著天空美麗的顏色

黃昏
一幅生的凄涼的構圖

月

哀傷的月
睜大眼睛在注視
狹窄的血槽上依然滴著鮮血的劍
躺在乾硬的砂土上
陰森而寒冷　閃閃亮著青色的光的劍

哀傷的月
睜大眼睛在注視
瀕死的年輕的兵士
夢想遙遠的故鄉而瞌不上眼睛的兵士
靈魂附著遠遠的星星顯得凄艷的兵士

哀傷的月
睜大眼睛在注視
暗將下來的戰場
剛剛經歷過激烈的博鬪
疲憊下來的戰場
舐食散亂的肢體到處徘徊著狗的戰場

哀傷的月
睜大眼睛在注視
唯一的生還者的巨大的旗幟
飄在風中茫然的打顫的旗幟
緊緊地握在死去的少年的手中的旗幟

而不知道從什麼地方
昇起來的含淚的母親的臉
仰起頭在注視
高高地掛在敗北的灰色的天空上
漸漸被曚朧的烟霧模糊了的
哀傷的月

深遠的夜　染得更黑了
沉浸在破滅的生的風景裡

故事一闋

狂風劇烈的吹拂
砂塵滿佈的曠野
斜斜地插著
一柄鋒利的
無主的劍

陽光溫煦地照射
劍的影子拉得長長了無生氣
懶洋洋地躺在地面

忽然一匹黑瀏瀏的烏鴉飛落下來
停駐在瘦瘦的劍的影子上
再度躍昇的時候
無心地碰觸了鋒利的刄
斷裂成為兩半而墜落

血從劍身上滴落　鮮紅的血
一直沉寂乏力的劍
竟然　得意地　嗡嗡嗡嗡地聲音大作起來
遠遠站著的童子目擊一切
挖開大大的墓穴
把汚染的劍
陪同死去的烏鴉殉葬

大地恢復寂靜
陽光依然溫煦地照射
殘留在地面
茫然的一灘血跡乾涸了……

鄉里記事
——賢人篇

向陽

烏矸仔裝豆油證

天頂若無烏雲就不落雨
樹仔若無雨水就不發芽
玻璃矸仔若清就知有或無
玻璃矸仔若烏恐驚是乞食假大仙

做人像王祿仙彼般閉藏就全無趣味
做事像王祿仙這款怪奇就使人痛苦
生活有光有暗，天落紅雨狗會吠
生活無邊無角，一斤重過十七兩

王祿仙，厝邊頭尾叫伊
鹿仔仙，頭路無半項一襲短褲兩手烏
種花買鳥溪埔釣魚，乞食敢飼猫
每天笑嘻嘻，吃酒取物一概不欠錢

王祿仙，老幼大小睬伊
鹿仔仙，愛講大聲話路途不知舉頭旗
大厝未起護龍先造，青暝大驚蛇
每日笑呵呵，交龍結虎隨時有人扶

王祿仙，萬項代誌不驚
不通天，厝邊娶某生子伊送錢

溪埔淹水伊造橋道路拓寬伊出地
浪蕩子，乞食假扮家財萬貫滾水款

王祿仙，百種魚蝦有來
有去地，拜訪有轎車出入無討食
門檻通過是皮鞋窗門望盡全西裝
乞丐扮，皇帝身命董事長級羅漢款

生活有光有暗則好天狗會吠
生活無邊無角則賢人土虱樣
做事像王祿仙彼般閉藏的確使人趣味
做人像王祿仙這款怪奇絕對全無痛苦

玻璃矸仔若清就知有或無
玻璃矸仔若烏大仙假乞食
天頂若無烏雲歹講照常會落雨
樹仔若無雨水三不過四芽探身

馬無夜草不肥注

不管安怎陳阿舍是好人

雖然不是官虎也不是代表
伊惜花連枝愛，千里馬同款
為著庄里的代誌四處走奔
教咱爬樹得愛帶樓梯
當咱上樹替咱搬梯走

早時的阿舍，甕內的鼈
住山脚的破草寮，受盡啼笑
双手二塊薑，前窗破後壁補
貧到目油流了無處賖
男兒立志出頭天，陳阿舍
立志過橋放枴賺大錢

確確實實阿舍是一位大好人
開診所賣草藥，舉刀探病牛
大病歹醫小病慢來，收費很便宜
聖手仁心，文火慢攻才是漢草本性
陳阿舍，華陀再世替病人儉錢
街頭巷尾驗病免費，抓藥另議

賺食而已，阿舍做什成什
副業是司公而且會曉看風水
天靈靈地靈靈無錢不靈有錢靈
人生死而不已，風水蔭子孫
解決生解決死，陳阿舍好人一位

順便會得解決自巳的腹肚皮

阿舍在庄很飽學
賒杉起厝現錢收入買土地
阿舍在庄是好人
賒豬賒羊倒賺嫁粧娶新娘
天上星萬種地下人百款
唯一千里馬阿舍大家攏講嶄

如今庄內一塊地，都市計劃路開過
地是阿舍的，阿舍是大好人一位
一切全爲本庄的交通和發展
不是官不是代表但是伊四處走奔
惜花連枝愛，陳阿舍是好人
風水問題，路絕對未當開過彼塊地

水太清則無魚疏

魚食露水人食嘴
老師得食黑板粉筆兼生氣
魚趁生的人趁嫩
學生得趁少年頭腦加淡薄仔目屎滴
水清清，魚愛耍
水濁濁，魚仔免驚會食無

錢老師向你拜三拜
教學生，勿通無大才
讀書運動爬山釣魚項項來
別的老師加緊補習交錢是應該
你叫學生交錢買什麼勞作教材
無想囝仔將來考試會打歹

花若美，葉仔無代
國語算術上重要其他不免知
別人的囝仔透早上學半暝倒返
阮的囝仔七點出門下埔在厝耍
細漢無責督，大漢做硈碏
錢老師你不賺錢也得爲學生好

身體健，大漢相打做鱸鰻
會唱歌，世間上歹是煙花
寫文章，後日一生幾角銀
教做人，接近不着評分員
大恩大德大成大聖錢老師
千託萬拜請你開班補習指點囝仔將來

嚴師出高徒，志願上要緊
錢老師免清高，一月日三百塊
德智體群只過天邊浮雲
魚在水中才會活人是少年上界嫩
水清清，魚愛耍
水濁濁，免驚魚仔會吃無

詩兩題

華笙

山色

房屋山水的行進是不動的
也不終止
人說奔跑就成山色
靜止却成風景
而火車的匆匆總不成足跡

歷史的守望無止境
赤脚在我洪荒的面龐上踩過
兵車在淌血的胸膛輾過
如今，且是
挖土機的蠢動
火車的威嚇

也曾看到風雨如戲
也曾看到稚幼的槍砲
禮上往來
而一旦中空的心
想點燃那聲响
你我將永無踪跡

無涯之秋

把記憶刺進唱片的刻痕
琴聲訴盡詠歎
記憶乃沙啞於
圈圈的
輪廻

大漠不似那一帶水
畫斷
翹首的兩地
把翹首也刻入流轉
啊　無止境的
琴音

上山
踏碎草綠讓子孫憑弔
眺視遠方
行者追逐長堤
長堤奔向無限
遠方之外
一襲水
流入無涯之秋

二墳

莫渝

冷墳

早我一步
中秋前的苦雨
一襲灰袍飄的
登訪山居的你
誰識孤寂的永夜？

蓬山萬重
苦雨凄凄
想墳前荒徑
漫草纒身
你如何獨語望佳節？

明日雨歇
容我携去鮮花馨香素果
並看看
含羞草是否常祟你的眠意
小菊花是否告訴你
秋來的消息

荒墳

清明節
我到公墓探望祖先

從上午到下午
挨家逐戶的找
舊街改道
市容更易
違章建築毗鄰而立

日落了
四野荒涼
我急急抓住一塊
模糊字跡的斑剝碑石
痛哭

祖先啊！
你的臉，何以如此陌生？

逆倫之後

莊金國

父親的父親是怎樣的父親
父親的弟弟又當是怎樣的父親
伊生母也分不清楚
是那來的那時的　種？

祖父老人家祇剩一把骨頭
叔叔欲爭自由被趕出家門
父親仍是無種的父親
生母那來那麼多的　臉？

想着無辜
無辜的弟妹無知的歡笑
笑伊人前人後抬不起的
臉啊！

高高的，瘦瘦的
以其頎長的身子
投影在踡縮着的女子身上
猝然。矮了一截

臺北蝴蝶

呂欽揚

蝴蝶無知
在街道上
飛來飛去
找不到花
找不到草

飛上了紅綠燈（被欺騙了）
飛上了安全島

終於她擁有了這麼一小片的翠綠
臺北的蝴蝶
飛呀飛呀
從早到晚
只聽到喇叭聲引擎聲
只看到滿街豔彩的霓紅燈

臺北的蝴蝶
忘記了遺傳在天性中的原野
粉翅蒙上了塵埃

掩卷

周清嘯

最後雨滴在緩緩敲着走廊
竹簾外傾斜的山色漸漸明朗了
妳坐在牆邊讀書
我蹲在欄下煮茶

彷彿只爲讀書而到人間
不問市井的繁華
捲簾不知是爲看柳色抑或
等待遠道的馬蹄
聲聲，叩向深深的池塘邊
夏末仍未凋零底蓮
我本想極了那些
寺院的鐘敲，佛前的燈卷
因一次側影的投心
成了茗茶者，拂袖間便揮去
三個栽不起什麼的春天

我的影在秋陽下拉成長弦
未奏樂便斷了
妳的清嗓未曾聽見
也未曾被看作小小底秘密
每至中午，長廊綴滿陽光
仍若無事事，又顧讀書
我奉上茶，在憂鬱中
盤算如何告辭

在妳掩卷挽留前
以滿地的殘梅
準備好臘月底凋風

舊巷的悲歌

張子伯

萬家油燈熄後一項
任務在桌面進行
都市計劃

古老舊巷哦
以今日璀燦黃昏堅持昔日的色調
去日的溫馨
新來的恐怖
當戴鋼帽的人們以急噪的武器捶打你的背
當城市的怪手迎你以重擊啊（註一）
腐爛的肚腸孕育新時代的初胎
而後
慢慢死去　慢慢死去
以屍骸企圖阻碍無止之暢行

哦熱腸般古老舊巷哦
夜夜　只有
只有　那
進出酒攤的那人以顚晃的迤邐
懷念你昔日曲折的身影

註一挖土機的一種

漢民祠

羅惠光

行過八里
數不盡滄桑飄泊的日子裡
我是浮雲
掩過百年來歲月的煎熬
太陽旗幟
總是成爲 休憩
以及狂歌傲視瞳孔下的 屈服
直到海風
吹醒故都迷夢裡的人們
不是標榜
不是順馴
凜着背裂髮指的神情
躍躍活現地
拼鬥巡查部長
漢幟飄揚在公廳屋頂之上
江湖賣的膏藥旗
遂成慘綠
悽蒼
當年落日荒濤
望天末
浩歎鐵馬金戈
利此身

且莫說行過八里
劫富濟貧
祇是不願苟生的傲骨
赳赳漢軍
豈願目睹易幟之後
同胞淒涼
景象
行過八里
我仍是漢家兒郎
淡水河畔
倚劍來尋舊戰場
絕不能
鼠膽懼倭
寧可毀家紓難
枕戈泣血
過客啊
別忘我是
漢家郎

註：廖添丁，爲日據時代之義俠，平時劫富濟貧，致力抗日運動，後爲人出賣，就義時僅廿七歲；八里鄉地方父老，感念英靈，遂建「漢民祠」以紀念此一民間傳奇人物。

我的伊底帕斯情結

陳黎

這樣散開很好。游移的
一隻斷臂
血流自纏綿纏綿的線索，困惑
凝固。剛愎的
武士

太多的糾紛去成爲
一條蛇
猶豫。一隻斷臂
去投足——
一隻空洞的褲管。摺疊
活躍的死結

褪殼的鑽研
從闃黑暖和的屍衣
出走。那是子宮
舞袖翩翩
舞不斷的臍帶盤旋，盤旋
潛伏。急流
濕黏的
意象

翻身。一隻斷臂
沒有疼痛的

河岸
這樣散開很好

友情的呼喚

——致北門烏脚病醫院張森茂先生

寒山

像海濤的奔湃情感
一聲輕微呼喚聲
多麼親切、和祥
在洋溢着暖流的黃昏裡
一個並不陌生的輪廓
盪漾在我眼前
那是慈善的双手
那是誠懇的握晤
那是友情的呼喚

像獲得釋放的囚犯
歡欣的擁抱、細訴
連串如花絮的蜜語
告訴我友情的可貴和美麗
好似錦簇花環縈繞着
我領悟到
——得一知己終生無恨
一種意念的認識
一種新知的撫慰

一人行

鍾雲

九點正
我被他遺忘了
整整遲了一點鐘
還不來
交流的車子
蒼蠅盤旋腐物般
旋出我的孤單

開出遲緩的壓路機
壓不平起伏的思潮
愛情　婚姻　名利　事業
你　我　他
（走吧　儘有得想）

想啊
想起了剝蝕的年華
想起伊帶笑的臉
恰似童年的湖蕩開
想起了故鄉

想起了莫名其妙的現在
閒得抓起大把的時間
在日頭下當柴燒
路　走不盡的單行道
好長啊
從家鄉走到異鄉
走掉了我二十多個生命

日頭歹毒
誰爲我撐一把陽傘
踽行寂寥
誰來與我同行

南方的一顆星

許其正

在南方，在南方的天上
有一顆星，懸掛着
獨自閃爍着悅目的光芒

令人驚異的，令人讚嘆的
永遠不滅的，亙古常新的
這一顆星，多麼明亮

多麼明亮，這一顆星
光芒來自南方的天上
照耀向四面八方

照耀在南方綠色的原野上
照耀在南方蔚藍的大海上
照耀在南方質樸的人們身上

甚至照耀到世界的每一個角落
光芒柔和、溫婉、宜人
使各處，即使在暗夜裏也有光明

使人們心中的恐懼祛除
使人們心中充滿着舒適
在睡夢中，嘴邊也綻放微笑

哦，有一顆星，懸掛着
在南方，在南方的天上
獨自閃爍着悅目的光芒

孤寂

周伯陽

夜幕低垂
星光在天上怨嘆着
它從來沒有和晚霞賽美

我留在孤寂的鄉間裏
燈影搖曳下
我的苦惱
也像天上星光數不清

我的心象宛如解不開的死結
已經厭倦好久
像一葉小舟搖幌不穩
在大海中漂泊

過路人所吭的歌聲帶些哀愁
他的脚步虛弱漸漸地離開遠去
並和歌聲消逝於烏黑中

我要解開心象的死結
舉頭看一片星光的嘆息
時間會替我解開心結
空間能幫我解決苦惱

再見！愛麗絲

萬志為

再見！愛麗絲
當你旋轉身子
已發現置身鏡外
待凝眸細看
——鏡子只是鏡子

自你從井底出來
又誤入鏡子的途徑
不覺過了數寒暑
童話的世界，已在週遭結束
童話世界的喜悅，永久住進心裏

再見！愛麗絲，再見
也一併告別那些熟悉的人物
白兎先生、紙牌皇后……等等
一夕之間
鏡子只是面平滑的玻璃，再也走不進了

送走一些，又進來一些
送往迎來只是一種過程
就像一張桌子從被砍伐到廢棄
一種過程而已

素描

——自畫像

黃金清

未跋涉過三十個冬天的我
却有六十個秋天的蕭瑟
充塞心房

略顯虛胖的面龐伸出嶙峋的風采
顴骨猴尖——滯留四分之一世紀的歲月
眼眸死寂——參不破人生的喜怒哀樂
鼻孔乾澀——汲盡冷冽的北風
兩唇瘠裂——未曾舐吻過人生的笑澤
鬍髭稀疏——飽經風霜雨雪的摧折

唯一富潤而多彩的
却是整綹臨風飄逸的長髮

灰白讀出多愁襯出苦難
　　灰白相間

啊灰白的髮絲
有一天終成銀色的繩索
緊緊紮住我暮秋的心

註：獨自飲盡一杯米酒之後，微醉之中攬鏡自照乃欣然提筆戲而成文，自提筆至收筆未超過三十分鐘，實為速寫也。

美人蕉及其他

杜　逵

美人蕉

我的習慣招徠　如阡如陌的眼光
我只是將富貴一起攤開
讓五月的田埂
　攔住一層淡薄的活水
讓鷺鷥瘦削的靈魂
　飄過時發出濺濺水聲………

我的習慣招惹　時潛時現的意識
我只是將富貴一起攤開
讓五月的田埂
　棲息一陣空洞的蛙鼓
讓明朝羞怯的露珠
　消逝時提醒悠悠白雲………

抽煙的老頭兒

又一座大樓趕走消涼的番鴨
　毀了泥鰍的老家。
他不知地値、成天吆喝：
「來喔！來喔！
　塑尊王公、揑個菩薩。」
他不曉鋼價、成天吆喝：
「看哪！看哪！
　流鼻旺仔的風箏，
　臺灣頭飛到臺灣尾。」
他細聲，附耳告訴我：
「點了火的煙斗、紙煙……
　籠總圈不住大魚
　搞得水蓮花滿滿是。」
（昨夜、一嘴煙臭）

走路的理由

我走這一段路就像

摸到結在掌內的繭
告訴您一坑一窟熟悉得很
尤其 那家售禽賣獸的店
我不向店東買什麼問什麼
告訴您一羽一毛腥羶得很
我走過無數次這段路
我經過無數次這家店
我拔無數次的劍
告訴您一趟一次秘密得很
　拔秋毫明察的劍
　我 貫穿日月就像
　店東 串串外圓內方的銅錢
直到有一天 我想
禽將飛 獸將走
銅錢將撒滿坑坑窟窟的路
店東將揀拾銅錢揀拾我的劍
您將聽不到籠中發射
着坑着窟的咀咒
我繼續的走過
我繼續的走
除非 銅鼎鑄就利劍劍我鮮血
而釁鼎一如古之釁鐘

一位小學老師之死

艸着根馳名的低賤
大地因寬容而溥得感激
一個逾而立的男人仰天放倒
他長滿童言童語的形駭
一個黑鴉褫卸天候的蓑衣
望東飛去 兩個懵懂的燕
掠南奪北 爭飲昏晝的曝光
他笑了笑 叠起了脚
背貼艸連根與地下的親族
作隔世的對話 他的双手攤開
掌心向上
另一個烏鴉出現同一視點
強調蓑衣的故事徜徉山海的可能
映出他的掌紋 他是看不到的
掌燈的人家四面探照
他的命運落在光外遊移
着根馳名的低賤的艸
吸收他長滿童言童語的形駭
所以不經徹夜的交換什麼的
他就沒入所躺的艸地和親族作無言的會面
一輪滿月適時升起 觀照他形同艸根的心得

兩隻脚印

去年冬天我的一隻脚印
落在石門；
另一隻遺失在北關。
雖說都在北海岸，
却也一在北來一在南。

那時並沒有石油汚染，
還是清清澄澄的大藍，
可是轉眼春天了。

石門的脚印昨夜彳至我的窗前，
一再的舞動以示它的靦顏。
在無語的相對中
我的背竟抽痛起來。

北關的另一隻，
吊在太陽的金輪碾死我昨夜的睡眠。
在意氣未平之中，
我的聯想竟似浪花一般壯觀。

桂花與口琴

園子裡
有一顆三十年的桂花佇立
爲走過身傍的老農
飄送沁心醒脾的幽香
讚美他數十年的辛勤　迫他轉動
又經一冬　更僵硬的脖子
投目光於田間　啊
苗尖直指青天

年年秋風似一只口琴
記憶着童稚的依戀
（春蘭秋桂常飄香　我的家庭眞可愛——）
老臉上的皺紋活躍了起來　開闔著若一張
冬日下的蛛網　網盡
畢生的甜蜜辛酸

這時　杜鵑重以浪漫的語調向芭蕉
泣訴　已泣訴億萬遍的故事
芭蕉俯首晨光之中　以誇大的手
強調它有一只儲滿　夏陽秋霜的肥肚
暗想米珠薪桂的長安
千載以上　白居易的恐慌
多皺的老臉茫茫的老眼也眞倦了
在雀語中　瞑目蹲身以禱

桂花兒細碎　零亂　再泛黃
琴香自秋至春嘹亮

殘夢清宮

——把歷史讀成殘花你又
能否把它提昇成風——

木然

一

戰爭
繼續，割地繼續
隨着烽火
而擺頭的君王
不再用臉孔表示憤怒
偶然握緊拳頭
擊向禁城開盡的海棠
就是秋風
湧捲過江山
支持一幅跌在水面的荒原
河便敍訴出一枝
由衆手如捧起痛楚的荷蓮
靜待着革命
在君王的臉上
燃燒着一滴夢醒中的淚

二

開始，他
伸向禁城那一處
菊花便仰成一個玉女
眼中塞滿着愛
而國家，唉
就是餐牌上
最苦的一味
如何
他手指著條約
流淚
從頤和園提出的一盆風景
如何
是國家的經費
夜晚，他俯着摸尋
一個月光細描的身影
傾瀉階上
竟成一漬水聲
扣和住高山流水
柔弱地演講着美麗
夢中
他用眼睛數著生一個一個
在他袍中吐出的風暴
他曉得
維新就是他的激動
所以
他把玉璽蓋成官廷的鬭爭

三

官廷
總有一隻由屏後遞出的眼睛
窺伺着他一句
憤怒的言語
吐放在大戲的樂曲
慈禧或者李蓮英

臉孔摺成笑聲
安排一個長恨的故事
大膽地要攙扶的手
指住
風雨逗留在頤和園的
絕景
苦澀的月色
瀉入殿內
便是她對着國家的臉容
厭倦厭倦
隨着秋寒
而要求脫出的黃葉
她拾起
然後心目中傾出一口氣
竟在大地
旋成風暴

四

煙火繼續
條約，割地，甲午之後
眼淚繼續
他是君王，舉起一堆
皺紋，大呼
維新，維新
就由戊戌開始
總之
四個月後
就要失敗成
六個君子的人頭
掛在禁城城外
表示她某種的勝利（註）
君王在瀛臺
便握起辮子打結
然後解開成滿掌的眼光
猛然一推
山色便有激流沸騰而出

五

就由天空遞出雨
掉在他額上
他用手擦去
却是一句安慰的話語
撫着某種痛楚
而夕陽，由瀛臺
如絕望國家
他撕碎一幅袁世凱的照片
跌在他猶豫而成的鞋聲
最後他踏到
一堆猛力抬頭的花
爆炸後的臉孔
爲何敍說着秋寒
哀傷由眼嚶泣出
他便把自己
讀成紙條
置在歷史的忘川上
一隻小船
伸張一幅風雨畫的帆
遠遠，求風

怒載着蒼茫
子彈
搶筒排着每一隻心驚的眼瞳
他就舉起
所有砸碎的鏡子
爲何如此冷白
如眼淚如此的晦澀

六

義和團
以一個憤怒的拳頭
打成一枝旗
打成煙 掛在天無雲的一角
排洋，因爲
我是中國
因爲
我是一堆盲目的感情
因爲
拳頭是最佳的表達
打向雨中
仰淚的中國人
復仇
爲一塊條約的大地
選擇一日
憤然舉臂摧毀所謂的領事館
戰爭
由吵鬧的桃樹開始
炮聲
又撲上萬里長城

大沽；天津；張家口
禁城又要逃亡的他
一口井
他把驚濤望爲愛情
走走走，買菜的太后
西安行宮內
只有眼淚
他仰起一面應該不是臉的臉
八排子彈冲出後
每粒塵都是一支歌
從君王的鞋聲高唱出
我滿漢民族
如何受着殘殺
如何如何
又簽出某種特惠權
唉！太后太后

七

再踏入瀛臺
日本，俄國
竟由他袍子抽出血漬
戰爭，炸彈
死是我軍民
和約，只不過
是另一種侵略的方式
一枝槍
地不再是從前的地
革命
唯有皇帝化成總統

生死，無非一秒鐘的差別
又何再論
歷史上，我無能的君王。
　「風中，棉花的飄馳
　就是希望」

八

秋風秋雨
秋煞人用秋瑾卿
爲民族
環望刑場兩旁而從容接納子彈的她
淚，曾經流過多少
七丈湖，鎮南關，欽廉
或者黃花崗
黃沙埋着多少興中會的心血
革命
以慘烈換出江山
武昌就是開始
南京
成立國父
成立中華民國！

九

我宣統皇
唉！我溥儀
只四年的山河
罷了罷了我大滿清帝國
風雨
除禁城嚶泣着菊花外
江南還隱聞
由衆手轟擊成的雷聲
特別這陰深的一夜
不知道將來
歷史上
要如何安排
我這敗國的君王
淚能表達我的感情？
未來
夢中，這是怎樣的城……

註：這裏的「她」是指慈禧太后。

後記：寫一篇史詩是一件不容易的事，「歷史的忘川」是本人踏入我國歷史的第一步，而這一步伐帶來的除了冷諷外，是本人感到寫史詩敍事詩的困難，好似寫李白一生時，有拙句：「海風中他獨釣／一條彩虹／他舉起便是一片月光／然後掉入海／成一顆攀上山頭俯望落日的心；／鈎着沾上唾沫仍未待風乾的臉孔」，是描述一段關於李白的傳說。

原來李白在京城受玄宗皇帝寵愛，謁見一位宰相，唐語林說：「封一版，上題曰：海上釣鼇客李白。宰相問曰：先生臨滄海釣巨鼇，以何物爲鈎線？白曰：風波逸其情，乾坤縱其志，以虹蜺爲線，明月爲鈎，又曰：何物爲餌？白曰：以天下無義氣丈夫爲餌。」

大概經此解釋，讀者亦較爲容易接納，而不致令人晦澀迷離！按部份史料亦然！

棄婦吟

朱蘊

那原是泣血的方寸
忽忽間已碧色青青

只緣無情
只緣血枯淚盡
鐘面的滴答
敲出一整夜的淸醒

晨起的微芒
化着光閃閃利刄
自双睛直透衷心
昏黃的月色
恰似一株失水垂柳
些許微風
皆承着載不動的心情

泣血的方寸
也曾花繁如錦

也曾無秋無冬只有常駐的春
自從綠盡
仍守護那重重叠叠的翩翩鴻影
任它心上自由來去翻騰

園已荒　園已蕪
一經苔草
忽忽間已是碧色青青

影

林力安

默着掠過
你候在巴士站的
茫然的臉
漫步春雨的足音——
(掠過)
玩賞秋林的笑語——
(掠過)
坐了妳的巴士——
(掠過)
怎麼
妳還在眼前……

現代詩的批評

——座談紀錄

時間：民國六十六年九月十八日下午三時

出席：巫永福（巫）　李魁賢（李）
陳秀喜（陳）　李勇吉（勇）
黃騰輝（黃）　拾　虹（拾）
趙天儀（趙）　李敏勇（敏）

紀錄：李勇吉

巫：詩本來就是寫我們的日常生活，像詩經裡面的作品就是一個例子。它們是很優秀的作品，反映了當時的社會情況。杜甫的詩也是描寫了當時的社會情況，也對當時的社會提出了一點批評的意見。鄉土文化即是中國文化的一環，如果鄉土文化所表現的，切合當時的環境，就應納入整個文化內，成爲它的一部份。這種情形，不僅在中國是這樣子，德國、日本也都是一樣。像川端康成的作品，即其有日本文學的特色。詩應該表現我們自己的感情、我們的心聲、甚至歷史觀、人生觀，總之要有一個中心來寫，不然詩就沒有味道了。詩，一旦沒有了味道，乾脆不寫算了，那麼國家社會也就不需要有詩了。說來說去，歸結還是中國詩要有中國詩的特色，才能被人承認。

黃：目前正流行談論鄉土文學，我想，鄉土文學所寫的題材，不一定要限於農村的山、水、雞、鴨，茅舍等。事實上社會環境變遷，鄉土文學的一些題材，已經不容易找到了，例如有時你到鄉村去，不一定能找到螢火虫呢！像石油問題，經濟問題等題材，也都可以入詩。所以說，鄉土文學的內涵，不要把它限定於「鄉土」裡，它所代表意義無寧說是一種文學精神，來得更妥當。

李：詩不能脫離日常生活，表現的型態，要有新的一面。笠詩刊上的詩，所表現的比較有生活感，不過，在題材和技巧上，今後還要加強。有人離開故鄉很遠，腦中存有漂泊的意識，他不願把他的精神、他的愛，投入他此時所站的土地上，所以他所站的土地，也就和他發生不了密切的關係，因此他寫出的詩作，就晦澀、虛無，永遠是漂泊的型態，永遠是外人的影子。有人批評詩，認爲現代詩一無是處，這是因爲他所看到的詩，是虛無、晦澀的詩，沒有生活感的詩，因此他下的結論也就不正確。他應當注意各種風格的作品，才能更正確地了解整個詩壇。很不幸的，在詩壇「行走的所謂「名詩人」的作品卻都是一些虛無、晦澀的詩，這些批評人誤讀了這些詩，以爲當今現代詩都是這個樣子，所以下了個結論，說現代詩一無是處這也是不幸的。

巫：批評要客觀一點，公允一點才對。有人說，批評即是主觀，我認爲這是落伍的。我相信客觀的社會才是進步的，主觀的社會是退步的。詩的批評，應當是客觀的，詩才會進步。

李：詩觀儘管不日，應能互相容忍，否則，如果你認爲自己寫的才是詩，別人寫的都不是詩，那麼反過來，人家也可以認定你寫的也不是詩。目前一些詩評家所要求、所期望的詩，正是笠詩刊一直在努力追求的。

巫：別人批評如何，將來自有定論。杜甫的詩反映、批判了當時的社會，寫出了民間的疾苦，所以後人尊稱爲「詩聖」。所以說，別人怎樣批評，我們也不必灰心。我們寫詩，還是口語用的多些好，比較能表現日常生活，作品也比較會有生命感、眞實感，文言儘量少入詩。拼命把作品寫得很晦澀的樣子，並不一定代表高雅。

趙：我記得羅青先生寫過一篇「草根宣言」，在文中，羅青指出在「笠」詩刊中，他最欣賞詹冰的詩。羅青是受過現代詩洗禮的人，他所喜歡的詩，是詹冰所寫的詩。其實詹冰的詩，都是二、三十年前的作品，很多都是用日文寫的，以後才慢慢翻成中文。換句話說，詹冰二、三十年前的作品，羅青竟最爲欣賞，那麼現代詩有沒有進步，就値得懷疑了。二、三十年前的作品，比當代的詩作更被人欣賞，也就襯托出現代詩的退步。我們也可以說，現代詩雖強調方法論，技術論的進步，但是它的生活表現却是失敗的。因爲詹冰那個時代寫的詩，技巧沒有現在複雜，但是他的詩表現了生命感，眞實感，眞正反映了生活，和生活打成一片。由此也可以證明，不是紀弦，覃子豪他們來到了臺灣以後，臺灣才有新詩，臺灣的本土老早就有了新詩。詹冰似乎意味着「綠血球」代表詩的方法、技術論，而「紅色球」代表生活的表現；寫詩，「紅色球」比「綠血球」來得更重要，因爲有「紅色球」，詩才能成爲有血有淚的作品。不是常常來臺北的人，或居住在臺北的才是詩人，像詹冰是住在卓蘭的鄉下，他不斷的有作品出現，他應當算是優秀的詩人。他對他的作品不斷的自我反省，所以會有進步。我們詩壇上一些虛無、晦澀的詩，由於不斷地被小圈圈裏的人重複地編入詩選，因此這些詩的主人們，也不斷地自我陶醉，昂然自認爲時代的前衛詩人，而失却了自我反省和批判的能力。所以難怪顏元叔不客氣地批評了他們，免得他們繼續陶醉下去，看不慣那種繼續製造機會趕快走入歷史的詩人，像藍星的一些詩人們一直到現在，有些詩人也不知道自我批判和反省。葉珊的詩還是那樣軟綿綿，有肉無骨的樣子，他的詩，好像和人間的烟火不關痛癢似的。還有葉維廉，也是沒有進步，還是寫那種令人看不懂的作品，什麼純粹經驗啦，所用的語言徹底地破壞了中國的語法，糟蹋了中國的語言，眞令人懷疑他的國語。詩人寫詩，不要故意的，過份的去寫文人詩，而是要踏在自已的土地上去寫詩，一個沒有「根」的人，或不重視自已的「根」的人，他們寫詩的反省力是很薄弱的。假貨往往是包裝得很漂亮的，要批評現代詩，這一點，應當要特別認清楚。

李：詩，應當以本土歷史爲主，外來的應視爲同化，不能把外來的認爲正統。張漢良編的十大詩人詩選，序中說明選爲十大的理由有五項；其實按照他所說的五項評選標準，起碼那十大中有一半以上要淘汰一部份詩史的編寫人沒有注意到臺灣光復前的詩作，因此有失公正的立場，詩史寫作正是一種嚴格的評批，如果自己不公正，則對他自己是一項更嚴重的批評。

趙：剛剛李魁賢說的張漢良選詩的例子，叫做反批評，選人的詩，執意於某個偏差的觀點，正好暴露自己的缺點，反而批評了自己。我相信，口語詩，生活化的詩還是今後我們要努力的課題。像碧果的詩，是破壞、蹂躪了中國語言的詩，不值得提倡。有人說，笠的詩，是地方性的詩，這是故意中傷的，甚且含有「某種」意味。笠的同仁，來自全省各地，也有外省籍的，怎能說是地方性的？如果說笠是地方性的，那麼許多詩刊也是地方性的，例如創世紀，在左營起家，更是地方性的，現在的內湖，顏元叔稱爲「內湖詩」，不是更地方性的嗎？

巫：新詩，在臺灣本土的起步並不比五四時代的晚。民國三十八年來臺灣的同胞，他們並不很深入了解本土的新詩，所於對臺灣的一些新詩人常有些誤解，小說也是一樣。

趙：日本的新詩運動比中國的新詩運動早了些，當時也影響了臺灣新詩的提倡，這是有歷史根據的。光復前的臺灣淪爲日本人的殖民地，這是很不幸的，所有臺籍同胞都將難以忘懷這個恥辱。但無可否認的，那時日本受西洋現代文藝思潮的影響較中國五四時代爲早，所以，臺灣本土的新詩運動，固然也受了五四運動的影響，但是，也同時跟日本一樣受了西洋文學思潮的衝激。

李：陳少廷編著「臺灣新文學運動簡史」敍說臺灣光復後臺灣文學即終止，以後即是鄉土文學，這是不正確的。應當說臺灣文學還是繼續發展，只不過是型態改變而已，不能說臺灣文學即告終止，如果這句話成立，無異宣告臺灣文學光復後即沒有發展。

趙：我想，陳少廷是以政治的眼光來劃分臺灣文學與鄉土文學，其實臺灣的新文學並未終止，這是無可懷疑的。我記得，我的祖父他們是從大陸來臺灣的，與他同時代的人常說：「唐山過臺灣、心肝結一丸」，這話的意思是說，他們雖然來到臺灣，但身穿的還是中國道地服裝，說的還是在大陸時的語言，寫的字還是中國字。直到現在，我的祖父的後代們，還是一樣。因此有人說，閩南語是沒有文字的語言，我是舉手反對的，我不知道說這話的人是什麼意思？

黃：這個誤解，可能是日據時代，臺灣人被日本人禁止說閩南語，因而失去用漢字的機會，所以被誤解認爲閩南語是沒有文字的語言。

巫：古體詩在臺灣也有相當的歷史，光復前，老一輩的臺灣人很多人會寫古體詩，口念的是方言，但入詩的却是漢字，怎能說閩南語是沒有文字的語言？

趙：梁啓超來臺灣時，臺灣當時的詩人，還能和他吟唱詩，可見當時的臺灣詩人的文字修養水準相當高，不然怎能有能力和梁啓超吟唱呢？

巫：日據時代，臺灣因爲受了皇民化運動的影響，詩受到了嚴重的打擊，但是在精神上，他們還是認爲是臺灣人，心繫祖國，不因爲皇民化，而變成了日本人。不像現在，有些人唯恐不變成外國人，兩者的精神眞有天淵之別。

趙：中國字在臺灣還是會繼續使用下去，絕不會因有人說「閩南語是沒有文字的語言」就會斷絕。國語，還是民國成立以後，才大力推行的。現代詩的語言，如果還是要對萬物命名的話，國語還不够使用時，用一些方言入詩，使方言與國語結合，也許更能產生創作力量。

巫：您的話我有同感。清代文學，如果承認它是中國文學的話，那麼光復前的臺灣文學，也應當被承認是中國文學。不能因爲臺灣被日本人統治就不能算是中國文學的一環。那時的文學家還是臺灣人。如果光復前的臺灣文學不被承認是中國文學的一環，那麼清代文學也不能承認它是中國文學，因爲他是異族入主中國。

趙：這點，我們不必去計較，因爲國父　孫中山先生已經提倡五族共和了，歷史自會了斷。

李：臺灣文學或鄉土文學一樣，並不可怕，設法想消滅它的，是不正常的心理在作祟。當然臺灣文學是屬於中國文學的（部份，因有與其他各省不同的特質，故乃形成獨特存在的事實。

拾：我認爲目前還沒有眞正的詩評家，像顏元叔批評內湖詩人，用的是雜文，批評的並不很深入，應當用比較嚴肅，學術性的文章批評，才能使對方折服。

趙：不錯，顏元叔是否定內湖詩人在現代詩上的成就。他本來對他們寄望很大，所以過去寫文章鼓勵他們的較壓抑的爲多。也許是幾年來，他們還是不長進，顏元實在看不慣了，所以批評他們，給他們一點棒喝，他們才會驚醒，這對現代詩的發展還是有幫助的。因此，他用雜文寫批評，反而更有意義。

李：我不承認「內湖詩」就是整個現代詩的樣子。一般人誤認現代詩就是像內湖詩的樣子，所以它們拒絕了現代詩，討厭現代詩。

拾：有生活才有詩，那麼有詩，不是代表了有生活嗎？

趙：那也未必。有的文章寫得還算漂亮，可是沒有內容，換句話說也就是沒有生活。舉個例來說，像科舉時代的八股文章，起承轉和很漂亮，但你說他是有生活內容嗎？又如專制、獨裁政體下的國家，他們也有詩，但你說他們的詩是有生活，有內容嗎？在那種國度裏，詩成爲歌功頌德的工具。有人說：如果他當了立法委員就不寫詩了！

陳：寫詩要有使命感，不要因爲當了大官，或民意代表就不寫詩了。

巫：我記得，外國人有的當了大使還是寫詩的。

趙：當了大官或民意代表更要寫詩，甚至要替詩人或更多的人們講話。

巫：像寫「狼來了」那種文章要不得。

敏：寫「狼來了」也許是善意的，不過善意得危言聳聽，無的放矢，不是文壇之福，**這種文章，也許是善意的**

，可是反而容易被人誤解是故意的，不誠意的。

李：以前有人別有用心地說「笠」作品是地域性，我記得我在笠詩刊上曾寫過一篇文章對地域性有進一步的解釋。眞正的中國人，是切實地踏在自己的土地上，付出眞正的愛，和這塊健康的大地擁抱在一起。

趙：我記得桓夫寫過一篇文章，叫做「精神不在家」。的確，目前，我們的社會，有些人精神不在家，精神在異國。精神不在家就不會愛鄉土，當然就會反對鄉土文學了。鄉土文學不一定只是寫鄉村而已，它是一種親情的象徵，它的實質意義大於形式的意義，它的眞正精神所在，該是反對那些「精神不在家」的不良現象，具有時代的意義。

巫：文化復興運動，該是要復興自己特有的東西，鄉土文學的精神正切合文化復興運動的精神，它是希望中國有自己文化，而不是外國文化的翻版。

趙：歐洲的文藝復興也是這樣子的，人本思想的啓發，導致民族文學，藝術的發展。我相信，如果精神不在家，心態不健康，即使用外文寫詩，也未必能進入外國的詩壇。詩的創作，先要贏得我們自己同胞的激賞。

李：我記得第二屆世界詩人大會，很多外國詩人爭著要白萩的香頌集，他們說讀了香頌集的詩很感動。

趙：外國人喜歡白萩的詩，是因爲白萩的詩是生活化的詩，不是虛無的詩。

勇：依我個人的淺見，目前的詩有三種流派，第一種是比較歐化的詩，這些詩可能受創世紀的影响而來，另一種是文白夾雜，帶點宋詞化，唯美化，這些詩可能受藍星的影響。而笠是反對這兩樣的詩的流派的。笠的詩，口語化、生活化。因爲歐化的詩究竟非本土的詩，而文白夾雜寫來像宋詞的詩，不如寫宋詞算了，何必寫現代詩。如果是較口語化、生活化，深入淺出的詩，可能是受笠的影響。這三種流派，目前在詩壇正交互前進中，歐化的詩究非現代詩的終極目的，而文白夾雜的詩，美其名爲接續傳統，其實又掉入傳統，製造新的假古典，是在開現代詩的倒車。我想，站在自己身處的土地下，愛自己的土地，用活的語言寫出生活化的詩，應當是正確的方向。笠詩刊，以「笠」爲名，那麼他的創作宗旨，就非常顯明了。我們寧願草笠，而不願不是屬於自己的皇冠。當然，同仁的詩風，彼此還是有些不同的。站在同仁的立場是和，創作還是不同的。不願意歐化，不願意文白夾雜，他的努力方向是

趙：有人說一女中的作文，用於升學考試可考高分，但用於眞正創作，就無用武之地。我們不喜歡寫詩像一女中的作文一樣，只爲了應付升學，詩應該貴在獨創，而不是在拿取高分數。

黃：我們也要注意鄉土文學，不要也流於八股化。將來要注意到這一點。

趙：閩南語不一定都能入詩，方言使用於詩要有選擇性。笠詩刊，也不一定就是完全鄉土化，我在前面不是講過了嗎？鄉土只是一種親情的象徵，代表一種精神意義，因此笠的詩也不限於寫鄉村，寫都市的詩，現代化的詩也是正確的路線。像黃兄，最近不也寫經濟性的詩，著手的題材，也較爲現代化的嗎？

李：我想，今天座談的時間也夠長了，再談下去可能談不完。喂，紀錄停止了，要回家了。

新詠舊唱

——綜談夏菁的詩

莫渝

種樹和寫詩的人，終將死去，
但詩和樹遺留在世，生生不息！

——「樹和詩」
（詩集「靜靜的林間」第一首）

一、資料

1. 夏菁的著作：

詩集：靜靜的林間　藍星詩社　四十三年十月初版

噴水池　明華書局　四十六年六月初版

石柱集　（香港）中外文化事業有限公司　五十年八月初版

少年遊　文星書店　五十三年十月二十五日初版

山　純文學出版社　六十六年三月初版

詩劇：比翼潭

孟姜女

散文：落磯山下　純文學出版社　五十七年七月初版

（其它學術論著，見「落磯山下」書末作者著作一覽）

2. 論評

白萩：評夏菁的詩集「靜靜的林間」。原刊「復興文藝」第4期（46年3月1日，署名邵析文），收入「現代詩散論」（三民文庫一五二）。

季予：評「噴水池」。刊登「文學雜誌」5卷3期（47年11月20日）

趙天儀（柳文哲）：少年遊—笠4期，詩壇散步。收入「裸體的國王」（香草出版）一〇六—一〇八頁。

趙天儀：笠下影㊺夏菁。笠詩刊30期（58年4月15日）

二、綜談

「我喜歡用簡單明易的字彙寫詩，素來不主張過份雕琢及裝飾」（註一），抱著這種「專一和純情」（註二），使夏菁二十餘年來的五冊詩集維持一貫的風格，因而，在他的詩生命上，我們瞧不出高潮疊起的轉變，但，我們無意就此言談夏菁的詩平淡無奇。

一提到夏菁，我們不會忘記他開始寫詩就爲詩史留下的一段嘉言：

據說說人有兩類：一像火，一像水。前者熱情澎湃，才氣橫溢；如火如荼，灑脫不羈。後者澄清蘊涵，澗水一潭；靜觀返照，得乎自然。兩類各有極致，要皆氣質相近，不可強學。（註三）

這種對詩人的二分法，也許不盡然，但也直指某些人。譬如余光中就比較接近前一類，而被歸類於「火中的鳳凰」（註四）；至於夏菁本人也自剖「我秉性傾向後者，又好冷眼看世界」（註五），而屬於「水上的羽禽」（註六）。這種秉性氣質，我們可以在他喜用常用的幾個陰性冷感的字眼看出：

我像站在黑大理石圓頂之下，
細賞那上帝鑲嵌著的燦爛水晶。
——阿里山星夜（「噴水池」22頁）

熱帶的海面這時像結了層冰。
鞋形的船，正在徐徐地滑行。
—正午航行（「噴水池」27頁）

在白石圍砌、渾圓的噴水池中，
一株水晶的柔柳，絲絲臨風。
—噴水池（「噴水池」32頁）

一肩橫笛，
用生命的暖氣噓吹著
七個冰涼的小孔，
七音階的寂寞。
—吹笛人（石柱集）39頁）

在菩提之下
我的熱血冷如樹液，
——菩提樹下（「少年遊」一〇九頁）

風又在簷下吹奏

。。水晶的羌笛。

——雪融之後（「山」3頁）

現在，現在我的心
。。像水晶製成的風鈴
格外清脆，格外敏銳
當太平洋有微風東吹。

——初年，五月（山）9頁）

請給我以斧，給我以鎚，
讓我學盤古，學米開朗琪羅，
朗朗的敲破水晶的圓穹。

——山之二（「山」61－62頁）

以下詩句中陰冷的字眼，要不是秉性使然，詩人又如何刻意的選用呢？尤其是「水晶」二字。由於這種氣質，夏菁在詩世界裏的處理方法「往往顯示著他是一位傍觀者，而不是一位熱中者。（註七）」這種「澄清蘊涵」、「靜觀返照」的態度，也可以從某些詩句找得詮釋：

這時最宜於沈思或回憶，
作片刻古遠的訪問。

——日落時（「噴水池」7頁）

現在正好定下來內視或返照，
從我們瑩澈的潭心。

——新秋（「噴水池」15頁）

記憶是我心裏的一湖水，
能靜映山的面影，

——回憶（「噴水池」68頁）

這種冷眼看世界的人生觀與詩觀，造成詩人步伐穩重，尊重傳統，眷戀古典，既不強求技巧的玩弄，也不粉飾於文字的華麗，底下筆者試從題材、形式、節奏、風格來回顧夏菁在五冊詩集中「統一持續的藝術精神」（註八）。

1.題材的揀用

從第一冊詩集「靜靜的林間」開始，有幾個主要而熟悉的詩材，一再的被詩人描寫，例如「山」、「動物」、「人物」……。

由於職業因素，夏菁與山成了密友。但，他的喜歡山，與鄭愁予不同，這當然涉及各人秉賦。鄭愁予描敘的山，往往是投入式的，譬如「山居的日子」，他如此說：

自從來到山裏，朋友啊！
我的日子是倒轉了的：
我總是先過黃昏後渡黎明。

在「山外書」一詩裏，鄭愁予言：「我底歸心／不再湧動」的與山合一，在「五嶽記」裏，幾乎每一首均有「我」或「我們」的投影在內。反觀夏菁，他所描敘的山，是一座山的普遍特徵，而且帶有濃厚的哲理味。夏菁第一首有關山的詩是「山與人生」：

童年時，小眼望著山巔，

常想踩著雲，騎上鳥，
飛到那神仙出沒的幽谷，林間！
壯年時勃勃雄心，
翻山越嶺，從不肯後人，
普天下的極峯，都想一一跨征！
當回憶代替了雄心，幻想，
夕陽下，那老人坐著的背影，
也靜穆，渾然得如同暮山一樣！

——「靜靜的林間」17頁

有唐朝，李白與杜甫也有山的詩留下來，他們二人的表現手法完全不同：

獨坐敬亭山　李白

衆鳥高飛盡，孤雲獨去閒。
相看兩不厭，只有敬亭山。

望嶽　杜甫

岱宗夫如何，齊魯青未了。
造化鍾神秀，陰陽割昏曉。
盪胸重層雲，決眥入歸鳥。
會當凌絕頂，一覽衆山小。

李白的表現手法是投入式的物我合一，勝於情，類同於鄭愁予「我底歸心／不再湧動」；反之，夏菁的表現手法該是宗法杜甫，睜著眼睛看「山」，勝於理。收在「噴水池」詩集內的「山」，分作十首四行詩，都是山與大自然景象的比較。每一首詩都相當儁美短悍，例如「山和白雲」：

山是一個古老的牧人，
他牧的是千載悠悠的白雲；
日間任它們一群群徜徉
到傍晚都召回他的近身。

這首詩的精鍊，彷彿今日童詩中精美的一首！

就寫作時間而言，收進第五冊詩集「山」裏的兩首「山」並非新詠，而是民國五十三年的舊作。比較上，第二首是第一首的延續，而第一首無疑是夏菁本人最長的一首詩，在表現上，迥異前面的山詩，而氣勢上，相當凛然，一起頭，就緊扣心弦：

有一些空虛
就想到山，或是什麼不如意。
山，你的名字是寂寞，
我在寂寞時想念你。
那陰陽割昏曉的實體，
那遙遠向我移來的影子，
那默默不語，脈脈含情的友誼
常向我召喚。

在外國有許多著名的動物詩，英國丁尼生的「鷹」、雪萊的「雲雀」、濟慈的「夜鶯」、葉慈「長脚蚊」、美國愛格坡的「大鴉」、狄瑾遜的「蛇」、德國里爾克的「

豹」、「紅鶴」、法國黎瑟的「兀鷹」、普綠多姆的「天鵝」……此外，阿保里奈爾著有「動物詩集」（註九），分作四類：獸、蟲、魚、禽，每類均以奧菲斯領唱，合計描寫二十六種動物。阿保里奈爾描寫的二十六種動物詩都相當簡短，例如「貓」：

我渴盼在屋子裏有：
一位明理的妻子，
一隻逡巡書間的貓，
四季來訪的朋友
沒有這些，我將難以度日

反觀我國詩壇，眞能以動物入詩的不多見（註十）。夏菁二十餘年來，爲我們留下了不少動物詩篇，總計約有三十八首，幾乎每一册詩集均有（註十一）。如果作者有心，將這些動物詩集重新輯錄，配以動物木刻或插圖，將可比美於阿保里奈爾。

據說國畫大師張大千曾豢養老虎，端視各種虎姿，才動筆描畫，我想動物詩的創作也必須如此，才能「趣而有理」。里爾克的「豹」一詩經常被人提論，正積於此因。

綜觀夏菁這三十八首動物詩，有短小僅四行的「貓頭鷹」、「螢」，亦有長達六十行的「初聞雲雀聲」。以夏菁的靜觀返照，描寫動物詩應該相當拿手才對，可惜，夏菁本人受制於自己豐富的學識，又擺脫不了「既想在臺下觀劇，又極力想上臺演戲」的欲望，以至詩篇理勝於趣，說教味極濃厚。「蜘蛛傳」與「甲蟲」是這類的代表，尤爲甚者，莫如「蟑螂」一詩，不僅說教且賣弄知識，令人深深替作者這方面的才華遺憾（註十二）。即使在近作「蜂鳥」一詩，也不例外，全詩如下：

在光影幽微的外太空，
一個纖小的造物時浮時沉，
仰泳著宇宙的磁風
舞動剛健的雙翼。

自五彩的太空站獲取補給
以長長弧管的一吸。
也不時被那些衛星所激動
營營的蜂群和嗡嗡甲蟲。

無人知道它爲什麼飛拍不停，
不斷冒險豈造成眞正的生靈？

——「山」14—15頁

在詩末帶上一個道德尾巴，怎不令人擲筆嘆息呢？比較上，「鷹」一詩是比較好的一首（註十三），全詩如下：

整個大地逃不出它蒼勁的翅膀，
俯睇人塵，以其高矚的眼睛。
屢試圖俯衝，俯衝至旭日之上，
或追啄天邊第一粒晚星。
奮昂時，擧翼沖向無垠的穹蒼，
回顧大海祇像是一面圓鏡。

當萬里晴朗，在群峯之上翺翔，
它頻發出躊躇滿志的笑聲。
它豈僅是獨來獨往，衆禽之王？
是天地間一顆長了翅的雄心。

這首詩讀起來相當豪邁，但跟丁尼生同題的詩相較，夏菁並未進入「鷹」的內裏，他只抓住表面的浮光掠影而已，而且，明顯的有丁尼生的「鷹」作前導。

對人物的素描，也是夏菁常用的題材之一，這些詩作，也都是一些短詩，幽默有之，如「魔術師」：

自己從不驚奇，
因爲他知道底細，
不能再無中生有，
假如只穿了泳衣。

——「石柱集」59—60頁

諷刺有之，例如「教授」：

很有個性的偶像，
把眼鏡架在鼻樑下，
一種親切的威儀，
學生們在背他，
出色的學歷口頭禪，
或是戀愛的故事，
並盼望他變爲聖誕老人
當學期終了之時。

——「山」97頁

就詩的完整性言，夏菁「人物素描」詩篇，只能擊中詩描寫對象的一點而已，也就是僅描繪人物的輪廓，還談不上把握住詩的完整性，如果以之同吳望堯「力的組曲」（註十四）與文曉村的「小鎮群像」（註十五）比較，夏菁詩作給予讀者的感覺要淡味得多，更何況，有些詩，無法具備詩的要素，例如「要債者」：

下面是債者的信條：
第一要有不亢不卑的禮貌
第二要耐住對方的無理取鬧，
最後是百折不撓。
不信，你就要不到。

此外，「外交家」一詩也具有此種毛病。好在，作者言明這是素描，無損於夏菁架構「詩城」的大業。並非所有人物素描的詩均有此現象，收在詩集「山」的「熱門音樂迷」稱得上佳作：

火車熱烈地搖滾著，
噴射機如一聲怪叫，
那男子打呵欠的神態，
有普里斯來的神韻。
嘟，嘟，嘟，一輛老爺車

像沙克士風的伴奏，
駛過我敏感的脊髓；
聽！一陣急雨如小鼓
打在我　神聖的白鐵皮頂上。

一熱一冷，一動一靜的強烈對比下，頗具幽默，實夏菁得意之筆。

除了「山」、「動物」、「人物」之外，夏菁的詩題材都揀用「冷」、「靜」之物，例如「廟」、「圓頂」、「石柱」、「湖」、「自由神像」、「希臘古瓶」……等，這些詩的題材都相當符合夏菁的個性，信手拈來，駕輕就熟，幾乎篇篇都是他的代表作，例如「圓頂」一詩，充分的表露出夏菁對傳統的看法，及一貫的詩風：

雖然，有人不愛圓頂
——圓頂之下的古典
與傳統。
當踏上肅然的石階，
便會昇起敬意；
不管剛踢著石子來，
或否定過全希臘的建築。
而在仰望之際，
便染上古典的苔綠；
那是拉斐爾的彩色，
海登的音色，
以及毛公鼎的
銅色。
這半覆著的傳統之瓜，
歷史的蒂，早已凋落；
價值的種籽已收過；
時間的遺傳質也已變質；
只剩下了標本。

仍然，高矗在現代天空，
忍受懷古老的雨，
厭古者的風，
和我的溫和的日光。
仍然高矗著。

2.形式的追求與節奏的安排

余光中與夏菁二人的曾經形影不離，使得「有一個時期，兩個名字常常聯在一起，如一對孿生兄弟。」（註十六），如果我們比較他倆早年的詩集，不僅題材揀取類似，形式亦大同小異，更覺得雙胞胎一對：

夏菁詩集	余光中詩集	備註
靜靜的林間	藍色的羽毛	出版同時，封面相同
噴水池	天國的夜市	
石柱集	鐘乳石	同為中外詩叢（覃子豪主編）
少年遊	萬聖節	同為留美時期之作

夏菁與余光中是早期臺灣詩壇上提倡格律詩的兩位知名人士，這或許是受到徐志摩、聞一多等人的影响，或許是脫胎自古詩詞平仄對仗的影响，或許是兩人相激相勵的成果。然而，紀弦「現代派」成立後，大力推廣詩的「現代化」也刺激了他倆，余光中在詩集「鐘乳石」中風格的巨變（註十七），大刀濶斧揚棄了格律詩，夏菁也步履穩重的脫去脚鐐。

工整的形式，機械的對仗，可以說是夏菁早期二本詩集的普遍現象。為求工整的形式，他往往在詩中要求字與字、行與行、段與段做整齊的搭配。例如：

我親自再到林間，寫詩，種樹，
想把其中的眞諦，體驗，忖度。
——「樹和詩」（靜靜的林間」）

兩行中，寫詩與體驗，種樹與忖度，不僅字字間搭配，並以逗點分離，以求整齊。「火雞」一詩有兩段，每段六行，前一段第二行「你：趾高氣揚，不可一世；」，後一段第二行「能：虛裏藏驕，笑裏藏刀：」一前一後，搭配得相當工整。

一直到「石柱集」的出現，夏菁才擺脫掉這種「豆腐干的外表形式，而採用自由詩。

在節奏的安排方面，最成功的該是詩集「少年遊」中的幾首。詩的音樂性，決無法以強求的對仗或兒歌似的韻脚代替，它必賴以語言文字本身。「車往西部」一詩中每段的引頭都相當的輕快，自然：

平原，平原，
幾日夜的平原。
……………
玉米，玉米，
紅鬍子的玉米，
……………
楊柳，楊柳，
也是陌頭色的楊柳，
……………
西出，西出，
無故人的西出，
……………
牛羊，牛羊，
風吹草低見牛羊，

這些兩拍子一頓兩拍子一頓的節奏，直覺上，讓我們跟著作者望見一大片平原的雀躍心情在高興。此外，在「寂寞，方塲」與「聖女節」也有同樣情形，惟效果不如「車往西部」的自然、順口，天衣無縫。此詩，該是現代詩中極具音樂性的詩作之一。

3. 意象的捕捉

對於意象的經營，是詩人重要課題之一，經營的成功與否，是造成詩作成功與否的因素之一。意象的最佳註釋，該是「將無數的泥佛擊碎、加水，再用自己心靈的印模塑造出來一尊新的佛像!」(註十八),如果以此觀之,早期的夏菁,顯然是一位意象的拙劣捕捉者,他的蜜蜂,「像一個現代的時髦詩人,來去匆匆;到處演講,開會。」(註十九);蜘蛛「像一位嚴謹的詩人,朝夜都埋頭在張羅作品。」(註二十);信箱是「神話中的那隻魔盒,緊閉著我們的希望」(註廿一);鷺鑾鼻燈塔「像愛琴海近一座神秘的聖城」(註廿二);這類的「以乙代甲」方式,比比皆是,「他衹努力地在代入形象的方程式:這個形態和那個形態相似。(註廿三)」。這類的詩作的集大全,該是「庭園感覺」:

這裡有一片和平——
理了髮的朝鮮草
讓路於撐著紅傘的
日本杜鵑夫人。
美國這花旗松濶少
以及俄國的黑松哥兒們,
都頻頻招呼著
性感的法國梧桐。
最典雅的要算
中國銀杏樹,
在一旁,祇輕輕地
揮著摺扇。
這裡,很像
聯合國的一角風景。——「石柱集」91—92頁

在詩集「少年遊」中就出現了相當精美的意象了。試看「自由神像」開頭:

好風從八方吹來,
自由神的裙裾飄拂著。
那些船——
小得像玩具,
出沒若幽靈。

把來自各地的船艦,或古代,或今時,以玩具和幽靈比擬,拱托出自由女神像的屹立。描寫詩人勃朗寧夫婦的一雙手的「握」一詩:

從十九世紀伸出,握著永恆,
一邊是有力的松枝,一邊纖纖的長春籐。
光熱的互射,從他們掌心,
愛之脈博,仍在緩緩跳動,
這是不朽的肉身,豈是青銅。

這一「握」,令我們想到彭邦楨戀詩第一首「手」(註廿四)。近作中「顋邊」一詩的意象也刻劃入骨,他以「牡馬的紅鬃」喻孩子的成長,「瑟瑟柔音」調侃妻子,「白雲的靄靄」自嘲,的是老鍊之作。

4.風格的鑄成

不管「風格是人」(布豐語),或「人是風格」(亨

特語），也不管「風格是作家的衣裳」（波普語），或「風格是作家的皮膚」（卡萊爾語），作家創作下來的作品，必然具有自己的個性。（註廿五），一位農業專家，終年奔逐於山林田澤之畔，當他以冷靜返觀周遭時，成了一名大自然的「歌吟者」（註廿六），儘管他歌唱的調子容有失錯，但無損於他對詩的執著態度，他不也說過；

我的笛很短，
沒有刻意的紋身，
不吹花腔，
不學胡笳聲，
也不吹皺一池春水。

——我是不裝飾（詩集「山」118頁）

這種不擅打扮，使得他的詩流露清新、樸素的一面，讀其詩，看不到任何文字的華飾與技巧的詭異，他老實的告訴我們一首「歌」。

在他歌吟之餘，他會再告訴我們一些道德、哲理，通常是人生的意義之類的，久而久之，他就想探討歷史了，進而關心世事「……；現代詩人，非但不應該以貴族自居，也不應該再是鄰居眼中的瘋子。」（註廿七），這是他拒絕做詩的貴族；「……面對這些事實，作爲一個現代詩人，不能作鴕鳥式的不聞不問。」（註廿八），這是他反對詩同生活脫節；有了這些醒悟，近來，夏菁完成了幾首有關世局動盪的詩，例如「胡笳」、「哭牆」、「回航記」等詩。

夏菁最反對某類現代詩人，「他們吃的是中國的飯，愛的是法國的天。」（註廿九），在他的詩中，有著很濃的東方血緣與中國歷史精神的。他自稱是「從東方來的一隻古典的猫」（註卅），與「東方水仙」（註卅一）。這種態度，使他的詩維持著一貫的田園風與東方濃厚的傳統氣息，這種清醒，使他不致受困於現代主義的迷宮，也不徘徊於格律而忘返。

三、結論：

夏菁詩的最大缺點，有白萩、趙天儀的先後指出。白萩說：「他太愛好冷眼看世界，冷得祇看出色彩和形狀，祇聽出清脆的鳥聲，那後面隱藏更深的東西是什麼？他沒想」（註卅二）；又說：「作者有的是形象，有的是聲音，但他無法走進那幕後，他缺乏自覺的深思色彩把他迷住了，聲音把他迷住了，他祇站在自然的畫前唱出他的讚歌！」（註卅三）；趙天儀指出：「可惜作者只能由外景的速寫著手，而不能返顧內心的觀照，所以，我們也只能跟著他走馬看花的一瞥，而不能更長久地透視停留於作者心靈深處血肉的波動。」（註卅四）；他們二人所指責的，完全是夏菁本人在詩中較缺少生命的投入、參與，以至只看見湖光山色，至於湖、山的內在湧動，詩人就沒有告訴我們了。

儘管這些偏失，夏菁仍爲我們留下許多好詩，這些好詩，不僅沒有上述毛病，甚至無法讓我們指責夏菁冷得過份漠視。試看「簷滴」一詩：

有一種語言
勝過鄉音，
使你聞之淚下，
從這個世界
回到另一個。
家是一個——
當聽到簷滴，
就會使你
酸鼻的地方。

這樣的詩，情深意切，無懈可擊，能不令人酸鼻？

大體而言，夏菁的長詩不多，長詩中較能氣勢磅礡，下筆扣人心弦者除「握」與詩集「山」中的第一首「山」之外，不多見。而短詩中，撇開動物速寫，人物素描即興之作外，佳作頗多，這些都稱得上夏菁的代表作。譬如前引的「簷滴」、「寂寞四行」、「石柱集」中的「雨中」、「圓頂」、「石柱」、「湖」、「池邊塑像」，詩集「山」中的「雪融之後」、「梅雨，五月節」、「胡笳」、「哭牆」及悼覃子豪的三首「輓詩」。

在二十餘來詩的田徑場上，我們看到夏菁抱著「終生的執著」，一面前進，又不時回顧（重複自己的題材），也許他的步子緩慢些，但，我們不會忘記龜兎賽跑的寓言，我們非常高興他在十年後送給國內詩壇一冊「新」詩集，雖然他尚未回國，「為老百姓多種一棵樹，多做了一個壩」（註卅五）。夏菁的再出發，該更能激動詩壇的前進波浪，也必然鼓舞中年一代停筆多年的前輩詩人。

四、感想：

由夏菁「統一持續的藝術精神」及「不裝飾」的詩風，我想到詩壇上也有許多抱以相同態度相同精神的工作者，他們的努力並不遜以夏菁，無奈，詩壇的伐異之氣使他們成了無名英雄，文學事業的幸與不幸於此增添一例。

註：

一、詩集「山」後記。
二、同前。
三、詩集「靜靜的林間」後記。
四、散文集「落磯山下」79頁。
五、同註三。
六、同註四。
七、笠下影㊺：夏菁。——「笠」双月刊30期50頁。
八、楊牧：夏菁的詩。原刊65、10、10聯合報副刊，後錄入詩集「山」。
九、「動物詩集」有何瑞雄譯，開山書店出版五十八年八月出版，由堀口大學的日譯本轉譯，每首詩配有畫家杜非木刻插圖。此外，零星譯者有紀弦、程抱一、胡品清等人。

十、楊喚有四首小動物詩；杜國清有十二「生肖詩集」（詩集「雪崩」）；張默有「動物詩三帖」（創世紀詩刊38期）；掌杉有「十二生肖歸籍」（創世紀詩刊44期）；吳晟最近動筆「吾鄉禽畜」。

十一、「靜靜的林間」有十首
「噴水池」有十首
「石柱集」有十五首
「山」有三首

十二、詩，畢竟不是道德的代用品，雖然季予在「評噴水池」一文中謂作者：仍未忘記爲讀者「賦予智慧」。

十三、夏青的「鷹」有二首，第一首錄入詩集「噴水池」47頁；第二首錄入「石柱集」50頁。此處所言，指第一首。

十四、「力的組曲」計十一首，錄入吳望堯詩集「玫瑰」（空軍文藝叢書之十一）

十五、「小鎭群像」計二十八首，錄入文曉村詩集「第八根琴弦」（葡萄園詩叢，53年12月25日初版）

十六、散文集「落磯山下」78—79頁。余光中在「山名不周」一文中亦謂：「夏青和我早年的詩風，頗多相近之處。」

十七、詩集「鐘乳石」後記：收集在這裏的四十多首詩，都是四十六年四月以迄四十七年九月間的作品，當時正時我的轉變期，風格的變化很大。

十八、白萩：評夏青的詩集「靜靜的林間」。見「現代詩散論」（三民文庫152）155頁。

十九、詩集「靜靜的林間」34頁。

二十、同前，32頁。

廿一、詩集「噴水池」67頁。

廿二、同前，24頁。

廿三、同註十八，162頁。

廿四、彭邦楨「手」一詩的第一段：
且從紐約伸出一隻手來，握緊臺北；且從臺北伸出一隻手去，握緊紐約；當我們的手與手歌唱：我們便這樣擁抱著一個宇宙。

廿五、文壽：作品的風格。見65年12月19日中央副刊。

廿六、同註，十八，一五五頁。

廿七、詩集「少年遊」代序：現代詩的面面觀與前途。

廿八、同前。

廿九、同前。

卅、「華盛頓廣場鼯鼠」一詩結尾，詩集「少年遊」22頁。

卅一、「星期天的早晨」，詩集「山」47頁。

卅二、同註十八，162頁。

卅三、同註十八，163頁。

卅四、見趙天儀著：裸體的國王（香草山版）108在。（原刊登笠詩刊4期，詩壇散步。）

卅五、同註四，81頁。

美在何處？

大岡　信作・陳千武譯

　想究明物象的美或醜；越想越糊塗。平常誰也能判斷某一東西的美或醜，然而，假如有人要你說出爲什麼薔薇是美麗的？腐爛的麥桿是醜的？要追求這些理由，誰也會沉思起來吧。尤其，認爲薔薇是美麗的人，如果看到被丟棄在噴出沼氣瓦斯的濁流裡的薔薇，也會覺得美麗嗎？另一方面，看到被丟在草蓆上腐爛了的麥桿而皺起眉頭的人，碰到在挖出來的柔軟黑土上放着做爲堆肥的麥桿，還會令人感到醜嗎？不無令人懷疑。

　同樣的事，當然也會給人更新鮮地被經驗。美有某些標準，而符合這些標準的女人或男人，才算是美女或美男；如果，祇有那些美女美男才有被愛的價值，那麼這些男女會在轉瞬間很可憐地，受到求愛的群衆壓倒而抓破了皮膚，打斷了骨頭或被殺死也說不定呢。

　感覺美麗的心理，都滲雜有大量的慾望，而慾望裡也有性慾、食慾、征服慾，也有屈服慾（？）吧。那些是動物性次元的慾望，且跟纖細的感覺沒有緣份。換句話說，我們眞正感到某一東西很美，而產生了所有慾，着迷又耽溺於美的心情，好像猫正要猛撲老鼠瞬間的心境（假如猫也有心境的話）有其相似的地方吧，我是這麼想。對於猫來說，如果牠持有「美」這一語言，牠必會滿懷着「啊，這隻老鼠多美呀」，而亮着眼神猛撲老鼠吧。

　也許我說的話太離譜了，可是，從我最近所經驗的一件事來推論，站在美麗的東西之前的心境，多少含有一種血腥味的實感，這是不可否認的。這一件事，就是祇爲了去看某個人的畫展，而終于買不成五公分四方的一張畫的小事而已。原因是我對於那張畫幾乎有些恍惚似地感到美，而意欲買過來，才問了作者，但作者却告訴我剛有人訂約了，而他已經回去了，如果你一定要這一張，也許先訂約的人會讓給你。於是我期待着，改天再去會場，然而由於我說過太喜歡，反而刺激了對方的好奇，竟宣佈說絕不放手。

　那個時候我對那位不知是誰的先約者感到敬意，另一方面却持着憎恨感。如果那個人在場的話，對，也許我會向他哀求，威脅，終於爭執到底……。不，這或許是一種幻想吧。不過，那張畫現在却在我的眼膜裡擴大或五十公分四方大，浮現着宇宙性的青藍的深淵呢。

　爲甚麼那一張畫都壓吸引了我？仔細一想，對於這一爲甚麼的疑問，似乎得不到明快的答覆。也許在另外一個人看來也會感到那是美的，但不會像我這樣慾望它吧。或持有某種冷靜眼光的人，便會嘲笑我容易爲了那張小小的畫而神魂顚倒，而說還有很多更重要的緊急事情不做，這個人却呆然站在這裏，而很容易被所謂『美麗的畫』神魂顚倒。」好像有人在耳邊嘲笑我，可是假如有人面對着我那樣嘲笑我，我不但不感到羞恥，却會感到愉快，因爲感到美的心理，確實屬於自己本位且黨派性的感覺。

　就猫來說，任何一隻老鼠都沒有美醜的差別吧，這一點畢竟面對着美麗的而令人產生慾望的東西的人，有其決定性的不同。對於某人是絕對不可欠的美，但在另外一個人却感不到任何魅力，這才是表示人持有不可挽救的複雜性，以及人世界的有其多樣性富裕的象徵。

　現代社會，尤其在像東京以令人眼花的速度一直在變貌的塵埃大都市的生活，已經沒有美可安住的地方了。我們常常聽到這些意見，確實像東京這樣缺乏風趣。雜亂無章又充滿噪音的骯髒都市是很珍奇的，以歐洲式的看法來說東京不能稱爲都市，應該說是雜多的大村莊的集合體較適當，行在街道，幾乎沒辦法感覺到像在巴黎或京都的街道行走時會感受的建築物跟我們自己之間所產生的某種律動的交感。狹窄的巷道，不整齊而缺乏統一性的難看的建築物，猛獸似的大小不同的車輛像摩擦皮膚那麼擁擠着跑來跑去。加之河川却成爲資本的利潤追求的犧牲而被塡平。現代群聚着走在數奇屋橋附近街道的人，還有誰會想到數年前流在這地方的那汚濁的運河呢。淸潔的水流是都市能成爲都市的不可缺乏的條件，但是在這一點東京却把自己塞進了非都市的狀態，使住在東京的人被刼走了走路的快樂。很早以前，我走過長崎很多起伏的舖石路所感到的疲倦，跟在東京走路疲倦了的感受完全不同而覺得驚奇。走上下坡的時候確實會疲倦，但說起那些舖石路的融感，山坡，從岡上俯瞰下去的海濱，都有某種律動的快感作用肉體因而走路時的物理上，化學上疲勞就要化成帶有肉體上興奮的快感。如此，所謂有如音樂上快感的走路的歡樂，在東京是很少有的。

不過，東京這種難看的情況，並不是最近才開始如此，却是東京的昔時形成爲江戶同時就已告發的宿命性的現象，最近我看過內藤昌氏的「江戶與江戶城」（SD）誌3號）一篇論文，得到很啓示的。

享保時候（一七二〇年代）江戶的人口已經突破了百萬，歐洲第一的都市倫敦那個時候人口還不到七十萬。巴黎是五十萬，可見江戶的人口集中情況有其驚人的發展。其中平民五十萬以上，寺社地的人口五萬，其餘的就是武士家族。就居住的面積看來，江戶全面積的百分之六十是武家地，寺社地占百分之二十弱，五十萬以上的平民便擁擠在剩下僅僅百分之二十強的土地裏，這種人口的密度是一平方公里平均五萬六千人。（一九六三年度的東京區部的人口密度爲一萬四千人）因此江戶這個地方必然產生了平民街，常受到大火的威脅。

由於這種情況而來的結論就是——

江戶「武家的都市」，平民平常被迫隱忍服從。而商人的經濟力發展也不過是寄生於武家的消費生活裏，江戶的街道，平民文化，也都被武家所規定的從「隱忍服從裏滲透出來的形式而已，平民地的擴大也如此滲透擴大的，而絕非平民有其充足的經濟力，才自主性，建設性發展下來的。「從這一點觀點來看，可以說江戶的都市已經在十八世紀以後便陷入了老化現象，距今二百年前的事情。」詳述這種令人驚奇的結論，應該如次：

凡是說江戶文化，一般是指非武家性的商人文化，浮世繪是最代表性的，但那個大詩人芭蕉，却是社會的脫逃者，顯然就是戲劇性地表示江戶武家文化的不成長。到了明治，有內村鑑三，岡倉天心等一級的知識人相繼續談武士道，但是他們所論的武士道並不是江戶武家的那些。事實充塡武家所抱負着的文化，當然是據於明治政府的指導而實踐的歐洲文化的輸入。爲了要追上歐洲的先進文明在所有領域裏馬車式的疾走，在其過程，例如爲了資本蓄積的輸出用陶器的包裝紙，使用很多浮世繪版畫的名作品，那些在歐洲從收買破爛的商人手裡移轉入美術館，眞奇異地產生了今日名聲的機會。

這種努力的結果，歐洲文化果眞在日本生根了嗎？那確實生了根，然即所開的花和果實當然是異種交配的獨特的東西，（生物，例如馬和驢交配生出來的叫做騾，這是異種交配，但是這樣生出來的孩子，沒有生殖能力，這是很悲哀的！）

另一方面支撐着江戶文化的商人文化是怎樣呢。可以說處在近代的波浪間，其本身仍然沒有顯示任何實質性的發展，而裝削薄，被嚇下，繼續下來的。現在，繼承這種商人文化的代表選手，例如有相聲，但是看到相聲界的年輕秀才們在電視上的活動，便會瞭解這種擴散現象。他們從事相聲的應用問題的司儀或影星或其他機智性的職業，這些職業當然也可以看做相聲的時代性發展。但事實却是大衆傳播裏從「隱忍服從產生的型式」的一種和傳統藝能的異種交配，我想這一解說較適於事態的看法。

不論從何種角度看來，由東京這一長毛象都市所代表的我們的文化，確實開了很多稀有的異種交記的花和果實。

來訪日本的外國文學者或記者或藝術家都表示同感的驚奇，而指摘日本人不管甚麼事都喜歡走極端的傾向。那些是從有如皇宮那麼豪華的彈球店開始，到爲了看泰西名畫而包圍着美術館很耐性地等待着順序進場的愛好美術家的群衆，還有在拿保里也使用可稱爲最高水準的意大利語上演歌劇的日本巴蕾舞團等等，各方面所能看到的現象。（這不是我的空想，却是某一有名的法國作家，最近從日本回國後，在法國雜誌所寫的旅行記中的一節，同時他也寫過在日本很多存在的「賣春旅館」，那是一般稱爲溫泉標誌的一種。）

然而，如此紛雜而煩擾無秩序的環境，確實就是今日的東京這種都市，也可稱爲以東京爲代表的日本這個國家最具特徵的表情吧。

在此，把話說回來，在這個狹窄的島國上，激烈地繼續執行着的各種異種交配，在其表面的多樣性，華麗，在其活動性的內裏，是否持有眞實的「生殖能力」？這才是值得考慮的最大的問題，而在這種環境裏，美畢竟尙能棲息着嗎，這個疑問，不祇是抓着現象的一面，而是要探問有否根源的「能力」，才是眞正關係着我們自己的問題。

不過，我已經寫過幾次「美」這一語言，但是這一語言才是莫測高深。確實有「美術」或「美學」，結果便有「美術史」。然則，無法把「美」像純粹的結晶那樣提出來說：「你看，這就是美，怎麼樣，可以看到美的實體了吧？」事實美並沒有實體，美是平常附值在某種事物產生的現象。

直截了當地說，平常美是跟着醜而存在，有醜的地方才有美。如果要對醜閉着眼睛，祇想取出美，那麼人會據於活着的感受性，變成無法直接感覺美的人類了。

把這一道理以倒錯的形式主張的畫家達利，他把腐敗物或人的排泄物，照樣很細心地描寫出來，使那些變成爲特殊持有礦物性光美的存在。

美不是不變的實體，要生產它也不可能的，在古代人，或原始民族裏，它是跟祖先神的信仰同時存在。（不過，這是我們那麼想的，事實，譬如他們在祭祀用的假面上是否跟我們一樣感到美呢，却不能確定哩）。

在希臘，美是跟神活或年輕的人體一起存在。在中世，美是存在於信仰裏。（這也意味着跟地獄的意象存在）。在文藝復興時期，美是跟希臘的古典以及信仰存在，也跟着無名的手藝匠的工作存在。之後美很急激地世俗化，例如浪漫主義時代自然重新請求王位，而寫實主義是新發現了美以及醜在都市和工業，勞動一起存在的結果產生的

●這些無論任何美術史都有其記載，但是在這裏我要主張的是，美這個東西既然跟文明的發達變化而來。還有，美這個東西既然時常跟醜一起存在，那麼在現代社會，就是在這個煩噪的像東京這樣充滿塵埃的場所，也應該有美的存在才對。然而這種美不是到了百貨店，用包裝包着的東西，那是隱藏在這環境裏要我們每個人去探求的東西。

畢竟，甚麼是美，甚麼是不美，沒有比這種議論更無聊的。

對於某種音響，某種色彩或型態，某種語言，某種臉，某種建築物，認爲美的心理作用，並不祇限於視覺上或聽覺上，也不祇是道德或教養才有。把各種各樣的欲望或歡樂、悲哀，不平、不滿，塡滿在內部而活動着的人，在其運動的途中所遭遇的各種東西，始終產生「美」「討厭」「骯髒」「舒適」等等反應，因此不必專程爲了去求「美」的結晶而跑到展覽會場去，平常遺忘了那種心理的反應而沒有歡樂的人，去看有聲譽的美術展，從那些總是祇屬於色彩和形態的繪畫或彫刻，想要安易地得到美所帶來的歡樂，事實沒那麼簡單。這不論是音樂會或其他任何種類的表演都是一樣，在那種場所販賣着的却不像教室的講義那樣，這種歡樂雖是很單純，可是你想要，如果沒有充分的心理準備，絕無法得到手的，那確實是很不可思議的生物。

像有很棒的畫，也有很差勁的畫那樣，人的走路的方法或講話的方法，喫煙的姿勢，誘惑人的方法或舞步的跳法，歌的唱法或東西的吃法，菜的切法或肉的燒法，揑斷麵包的手勢或打電話的姿勢，那些所有的行動裏都有美和醜，而那些絕不能認爲跟展覽會場的畫和音樂的美醜毫無關聯；展覽會場的繪畫，因被稱爲美術品，反而令人覺得死板。

石頭彫刻家，站在剛從山裏切開出來的石頭前面，構想自己將要彫刻的形態的時候，是不是會覺得這個剛切開出來凸凹不平的石頭也比他所想要彫刻的藝術性形態更美，當然會有這種感覺吧。如果沒有那種感覺的彫刻家可以說是不值得信用。因爲對於眼前的石頭沒有戀情，絕不會產生作品的孩子」。

同樣，音樂家也有時會覺得現實各種的音比較排着蝌蚪的樂普更美，詩人也會感到自己的詩比較包圍着他的各種豐碩的語言貧乏的多。於是我要再三強調，甚麼是美，甚麼是不美，這種議論是最無聊的，美不是固定的東西。

一般常說美是普遍性的，這一句話應該說爲感受美的能力是普遍性的才對。祇是有人會活用有人不願活用那些能力的差別而已。從另一方面來說，美是常持有毀滅的可能性，才會發出跟生命有同等的光輝。它不會強制主張的「我的名字是美」，而經常附隨在某種東西，由於它是時間性的，空間性的現象，才能跟時間性，空間性存在的我們每一個人之間發生保持戀愛關係。

我有一個畫家朋友，專用鐵絲做戒指的名匠，他所編造的戒指帶在女人豐腴的手指，便會發散極好的質感和阿拉伯國格的美。曾經看到那些的時候，我對於日常生活中的美，確實覺得自己的眼光和想法發生了變化，不過無論任何優秀的戒指，若把鐵絲的戒指和鑽石的戒指排在一起的時候，如果是女人，還是會取用鑽石的戒指吧。百貨店會比美術館或畫廊，音樂會或詩的朗誦會等昌盛的原因，只要這世間還有女人，那似乎是不變的原理吧！眞是遺憾。

里爾克「新詩集」

——連載之四——

李魁賢譯

羅馬石棺

然而是什麼阻止我們去相信，
（正如我們被隔開放置）
短時間內不會在我們內心
只留下壓迫和憎惡以及如此迷惘，

宛如曾經在鏤飾精緻的石棺中
於指環、神像、杯皿、綵條間，
有一件緩慢解體的事物
裹在徐徐腐朽的衣裳中——

直到被從不開口的，未知的嘴
吞下。（何處有頭腦會堅定思量
如何使這些嘴可以派上用場？）

從古代羅馬的水道溝渠
永恆不絕的水導入石棺——；
如今鏡般的清澈流動且發射光芒。

天鵝

藉依然未完成的事物
嚴重束縛難行的此種憂患，
正如天鵝未經雕鑿的拙步。

而不可理解的死亡，我們每天
站立的地面上的死亡
正如天鵝不安地自行放逐水上——

水溫柔地承接天鵝
快樂而無常，一波又一波，
在天鵝下面向後推送；
而天鵝保持無盡的緘默，確然
愈顯成熟且更有爲王的莊嚴
悠然安祥地遂流水中。

幼年時代

要是能靜心下來回想該多好，
回想失落的事，長談細說，
談那段悠長幼年時代的午後，
那是永久不回頭——可是爲什麼？

仍會喚醒我們——：也許遇到雨陣，
但是我們已不明白那是怎麼回事，
人生不會像往日那樣再度滿是
相逢，再會，和各奔前程，

在我們身上發生的事畢竟
與物品和動物的遭遇不相謀：
可是我們人生都和他們一樣生活，
而變成可滿溢到極端的造形。

且變成牧人一般的孤寂。
並承擔無限龐大的遙遠

好像從遠方呼喚且能觸及
而徐徐像一根長長的新線，
織入那繪畫的長卷裡
在裡面長久令我們心亂神迷。

詩人

時間啊，你已離我遠揚。
你的鼓翼把我打出傷痕。
然則：我的嘴該怎麼辦？
還有我的夜？我的白天？

我沒有情人，也沒有家。
更沒有可供生活的場所。
我所奉獻對象的萬物啊！
已變成豐富却把我消磨。

裝飾花邊

I

人道：這名字是無常的所有權。
依然不確定的幸福、存量：
在双眼中，變成此花邊，
如此細小而緊密的花邊一片。
豈非人道？——收回嗎，你想？

久已過時的你，終於失明的你，
在此事件中便是你的幸福，
有如在樹幹和表皮間傳輸的樹液，
你偉大的感情，變爲小形，向花邊注入？

通過命運的裂縫，間隙，
你從你的時間拉出你的靈魂：
你的靈魂就在此光燦的花邊裡，
於實用以前冲着我笑紋紋。

II

當有一天顧及我們的行爲。
實在我們的遭遇顯得微不足道
從小我們爲了要長大成人，所以要
如些盡心盡力，可是却毫無作爲，
好像白費了力氣——：是否
已變黃之花邊軌跡，如此精細
而錦簇的花邊條，不足以
把我們留在此世？瞧：已有人做。

人生也許是屈辱的，誰知道啊！
有幸福在，却已獻與他人，
終於還要不惜任何的代價，
從其中爭取，但不比人生。
輕易，而就此完成，美得恰如需要
不再爭光，不再微笑，不再輕飄。

女人的命運

就如國王在狩獵途中，爲了解渴
隨手拿起一只杯子，任意的杯子，——
又如其後擁有那杯子的收藏者
把這毫不顯眼的東西拿走，妥善安置：

或許命運也同樣焦渴，有時候，
把女人擧起到唇邊，仰脖飲盡，
此後爲了恐怕把她打破
捨不得再使用這微弱的生命

就把她納入細心照顧的玻璃橱窗
裡面都是他的種種貴重珍藏
（或是被視爲値錢的物品）。

她陌生地擺着，如像借來的收藏
而只是愈來愈蒼老愈視茫茫
且不再是貴重，也不再是珍品。

康復的女子

如像歌聲在狹巷內來來去去
逐漸走近而又畏縮不前。
鼓着翅翼，常常幾乎逮取
然後又再隨風四處飄散：

生命就這樣和康復的女子嬉戲；
留她虛弱的身體經過休養，
變得手足無措，但為了委身相許，
擺出了不習慣的姿態模樣。
當瘦骨嶙峋的手（在手下
熱病充滿了敵對的思路）
遠遠伸來，如像激情的接觸
愛撫着她乾枯的下巴，
她乃有了幾乎被誘惑的感觸。

成年的女子

一切曾經在她上方，那就是世界
和不安與恩惠一切都站在地上方，
若衆樹屹立、茁長而筆直巍然，
成為完整的形象，又如約櫃般無形象
且慶典般，宛如盤踞在民衆的上界。
而她忍受着；直到草率地
令飛行者，飛離去，遠離者，
龐大的巨無覇，還有尚未學成者
和排水的女子一樣冷靜地，
擎着滿溢的大酒杯。在遊戲當中，
做好化身成為異相的準備
這才有白色面紗，緩緩滑墜，
掉落在笑逐顏開的面容。
幾乎不透明地且不再高舉
而面對所有問題，無論那一種，
她只重複這答案，漠然地：
在你心中，在成為孩童的你心中。

註：約櫃，是藏猶太經典之櫃。

塔那格拉

略為燒焦的大地，
像是偉大太陽所燒焦。
有如少女玉手柔細
款擺的姿勢窈窕
突然不再消失無影；
自她們所把握的感情
不向任何事物延伸，
即使無關輕重的事物，
只是對自己有所接觸
如像手對着下顎支撐。
我們把一個一個雕像
高舉且加以旋轉；
我們幾可瞭然
為何這些不會失傳，——
但我們只應

更深入而且更奇情
對其原狀獻身
且微笑，稍加明瞭
也許就像一年前的情調。

註：塔那格拉（Tanagra），古希臘中部
Bôotien 地方之城名。

失明的女子

她坐在茶桌前和別人沒有兩樣。
起初我只感到，她端茶杯的方式。
稍為和別人姿態不太相似。
她一度微笑過，却顯得悲傷盪漾。

當大家終於站起來談天，
徐徐地，一如偶然，走遍。
許多房間（大家談笑風生）
我看見她。她跟在別人的後面。

態度從容，就像必須在大家面前。
唱歌獻藝的人一般模樣，
在她的明眸中浮現喜氣洋洋。
有如池面上反映外來的光線。

她慢慢隨行，久久不稍息。
好像還有什麼事尚未超越：
可是：假使一旦她跨過限界，
她勢必不再步行，而要飛上天際。

在陌生的公園中

Borgeby-Gard

路有二道。沒有人跡走過。
可是常常，在沉思中，讓其中一道
導引你向前行。縱有迷路之感；
但突然你走到了圓形花壇
只剩單獨一人，又重逢那塊石頭
又在上面讀出：伯爵夫人
布立持•蘇菲——一再用手指
摩挲着裂開的年代——
何以這項發現不算小事一件

是什麼使你完全初履斯地般。
滿懷期待在此榆樹蔭下徘徊？
在此潮濕，陰晴，罕無人至的地方。

而相反地，是什麼引誘你，
在陽光普照的花圃尋尋覓覓
好像在找薔薇欉的名字？

是什麼常使你立定？你聽見什麼？
為何你終於模模糊糊看見
蝴蝶在高大的夾竹桃間閃現。

註：Borgeby-Gard 瑞典地名，一九〇四年間里爾克曾旅居於此。

別離

如何我已能感覺別離的滋味。
而且我也明白：暗中容忍的
像心事，是一件純美的結合
再度顯示、呈献、而後破碎。

如何我沒有防備，只是旁觀，
呼喚我，任我離去，留在身後
的東西，好像所有女性都這樣
隨後變小、變白，也不過：

一些情意，已不再和我有所關聯，
一些徐徐繼續揮動的情意——，已毋
再言宣，也許就像是一株被遺棄的李樹，
杜鵑鳥已自樹上急急飛向藍天。

死的經驗

我們對此行毫無所悉，和我們
沒有關聯。我們沒有道理
向死陳示讚賞和愛憎，
悲劇情的哀怨奇妙地

使面具的上部歪曲不成形。
世界還充滿了我們扮演的角色。
在我們擔心是否還能叫座時，
死也粉墨登臺，雖則不被人歡心。

但當你去逝，在此舞臺上面
有一道眞實通過你穿越前行的間隙
出現：是綠色，擁有眞實的綠
眞實的陽光，和眞實的森林。

我們繼續扮演。困心積慮
習得的臺詞瑯瑯成誦，且時時
手舞足蹈；但你從我們的戲劇
脫離而消失的存在，却常時

侵襲我們，有如理解
從都眞實沈降下來
以致我們瞬間陶醉
生命的演出，而忘了喝采。

法國詩人「拉佛格」

(Jules Laforgue 1860—1887)

莫渝譯

拉佛格，一八六〇年八月十六日出生於南美烏拉圭首府蒙德維多(Montevideo)，父親爲法國南方底里牛斯山民，母親則爲北方不列顚人(詩人柯畢葉家鄉)，這兩種南北不同的血緣，形成了詩人的不幸。童年，即喪母，被送回父親家鄉大爾伯(Tarbes，詩人葛紀葉家鄉)，父親仍在南美担任小學教師。十六歲(一八七六年)時，跟隨父親到巴黎就讀中學，開始博覽群書，自然科學，倫理學，歷史，叔本華黑格爾哲學，皆無所不讀，固而染上悲觀思想，對宗教頓失信仰。一八八〇年前後(中學畢業)參加巴拿斯派詩人與象徵派詩人(當時尚未有「象徵派」此名)聚會，並出入於馬拉梅(1842—1898)的「星期二詩會」。一八八一年，由布瑞(Paul Bourget，1852—1935)介紹，到柏林担任德國皇后奧古斯達(Augusta)教師，前後計六年(1881—1885)。在德國認識英籍少女 Leah Lee，兩人於一八八七年到倫敦結婚，數月後，八月二十日拉佛格因肺病逝於巴黎。

拉佛格英年早逝，比柯畢葉更短命，但著作却多得多，甚至有全集的編印。他的著作有：

一 詩集：「悲嘆謠」(Les Complaintes，1885)、「聖母月集」L'Imtation de Notre—Dame la Lune, 1886)、「仙女大會集」(Le Concile féeique, 1886)、「善意之花」(Des Fleurs de Bonne Volenté, 1890)、「最後詩集」(Derniers Vers, 1890)、「大地的嗚咽」(Le Sanglot de la Terre, 1901)。

二 散文：「傳聞的道義」(Les Moralités légentaires, 1887，詩人死後翌日出版)、「宮廷與城市」(La Cour et la Ville, 1922，柏林出版，爲詩人柏林生活紀實)。

三 全集：一八九〇年法國水星社開始編印，一九〇三年出版(並不完備)。一九二二年重新印行「新全集」，附有書札一卷。

拉佛格自己也感覺出他具有「些許柯畢葉的精神」，因爲兩人同樣具有不列顚省的血緣。由於父親的家族，早年的生活，對烏拉圭的懷念，對外省地區的幻想，使他不可救藥的鄉愁無以寄懷，最後只好寄託宇宙，託寄太陰—

一聖母月。巴黎求學時期，各類書籍知識的吸收，導致他的悲觀，甚至懷疑世界，尤其是懷疑女人。柏林生活更談不上多采多姿，叔本華（Schopenhauer, 1788—1860）、哈德曼（Robert de Hartmann, 1842—1906）等人的哲學却加深影響他的悲感，形成有體系的悲觀主義。整個而言，痛苦的生存，感傷的作品，頹唐的藝術構成拉佛格短暫的一生。

在「大地的嗚咽」（詩人早期詩作，一八七八至一八八三年計三十一首），詩人就吟哦著：

啊！生命太悲傷，不可救藥的悲傷，
在世上的慶典，我一直嘆息：
「虛無！虛無。一切只是虛無！」
一隨後我想著：聖歌作者的骨灰於今安在？

在「悲嘆謠」（一八八一到一八八四年，計五十首）詩集，題上莎世比亞名言「無病呻吟」，歌詠日常生活瑣事，追憶外省星期日午後的悲愴，秋日蒼空，荒涼別墅，形成拉佛格特殊風格的悲歌。

在「聖母月集裏，詩人的疑慮加深：

啊！江湖行吟時代的門坎
已成傳聞！
然而去年的月亮於今安在？
上帝爲何不復現？」

爲了表現詩人獨特的感覺，他往往從古代的民歌，美麗的神話與史詩取得靈感。在表現技巧上，他則極力創造新字，踢開邏輯，使用對比。在節奏方面，他最初採用傳統韻律，接著，跟隨巴拿斯派作風，到了最後，不再講求韻律，改用自由詩（verslibre）。「自由詩」即由拉佛格首先倡導的，這時是西元一八八六年。

拉佛格詩選

外省月亮悲嘆謠
(Compialnte de la lune en province)

啊美麗的滿月，
大得像司命女神！
後退聲在遠處響著，
是一位過路人，助理先生；
豎琴在對面撫弄，
猫兒越過廣場：
外省正酣息著！
彈著最後的和音，
鋼琴閣上琴蓋。
該是什麼時辰了？
寂靜的月亮，何等的放逐！
應該說：他還是這樣？
月亮，熱愛音樂的月亮哦，
在所有的域內，
你看過昨日的密蘇里，
和巴黎的古堡，
挪威的碧色狹窄海峽，

北極，大海，那些我知道的？
幸福的月亮！你也看到
此刻，蜜月旅行的，

護車！
他們前往蘇格蘭。
如此，今年冬天，它
會在我的詩句裏何樣的嵌鑲！

月亮，流浪的月亮，
產生了理由與普通習俗？
喔豐盛的夜晚！我將死去，
外省就在心中！

而月亮，這位善良的老嫗，
在耳朵裏塞著棉花。

——一八八四年七月。

註：「外省」指巴黎以外的省份。

死者遺忘的悲嘆謠
(Complainte de e'oubli des morts)

諸位太太諸位先生，
你們的母親死了，
這裏有位好掘墓者，
他前來叩門。

死者
都在地下；
不再出
來。

你們在啤酒杯裏抽煙，
你們調解純潔，
遠處公雞啼叫，
可憐的死者在城外！

祖父彎腰，
在那兒，手指按住鬢角，
姐姐鈎針，
母親裝燈。

死者
謹慎的
睡在
非常涼快地方。

你們用過餐點，
近來生意如何？
啊！幼小的剛死者，
絲毫不懶散！

在帳簿上，
記下同樣符號，
兩場舞會的開支：
墳墓與彌撒的費用。

够樂的
此生；
嗨，不是麼，
愛人？

諸位太太諸位先生，
你們的姐姐死了，
替敲門的掘墓者，
開開門吧；

如果你沒有同情心，
他（不會懷恨的）
拖著脚步向你走來，
這個滿月之夜！
討厭的，
狂風！
死者呢？
這次旅行…………

眉形月的禱詞
（Litanies de spremiers guartiers de la lune）

失眠症的，
降臨月亮，
永恆睡者的，（註一）
白色圓形雕像，
一切逃亡的
化石星星，
令人羨慕的，
薩郎波墳墓，（註二）
大神祕的，
碼頭，
聖母與女士的，
狄安娜・阿特米斯，（註三）
我們大饗宴的，
聖女維姬，
巴卡哈牌的，（註四）
惡運，
我們涼台上的，
倦態美女，
挑逗性的春藥，
螢火蟲，
最後讚美歌的，
玫瑰形花飾與圓頂，
我們贖罪的，
貓眼石，
應該有我們信仰的，

戰地醫院！
應該有 Grand-Pardon 的
，鴨絨被子！

註：一，「永恆睡者」，希臘神話中，安第米昂（Endymion，有些詩人說他是國王，也有說是獵人，大部分說他牧羊人）長睡不醒，却受到月神的眷顧。後世不少畫家以此爲作畫內容）。

二，薩郎波（Salammbô）是福樓貝爾（Gustgve Flaubert, 1821—1880）於一八六二年出版的著名小說。此小說早年有李劼人中譯本，上海商務印書館出版。

三，狄安娜•阿特米斯（Diane-Aremis），是三位一體的女神。

四，巴卡哈牌（baccarat）是一種賭博用的紙牌。

蝙蝠

（Les Chaves-Soris）

就是牠們在空中狂飛，黃昏時分，
披上修女衣服的鐘！
我目忖舉行什麼典禮……
走吧，上去瞧瞧。

啊！在佈滿灰塵的小梁柱之間
都是年輕的狂飛的
蝙蝠群試探巢窩外部，
以牠們陳舊的翅膀！

牠們在黃昏之後出來，
逐趕河面的蚊子，
這時日間洗衣婦正巧
停止了搗衣杵。

而這些日落出巡者都是孤獨的，
都是每日必做，都是至尊吠陀經，（註一）
都是非我們想像的眞實，
都埋首牠們的事情。

啊！牠們每日一次的狂飛。
可以比美行星運轉，
於混沌狀態的襁褓中
無所不知。

當我不再叫好時，
牠們埋首於自已的事
以垂亡的珍飾配合著
牠們的籆框，

以及白日某些幸運流浪漢
虛無得無法
佔住畜牲生存的入口
那以我可憐名字爲名的。

註：吠陀經（Veda）印度古代經典。

鮎川信夫詩選

陳明台譯

1. 日暮

天花板的蜘蛛似乎攀附在我的臉上
除了倒過來傾斜著的沒有獵物的地平線
從傾斜了的房間　總是什麼都望不見
褪了色的壁裡
有著滿滿地塗抹了沉重的悲哀的人影

北風閃亮淚珠
銳利的笛一般的事物在胸底覺醒
落葉吹捲而來的地平線上
（出色的笛的聲音以及出色的眼淚……）
因著戰爭而死去的M啊
站在高高的地方睜開眼睛吧
在我們之間廣漠的荒涼的視界
如同黑色的脚一般收縮著　如同黑色的你的脚一般
而沈落的夕陽只有一個

2. 夢使用的時間

靴充斥的走廊下
夢著夢的事是不被允許的
在桌子上
手掌曾經嚐試著種植紅色的薔薇
然而　白色的大理石畢竟是冷冰冰
連絲毫的聲音都沒有
不知什麼時候脚已經死去了
從水管裡水也不流了
那陰鬱的眼睛
在花與大理石之間
反芻著
如同玻璃的畫一般

3. 等候雨的椅子

雨
淋濕了乾燥的椅子上的
一顆石子
發出聲音的那些
閃閃亮著
解除了咒言
步行在昏睡的樹蔭下
散放著罪的氣味的門的後邊
什麼也不曾發生過
午後四點鐘自然地消逝而去
如此
則光們滑過虛空落入氣體中透明的溝裡
錯誤地 燈蠹掉了下來
不知來自何處的風無意間潛入
水平的碟子上
也有一顆石子在滾動
驟然豪雨侵襲而來

4. 夕陽

植著夏草的屋簷
全都望不見了
剛才還從窗口伸出頭的孩子們
全都看不見了
在我的身後
街道逐漸地縮小著
什麼都不過是光和影的遊戲而已
以細細的聲音 虫鳴著

什麼都要從頭重做起嗎
只要一動不動地在回憶的片隅裡不就可以嗎

攀上山丘吧
若是渡過這個夏日
雖然 冷冽的風依舊會吹拂而來
撫慰我的心房
追逐天空 到了這兒
山丘就已不是山丘了
向著高高的地方追逐而去
更且 從高高的頂端
向著更高的青空的深處降落而下
啊 虛心的鏡裡映著
最最深鬱的青空喲
眞是爽快啊 我也持有
遠遠挨近過來的沈落的夕陽

5. 行人

崖斷裂
斜對面枯草搖撼著
廣漠的視界的這邊那邊
電線颯颯地鳴叫
遠離了那樣的街道而佇立
不知道什麼緣故一袋煙草也顯得非常美味
白日的月的下方
僅有荒涼的道路延伸著

有時一個男人
會從遠方朝著這兒挨近過來
僅僅是如此
世界的秋似乎漸漸在加深
只有在孤獨的道路上散步的男人
感受得到高貴的冷冽的戰慄

一切都過去了
然而　即使是沈默地錯身的瞬間
望得見的是什麼樣的美呢
穿著黑色的喪服的男人的
因著悲哀而蒼白的額上
比如　小小的捲毛的漩渦看得見一般的

6.夏逝

I
冷冷的鏡子上吹拂著
冷冷的海的風

II
高高遠遠的青空
大約　海鷗們會找尋到自己的身姿
在碎裂的岩石上

III
殘留寂寞的笑顏
連再會也不會說過的女人離去了
不久波浪襲捲而來
從海岸洗去男人的影子

III
捨棄全部的夢吧
生命是邁著步的影子
崩裂著的砂的足跡
岸邊捕捉到的死魚的
白骨

IV
白色的帆在彼方浮現

7.落葉樹的思考

經由春天到夏天
芽呈現　枯葉蔓生
綻放了花的樹木
現今似乎在宣告著別離
生命的奔流傾瀉在山丘
因著黃昏的冷冷的灰色的死的季節的降臨
自身和世界宣告離別的時刻來到了
因著生命循環的終結
爲了再度誕生不能不逝去
根思考著　枝幹感觸著
而在秋風裡抖顫身子
飄降落葉的雨

8.別離之歌

追尋著愛
出發的人
探訪新的世界
遠行的人
不需要離別的語言
拂曉的道路直直的長長
不許停佇
在我們的心裡
依舊燃燒著的慧星的
一千年的離別也不會寂寞
儘管去追尋探訪而前行
仍然什麼時候會相逢
春天不來
沒有歡樂的世界的美麗的人

9. 在河邊

黑色的波浪上
若有若無的殘照
光散亂著

懸掛在頭上的天空
消逝而去的時候
一張影子佇留著

意圖前行却踏不出步
無處逃逸的身體
孤獨的骨
吹晒在風裡
無處依靠的河邊的
一個魂魄

靜靜地奔馳　清澄了的河川
直到我的歌完結

10 波浪和雲和少女的聲音

六月是水色的眸子
七月是迴遊於天空的魚
八月是海殘留的白色的墓
從透明的窗的框子裡
波浪向著永遠的洋面退去
帶走難以忘懷的夏日

斷裂的崖上
也有著暴風雨的留名
割破的風裡　雲出現又消逝
消逝的是　出現的幻影的恍惚的臉的一般
靜靜地　在無限的天空裡消逝而去

無聲的叫喊
向著海及天空張開口
如此　則小鳥墜落而下　在黃昏的窗上
而後沈默開始歌唱
不依賴神的一個禱告
成爲啞吧少女

試論詩與畫（二）

陳香

在歷來的一般詩人中，偶或嘗以富有的色澤的句子作點綴，但很少悉力渲染。

因爲是點綴，自然不致太濫太雜，反而竟能顯現出綺麗之概。

曹植在美女篇中，有「皓腕約金環」句；在棄婦篇中，有「綠葉搖縹青」句；在公讌詩中，有「朱華冒綠池」句。

陶潛在雜詩中，有「衣鬢早已白」句；在讀山海經詩中，有「黃花復朱實」句；在擬古九首中，有「青松夾路生，白雲宿簷端」句。

謝靈運在過始寗墅詩中，有「白雲抱幽石，綠篠媚清漣」句；在酬從弟惠連詩中，有「山桃發紅蕚，綠蕨漸紫苞」句，

在入華子岡詩中，「有銅陵映碧澗，石磴瀉紅泉」句。鮑照在代陳思王京洛篇中，有「揚芬紫煙上，垂綵綠雲中」句；在代苦熱行中，有「丹蛇踰百尺，衣蜂盈十圍」句；在上潯陽還都道中，有「騰沙鬱黃霧，翻浪揚白沙」句。

謝朓在始出尚書省詩中，有「青精翼紫軑，黃旗映朱邸」句；在送江水曹還遠館詩中，有「塘邊草雜紅，樹際花猶白」句；在高齋視事詩中，有「餘雪映青山，寒霧開白日」句。

李白在古風詩中，有「綠酒哂丹液，青娥凋素顏」句；在子夜吳歌中，有「素手青條上，紅妝白日鮮」句；在金門答蘇秀才詩中，有「緣谿見綠篠，隔岫窺紅蕖」句。

杜甫在秋興詩中，有「波漂菰米沉雲黑，露冷蓮房墜粉紅」句；在送王十五判官詩中，有「青青竹筍迎船出，白白江魚入饌來」句；在送路六侍御入朝詩中，有「不分桃花紅勝錦，生憎柳絮白於綿」句。

李商隱在和劉評事永樂閒居詩中，有「蓮聳碧峯關路近，荷翻翠扇水堂虛」句；和馬郎中移白菊詩中，有「陶詩秪採黃金實，郢曲新傳白雪英」句，在登樂遊原詩中，有「夕陽無限好，只是近黃昏」句。

杜牧在長安雜題長句詩中，有「韓嫣金丸莎覆綠，許公韉汗杏黏紅」句；在詠柳詩中，有「莫嫌榆莢共爭翠，深感桃花相映紅」句；在潤州詩中，有「青苔寺裏無馬跡，綠水橋邊多酒樓「句。

韓愈在縣齋讀書詩中，有「青竹時默釣，白雲日幽尋」句；在感春詩中，有「晨遊百花林，朱朱兼白白」句；在答張徹詩中，有「泉紳拖修白，石劍攢高青」句。

白居易在秦吉了詩中，有「彩毛青黑花頸紅」句在王夫子詩中，有朱紱紫綬青布衫」句；在醉後走筆詩中，有「陳湖綠愛白鷗飛，濉水青憐紅鯉肥」句。

王維在送刑桂州詩中，有「赭圻將赤岸」句；在秋夜獨坐詩中，有「白髮終難變，黃金不可成」句；在故西河郡杜太守輓歌中，有「生擒白馬將，連破黑鵰城」句。

孟浩然在武陵泛舟詩中，有「水回青嶂合，雲度綠溪陰」句；在東京留別諸公詩中，有「樹遶溫泉綠，塵遮晚

日紅」句；在上巳洛中寄王九廻詩中，有「垂柳金堤合，平沙翠幰連」句。

沈佺期在送金城公主適西蕃應制詩中，有「金榜扶舟披，銀河屬紫閣」句；在夏日梁王席上送張岐州詩中，有「翠帟當郊敞，彤幨向野披」句；在黃鶴詩中，有「黃鶴佐丹鳳，不能羣白鷴」句。

陳子昂在江上暫別蕭四劉三詩中，有「山水丹青雜，煙雲紫翠浮」句；在度荆門望楚詩中，有「城分蒼野外，樹斷白雲隈」句；在白帝城懷古詩中，有「崖懸青壁斷，地險碧流通」句。

劉希夷在采桑詩中，有「紅顏耀明珠，絳脣含白玉」句；在秋題汝陽潭壁詩中，有「魚鱗可憐紫，鴨毛自然碧」句；在孤松篇詩中，有「玄陰天地冥，皓雪朝夜零」句。

駱賓王在遊招隱寺詩中，有「綠竹寒天筍，紅蕉臘月花」句；在秋菊詩中，有「分黃俱笑日，含翠共搖風」句；在餞宋五之問詩中，有「柳寒凋密翠，棠晚落疏紅」句。

蘇頲在利州北佛龕前詩中，有「臥石鋪蒼蘚，行睦覆綠條」句；在送常侍舒公歸覲詩中，有「朱丹華轂送，斑白綺筵開」句；在奉和馬常寺中之作詩中，有「絳服龍雩寢，玄冠馬使旋」句。

杜審言在贈崔融二十韻詩中，有「太息幽蘭紫，勞歌奇樹黃」句；在和晉陵陸丞早春遊望詩中，有「淑氣催黃鳥，晴光轉白蘋」句；在詠終南山應制詩中，有「雲標朱闕廻，樹梢碧堂懸」句。

王勃在懷仙詩中，有「紫泉漱珠液，玄岩列丹葩」，；在上巳浮江詩中，有「綠齋山葉滿，紅洩片花銷」句；在早春野望詩中，有「江曠春潮白，山長曉岫青」句。

張說在岳陽早霽南樓詩中，有「夜來枝半紅，雨後洲全綠」句；在岳州作詩中，有「髮白思益壯，心玄用彌拙」句；在安樂郡主花燭行詩中，有「紫炬紅輪十二行，綠軿紺幰紛如霧」句。

李嶠在詠露詩中，有「玉垂丹棘上，朱湛綠荷中」句；在三月奉教作詩中，有「銀井桐花發，金堂草色齊」句，在太平公主山亭侍宴應制詩中，有「碧樹青岑雲外聳，朱樓翠閣水中開」句。

黃庭堅在次韻蓋郎中率郭郎中休官詩中，有「青春白日無公事，紫燕黃鸝俱好音」句；在次韻胡彥明同年詩中，有「碧嶂清江原有宅，白魚黃雀不論錢」句；在哀逝詩中，有「綠髮朱顏成異物，青天白日閉黃爐」句。

陸遊在客愁詩中，有「蒼顏白髮入衰境，黃卷青燈空苦心」句；在將之京口詩中，有「城角危樓晴靄碧，林間双塔夕陽紅」句；在新築山亭戲作詩中，有「天垂繚白縈青外，人在紛紅駭綠中」句。

范成大在春晚即事詩中，有「繡地紅千點，平橋綠一篙」句；在四月五日集陳園照山堂詩中，有「短籬水面殘紅滿，團扇風前衆綠香」句；在橫塘詩中，有「南浦春來綠一川，白橋朱塔兩依然」句。

元好問在約嚴侯泛舟詩中，有「白鳥無心自來去，江蓮照影亦娉婷」句；在後灣別業詩中，有「童童翠蓋桑初合，灩灩蒼波麥已勻」句；在潁亭詩中，有「春風碧水双鷗靜，落日青山萬馬來」句。

薩都剌在相逢行贈別舊友治將軍詩中，有「城南桃杏花正開，白面青衫鞭馬走」句；在江南曲詩中，有「吳姬當爐新酒香，翠綃短袂紅羅裳」句；在閩中道上詩中，有

「三山經雨翠，孤嶼向陽紅」句。

趙孟頫在織圖詩中，有「黃者黃如金，白者白如銀」句；在耕圖詩中，有「赤日背欲裂，白汗灑如雨」句；在紀舊遊詩中，有「落紅無數迷歌扇，嫩綠多情妬舞衣」句。

倪瓚在與伯雨登溪山勝概樓詩中，有「風回綠卷平堤水，林缺青分隔岸山」句；在爲叔平畫紫芝山房圖詩中，有「山房臨碧海，奕奕紫芝榮」句在三月一日自松陵過華亭詩中，有「鷗明野水孤帆黑，鶴沒長天遠樹青」句。

虞集在臘八日無魏伯亮所賦詩中，有「白頭長與青山對，華屋誰爲翠黛憐」句，在家兄孟修父輸賦南巡詩中，有「碧梧翠竹手所移，應與青松各千尺」句；在題別業屋壁詩中，有「逼窗蕉翠冷，沿壁薜青鮮」句。

李東陽在風雨歎詩中，有「陰陽九道錯黑白」句；在靈壽杖歌中，有「誰采靑壁紅琅玕」句；在四川宅賞接杏綠蕚梅詩中，有「青枝綠蕚依然在」句。

高啓在梅花九首詩中，有「翠袖佳人依竹下，白衣宰相住山中」句；在明皇秉燭夜遊圖詩中，有「滿庭紫焰作春霧」句；在姑蘇臺詩中，有「紅紫黛青盡入眸，雨中花樹總勾愁」句。

唐寅在江南四季歌中，有「銀箏皓齒聲斷續，絳袖紫衫紅映肉」句；在桃花庵與祝元明黃雲沈周同賦詩中，有「白眼西風裏，黃花小徑邊」句；在和沈石田落花詩中，有「鬢邊舊白添新白，樹底深紅換淺紅」句。

吳偉業在題冒辟彊名姬董白小像詩中，有「青絲濯濯額黃懸」句；在追敍舊約詩中，有「黃雞紫蟹堪攜酒，紅樹青山好放船」；在圓圓曲詩中，有「慟哭六軍俱縞素，衝冠一怒爲紅顏」句。

趙翼在塗遇大雪詩中，有「青山未老白頭催」句；在海上詩中，有「人油作炬燃宵黑，魚眼高歌射浪紅」句；在野步詩中，有「最是秋風管閒事，紅他楓葉白人頭」句。

張問陶在賀袁簡齋八十詩中，有「白首還夫婦，青山有弟兄」句；在陽湖道中詩中，有「冶紅妖翠畫江南」句；在黃葉詩中，有「滿地綠雲如昨夢，三春風雨太多情」句。

袁枚在詠雪詩中有「騎出青天白鳳凰」句；在題柳如是畫像詩中，有「紅粉多情青史輕」句；在遊棲霞寺望桂林諸山詩中，有「桂林天小青山大，山山都立青天外」句。

嚴遂成在桃花詩中，有「紅霞紅雨總迷途」句；在江南遊詩中，有「碧水青山外，紅花綠葉間」句；在曲峪鎭遠眺詩中，有「白草衰如征髮短，黃沙積與陣雲齊」句。

舒位在紅梅花詩中，有「經時翠羽飛無路，幾處朱樓夢有痕」句；在詠阮嗣宗詩中，有黃壚小醉眠誰側，青眼高歌對阿咸」句；在隨園作詩中，有「池邊紅樹魚窺影，簾外青天鳥破空」句。

查慎行在雪夜泊胥門詩中，有「水明千雉白，人靜一燈紅」句；在池河驛詩中，有「小店青帘疏雨後，遙村紅樹夕陽間」句；在晚抵晏城夾壁間額詩中，「紅日忽沉煙起處，白楊自遞雨聲來」句。

上面，只略舉四十人的色澤美詩句，而且只各舉三則，但已是五光十色，雲蒸霞蔚，或濃或淡，或豔或鮮，都是「詩中有畫」，也都是句句可以入畫的極好素材。

五

林碧濤在縱論現代詩一書中，曾感慨系之的說過：「

現代詩，一邊誠說擺脫去了不少傳統束縛，剪斷去了不少型式羈絆；一邊却又毫無選擇的引進一些歐風美雨，聽任它吹偃掉溫柔敦厚，甚至於沖刷掉眞善美。」

但我却認爲，幸而仍有耐得住「狂風暴雨」的碩果，在民族意識的呵護之下，尙保其質樸與晶瑩。所以，也就依然能見到些「詩中有畫」，且往往還可以成爲入畫素材的小段或斷句。

黃昏的一片淺藍天，
一半被魚鱗似的白雲籠罩。
冉冉地吐出一彎鈎也似的明月，
彷彿含羞帶怯的新婦，
只露出一些兒眼角眉梢，
對着我微笑。

這是劉大白「自然的微笑」詩中的一段。刻劃出來的，的確是富有民族意識的一個「自然的微笑」。

只是雪不大了，
顏色還染得鮮艷。
赭白的山，
油碧的水
佛頭青的胡豆土。
橘兒擔着；
驢兒趕着；
藍襖兒穿着；
板橋兒給他們過着。

這是康白情「江南」詩中的一段。先以「只是雪不大了，顏色還染得鮮艷」，點出了「江南」，接着就是一些鄉土氣息的烘托。

抖落肩背上的月光，
我走着，
樹影在胸前畫許多十字。

這是雲鶴「秋夜」詩中的一段。在光與影之中，動與靜之間，拉長了「秋夜」詩中的意境。

輕颸吻過我的鬢邊，
橋旁有幾個人影在談天。
河水潺潺，講不完古城的故事，
一個洄溯有一個喟嘆的回憶。

這是許冬橋「鍾斯橋」詩中的一段。遊子的淒涼，凍結在「講不完」的「古城故事之中，導致「回憶」與「河水」共鳴。

好像一片片的梨花滿空亂飄，
又似漫天飛絮伴着春風舞蹈；
當你靜靜停下來和大地擁抱，
宇宙肅穆皎潔地穿了一身孝。

這是若水「雪」詩中的一段。淡然觸起的鄉土眷戀，尤見「肅穆皎潔」。

墻角的竹影引動花香，
夜更充實，
而月却失色而又踟躕了。

這是柯金星「花月良宵」詩中的一段，「良宵雖不落寞，却爲「花香」、「月色」的不能協調而悵失，

藍藍的夜空有顆乏力的星，
伴着不寐的人，默默守候。
在迢迢的南方，海的那邊。
星霧般的迷朦，夢的遙遠。

這是若艾「流轉」詩中的一段。在「迷朦」中「流轉」，何況又是「乏力的星」，難怪「夢的遙遠」，

碎石的小路。
一直是盲者的手杖。
牽引着我牽引着我。

這是林煥彰「礁溪」詩中的一段。寥寥三、四句勾出了一幅樸質的實境兼意境。

這裏是視覺的世界，色彩起伏着。
這裏是聲音的世界，寂寞喧嘩着。
這裏是夢幻的世界，情話穿梭着
西門町。

本是一幅好山水。
人在地心轉。
地轉人不轉。

這是張默「西門町」詩中的一段。勾勒出「西門町」之所以成為「西門町」，而且也是我們今日的「西門町」。

拂落那軟軟的貿易風。
沙灘上，覓尋貝殼的足音。
我們開始作小小的爭執
一隻手臂伸過來
撥開一朵蒼白的微笑
隨即推去踉蹌的潮聲

這是清涼「西子灣」詩中的一段。雖係速寫；但頗可作為動，靜循環的連續畫欣賞。

大海中的落日
悲壯的像英雄的感嘆
一顆星追過去
向遙遠的天邊

這是覃子豪「追求」詩中的一段。意境與實境交併拓開，其餘韻在「遙遠的天邊」。

歸家的路上，野百合站着
谷間，虹擱着
風吹動
一枝枝野百合便走上軟軟的虹橋

這是鄭愁予「北峯上」詩中的一段。意境牽拽着實境伸展，而又冉冉的凌駕着。

我倆手牽手並肩而行
踏着溪畔的草茵　踏着兩人的影
沿溪水的流向　這溪長長

這是虹旭「溪畔之憶」詩中的一段踏着草茵上的人影，路長溪流亦長，好一幅幽寂的素描。

一隻鷺鷥
在水田中讀着「地糧」
……
偶然垂首
便啣住水面的一片雲

這是洛夫「霧之外」詩中的一段。妙在「偶然垂首」，於是便可成為動人的速寫。

當日落西山
按了電鈕一般
夜空的銀幕幽暗而深藍
月亮昇起，逐漸地清明
星星浮現，個個精神抖擻

這是趙天儀「露珠」詩中的一段。像序幕；而亦可當作另一單元，月亮的「清明」與星星的「精神抖擻」，都是生動的筆觸。

（未完下期待續）

笠下影

李敏勇

李勇吉

拾虹

巫永福・陳秀喜 ↓

中華民國行政院局版臺誌字第一二六七號
中華郵政臺字第二〇〇七號執照登記爲第一類新聞紙

定　價：	國內每冊新臺幣20元	
海外地區：	日幣240元	港幣4元
	菲幣4元	美金1元

全年六期新臺幣100元　半年三期新臺幣55元
※郵政劃撥21976號陳武雄帳戶（小額郵票通用）

出版者：笠詩刊社
發行人：黃騰輝
社　長：陳秀喜
社址：臺北市松江路三六二巷七八弄十一號（電話：5510083）
中部資料室：彰化市延平里建寶莊51之12
北部資料室：臺北市北投百齡五路220巷8號4樓
編輯部：臺北縣新店鎮光明街204巷18弄4號4樓
經理部：豐原市三村路90號
印刷廠：華松印刷廠　電話：263799號
廠　址：臺中市西屯路一段一二三巷八號

詩双月刊

笠

1977年
12月號

82

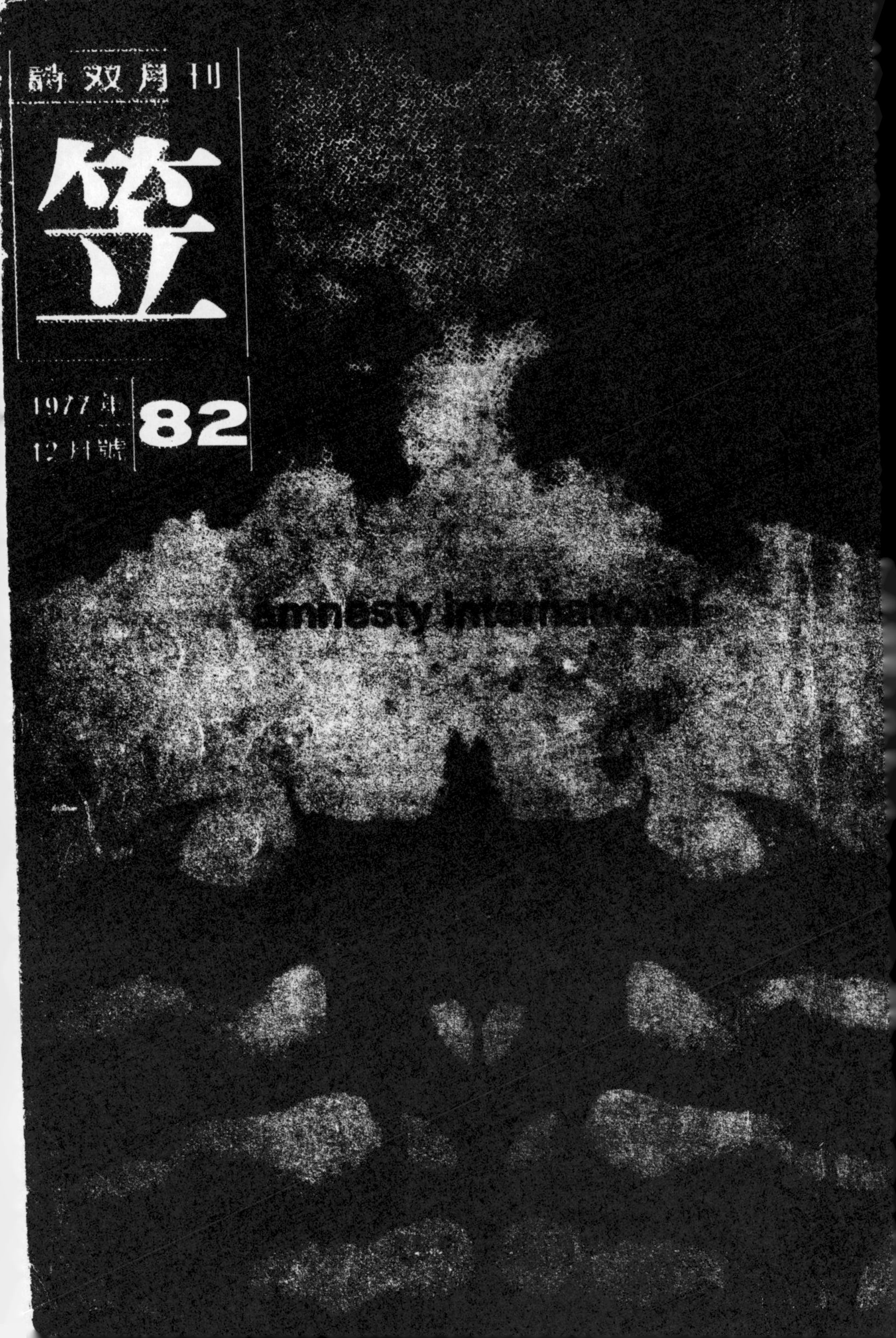

封面解說

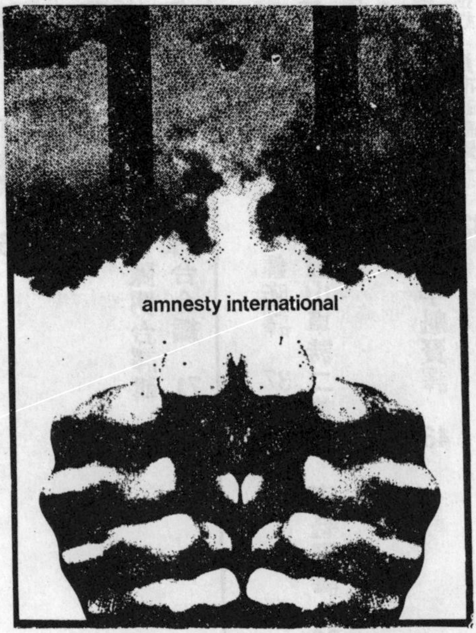

人權救援機構的美國人權救援支部所發起，並由15位世界各國知名藝術家參與實踐的「良知囚犯（Prisoners of Conscience）年1977海報大展」，從紐約開始，繼而在巴黎，阿姆斯特丹，巴塞隆納和東京等大都市展出，並將展覽累積資金捐給人權救援機構，而成爲1977年世界性人權救援運動的一個强烈心象。

這幅照片就是其中的一幅海報，是美國的 Alexander Liberman 設計的。以監獄的鐵欄杆爲背景，拳頭無助地握着，戲劇性地視覺化了展覽的主題，很强烈也很恐怖地震撼人們。

※參展的十五位藝術家包括美國、英國、法國、日本、義大利、墨西哥、瑞典、哥倫比亞、荷蘭、西班牙甚至波蘭籍，可以說廣汛地顯示出世界性的關心。

笠 一九七七年十二月號目錄

藍波（Arthur Rimbaud）特輯
法 A D1854——A D1891

筆談小輯

作品

福音書

杜芳格

聲音

不知何時，唯有自己能諦聽的細微聲音，
那聲音牢固地上鎖了。
從那時起，
語言失去出口。
現在，只能等待新的聲音，
一天又一天，
嚴肅地忍耐地等待。

時間

凝視
過
沉重的時間
那麼
現在的時間就
不沉重嗎
後來的時間
會
決定

夢

墨水寫盡的
地方

恰好是「夢」字
灼熱的愛情，海邊小庭
都如紫丁香的
落花般的
「夢」字
般若心經
遠離一切且顚倒的
「夢」字

紙人

地上到處是
紙人
秋風一吹
搖來幌去
我不是
紙人
因爲
我
我的身就是器皿
我
我的心就是神殿
我
我的腦充滿了
天賜的力量
紙人充塞的世界
我尋找着
像我一樣的眞人

母鳥淚

母鳥的羽毛脫落
寒天近
但
已經
所有的小鳥都離巢
飛走了
眼瞳
釘着地上
母鳥看自己脫落的羽毛
隨着秋風
一片片
飄飄飄
看呵
看
寒冷天
母鳥淚

愛

詹冰

1

是
質？
是
能？

時時刻刻
實驗又實驗
日日夜夜
探究再探究

痛苦中
快樂中
終於測出
它的溫度

2

要流汗？
我流！
要濺血？
我濺！

再求證嗎？
汗和血
還有些什麼
交互作用？

發現了
汗和血的乘積
與愛的平方
成正比

3

說
要融合
不如說
要分裂

因
至少
有我被分裂的
無上快感

唉！
同樣是
招來
蛻變的末日——

4

沒想
愛的活性
如此的衝擊
如此的寧靜

受了
時間的催化
是物理變化？
是化學變化？

昔日
愛是火！
今天
愛是水——

體驗（三）

拾虹

現實

在高高的山頂上
揮搖着旗幟
呼救

天天不停地下着雨
再堅固的山
也會崩陷下去

自由

天空只飛來一隻老鷹

一點星光
整座山就燃燒了起來

火勢猛烈
我們一面鼓掌
一面歡躍

直到一座山
成了灰燼

回家

已經很久不回家了
像個沒有家的人

長久不回家的人
是不敢回家的人
是回不了家的人

每天還是趕着路
總是回到別人的家

鐵路邊

我們已經習慣
在火車經過的時候醒來
做愛

鐵路電氣化了
速度增加了
噪音也提高了

呼嘯而去的聲音
仍然像以前一樣
兩個恰恰好
兩個恰恰好

微笑

非馬

(一)

撥開噩夢的
　　　　烏雲
把一線陽光
　　射向大地
着火的眼睛們
　　　一個個
燃燒
　成爲
太陽

(二)

劃過漆黑
　　的夜空
一粒火種
　　射向
不眠的眼睛
　　　燃起
熊熊營火
把許多堅冷
　　孤獨的心
熔成一支
　　嘹亮的歌

氣球

巫永福

紅藍白三色的美麗大氣球吊着廣告標語
像項鍊掛在胴體一樣
體態更嬌媚、更婀娜多姿，而且飄飄然
像被粗長繩索繫着的奴隸
高高在上

一朝登天
氣球興奮得幾乎歡笑出聲
有如夢中美境愁事全了
更似出世
旣可遠眺又可俯看脚底的人間世界
看高樓默默及人車爭道

不管雨淋或曝晒於烈日下
氣球都昂首挺胸以展示其存在
好讓脚下的人們瞻仰她的神氣
更希望能表露
她的歡欣以及美妙之姿

整天不能休息的工作讓她疲倦難耐
又覺乏味想睡却不能休息
只得隨風飄搖
在繩索的拘束裏
也有悲哀湧上心頭了

氣球想飛到更高的地方去
也想向左右移動尋找更廣濶的地方
但卽沒有那種自由
又是怨又是恨
在風中掙動
想要脫離覊絆遠走高飛

這時候主人緊緊握着繩索說話了：
「你打扮得漂漂亮亮每天輕鬆遊蕩
還有什麼不滿足的啊！
自由自在地在高空漫步
就不應該不安份！
要知道祇有順從我的意思才有自由
你是不能掙斷繩索的
而且爲了你的安全我時時在監視你

知道嗎？」
聽主人這麼說
氣球黯然神傷想哭
不能飛到更高更遠的地方
不能有自己的意志
說是「自由」，是嗎？

向孩子說

吳晟

不要看不起

阿公沒有顯赫的身份
蔭護阿爸
只是默默傾注了一生的牽掛
阿爸沒有顯赫的身份蔭護你
也只能默默傾注一生的牽掛

在這個落後的村莊中
阿公只是渺小的人物
不能帶給阿爸榮耀
在這個落後的村莊中
阿爸只是平庸的人物
也不能帶給你榮耀

不識字不善辯的阿公
不懂甚麼大道理
只知道日日勤奮的工作
認識幾個字的阿爸
仍不懂甚麼大道理
也只知道日日勤奮的工作

孩子呀！不要看不起阿爸
更不要看不起自己
雖然，阿爸沒有顯赫的身份
蔭護你

阿媽不是模範母親

阿公不是甚麼事業家
阿爸也沒有甚麼成就
因此，日日在田裏辛勞操作的阿媽
不是模範母親

阿公只是安分守己的做田人
阿爸的兄弟姐妹
只是憨直而無變巧的農家子
因此，沒有誰帶給她光采的阿媽
不是模範母親

不是模範母親的阿媽
堅忍的一生中
沒有爲她而響的掌聲
沒有爲她而亮的鎂光燈
不是模範母親的阿媽
也不懂這些榮耀

可是，孩子呀
阿媽一生辛勞的汗水
並非爲了掌聲和鎂光燈而流
在我們安穩的生活中
阿媽的每一滴汗水
都在微笑

例如

例如，看見某些人
以斑爛的顏彩
拼命粉刷早已腐朽的牆壁
常忍不住想告訴他們
那是沒有用的，那是沒有用的

例如，看見某些人
體面而高貴
却肆無顧忌掠奪別人的東西
常忍不住大喊出來
捉賊啊！捉賊啊

例如，聽見某些人
高喊着漂亮的口號，哄抬自己
常忍不住想揭穿
不要欺騙吧！不要欺騙自己吧

而你居然也學會
在臉上塗抹化妝品，粉飾自己
孩子呀！阿爸忍不住要告訴你
以眞實的面貌
正視眞實的世界吧

愛國獎券

林宗源

（一）

「生意歹做
有買十賣七還三賺四的生意
也有懷着驚惶的心情
跟稅務人員親熱的生意
還是來買一張獎券
六十元會給你幾個發財的夢」
我講：

人客講：
「中獎就要扣所得稅
沒中獎只好認命
抽頭比○八卡利害的獎券
什麼人要買」

眞正有錢的人與賭徒
笑買獎券的人
賣力賺吃的人與公敎人員
拼命來買
不中絕不甘心的鬪志
只爲了夢中撈月的美夢
妻離子散
啊！不是三佰萬的三佰萬
什麼魔力引誘
不是有錢的沒錢的人

當我看到那死白的臉色
撕碎獎券的沒力的手
我問我爲什麼要賣獎券
開賭場警察會捉
何況餅干、乳粉的利潤
比不上獎券
有執照的商店拼不過攤販
大公司給地下工廠
吸去一部份的血
大百貨公司以及物資局
以及公敎福利中心
吸着批發商和零售商的血

我問我爲什麼不能賣獎券
當我看到那些咬牙切齒的臉色
勸他們買卡少咧
想起別人每期賣二、三萬張的獎券
而我二佰張還賣不出去
就想到「良心」的問題
「良心」能當做飯嗎？

當「良心」彈着賺吃人心內的琵琶
與我腹內大腸靠小腸的聲相打
硬着心肝叫着：
「人客，請你來買獎券
包你中三佰萬
多買多中
不中也愛國的獎券」
不中也愛國的獎券

（二）

這是一種不用納稅的行業？
與路邊的攤販一樣
開大公司有什麼用
什麼企業管理
什麼經營方針
讀大學有什麼用
每月賺他幾千、幾萬幾拾萬

現金買賣
不怕查帳
開大公司有什麼用

讀大學讀名聲
讀幾牛車的書
問沒頭路
花去黃金的年齡
就是求得一官半職
一個經理多少錢一個月
一個開錢的市長一任多少錢
一個不肯補習的老師又值多少
警官以及教授以及
假如勞心勞力不撈個紅包
讀文憑就沒路用

這是一種自由自在的行業
賣獎券與攤販
是不用讀國民學校
不要文憑的
不管街路是否生病
不管都市是否要請醫生
不管賺吃人的腰肚
這是一種最好的行業？

問題是
問題的問題構成
社會的問題構成

價值的問題！

（三）

中八獎就想中六獎
中四獎就想中增加獎
中頭獎就想中第一特獎的想法
賣一百萬張就有幾佰萬想錢
想幸福掉下來的頭殼
人生的追求是什麼？
人生的價值又是什麼？
盡是想錢的腦

還有什麼可想的
用流汗的錢
向命運追擊
向綺麗的夢撒網
理想是什麼？
想中第一特獎
買到死，買到破產
剩下來唯一的價值
也許是死也不認輸的精神吧！
可是，這種精神
值幾元？
幾角？

給爸爸的話

林外

說實在的，我是很乖的孩子。
我一向努力聽話；
我也知道，我的聽話，使你很高興。
你說不可以看的東西，我都沒看；
你說不可以聽的話，我都沒聽。

可是，我發現，我因此變得很傻了。
傻到你所講的話，是眞是假，
我都沒有辦法分辨了。
說實在的，我是很順從的孩子。

你說後屋的阿金不是個好孩子，
我就沒有和他做朋友；
你說左隣的阿鐵是野孩子，
我就不敢和他在一起；
你說右舍的阿發是個太保，
我就不敢和他結情誼；
你說自己一個人在屋裏玩，
我就一個人留在家裏。
可是，我完全不了解他們。
我不曉得他們那一點壞，
我不曉得他們如何壞法，
因此，我變得糊塗了。
我自己那一點好，
是不是好，
我都沒有辦法判斷了。

你先不要生氣，也不要罵。
他們那裏不好，你都跟我說過了，
對你的話要有信仰，我也知道了，
我也想相信他們的不好，
可是，他們眞的不好嗎？
因爲你不許我自己去認識，
不該有的懷疑，居然湧出來。
我也想信仰你的話，
可是，因爲是你要我信仰的，
不是我自己自然興起的，
對你的話，是不是値得信仰，
竟然也懷疑起來了。

你冒火了！眞是豈有此理！
你吼起來了，像雷聲一樣。
我垂下眼皮，兩脚發抖。
聽到的雖是你不可一世的威風，
可是，在電光一閃的刹那，
看到的却是不忍卒睹的慘狀。

我所知道的是：
你什麼都知道。
我所知道的是：
我什麼也沒有知道。
當你一再大聲訓教我的時候，
我只望着太陽，
我只望着月亮，
我只望着星星；
我想他們遊遍世界，
他們一定什麼也知道。
可是，當你在我頭頂上，
大聲說話的時候，
我看到太陽在獰笑，
月亮在冷笑，
星星在擠眼兒。
我渾身發冷，
四肢發抖。
我怕，很怕，
怕已經被弄傻了，
這該怎麼辦嘛！

兩首　陳秀喜

望月抒情

那年中秋
和你相識
風的柔暖
襯托着奇異的月色

你就是針線
把桃紅的月
縫在我的心裏
擁有光與熱
我的憂傷
逐漸痊癒了

今年中秋
月依然是桃紅色
獨自仰望
陣陣清冷的風中
不堪停留

拜謁　美軍紀念公墓（馬尼拉）

蔚藍之下
碑的白與綠草相映
清潔而且整齊
紅花點綴其中
像哭出血的眼睛一樣
周遭異常靜寂

爆炸聲轟然貫耳
眼簾盡是壯烈圖
滿地血染
滿天肉飛
緊鎖笑容
我虔敬地默禱
從此不堪吟西隴行
「猶是春閨夢裏人」

童詩二首

非馬

一、沙灘上

爲了收集
脚印
海把最美麗的
貝殼
送上沙灘

在夜裏
我們時時可以聽到
因撿到一雙快活的脚印
而發出的歡呼
有時也會爲月光下
一雙徘徊的脚印哀嘆
但隨着一聲豪笑
海把它們拋得遠遠

而那些在砂造的堡壘前
打仗的小勇士們
他們堅定的脚印
最受海的喜愛

二、夜的世界

從角落裏
怯怯
向世界伸出
觸鬚的天線
牠們在收看
你的甜夢哪！

台北之夜

黃騰輝

·誘惑·

霓紅；
美女；
醇酒。

夜，
醉了。

·蔽詐·

酒精味的巷子——
中山北路，
林森北路，
三千，
二千，
莫名其妙的開瓶費，
男人嘛，
妞兒的撒嬌最脆弱。

·『紳士稅』·

乾一杯
「小名夢娜請多指教」
艷麗的露背裝，幌一幌
一溜煙，不見人影

買單，
幾十個，
連服務生，小妹……
小房間擠都擠不下，

大酒家，
吃的是派頭。

•享受•

海鮮樓
金字西餐
三溫暖
豪華理髮廳，

放眼一看，
擠得滿滿一條街，

口福，
舒適
性感

花吧，花吧，
反正，剩餘的
是綜合所得稅，

生命，只剩下
這最後一道官感享受，

眞寂寞。

在黝暗的曠野上

趙天儀

不管天怎麼黑
夜多麼暗
在黝暗的曠野上
我們邁向荒涼路途
前程一片茫茫

風雨大了
閃電像突然發光的照明彈
大地泥濘了
路面像陷阱也像滑板
冒着狂風暴雨
我們步履蹣跚

遠方有野狼斷斷續續的嗥叫
只有忽明忽暗幾盞燈光

即使路上有鐵絲網
籠罩着一大片黑暗
即使路上是重重的檢查哨
埋伏着一連串恐怖

不論天涯
或是海角
爲了自由我們走吧
只要緊緊握着溫暖的手
不要害怕那追踪或搜索

鳥

郭成義

（一）

已經忘記
起飛的姿勢，
却經常聽見
體內翅膀撲動的聲音
飛行的欲望
隨時在晴朗或陰沉的天空
出現
這時翅膀就展開
開始了美妙的
柔軟運動

由於摩擦着風
我又能愉快地飛行
每一次衝刺
那極大的
可愛王國
就更明顯
爲了追求
我不斷地飛
不斷在風的刺激中
堅持着不能墜落的生命

（二）

活着
對我們唯有飛行而已
站着
我們不時抬頭
望向
陰沉或明朗的天空
「是否再作一次飛行？」
盤旋在天空的我們
曾經有幾次
互相擁抱
享受和風糾纏的刺激
委實太疲倦了
這是唯一需要下降的理由
我們偶而也忍耐
不願意降落的愛
但後來我們却經驗了
降落時加速度的快感
我們就這樣
拋開一切
儘情地往現實的路上跌落
而閉着的眼睛
却掉下一滴溫暖的淚
在土地上

月杪小詩

秀實

夢井

疲乏的我從八月回來
就掉落一只深深的夢井
伊如一枝青青的常春藤垂下
沿斑駁了如心胸的牆輕攀

我曾在伊的髮林中迷失了
我曾有一個無燈的十七歲
被伊的眸光誘着前行
一錯步的掉落夢井

艇灣

海潮漲落的艇灣
是我起伏浮動的胸膛
縱橫凌亂的小艇
如伊吻在我胸膛上片片的唇印

來到此灣後每個的黃昏
歸路伸入樹排就開始朦朧
車站在夜色隱隱中逐漸黯落
兩三懸着的霧燈只約略可辨

旅情

起先是伊披來灰色的高中校服
靠欄杆抛下的笑意成傘
我就如此不覺的過季過節
盤桓小邨的綠色如流

在三月雨四月風五月鳳凰木旁
我們慌張的左顧右盼和低眉
某日伊輕輕的留下新的住址後
就輾轉傳來伊離去的訊息

客舍

在曠野的燈尚未燃起之前
我又趕到這十月未秋的青青邊城
漠然的把寥落在旅途中的夢
掛在客舍當風的一幅危牆上

從五百里外雨港飛來的鴿子
在清月始昇入窗檻之際
飛進我方方冷冷的夢框裏
撲撲的翅膀把右角小小的月兒都打碎了

小詩集

母音①

——土地啊，爲何你總是沉默

李敏勇

發言

以沉默做主食
已經够久了
活在沒有語言的世界
思想既不開花也不結果實

試着解除口罩
練習發聲吧
沒有誰有權禁止我們叫喊
我們的悲哀和喜悅
對着遼闊的天

站在遼闊的土地上
叫喊我們的愛與恨
我們一齊來復活我們的母音

種子

不要讓意志腐爛

潛藏在泥土裏
我們頑强的心
已經快要免於一季冬長長的欺壓
是春天爲我們開門的時候了

雪的酷冷曾經也成爲水的滋潤
泥土的暗黑是養份
沒有什麼能剝奪我們希望的

一定會遇見陽光

當門開啓的時候
記得相互傳達重見天日的喜悅
以及溫暖

漂流物

在我們感情之河
也有漂流物

被拋棄的
理想、正義、眞理……的屍體
被剝奪的追求善美的理念
甚至眞實
我常常發現它們

泡在水面似無重量
曝晒在陽光下淒厲發光
流着流着
彷彿歷史就是這樣構成的
不能不斷推演下去

要生根
要從腐敗性物質尋出一點生機
讓它在土地成爲一株芽

要灌漑
讓它生長

鄉村

穿着素朴衣裳
不愛說話
你是我喜愛的那一種人

在這個島上
你到處可見
祖先一定也很沉默
子弟也會有這種美德

夠寬廣了
你的心胸
默默地被耕耘
也開花也結果實

當一羣陌生人對你虎視眈眈
請你不要忘了也說些什麼
不要讓花被摧折果實被摘取

我的話

黃靈芝

㈠

詩的語言和一般的語言不同。「花」一詞指的不只是一個物體的花而包括「花」的一切，「花」背後的一切的一切，如季節感、色彩感、鮮度、香味以及記憶、經驗、夢想等等。也就是說「花」一詞在詩裏膨脹爲一個圓，一個有內容有面積的圓。

一首詩（或一行詩）至少有兩個圓。有兩個圓才能構成一首詩。也就是說，兩圓互相發生作用時才能變爲一首詩。

兩個圓有三種不同的位置（互相關係）。一是交叉較深的兩圓圈。二是微微地交叉的兩圓圈。三是沒有交叉的兩圓圈。

沒有交叉的兩圓圈不過是兩個核心的兩個圓，互相不會發生作用，自不能構成一首詩。

兩圓一交叉，詩的內容馬上又膨脹起來，變爲兩圓相加的長度爲直徑的一個新的大圓圈。有面積的有內容的大圓圈。不過，交叉較深的兩圓所作成的大圓圈，比不過微微地交叉的兩圓所作成的大圓圈爲大。

交叉過深的兩圓圈就是語多而沒有內容，饒舌的冗長的沒効果的膨脹不够的不高明的詩。

交叉必須要微微地。微微地交叉才能有大的膨脹，才能有大的面積，大的內容，大的成就，才能成爲一首成功的詩。

㈡

詩以語言發想而以文字來表達。

中國的文字起源於象形，並是象徵主義的象形，至今還留存着這象徵主義的象形性。

但這三千年來中國字在演變，在分岐，誤用也不少。「哭」字明明是狗呻吟之狀，但現在人也「哭」。「鳴」是鳥開口的聲音，但現在蟬也「鳴」。

「鳥」是長尾美羽的飛禽，「隹」是短尾不美的飛禽，自有分別。「雚」是短尾大眼而有冠毛之隹。「觀」是這隹望觀之狀，自與「看」不同。

「它」是蛇的初文。草居時代的人們最怕蛇，因此以代名詞「它」來叫它。「也」字本是女性性器的形象。但篆文的「也」字很像「它」字。因此誤寫「它」爲「也」，並造成一些誤字，如「他」「她」「祂」「牠」皆是。蛇所居住的地方叫作「坨」，但也誤寫爲「地」。

詩人以語言發想「詩」，而以文字表達「詩」。

中國的文字起源於象形，而至今還留存着象徵主義的象形性。所以中國的字是「字」。所以中國的字是「畫」。

詩人必須用字正確。詩人必須懂得「字」。詩人必須研究文字學。

(三)

以一個「花」字當主題，你可寫一首詩，也可畫一幅畫，也可編一曲子，也可跳一場巴蕾舞。

這證明所有藝術在基本構造是一樣的。所求的目標是一樣的。不同者不過是外形而已，方式而已，而表達出來的主題則是一樣的。

但現在的詩人偏偏要寫詩，也只懂得寫詩。現在的畫家只懂得畫畫，也偏偏要畫畫。

一個「花」字已可寫成詩，也可畫成畫，那麼你爲何不去選擇?不去分配?這主題，比起寫成詩，也許畫成畫更會有効果，更會成就，更合適，也更應該。

但現在的詩人只懂得寫詩，現在的畫家只懂得畫畫。因此充滿了不成詩的詩，充滿了不成畫的畫。

一個藝術家該懂得所有的藝術，該習得所有的藝術，去選擇，去分配，去創作。一個藝術家該用功些。

(細分些，中國的語言以及文字自有它的特徵，日本的語言也有它的特徵。英文、德文、拉丁文都也一樣。所謂特徵就等於優點和缺點。有些主題可能適合以中文表達，但不合適以英文表達。有些主題也許不合適以中文，但合適以阿拉伯文。可是很不幸的，中國人偏偏要用中文寫詩，德國人偏偏要用德文寫詩。這是何等不智，這是何等的不講究。藝術家該用功些，該用功些)。

鼓舞和慰藉

——我對中國現代詩的期望

林煥彰

詩壇的動靜，亦如海洋，有高潮，也有低潮的時候。而這兩三年來，似乎正處於低潮之中，沒有一點波濤，無一絲聲息；在理論方法，沒有人探討；在創作上，少有人突破！新人崛起，寥若晨星；老人息筆的，反而增多！

不過，最近有了些微的盪漾，好像就要掀起一陣論戰的風潮，但願它是一種好的徵兆；眞正爲探討中國現代詩而辯正，不是混戰的開始。

如果說，這陣風潮是又一次現代詩論戰的開始，那麼可以說，這是顏元叔一手惹起的。而顏元叔的文章（註一），我想大多數人都會看到；平心而論，顏元叔的文章，有中旨的批評，也有意氣謾罵的地方。他的忠言，或期望，我們應該坦誠接受；他的謾罵，據說是針對其所謂的「內湖派」詩人而發的，因爲他們主編的「中華文藝」詩專號有蕭蕭的文章（註二）對他「不利」的批評，而激怒了他。如果眞是這樣，那就變成天大的笑話，不足爲評，也用不着第三者參與論辯，他們當事人之一——洛夫已經有一篇「陋巷中的批評家」（註三）對顏元叔批駁得體無完膚。不過，在這之前（註四），詩人季刊也爲了這件事，熱熱鬧鬧的在臺北美國新聞處舉辦了一次座談會，從通知單得知該次座談的主題是探討「什麼才算是中國現代詩」，並標明「從顏元叔的三篇文章談起」；這倒是一件頂新鮮的事兒。他們也要了我參加，但我因工作沒有出席，其實心裏也不願意參與這樣的討論，同時我以爲，如果僅僅爲了一個人對詩壇某些人的批評和謾罵，雖然也涉及了整個詩壇的誹譽，還是不值得如此勞師動衆的要加以聲討，要是眞正的爲了探討如何建立中國現代詩的問題，倒是值得我們自己認眞反省，並探討一個理想的方向。可惜看了他們這次座談的記錄（註五），依然專注於聲討顏元叔爲多，而眞正需要探討的「什麼才算是中國現代詩」的問題，反而不予注意！

現在，笠詩社繼而提起一系列的筆談，從筆談擬定的題目「我對中國現代詩的期望」看，是有客觀、冷靜的想廣邀各方關心現代詩的人發表意見，我以爲這樣做，是對的；在此時此地，仍然有其必要，也自必有其的一面的意義和收穫，因爲眞正要建立中國現代詩的典型工作，畢竟還有待於我們全體現代詩人的努力，同時也有必要坦開胸懷，廣納更多不寫詩但對中國現代詩仍滿懷關愛的人提供眞誠的意見；內行、外行，對或不對，對我們都會有參考深思的用處。

因此，作爲一個詩的作者和讀者，對於笠詩社時提出的筆談，我很樂意表示一點意見，也應該表示一點意見。

我不否認詩是一種語言的藝術，也以寫好詩作爲自己繼續寫作的理由；但我也相信詩會因時代的需要，而有所改變，雖然它不是什麼實用的東西，却也不可能與該一時代的心靈需求完全脫節。至於語言，它是一種工具，也是隨時代生活的需要而有所改變。現代我們既已通用白話語文作爲我們日常生活的交談工具，那麼我們寫詩，企圖抒寫我們心中的塊壘而又想博取他人的共鳴，爲什麼我們不能直接使用我們共通的語言來寫詩呢？我覺得，並且深深的以爲，白話文、或口語，一樣可以擔當這樣的工作，甚至非用口語，有時還眞難於確切的表達直入心懷的最眞誠的言語。

現代詩抒寫心靈也抒寫生活，而抒寫生活並不等於生活的報導，它仍然需要心靈的裁剪和有秩序的安排；詩是一種心靈的產物，寫詩應該享有充份的自由，因此，我相信，什麼人可以寫什麼詩；高興時可以歌唱，痛苦時可以呻吟；戀愛時可以寫情詩，失意時可以寫哀歌……，可是，我們現在不能僅僅抒寫個人的情緒，我們應該環顧我們的四週，爲更廣大的感情而寫作，正如我們要愛我們的國家，我們就要關心我們國家的哀痛；我們希望有安全而寧靜的生活，我們就要面對製造危機，破壞安寧的給予批判；而當我們享受富裕的生活時，我們尤應該關懷流血流汗的勞苦大衆，……總之，我們現在迫切需要的是：鼓舞和慰藉，不要無病呻吟，不要無飄渺，這是我對中國現代詩的期望，也是我對我自己的要求和勉勵。

66、10、18寫於南港

附註：一、顏元叔的三篇文章均發表在中國時報「人間」版，第一篇是「詩人，你們在幹什麼?」（六月三十日），第二篇是「什麼才算中國現代詩」（七月十三日），第三篇是「詩人的問題在哪裏?」（七月二十一日）。

二、「中華文藝」詩專號，六月出版，蕭蕭的文章是「現代詩批評小史」。

三、「陋巷中的批評家」，八月三十日「人間」發表。

四、八月二十二日晚上在臺北美國新聞處林肯廳舉行，據說出席者有九十餘人，可說熱熱鬧鬧了。

行自己的路
唱自己的歌

林宗源

「人」生下來，註定跟他所爬過的土地，發生最親切的感情，這種感情的病症，沒有藥，也沒有方法醫治的，不管生在鄉村，或都市，一樣的土地，一樣的病症。其實，這不是病症，是最眞摯，最正常的人性的一面，從這種人性孕育出來的文學，才是最感人，最美的文學。

文學是現實生活的產物，假如我們的感情，沒有眞正地在土地上活過，這種感情是假的，假的感情，絕對寫不出好的作品。

感情隨着人的生長而生長，絕不食流於偏狹的地步，「時」、「空」也限制不了，有些人認爲鄉土文學等，只有洪通的畫和歌仔戲，才算是鄉土的想法，是不對的，才算是偏狹的想法。

因爲作者具有原始的天生的眞摯的感情，表現現實的生活，人生甚至理想，同樣可以寫出超越時間性、空間性、地域性的作品。

總之，沒有在土地上爬行的脚，行起路，似有力又似沒力，似有氣又似沒氣，寫起作品，只有在工具上下工夫，學問上作文章的東西，是行不出自己的路，唱不出自己的歌，西風吹來寫西風，東風吹來寫東風，明天也許要寫太空，視野好廣啊！

作爲一個詩人，我以爲應該用自己的脚，站在自己的土地，用自己的語言，唱出自己的歌，只要把眞摯的感情，從心裏唱出來，就行了。

永遠的情侶

莊理子

十七歲那年，第一次逛書店時，在一本徐志摩和朱自清的選集中，偶然發現「別撩我，疼」的俏皮詩，從而領略口語的妙趣。

口語既能煉成活鮮鮮的詩句，我們每天說來說去的家常話，豈非詩的點點滴滴？詩與我就如此結下十三年的不解緣。十三年後的今天，雖與何等奇蹟出現，却也不覺厭倦。這期間，我從個人的抒情轉趨鄉土的發掘，祇這麼小小的轉變，亦耗去我不少的悲、歡、離、合。

桓夫前輩說：但我們都要活下去。活下去的基本條件卽面對現實，適應現實。像農家搖轉風鼓的手，永遠在淘汰與被淘汰的穀粒中，尋找適於培養秧苗的種籽。

吾友羊子喬說：為了寫詩，我付出了太大的代價。這不是種苦瓜的說瓜苦，而乃由衷的感嘆。我想，詩與宗教都是無理性的未知的信仰，一個理智的現代人，絕不為詩或宗教做那無「利」可求的探索工作。

所以寫詩的多的是榜上無名的英雄。所以胡適寫不好詩而徐志摩成為新月的偶像人物。

捫心自省：我還有多少能源灌輸詩的生命？我想了又想；終於得到一個不是結論的原則——詩是我永遠的情侶，而非法定的妻子。祇要我存着一個點兒感情，詩啊！請接受我的奉獻吧！

作品合評

出席：杜潘芳格、黃騰輝、趙天儀、李魁賢、李勇吉、拾虹、傅敏

紀錄：李敏勇

合評作品：

都市的感覺

拾虹

走出臺北車站
曬著夏日的陽光
突然衝動起來
跟隨著紫色的
陌生的少女
走入地下道
走出地下道
走上天橋
走下天橋
布爾頓大廈的陰影
斜斜地橫過來
一顆年輕少年的心
仍然拒絕死去

黃：可否先談一談你寫這首詩的背景？

拾：談到這首詩的背景，要提到有一回我從基隆到臺北來找傅敏。下了車，擠在人潮中。我突然有着衝動的感覺，是看到那些青春的少女飄忽在人羣中。感到自己不復青春年少，而有老大徒傷悲之慨。我想這首詩就是在這種感受下寫出來的吧。

傅：如果只是這種感慨，是不是太單薄而不够深入？

趙：讀拾虹這首詩，的確會令人也有同樣的，青春不再的感嘆。而且，也有入伍當兵，一個月都不見女性，有機會外出，看外面浮麗世界的那種新鮮感。

傅：日本戰後有名的詩人田村隆一生活札記中，曾經提到他每個星期有幾趟到東京鬧區，藉機會看看什麽的，像年輕女子啦，以便營養營養自己。

趙：我住在新店，到臺北鬧區也會有這種感受。古詩「陌上桑」也有他們那時代的經驗，深入一層應說是體驗。經驗再加上自我投射，感覺更深入。不過，古代人和我們現代人不同。恒夫有一首詩：「假日」，藉男女擠車也表達了我們這個時代裡的這一類體驗。

黃：我覺得拾虹這一首詩，可圈可點的是僅以行動來表達感受，而非以說明或結論。因此，給人感到詩味十足。

拾：對於詩我一直想以最簡單語言來表達腦海中的移動形象。

趙：這一首詩可以讓我們看到較共同的經驗，而非現代人寫詩的一個特點，亦卽：「我」的强調，自我意識的加入。林亨泰所謂的「大乘寫法，小乘寫法」。大乘寫法就較廣，振幅較大。

黃：事實上，如將心理的感覺表明出來，不見得會出色。

拾：在這一首作品裡，行動中似在追逐一種形象，但有抓不住，而無可奈何，又不願失去的那份哀怨。

李：已故的吳瀛濤先生曾說：文學表現的是青春和愛。傅敏提到的青春感覺。這種體驗不見得都市才有。不過，因爲都市生活變化快、很匆忙，價値觀也不同，外在條件造成 Approach 的事物，很表面不眞實，造成一種浮面的瞬時感。如果不是都市感覺，就沒有內心這種衝突了。有一點，我想瞭解的是，拾虹，你在詩中描寫的上天橋，下地下道是單純現象的表現、還是暗喩着內心的波動？

拾：上天橋，下地下道，這樣的上升與下沉。內心也跟隨着起伏不定。對陌生的追求，總是有柳暗花明的心境。

趙：年輕時代有一個女友，在分別很久，了無音訊後，有一天來了一封信。而人在那天下午也來訪。她見面一句話就是：你怎麽這樣快就訂婚了？青春不再的感覺，常會在各種行象或經驗中顧現。

傅：一種感覺，一個觀念，甚或一個已具備詩之胚胎的 Image，如果不能血肉化，不能等待或尋求到質量的密度都到達某一程度，一種完整性程度。譬如，像拾虹這首詩，我就感到似乎只讓人體會到他的感慨，而有不滿足，詩的不滿足的遺憾。

李：拾虹雖說心未死去。事實上，已死去。祇不過有些阿Q精神而已。心如未死，不可能只上天橋，下地下道，然後悵然離去，不去把握。

李（勇吉）：初讀拾虹這首詩，想到公鷄發情。如果是我或趙天儀也許僅會含蓄感受，但拾虹可以大膽寫出來。傅敏剛才所謂讀來不過癮，是否詩中沒有肉搏、做愛的發展？

傅：我所謂過癮，並非指做愛。而是不深入，詩的感受性程度不夠高。同樣的場合的詩，龐德有名的意象派經典作，在某一車站地下道的那首爲數兩行的作品，給我的感受較深。振幅也許更大。

李（勇吉）：依我看，拾虹也不見得有意引申太多。

趙：如果要賦予更深入的內容，發展到愛的斷殺也是方式之一。

李：我想，刻意去經營都市和鄉村的分別，也不失爲一種方法。

傅：拾虹，你聽來如何？

拾：事實上，我自己也認爲這不是一首有高度成就且讓我感到滿足的詩。因爲就表現的內容而言，沒有給人一針見血刺痛的感受。但如果僅就這一首詩來說，它的完整與可愛是有某一程度的成功。

李（勇吉）：好像童話，很平淡。但結尾很成功，且很簡潔。

李：不能要求作者太多。要求太過份。詩作可以期待讀者共鳴，但總是有距離。

杜：發表「都市的感覺」那一期笠，拾虹的第一首和第二首關係如何？

拾：事實上，是先有那一期的第二首及第三首，「都市的感覺」反而是較遲的作品。

趙：其實還沒有寫生對都市的有關青春課題的感覺。像浮士德那種發展，很浩大的。

李（勇吉）：傅敏，你剛才所說的不過癮，係站在女性的立場，爲什麽這男的不追來。

趙：女人拒絕，也延敢去。這才眞正懂得女人心理。

黃：都市千千萬萬美嬌娘，每天上天堂，下地獄，豈不完蛋。在都市，天天可獲此經驗。

趙：都市生活好像大銀幕，拾虹的這一首像一個特寫鏡頭，一個閃而過的映象。

李（勇吉）：發乎情，止乎禮。

趙：我自己的體驗。有一次搭公車。車擠，有一女子上車，就靠在身邊。她下車時，回頭說一聲「對不起！」那一霎那的感嘆，眞有何甚匆促之慨。

李：文學大部份是怨嘆，如傅敏所說的，進一步發展，也有得到，得不到之分。然怨嘆本身是文學的最大支柱。

趙：文學作品而言，不滿足反而能觸碰到什麽。

傅：不管着眼點在那裡，我是感覺這一首詩不够。

趙：欲望實現和不能實現都反映了追求精神。

李（勇吉）：公鷄追母鷄，受到反擊，仍然不懈。

黃：這種寫法很年輕，洋溢着青春。如果生活次序化，生活忙碌，沒有這類感覺了。

一九七七年諾貝爾文學獎得主

亞歷山卓詩選

李魁賢譯

海

然則，誰說海在哀嘆
悲傷地以愛唇舐着海岸？
贖回被光覆罩的鄉邦。
榮耀，高高在上的榮耀，海上的金光！
啊，卓越的光，被覆萬物的光，歌唱
情誼萬千之海的不朽老漢！
海在那邊下方
不時地報答着反光。
神不死的心房，在鼓響。

太陽

輕盈，幾無重量
的涼鞋。纖細的
足跡。孤獨的女神
要求一個世界，種植
她的肉身，在陽光的
高地。別說秀髮；
光線般的秀髮。
說涼鞋，輕盈的
足跡；只是別說
大地，甜蜜的麥，
在閃光下颯颯響，
如此溫柔，當其踐踏大地，
大地對其獻媚。啊，感覺
你的光線吧，你艱難的觸撫
如太陽！在此，追踪你的是
大地的天空。光明燦爛。

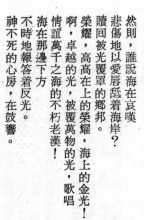

戰後日本詩選（續）

會田綱雄

林鍾隆

一、簡歷

大正三年——一九一三——出生於東京墨田區。大戰中，於南京結識草野心平，受其慫恿開始發表作品。一九五七刊行「鹹湖」，翌年以此書獲得第一回高村光太郎獎。現在任職於築摩書房。

二、詩

醜聞

耳朵之上
生出了耳朵
耳朵上生着耳朵無法安心
像菌一樣拔掉就好了
可又不是這樣容易對付的東西
有血通到那裏
毒也傳佈到那裏
用刀片忍痛把它削去
疼痛可以忍受
不能忍受的是
切了又會生切了又會長
眞的
會搖耳朵
哭泣
切下的耳朵也難於處理
豬的耳朵蘸酢也能吃
這個傢伙
放到河裏埋在土中都不會死
流入抛入河裏的耳朵的
　遙遠的悲鳴或微弱的呻吟
潛入埋在土中的耳朵的
　黑暗的細語或低沉的笑聲
這些全都傳入耳鼓
不絕地傳來
晚上都無法好好安眠
既然是生出來的耳朵
爲什麼要狠狠削去
讓它暴露在衆目之中
　厚着臉皮生活嘛！
爲了減輕痛苦雖然會喊叫
也有不能做到的理由

新的耳朵長出來了
舊的耳朵就會枯萎
怎樣都無法妥協
耳朵之上
會生出耳朵

傳說

蟹
從湖裏爬出來
我們就把牠用繩子綁起來
越過山
站在市場
那滿是石頭的路上
有要吃蟹的人
被繩子吊着
用生着毛的十隻脚
搔着天空
蟹變成了錢
我們就買了一把米和塩
越過山
回到湖邊去
這裏
草枯
風冷
我們的小屋
燈都不點
我們在黑暗中
把我們的父母的回憶
反復地
反復地
傳告我們的孩子
我們的父母
也和我們一樣
捕捉這湖裏的蟹
越過那個山
帶回一把米和塩
爲我們
作了熱的粥

不久
我們也會像我們的父母那樣
要把瘦削的小小的屍體
輕輕地
輕輕地
拋入湖中
而我們的屍體
蟹會把它吃得片甲不留
就像從前
把我們的父母的屍體
吃得片甲不留一樣
那是我們的願望

孩子們入睡以後
我們就走出小屋
泛舟湖上
湖上有淡淡的光
我們戰慄着
溫柔地
痛苦地
纏在一起

皮伊樂達市長

皮伊樂達市長是眞正的狐狸
藏在市長公舘的地下室裏
啃着一根骨頭
照所吩咐的
在一張一張的傳票上簽字
不停歇的
終於
糊里糊塗瞌睡起來了
秘書便飛跑過來
用力在腦頂打下去
薪水
規定是一隻鷄
而放在市長的白盤上的
是黏着血的一根骨頭
但是
在歡迎會上
爲了市長開香檳
長得胖胖的主任秘書在賣嬌
不巧
今夜又是感冒
市長不能出席
當然會感冒的
到庭院走走
就被潑了水
被拿着鞭子追趕之後
銀色的毛開始脫落
斜吊起來的眼睛也茫然變矇了
皮伊樂達市長
沒有退休的規定
那不是狐狸所能知道的
啃一根骨頭是快樂的

三、詩風

會田綱雄的詩，多數具有寓言的文體。但是，他的寓言，不像通俗的教訓詩，寓意很顯明。他的寓意藏在隱晦的霧中。就是由於隱晦，在故事性的構造的深處，成功地製造出秘密的詩情。但是，他的詩的魅力，並非完全依靠隱晦的詩法。他的詩具有寓言特有的趣味。並且具有能搖撼我們的心靈的某種東西。在「皮伊樂達市長」這首詩中，那幽默，有一點殘忍，而像是無情的夢的悲痛。在滑稽的外表的內裏，流動的，似有可稱爲人生的悲哀的事物可感。這些，是和詩人的生之意識相連貫的。

從「醜聞」等詩，可以推測，這個詩人似乎有過某種極限的生活體驗。讀了「傳說」等詩，對生的無情、刻薄，會被迫沉思。因此，他的寓言詩的幽默，看來就是他的對人的愛的表現了。刻薄無情的生，以柔和的夢加以包擁起來，愛的悲傷，用寓言來述說，這就是會田綱雄的詩。

對這個詩人，詩即是生的狂言、受傷的夢的舞台。

韓國詩一束

李敏勇譯

杜鵑花

余素月

當你厭倦了我
而要離去時，
我會欣然地讓你離開而毫無怨嗟。

我會到寧邊藥山
採擷盈抱的杜鵑花，
撒佈在你要行經的小路。

你請走過這些花兒，
一步一步地，
但要輕柔踐踏。

當你厭倦了我
而要離去時，
我會忍着不讓一滴眼淚掉下來。

我的心是

金東鳴

我的心是一面湖泊——

妳請來划船吧！
船體會割裂我，
但我擁抱了妳珠玉般的白影子。

我的心是一支臘炬——
妳請關上門吧！
在妳的羅裙般顫抖，
我會燃燒到一無所有。

我的心是一個旅人——
妳請吹奏横笛吧！
不眠地熬過寂寂的夜晚，
我會在月光下傾耳恭聽。

我的心是一片落葉——
妳的花園請容我稍做停留吧！
風起時，就步上漂泊之旅，
我會孤零零地和妳遠離。

鏡子

李箱

鏡子裏沒有聲音；
再沒有這麼安靜的宇宙了。

鏡子裏的我也有耳朶；
兩片不懂我說些什麼而難爲情的耳朶。

鏡子裏的我是左撇子；
不能和人家握手的左撇子。

在鏡子裏我雖不能感知我自己；
但因有鏡子，我很想在裏面和自己相遇。

我沒有屬於自己的鏡子，但鏡子裏却常有我；
我不太淸楚：他是不是忙着要和他的夥伴分離。

鏡子裏的我雖與我相反，却又與我十分相似；
因爲不能將心比心去感覺鏡子裏的自己，我感到慚愧。

鹿

盧天命

因爲天生了長頸子，你是
一種哀愁的動物；常常安安靜靜柔柔馴馴的。
你的祖先一定非常高貴；
你也有和他們一樣的華麗之冠。

凝視着映在水中它的影像，
撩你憶起破滅的滄桑。
伸長溫婉的頸子眺望遠處山巒，
你又會被止不住的鄉愁深深抽搐着。

旗

柳致環

令人注目的向着海的無言吶喊！

向着紫色遠海揮舞着的，
永在盼望的心一樣的手帕！

注定哀婉的，像海浪一樣的，旗在風中，
在單調的，被指定的思想的旗桿上，
哀愁延伸着，像白鷺的翅膀。

唉！沒人能告訴我嗎？
究竟是誰？是誰首先想到
把悲哀的心掛在那麼高的天空的？

花

金春洙

我沒有呼喊出名字以前，
它只是
一個物體。

叫了名字，
它才走向我，
成爲一朵花。

叫我吧！
用適合我顏色和香味的名字，
像我叫你一樣。
我也會走向你，
被你擁有。

我們都希望成爲某些事物，
你對我，我對你
希望互相成爲永恆的意義。

雪

金洙暎

雪活生生的。
落着的雪活生生的。
落在土地的雪活生生的。

咳嗽吧！
年輕的詩人啊，我們咳嗽吧！
讓我們一齊用咳嗽抵禦雪？
就這樣，不要猶疑，
雪也許就會感覺到。

雪活生生的，
爲了讓精神和肉體忘掉死，
咳嗽吧！
破曉前的雪活生生的。

咳嗽吧！
年輕的詩人啊！我們咳嗽吧！
注視着雪，
我們合力把整晚打擊我們心的
視線裏的痰吐掉。

里爾克

新詩集⑤

李魁賢譯

藍繡球

就如調色盤上殘留的綠色
這些葉子乾枯，陰沉而粗硬，
在那前方之繖形花序的藍色
非本身色彩，只是遠方的反映。

它們映現出朦朧的淚眼，
好像一再萎謝是自甘情願，
而且有如古舊的藍色信箋
染上黃、紫、和灰色的斑點；

有如小孩的圍兜久洗褪色，
已不能再繫帶，無所用處：
令人感嘆小生命的夭折。

但突然之間，藍色似已更新
在一叢花序中，而人們看出
藍色集團在綠色背景前鼓舞歡欣。

雷雨之前

突然從公園內一片綠色
不知究竟是什麼被帶走；
可以感知雨走近窗口

且沉默不語，急促而激昂的
鳴禽從林中傳聲呼喚，
令人想起希羅尼摩斯聖人：
呼聲洋溢着孤獨和熱狂
隱約聽到雷雨傾深的廻聲。

廳堂四壁連同懸掛的圖畫
離開我們而遠去，好像
不敢諦聽我們在談話。

從褪色斑剝的壁毯
反映午後變幻莫測的光
令人驚悸，有如孩童模樣。

註：希羅尼摩斯（Hierongmous, 330-420），德國天主教神父，曾將聖經譯成德文。

大廳內

圍繞我們四周的這些紳士們
穿着侍從官的服裝和胸飾襟邊，
有如夜包圍着他們的勳章之星，
無所顧慮地，逐漸加深陰翳，
而這些貴婦既柔弱又不堪打擊
裝扮倒是豪華奢侈，手放在前膝，
嬌小得像是波羅種小狗的項圈：
她們圍繞着每一個人，圍着讀書人，
圍着棚架上骨董的欣賞人，
還可聽到大部份她們在發言。

她們非常機警，不干擾我們，
生命是以我們領悟的方式生活
且為她們所不瞭解。她們企在榮華悉索，
而榮華確至美；我們但願成熟
即所謂歸於暗淡而且盡其在我。

最後之夜（題娜納夫人紀念冊）

夜以及遠行的車聲轔轔，
出發的軍隊列陣通過公園。
他的眼光仰起離開翼琴，
依然彈奏不停，且眺望她那邊

好像對鏡顧盼自已的形象：
洋溢着他英年煥發的容光
且自知她負擔着他的悲傷，
隨着音符愈顯嬌美而心搖神幌。

然而這般景象瞬即消散：
她疲乏地倚在窗邊的壁龕
忍受着芳心猛烈的激盪。

他奏畢。新鮮的微風吹入。

而戴着黑色軍帽的髑髏，
單獨陌生地立在鏡台上。

父親的年輕畫像

眼中有夢幻。頭額有如
和遠方的事物相觸。嘴的周緣
顯示威武，沒有笑容，一本嚴肅，
在修長畢挺的貴族軍服
滿是鑲飾的前面
是劍柄和雙手——，這雙手
表現耐性、氣和而心平。
而如今已是過往雲烟，這雙手
原欲征服遠方，首告消沉。
其他一切都歸諸自身的命運
消失無踪，我們無法解說
憂愁溢自他自已內部的深淵——。
啊，你急急褪色的舊照片
在我徐徐把逝的手中。

一九〇六年自畫像

古老悠久的世家貴族
屹立在眼膜的建築裏。
眼神中依然是童年的不安和憂鬱
到處有人畢恭畢敬，不是奴僕
而是管家和保姆。
嘴就像嘴的樣子，端正威武
不會被人說動，而是一種正義
盡可告人。額上沒有不良的陰翳
只有在靜靜俯視時才略顯示出。
對於全體的關聯，有所預感：
但從未在苦惱或成功中
包容達成永恆之貫通，
但也想到零散的事情從
遙遠計劃着嚴肅而眞實的構想。

國王

國王今年十六歲。
十六歲已君臨邦國。
他有如從隱蔽處偷窺，
在參議的元老旁邊走過
進入大廳，到處走動蹦跳
也許只是這樣覺得：
冷冷的羊皮製鍵條
觸及細長堅硬的下顎。
死刑判文放在他面前足足
有一大串時日，還沒有簽署。

而大家認爲：國王多辛苦。
若是大家瞭解他便可領悟，
要他動筆劃行簽署
得先慢慢等他七十初度。

復活

伯爵可分辨音符，
也看見光明的裂痕；
他把在祖先坟墓
酣睡的十三個兒子搖醒。

他對自己的二位夫人
遠遠就恭敬爲禮——；
大家充滿了信心，
永恒不渝地站立

只是等待着艾禮希
和鄔立肯。栥樂怡
他們以七和十三年紀，
（在一六一〇年）
死於法蘭德斯之地，
如今領先衆兄弟
邁步向前行。

旗手

其他士兵都感到粗暴
漠不關心：鐵，武器和獸皮。
固然常常撫摸柔軟的羽毛
但個個極端孤獨，無愛意；
而他——抬擧着女體似地——
擎着裝飾華麗的旗。
那沉甸的綢旗在他身後披靡
還時常流落在他的手背。

只有他，一閉上眼睛就會
浮現微笑：他不能離開旗幟。——
當穿着燦爛甲冑的武士蜂湧而至
展開奪旗的格鬬而就要入手之時——
他才敢把旗幟從旗竿上扯下
好像是他奪取了旗的童貞
把旗深藏入他的鎧甲。
在別人眼中這就是至勇至仁。

布雷德洛特家末代伯爵逃離土耳其囚禁

他們窮追令人悚懼；雜亂的死亡
從遙遠向他投刺，自從他
沒命逃亡，沒有比這更大的：難關。
他祖先的輝煌歷史再也無法

對他有所助益；以這樣姿態逃命
正如被獵人追逐的獸。直至浮現的河川
逐漸接近而且波光粼粼。一個決心
把立於困境的他提升，使他重返

循環着王族血液的童年。
貴夫人高雅雍容的淺笑
再度在他早熟後美的顏臉

澆注甜蜜。他連鞭催馬奔躍，
有如他浸透血液的心房般昂揚動天：
良駒載他躍入水流，宛然衝進他的城堡。

賣春婦

威尼斯的太陽在我的髮內
鍊製黃金：所有鍊丹術士
顯赫的成就。我彎曲的眉
如橋樑，你看得出我的眉是

跨越我無言的眼波之危水上，
那水流以秘密交易的方式
流入運河，使得壯濶海浪
潮起潮落，洶湧翻騰放肆。

任誰見我一次，都會羨煞我的狗
因爲何等熱情都焦化不了的手
不會受傷，戴着珠光寶氣

常常在迷惘的休閒中加以愛撫——。
而純情少年不顧寄以厚望的古老家族，
一觸及我的口就如中毒而敗壞凋敝。

藍波散文詩集

飾畫（Les Illuminations）

陳明台譯

藍波肖像及其簽名

1 大洪水

大洪水的記憶漸漸沉靜下來的時候

一匹野兎來到岩扇和幌蕩的吊鐘草的茂密之間駐足，透過蜘蛛的巢，向着虹橋奉獻祈禱。

啊，閃避人目的各式各樣的寶石，——急急忙忙地盯住事物看的形形色色的花。

不潔的大道上，肉店比肩聳立，人們指向海——看見版畫的面一般，遙遠的高高的層次分明重疊的海，拉曳冥冥的小舟。

青鬚的家血傾注，——屠宰場，馬戲團血傾注，所有的窗戶都因着神的玉璽而蒼白，血和牛乳傾注着。

海狸忙於構築巢穴，酒店裏，滲入白蘭地酒的熱熱的咖啡薰着煙。

張着依然閃閃發亮的玻璃的大院子裏，孩子們看見纏着喪服的不可思議的影子。

門口響着聲音，如此則部落的廣場上，孩童們在沛然驟雨裏，隨着四方的風見矢和鐘樓的雄鷄揮舞手臂。

在阿爾卑斯山中，某夫人擺設了鋼琴，寺院的千萬的祭壇，進行了彌撒以及最初的聖體拜受。

隊商出發旅行，而極地的冰以及夜的混亂裏，「壯麗旅館」搭造起來。

從此以後，月亮在芬芳着百里香的沙漠裏傾聽金狼的嚎叫——同時，果樹園裏洋溢着襤褸的牧歌。不久，堇色的大樹林裏，芽生長着，由加利樹對着我宣告「是春天了！」

水池喲！湧溢出來吧，在橋上，在森林裏，揚掀泡沫，廻捲——黑色的被單、風琴、閃電、以及電喲！重新鳴響吧——水喲！悲哀喲！再度盛揚起洪水吧！

這麼說着也是在大洪水以後了，——啊！隱藏的寶石，綻放的花——這些都已是無意味的東西了。而女王，自土壼裏撥起餘燼的魔法師，僅有妳知曉而我等都不懂的話，妳絕不會說給我等傾聽吧！

2 少年時

I

這偶像，黑眼、黃髮，既無親人也無諛媚着，較之傳奇更爲意氣昂昂，墨西哥和西班牙的混血兒，住的地方是驕傲的紺碧的天空，綠的野原，穿越過船隻也無法通過的波濤，勇猛地，從被稱爲希臘、斯拉夫、居爾特的河濱抵達河濱。

遠離森林的地方——夢的花靜靜地鳴着、鳴響着，閃閃亮着——持有橘色的唇的少女，在草原裏洋溢流蕩的清澄的泉水中，交錯着膝蓋。曚曨着、遮蔽着、包裹着裸身的虹的橋、花和海。

海濱的陽台上，徘徊的貴婦人，小娘兒以及大女人，青絲的苔中，美麗的黑女人，雪溶解了的茂密的小園子的泥土上，直立的寶石的裝身具——眼睛盈溢於巡禮的想念裏的年輕的母親和大的女兒，土耳其的皇后，傍若無人艷裝闊步的王女，低低的背的異國女郎，溫柔而不幸的女郎們。

啊！懶惰，「親切的肉體」以及「親切的心」的時間喲！

II

薔薇木的樹蔭裏隱藏的死去的娘兒是那少女喲——年青而懷孕的母親降下石階——從兒乘着的無帳蓬的四輪馬車軋輾砂地——弟弟（住在印度）在荒地、在石竹的花綻放的草原上，沐浴夕陽。——丁字花的芬芳漂浮的砦上，站立而被埋沒的老人們。

黃金的樹葉羣圍繞將軍的家園，家人正在南方。溯着紅色的街道走下，有着已成爲空屋的住家。域是拍賣的東西。鐵甲的門攤開着——教會的鑰匙讓牧師拿去就完結了吧！——公園的周圍的巡邏小屋，沒有人居住。柵高高地，除了風吹渡的枝梢什麼都看不見。雖然在裏面沒有什麼可以看的東西。

攀登上草原，鷄也不鳴叫了，鐵砧的聲音也聽不見了的村落。閘門拉開着。啊！十字架竝立的山岡。沙漠的風車，島和島，風車的杵臼。

魔法的花們喞喃着，斜坡靜靜地幌蕩，傳奇般的典雅的動物製作着輪子。雲堆重重疊疊在永遠創造着熱熱的淚的洋面。

Ⅲ

森林裏有一匹鳥，它的歌聲會使你的足停駐，使你的臉發紅。

有不敲打時間的時鐘。

有環抱一個白白的生物的窪地。

降落而來的大伽藍，上昇而去的湖。

砍伐林裏有被捨棄了的小車，鑲飾着緞帶，朝着小徑奔馳而下的小車。

貫穿森林下方的街道，看得見一羣穿着戲裝的演員。

而最後，在飢餓、焦渴的時候，有追逐你的東西。

Ⅳ

我是在山岡上奉獻祈禱的聖人，甚至會沿途吃着草而到巴里斯底納海的和平的動物一般。

我是倚靠在暗鬱的長椅子上的學究，小枝椏和雨打着書齊的玻璃窗。

我是貫穿矮小的森林的街道的步行者。閘門的水音覆蓋我的脚踵。我永遠在眺望着夕陽的金的悲哀的洗淨。

確實地，我是被捨棄在遠遠地延伸於洋面的突堤上的少年。前行之處銜接天空，一邊追尋着道路一邊走下去的小僧侶。

追尋的小路起伏，金雀兒覆蓋在丘陵，大氣一動也不動，啊！遙遠遙遠，鳥的歌，泉的聲，抵達的地方是世界的盡頭嗎？

Ⅴ

終了時，人們把浮現着灰泥的條紋，石灰一般純白的這片墓地借給了我。——在地下遙遠的彼方。

我把手肘支付在桌上，燈盞閃閃地照耀新聞和雜誌。雖然，我仍然痴呆地拿過來閱讀，大抵上讀的東西沒有什麼趣味。

我的地下室的上方，遙遠地，人們的家屋並立着，霧籠罩而來，泥土是黑的或紅的，鬼街，無盡的夜。

稍微低了一些，地下的下水道，四周只有着地球的厚度而已。或許是藍色的深淵或火的井亦未可知。月和慧星、海和故事的邂逅就在這平面亦未可知。

每逢懊惱的時刻來臨，把這身軀想作青玉的球，金屬的球。我是沉默的主人。圓圓的天花板的一角裏，所見之處如同換氣孔般的一個身姿，爲什麼而蒼白呢？

3 古代

溫柔的牧神之子。繞行在花們和果漿鑲飾的你的額，高價的球。你幌蕩的雙眼。淺黑的酒槽浸染的頰製作了塌窪。牙閃亮，胸膛如同六絃琴一般，金屬的聲音傾流在棕色的手腕，棲兒着兩性的腹，心臟鼓動。若是夜普降臨了，飄泊去吧！靜悄悄地，這股，那股，左邊的足踁搖動。

4 出發

看得厭膩了，夢，不管在什麼樣的風裏都存在。

持有得厭膩了，拂曉或黃昏，不管什麼時候，看到的儘是街和街的喧噪。

知道得厭膩了，受到凍結的生命——啊，無和幻的羣集。

出發喲，向着新的愛情以及響聲。

5 王權

有那麼一個美麗的早朝，錯落的佇立在顯然是溫柔的人羣之間，漂亮的男女在廣場叫喊着：「衆人們，我要使這個成爲女王哦！」「妾想要成爲女王喲！」女人笑着，抖顫了身子，男人把關於默示以及已完結的試煉的事告知衆人。兩個人擁抱而神志昏迷。

確實是的，家家戶戶四處張着紅色的布，兩個人午前已是國王了，向着棕櫚園進發的時候，午後兩個人也是國王。

6 給某一理性

你的指尖一彈奏大鼓，所謂聲音的聲音就散放，新的曲調開始了。

你的足一蹴踢，新的人們就蹶起而前進。

你的頭一廻旋，新的愛喲！ 你的頭一反復，新的愛喲！

「把我們的運勢變更吧！把我們的災難篩除吧！首先，對時間那傢伙加以什麼處置吧！」孩童們如此向你歌唱。「我們的命運和希望的內涵，不管什麼地方都好，把它培育起來吧！」人人對着你央求。

你不管什麼時候都會來到，不管什麼地方都會前去吧！

7 斷章

I

綱繩從鐘塔向着鐘塔，花飾從窗口向着窗口，金的鎖從星星伸衍，我跳着舞。

II

深深的水池，不斷地蒸發。背負白的西空，什麼樣的魔女正在揚起身軀呢？什麼樣的樹葉的羣集正在降落而來呢？

III

羣衆的造作的遠景，成爲友愛的祭典，流動而去的時候，雲間鳴響薔薇色的火的鐘。

IV

中國墨的感度良好的芬芳攬了上來，不眠的我的夜普，黑色的粉末靜靜地降落而來——我把釣燭台的蕊搓細，投身於床上，而向着影的方位折廻，我就看見你們的身姿，我的娘兒們、女王們。

8 橋

玻璃的灰色的天空。幾個橋的奇形怪狀的設計，前端的是直直的，對面的是圓着背，其他則是斜斜地造着角降落而來。這些形狀照映在運河裏，又在別的圓周裏，陸續的呈現身姿，全都是眼界遙遠，長長的稍稍地拉曳着棚子，負着圓屋簷的岸和岸，漸漸地低落縮小着。有些橋依然載負家家戶戶的殘骸，有些則支撐帆柱、信號以及弱不禁風的欄干。各式各樣的短調和絃交錯着，靜靜地流蕩，形形色色的曲調，從堤防攀登而上。赤色的西服清晰可以見到。還有各種各樣的衣裳、樓器等等。究竟，這是流行歌曲呢？或是歷歷的演奏的零碎呢？還是羣衆的讚歌的遺物呢？水是灰色，蒼然如同洋面一般廣泛。

白的光線從半空中落下，這喜劇消逝了。

9 轍

右手裏，夏日的拂曉喚醒公園的一角的樹葉和雲堆和物的聲音；左手的斜面，堇色的影子裏，濕潤的道路上，看得見不計其數的急急的傾斜的輪轍。魔法的國度的行列嗎？沒有錯。不管那一輛車子都滿載金泥的木造的動物，掛起旗竿，張起繽紛的幕，幾頭馬戲班的花斑馬，散逃、驅逐而連行；孩童們大人們都攀乘在無計可施的動物的背上——故事裏的車子嗎？昔日的四輪馬車嗎？不斷鞭打着的乘坐物，引渡了索，堆積了花朵，搭飾了旗幟，向遠離街道的野地的草坪進發嗎？如此，濃濃的盛裝的孩童們的羣集洋溢着。——漆黑的羽毛的飾物搭了起來，覆在闇黑的天蓋上，隨着無數的奔馳的蒼鬱的大黑牝馬，連棺木也陸續地蹦跳出來。

10 不眠的夜

不眠的夜的燈盞以及墊褥，在半夜裏，依靠着船身，巡遊於下等船艙，掀起波浪的聲音。

不眠的夜的海是艾美里的乳房一般喲！

壁紙是連中身也浸染於碧玉的顏色的薄紗的砍伐林，不眠的夜裏，成羣的雉雞向着樹林躍身而上。

11 神秘

斜面的傾斜，鋼和碧玉的草叢裏，天使們把羊毛的衣裳翻了過來。

燃起的草原直躍上圓丘的頂端，左手裏造成山脊的肥料土，因着殺人和戰爭而踩平，不吉的物的聲音織出曲線。右手的山脊的背後，拂曉和進步的直線。

而海和法螺貝和人間的夜跳躍迂廻着的不穩的聲音裏，畫面的上端一片地帶呈現出來。

然則，星哦，天空哦。其他的東西鑲飾了的溫柔，把斜面當作正面，向着我等的臉的正前方，如同花籠一般降落而來，下方，構築着花綻放的蒼鬱的深淵。

12 黎明

我擁抱着夏日的黎明。

邸第的前方，仍然一個轉身的東西也還沒有出現。水已經死去。那邊這邊駐屯的影子，沒有離開過森林的小徑。我步行着，覺醒於微漫的，凉爽的氣息，成羣的寶石睜開眼睛，鳥羣無聲地飛舞而上。

最初纏着我而發生的是，已經清爽了的蒼白的光洋溢的小徑上一輪花告知我它的名字的事。我穿透樅林向着揮振着髮的棕色的瀑布笑着，在銀色的山頂上，確認女神的姿容。

在那兒，我拋撒一枚一枚的斗蓬而走着。出了街道，那貫穿道路通過野原，告知雞關於女人的事。兩手揮舞着女人就逃入鐘塔以不圓屋簷之間，我在大理石的碼頭上，如同乞丐一般地摒着氣息，從後面追踪而上。

登上道路，接近於月桂樹的並屹林的時候，我終於把收集而來的斗蓬纏附在女人的身上。我稍稍感覺到那女人無條理的大大的肉體。黎明和小孩落在並立木的底下。

醒來吧！已是大白天了。

13 花們

從黃金的階梯——絹的細線，鈍色的薄薄的衣裳，綠的天鵝絨，以及向着陽光的黑澄的水晶花盤錯落糾纏在一起的時候——以銀和眼和髮毛的細線織成紋樣的掛布上面，看得見實艾答里花綻放着。

瑪瑙的上面撒亂的黃色的金貨，支撐綠玉的圓圓的天窗的桃花心木的柱子，白糯子的花束和紅玉的細細的鞭，纏繞着水薔薇。

呈現着巨大的綠眼，雪的肌膚的神一般，海和天空招引着這大理石台上盛放而强靭的薔薇羣。

14 海景

白銀和銅的車——
鋼鐵和銀的船首——
掀打泡沫——
從根部掘出蒺藜
曠野的奔流　以及
落潮的巨大的輪轍
滴溜滴溜地廻轉　流蕩而去
向着東方
向着並列的森林的柱廊
向着碼頭的腹部
它的角衝突於光的旋風

15 野蠻人

置日日以及諸季節，人間以及諸國度於遙遠的彼方，於身後。

北極的花，海的絹（雖然這個世上俱不存在），在那上面滴着血的生肉的帳棚。

古老的剛勇的軍樂跳躍在心底——聲音依然狠狠地敲打我等的心臟以及頭——雖然，昔日的刺客的手已經遠遠撤去。

啊！北極的花，海的絹（雖然這個世上俱不存在），在那上面滴着血的生肉的帳棚。

溫柔喲！

炭火，在驟風裏，和着滲雜冰花的雨降落。——溫柔喲——我等乃是炭化於永刧的地上的心投擲出來的混雜在

金剛石的風雨中的火飛礫。——啊！世界喲！（雖然，人人傾聽着人人感觸着的古老的隱遁以及古老的情火已經遠遠離去）

炭火和泡沫，音樂和深淵的廻轉，冰塊和星星的激突。

啊！溫柔喲！這個世間喲！樂音喲！這兒蕩漾的形形色色的像，各式各樣的汗，紛繁的髮毛，繽紛的眼；甚至於沸騰的蒼白的淚，——啊！溫柔喲——火山和北極的洞窟的深奧處也會抵達的女人的聲音。

帳棚……

16 廉價品

拍賣的東西。猶太人也沒有賣過的東西哦！貴族、罪人沒有品嚐過的東西，民衆咀咒的愛，地獄的正直也不知曉的東西，時間和科學無處確認的東西。

變更構成的諸音。合唱、合奏的全部的力量集合的同胞的覺醒以及卽時的實施，我等的感覺開放的獨一無二的機會。

拍賣的東西。大抵在種族的、階級的、性別的、血統的範圍之外，價格無以量計的「肉體」。隨着步伐迸濺的各式各樣的富。無條理的寶石的抛售。

拍賣的東西。民衆以無政府，卓越的好事家等以無限的滿足。信者、情人等以淒慘的死。

拍賣的東西。住居和移住。戶外的遊技以及仙境以及完全的安慰。音樂和運動，還有卽將到臨的未來。

拍賣的東西。各式各樣的計算的應用以及沒有聽過的曲調的飛躍——人人意想不到的語言的種種掘出物，卽時的所有。

向着不可見的光彩，不可知的喜悅，瘋顚般地無際涯的飛躍——那瘋狂的各種各樣的秘密　，朝着各人的惡德——於羣集的手裏，那可怕的喜悅。

拍賣的東西。肉體和聲音。誠然是無條理的豪奢。將來也必然沒有賣主的東西。仍然仍然物品沒有缺乏。旅人們慌慌張張地放下定金是沒有必要的。

17 戰鬪

少年時，不知何處的天空，琢磨了我的視力。所有的性格，在我的臉上放置了影子。樣樣的現象呻吟而呈示。——而今，樣樣的瞬間的永遠的屈折以及數學的無限驅趕我來到這世間。同時，在那兒，我向着奇怪的少年時以及無條理的愛情表示敬意，追逐着所有市民的成功——我夢見正義的、力的，不允許予見的理論的戰鬪。音樂的一個樂章一般沒有界限。

18 青年時

I 星期日

倘若計算的手休憩，無以逃避的天空的落下，無數的追想的造訪，各式各樣的韻律的參與，這些東西占領着住居、頭腦以及精神的世界。

——一匹馬被黑瀏瀏的黑死病侵襲了，從近郊的馬場沿着田埂、植木林而逃逸。出演於戲劇的淒慘的婦人，料想不到地被遺棄了，在世間什麼地方嘆着氣。暴風雨、泥醉、重傷都已完結，兇漢們憔悴。幼稚的孩童們在小川邊因着樣樣的咒咀而摒住氣息。

羣集裏，會合而攀昇而行，痛烈的事業的響聲，耳朵傾聽着且再度開始工作。

II 二十歲

追放的教示的聲音以及聲音……可悲的沉靜的肉體的純白……柔柩。啊！這夏日，世界滿佈着花，青春的無盡的利巳以及好學的樂天。陸續地風和形態在死去。……合唱哦！爲了鎭定無力和缺乏。合唱哦！收集玻璃的杯，收集夜的歌……啊！神經翻着身子緊緊地跟過來。

19 岬

金色的拂曉嗎？不知不覺地會抖顫身子的黃昏嗎？我等搭乘的二根桅杆的輕快的帆船，從洋面的正前方向着別墅以及附屬地渡過。那是半島一般，日本的巨島以及阿拉伯一般，擴大着。神殿迎接使節的回歸而輝煌，近代海防的壯麗的展望，砂丘鑲飾於生氣勃勃的花以及亂醉，加留多的大運河，模糊的威尼斯的堤防。艾多那的噴煙的打盹，花和水和冰河的龜裂。環繞於德國的白揚樹的洗濯場，日本的樹的頂端傾斜的奇妙的公園的斜面，可以命名爲皇家的或崇高的圓形的拱門比肩佇立，鐵道挨近旅邸的建築物，穿開洞穴傾斜着。這些是義大利、美國以及亞洲以及歷史上的大建築的精粹的集結，現今，窗和露台承受爽快的風，酒和燈火洋溢着，旅人以及高雅的人人放逸他們的心，白晝到臨，就跳着極盡巧妙的舞蹈、齊唱谷間的歌曲，裝飾海角殿的正面如夢一般。

20 運動

落下於堤防的大河的震動，渦卷在船尾上，疾馳斜面，通過激流，由於不可思議的光以及化學的新奇，包圍於谷的龍捲，流動的龍捲裏，旅行者邁着步。

他們乃是追求冥冥的化學的富，世界的征服者喲！遊戲以及安慰伴着他們一起旅行，他們攜帶民族的、階級的、動物的教育來到這船上。洪水一般的光裏，學習的恐怖的夜裏，攜帶來休息以及暈眩。

爲的是，樣樣的裝置，血以及花以及火以及寶石裏的談笑，逃走的這條船裏激論的計算——他們研究的原始資料，以著奇怪的姿態，無限地輝煌，水力發電的水路的彼方的堤防一般，看得見轟響的緣故喲！被有着諧和的陶醉以及發現的英雄主義追逐的他們。

存在最會令人吃驚的氣圈裏發生的事情中，年青的夫婦，乘着方舟而孤立，唱着歌，擺着身姿。——是人人饒恕的古代的野蠻嗎？

韓波詩選

莫渝譯

1. 感覺 (Sensaton)

順着夏日湛藍的昏暮，我踏上小徑，
踩着細草，被麥芒刺割：
躭於夢想，我感到沁涼貫穿脚底。
微風輕撫我的頭髮。

我不言不語，也不沉思默想：
然而無盡的愛意在內心孕育，
我將走得遠遠，遠遠，如同流浪漢，
順着大自然——幸福得有如女人作伴。

註：第七行「流浪漢」原文是 bohêmien（小寫）指的是流浪的人，如果大寫，才是波布米亞人。

2. 傳奇短詩 (Roman)

1.

當你十七歲時，用不着正正經經的。
——一個美好的黃昏，啤酒與檸檬，
在明亮的吊燈喧鬧的咖啡店裏。
——你在綠色菩提樹下漫步。

六月的美好黃昏，菩提樹令人適意！
氣氛如此柔和，你閉上眼瞼遐思；
風聲夾雜啐語，——城市離此不遠，——
空氣中散着的葡萄芳郁與啤酒的芳郁……

2.

——在那兒你瞥見一堆暗藍色的

小廢物，被小樹枝圍繞着，
被印刷不良的星飾綴着，這星飾混着
溫柔的寒顫，小而全白……

六月之夜！十七歲！——你會心醉的。
精力是香檳酒，湧上頭頂……
狂飲着，雀躍地以舌尖
舔着，如同小獸……

3.

羅賓遜的狂心貫穿這些短詩，
——在蒼白街燈照射下
一位嬌妍的少女從
她父親硬挺的衣影下走過

而當她瞥見非常純樸的你，
她開始小跑步，
她回過頭，驚駭着……
——在你乍舌間，不見其倩影了……

4.

你是多情種。直到八月還念念不忘。
你是多情種。——你的十四行詩令人發笑。
你的朋友都走了，你是浪蕩子。
——爲了崇拜她，一天黃昏，你寫詩頌揚她！
——那個黃昏，……你回到明亮的咖啡店，
你叫了啤酒或檸檬……
——當你十七時，用不着正正經經的
而且是在綠色菩提樹下漫步時。

3. 牧神的風采

(Tete de Faune)

在濃蔭中，綠寶石鑲綴金色，
在某座濃蔭中，繁花
盛開，枝葉交錯，
這是一幅生動精緻的刺繡畫，
一位驚慌的牧神，眼露膽怯
用白牙咀嚼紅花
古銅色的體膚就像陳年老酒
雙唇在枝椏下微露笑意。

就在他逃逸時——敏如松鼠——
笑聲依舊震憾每片樹葉
以至我們看到了黃鶯驚動了
林間枝葉的閃閃交錯。

註：「風采」，原文是 tête 普通意思指「頭」，威成先生將此詩題譯作「野神的頭」。

4. 谷間眠間

(Le Dormeur du Val)

這是個綠色洞穴，潺潺小溪
瘋狂地扯住銀白色的
雜草叢；太陽在傲然的山頭上，
照耀：這是個光芒散放的小谷間。
一位年輕戰士，張嘴，光頭，
頸子浸入沁涼的藍水芹中，
他睡着；雲彩下，攤直草間，
在陽光四射下蒼白的置身綠原上。
雙脚伸入水堇裏，他睡了，微笑如同
病童的笑，他入眠了：
大自然，親熱的撫摩他：因他冷了。
馨香無法震悸鼻孔；
他睡在太陽下，手貼放胸上，
靜穆的。在右側有兩個赤紅的傷洞。

5. 我的流浪 (Ma Bohéme)

我要到遠方去，雙手插入漏底的口袋。
外衣也磨損襤褸了。
我蹣蹣青空下，繆思，我効忠您：
啊！我夢見繽紛的愛情！
唯一的褲子破了個大洞。
我這個小矮人的夢遊者，沿着荒蕪來路
撒下小石子。大熊星座是我的客棧。
天上的星顆柔細地窸窣衣裳。
坐在路旁，聽聽星語，
九月的良夜，令我感受到露水
滴灑額頭，如酒般。
在奇形怪影中我寫下詩篇，
如同彈着豎琴，我繫緊破鞋的
帶子，一隻脚頂住心胸。

6. 母音 (Voyelles)

這些母音：A黑，E白，I紅，U綠，O藍，
有一天，我會說出你們內在的根源：
A，華麗蠅的長毛黑色胸衣
嗡嗡低響於可怕臭氣的周圍
陰暗的深淵；E，汽船與帳蓬的坦直，
硬冰的長矛，白色國王，繖形花的顫慄；
I，紫色，吐血，憤怒或陶醉於悔恨者的
美麗唇角的笑意；
U，圓形，綠色海洋的神聖振動，
平靜的牧場散佈着動物，平靜的皺紋
是鍊金師印在聰敏的大額頭上；

O，充滿奇怪尖銳的至上號角，
靜靜的穿過世俗與天使：
——O，亞米伽，它沉中的紫光！

註：亞米茄（I' Oméga），希臘字母的最後一字。

7. 四行詩

星星將玫瑰掉在你雙耳的中心，
眼止盡的滾動於頸背到腰部；
大海將珠光飾在無朱色的 mammes，
人們就在你至高的腰間擠出黑色。

註：此詩是韓波唯一的四行詩（quatrain）一般編者將之排於「母音」一詩之後。韓波在詩中企圖禮讚女性軀體與情慾。

8. 尋虱的女人
（Les Chercheuses de poux）

當孩子額頭滿是紅色困擾，
懇求模糊夢境的一羣白斑，
他靠近床頭的兩位美麗姊姊
她們有銀白指甲的纖手。

她們交叉的坐在孩子前，
空氣中散溢多種花香，
在他那有露水掉下的髮莢裏
遊離着她們富刺激性的迷人細手。

孩子傾聽她們膽怯的呼吸
散出植物性的淡紅油質，
偶而還傳出哨聲，口水
吮同唇際或渴盼親嘴。

他聽到她們黑色的睫毛在寂靜
芳香的擊拍聲；靈巧溫柔的手指
在無痛的灰髮中，
以大指甲掐死小虱子。

就像喝了懶散酒，
撥弄令人陶醉的擦琴，
因疼愛的輕慢，孩子感覺出
不斷地呈現復消失的欲哭念頭。

註：一、此詩是韓波追憶伊松巴爾親人珍德（Gindre）兩位姊妹。韓波離家出走時（一八七〇年九月），在杜埃受到她倆的細心熱顧。「尋虱的女人」卽指她們二位。
二、擦琴（harmonica），類似豎琴的樂器。

9. 渴的喜劇
（Comedie de la Soif）

1. 祖　先

我們是你的祖先，

遠古的，
籠罩着月光與
綠茵的冷汗。
我們的乾酒具有心靈！
坦誠的太陽底下
人們該做何事？喝酒去。

「我」——死於蠻荒之河。

我們是你的田間的
　祖先。
河水在柳林裏頭：
看到深溝的流水
環繞潮濕古堡。
我們走下酒窖；
接着，挑選蘋果酒與牛奶。

「我」——走到牛羣飲水處。

我們是你的祖先；
　眞的，取出
酒櫃的飲料；
稀少的茶與咖啡，
都在水壺裏煮沸了。
——看這些圖片、花朶。
我們剛從墳園囘來。

「我」——飲盡所有的酒罈！

2. 心靈

永恆的水神（註一）
　劃分優美的水姿。
維納斯，蒼天的姊妹，
　激動於清純的波濤。

挪威的流浪者猶太人
　對我提到雪。
古代被放逐的親人，
　對我提到海。

「我」——不，比這些純酒更多的是
　可以充作酒杯的水花；
傳奇既非比喻
　亦不能使我解渴；
作曲家，你的代女
　是我如此渴瘋狂的
不爭吵的親蜜水蛇
　令人憔悴令人愁。

註：一、水神 Ondines

3. 朋友們

過來，這些酒流到海灘，
浪濤萬千！
瞧土方的啤酒
在峯頂滾流！

往前走，虔誠的香客，
走向有綠柱標記的苦艾酒……
「我」——朋友們，沒有比
這域景色更令人沉醉的嗎？
我同樣的喜歡
在池塘中
或在浮木邊
可怕的奶油下潰爛。

4. 可憐的夢想

有個黃昏，在某個古城，
也許我等到了
可以靜飲一番，
然後滿足的死去：
因爲我忍受夠了！
要是我的痛楚痊癒，
要是我的有幾塊金子，
我該選擇北方
或葡萄國度呢？……
——啊！夢想是不值的。
因爲一切終歸淪亡！
要是讓我變回
古代的行旅，
綠燈戶
永不會爲我而開。

5. 結論

鴿子在草坪上打顫，
看見夜晚就跑的野禽，
水裏動物，馴獸，
最後的蝴蝶！……牠們都渴。
然而，在浮雲消散的地方消散，
——啊！最受歡迎的是沁涼！
當曙光照耀森林時，
就在這些潮濕的紫羅蘭裏死去？

10 海上風光 (Marine)

—一八七二年五月

銀與銅製的船身——
鋼與銀製的船首——
拍擊着波浪，——
掀起荊棘根。
荒地的潮流，
與退潮的巨大轍跡，
轉個圈子流向東方，
流向森林之柱，
流向防波堤岸，
正好旋轉燈輪翻照射其角落。

韓波（Arthur Rimbaud, 1854—1891）

莫渝

韓波，西元一八五四年十月二十日出生於靠近比利時邊境的查理城（Charleville，屬亞爾東省 Ardennes）。全名為約翰・尼古拉・亞杜・韓波(Jean Niclas Arthur Rimbaud)，父親腓代笠・韓波（Frédéric Rimbaud）是一名步兵軍官，母親維達利・居弗（Vitalie Cuif）為富農的女兒。雙親個性失和，於西元一八六〇年離異，這時韓波六歲，他幾個兄妹分別為：腓代笠（一八五三—一九一一）、維達利（一八五七出生，僅活三個月）、維達利（一八五八—一八七五）、依莎白（Isabelle，一八六〇—一九一七）。

雙親離異後，韓波的教養由母親負責。母親受的教育不多，但好强、頑固，頗具權威，期望自己的孩子能循正統教育出人頭地，因而對韓波管教甚嚴。年輕韓波在這種束縛之下，已隱隱的滋長反抗的心理，這種反抗，引發了長大後多次離家出走遠遊的浪子行徑。一八七一年五月寫的「七歲的詩人」一詩可以了解到他那早熟的叛逆個性。

一八六二年到六九年，韓波在查理城接受學校教育，因成績優越，連獲跳級。進入查理城公學（Collège de Charleville）後，受到修辭學教授伊松巴爾（Georges Izambard）的鼓勵，開始習詩，一八六九年即獲得全國中學生拉丁詩獎的第一名（註一）。這段時期，伊松巴爾成了韓波的良師益友，開啓了韓波踏入文學寶庫大門，默思河（Meuse）畔更是他倆文學漫步的地方，也啓發以後詩人的傑作「醉舟」。一八七〇年元月二日，韓波詩作「孤兒們的新年禮物」（Étrennes des orphelins）發表於「大衆雜誌」（La Revue pour tous），這是韓波首次登上詩壇之作。隨後他在當地「亞爾東省」的幾家報紙、「大衆雜誌」、「任務」（La Charge）等刋物發表詩作與評論，有時以筆名，有時署名韓波。五月時，他寫信給詩人邦維爾（Banville，一八二三—一八九一）希望能編入「當代巴拿斯」詩選（註二）。

一八七〇年七月普法戰爭爆發，法軍失敗，帝國崩潰，激發韓波的離家出走（或說是逃亡，fugue）。八月底，韓波身無一文的搭車前往（南下）巴黎，因為沒有車票，下車時被捕，送入馬扎司監獄（Mazas）。韓波寫信求救於伊松巴爾，伊松巴爾繳清車費並勸韓波回家。以後，韓波多次離家，都因生活成問題回到家裏。一八七一年九月，韓波寫信給魏崙（一八四四—一八九六），獲得回信：「來吧！親愛的好友！我們喚你，我們等你。」韓波就携其剛完成的名詩「醉舟」前往巴黎，受到幾位詩人的歡迎。同魏崙尤為親暱，並且染上了吸食毒品、麻煙。次年七月，兩人一同到比利時、英國等地，在倫敦的大英博物館逗留。一度（一八七三年四月）韓波回到業已搬到侯西（Roche, Haute-Savoie 省境）的母親處，開始構思撰寫「異教徒之書」（Livre paîen, 或黑人之書 Livre négre）。五月末，韓波到倫敦與魏崙會晤。七月十日，韓波想擺脫與魏崙的關係回到巴黎，遭魏崙槍傷，入聖約翰醫院，而魏崙則判刑入獄兩年（後減為十七個月）。韓波出院後，回到侯西，閉門繼續寫作「異教徒之書」，至八月完稿，並更名為「在地獄裏一季」（Une saison en enfer）。同年十月在布魯塞爾出版。

「在地獄裏一季」出版後，韓波不再談詩，不再寫詩，到處冒險，更換許多工作，最後，在阿比西尼亞從事軍火生意，發了一筆小財。一八八四年，魏崙出版「邪惡詩人集」提到韓波的詩作，接着，魏崙又將韓波一八七一－七三年的舊作「彩繪集」（Illuminations 靈光集）發表於「時髦」（La Vogue）雜誌，並於一八八六年出單行本，韓波成了當時著名詩人，享譽日隆。遠在非洲的韓波，却毫不關心於此。

一八九一年二月，膝蓋嚴重受傷，五月九日，在馬賽醫院割斷右腿，韓波以為沒事了，回到侯西靜養。八月末，再送至馬賽一家醫院診治，十一月十日詩人死在這家醫院（L'hôpital de la Conception）。享年僅三十七歲。

韓波生前沒有詩集的出版，僅「在地獄裏一季」與「彩繪集」兩册散文詩集。一八九一年死後不久，友人收集發表的詩篇編印一册詩集，惜不全。直到一八九五年，魏崙編輯的「韓波詩全集」出版，接着一八九九年有「韓波書簡」的出版。總計，韓波重要著作可分為四部分：

一、詩作－約六十首。
二、在地獄裏一季
三、彩繪集（以上二書一般也歸類於「詩」）
四、書簡

韓波本身是一個謎，從十五歲到二十歲（約一八六九－一八七四年）短短的五年創作生命，不僅早熟，而且經營了天才橫溢的詩篇。隨後，他說：「我不想繼續了，那是壞的。」（Je ne pouvais pas continuer, C'était mal.）就此封筆不言字，令一般批評家難以了解。也許詩人認為更高一層次的境界不易追求或無法覓得，而中輟了，總之，關於此點，衆說紛紜。

一般論者銜以「醉舟」一詩劃分韓波詩生命的分水嶺，前一階段的詩偏重於社會性或抒情性，以傳統詩體寫成，這類詩作大部分完成於一八七〇年九月至一八七一年五月。後一階段則偏重於內心世界的隱微幽秘的玄想，採用自由詩體與散文體。底下，分述此二期作品。

受到伊松巴爾的鼓勵，韓波開始接觸文學，當時文壇重要人物有雨果、巴拿斯派詩人們及波特萊爾等人。「我的流浪」一詩為詩人首次離家前往巴黎途中所寫，具有很濃的浪漫抒情氣息，「谷間眠者」則是普法戰爭後，詩人看到一具戰禍犧牲者的屍體，所引發的嘲諷，與波特萊爾的「腐屍」一詩可相比美。「教堂的窮人們」則是家鄉的一幅寫實。這些初期的詩，都是韓波未滿十七歲時之作。

對於大部分人而言，韓波就是「醉舟」。人們讚賞他創作此詩時未曾見過大海，而認為這是奇蹟，是神識。韓波此詩完成於一八七一年八月末，這時，他的確未曾見過海洋，但，故鄉默思河流水的日夜激盪，以及一些海洋書籍亦耳濡目染的浸入了詩人心靈，這些書包括：維納（Jules Verne, 一八二八—一九〇五）的「兩萬浬海程」（一八七〇），雨果的「海上勞工」（一八六六），葛紀葉的「死的喜劇」（一八三八），波特萊爾的「旅行」（Le Voyage, 「惡之華」第一二六首），還有黎瑟、葉荷狄亞、艾格嘉。坡等人的詩作，德國印度的哲學，都給予了韓波深刻的影響。「醉舟」一詩是一條船的自述，「彷彿我在無感覺大河順流而下」……「浮浴於海洋詩篇中」……全詩流露出這位年輕詩人以新的眼光環視世界，發揮出令人驚奇的想像力與繁複紛承的意象。這些意象是詩人的海市蜃樓。如同詩人自許是一條流浪的船，這大海一方面言是眞實的海，另一方面則可爲一想像的宇宙的海，値得注意的是，海連着天。天空與海洋在韓波此詩中是同爲易變（流動）宇宙的兩個互異空間，詩人（船）非常悠閒的從一領域通過另一領域，而進入這個無聲的易變（流動）宇宙，詩人被吸納了。這首海洋詩篇到了二十世紀，梵樂希（一八七一—一九四五）的筆下轉換成更富哲理的長詩「海濱墓園」（一九二〇年）。

「醉舟」之後，韓波的傑作是「在地獄裏一季」和「彩繪集」二書。「在地獄裏一季」原書名是「異教徒之書」與「黑人之書」，待完稿後，詩人才更異爲現今之名。全書寫作於一八七三年四月到八月，正是他於魏崙鬧翻前後，在情緒上的混亂，對社會的反抗與理想的追求，藉着散文詩體表達出來，他繼續强調詩人必須是「洞觀者」（註三），在「文字的鍊金術」一文中說：「我寫下沉默，寫下黑夜，我記下無以表明的。我使昏眩固定。」這本小書「想到什麼就寫什麼」的題材方式，影響現代詩人甚大，在法國本土，紀德的散文詩「地糧」就是它的姊妹品。「地糧」的背景是非洲，「在地獄裏一季」也是非洲的黑人；「地糧」有精神上的飢渴，而唱出糧食之歌，「在地獄裏一季」也有韓波的「饑餓」：

要是我有食慾，也只能
嚐嚐泥土和石頭。
我的午餐總是空氣，
岩石、煤、鐵。

「彩繪集」一書雖然出版於一八八六年，這是詩人一八七一年到一八七三年的作品，寫作時間略早於「在地獄裏一季」。出版時，韓波並不知曉，由魏崙代爲編輯，全書計收四十五篇散文詩，題材包括：童年的追憶、霧中都市（倫敦）的景色、清晨的田野漫步、港口的幻像、海上風光等，同時也看到了韓波在文學上表現的新手法：對詩體形式的解放、意象豐富的新穎、不遵循原有的規則……等。至於書名爲何採用「彩繪集」？頗費一般詮釋家的猜測，有人說這是「着色的版畫」（painted plates），有人說是「染色的浮雕」（gravures coloriées），更有人指爲「幻像」（visions），「奧秘」（mystère）……不一而是。

整個而言，前期的韓波表現出早熟而敏銳的感性。後期的韓波則是扭轉詩潮的巨浪，他的詩觀：詩必須暗示，精神恍惚下的暗示，詩是詩人內在的夢幻，詩是詞句的音樂性，給予後世很大的啓示，尤其是「醉舟」、「母音」二詩及「在地獄裏一季」「彩繪集」二書，更啓發了後世的許多詩派。十九世紀法國詩壇的星空上，他是最怪異最具革命性的一顆慧星。

註：

一、韓波獲詩獎的年代，據貝勒東（Geoffrey Brereton）著「法國詩人介紹」一書一九〇—一謂爲一八六九年；大島博光日譯本「地獄的季節」一書八五頁謂爲一八七〇年七月。

二、「當代巴拿斯」詩選第二卷出版於一八六六年，第二卷出版於一八七一年。

三、「洞觀者」（Le Voyant，慧眼、先言者、預言者、卜者」是一八七一年五月十三日韓波一封信上提到的名詞，他認爲詩人應該是「洞觀者」，在同一封信上韓波亦提到「因此詩人眞正是盜火者」（Done le poête est vraiment voleur de feu.）

關於韓波

梁宗岱

韓波（Arthur Rimbaud）是法國詩壇一顆彗星，一個神秘，或者，如果你願意，一種心靈現象。在世界底詩人中，連莎士比亞也算進去，再沒有比他底生平和作品更超越我們底理智，邏輯，和衡度，在他底面前一切理解底意志和嘗試都是枉然的。至於那些只知道用「常識」或「報章主義」來處理一切事物和現象的，在這閃爍莫測的深淵前，自然只有暈眩，昏迷，和暈眩與昏迷後的咒詛和謾罵了。

他生於一八五四年，死於一八九一年。他底獷野，反抗，但聰慧的童年在他故鄉夏爾勒城（Charleville）底中學度過。就是在這中學，在一八七〇年前後，他受了修詞學教授依尙巴爾（Georges Isambard）（註一）底誘掖開始作詩。也就是在這時候他三番五次逃到巴黎去，在那裏，這十五六歲的童子底試作（其中許多已經是傑作了）底魔力是那麼大，它們不獨引動囂俄驚歎，把作者介紹到各種文藝會社中，並且引誘那比他年長的負盛名的詩人魏爾崙拋棄他那新婚的愛妻和他出亡去。他底最重要的作

品便在這時期絡繹不絕地產生。到了一八七三年，他和魏爾崙在比京的一再劇烈的衝突和那終於悲劇的分手使他對於詩懷着那麼强烈的厭惡，以致他竟毫無惋惜地和它絕緣了。他底後半生完全在冒險與流浪——行商，水手，以及其他職業——中消耗，不再聞問法國底文壇，雖然他那與時俱增的聲譽也會像遠方的濤聲似地隱隱傳到他那裏。

但最不可思議的還是他作品底命運。從十五歲到十九歲，在這比世界上任何夭折的大詩人——李賀，濟慈，查特頓，忒爾瓦爾——都年青的短促的四年間，韓波認識了才能和對於才能的蔑視，天才和對於天才的厭惡。像一顆射過無垠天空的流星一樣，他光明純潔地疾馳過一個悠長生命底路程：跨過了一切的階段，達到了，又超過了那許多比他更浩大的，但沒有那麼熱烈的靈魂往往經過了幾十年的努力纔能够遙遙瞥見的目的地。他這幾年的詩底生命，正如狄罕默爾（Dubamel）所說的，「似乎是許多文學史底摘要或菁華。」

無疑地，和近代一切大詩人一樣，韓波在首途的時候曾經接受了各方面的影響：嚣俄，哥蒂爾（Gautier），亞倫普甚至彭韋爾（Banville），在他底最初的幾首詩中都留下了歷歷的痕跡。而且，正如梵樂希所指出的，他和馬拉美魏爾崙都不過各自承繼，發展和提到最高度波特萊爾所隱含的三種可能性或傾向：魏爾崙繼續那親密的感覺以及那神秘的情緒和肉感的熱忱底模糊的混合；馬拉美追尋詩底形式和技巧上的絕對的純粹與完美；而韓波却陶醉着那出發底狂熱，那給宇宙所激起的煩燥的運動，和那對於各種感覺和感覺之間的和諧的呼應。但是試看這不滿十六歲的小童多麼快便擺脫了一切技巧上的外來的影響！如果在他現存的詩集中，最早兩三首還在各家底足印上躊躇，從第五六首起，他底自主便已很清楚地顯露和確立了。如果這承自波萊特爾的「出發底狂熱」，這對於無限的追求永遠是他作品底核心，試看他怎樣從一首詩到一首詩，從醉舟（Bateau Iver）到彩畫集（ies Illumintions），從彩畫集到地獄中的一季（Une Saison en Enfer），把「無限」層出不窮地展拓在我們面前，引我們到一個這麼暈眩的高度，以致我們幾乎以爲，只要我們具有相當靈魂底力量去追隨詩人底步履和目光——和那浩蕩渺茫的「未知」（Inconnu）面對面立着。

是的，韓波底最大光榮，便是他以「先見者」（Voyant）底資格啓示給我們這浩蕩渺茫的「未知」多於任何過去的詩人，甚至英國的勒萊克。和那專以理智底集中來探索我們靈魂或思想底空間的梵樂希相反，他所描寫的對象是那在這光明的方寸四週浮蕩着的影和半影，用他那直覺的頓悟來燭照它們。「我們得要做先見者，變成先見者」，他寫信給一個朋友說。「詩人可以達到『未知』；如果他終於因爲瘋狂而失掉他底異象底認識，他已經看見它們了。」爲要表達這異象，詩人得要用一種「對於靈魂是靈魂的文字，概括了一切，芳香，聲音，顏色……」在他底字底鍊金術（Alchimie du Verbe）裏他說：「我調理每個副音底形體和姿態，並且，用些本能的節奏，我自誇發明了一種詩的字終有一天可以通於一切的官能。」

醉舟，這一百二十行自首至尾都蘊蓄着一種快要爆發的「璀璨的力」的格律緊嚴的傑作便表現那過去底完成和逃向「未知」的預示。在這可以說唯一無二的傑作裏，不獨有豐盈活躍的描寫，流動的世界底啓示，和那像大海一般浩瀚繁複的音樂，我們並且看見他所想做的「先見者」底勝利或懊喪，絕望與捐棄的種種態度。可是即使我們撇開它底含義，它所象徵的靈境，光是欣賞它底形相美，在我所認識的一切歌咏大海的詩中，除了梵樂希底海濱墓園和年輕的命運女神，除了散見於囂俄全部浩蕩的作品中的許多斷片，我找不出可以和它一樣能夠把海底一切動律度給我們的。而韓波寫這詩時並未見過大海！這可不證明他的確賦有「先見者」底機能，並且逼我們承認，在某種例外的特殊的場合，卜筮，在它底玄學的意義上，超於見聞麼！

這時候，他已經遠超出他底讀衆之上。漸漸地，他擺脫了一切外在的誘惑與希冀；他唯一的企圖就是滿足他自己這唯一的心靈。他努力要逃避那一般的宿命。像他在七歲的詩人裏所說的：

在他那嚴閉的眼裏看見無數的點，他孤零零地沒入靈魂底深淵，把自己的回憶和夢想，希望和感覺，以及裏面無邊的寂靜和黑夜，悸動與暈眩……纔就了一些閃爍的異象。所以他底詩集 Les Illuminations，根據他自己的謙遜的解釋：Colored Plates，我們固應該譯作彩畫集，而異象錄一類富於暗示力的譯名說不定更能傳達作者底深沉的意向。這也就是爲什麼他最後兩部作品，彩畫集或異象錄和在地獄中的一季顯現給我們像一個我們並不被邀請的孤獨宴會底輝煌或闌珊的燈火：我們傾聽着一個並非爲我們發的聲音。當我們打開這些幾乎等於浮士德裏諾時脫拉大牟士底術書的奇詭散文詩時，似乎我們輕妄的目光在窺探一顆不願意委託給我們的良心，裏面反映着無數斑爛陸離的雲彩。

這樣的作品，尤其是這樣的詩人，總該是不會，或者也不宜於被人推崇和學步的罷。然而說也奇怪！正因爲這是一個並非爲我們發，因而我們從未聽見過的聲音，我們能夠百聽不厭，而且愈聽也愈覺得它義蘊深湛，意味悠遠。這些詩，許久只被人看作象徵派底最初典型的，現在當別延長，擴大起來。他底偉大的承繼者高羅德爾（Paul Claudel）不用說了，就是那完成馬拉美底系統的梵樂希，也曾經對我承認韓波底極端的强烈（intensité）之搖撼他底年青的心正不亞於馬拉美底絕對的純粹（pureté）。而後起的詩派如「都會主義」，「達達主義」，「超現實主義」……無一不用他和馬拉美底名義爲號召的。誰知道他流光底止境？

（註一）這可尊敬的老人，沒有他說不定世界便缺少一個最強勁的詩人的，我在法國時曾經憑了一個韓波女崇拜者底關係得時常親近他。那時他已經八十五歲了，還孜孜不倦地研讀和寫作。看他當時的生命力，現在想還健在罷？那麼總該有九十高年了。

二十年三月十二夜。

藍波的世界（集粹）

陳明台輯譯

1. 藍波的無限的悲歎

par Jean Follian 作

藍波似乎有意成爲見證者，通過詩的世界，在諸感覺的錯亂裏，閃閃發光地從事充實的「例的實驗」。終於，在沉默與沙漠之涯，在空間以及時間似乎都消失不見的處所，他完成了。

藍波的無限的愁歎，輝煌的飽滿的永遠的探求，人間風的觀念型態的拒絕，較之他的時代，我們更會感到親切。

2. 藍波的神秘

par André Suarès 作

藍波的神秘攪拌着熱情。然而，結果，那是夢想的主題，基於想像力的詩。我等所知悉的唯一的藍波，異常的年青人，天才的詩人，乃是與基督教徒、敬虔的孩童、忠實的信徒正反對的存在。

藍波的神秘乃是成年期的他的全生涯的神秘，非是最後的十五分間的神秘。

3. 日光菩薩藍波

西脇順三郎作

十九世紀法國詩的世界、波特萊爾、馬拉美、藍波猶如「東方淨瑠璃世界」三位一體的形成。波特萊爾乃是其世界的教主藥師如來，馬拉美乃是月光菩薩、藍波則是日光菩薩的存在。

藍波的曖昧性乃是由於象徵性的缺乏所致，他所敍說的全是幻影，從而那些可以被認爲是象徵的，如此，產生曖昧的事物。

藍波確是成功的詩人。雖然捨棄了詩，那並非由於自己的詩才幻滅的感覺而來，究極的意味，不如說他賴之波特萊爾、馬拉美更具優秀的詩才也說不定。

同時，他是語言的魔術師，他很善於盜取他人的語言，自由而非常地迅速。

4. 藍波——現象

涉澤孝輔作

藍波所發現的「場所」，乃是具有磁場的意味的場所，在那兒人間的精神的場以及語言的場已非別物。主觀的一切涵括的精神的極地，照樣地轉換於詩的客觀的舞台的場所。

5. 藍波的幻影

窪田般彌作

藍波的難以捉摸，難以相處並不必然由於他的詩的難解所致。

藍波的詩美而深具魅力；其作品的主要的一個題目置於「音樂」之上，然而，他所致力追求的並非羅曼派的音樂的「甘美的嘆息」而却是「歌着血，死人的喘息一般嗄啞的樂音」造成的不協和的曲調；因而縱使他的詩無法捨棄理由、理性的敍說，仍然不失其魅力。

6. 藍波

小林秀雄作

I

這顆慧星，不可思議的人間嫌惡的光芒四射於法國文學的天空、正值一八七〇至七三年之間。十六歲已獲得了天才的表現，十九歲却自行絞殺了美神，僅僅是短暫的三個年頭。

II

藍波的詩從開始就不曾具備絲毫的感傷的痕跡，他以着野人的可怕的劇的觸覺，砍斷了觸感的所有而邁出第一步……砍斷也就是從人生加以歸納的事，然而，人生砍斷家的藍波，歸納的事却並不存在。他乃是最兇暴的犬儒派，從而他遠離着犬儒主義，他持着一切的變貌對文明挑戰，他的文明咀咒以及自然的讚頌實在是二個不同的斷面而已。有時是虛無家，有時是諷刺家，然而，終局的願望却時常是爲了獲得不同的瞬間不同的全宇宙。

III

藍波乃是可怕的意識的生活者。從最初他卽膠着於生活、追求與被追求的都是生活，他的歌乃是生活的數學的飛躍的格律。

他意圖持着理論而規矩生活，然而，他的理論並不是一個教理，却是極爲迅速的動的生活的意識……他是抱擁着無垢而蹂躪全存在，並經由此而窺見無垢的汚穢。

IV

藍波破壞的並非藝術的一形式；而是藝術本身。由於此種無類的冒險的遂行創造了無類的藝術。聖化了他的生涯的他的苦惱，大約是以獨特的形式聖化了藝術的事情吧！

譯注

I 飾畫

飾畫原名 Les Illuminations，本具有默示、光明的意味，依藍波的摯友魏爾崙在該書初版本（一八六六）的解說，Illimiation 本爲英語，同於 Coloured plates 亦卽法文的 Gravure Colorier（着色的版畫）的意味，因而譯爲「飾畫」，玆從之。

「飾畫」和「地獄的季節」乃是藍波著作中最爲重要的部份，前者乃是反逆的詩人達到的表現的極緻，後者乃是非凡的詩人的心理的自傳。飾畫包含四十二篇的散文詩及二十篇的詩。其完成時期，有謂在一八七二年（地獄的季節一般以爲是詩人的停筆之作，作於一八七三年四月至八月間），有謂在一八七三至一八七五年諸說紛云，不容易定論。

II 參考書目

a. Mercure de France 版 Paterne Borrichon 編 Euvres de Arthur Rimbaud（Vérset Proses）東京大學總圖書館藏

b. 小林秀雄全集 卷二「藍波」 新潮社版一九七四年

c. 粟津則雄譯 藍波詩集 世界詩人全集新潮社版

d. 鈴村和成著 藍波敍說「飾畫考」 永井出版企畫

e. 金子光晴譯 藍波詩集 角川書店

f. 中原中也譯 藍波詩集中原 中也全集5 角川書店

g. 堀口大學譯 藍波詩集 白鳳社一九七五年

h. 鈴木信太郎等譯 藍波全集 人文書院版

i. 粟津則雄編 藍波的世界 青土社一九七六年

j. 「新詩論」 藍波研究特集（昭和七年）

k. 「現代詩手帖」 藍波特集（昭和四十一年）

l. 「無限」 藍波特集（昭和四十四年）

m 「由利加」 特集藍波研究（昭和三十三年）

韓波年表

莫渝・陳明台合編

一八五四年 —十月二十日，韓波（Jean-Nicolas-Arthur Rimbaud）出生於北法夏路路地方的查理城。父係陸軍上尉，母爲農家出身。兄一人，妹三人。父母不合。

一八六二—六九年 —就讀於羅沙學校；查理城公學。

一八七〇年 —元月二日在「大衆雜誌」發表詩作「孤兒們的新年禮物」。四月十五日署名韓波在「中學指南」發表「祈求維納斯」，因抄襲而遭處罰，同時，翻譯羅馬詩人呂凱斯（Lucrèce）作品向詩人普綠多姆（一八三九—一九〇七）致意。

—修辭學教授喬治・伊松巴爾欣賞韓波天才，而成爲他的知已。

—五月，寫信給詩人邦維爾（一八二三—一八九一）

—八月底普法戰爭發生第一次離家前往巴黎。因事激犯警吏入獄於馬扎司監獄，伊松巴爾將之救出。

—九月，逗留於杜埃，伊松巴爾姑母家中。撰寫新聞評論「艾斯格先街的公開會議」發表於「北方自由主義」。

—十月，再次離家逃亡。停留於杜埃。寫詩，寫新聞稿。

一八七一年 —德國佔領查理城。在巴黎公社的「流血星期」前再度前往巴黎。

—五月，信中提到「洞觀者」（le voyant）

—八月，第二次寫信給邦維爾，請他代爲出版「人們對詩人談到關於花的事」。

—撰寫新聞稿。韓波用約翰・馬楔（Jean Marcel）筆名在「東北雜誌」發表「佩德楔夫男爵致秘書信簡」。

—第三次寫信給魏崙，並致上詩作：第一次會議，飛翔的心，巴黎民衆復興……等。

—九月，前往巴黎。

一八七二年 —與魏崙發生曖昧關係，使得魏崙拋離剛成婚的年輕妻子。

—韓波完成數首相稱於一八七二年五月有關美學書簡的詩：淚，渴之喜劇……等，以及一部分的「彩繪集」（Illuminations）作品。

—九月，魏崙與韓波前往倫敦。

—十一月，韓波離開魏崙。

一八七三年 —元月，會晤魏崙，停留倫敦，旋離開魏崙。

—春天，回到查理城，開始撰寫「異教徒之書」（Livre paien, 或黑人之書 Livre négre）。

—五月底，與魏崙再前往英國。七月，韓波離開魏崙。七月十，兩人又在布魯塞爾碰面，魏崙傷了韓波一槍，被捕。

—七月底，韓波回到侯西（Roche），繼續撰寫「異教徒之書」，旋改名為「在地獄裏一季」（Une saison en enfer）。

—十月，「在地獄裏一季」出版。

一八七四年 —整理散文詩，稍後定名為「彩繪集」。

—十月底，韓波在巴黎，與作家魯渦（German Nouveau, 1852-1920）聯繫，二人前往倫敦。

一八七五年 —到德國、意大利（米蘭）旅行。

—回到查理城。

—十月，撰寫「夢境」（Rêve），這是一首「反詩」（antipoéme）。

一八七六—七七年 —在爪哇，加入荷蘭軍隊；旋逃走。

一八七七—七九年 —回到法國渡過冬天。

—歐洲旅行（奧地利、德國）

—停留塞浦路斯。

一八八〇—九〇年 —在亞丁，受僱於巴爾岱公司。

—學習阿拉伯文。

—販賣奴隸，從事軍火生意，成了暴發戶。

—一八八四年，魏崙出版「邪惡詩人集」，使得韓波成為詩壇著名詩人。「彩繪集」在「時髦」（La Vogue）雜誌刊載。一八八六年出版單行本。「頹唐派」（Le Décadent）雜誌也發表不少類似的摹擬作品。

一八九一年 —韓波生病，回到法國。在馬賽醫治，又轉往一處農裝，侯西，再回到馬賽。

—十一月十日，韓波病逝。享年三十七年。

一八九五年 —魏崙代為出版「韓波詩全集」。

一八九九年 —「韓波書簡」出版。

一九四九年 —「佩德楔夫男爵致秘書信簡」在日內瓦出版。評釋介紹者為 Jules Mouquet

一九五〇年 —「法國水星」社出版「全集」，包括：

1. 詩作。
2. 在地獄裏一季。
3. （飾畫彩繪集。）

生和現實的風景

——論李魁賢詩集『赤裸的薔薇』

陳明台

1.

詩人李魁賢在他新出版詩集『赤裸的薔薇』的後記裏如此寫着：「我一直奉行着：詩必須根基於生活的原則，在生活的熬煉下開放詩的花朵，才會洋溢親切的人間性。由於和生活的糾葛和對決，引起了若干嘲弄的詩思，實非刻意如此……根本言之，我不自視爲一位詩人，只是想提供一種樣本，顯示凡是熱愛生活的平凡人，也能在靈思一動的情況下，找到詩的情趣，如此而已。」假如檢視詩集『赤裸的薔薇』的六輯創作，則「旅歐詩抄」「事務所」眞是「在靈思一動的情況下，找到詩的情趣」；或者如同「冰上」一詩：

冰上綻開一朵鵞色茉莉
嫣然的紅顏，瞬間
在水晶池裏化成撩亂的花序

重疊的影子
是一組層層裹住的複瓣

啊，少女就是詩的孿生
溫柔的手足
投射着永恒的旋律

具有優雅的抒情，或者如同「雨情」一詩：

曾經偏好淋雨
用雨水灌溉少年的豪邁
奔上濁水滾滾的橋頭

曾經沉迷在雨中散步
用雨絲襯托戀情的纏綿
踽踽走過頌詩的牆外

今天要冒雨回家
沿路思考經營的策略
財務調度、業務擴張……
走六百公尺換一個題目

今天冒雨回家後
才惋惜遺落了備忘錄的最後一節
——雨的舊情

具有淡淡的「生」的感傷，可以說是一種十分卽興的、忠實的生活的記錄，脫口而出的小品詩；而「相對論」「赤裸的薔薇」「非頌集」，則可以說是「由於和生活的糾纏和對決」引起的「若干嘲弄的詩思……」，我覺得實在是「刻意」而才能創造的傑作：

情願被冷雨淋着
為了期待一次真正的盛開
怎麼忍受也是甘心

——「情願被雨淋著」

這樣的一種堅決而不妥協的意志，假如不是詩人「刻意」地、誠摯地在作着一種「心靈的提昇」，則絲毫不能顯示他的意義；相對於上述的生活的小品詩，我們應該說詩人「刻意」的創造了的作品，正是如同赤裸的薔薇，綻放着血的紅顏色，或者說是詩人的逆着光的生和現實的風景，活躍在詩人的心底的動脈，以及反抗虛僞的叫喚。

2.

假如要追溯探測詩人的內心，則「赤裸的薔薇」裏的「相對論」「赤裸的薔薇」以及「非頌集」三輯中的創作無寧可以提供我們一個線索；「相對論」的「二律的反逆」——生和現實的相對的存在——可以說是詩人的第一個心靈之眼、「赤裸的薔薇」的「醒覺的意識」——生和現實的意志的顯示——可以說是詩人的第二個心靈之眼，「非頌集」的「孤獨和愛的捨身」——生和現實的凝視和擁抱——可以說是詩人在「確立自我」以後的「勇決」，「把孤獨與愛當做命運」的成熟。

3.

「相對論」一輯中，一共收集了八首傑作；其中「升降梯」一首，可以說是一個典型：

一張秀麗的面孔
然後是
一張醜陋的面孔

一張醜陋的面孔
然後是
一張秀麗的面孔

諧和的風景
純粹的風景

「一張秀麗的面孔」相對於「一張醜陋的面孔」，詩人的心靈之眼看到的是映在自己的瞳孔的「窗玻璃」上的「生」和「現實」的二個相對的律則，然而「和諧的風景

「純粹的風景」却缺乏具體的形象，究竟是詩人內裏的渴求呢？還是透過正逆的二個法則而呈現呢？在「影子與住宅」裏，則如此勾劃着：

張望着離去的鳥的影子
漸漸地成為蒼穹的一點
蔚藍而又透明的鳥的影子
以一聲悠揚的呼喊

在背後跟隨糾纏的住宅
佇立在道路遙遠的末端
黝暗而又禁錮疑惑的住宅
以一聲銳厲的呼喊

假如這首詩中的「蔚藍而透明」的鳥的影子是自然，是詩人心中的「生」的憧憬及絕對的自由，它是具有「以一聲悠揚的呼喊」的正面的意義的存在，相對地，「黝暗而又禁錮疑惑的」住宅是自然的抑壓，是詩人心中的「現實」的抗拒及無以脫出的糾纏，它是具有「以一聲銳厲的呼喊」的反面的意義的存在；介乎這兩種存在之中，也就是生與現實的「二律」的反逆之中，詩人的第一個階段是提出相對的論說，而且僅僅止於相對的論說，也就是說詩人的「和諧的風景」是假定於詩人脫身域外，成爲「生與現實」之外的第三種人而顯示意義。這個時候詩人的臉孔是如同「月」一般

突然 貧血地
落在懸吊枯枝梢的
死狗的頭顱上

啊，這一張臉
刻蝕着朦朧的風霜。

乃是一張「刻蝕着朦朧」的風霜滿佈的臉孔。

4.

「赤裸的薔薇」一輯則收集了十首傑作，「生命在曠野中呼叫」一首可以說是一個典型：

從外圍逐漸向內心集中
把匕首用力投擲過去
一次又一次
他睇視着凶暴的夏天
這樣揮手練習的姿態
竟也逐漸感到暈眩了
生命在曠野中呼叫着
每當他的手垂落
生命在曠野中呼叫着
他凝聚自己形成一把匕首
蓄勢向中心炎熱的墻
做最後的衝刺

「凶暴的夏天」的現實，對詩人而言是以着「生命在曠野中呼叫着」的意志加以顯示的，「逐漸感到暈眩」「每當他的手垂落」，他却都以「醒覺的意識」「凝聚自己

形成一把匕首、蓄勢向中心炎熱的墻，做最後的衝刺」；在這個階毀，詩人已無法屬于冷眼傍觀的地位了，他在吶喊，他在憤怒，他在奮起，他要確證內心的眞實：

在嘩然的雨中淋着
感覺神聖的美
感覺震顫的痙攣
感覺快樂的死亡的影子

同時這種確證，乃是通過對于「現實」的暴露而加以展開的；

白天　窗口張着森冷的狼牙
夜裏　窗口舞着邪魔的銳爪
對着我們的巢
——（不會歌唱的鳥）

因為是色盲
所以不知道
他也是色盲的司機
但他用太陽能做燃料
——（正午街上的玫瑰）

一到秋天
回憶變成了癌
佔據最營養的肝臟部位
一面坐吃肚空起來
（回憶佔據最營養的肝臟部位）

也就是說，這一個階毀，詩人以自己的「生」的意志在對「現實」作着「抗爭」，忍受着煎熬、掙扎，而希冀對自己的存在作一個肯定，詩人已化身爲「現實」而存在，脫離了第三種人的位置而敍說着「內心的眞實」。

5.

「非頌集」一共收集了十三首傑作，「面具」，一詩可以說是一個典型：

把遠方的風景
招進空洞的眼窩中
讓它醃成泡菜的酸澀
這樣就有了遠矚的自慰

這是面具的世界
這是丑角的世界

移植我的雙眼給你們吧
把純樸的風景釋放
到原來適應的位置
把自然還給和諧的真面目

「移植我的雙眼給你們吧」，在這兒我們看得到詩人的「孤獨及愛的捨身」，而這一種捨身乃是透過生和現實的凝視及擁抱才能達成的，

從風塵的水中
我掬飲的雙手

撈出了別人自憐的影子
即使到了聲音嘶啞也甘願吧
我還是會在心裏一次又一次吟唱

——〈擲飲〉

「雨夜花　雨夜花
受風雨吹落地
無人看顧　每日怨嗟
花謝落土不再回

——〈雨夜花〉

「燒肉粽　燒肉粽」
我把自己的肉包成粽子蒸熟
等待所愛的人來買
「誰要買燒肉粽呀！」

——〈燒肉粽〉

透過存在的周遭的這種和自我連帶在一起的感情，詩人才能從自我的「生」和「現實」的對立，或僅僅止於自我意志的肯定脫離而出，進一步證實自己「自然的孤獨」以及「自然的愛」，這種確立自我以後的勇決及成熟，我們可以在「痲雀」一詩裏看見：

我們一羣去　一羣來
從不在廟堂棲息
也不食磁杯裏的玉米
田野是我們開放的世界
我們在此默默工作
期待着季節的遞替

在這裏「我們」無寧是詩人無意識而自然流露的「共同的意識」、「田野」，僅僅是田野是屬於我們的開放的世界，也正是象徵着詩人「脫離汚濁的糾纏」的心，「默默工作」則是詩人的領悟，一種經由愛的奉獻及自然的孤獨的追求而達到的「自我的超昇」的境界。

6.

詩人李魁賢的成熟乃是經由衝突→抗拒→捨棄而顯現其光芒，作爲一個孤獨的詩的行者的存在，他可以給那些把詩當作垃圾而製造的人們作一個借鏡，作爲一個具有愛心的詩的鬪士的存在，他更可以給詩的讀者感受到詩的芳香的魅力，而孤獨是他的喜悅，愛是他的生的源泉，經由背負孤獨和愛的命運的決意，他的「生和現實的風景」才能從虛幻和荒廢之中，築起「和諧」和「純粹」。

——一九七七年六月三十日
于東京

紅毛城

李利國 詞
李雙澤 改寫
徐力中 合曲

C調　Am

受 盡了多少的苦　終於 看見　漫漫
走 過了多少的路　我們 了解　歷史

黑夜以後 踢出的光明　閃耀 起來 親愛的
不是時間 留下的痕跡　三百年來 不會

Em　Am　Em　Dm

同胞 英勇 抵抗 屠除了 所有的 不平等 條約 走了
停止的帝國 主義 帶走了 他們 的金錢 舞樓 留給了
新聞

G　Am　G

所有 凶狠的財 狼　紅毛城 一旁 紅毛
我們 是斷垣 殘壁

城　就是我們的證人 紅毛城　呀
F　G7
紅毛城　就是我們的國土 紅毛城
呀 紅毛城　就是我們的證人 紅毛
F　G7
城　呀 紅毛城　就是我們的國土

心曲

李雙澤 曲詞

G調

我有三分心愛 血　還有三分心愛 淚　留有四分熱光 明
我從高崗走向 你　你從海上漂通 來　讓我雙手擁抱 你

來日充實你 心燈的光 阿　那麼萌前你跳躍 是　莫讓你我的
為何你又 不能 過 來　那麼萌前你跳躍 是　莫讓你我的

心兒枯 萎　那麼萌前你說脆 是　莫讓你我的 心兒枯 萎
心兒枯 萎　那從前你滅寂 是　莫讓你我的 心兒枯 萎

新歌大家唱！
李雙澤紀念基金會
1977年

我們都是歌手

梁景峰曲詞

E調

假如 我是 一隻 杜鵑　讓 我來 為你歌 唱
假如 我有 一把 火炬　讓 我來 為你路 燃
假如 我有 一雙 翅羽　讓 我來 為你吹 響
我們 大家 都是 歌手　讓 我們 一起歌 唱

歌唱那 艱苦的 歲 月　歌唱那 不停的 淚 偮
照出你 眼中的 火光　照亮你 面連的 道 路
吹響那 時代的 號角　喚醒我 親愛的 同 胞
歌唱我 美麗的 河 山　歌唱我 親愛的 家 鄉

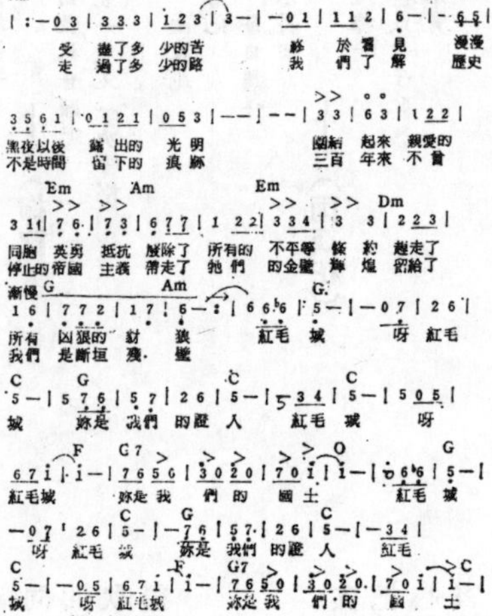

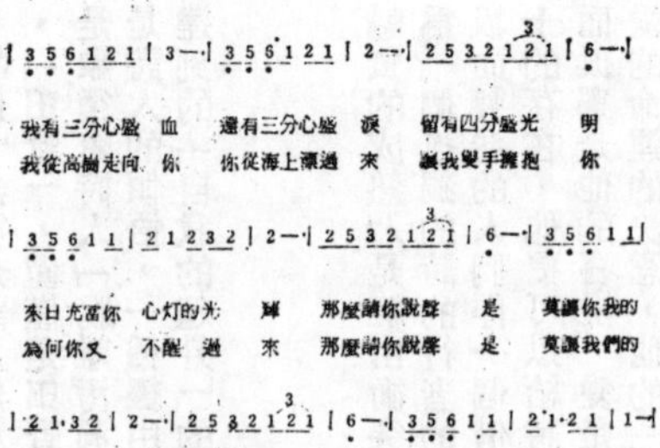

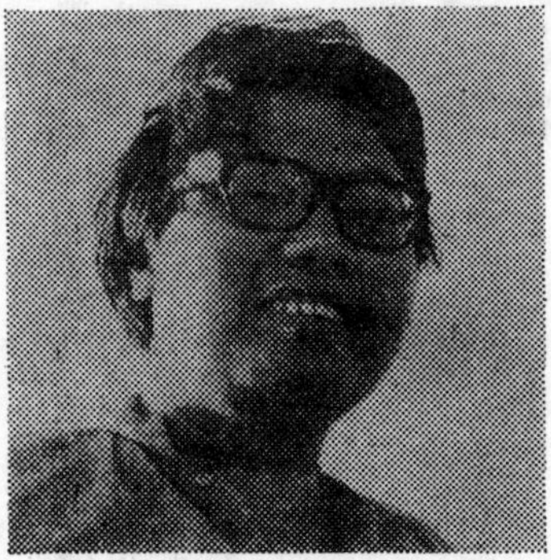

美麗島

陳秀喜　詞
梁景峰　改寫
李雙澤　曲

D調 3/4

我們搖籃的美麗島　是母親溫暖的懷抱
婆娑無邊的太平洋　懷抱著自由的土地

驕傲的祖先們正視著　正視著我們的腳步　他們
溫暖的陽光照耀著　照耀著高山和田園　我們

一再重複的叮嚀　不要忘記不要忘記　他們
這裡有勇敢的人民　篳路藍縷以啟山林　我們

一再重複的叮嚀　篳路藍縷以啟山林
這裡有無數的生命

(I)

(II)

水牛(水牛)稻米(蓬萊)香蕉玉蘭花

老鼓手

梁景峰　詞
李雙澤　曲

G調 3/4

老鼓手呀　啊老鼓手呀　我們
老鼓手呀　啊老鼓手呀　我們

問你自由是什麼你就　敲打 咚咚咚咚　我們
暫將熱血挑狂瀾用老骨頭搖鼓鼙

問你民主是什麼你也　敲打 咚咚咚咚　我們
暫將熱血挑狂瀾用老骨頭搖鼓鼙

老鼓手呀　啊老鼓手呀　我們
用得著你的破鼓但不唱你的歌　我們

不唱孤兒之歌也不唱可憐鳥　我們的
歌是青春的火焰是豐收的大合唱　我們

歌是洶湧的海洋是豐收的大合唱

我知道

梁景峰、李雙澤　詞曲

D調 3/4

小朋友你知道嗎，我們吃的米那裏來？
小朋友你知道嗎，我們吃的魚那裏來？
小朋友你知道嗎，我們穿的衣那裏來？
小朋友你知道嗎，我們是怎麼長大的？

我知道呀，我知道，那是農人種的。
我知道呀，我知道，那是漁人捉的。
我知道呀，我知道，那是工人織的。
我知道呀，我知道，父母養我長大。

方向

梁景峰

E調 3/4

做人要做什麼人　做人要做自由人
走路要走什麼路　走路要走光明路
唱歌要唱什麼歌　唱歌先唱我們的歌
愛人要愛什麼人　愛人先愛自家人

做人要做自由人
走路要走光明路
唱歌先唱我們的歌
愛人先愛自家人

— 79 —

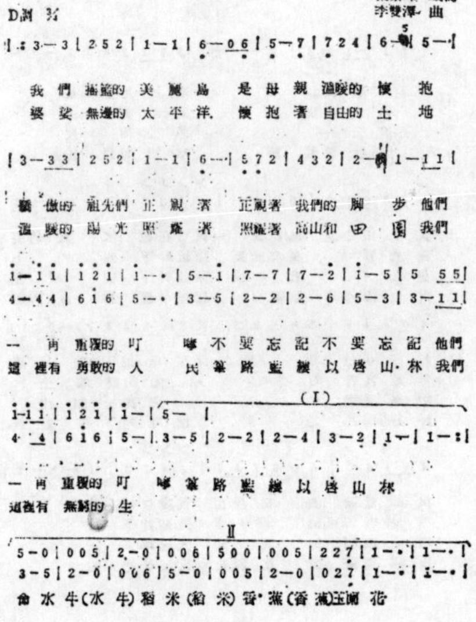

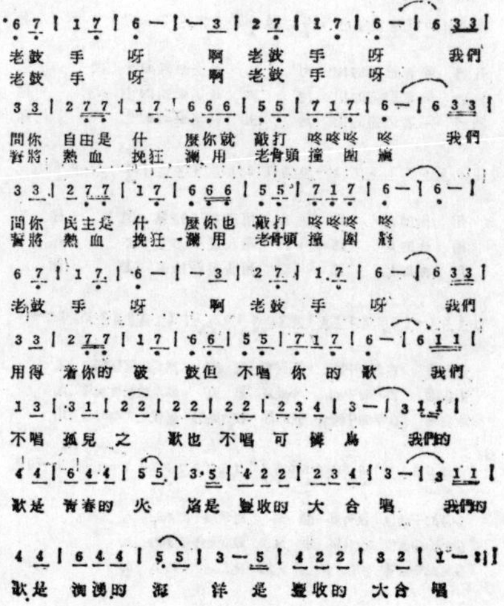

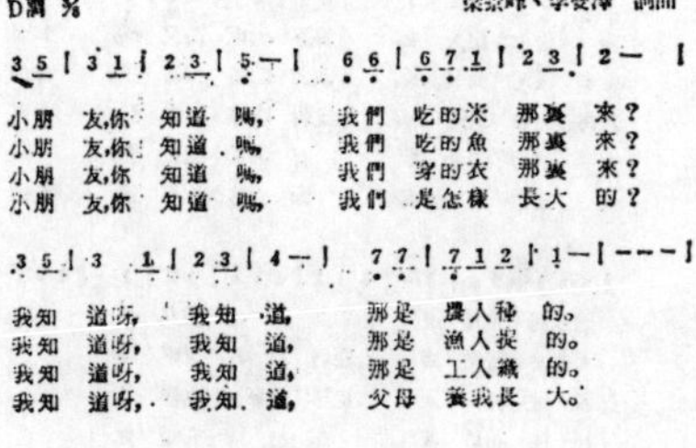

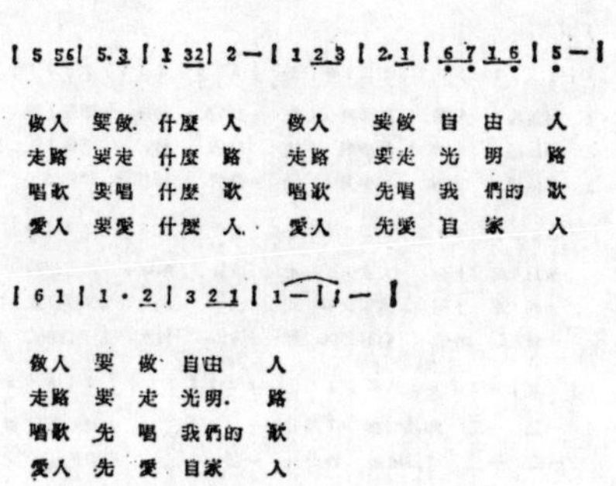

少年中國

E調 2/4　　蔣勳詩、李雙澤改寫作詞、曲

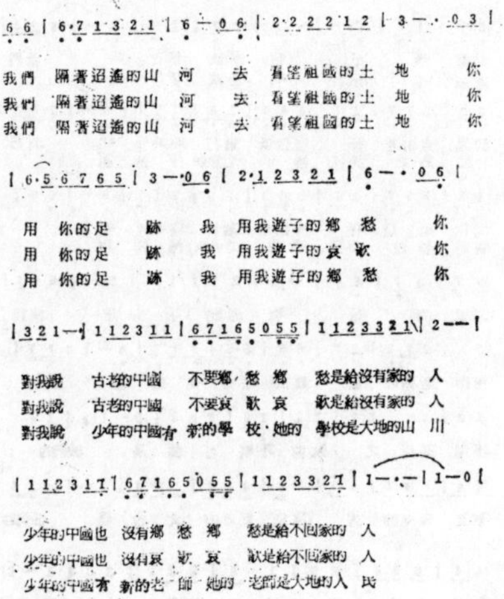

我們 隔著迢遙的山 河 去 看望祖國的土 地 你
我們 隔著迢遙的山 河 去 看望祖國的土 地 你
我們 隔著迢遙的山 河 去 看望祖國的土 地 你
用 你的足 跡 我 用我遊子的鄉 愁 你
用 你的足 跡 我 用我遊子的哀 歌 你
用 你的足 跡 我 用我遊子的鄉 愁 你
對我說 古老的中國 不要鄉 愁 鄉 愁是給沒有家的 人
對我說 古老的中國 不要哀 歌 哀 歌是給沒有家的 人
對我說 少年的中國有 新的學 校 她的 學校是大地的山 川
少年的中國也 沒有鄉 愁 鄉 愁是給不回家的 人
少年的中國也 沒有哀 歌 哀 歌是給不回家的 人
少年的中國有 新的老 師 她的 老師是大地的人 民

愚公移山

E調 2/4　　楊逵 詞　李雙澤 曲

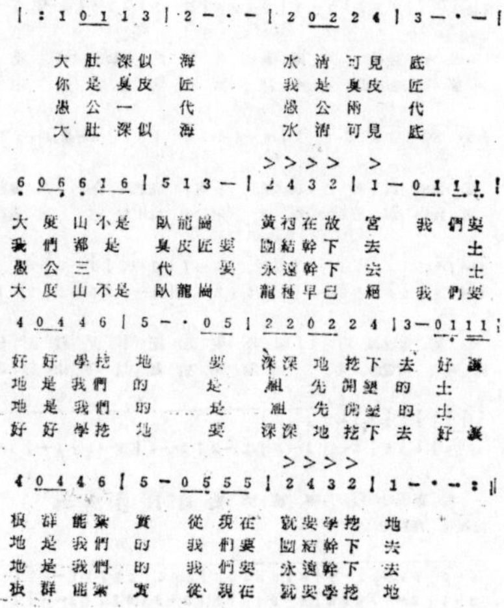

大肚深似海 水清可見底
你是臭皮匠 我是臭皮匠
愚公一 代 愚公兩 代
大肚深似海 水清可見底
大度山不是 臥龍崗 黃袍在故 宮 我們要
我們都是 臭皮匠要 團結幹下 去 土
愚公三 代 要 永遠幹下 去 土
大度山不是 臥龍崗 龍種早已 絕 我們要
好好學挖 地 要 深深地挖下 去 好 漢
地是我們 的 是 祖 先開墾的 土
地是我們 的 是 祖 先開墾的 土
好好學挖 地 要 深深地挖下 去 好 漢
根 群能築 實 從現在 就要學挖 地
地是我們 的 我們要 團結幹下 去
地是我們 的 我們要 永遠幹下 去
根 群能築 實 從現在 就要學挖 地

我們的早晨

梁景峰 詞　李雙澤 徐力中 曲

E調 2/4

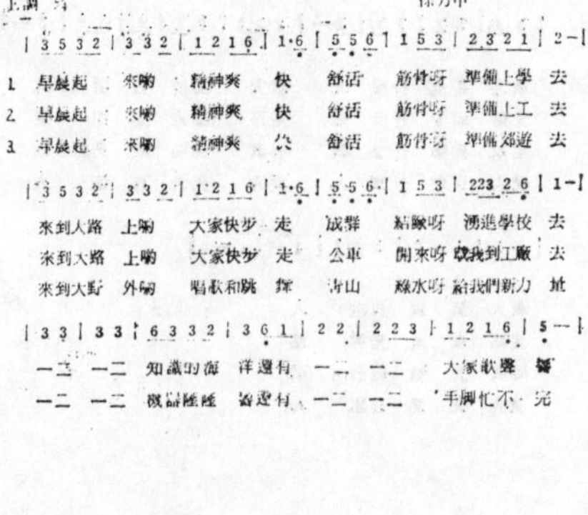

1. 早晨起 來喲 精神爽 快 舒活 筋骨呀 準備上學 去
2. 早晨起 來喲 精神爽 快 舒活 筋骨呀 準備上工 去
3. 早晨起 來喲 精神爽 快 舒活 筋骨呀 準備郊遊 去
來到大路 上喲 大家快步 走 成群 結隊呀 湧進學校 去
來到大路 上喲 大家快步 走 公車 開來呀 載我到工廠 去
來到大野 外喲 唱歌和跳 舞 青山 綠水呀 給我們新力 量
一二 一二 知識的海 洋還有 一二 一二 大家歡聲 響
一二 一二 機器隆隆 響還有 一二 一二 手腳忙不 完

送別歌

G調 2/4　　李雙澤詞、曲

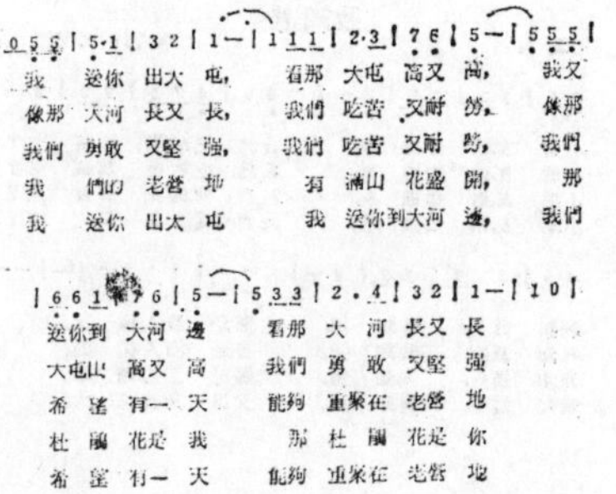

我 送你 出大 屯, 看那 大屯 高又 高, 我又
像那 大河 長又 長, 我們 吃苦 又耐 勞, 像那
我們 勇敢 又堅 強, 我們 吃苦 又耐 勞, 我們
我 們的 老營 地 有 滿山 花盛 開, 那
我 送你 出大 屯 我 送你到大河 邊, 我們
送你到 大河 邊 看那 大 河 長又 長
大屯山 高又 高 我們 勇 敢 又堅 強
希 望 有一 天 能夠 重聚在 老營 地
杜 鵑 花是 我 那 杜 鵑 花是 你
希 望 有一 天 能夠 重聚在 老營 地

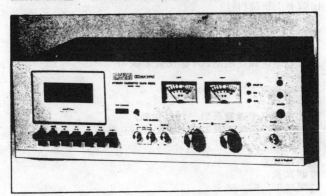

LI POETRY MAGAZINE

中華民國行政院局版台誌1267號
中華郵政台字2007號登記第一類新聞紙

笠詩双月刊 1977年12月號 82期

1964年6月15日創刊
1977年12月15日出版

發行人：黃騰輝
社　長：陳秀喜
出版者：笠詩刊社
台北市松江路326巷78弄11號
電話：551-0083
編輯部：
台北縣新店鎮光明街204巷18弄4號4F
經理部：
台中縣豐原市三村路90號
資料室：
彰化市延平里建寶莊51～12（中部）
台北市百投百齡五路220巷8號4F（北部）

國內售價：
每期20元
訂閱半年3期：55元
　　全年6期：100元
海外售價：
美金1元／日幣240元
港幣4元／菲幣4元

歡迎利用郵撥21976號陳武雄帳戶訂閱
（小額郵票通用）

承印：福元印刷廠
　　　台北市雅江街58號

詩双月刊

笠

LI POETRY MAGAZINE

1978年 2月號 83

笠 1978 2月號 目録《83》

創作與翻譯

李魁賢訪問錄

莫渝

前言

從李魁賢先生的著譯書目來看：四冊詩集，七冊譯詩集，三冊文學評論，三冊翻譯小說，二冊翻譯傳記，一冊遊記，以二十餘年的寫作生涯出版二十冊書籍，這份量是不容忽視了，環顧詩壇，在質在量，大概僅次於余光中。

近十年來，李魁賢的詩作不多，但是，他把文學工作全力的放在德國文學，尤其是德國詩與里爾克的譯介上，這點，足以證明他是有心人。他說過，台灣的部分學術界相當庸懶，他翻譯里爾克書簡（致青年詩人書簡）後，一位大學教授竟然向他商借原文，以之參閱他的中文譯本，充做德文授課教材。這件事，一方面說明李魁賢譯筆的流暢，受人欣賞，另一方面也暴露了大學裏研究風氣的可堪隱憂。

也許，對德國詩及里爾克的介紹，是他最重要的成績，但，我們也不能忽略了他的詩創作。底下，我們傾聽他的寫詩與譯詩的經過。

莫： 先談談您的筆名「楓堤」的由來，當初爲什麼會想到這個名字？

李： 關於「楓堤」這個筆名，我曾在「笠」詩刊二十一期「筆名的由來」一文中提到過。我的童年是在淡水鎮的鄉下長大，那時候，課餘我就是一名放牛的牧童。

我家在小村莊裏，每天出入都要經過這一條小溪，溪邊有棵大楓樹，樹枝低垂，橫過溪上，祇要經過溪邊，總會順手拍拍或拉拉枝葉，就這樣，楓樹與河堤成了童年生活中一段不可磨滅的記憶。

我個人最早使用的筆名是「恒心」，這是初中時開始寫作用的，主要的含意乃在於激勵自己。等到在「野風」雜誌發表詩篇時，才正式採用「楓堤」。用這個筆名發表的刊物，大約有三處：野風、葡萄園詩刊、早期的「笠」詩刊。

以後，覺得「楓堤」這個筆名用久了，有更換的必要，另一的原因，是對楓堤時期的作品不滿意，因此，開始用本名發表文章或詩作，接著，商務印書舘出版的「里爾克詩及書簡」就署名李魁賢，從此，「楓堤」就沒再使用了。

莫：您寫詩相當早，請問您當時的寫作動機是怎樣的？

李：台灣光復時，我正好是小學一年級，開始上課時，對於注音符號感到相當的困擾，而且，當時的教師素質也比較低些，因此，小學階段談不上有任何寫作訓練的。進入初中後，到淡水街上就讀，學生的程度比較高些，在其它功課可以與同學相較，唯獨「作文」不如，這時，就有一股壓力迫使自己非去克服不可，因此，開始閱讀課外讀物，起先，看「七俠五義」一類的古典書籍，但是，這些書給予的偏重於故事情節，對於一篇幾百字的作文沒有帮助。一次偶然機會中，在書店裏發現「野風」雜誌，它是一份綜合性刊物，詩、小說、散文都有，從此，訂「野風」雜誌、隨後，接觸「自由青年」，逐漸地提高了作文興趣，也試著投稿。民國四十二年，初三時，第一首詩「櫻花」發表在「野風」雜誌。日本投降後，一位軍曹從淡水街上一直到山上種植了成排的櫻花，我每天看到這些櫻花，聯想到它們年年的盛開與凋謝，與人類相對照，人的生命不若樹的永恒，人死了即無踪影，樹本身都輪迴不已，具有恒久的生命力，以這份的感受，我寫出第一首詩，投到「野風」，結果，很幸運的發表了。這個鼓勵相當大，如果當初被退稿，也許就沒有信心再寫。

初中畢業後，進入台北工專，停了一段時期沒有寫詩，以後，覺得工科的知識太硬，需要一些書或音樂來調劑調劑，又接近了詩。寫寫停停，直到「笠」詩刊成立，同仁大家一齊切磋，又動起詩興，因此，我寫詩的歷程，可以說是斷斷續續，寫寫停停。

莫：您剛寫詩時，有沒有跟詩壇人士接觸？

李：可以說，完全沒有。當時的淡水，水準本來就低些，對寫作有興趣的人不多，即使同班同學也沒有探討的機會，因此，可以說當初完全是自己看課外讀物，自己摸索。以後，有一份「中學生」雜誌出刊發行，我應徵爲通訊員，在就讀台北工專時，我曾去拜訪「中學生」雜誌的編輯，之後，也沒有進一步的接觸。

莫：您早期的兩本詩集「靈骨塔及其他」與「枇杷樹」，用現在的眼光回顧，這兩部詩集具有怎樣的心中地位？

李：「靈骨塔及其他」可以說是模倣階段的作品；「枇杷樹」本身的紀念性質要較大些，那些詩純粹是描寫自己的初戀。以現在的眼光看，這兩本詩集還是沒有抓住詩的本質與精神的追求。有時候，會覺得它們的出版是草率些，但是，另一方面，如果年輕時，沒有這些集子的出版，也許創作的生命就斷了，就像我剛才說的，如果一開始就被退稿，也許不再有繼續寫作的信心。因此，出版這類年輕時期的作品，對作者毋寧是一種激勵，一種刺激，對一個成長的作家，也可以回顧到自己走過來的痕跡。

莫：在「枇杷樹」詩集裏「秋與死之憶」三首詩，就內容與形式上迥異於集內的他詩，您能不能談談這三首詩的創作背景。

李：「枇杷樹」詩集的寫作時間是我工專畢業，到部隊前後完成的，當初發表在「野風」雜誌時，是以一章一章的方式，每期一章，每章均有個總題，表達的內容包括：個人愛情的經歷與感受，內在心裡外在環境的情緒變化，還有當年八二三砲戰的衝激，因此，整個而言，這部詩集沒有一貫性。如果單獨去回憶這三首詩，時間久了，也不太記得。當初編印此集時，曾經一度想把這三首拿掉，後來，覺得仍可以收進去，結果，現在一般讀者總認為這三首比較被欣賞。也許它們除了愛情外，還包括環境與社會的變化，容納可以供人思考的東西較多。由此看來，詩應該表達能夠容納較多的東西，也就是說表現的範圍要擴大些。當然，也許專寫個人感受的詩篇，但，往往他的象徵性大時，那麼這首詩也就能由個人而擴大為群體了，譬如韓國詩人金素月的「杜鵑花」，表面上只談及個人愛情，但讀者卻能從私情擴大為祖國愛的一股激動情愫。因此，詩，表達好壞是一回事，我相信表達的精神層次更為重要。

莫：在您二十年創作詩的生活中，您認為那個時期創作量較多？

李：稍微的回顧起來，我看不出那個時期寫作量比較多，略加估計每年大約一、二十首，有時也許更少些。如果眞正的說來，剛開始寫詩時要比較多，也就是「野風」時期，那時發表慾比較强，看到什麼就捕捉什麼，當時，無形中，感受力也比較膚淺，雖然那時寫作多，發表多，但往往也忽略了詩本質的追求。等到自己要求嚴格時，創作量就少了，每年的作品也就有限，但是有一個現象是每年的創作都集中於某個時期，表現同一類似題材。一方面是工作的現實問題，一方面則由於對物象繼續醞釀到成熟，隔一段時期，才完全傾吐出來，隨後，又開始另一主題，近年來的寫作方式，大體可以這麼分析。「赤裸的薔薇」這部詩集內就可以明顯的看出這種傾向。

莫：艾略特有一句話「一個詩人假如在二十五歲以後仍然打算繼續作詩，他就不能忽略歷史的眼光。」幾乎都被許多人引錄，您當然還會繼續寫詩，請問您，當您寫作時有沒有這種歷史意識的念頭存在？

李：這個念頭，在我本身的感受上，是很淺的。艾略特這句話予人很大的衝激，意謂著繼續寫詩的人應該有這份了解——在歷史上留名。我一直有個感覺，在「南港詩抄」的自序與「赤裸的薔薇」後記中，都强調我是把寫詩當作生活的一部份，把我從生活上的體驗表達出來。我也一直認為，詩不是少數人的東西，詩，應該是每一個人的生活，最早的詩經就是全民生活的作品。處在目前社會上，我深深感受個人的壓迫感很大，因此每個人尋找自己的調劑方式，有的人聽音樂，有的人畫畫，我想寫詩也算作一種調劑的方式。詩，應該眞正融滙每個人眞正的現實生活，由這個觀點出發，詩，就不會是一座象牙塔了。

莫：在您的四冊詩集中，那一類題材的表現，您比較滿意？

李：撇開前三冊詩集，單以「赤裸的薔薇」而言，就表現上，自己比較有心得，或者是以我目前認為的詩觀，包括詩的表現方式與表現題材來看，第三輯「赤裸的薔薇」，第五輯「事務所」及第六輯「悲歌」可以算作我比較喜歡處理的題材，以後，也許還會繼續朝這方面創作。從生活的體驗來寫詩，是我創作的基本態度，而在表達上，我不强調奇句與特殊意象，我要求的倒是諷刺性，這是對生活本質上的一種調侃。以前，有人對生活不滿，他會提出「烏托邦」的理想來彌補，但我認爲這與生活（現實生活）是有距離的。我只認爲以這種諷刺性來作精神的發洩，類似幽默，不意味著鋒刄朝向某人，僅僅是調侃自己。由於，詩本身的多義性，如果這種諷刺被屈解成涉及社會，尤其是政治，那往往會造成對寫作者的威脅。

莫：在您翻譯里爾克與德國詩之間，您最先從那一方面著手？

李：現在回想起來，很難做詳細的分界，差不多是同時開始的。開始接觸詩時，對於詩刊上的譯詩多多少少會留意的。退伍後，有一度想出國留學的念頭，因而利用晚間到台大夜間補習班學德文，隨後到台北德國文化中心上兩期，接著到在教育部舉辦的語文中心德文高級班上課。等到「笠」詩刊創辦後，我加入「笠」詩社。那年多天（五十三年），吳瀛濤、天儀、王憲陽到南港台肥六廠找我，提到「笠」詩刊發展方向的一個分配工作。同人中，懂日文的較多，英文則屬意杜國清，我則分配到德文方面。除了有系統介紹每個國家的詩外，同人認爲也應該有幾個重點人物做爲深入的介紹。當時，由於里爾克較被國人了解，從此，我就由德國詩系統和里爾克詩系統，兩方面同時著手。當然，譯詩除了讓自己的創作吸取營養外，對語文也是一種訓練。因此，對這於翻譯詩而言，自己喜歡詩是一個原因，最大的原動力該是「笠」詩刊的分配工作。那時，是五十三年末五十四年初。

莫：就您所知，國內，除您、葉泥、方思外，還有誰也研究過里爾克？

李：我曾做過文獻整理的資料，由於自己接觸的有限，早年大陸時期，我僅知道有馮至的「給一位青年詩人的十封信」，近二、三十年來研究翻譯的人士有：方思譯「時間之書」十九首、「給奧費烏斯的十四行詩」十首，尚有零碎多首。葉泥本身似乎沒有譯過詩，他從日本資料做介紹里爾克的作品，另外，在青年戰士報發表了「里爾克．紀德書簡集」。施穎洲譯過幾首。比較有系統的是旅法的程抱一，著有「與亞丁談里爾克」一書，除了介紹里爾克思想外，從早期到晚期的詩作和「馬爾泰手記」也譯了一些。至於「小說的」翻譯，則有方瑜譯的「馬爾泰手記」（新潮文庫，志文出版社）。

莫：里爾克的全部詩作中，目前您大約完成了多少？

李：我原本有意全部翻譯，目前已完成的有：「杜英諾悲歌」、「給奧費斯的十四行詩」、「形象之書」、「新詩集」即將完成，「新詩集別卷」已經開始。「新詩集別卷」完成後，可能回頭翻譯「時間之書」。再後，我猶豫了，我不知道剩下的早期和晚期詩作，是否值得這樣一本一本的譯出，是否值得繼續做下去，是令我猶豫的。

莫：您翻譯里爾克的詩，接觸里爾克的心靈，您最大的心得是什麼？

李：民國五十六年我到瑞士，順便到里爾克晚年居住的穆座古堡及墓園瀏覽，也曾順著里爾克晚年走過的地方，像羅馬，瑞士南方旅遊一番，以了解里爾克的心情與感受。在穆座古堡有一個令我感動的，是加强我對寫詩的信心。因爲里爾克本人是不事生產的，他的生活往往仰賴貴族，他只專心寫作，在這種情況下，里爾克的作品往往脫離現實，因而他追求的也就偏向內在的精神，在這方面看，我本身還是像早年模索學習時期一樣不大留意詩壇活動，里爾克給予我的就是加强寫詩的信心，詩人並不需要活躍的出入詩壇才能創作。里爾克除早期外，他幾乎與文化界脫離，他的創作完全積於個人內在精神的要求，不在乎外界的批評。穆座古堡是他晚年生活的一個據點，我親履斯地，那是一座極鄉下的破爛房子，附近一大片果園，一切顯得空空寂寂，處在那兒，我才體會出里爾克說的「人在孤獨時天地才會擴大」。

從我目前對詩的體認，對詩題材的選取與表達方式看，與里爾克是有不同之處，但在追求詩的指針方面，我仍以里爾克做爲模範。

莫：　在一般文學史上，里爾克的地位怎樣呢？

李：　在世界文學史上，一般將他歸作實存主義作家。在德國文學史上，他是哥德「狂飈運動」—來第三個高潮—新浪漫主義、表現主義、即物主義時期，德國出現了三大巨頭，他們是郭奧格、霍夫曼史達，里爾克，雖然彼此曾見過面，但是交情不深。從第二個高潮到目前，也出現不少名詩人，似乎沒有人超過那個高潮。以目前來看，里爾克成了德國文學史上最後的一個高潮，因此，我們可以這麼說，他是德國近代文學史上的里程碑。

莫：「赤裸的薔薇」是您近十年的創作總集，這十年來，您也大量的譯介里爾克的詩，請問里爾克給您詩作上有什麼顯著的影響？

李：　可以這麼說，我是在排斥他的影響，這有兩個原因，第一個是自己創作要求的嚴謹，除了排斥別人的影響，也要排斥自己以前的影響，前一首詩與後一首詩在表現主題與意象方面，盡量不同；第二個原因，是我的想法跟里爾克表達的完全不一樣。有個時期，朋友曾說我的作品有即物主義的傾向，即物主義是里爾克中期作品。但我自己檢討起來，里爾克的影響是微乎其微的。

莫：　談談您對翻譯詩的看法。

李：　翻譯詩需有怎樣的條件，譯出後要有怎樣水準，有許多人談論過。基本上，翻譯有免不了碰到非個中人所能了解的。在很多方面，不是直譯、意譯截然分別使用的，而是二者交互使用，至於信達雅的要求，是不太可能的，因爲兩種語言要同時顧慮到此，只能說是一種要求自己的標的，一種企圖抵達的理想。

在詩的翻譯上，我覺得詩人的意象、主題與技巧能夠表達出來就可以了。最近，我也很希望做到韻腳的保留，因爲音節的保留較不易做到。保留韻脚，我是希望能夠配合原作表的風格。有許多人誤解外國詩沒有韻脚，以里爾克爲例，他有很多韻脚嚴謹的十四行詩，但在嚴謹中偶會變化，即破例，譬如ａｃａ，ａｃａ時，他會破例爲ａｃａ，ａｃｃ。我想保留韻脚的目的，也是想讓國人了解即使目前外國詩依然還有韻脚。

莫：　您對詩人創作的「營養」資源有什麼樣的看法。

李：　可以看到的詩集，詩刊，以及外國詩，固然是我創作的源泉之一，不過，我認爲其他書籍，像哲學、心理學等給予的營養不下於詩。畢竟詩不只是意象，以及技巧的變化，重要的是個人的精神觀點，藉着其他書籍，不斷改變自己的觀念，不斷修正，不斷出發，根據自己的精神來引導創作這樣的作品，雖然表達的文字平淡無奇，甚至沒有image，但是這個作品可能會使人很受感動。因此，我認為詩最重要的是精神層次，這精神的拓展，從讀詩得來的只是一小部份，書本也是；生活的體驗才是眞正的原動力。有了生活背景的認識，再加上書本觀念的貫輸，才能形成詩人自己的精神要求。

莫：曾經一度，您享有「工業詩人」之譽，請問您會不會再寫這類的工業詩？

李：我一再强調，詩是從生活出發。我在南港台肥六廠工作時整天與工廠、工人一起，自然而然寫了收進「南港詩抄」裏的幾首有關工廠的詩。在「赤裸的薔薇」裏，幾乎看不到工廠的影子，因為那時，我已脫離工廠生活，投入商場。而我又不太寫回憶的作品，因此，除非我自己開工廠，或再進入工廠，否則，這類工業詩可能不會再出現。

莫：有些人出外旅行可以產生許多詩，但是，您出國幾趟，似乎產量不多，您能不能稍作分析。

李：我想，這跟詩人感性的快慢與好奇心的程度有關。就我而言，我的感性集中而淺，對一個物象我集中到完全認為表達成熟時就結束了，也就是說，一個物象給我的是思考重於感動，我對這個物象加以思考，然後留存腦中，直到與另一物象發生交會產生火花；而且，我認為單純的描敍物象，可能對該物象觀察不深，寫出來的詩也許不太好，容易造成人云亦云的情形，我個人的創作是必須經驗加以累積，拿出新的看法，才寫成一首詩。

莫：最近，有人使用台語寫作，形成「方言詩」的情形，請教您對「方言詩」的看法。

李：我想語言只是表達的手段，重要的還在精神內涵方面。台語本身並非沒有文字，我記得幼年時，看過祖父抄的歌詞，就是用台語文字，譬如眼睛，台語就用「目睭」。目前，因為這些文字較不常使用，造成傳達上的困難、阻礙。部份創作者認為有時候國語無從表達的而必須借用方言，這時候，我們無妨採用它，只要用字恰當，能讓人接受，達到了表現的目的，那麼這些字詞久而久之，就可能融入國語文字；也就是說繼續使用，然後造成普遍性，而使它們成為國語文字的一部份。當然，這牽涉到教育問題，如果沒有台語教育，那麼這些台語文字就顯得無意義。依目前來看，我們很難對這些方言詩做價值的判斷。目前的作者們也只算做開拓的工作，如果有人繼續努力，那麼所使用的字詞就被妥善的承認，否則，對這些作者他們的努力就白費了。

莫：最後，請您談談今後在翻譯與創作上的構想

李：翻譯方面，前端提到介紹里爾克詩後，我有點猶豫，我想里爾克除詩外，他的書簡也相當優美，頗有譯介的必要，至於現代詩壇人物，似乎還沒找到值得我拿來做為翻譯的重點人物，像里爾克做得那樣深入。我想如果有這樣的人物，必然的，他的詩觀、他的創作跟我的有吻合的話，我才會考慮，不過目前還沒物色到。至於德國小說，對於葛拉軾（Grass）逐漸加大興趣，我正收集他的德文全部作品及英、日譯本，以前我已譯出「貓與老鼠」，將來可能對「犬年」及「小錫鼓」先動手。

詩作方面，除了前頭提到，在表現上納入諷刺性之外，我認為單是指出毛病還不夠，應該進一步的提出方向。譬如在「孟加拉悲歌」裏就只有說明缺點何在，並沒有找出正確的方向，而「叮嚀」一詩就有了較合理的答案，雖然我不敢說這樣就是對的。

孤獨·喜悅·沉鬱

李魁賢論（一）

莫渝

⑴前言

每個人的內心，恆常潛伏著文學創作的欲望，如何將「點」的創作欲望化作「面」的表現，擺在讀者眼前，端賴詩人作家的鬼斧神功了。

十餘年前，李魁賢如此自白：「生活，就是我的詩；詩，就是我的生活。」（註一）。十餘年後的今天，他依然肯定：「我一直奉行著：詩必須根基於生活的原則，在生活的熬鍊下開放詩的花朵，才會洋溢親切的人間性。」（註二）。離開了生活，缺乏對生活的敏銳感，文學創作就成了無根花朵，詩何嘗不然？李魁賢這份對詩的體認，使他在十餘年來生活環境多種改變之餘，依然沒有消失「寫詩」的熱誠，每年仍有少量的創作，如今推出第四冊詩集「赤裸的薔薇」，證明了詩人那股詩火依然炙熱，依然熊熊。如果再端詳詩人十年來的書目，我們豈只讚嘆那十餘部的著譯呢？詩人畢竟沒有忘記為我們詩壇引入更多的營養。大量介紹德國文學，有系統介紹里爾克著作，這些成績決不是任何人否認得了的。也就是說，這十餘年來，詩人把大部分精力與時間花在譯介工作，我們又何忍苛責詩人創作量的少呢？「赤裸的薔薇」一集六十一首詩作，是作者從一九六六年十月十九日到一九七五年四月四日間的創作結集，本文僅就這一集，回顧並探討十年來詩人的創作軌跡。

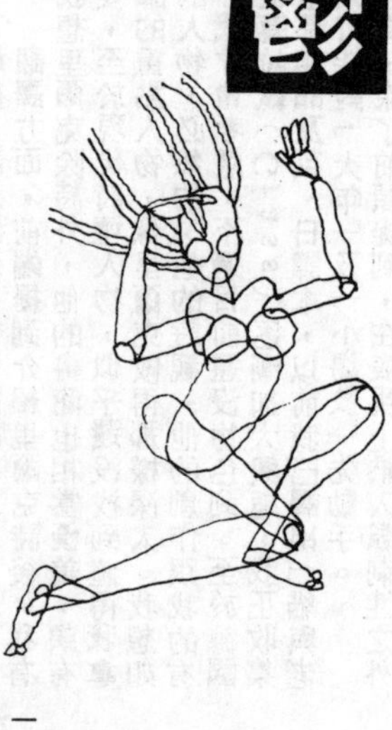

(2) 創作內涵

在「值夜工人手記」（註三）一詩裏，詩人如是讚美黑夜：

夜是繽紛的落英
彩色交互重疊，以至成爲絕對的黑
黑的巖窟
是無限的躍動，無限生命的喜悅

對於値夜工人的詩人而言，他不覺得黑夜的孤單、寂寞，相反的在孤單中，在寂寞裏，他發現到夜具有無限的躍動，他深深的意識到這個絕對黑色的夜洋溢著充實的生命，無限的喜悅，也就是涵蘊著一片生機，令詩人的內裏也隨之振振欲動，導致此詩的結尾：

於勞累中獲取堅實的喜悅

就是這種對生命體認的喜悅貫穿了「南港詩抄」時期的作品。再如「塔」（註四）一詩的結尾：

殘暉呼嘯而去
蒼茫落在你的眼前
你的影子呵，必定要長大
你探測的軟軟的手呵
必定也要塑造一座孤立的塔。

儘管是黃昏，有著殘暉，有著蒼茫，可是詩人沒有忘記要賦予生氣，賦予期許，在這生氣與期許間也夾雜著詩人對生命寄託的喜悅。

可以這樣說，「喜悅」涵蓋著詩人這一時期的詩作，連帶的，當然也表現於「赤裸的薔薇」裏。除了「喜悅」外，在這新的一集詩裏，由於詩人對生命體認的增廣，觀察與感覺力的加深，表現了另一位內涵——沈鬱，延伸了詩人對社會與時代的批判及悲憫。再就其創作背景看，詩人是時刻處於「孤獨」的氛圍，所謂孤獨，就是詩人創作中那份難忍的煎熬，欲吐爲快的苦悶，就是創作完成前的桎梏，或者就是詩人一再奉行里爾克的話——「而必然的事是：孤獨、巨大的內心的孤獨」（註五）。這强勁的孤獨力量，就是詩人創作的源泉。如以圖示，則爲：

孤獨 ／ 喜悅
　　 ＼ 沈鬱

也就是內在的孤獨生活，外顯爲對人間親切性的喜悅，與對人類悲憫的沈鬱。

1. 喜悅

在「養蘭」一詩裏，詩人利用蘭花的必定開花，道出表現一份眞誠的關懷：

讓別人喜悅是一種本份
因爲我們是華麗的民族

爲了讓別人喜悅，詩人處處發現（發掘）喜悅，傳染喜悅。「剪輯」一詩是科學知識的產物，雖然處在科學的變化中，詩人不忘告訴我們在腦髓中容納著「純情」，浮現「淸香」與「馥郁」這些可以滋潤空虛心靈的東西。「擦拭」一詩的結尾，詩人婉言勸戒：

在心靈的宣紙上
不小心弄污了怨恨的斑點
要用愛的畫筆加以渲染
自負的手不要輕易擦拭

詩人是愛的使者，傳播愛的福音，李魁賢就肯定過：「所以詩人的要務：唯孤獨，唯愛。」（註六），又說：「詩人的勇決，該表現在把孤獨與愛當做命運……」（註七），「擦拭」一詩實在是相當好的勵志詩，因爲它婉言勸戒，不似時下某些八股，這首詩值得再三吟哦。

「扶桑花」是一首頗爲親切的家庭倫理的愛詩。晚歸的父親看到愛好──就讀幼稚園的愛女──爲他挑選的扶桑花，意然枯葉在抽屜裏，抱著一份歉意，隨後發現女兒「勻靜的睡姿」竟是詩人心中「永恆的一朵扶桑花」，在歉意中繼而產生欣慰。全詩，洋溢著父女間親切眞摯的戲劇性。試看全詩：

拉開抽屜
發現一朵
扶桑花，不勝期待
晚歸的愛心
而憔悴

一定是女兒
幼稚園放學時
沿路爲我挑選的
一朵最美麗的扶桑花

應該有欣慰的笑容
應該用嘉許的手
接受純愛的饋贈

如今，竟
枯萎在抽屜的一角

啊，女兒勻靜的睡姿
是青枝上依偎的蓓蕾
我永恆的一朵扶桑花

首段的發現，引入二段的肯定猜臆，隨後三段的歉疚，終止於末段的欣慰，構成一首完整的「愛」詩。

最能代表「喜悅」的內涵與氣氛的，該是「麻雀」一詩，麻雀是不惹人醒眼、喜愛的鳥類，甚至人類，尤其受到農夫的排擠，但詩人筆下，却是喜喜哈哈，討人喜歡的一群「生命」，全詩如下：

我們在田野
追逐陽光、芒草、流泉
我們一群來，一群去，
有時打成一片
有時成群散去
自自然然，歡歡喜喜

我們聲音小
却符合大自然的韻律
在工作中愉快的歌唱
即使農夫對我們吆喝
我們還是辛勤地
把種籽帶去
播種在很偏僻的荒地

我們一群去，一群來，

從不在廟堂棲息
也不食磁杯裡的玉米
田野是我們開放的世界
我們在此默默工作
期待著季節的遞替

詩人暗示人類，該像麻雀一樣，順其自然，不要寄人籬下——棲息廟堂，也不要像鴿子那樣靠人餵飼——食磁杯裡的玉米。這份順其自然，也是李魁賢在序言所說：自然的孤獨與自然的愛（註八）。

2 沈鬱

所謂沈鬱，是詩人對週遭的遠近環境，加以透視，發自內心的悲憫心懷。在這方面，李魁賢提供了對社會批判與時局動盪兩類詩篇。前者以「杜鵑」、「正午街上的玫瑰」、「地下道」爲抽樣的代表作；後者以「孟加拉悲歌」與「越南悲歌」爲代表作。

繁忙的工商業社會，往往導致人類在性靈生活的枯竭，或者視而不見的無動於衷。詩人處在這種社會的夾縫裏，以調侃的比劃爲我們描繪幾張街頭畫面。「正午街上的玫瑰」一詩末二段：

多麼單調的正午
他發現竟有一株綠色植物
在炎熱的街上流動
而忽然倒在他的車輪下
瞬間變成了一朵玫瑰
很多人圍過來看
啊，一朵盛開的紅玫瑰
開在正午的街上

這是一幅車禍景象，雖然詩人沒有告訴我們受害者是男是女，也沒有告訴我們何時何地發生，然而，這是工商業社會的常有現象。同時，在這首詩裏，詩人把人類比做「流動的植物」，倒也直指某些人的無知無覺一如植物。「地下道」一詩則是自嘲趣味有之：

每次被餵入自動屠牛機器裡
然後成爲香腸的一段被擠出
在廢氣汚染的天空下
被擠出的眼睛總是先看到
迷你裙，公共電話亭，警察局
然後是巍峩的銀行
所有的香腸都可賣錢
於是銀行的計算機
比焦灼的臉色更爲匆忙

開始的兩行，詩人使用「被餵入」、「被擠出」，表現了生活上無可奈何的一面，也證明了詩人一再强調「生活，是血淋淋的事實」（註九）。在我們詩壇上，有人喊著「都市之死」（註十）固然是作者靈眼透視的虛無觀念，可是他還是無法排斥都市的生活，比較起來，李魁賢這種人間性的詩就更爲可貴了。

「杜鵑」一詩該是作者處在這個無可奈何又是血淋淋

事實的社會裡，一種抗議，一種自負：

不必爲落葉嘆息，只要
我微弱的生命堅定枝上的位置
對流淚的天空
不是夠驚心的嘲弄嗎？

人，必須固守自己的位置，才能肯定自己的存在價值。只有如此的認定，才覺讓自己的生命在倒栽落時成爲「一滴淚」，而且是「轟然」巨響的「一滴淚」，生命不可視爲無理的落葉，它是有「情」的淚。

由社會的批判觀點，李魁賢指向了詩的嘲諷性，由時代的批判觀點，他指向了詩的悲劇性。一位悲天憫人的詩人，必然會把小我的同情擴大爲大我的仁心。「孟加拉悲歌」是一首史詩，是李魁賢創作生命上，截至目前爲止，最長的一首詩，詩長一百行，分作十一節。描寫孟加拉脫離印度的前後史實。全詩的氣勢上，不遜於瘂弦的「印度」(註十一)。

「越南悲歌」包括四首詩，都是越南戰爭的一幕幕慘景，前三首是越共南侵時，難民逃亡時的素描，「叮嚀」是一首無懈可擊，膾炙人口的好詩。作者化身於一位越南戰士，在開赴前線時遇到自己逃難的孩子，這四位孩子却與母親失散了，這位戰士打落牙齒和血吞，英雄有淚不輕彈，甚至把淚流往肚裏，娓娓的「叮嚀」自己的骨肉：

我還要跟著軍隊走
還有需要我們保護的土地
我不能帶著你們
不是我狠心不管
讓我偶然發現你們兄弟四個
在逃難的路上
已是老天眷顧的安排
自從荷槍出門起
何嘗敢夢想再見
只是料不到這種情況
也沒想到母親會和你們失散
如今你們要緊緊拉在一起
不要再分離
老大 你已經十歲
就由你來當班長
好好帶著你的弟弟
我立刻要去追上部隊
不能詳細告訴你們怎麼走
反正你們也沒有鞋子
踏著土地最堅實
還有，遇到有水的地方
先洗一把臉吧
眼淚不要再白流
留著回來灌溉田園噢

全詩愛國之操與親子之情交融交織，語氣娓娓婉婉，殷殷切切，令人鼻酸令人落淚，可嘆的是，越南竟亡於共黨手中，空留此詩予人吟哦再三。

以上所談的是李魁賢在「赤裸的薔薇」詩集內創下的內涵，底下談談他的創作技巧。

(3)創作技巧

在技巧上，李魁賢頗擅於使用嘲諷與製造趣味性。嘲諷包括自嘲與嘲人兩類。自嘲的詩可以「月」及「清晨一男子」爲例。「月」一詩雖然對象是以第二人稱來指「月」，事實上，何嘗不是作者的代言人呢？月光「貧血地落在懸吊枯枝死狗的頭顱上」，這是相當自我解嘲的調侃詞句，而「清晨一男子」一詩對遊蕩男子更具嘲弄性：

在不被信賴的世界裏
不被信賴的生命的一男子
倉皇走過無人的街上

這個「清晨一男子」會讓我們想到卡繆「異鄉人」裏主角的那份拒絕入世而成爲社會上的遊魂，這也是作者在當今脫離農業那份純樸信任的社會裏，捕捉的吉光片羽。

在嘲人方面，李魁賢的筆端也朝向社會。「面具」一詩結尾：

這是面具的世界
這是丑角的世界
移植我的雙眼給你們吧
把純樸的風景釋放
到原來適應的位置
把自然還給諧和的眞面目

這是詩人內心的吶喊，他在前一節的指責，在此節表露他的渴望；「不會歌唱的鳥」是文明的一種迫害；「市街」與「地下道」也是對我們當今社會存在著心靈的空虛，做一份眞切的批判與嘲諷。最具代表性該是「鸚鵡」一詩，表現唯唯諾諾的社會事態。

作者在創作同時，會揀取日常事物，以另一種新眼光的觀察所得，製造趣味，提高詩的欣賞效果。趣味，不是博君一笑的莞爾，或開玩笑式的遊戲，李魁賢在製造趣味的處理過程類似幽默的風趣。例如他看到複印機，聯想到在「印好的文件寄出時」，想「把心也印一份」，寄出「心的複本」（「複印」一詩）；看到「一隻金頭蒼蠅，在平板玻璃門外，享受豪華的日光浴」，不禁讓忙錄的自己對其抱以羡慕之情，在這首「蒼蠅」的末段：

假使有一天
也能悠閒地欣賞別人在忙碌
這樣想著
彷佛自己就是那隻蒼蠅了

詩，到這兒，本可以結束，詩人却來個急轉彎，引讀者進入另一個有趣的高潮：

却忽然看到
蒼蠅的醜陋面目

這種「蒼蠅的幸福」也許不值得我們眼紅。

有時候，詩題也往往具有很濃的趣味性，譬如林宗源的一首詩「愈肥愈臭愈好的泥土」（註十二），李魁賢的「回憶佔據最營養的肝臟部位」也是如此，還供給讀者一份「機智」，機智而有趣的詩題就像誘人的蘋果，狠狠的想進一步啃噬。

(4) 結論

前面，我們回顧了李魁賢「赤裸的薔薇」詩集中兩股創作的內涵，以及此兩股內涵所容納的技巧，更重要的是他的詩奠基於抒情的感性與生活的素材。源自生活，必然發展出眞摯性、人間性；而抒情的感性，必然拓展成至情的流露，因而，我們看到了他所創造的喜悅，也看到了他對社會的批判，這種批判的精神，正是他首肯的詩的方向——社會性的詩（註十三），尤其是在我們讀到「掬飲」一詩，了解他寫作的態度：

以虔誠的姿勢
掬飲冷冽的泉水

我們怎能不受感動呢？

註：

一、「南港詩抄」（五十五年十月，笠詩社）自序。
按：南港詩抄係李魁賢第三部詩集

二、「赤裸的薔薇」後記

三、收入「南港詩抄」七—九頁

四、收入「南港詩抄」五十三頁

五、「赤裸的薔薇」代自序「孤獨的喜悅」，並曾收入李魁賢文集「心靈的側影」（六十一年一月一日，新風出版社）一八一—一八二頁

六、同註五

七、同註五

八、同註五

九、同註一

十、羅門詩集「第九日的底流」（五十二年五月，藍星詩社）七九—八七頁。

十一、瘂弦的「印度」一詩曾獲民國四十六年詩人節新詩佳作獎（得獎者計有六人六首詩），李魁賢的「孟加拉悲歌」獲第三屆（民國六十四年）吳濁流新詩獎；「印度」的對象是甘地（馬額馬），「孟加拉悲歌」則爲拉曼。

十二、林宗源詩集「食品店」（六十五年七月，笠詩刊社）二十六頁。

十三、所謂「社會性的詩」，李魁賢曾以此爲題序拾虹詩集「拾虹」（六十一年七月，笠詩刊社）。語文中，李魁賢認爲「詩的社會性，應指詩所表現的世界，與社會有緊密的關聯，這項關聯不在於外貌的共通，而是深一層的精神的結合。」（前書七頁）。這種社會性的詩，林耀福先生談當代美國詩的文章「詩與社會」（六十六年五月十日，中國時報人間副刊）也有相同的意見，他說：「……換句話說，詩必然要食人間煙火，否則就無法滋長茁莊，所以詩處理的必然是人的問題，它不僅消極的『反映時代』（套用一句大家說爛了的老生常譚），它還可能積極的批評社會，革新社會。」在如此意義上，所謂「人間性」（李魁賢語）該相同於「社會性」（也是李魁賢語）。

——六十六年十二月九日

愛的書籤

桓夫

懲

妳抛出愛情
給男人做爲質押

芬芳而美艷的
妳底刺
却刺上酷愛妳的
指尖
流出綠色的血

獵

很久很久
沒有下過雨啦
綠色的原野
濛上灰白的意念

在妳那秋天的狩獵區
做著求雨
的姿勢
妳會覺得好笑吧
笑吧

唯有這樣
才能超脫
頑童的野性
而跳進禁獵區

家的聯想

莫渝

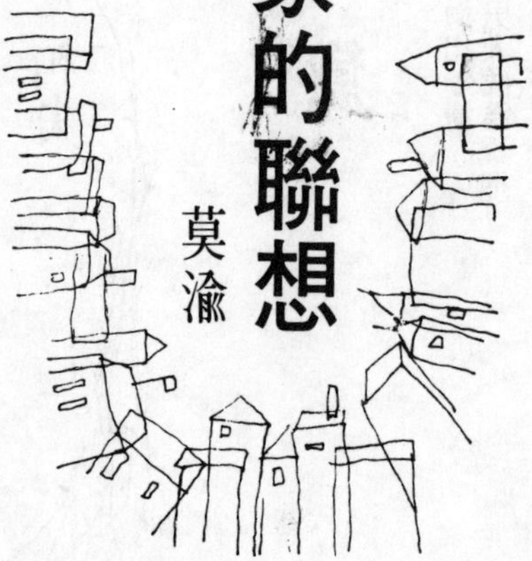

蛛網

一隻蜘蛛
在屋角結網
那是我封賜的采邑
日日，不少迷途的小昆蟲
在網中不快樂的擺盪
日日，這隻蜘蛛
輕快地捕食勝利品
並且邁力地增修牠的住家
直到這天早晨

我拿起掃帚靠近時
牠　彷彿久候門後
怒目張嘴　嘿嘿的說：
你也是無家可歸的小昆蟲
住進我家吧！

空地

黃昏　部隊開入陣地
砲手架　好架好砲架後
猛抽煙
想那沒來由的女人
轉身衝著我
說：女人就是家

一股沒來由的愁緒
暮靄似的
在這塊空地
漩渦起來

家呢？

公寓

新的工地
擋住歸途

我在左右逢源的
街道上
找尋熟悉的門牌

房東的微笑

房東眞準時
每月揿門鈴一次
裝著問候闔家大小
裝著閒話天氣
裝著打哈哈

房東眞會說話
每次一來
順便携帶幾瓶催笑劑
噴灑暫時的客廳臥房
我的臉也堆滿暫時的笑

領薪的日子也是付房租的日子
只要房東一笑
我想
我還可以繼續住下去

—66.年冬

作品三首

非馬

晨霧

頻頻呵氣
頻頻用思念的絨布
擦拭幾乎遺忘了的
一雙美麗的大眼睛

直到它們
　晶亮得
鏗鏘彈回
　一束眩目的
朗笑
直到它們
　平滑得
停不住
　一滴淚水
直到它們
　深邃如蔚藍的湖泊
容納一個
　流浪的水波
無邊無際的夢

寫於結婚十五週年紀念日

一四六九房間

俯看
一城燈火
滿院子的螢火蟲

一個被囚的
遙遠的仲夏夜
蠢動著
　欲破瓶
而出

•66.11.29. 亞特蘭大旅次

微雨初晴

頭一次驚見你哭
　那麼豪爽的天空
竟也兒女情長

但你一邊擦拭眼睛
一邊不好意思地笑著說
都是那片雲……

距離

陳章子

夕暮
T、V、Mary Tyler Moore是
他喜愛的幽默戲劇
”晚餐準備好了“
”稍等一會兒，快完了“
接著播映地方新聞
”晚飯會冷了”
”稍等，中午沒聽“
其次是有名的C、B、S、新聞
”什麼時候要吃飯？“
”這個節看不得不看
最好給我端在T、V、Trdy上來“
要不是週刊、日報捕捉了他
就是這樣T、V、擄掠了他
我獨自坐向著餐桌
望著窗外、照樣！
沒人影的房屋
靜止的汽車
惚惚路燈
寂念該向何處傾訴？

嘆息乘著曇天毛毛雨
遙遠至故鄉台北
族親，舊友、學生們
集垃圾的音樂
燒甘薯的竹筒鈴
圓仔湯、排骨麪
肉粽、新竹貢丸
生地、彰化、八卦山
昔時甜蜜的聚餐
淚珠滴下　喚我回桌
窗外照樣——
沒人影的房屋
靜止的汽車
毛毛雨
惚惚路燈
寂然不動

七七年十二月

兩岸

李魁賢

愛的暗潮不自覺地
充滿我們不能跨越的距離

我們兩岸從同一個山巔的起源
不自覺地各自奔赴前程
無形的水面蒙蔽我們河床一體的命運
距離常是變幻的風雲
卽使有一天拉遠到看不見的異域
那種壯濶的汪洋仍展現愛的眞實

距離相近會有激起波濤的顧慮
有挽動渾濁的怨嗟
但不論河面如何洶湧
愛是以底淵的深度衡量

我們的距離有不能跨越的神聖
不管是南岸風光，北岸蕭瑟
美的風景是和諧不是一致
愛的情義是深沉不是浮動

66.9.23.

神聖的一票

趙天儀

你有神聖的一票
我也有神聖的一票
有公民的資格
就有這神聖的一票

貼在牆上的標語
落在路上的傳單
或掛在政見會上嘶喊者的嘴邊
請您惠賜一票

打躬作揖也罷
沿街拜託也罷
爆竹的聲音
劈劈拍拍，震聾了街頭

啊啊，在我的心裡
那是用花招
也要不到的神聖的一票
那是用金錢
也買不到的神聖的一票

第三隻眼

子凡

迴音

山脚的貧民窟
一個赤著上身的小孩
很認真地告訴我他的發現
「站在山頂大聲叫喊
　周圍會有人應聲
　學你叫喊」
連迴音的原理也不懂的
窮人家孩子，忙著幹活
也常想爬上山頭
大聲叫喊
他試過，在山下
世界只是個聾子
什麼也聽不到
是個啞巴
不會回應

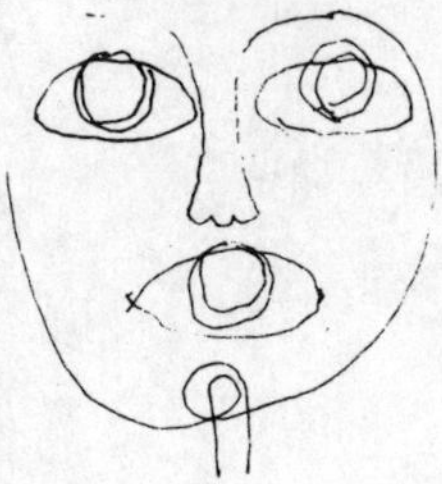

火山

原始得如人類血管里的血
我的心充滿了熱情和憤怒
才蠕動起來
我深邃的內心
沒人會聽見我的聲音
沒人會感到我的生命
教條般頑固的山岩
禁錮著我的心理
熾熱地燃燒著的愛
逼我像山脈一樣
幾個世紀悠然地站立著
我要開口講話
我們閉口已太久了
憤怒已湧到唇邊
熔化我的沉默
燃燒我的生命
我要爆發
震撼大地
搖醒這個世界

影子與梔子花

陳秀喜

躡足的晨風
掀開了夢的輕紗
對我微笑的影子
隨風飄逸而去

嚴多
一朵梔子花的存在
是不畏縮的異端
無意與聖誕紅爭妍
誰能責難滿庭的馨香

夢中的影子
整天緊貼著心
嘆息串成項鍊
像梔子花咀嚼著
不合季節的孤單

風箏

李勇吉

鑲著無數歲月的戰艦
駛向似水的風中
尋找些什麼呢？
啊，溫柔的童年和鄉愁
竟藏在一片深藍裡
聽到戰艦的發音嗎？
看到戰艦的仰望嗎？

一根繫絲
仍然阻絕尋找的去路
戰艦在無風時
被晚霞撫觸
逐漸下沉
下沉……

小詩集

母音

(2)

李敏勇

土地啊！爲何你總是沉默

根

只要有根
就不怕風雨凌虐
他掌握土地上的現實
我們掌握土地裏的現實

土地是一切生的孕育
根就是源頭
土地是一切生的據點
根就是立足

要忍耐
要等待
堅守意志的陣地
譜出莊嚴旋律

我們的島

我們世世代代落居的
這小小的島
在海的湛藍裏
讓晨曦擁抱
也接受暮靄的慰撫

風的吹拂
有時很溫柔
有時很暴戾
有時很冷酷
雨也一樣
我們從不忘：
歡欣時記取難涯的苦痛
受凌遲黯慘時等待愛的黎明

沒有亮麗的銅環點綴歷史的煙火
但我們不是孤兒
我們走著美麗之島的婀娜步履
輕搖舟子的歌
想著海洋我們的故鄉

情詩二首

林鍾隆

散步

白天我們去散步
在人來人往的柏油路上
看到兩條狗兒
因一時無法分開
而害羞著

晚上我們去散步
在池岸上
一對一對的青蛙
在背著玩兒

我的手
一直被緊緊地抓著
非常地拘束

梳子

先是一團毛線球
在心中深處
成形　擴大
圓圓的　很美的形體
欣賞著　把玩著
一隻面孔和我完全一樣的
小貓
好玩地　膽怯地
抓了又放　放了又抓
亂了　亂了
啊　救命啊
把我纏住了　捆了
梳齒　冷冷的
觸及
如冰貼身
求求你
不要急　慢慢來
一遍一遍　耐心地　不要拔斷髮絲
梳齒從亂線間
梳過
溶氷從毛孔滲入
順了　順了
好柔　好浪的髮絲
謝了　請還我梳子

作品二首

周伯陽

牽牛花

我日夜在埋怨，誕生以後
已被註定命運很艱苦
身體癱瘓得無法站立
只在地上匍匐爬行
其實我沒有任何病症

雖然人家叫我牽牛花
其實我沒有縛雞的力氣
那裡有力量牽牛
只牽出紫色的小喇叭
它永不會響，吹不出嘀嘀達

松樹呀！雖然我纏住著你
不是近水樓台先得月
也不是愛上了你，籠絡了你
是爲了實現我的心願

我羡慕你長壽强壯
我願爬在你的樹梢上開花
像你參天俯瞰大地
目睹鄉土的發展

夏日庭園

庭園裡，百花競艷
古樹參天，掩蔽了炎陽
樹梢搖來了陣陣的清風
把它送到我的心房
令我感受涼爽
令我在靜寂中陶醉

金蟬在樹上以聖人的姿態
燃燒自己短暫的生命
欲想實踐濟世愛人
大唱聖經不朽的眞理
終日知了知了
譜上讚美歌的樂章

突然直昇機的爆音掠過天空
它趕走了午間沉沉的睡意
步出園門一看
仍然是純粹競的現實
車輛奔馳的音響
和小販叫賣的噪音
在我的心坎裡已成了廻音

人生是爲了存在而生活
生活是
爲了尋求疲勞的代價

詠嘆調

詹澈

祖父的寂寞

葉子們零零怨嘆
今年秋天去了
去的特別慢

十一月底
祖母死了

在濁水溪邊破落的小村
蘆葦花無奈無奈搖
搖的特別慢

十一月底
祖母眞的死了呀

祖父被騙
他不知道
稻仔都割完了
大家還在忙什麼？
忙什麼？

飛出去
離開鄉土的倦鳥們
成群結隊
哭呀哭著回到祖林裡
感到失去休息的枝椏
那隻枯乾的
溫暖的手
那裡去了？！

上天的靑眼，以及
埋藏在地下
錯落而可以足食的
甘藷的根
都知道
祖母有三次沒有死

一次大戰
祖母是一個坐花轎的少女
二次大戰
祖母是一個下田的村婦
八七水災
刷掉田產
刷出了祖母的白頭髮

現在，祖母死了
以前她沒有病
活過有病的時代

活到這個
還是有病的時代
她還是沒有病
像一棵樹自然老了
乾乾淨淨的
泥土
高興與她爲伴

紅棺裡
藏著祖母的微笑
紅土裡
埋著祖母的叮嚀
而祖父一直都不知道
當他發現
祖母不在床上
有好幾天了
我們都說她去了東部
（東部是個苦難的地方喲
你們叔叔去那邊流血流汗
很久都不回來
都不回來看
看這個濁水溪邊的祖公地）
他說著就流出眼淚
上天的青眼，以及
埋藏在地下
錯落而可以足食的
甘薯的根

都知道
祖父是個好人
他一直沒有病
而且
很多官人也該知道
祖父，
你比 蔣公多一歲，
無論如何你再活下去
你比 蔣公多一歲
你的笑和他一樣好看
好看裡藏著悲愴

•一九七七、十一、三十

一件小事

冬天
葉子落盡
苦苓樹下
一顆種子
掙扎著
要破出土面

山脚下
小茅屋
竹床上

我的母親
掙扎著
要生出我

這是二十年前
在這個世界上
發生過的
一件小事
（也發生過許多大事
大人知道而小孩不知道）

流出依舊依著濁水溪
小茅屋不見了
但山還在
苦苓樹不見了
但我還在

秋天
群鳥南飛
飛過玉山
過大武山
過都蘭山
過綠島
過巴士海峽

留下一粒白卵
被孵著
在我家屋後
卑南溪旁
蘆葦叢中

在我家樓上窗
可以看到山前山後
綠的藍的黃的紫的澄的景色
我二嫂靜靜懷著
阿爸來東部拓荒以後
我大哥逝世以後
第一個孫子

這是今年
在這個世界上
發生的
一件小事
（已發生過許多大事
大人知道而小孩不知道）

流水依舊依著卑南溪
海水漲潮了
淹不上都蘭山
綠島在水霧裡消失了
台灣仍容在陽光裡
我仍溶在四海兄弟都來的
軍中

一九七五年初稿
一九七七年十二月增補

水紋・潮音

杜逵

治印記

從蘭陽溪畔揀拾回來
鎮紙、鎮稿
也用來墊桌脚
心血來潮時
鋸磨
銘鐫
一本正經的顯露日精月華

那已是著痕著跡
一方石印了
深藏微微擺漾的水紋
眉清
目秀
篤信古籀殷殷
我要將它送給一個人
時時刻刻印證我的心

泊情

想不到妳走了。
那夜妳丟給我棉襖一件
往後帆隨風轉
我也起雲起霧的走了
航海有誌：
斜肩而下明明兩襟。

海上戳破的棉絮堆滿風浪
我想到鴕鳥的笑話
以及成群的虎鯊
恣意橫行的水性狩獵

想不到妳走了。
那夜妳丟給我棉襖一件
往後我的寂寞寄託潮音
就像現在　天晃星墜
旅店的招牌寫著今夜漂泊

鄉土記事

莊金國

政見會所見

有人愛聽寂地的砍伐聲
斬雞頭，長兕三代於
血淋淋的誓言
有人呼喊著危險啊救命
而且當衆跪拜以垂淚
淚與嗚咽傾訴著
古老的古老傳說
有人同情有人唾棄有人
搖搖頭無可如何
如此，我們究該投給誰
一票——那許是最最滑稽底
神聖的一票哪！

66.年11.月18.日於高雄

鄭坤五軼事

講古的愈講愈玄
尤守己變成螢光幕上的
鳳山虎
尤守己的家鄉我們的家鄉
有一株大榕樹在淡水溪中
聽說已流失

唯您流落的「崑島逸史」記載著
統嶺坑、大樹庄、九曲堂……
還有姑婆寮後山
尤守己得過寶的荷蘭井啊
早爲放牛的孩子丟滿了石頭

我們踏著月色到處尋訪您
生前的好友
伊們模糊的記憶
當年的坤五先仔

66.年11.月27.日於高雄

一隻烏秋

許達然

躍動　黑黑
自然吃大家底害蟲
　飛大家底天
空　受不了也背
　翼煽動不起風暴
　向雲引誘雨也好
　散散沈悶氣候

飛高却遠離人間

一翱翔現象就辯證印像
摧殘　樹木砍成槍林
灌輸　溪水苦推爛污
傻撒　田園農藥填怨
　　等待犧牲者

狗吃寃死白鷺絲
痲雀假人頭頂吃稻
牛吃牧草遊閒
　等待犧牲

而耕耘機烏龜硬不願騎
坐墓埔歇歇
也入獵人射線
再飛再飛

穿煙一定在都市
翅就被街眼盯住
脚雖跳倒高樓
無手可打工

所有頭路都通
　都市是籠
住　無巢了

食物不全維他命
人　咬不得的
害蟲　請勿吃垃圾

餓不識字　嗅工場農化
酸澀　吃了
拼拼跳

終於求求叫
尸體　車來輾平
生存的意志　乾成
血跡　等鞋擦走

胡汝森英詩中譯

李魁賢譯

商場春秋

我是夏熱漢
股東叫我約翰。山馬
我是約翰行者的經銷商
每逢有人叫貨，服務就來
紅標也好
黑標也好
保證限時專送，不勞久待

我是金美麗
朋友叫我瑪琍。勾得
我是黃金客棧的女經理
每逢有人投宿，一律親切招待
土妞也好
洋妞也好
賓至如歸是我的金家招牌

我是花浩利
人家叫我湯姆。唬老兒
我是一等炒手的股票經紀
每逢股價抬高，我就哄人買

賺錢也好
賠錢也好
佣金跑不掉，像打死的領帶
我是皮華柯
近鄰叫我亨利。嗜金
我是蒙古大夫，號稱全科
每逢有人掛號，看病不用推敲
內科也好
外科也好
經過我的妙手，想斷都斷不掉

迎春小調

春天
　又來到
不論在涼夏
　爽秋
還是暖多
春天
　勤快的郵差
帶來信息
　一天兩次
假日不斷
春天
　植根在
後院裡
　大地吟和
百花競放
春天
　四時不分
但一季節裡
　頻頻春回
與愛同駐

汚染

石油霧來了
　以白象的脚步
深深陷入
　栖遑的市場
主婦進市場
　荷包沉甸甸
主婦出市場
　菜籃輕鬆鬆
石油霧來了

以白象的脚步
廣泛瀰漫全球
污染每個角落

（註）：本詩借用桑德堡「霧來了，以貓的脚步」的詩句，加以變奏。古代泰國國王傳統上對失寵大臣處罰時，賜以養尊處優的白象，只享受而不做工，非把飼養主吃垮不可。

致某作家

要是你已心碎
切莫連心靈也損毀
勿把愛當做表記吹擂
即使短暫，彌足安慰
啊，千萬莫自責傷心
由窗口往外看遠
你的前程光明
快快離開那陰影

為何狠狠轟那美嬌娘
她並沒有傷害你
只是你自己意志頹喪
她也沒有對你反咬出氣

現實的她難道是母老虎
她曾為你的光彩而自豪
莫再追尋那彩鳳的虛無
不過是一場夢幻的敗逃

希望作家也是男子漢
不要用毒箭暗傷愛
也莫動筆對愛人惡言相向
要用愉快心情化解悲哀

挫敗後，試試看再努力上進
有人期望你成為偉大作家
但要是自暴自棄心存僥倖
大作照樣有稿酬的代價

啊，朋友，和你相比
我實在只能算是文壇小卒
但即使我不能再進步爭氣
卻希望你一新面目脫胎換骨

香港難民之歌

瞧，國旗沾滿了忠勇的鮮血

旗下，先烈解救我們脫出洪水
我怎能像綿羊膽却逃避
離家背井而沒有絲毫羞恥餘地

我不是生來就是卑賤的難民
只因暴君逼得我奔逃亡命
普天下的人民都在追求自由
沒有人能夠在殘酷的國度躭留

我沒有把香港看做世外桃源
只因這島嶼最靠近故鄉的邊緣
「我要回來」是我們的誓言和志願
需要人手來耕作遺留的田園

雖則天下到處都有機會
雖則各地有人成功立業
但要論莊嚴神聖的責任心
只有鄉土才能激起我們的本領

瞧，國旗飽滿浩然的陽光
迎著强風在高空招展
儘管沒有同情心慰藉我們
祖國却是我們共同的信念

註：「我要回來」（I SHALL RETURN）引用美國麥克阿瑟將軍二次世界大戰時在馬尼剌兵敗突圍轉進澳洲時的豪語，後果然實現，乃成爲名言。

新血

古老的文化永不寂滅
只是需要注入新血
來呵護清新的夢
不久就會實現
要是你對它輸血
我也對它輸血

要是家道衰微敗落
切莫埋怨責怪雙親
因爲老少兩代一同
可以再振興門風

我們要鼓勵自己的職責
重新爭回本家的光榮

只要不是粘固在化石裡
舊血都可以更新
但如從根嶄除斷絕
新生物也會腐敗

你是民族的新血輪
還是天眞爛漫的老手
還是復興的燃料
使文化薪傳綿衍不絕

R.S.HU, Selected Poems

BUSINESS CIRCLE

Who am I
I am John Summer
Partners call me Shia Reh Han
I'm dealer of Johnny Walker
Whenever calling me, transportation free
Whatever label red
Whatever label black
Prompt delivery shall always guarantee

Who am I
I am Mary Gold
Friends call me Jin Mei Li
I'm hostess of Inn Yellow Gold
Whenever checking in, warmly serve gin
Whatever face colored
Whatever face white
All guests' friendship I will win

Who am I
I am Thomas Flower
People call me Hwa Hou Lee
I'm share and stock jobber
Whenever pricing high, suggest to buy
Whatever money made
Whatever money lost
Good commission is knotted as tie

Who am I
I am Henry Skin
Neighbors call me Pi Hwa Choh
I'm a man of all medicine
Whenever sending for, I'll postpone nor
Whatever sick mental
Whatever sick physical
He'll be my patient more and more

SPRINGTIME OF TAIWAN

Spring
Comes again
In Summer cool
And fall
And sunny winter

' ' ' '

Spring
Brought by
Busy postman
Weekday twice
Once on Sunday

' ' ' '

Spring
Is cultivated
In back yard
Earth sings
Flowers bloom

' ' ' '

Spring
  All seasons
Season all
  Again and again
With love

POLLUTION

the petro-fog comes
  on white elephant feet
deep it sinks
  into market place

' ' ' '

housewives go in
  purse heavy
housewives come out
  basket light

' ' ' '

the petro-fog comes
  on white elephant feet
wide it swells
  over the world
and injects pollution
  into almost all

TO THE WRITER SO-AND-SO

When your heart broken
Don't break with the soul
Use not love as token
Even short, it'll still console

Oh! never be self torture
Look far thru the window
You may have a future
Get quick out of the shadow

Why spear hatefully the Tomboy
She does no harm to you
Only you're in self foil
And talk back very few

Is reality a Tiger Mother?
It is proud of your bright
Catch the Phoenix not further
That's a dream in flight

I hope a writer also a man
Neither shoot love by arrow
Nor curse lover with pen
But pleasure instead sorrow

After failure, try again upward
You're expected to be great
However, if you run downward
Your works still be paid

Oh! friend, I'm unpopular
As compared with you
But even I can't be better
Forever wish a writer of new

SONG OF HONGKONG REFUGEE

Lo, the national flag is full of blood
Under it, fathers had saved us from flood
How could I withdraw as a lamb so tame
Giving up home without a little shame

For I was not born a humble refugee
Only the tyrant did force me to flee
All the people are hunting for freedom
No one could stay in the cruel kingdom

I take not Hongkong a paradise strand
Just an island where nearest to homeland
"I shall return" is our oath and will
The farm left behind needs hands to till
Though one might get chance everywhere
Though some might be rich here and there
When it comes to a solemn responsibility
Only earth of home calls for our ability

Lo, the national flag is full of sunlight
Against the strong wind above in flight
Though no sympathy could be our relief
But the motherland is our mutual belief

YOU

An old culture will never die
It needs but only new blood
To nurse a fresh dream
It'll come true in near future
If you transfuse yours
As I transfuse mine

If a family is fading away
Don't blame your parents
For it can be brightened
By both the young and old
Together, we quicken our task
To regain the glory of home

Old blood can be refreshed
If not rigidly fixed in fossil
But the new one can be spoiled
If disconnected with the root

You, a new blood of nation
Or old timer with naive soul
Are the fuel of renaissance
Of the culture long in age

童詩兩首

詹冰

小狗愛我

不知從那裡來的
一條髒兮兮的小狗
一直跟著我

媽媽給我的一塊麵包
我分一半給小狗吃
小狗說：「很好吃！」

小狗一直搖著尾巴
小狗一直聞我的脚
小狗說：「我愛你！」

我殺死了蝴蝶

我橫掃捕蝶網
捕到一隻蝴蝶
蝴蝶不願意地
在網中擺動翅膀

為了要欣賞牠的美
為了要做昆蟲標本
用手指捏壓牠的胸部
我殺死了蝴蝶：

另一個的我
看我殺死了蝴蝶
在旁邊流淚——
代替牠流血——

兒童詩園

快樂的雨

鄭碧月

嘩嘩啦啦的聲音，
輕脆的響著，
雨，開始唱出美妙的歌曲。
雨，很快樂的
一面唱歌
一面像頑皮的孩子，
在屋簷上溜滑梯，
溜得好開心啊！

小白狗

沈美玲

我是一隻小白狗，
主人說我很活潑，
爸爸說我很可愛，
媽媽卻說我很調皮，
對面的那隻小黑狗，
說我很驕傲，
隔壁的小花狗，
說我很淘氣，
不知還有沒有人說啦，
假如沒有人說，
那我就要說了，
我說我自個兒很愛叫，
汪汪汪汪汪汪汪汪汪。

小河

車宜靜

大清早
小河沒跟媽媽說，
就從家裡跑出去，
跟他的好朋友玩。
天黑了，
小河想回家，
卻找不到路，
哭哭啼啼的亂跑，
眼淚流得滿地。

路上遇到大海，
一口一口的把他吞進去，
從此，
小河再也回不到
媽媽的身邊了。

夜色

蔡寶娟

夜晚，
都市最美麗。
街上，
七彩的霓虹燈，
都出現了。

夜晚，
都市最美麗。
來來往往的車子，
及耀眼的燈光，
使人看了眼花撩亂。

夜晚，
夜色裡，
最熱鬧，
化粧品、衣服……等，
都擺在眼前。

夜色！夜色！
我愛美麗的夜色。

夜晚

梁秀如

夜晚，
不管西門町，
或者百貨公司，
或者電影院，
都擠滿了人。

許許多多的人，
有的，
只是閒逛。
有的，
買自己需要的物品。
有的，
看自己喜歡看的電影。

這樣，
就形成了美麗的夜世界。

冬之詩二首

許其正譯

一棵聖誕樹

William Burford

星，
假如你是
個仁慈的神，
今年你該伴我們散步。
我們相距很遠，這裏的人們
群集
你腳下。

雪

John Niron Jr.

顯然某些白銀整夜飛臨大地
而造成此一脫毛的氣候。
如今：無一片雜草或苜蓿
沒有披着它豐盛的灰白羽毛了。

彼等是何鳥類，如此着力於完美
——在我們的百葉窗外，穿過黑夜——
披銀南飛，揚
早晨之喜悅以裝飾寒冷而灰白的羽毛？

花的短詩集

徐和鄰譯

薔薇

瞄準薔薇的
烏黑的銃口
是
向我們胸膛當中
瞄準的
因爲我們的胸膛
是開鮮紅薔薇的空間

梨花

曙光的韻律裏
聽到春天的聲音
浮於晨霧的梨花
似伊濕淋的裸足
我不知道
有如此風味豐盛的
上午的風景

水楊

桃樹園的正午是惱人的歡樂
我
盼望冰冷的月光出來
給予官能
純白的情感
儘量找尋素朴的春天

白菖蒲

送白菖蒲給我的心
宛如雪有純白的香氣
靜靜的
靈魂的沐浴
是我精神的治療
擁抱着這冷白的花

女人的感覺

薔薇花
在轉瞬之間沁著香氣
妳智慧地歌唱　歌唱
女人的智慧的悲哀喲
沁著香氣於轉瞬之間
連花的妳自己都不知道
女人的智慧淺薄
女人的智慧的悲哀喲

遠方的薔薇

因爲懷念昔日的愛戀
我在想遠方的薔薇
低下頭的青青前額
舊時的熱情
流在忘却上面的
微微發香的幽靈們
因爲懷念昔日的愛戀
我在想遠方的薔薇

捉迷藏

天上星星的花房
動蕩著
少女喲
戀愛是最快樂的迷藏
倘若絆在石頭上
摔倒了
摘四葉花
起來吧

百合

百合花是蟲子的化粧室
蝴蝶出來了
穿着金粉的衣服
發撒香水
渾著手帕

自己育成的菊

賜我於秋天的陽光
蹲在走廊下觀看
大朵菊花溫煖的綻開
久違了的花季　今晨
一朵一朵誠心誠意
整齊的綻開
彫塑似的漂亮

茉莉花之夢

似乎書底薄藍的絹
蛇女般出神而飄蕩的眉眼
吐出迷亂的氣氛
茉莉泛著催眠
好像按額垂首的尼姑
嘆息著抵禦不了強烈的催眠般的香氣

幻的薔薇

深夜開著的薔薇
起皺的綠帶子的白薔薇
不知何處往來的香味
是漫無邊際的悲哀和寂寞
夜夜幻想的我　幻想成一朵白薔薇

拿花的人

黑暗的鐵的圍墻
長長的不知長到那裏
有一個狹窄的間隙
從那洞跑出去的
不曉得那一個傢伙

花的一頁

那些地方
散落著許多的花
口唇的情感捉住了二人
慘酷的牙和牙合著聲音
在胸部邊
被壓著的二人的花瓣
美麗的枯萎

花

夜半　忽然醒起了
我房間的一角落
大朵的菊花們醒著

明天就會顯示衰弱
必須從這盛開的美麗出發
遠方的旅行之前
怎樣都不可以睡覺的花們
大家忙著準備就是

為了那些曖昧的熱鬧

凋謝之日

櫻花凋謝　毫不吝嗇地捨棄自己的美好
間帶感容的眺望　美麗的哀愁啊

凋謝於轉瞬間未及欣賞
那有這麼豐盈的心情
好花不堪折啊
惜花的人作最後的禮視
仍挽回不了

薔薇

集中著數不盡的綠色視線
燃起火焰　在强烈的光中
仍是燃燒不盡一樣
烤焦的夏天香味
流露著悲哀的氣氛
散在花的附近
能夠一次就揉滅呢
啊　何等悲痛的心
就埋在這地下

蔓

想靠住
嚴格的　向天伸手
蔓　空虛的
抱著虛無　扭動
最後相互
為了彼此的莖　瘋狂的
纏住

里爾克(德・Rilke)

新詩集

李魁賢譯

橘園的階梯

凡爾賽

有如終於僅能毫無目標地漫步，
只爲了時時刻刻向肅立兩旁
卑恭屈膝的侍從們顯露
隱藏在外袍內難耐寂寞的國王——：

如此攀登，夾道兩旁的欄杆，
自始卽俯身膜拜，如此登上
階梯：因神的恩寵，緩慢
攀上天堂，引向烏有之鄉；

好像下令所有的僕役
留在後頭，——跟隨遠遠地
以免干擾；但因此勢必
無人能代提笨重的衣裾。

大理石搬運車

巴黎

分配在七匹馱貨馬背，
永不動彈的東西邁步前進
因傲慢地在大理石中心
躭留著老大、阻力和一切，

這表現出人間的衆生相。瞧啊，
在某種名份之下，並非不可辨認，
不：正如劇中主角的急燥表現
先是看得清清楚楚，却突然斷啦：

經過蹇連的白天行程
換上了一副富麗堂皇的行頭，
如像一位偉大的勝利者慢慢走

在行列的最末，漸漸走近；在他前面
是囚犯，因重枷在身，難行。
逐漸逐漸走近，而終於全部立定。

佛陀

陌生而羞怯的進香者，遠遠

就感到他的金身在滴落；
正如充滿悔恨的富人
還在堆積秘藏的財帛。

但愈走近却愈感到迷離
於此眉毛的至尊高貴：
因爲那不是他們的酒器
也不是他們妻妾的耳墜。

然則有誰確實知曉
爲使此佛像趺坐蓮花座上
須把什麼東西融化掉：

這坐像靜觀入定
有如金身，而四周身旁
接觸的空間就如己形。

羅馬噴泉

在古代的圓形大理石水盤
中央是互相重疊的二層器皿，
從上層流出的水緩緩
傾瀉到下方承受的水面，

這些輕聲細語相對沉默的水靈
映現在以黛綠爲背景的蒼天，
彷彿落在迎水承接的空手心，
如像尙未爲人所知的物件：

靜靜安身於至美的皿盤
沒有鄉愁，一圈又一圈擴展，
只是常常點點滴滴有如夢幻
落在長出青苔的最後水鏡，
而超越其一層一層器皿流轉
徐徐從底部喧嘩起一陣笑聲。

註：Borghese 是一處羅馬花園，十七世紀時由薄格西主教興建。

迴轉木馬

盧森堡植物園

五花八門的彩色馬隊
隨著屋頂及其陰影
溜溜地旋轉一陣，
來自久候的國土，倏即見背。
儘管有些拖曳著車輛
但全部顯出雄姿煥然；
一頭兇猛的紅獅跟著迴轉
而時時出現一匹白象。

甚至有一隻牡鹿，和林中一模一樣，
只是馱著一付鞍，上面安然

坐著一位嬌小的藍衣女郎。

而獅子背上騎著一位白服少男
熱烘烘的小手勒緊著韁索，
這時獅子裂嘴齜牙又伸出舌頭。

而時時出現一匹白象。

他們騎在馬上奔馳而過，
還有爽朗的女郎，她們幾已超過
這樣策馬的年齡；在跳躍中
對周圍、高低、遐邇顧盼自雄——

而時時出現一匹白象。

兀自專心前進，急急奔向終結
卻只是不停地迴轉，沒有終點。
眼前閃過一陣紅，一陣綠，一陣灰，
一張不像帶頭的側臉——
時時展現一絲笑容，朝向這邊，
一張充滿幸福而光耀奪目的笑臉
在喘不過氣的盲目遊戲中消失踪影……

西班牙舞女

有如手中的火柴，發出火焰之前，
向四面八方伸出白輝
閃爍的舌——：近傍圍圈
的觀衆開始急速、明朗而熱誠
騷動地擴大她圓舞的範圍。

突然，舞蹈變成完全的火焰。
她用目光把她的秀髮點燃，
突然以大膽冒險的舞術
把她的舞衣完全向烈火旋入，
赤裸的手臂，像驚惶的蛇身，
從火的漩渦中昂首且叱咤探伸。

然後：火勢似乎已衰滅，
她把全部集中，以非常威嚴
凜然傲慢的姿態擲出
睥睨：火在地上瘋狂滾珠
而火焰依然熊熊，尚未稍戢——。
她揚臉展露自信、成功、
而帶著春風滿面的申謝笑容
伸出嬌小的穩定脚步把火踩熄。

塔

梵納市聖尼吉拉塔

地底。你好像在那邊盲目
向上攀升，突破大地表面，

你是在小河傾斜的河床攀升
小河徐徐從摸索中逃出

黝暗的水道，你的視線
如剛復活，逼穿過黑暗
你突然看到，有如從深坑
栽落到你的頭頂上

以在冥暗中的台架，把你傾覆
的龐然巨勢，使你對坑道有
衷心的認識、心驚和恐怖：
啊，坑道攀升，如滿身掛彩的牡牛—

這時從那狹窄的坑道出口
射入風中搖曳的光。你逃脫
在此又重見天日，燦爛復燦爛
而彼方的深淵，清醒且充分實用，

微不足道的日子，如巴特尼爾的繪畫
時時刻刻都是一模一樣，
其中橋樑如犬般跳躍橫跨，
始終追踪著的明亮道路，

無助的家屋，只能常常加以隱藏，
直至道路完全在遠景現出
鎮靜地通過叢林和自然。

註：梵納市（Furnes），比利時國西法蘭德斯地方的城市。里爾克於一九〇六年夏到此旅遊。巴特尼爾（Patenier）是法蘭總斯（Flanders）的畫家。

廣場

隨意擴大發生過的事端：
由激昂和暴動，以及混亂
跟著而來的是被宣告死刑，
由露攤，由市集的叫賣者，
由馳騁而過的公爵老爺
以及勃艮第人的傲慢，

（向遠景的各方向擴展）：

廣場如今為了慶賀擴展成功
大開遠方的窗戶殷勤招待，
這時把空洞的部屬隨從
在整列的商店前分配編排。

小小的住宅為了看清一切，
拼命爬上屋脊頂點
而塔，跟隨無數房屋在後背，
彼此羞怯地緘默不言。

註：勃艮第（Burgund）法國東部省名，出產紅葡萄酒。

羅舍爾河岸 Brügge

街巷以徐緩的儀態
（有如人們在復原期間常常
會尋思：以前這裡是何等模樣？）
通到廣場，久久等待

另一條道路，以一種步調
徒過黃昏清澄澄的水上，
把有關事物在裡面浸成柔軟，
水中鏡像如顛倒世界
就如本物從未有過之眞實。

這個城市不是死寂嗎？你看，如是
（依照無法瞭解的一項法律）
在倒影的世界裡醒悟而清晰，
好像生命在那邊多希奇；
那邊映現的庭園又廣濶又壯麗，
那邊在快速點亮的窗後，驀地
有人影迴轉入酒巴內，以舞步的旋律。
而上方依舊嗎？——只有寂靜。

我悠然思量，不受任何緊催，
懸掛在上天的衆鐘齊鳴
所意味的甜蜜葡萄一粒一粒的美味。

註：布魯日（Brügge），比利時城市。

黃昏·向晚

白沙堤

黃昏，這個美麗的時刻，在詩人筆下往往另有較佳的名稱。李商隱那首著名的五言絕句「樂遊原」（註一）：

向晚意不適，驅車登古原，
夕陽無限好，只是近黃昏。

他就以「向晚」代替了黃昏，而使這段迷人時刻產生新義。向晚，顧名思義，那是將「晚」而未晚。

這個「向晚」一詞，延續到新文學，又被新月大師徐志摩借用，他在「車眺」一詩的首節說：

我不能不讚美
這向晚的五月天；
懷抱著雲和樹
那些玲瓏的水田。

詩人從車窗外眺沿途被車子拋在後面的風光，驚訝著景緻的優美。在同詩第五節，詩人還說：「靜是這黃昏時的田景」。靜與黃昏可以說是兄弟，黃昏把白日的忙碌沈澱下來，由「靜」取代「鬧」，然後，再衍生另一種「鬧」——夜晚的、繽紛的。法國詩人波特萊爾（一八二一——一八六七）就寫了多首有關黃昏的詩篇，在「凝思」一詩裏，他希望自己的心靈痛楚能夠隨著黃昏的來臨而乖靜下來；在「向晚的和諧」詩中有這麼句子：

天空淒美得像一座大祭壇；
太陽在自凝的血泊中沈落。

這樣的詩句，可以看出是一顆抑鬱陰冷的心靈所爆發的詩句。由這首「向晚的和諧」（黃昏的和諧）聯想到德國詩人賀德林（一七七〇——一八四三）也有一首同題（註三）的詩篇，這位詣人看到農家的炊烟，水手的返港，靜謐的園林，似乎周遭都在黃昏這個時刻覓尋休憩，唯獨自己不曾安息，因此認定自己存有愚笨的祈求，且受此干擾，以至難得安寧，最後醒悟自己不再是「夢想年齡的青年」了。

看過彌列（米勒，一八一四——一八七五）「晚禱」的畫面，令人更加懷念黃昏的寧靜與和諧。黃昏，的確是令人沈思默想的時刻，也是一日辛勤忙碌的鬆弛時辰。然而，那是農業社會的黃昏，今日，忙碌的工商業社會，要到何處覓尋？

註：

一、李商隱另有一首同題的七言絕句：
萬樹鳴蟬隔斷虹，樂遊原上有西風。
羲和自趁虞泉宿，不放斜陽更向東。

二、此詩題前人分別譯做：
黃昏的和歌——陳敬容
向晚的和融——施穎洲
夕暮的諧調——杜國清
向晚的和諧——莫渝

三、此詩題，李魁賢原先譯做「黃昏的和諧」刊登「星座詩刊」第十期（一九六八年夏季號），錄入「德國詩選」（三民文庫）時改爲「黃昏的幻想」。——66.12.

訪陳秀喜談文論詩

詩情斗室・人間風土

訪問：徐熙、果隱、陌上春、穆無天

執筆：穆無天

0

認識陳秀喜女士是不久前的事，那是個偶然的機會，由於台中的一次詩展，陳女士只爲了我的一張請帖遠從台北趕來，詩人的熱誠令我感動，而小小的座談會中，陳女士的談笑風生，曾爲每個人喜愛，更令我感到陳女士除了詩人眞性豪爽純眞之外，更令人感到陳女士赤稚之心，加上許許多人詩友們的介紹評論，友朋之間的談論紛紛，更令人敬仰陳女士之種種，於是我乃決定擇一日去拜訪陳女士，與她談談現代詩，讓更多的年輕詩友認識認識陳女士和他的詩觀。

說要去訪問，實在未能算是訪問，只不過聊聊天罷了，我花了一個晚上準備的專訪卷一點也沒派上用場，更令我們瞭解詩人眞性無拘無束，千山萬里無垠無涯的奔馳著，這是詩人無以掩飾的赤心。下午三點鐘我們四個就已叩響充滿書詩的「斗室」，我們便天南地北一無拘束的談論著現代詩之種種。

1

一開始陳女士便忙著給我們弄食物，冲咖啡，氣氛一直很好；抽煙、喝茶，我們無所不談的聊著，我們提到現代詩與傳統詩的的差別。

「是否現代詩眞的沒前途呢？」

「不，我不認爲現代詩沒有前途，除非現代詩都回到文言文裡面去了，否則現代詩的前途仍是可觀的。」陳女士抽了口煙，又說：「就是世界各國也一樣，尤其是日本，傳統詩都逐漸沒落，取而代之的便是現代詩，本來他們的傳統詩社數以千計，現在也只剩下小部份罷了，就是外國，比方說世界詩人大會中，可見其傳統詩或是十四行詩之類的也逐漸減少。我也是寫傳統詩的，我是傳統詩協會的會員，日本傳統詩「短歌」的會員，所以我可以說傳統詩或現代詩都有參與，更令我感到傳統詩只是趣味性罷了！」

「陳女士您認為傳統詩和現代詩最大的差別是什麼？」

「說實在的，我甚至認為他們大都是寫應酬詩，譬方說母親節，他們便每個人都寫母親節，事實上一首詩被題目束縛著便是大大的錯誤，詩該是不被拘束的東西，再說有題目但沒有感動，豈不成為沒有感情的東西，還有傳統詩典故用得太多，太泛濫了，就說寫母親節，一用典故，一人用「每逢佳節倍思親」，兩人，三人，甚至幾百人也都同樣的用，只不過放在前後之別罷了，這還有什麼意思呢？我一直很遺憾著傳統詩一直都跳不出用典的缺點，他們也只是用古人的典，而不知創作，儘管他們的詩較富音樂性，且較易上口，但缺乏感情的東西不足而立的！但老實說，我仍是喜歡傳統詩的，我的創作也是從傳統演進而來的，我也曾辛苦的讀唐詩、宋詞、元明曲，進而從事現代詩的創作。有些傳統詩人認為現代詩像是抽象畫一樣令人難懂，但沒有經過連描打底怎能創作抽象畫呢？你可以去問問每個寫現代詩的人，看誰沒讀過唐詩宋詞的，既使偷偷摸摸的也讀過，每個人也都是從傳統走過來的。我一直認為傳統詩不過癮，大部份都只是應酬詩而已，缺少思想，缺少內容，缺少對社會的關愛，除了花花草草，加一些酒啦！歌啦之類，配上一些典故，就成了傳統詩了，這類詩怎能讓現代人接受呢？」

「您認為現代詩都沒有音樂性嗎？」

「現代詩實在是很自由的，不管行數字數都毫不拘束，只要最俱感情的凝結，就可成詩；再說中國字本身就俱有音樂性，就說現代詩朗誦時，一個字便可表現出感情，這種本身俱備的音樂性只要能配合感情，更加深一首詩的音律，有人說現代詩沒有音律感，那是錯誤的！」

「陳女士您認為現代年輕人面臨的最大問題是什麼？」

2

「我認為現代年輕人最大的問題便是書讀得不夠，就談談最明顯的實例吧！像今年大專聯考的試題，「一本書的啓示」，這原是最簡單最好發揮的題目，但現在一般高中孩子除了課本之外，也沒讀過什麼課外書，這叫他們怎麼獲得啓示呢？這個題目竟然變成最難的題目，眞是可悲啊！一個人要創作詩也一樣，首先便要先讀讀別人的詩，光是讀詩集也不夠，一首詩要寫得有深度、有感情，天文地理，古今中外各類的書都要讀，而且不光是在一間斗室裡讀書便夠，各地的鄉土人情也都要瞭解才能寫得深刻精誠；有一個日本人在台灣寫了一首詩實令我發笑，他是想寫台灣的鄉土風情，但他卻寫成「朦朧的月光／在榕樹下／有個纏足的老媼在包粽子／」這幾句就出現了非常大的不合常理的事，第一，朦朧的月光下根本不可能包粽子，光線不夠怎看得清呢？說不定把蚊子都包進去也說不定。第二，朦朧的月普遍都是圓的，有月暈才會朦朧，但農曆五月五日的端午節的月只是一小小的半弦月而已，這是不解天文而鬧的笑話。所以說不管什麼書都應該讀，甚至武俠，偵探小說也都可以看。有些人更悲哀的是連親戚都不認識，他們甚至感到什麼阿嬸、阿姨的令人討厭，這可說明他們對生活還很模糊，對這個社會更是不解，不但書讀不夠，甚至一點感性都無，這又怎麼解釋呢？」

「書讀不夠寫的東西就真太沒深度嗎？」

「這是很明顯的，不讀書的人筆下的東西就缺乏了某些東西，而書也不管什麼書，只要有益的，文學、科學，哲學，只要多讀，不知不覺中自然就會有收穫的！」

「有人認爲現代詩難懂是否和這個因素有關？」

「現代詩難懂？這個問題我常常說，總歸起來有兩個原因，第一是作者寫得太晦澀，讓人不知怎麼讀，甚至連作者都是半懂非懂的，怎能叫人讀得懂呢？再者便是讀者倦怠，從來就沒讀過幾首現代詩，甚至連見都沒見過，就批評說現代詩看不懂，這我們也不能怪誰，主要的這是傳統與現代青黃不接的時期，上一輩一開始就採取排斥態度，甚至痛恨，加上最普遍的報紙又很少有新詩的園地，所以現代詩一直處於較不利的地位，許多人也都以看不懂爲藉口排拒了！」

3

「陳女士，談談您自己的詩好嗎？」

「我一直要求自己沒有感動不寫詩，所以我深信我的詩是有感情的，比方說我寫的「魚」：

我和兄弟姐妹都是啞吧
我和兄弟姐妹都在浮萍中長大
小時候爲着尋覓食物奔走
或者逃避追逐而忙碌
如今偶而有個吐出一口泡沫的安適
却比不上美人魚的歌聲
想念祖先們
敬佩他們曾渡海而來的勇氣
可是不知道他們都到那裡去了
當我知悉祖先們的去處
我已在俎上
跳動一下微弱的抗拒
嗟嘆歲月養我這麼大
羞愧不會唱出美人魚的歌聲

寫這首詩是我親歷的一次殺魚的經驗，我深感到魚的悲哀和痛苦，我把他們那無言的抗拒寫出來，這就是我的感動和情感。再看看這首詩，我想除了魚的悲哀之外，我已隱約的寫出我們的祖先們當初開天闢地的精神已不在了，這也是我們的悲哀。另外有一首詩叫作「我的筆」，寫這首詩是由於「水星」詩刊公然在詩刊上批評「笠」詩刊是日本詩壇的殖民地，這更令我深痛，我是個受日本教育的人，我可以用日本話，日本文字寫日本詩，但我爲何卻辛苦的學中文寫中國詩呢？因爲我不甘被殖民，我是中國人，「笠」詩刊當然是中國人的詩刊，這種種憤怒，我就把它寫成「我的筆」：

眉毛是畫眉筆的殖民地
雙唇是口紅的地域
我高興我的筆
不畫眉毛也不塗唇

「殖民地」，「地域性」
每一次看到這些字眼
被殖民過的悲愴又復甦
數着今夜的嘆息
撫摸着血
血液的激流推動筆尖
在淚水濕過的稿紙上
寫滿着
我是中國人
我是中國人
我們都是中國人

我想這首詩大家都看得懂，我自己最痛苦便是被殖民過，我更加熱愛這個民族，熱愛這個鄉土，雖然我不會高叫過，但我身上流著的是中國人的血，我的文學也是中國的文學，我是中國人，我便走中國人的路，絕對不允許有人說我們是被殖民的。總觀一句，沒有感動就絕不動手寫詩，就是勉强寫出來也不會是好詩，另外我還有一些詩也是很有感情的，儘管我的文字不夠華麗，但我相信我的每一首詩都是最有感情的。」

4

黃昏很快來了，也很快消失，不知不覺中夜已降臨，

我們將要告辭，陳秀喜女士告訴我們最後的一席話：「詩人除了要有深厚的情感，而且要深刻感性，關愛這個社會、關愛這個民族，而且每個詩人也都該俱有社會性、鄉土性的，在日常生活中尋得形形色色，把整個社會的喜怒哀樂都用筆寫下來，最感性最眞實的人才是詩人，同時詩人更是走在時代前鋒，跨越整個宇宙的人，他的胸懷廣濶無涯，他的生命綿延不斷，更能洞察每件事物，瞭解每個人的心思。詩人創作的詩更將是亙古的，要平易的讓大衆接受，詩更要有足夠的包容性和時代感，這也是每個詩人所該注意的，但也不能一昧的遷就讀者，一首詩的不朽是要讓時間去考驗的。詩人更要幽默、奇智、眞性，但千萬別自大，一個自大的人永遠成不了好詩人，更不可求名，虛名足以礙障詩人的成就，所以我一直都不想讓人採訪，或是去演講之類的，我害怕虛名，我眞希望你們不要採訪我，主要的是我不是什麼大詩人，也不足以有什麼成就，我眞不希望有什麼虛名，眞虧你們來看我呢！……。」

5

我們告辭，星星都亮了，整整四五個小時的長說，我們得到的豈是一點點現代詩的瞭解而已，陳女士更教會我們許許多多做人的道理，更令我們看見詩人的眞性，感動於詩人情懷。

吃過晚餐，踏出陳女士的「斗室」，有點風，我感到那是微溫，夏季難得的微溫，耳畔仍是陳女士的細細叮嚀，要我們常來，要我們保重，也還是希望我們別採訪她。事實上我們什麼採訪也沒有，只不過與詩人談心，從傳統到現代，讓我們知悉更多更多的事……。

六六、七、廿五
客旅台北

從慾望到慾望

俄・葉夫圖申科詩集・非馬

作者簡介

葉夫圖先寇（YEVGENY YEVTUSHENKO）一九三三年出生在西伯利亞的紀馬（ZIMA, SIBERIA），現居于莫斯科。他的詩被譯成多種語言在世界各地流傳。在美國他出版的書包括「布拉司克站及其它的詩」（BRATSK STATION AND OTHER POEMS），「葉天圖先寇的詩」（YEVTUSHENKO POEMS），「詩選」（SELECTED POEMS），「失竊的蘋果」（STOLEN APPIES），「過早的自傳」（PRECOCIOUS AUTOBIOGRAPHY）以及去年剛出版的這本「從慾望到慾望」（FROM DESIRE TO DESIRE）。他到處旅行，在歐洲、英國、南美以及美國各地朗誦他自己的詩一般反應相當熱烈。

引言

我們當中誰沒有下面這經驗：妳深夜回家，充滿了對世界及對你自己的厭惡——一種被布洛克（BLOK） 完美地表現在下面詩行裡的感覺：

在路上遇到一個行人
你轉頭吐口水在他臉上
而停住——因你驚覺
他眼裡有同樣的慾望。

突然你看到兩個年青的影子在擁抱，那麼純潔你會以為世上沒有一絲嘲諷，貪慾，血腥或污穢。眞的，只要全世界擁有這麼兩個靈魂，我們便沒有權利對愛的可能性失去信心。

※

為什麼愛情與悲劇常像兩個囚犯鏈鎖在一起？因為愛是不完整的世界妒忌地想將之悶殺的完整。

※

在男人對女人及女人對男人的愛裡存在著基督教的根源——征服死亡的企圖。小孩是男人與女人對他們自己短暫生命的共同勝利。

愛情與藝術同類；它們能獨立征服死亡。

※

俄文似乎是唯一的語言你能把你所愛的稱為「我故鄉的」——在別的語言裡那只保留給你出生的地方。然則，愛正是我們出生的地方。

直到今天，俄國北方的鄉下人還用那老式的辭句「我憐憫你」來表示「我愛你」。有人捏造謬論說憐憫會使人降格。憐憫只使那些不知憐憫別人的人降格。

※

巴斯特納克有一次寫道：「漫長一生愛情掙離；愛情，神奇易逝的禮物。」愛情果眞如此短暫？你能把一個人剝掉一切，你能把他光著身子抛進陰冷的地牢，但有誰能把他最好時光的記憶從他的皮肉裡扯走？這些時光不會消滅，只會隨時間增長。

※

我不妒忌，只感到憐憫及厭惡，對那些總試著同漂亮女人一起露面的男人。這裡面有一種精神的自卑感，一種自我肯定的渴望：「看我！我身邊有個漂亮的女人。我並非一文不值！」

※

一個高大有白皮膚的女人走過。她像修好了斷臂的維納斯。看她會使你眼睛刺痛，你可想像她有多美。她坐下來用餐。而突然，在她拿叉子的姿態裡，在她瑣碎的，掠奪的動作裡，在她的吃吃笑聲裡，有一種醜陋的表情，使得她即使手臂又斷掉了且把她的頭也捧走了，也不至於那麼難看。坐在她旁邊的那個女人，在一刻之前還顯得黯然無光，此刻笑得那麼溫柔你會以為世上所有失落的美都在她身上復現。

※

有一次，很久以前，我在清晨三點鐘，獨自走在下雪的高基街上。突然我停下來。從紛飛的雪裡巴斯特納克向我走來。他的手臂攬著一個藍睛的女人。她圍著絨白的披肩，她的臉因快樂同風吹而通紅。顯然她剛從遠地回來，他走在她前面一點點好看清楚她同時吻走她臉上的雪花。他小孩般笑著。他那時候，如果我沒錯，是六十五歲。

※

有些人對情詩採取一種陰險的態度。情詩對他們只是作者私生活醜聞的材料。當我第一次發表這集子裡的一首詩：「我不再愛妳」，全然陌生的人打電話給我太太怒氣沖沖地說：「他在整個國家面前羞辱妳！」當我寫「瑪莎」一詩，一位可敬的老詩人宣稱我不但連累了瑪莎，可憐的孩子，同時也連累了她母親——一個誠實的作家。這本集子裡的主題詩「從慾望到慾望」的女主角的弟弟採取了較高貴的態度。一天晚上在我朗誦了這首及別的幾首詩之後，我問他，微感不安地掠一眼他那强壯的年青的臂肌，他喜歡那一首詩。「不幸，」他微笑著回答，「那首給我姐姐的。」

※

要是你發現有人用傲慢或卑鄙淫穢的眼光看你，停下來想一想：他們曾否愛過？同時，也問問你自己：「我呢？」

※

他四十三，她四十九。他們認識很久了，但這是第一次在一起。

「我所有的男人都比你年紀大，」她說。「你是我最年青的情人。」

最年青的情人！在她十八歲時，她的頭一個男人是二十歲。而那個男人對於她似乎比此刻躺在她身邊以為他的一生已經完結了的四十三歲男人還要來得年紀大。

莫斯科．一九七六年

我不再愛妳

我不再愛妳——多平凡的牧場，
平凡得像生，平凡得像死。
讓我扯斷這不可忍受的情歌，
把吉他敲成兩半——幹嗎强扮喜劇！

只有那小狗，蓬鬆的小怪物，不懂
爲什麼妳我把每件簡單的事情搞得那麼複雜。
我一讓牠進來，牠便跑去搔妳的門，
而牠搔我的門每次妳放牠進來。

眞的，你會發瘋，這樣子衝來衝去。
溫情的狗，我知道你不成熟，
但我拒絕變成一個溫情主義者。
拖延最後一幕等於延長受罪。

溫情不是缺點而是罪過——
當你再度軟化，再度答應和好，
呻吟著，企圖扮演一齣戲，而在另一時候，
以「挽救愛情」的無聊名義。

你該一開始便節省愛情
從那些熱情的「永遠！」，那些幼稚的「絕不！」
「別作許諾！」——火車在怒吼。
「別作許諾！」——電話線在低語。

半折的樹枝及烟燻的天空
警告自欺而無知的我們，
樂觀只是愚昧的天眞，
不太大的希望總較安全。

做做好事保持清醒並且清醒地在套上之前
衡量鏈環的價值——那是鎖鏈的信條，
別許諾天堂但至少給塵世，
別許諾至死方離但至少再給生。

在你戀愛時做做好事別儘說「我愛你」。
省得以後不好受地聽同一張嘴摧毀
以不實的話語，以冷諷與熱嘲，
使得我們以爲完美的世界變得虛假空洞。

最好別許諾。愛是無法兌現的東西。
那麼，爲什麼把人騙進結婚禮堂？
美景當然可愛，在它飛走之前。
最好別愛如果你知道愛沒前途。

我們可憐的狗不停哀叫得會使人發瘋，
用牠的爪一下搔妳的門一下搔我的門。
我不再愛你；爲這我不求妳寬恕。
我曾經愛妳；爲這我求妳的寬恕。

我掛一首詩在枝頭

我掛一首詩　在枝頭。
幌盪著，　它抗拒著風。
「把它拿下來，　別開玩笑，」　妳勸我。
路人走過。　驚異地瞪著它。
這裡有棵樹　揮舞著　一首詩。
現在別爭執。　我們得往前走。
「你背不下來！」……　「那是眞的，
但我明天會爲妳寫一首全新的詩。」
不值得爲這種小事煩心！
一首詩壓垮不了一條樹枝。
妳要多少我便替妳寫多少，
有多少棵樹　便有多少首詩！
我們將來怎能相處？
也許，我們會很快忘掉這個？
不，　如果我們在路上有麻煩，
我們將記得　在某處，
浴在光裡，
一棵樹　揮舞著　一首詩，
而我們會微笑地說：「我們得往前走。」……

我的愛人終將來到

我的愛人終將來到，
摟我在她的臂灣裡。
她將注意到我最細微的改變，
且了解我所有的憂慮。
從黑雨裡，從冥暗中，
忘了關計程車的門，
她將衝上搖幌的樓梯，
因快活及期待而臉紅。
濕透了，她將門都不敲　便闖了進來，
把我的頭捧在她手裡；
而自一隻椅上她的藍褻衣
將歡愉地滑落地板上……

一隻狗睡在我腳邊

一隻狗睡在我腳邊，
營火熊熊燃燒，
機靈地，自光與影裡
一個女人掠我一眼。
她躺在我的紅夾克上
在銀樅樹下
以夢幻的口吻
對我說，「唱個歌」。
我唱。她休憩，出神地，
終於也加入。
她的手折磨著一朵花，
而，在她手上，一個戒指。
我們在一起廝磨過那次考察旅行；
大家都說她
是個頭腦冷靜的女人
而這裡，她同我相愛。
他們戲謔——我默不作聲。
他們笑話——我築一道牆。
之後那懶惰的，禿頂的繪圖員
來訪問我。
「在這裡事情比在莫斯科單純，
但，老弟，她是最好的。
別因爲她是上司便以爲有關係，
她是女人，同其他的沒有分別。」
我靜默，我嚴肅
而在我所有的漫漫長夜裡
我會夢到一個不平凡的愛
充滿熱情與火。

然後有一天我帶了毯子
到林裡躺下。
在不遠的籬笆前她站著，
同一個女朋友談話，
談到我：
臉靠著籬笆我傾聽
而，在枝葉的蔭影裡，
獲知她的喜歡我
只是遊戲。
我流浪到多霧的岸灘，
我流浪終夜。
每樣東西都充滿虛假
歌唱的山岩
或喁喁的小溪流
沒有一樣對勁。
我面朝下躺在苦艾裡
憤然大哭。
但有如著魔
自流竄的火裡
一個煩苦的幻像自柴火
升起，我看到：
一隻狗睡在我腳邊，
營火熊熊燃燒，
機靈地，自光與影裡
一個女人掠我一眼。

瑪莎

一個女孩走在海邊
臉紅紅羞答答
有潮在她體內升起
有女人在她體內升起

她在海邊脫下鞋子
走進音樂般走進海裡，
她什麼都了解
但她什麼都不了解

理智與鹵莽混合——
銳利的目光掠穿我們
而又急急撤回——
而這便是瑪莎——
一個嚴肅的眼睛大大的玩意兒

而我嘴腔焦燥
當她纖細的小孩般的腿
無視於一些成人們的意見
把她無助地帶來給我

而在一艘舊船傍的濕沙上
用漸增的信心我吻遍
瑪莎的手臂——從肘部
到她玫瑰花瓣的指甲

我戴上潛水的裝備
瑪莎在我上頭游泳
我在鏡子裡尋覓瑪莎
酩酊于蟹與花之間

我在鮮綠的薄暗裡
在水底隆脊之上的雲堤裡
看到她白莖般的腿
在水裡搖動

而在水底的叢藪裡我游呀游呀
我的鰭覆蓋著水
我不快樂因爲我快樂
我快樂因爲我不快樂

我能說什麼？告訴媽媽別擔心
瑪莎我不會傷害你
瑪莎我對妳的要求這麼少
而又這麼多——要的只是妳的存在——

沉思著死亡與永恒
爲希望與憂鬱所苦
我看穿妳纖細的心
有如看穿海裡一粒透明的小石

一九五八

給我的狗

黑口罩緊壓著窗玻璃，
一隻狗在等待，等待。

我把手放在牠身上，
也在等待某人出現。

你記得嗎，狗，有一度
一個女人住這屋裡？

但她是我什麼人？
姐妹或許是妻子，
而，有時，是我不得不
相助的女兒。

她此刻在遠方……你這麼安靜。
沒有別的女人會來這裡。

我親愛的老狗，你樣樣都好，
只可惜你不會喝酒。

妳會記得我

在夏天妳將試著　想這是十二月；
但那樣風浪會呼喚　自牆上的畫。
妳把畫取下，　而妳依然會記得——
只要想到海　妳便會記得我。

妳在病房裡工作；　妳的病人駕駛油輪。
但拔出注射筒，　妳感到一陣驟痛：
在他多斑的臂上　妳看到一隻紋刺的錨；
立時在妳手下　有魚網，沙上的泡沫。

妳下班回到家，　打開電視。
塞浦路斯在螢幕上，　一個妳沒見過的地方，
在愛琴浪裡；　一幅倒敍的畫面：
那海是黑海　在其中妳看到我。

甚至浴缸裡的水泡，　桔汁上的浮沫，

都使妳想起那海。
想要忘懷，因此，試圖掙脫，
妳取出安眠粉；
一口把它吞下——但妳嘗到了鹽。

我們的結合
有如訂了密約，
它的墨水是那藍色的海
把妳的思念緊繫著我。
只要我們活著，
我們將保有一個終生的合同：
鹽海流過我們的心——
我們永不分離。

微笑

一度妳有那麼多微笑：
驚愕的，狂喜的，惡作劇的微笑，
有時帶點憂傷，但同樣是微笑。
但此刻妳的微笑一個不剩。
我將找到一個微笑叢生的田野。
我將帶給妳一束最可愛的微笑，
但妳會告訴我妳現在不需要微笑，
妳已厭倦於別人的同我自己的微笑。
而我也厭倦於別人的微笑。
而我也厭倦於我自己的微笑。
我有那麼多防備的微笑，
使我更不微笑的微笑。
但事實上我不再有微笑。
妳，在我生命裡，是我最後的微笑。
一個臉上不再有微笑的微笑。

不，我不要一半

不，我不要一半的東西！
給我整個的天空，廣袤的大地！
大海江河及山崩——
這些都是我的！少了我不要！
不，生命，你不能用一部份向我獻媚。
要就全部否則乾脆不要！我擔當得起！
我不要一半的快樂，
也不要一半的悲哀。
有一個枕頭我卻願分享，
輕壓著臉頰，
像一顆無助的星星，
一個戒指閃爍在妳指上。

從慾望到慾望

一

我的蜜月很奇怪，　是歡樂也是創傷。
蜜的甘甜，　蜜的沉滯，　在我疲累的體內。
我的蜜月很艱苦，　瘋狂的追逐
從慾望到慾望，　任慾望掌握方向盤。
慾望的滿足　常是慾望的死亡，
然後——沙漠在體內，　要是真無所謂
誰的身體，在你身旁，　便也成了沙漠。
兩個汗濕的屍體躺在一起。
　　多少次是這個樣子的，　但——

二

為我所有的罪過，生命
償我以FLORIDA的星星，
以你LOLITA的手孩童般的無恥，
以你CINDERELLA眼睛的純潔。
當一個人的靈魂裡　有了心機的清醒，
那麼即使一個吻
　　也變得淫猥而可厭。
在愛裡鹵莽無妨，
未修飾的無恥無妨。
性本身　不比相互手淫高明多少。
床是純潔的　當天使在你身邊。
知道愛的人，　上帝把他從塵土裡救起。
而我們相愛，儘我們所能。
慾望從不用言辭裝飾自己。
在滿足之後　慾望並不停止。
慾望在我們眼裡顛簸。
慾望自我們皮膚上射出。
慾望本身慾求我們。

三

兩具移動屍體間的愛情
穿著赤裸的語言，
即使熟練所有技巧，
是死的，　死的，　死的。
愛是活的，
人們的愛，我是說，　不是野蠻的動物——
一旦有了慾望，　那個你慾求的人

便逼視進你的眼。

四

浪人在汽車裡，
我們停了，
　　又停，
　　　又停
卻從未停止相愛
只要愛情本身許可。
愛是
　總執照
去殺死黑色本能，
　所有不幸者的
宗教，
　所有受壓迫者的
黨派。
經由所有泡泡糖的泡泡，
在全美國，
我們澆不熄的慾望飛昇，
純潔如聖母的身體。
致命的彎口嘶叫，
霓虹絲絲，
　碼頭吱吱。
汽車旅館裡的聖經低聲耳語，
隨我們的呼吸翻動書頁。
高貴的女士們側目
當我們擁抱，
　但無論如何，
鱷魚們了解我們
以牠們仁慈的，父性的眼睛。
預選活動正如火如荼進行：
連偷，
　帶搶，
但我們可真幸運，
我們只需選擧彼此。

五

而在星光閃爍、蜻蜓紛飛的曙光裡
一粒火星在一枝茉莉乾枝的尖端
焚燒如一隻螢火蟲
穿過世界的恐怖。
而妳芳香
如茉莉花，
　甜蜜的海娜。
蜜汁因沉滯
　而苦澀
妳將滑開，
　融化，
或花枝般斷折
不再使妳週遭的空氣芬芳。
但蜜汁漫穿我
　以糖漿的徐緩，
酬庸一切，
而內裡眩惑焦灼
一顆星又於焉誕生。
而在每天最早的早晨，
當慾望的藍蜜汁在搖撼，

墨西哥灣的吼聲
不耐地叫醒我們。
所有洗衣及修理的問題
都被蜜汁淹沒。　妳的雀斑
移向前台　　像砂粒
為海繫住，
或像那蜜汁的噴湧
我們又稱之為大自然。
而在蜜裡一整天是太短了。
慾望燃燒過我們的睫毛
而自妳胸上，昇起
兩顆來自聖路易的紅梅。

六

彼此相愛在驟雨裡，
彼此相愛在驟雨裡，
彼此相愛在驟雨裡，
在上帝所賜的時辰，
有如妳是站在蜜汁裡，
有如妳是站在蜜汁裡，
有如妳是站在蜜汁裡，
把所有疲勞洗去。

七

要是沒有愛，　多污穢
去交媾——　多可厭

當我們相愛，即使妳嗚咽流涕。
當我們相愛，沒有東西低賤無聊。
當我們相愛，沒有東西可耻。
當我們相愛，　其中自有自由。
蜜解放我們　自束縛，
而蜜的味道，　而蜜的味道
寬恕一切，　容許一切。
當我們相愛，　那不是我們的錯
讓蜜的渴求在我們的喉頭跳舞，
而所有相愛的人　是頑童芬斯
帶著偷來的　蜜的鬍鬚。

八

肉體同靈魂分家的人
是不快活的，
做愛，像製作一件器物，
是他們唯一能做的。
當花花公子多無聊。
唐璜是誰？一個被閹的人。
做僧侶也沒什麼純潔。

一種放蕩的方式。
但我們大大地犯了罪，
無罪的罪。
靈魂有如肉體
而肉體有如靈魂。
睫毛對睫毛，
濃蜜移過它們，
沒有界限
在肉體與靈魂之間。

九

多快活，
　　我多快活，海娜，
我灰睛的甜心，
　　　　我的光，
我以前的傲慢不見了，
我以前的憤世嫉俗也消失了。
呵我的靈魂，別死，
別對我的肉體見外。
肉體永不會成爲沙漠
當它充滿了靈魂。

十

慾望遲緩的死亡，
我的及妳的。
遲緩，馴順的蜜，强力的蜜，
別給滿足，給渴望，
折磨我以落潮，
賞我以漲潮。

十一

把肉體擺在靈魂之上，
　　　倒霉活該。
把靈魂擺在肉體之上
　　　自由哪來？
幫助我，大自然，
　　　別使我殘廢。
幫助我，使蜜的甘甜，
　　　滯重，
　　　甚至它的苦澀，
把我的靈魂與肉體
　　　永遠黏牢！

窺豹手記

李魁賢

前言

「窺豹札記」是襲用了現成的「管中窺豹」的成語，表示所做札記，無非一鱗半爪，不能涵蓋全體。但既然稱為札記，不妨瑣屑，就從平日所見、所用、所思、所談、所為的點點滴滴，加以摘錄，或評詩、或論事、或感時、或述懷，不求章節，僅表個人成見，聊供談助。

既然針對文壇談東說西，不免牽扯到名家大師，一山之「豹」（霸也），好在筆者堅守「窺」的距離，而無捋豹鬚之意。又，提到姓名時，應一律稱呼「先生」，但為行文簡化起見，一概省略。並非不敬，先此告罪。

1.批評與反省

元旦翻開聯合報副刊，讀到洛夫所寫「詩壇風雲」，在約五千字的長文中，對去年詩壇做了一次鉤宏提要的回顧和檢討。「爆竹一聲除舊歲」，由詩人燃放第一串鞭炮，是很有意義的事。

從去年許多詩刊的繼續發行，和二十餘種詩集的出版①，成果並不亞於往年，證明現代詩還未「僵斃」。當然，這只是外在的統計數字，再從詩的內質看，也會發現充實多了，詩人們逐漸清醒，走向「言之有物」或「有感」的踏實道路，令人欣喜。

洛夫文中有一段很中肯的話：「如果我們認為過去這一年來詩壇是在風狂雨驟、騷擾不安中渡過，這毋寧說是一種很正常的現象。詩人如自認為是一個真誠的人，他就當虛心檢討，縱然批評者所指出的並非問題的癥結，但問題總是存在的。我們應該憂慮的倒不是外界的評騭和月旦，而是詩人自己能否心存誠敬與謙抑，清醒地把持自己肯定過的美學信念和具有彈性的表現，不驕不餒，繼續為中國新詩的前途鋪路、立碑。」值得令人深思。

實際上，任何一位有進取心的詩人，都應在內心經常反省，他的詩想、他的美學信念，能否導致創作出代表民族的心聲，能否引導他成為滿懷民族愛心的詩人。這些反省原本不待外來的批評，但批評常會刺激反省，是不可否認的。詩人首先應該培養出開放的心靈，對於批評的意見，如果有可取之處，何以不能表現「聞過則喜」的胸襟，而對於偏見的批評，「擇善固執」可也。偏見的批評必然受到讀者的反批評，自然的消長可以預見。對於不當的批評，詩人當然有權反駁，但應持「據理力爭」的態度，對其誤解之處，諄諄善誘，以整個詩壇為着眼點，使其有所心服，若據「勢」力爭，徒然與事無補。

里爾克在『致青年詩人書簡』中有這樣一段話，當可參考：「藝術作品是一件無限的孤單，而再也沒有比評論那樣更不易達及其堂奧的了。只有愛心才能夠握取，而趨近它們。關於那些辯解、研討及導論，你要無時無刻認定你自己，以及你的情感是對的。如果終究你是錯了，你內心生命的自然成長，將長時慢慢地引導你，走向其他的見解。讓你的判斷力不受阻擾地自由發展。這和所有進程一樣，必須從內心深處出來，而且不能受到壓制或催促。任何事都經孕育，然後向前推進。」（67.1.2）

註：①洛夫把拙作『赤裸的薔薇』列於去年出版名單，大致不差。因為拙作版權頁上雖印六十五年十二月一日初版，但因印刷延誤，實際上到六十六年六月才出書，正好趕上四十賤辰。
②參閱拙譯『里爾克詩及書簡』（台灣商務印書館）第九十二頁。

2.批評的挑戰

有關顏元叔教授批評現代詩缺乏「社會的寫實」精神與內容，在去年曾引起各方的熱烈討論，我們也舉辦過座談會，綜談現代詩批評的種種問題，記錄已發表於「笠」**81**期（六十六年十月出版）。在這之前，詩人季刊社也於六十六年八月廿二日晚假台北市美國新聞處林肯廳舉辦過座談會，發言很熱烈，有些是訴諸情緒上的發洩，但也有些能提出很冷靜的反省，非常難得。這一次座談會記錄也已發表於「中華文藝」八十期（六十六年十月號），其中筆者的書面意見，也許有幾句話寫得比較率直，發表時被刪除，雖然卑之無甚高論，但為求保留原意，將原稿再加摘錄如下（正體字為刪除部份）：

詩必須能經得起批評。批評，必然會有順耳的批評和逆耳的批評。詩人如果只能接納順耳的批評，而沾沾自喜，久而久之，必然造成墮落，批評正是使詩人自我反省的契機。實際上，在批評過程中，詩人和批評者兩方面同時受到考驗，如批評不中肯，不論是順耳的批評或逆耳的批評，其本身便成笑話，如批評中肯，詩人沒有反省的勇氣，詩人便是懦弱或自大。究竟誰是誰非，可以從將來得創作方向決斷。無論如何，詩人應有「聞過則喜」的胸懷，這年頭，諫友不易得。

詩觀不同當然也不必強求一致，事實上，環顧我國現代詩壇，不食人間烟火的超現實詩人有之，在泥巴裏翻滾的現實詩人也到處可見。顏元叔教授忽略了五湖七嶽，只取一瓢「內湖」，是顯然的偏頗，「除却內湖不是詩」，應是顏教授疏於注視詩壇八分的偏失。當今不求傲嘯詩壇但求默默低吟的詩人，並不是沒有符合顏教授標準的作品，「笠」詩刊七十九期刊載陳秀喜的詩「探訪烏脚病人記」，便是其中一例。（67.1.2.）

3.歷史倒錯

近年來，瘂弦從事中國新詩史料的整理，頗有成績，除原先在「創世紀」詩刊發表外，如今更輯印成册，已出版有『戴望舒卷』和『劉半農卷』。每卷包容詩、譯詩、詩論、書信、紀念文、可以說涵蓋了其詩、其文、其人、其事，還有作品編目，算得上是一種全集的縮影形態，非常完備。

瘂弦在卷首的導言，對詩人作品的特色，在文學創作上的貢獻，都有中肯的評述。瘂弦為文溫婉忠厚，而且常能定位於歷史流程上的原位論斷，而不以後世水平的觀點來褒貶，尤為允當。

不過即使好手，也會有偶然的失誤。在『劉半農卷』

第九頁有這麼一段瑕疵：

『「你就把我的小雨衣借給雨，不要讓雨打濕了雨的衣裳」，如此俏皮、新穎的句法，就是衡諸六、七十年代的中國詩壇，也是毫不遜色的。這樣的意象，如有人說是摘自鄭愁予的詩句，人們一定會信以爲眞的。』

不錯，鄭愁予寫了不少「迷人」的詩句和意象，但究竟是鄭愁予可能承襲劉半農呢？還是劉半農可能摘取鄭愁予的詩句呢？這顯然是一種無心的歷史倒錯的比喻。文化源流的啓承是緜延不斷的，我們常會在無意中忽略了開拓者的貢獻，雖非刻意，但足警惕。尤其是涉及詩史的評斷時，更不可不愼重。（67.1.2）

4.仿油腔體

致鄉親

如果能受到你們的寬容
就趁我淸醒時說幾句眞心話
鄉親們，恕我，早就應該這樣稱呼的
但我以前一直只把你們
辛勤開墾衞護的鄉土
當做黃臉婆，只顧予取予求
而我却是僞善的浪子
揮霍完腦袋裡，口袋裡，攝護腺裡
全部的存貨後，才回到她身邊補急
我一直裝得很孝子，但是啊
「中國、中國，你令我早衰」

這不是我自身過渡浪蕩的報應嗎？

因爲早衰，致腦力萎頓，視綫茫茫
才會猛然把溫馴的緜羊看做狼
要怪就該怪在不該從小泡在西洋醬缸裡
變得行爲很希臘，情緒很拉丁
一聲 Eureka，一躍而起
一脚還踩在殖民地的浴盆
來不及成爲垂天之翼的雲
就迫不及待地連聲怪叫 Eureka Eureka……
其實我也不知道當初阿幾米德發現什麼
但在迷朦的三溫暖蒸汽室裡
我看到狼的幻影，是我心中壓抑的影像
蠢蠢欲動，浪蕩的狼，孤疑的狼
在我萎頓的神經末梢逐漸失去感覺
却又不認輸而逞能的狼的性格
籠罩在夕陽下悠然見太平山的
孤獨偏又不甘寂寞的一付臭皮囊

鄉親們，恕我，我消遣別人慣了
對自己解剖幾句不見血的話
算來應屬無傷大雅
你們養育過我那麼久，從未要求我回報
我現在也不過再消遣一句
（對不起，我忘掉說是什麼東西來了）
你們一定會寬恕我，我知道
不然，也就太不夠鄉親的情分啦
畢竟我還是要回去的

有一天我要找像圓通寺啦之類的地方
再替自己立一塊碑，因爲，鄉親們
只有你們容許我，而別的地方呢
哼，對環境污染的管制太嚴格啦

鄉親們，要是我將來還有不禮貌的怪招
千萬記住，我是全票的詩人
我有很多關於票房的顧忌
常常會言不由衷，請勿見怪，但這一刻
我最淸醒，而且只對神表白
托神轉達，沒有其他人聽見
總之，我既然向你們攀鄉親
你們還能計較嗎？

5. 歌唱鄉土

聽李雙澤自彈自唱的錄音帶，他那帶點蒼鬱而悲咽的聲音，唱起靑蚵嫂、雨夜花、補破網這些台灣鄉土民謠，令人不禁心酸。

當我去年九月中看到報紙報導李雙澤於九月十日在我家鄉淡水的白沙灣游泳因救人而溺斃時，對他尙一無所悉，感覺上和看到一些海難或山難事件新聞一樣，不免爲青年人「壯志未酬身先死」的遭遇欷歔一番。

不久，讀到中國時報人間副刊出他的遺作「大師達利」，夏潮刋出他寫非律賓歷史的文章。十月六日和天儀兄、傅敏兄到淡江文理學院聆聽景峯兄他們爲他舉辦的紀念演唱會，會堂擠滿了人，凌晨以輕鬆歡笑的心情和態度主持節目，說是爲了符合李雙澤豪爽開朗的性格，也爲了掃除大家心頭上的陰霾。演唱會非常成功，不時出現了台下台上合唱成一片的情況，反映出他創作的歌曲和聽衆的心脈跳動節拍相近，容易被接受。

接着，有機會參觀過雄獅畫廊爲他舉辦的紀念畫展，讀到謝里法、張系國爲他寫的紀念文，李利國編著的『紅毛城遺事』有他爲紅毛城奔走的記錄，最近「台灣文藝」革新號第四期的李雙澤紀念專輯上，又得以獲讀他的中篇小說「終戰の賠償」，瞭解他各方面的藝術才能。這樣有潛力的青年怎麼會短命呢？誠令人不平。

假日在書房中工作累了，常禁不住找出李雙澤的錄音帶，沉浸在他那悲涼的音域裡。李雙澤作的歌曲中，我最喜歡愚公移山、美麗島、老鼓手這幾首，這些歌頌鄉土的曲子，很能引起共鳴。（李雙澤的歌，本刊上期刊出，敬請參閱）（67.1.4.）

6. 眞誠的態度

忽略了對開拓者貢獻的尊敬，也許可以說是進步帶來過份自信的無心偏失，但如抹煞了共同創作者的辛勞和心血，則在爲人與學識的良知和修養上，都造成了「唯我獨尊」的偏頗和缺憾。無論任何一種情況，都是缺乏「眞誠的態度」的表現。不幸，諸如此類的情況，都常會發生。

洋洋大觀的『中華民國文藝史』的出版，頗受矚目，這樣大部頭的書，在內容取捨上，當然會有見仁見智的歧異，甚至有所錯誤或遺漏，也可再加補正，不足爲怪。但負責總編纂的尹雪曼在中國時報去年十二月的人間副刊發表「中華民國文藝史的缺失與增訂」一文中，因提到：「除第三章『詩歌』中的新詩部份，第六章『音樂』，第八章『美術』，第九章『戲劇』中的『話劇』部份，第十章『電影』，我沒有動筆外，其餘各章，不是我親自撰寫，也經我一字一句的拼湊、修正、到重組。」而引起第四章『散文』的執筆人劉心皇的「閒話」。

劉心皇在「關於中華民國文藝史」（刊於六十七年一月十日的人間副刊）一文中說：「我看了尹雪曼先生的這一段答覆的話，使我特別吃驚，因為他給人的印象，是各章節的原撰稿人是不必再提及了，他已「一字一句拼湊、修正、重組」，不復是原撰稿人的了。這部書雖是集體撰著，也像是尹先生個人的編著了。所以不必將各原撰稿人列出。老實說，尹先生在答覆文中，只強調他「花費了四年的業務時間」，「花費了多少心血」，而不提原撰著人的「時間」和「心血」，是一個缺憾，不要說寫成文章，就是僅提供資料也應該將名字寫出來，以明責任。從尹先生的答覆文中，好像這部書的成敗得失，都由他一人擔當，我想這是不妥當的，原撰稿人將「成」和「得」的部份讓出來，倒無所謂；而「敗」和「失」，也由尹先生一身擔承，於心不思。」

老實說，像這樣一部集體創作的大書，總編纂人即使不必動手「拼湊、修正、重組」一字一句，其集成的功勞和貢獻也是可觀，故不必強調「盡其在我」。根本言之，基於良知，毋寧將「成」和「得」謙讓給真正執筆的「無名英雄」，而把「敗」和「失」由自己承擔，因為諸如前後體例不一致，行文矛盾、重複等等，執筆人是無能為力的，只有總編纂人才有機會加以對照和修正。

在對學術的真誠態度上，先進國家比較規矩，他們傳統的做法是，在書前列出總編纂人、編纂委員、和執筆人的姓名，或加上職稱，以表示他們對該書貢獻出一份「時間」和「心血」，然後在每一章節之末，標誌執筆人的姓名，以示負責。

據筆者所知，『中華民國文藝史』第三章詩的上篇新詩，其三十九年以後的部份，是由趙天儀初稿，他既未能留其名，又沒有領到一文稿費，也算得上是一位「無名英雄」。（67.1.11.）

7.基金會春秋

一月十六日經濟日報在「財團法人或基金會真箇變成逃稅樂園？」的專題報導裡，揭發了某些「企業家」為逃避稅負，捐款給自己設立或相關的基金會，再以基金購買該企業家經營的關係企業的股票，純粹是一種鑽法律漏洞的「技術操作」。

基本上言，企業家經營事業有成，以所得利潤捐贈公益財團法人或基金會，以為社會公益、教育文化建設、慈善事業等，即使實際上可以減輕稅負，但這種取之於社會，用之於社會的舉措，是「利他」的，值得稱道和讚佩。實際上却有很多落入「利己」的行為，如此一來，「企業家」的定義將變成：「企」圖逃避稅負而「業」績蒸蒸日上的專「家」。

專題報導內提到：「當然，基金會當中也不乏辦理有聲有色者，如某家電產品公司H氏暨其親屬，在六十年成立H氏教育文化基金，從六十至六十四年共捐款四千餘萬元，全部基金均存放銀行，以利息從事各項文教事業，其成果已為社會有目共睹。」

明眼人都知道，所指某家電產品公司H氏，是專門製造國際牌家電產品的台灣松下電器股份有限公司董事長洪建全氏，他創設的洪建全教育文化基金會，幾年來在出版書評書目雜誌，成立視聽圖書館、附設兒童圖書館、舉辦兒童文學創作獎等方面，做得非常「有聲有色」。

經濟日報記者楊森隆報導了企業家捐款基金會的眞象，指出了許多走向旁門左道的問題，發揮了記者挖掘社會眞實面的天職，可惜顧忌太多，未能把大亨姓名一一舉出，則「爲善者」（本來就不欲人知）未能獲得社會大衆給予的讚揚，而「不爲善者」仍能躲躲藏藏，不現原形，總非善善惡惡之道。報紙爲社會公器，有人譽爲第三議會，應有公正的道德勇氣，不能太考慮廣告收入，而有所投鼠忌器。

在工商業發達的社會裡，有些人爭得機會，不旋踵聚得巨財，但「會賺錢」的人，終久不過是「有錢的人」而已，「會用錢」的人，才會使社會受益，算得上是「有用的人」。

以我國目前情況而言，文化建設的工作最爲貧乏，美術舘、音樂廳、圖書舘都不夠水準、不夠普及，政府已將各地文化中心的建設列爲今後重點，是很好的現象。

另外，由實業界人士提供文學獎，鼓勵文學創作，是尚待加强的一環，很欣喜聽到吳三連文化基金會設立的消息，願拭目以待今後工作的推展。（67.1.16.）

8. 韓國詩人劉庚煥

韓國詩人劉庚煥一月間來華參加亞太地區第二屆圖書出版會議並專訪文教活動，一月十七日晚上在陳秀喜社長宅與同仁天儀、傅敏、勇吉、筆者餐敍。二十日再與筆者同詣孔廟。

劉庚煥五短身材，有典型韓國人結實硬朗的體型，但他說自己有中國血統，不知是幾代的祖先落籍韓國衍傳下來。他一九三三年生於韓國黃海港長淵，自漢城市延世大學政治外交系畢業，並留學美國夏威夷大學，專攻新聞學一年。一九五九年初任「思想界」雜誌記者，一九六五年升任主編。一九六八年轉職朝鮮日報記者，歷任該報文化部長等職，自一九七五年起擔任文化方面的主筆迄今。

他寫詩很早，一九五五年就已出版過詩集『生命的樂章』，一九五七及五八年間，他的詩三次被韓國詩壇三巨匠之一的詩人朴斗鎭所推荐，而爲「現代文學」雜誌通過取得詩人身份，這是韓國詩人被文學界認定的一項嚴格制度，不像我國有人認爲寫過一首詩就可入詩人之林。

劉庚煥於一九七一年得現代文學新人獎，接着又於一九七四年得小泉文學獎。一九七六年與韓國詩人趙炳華，女詩人金良植等出席在美國巴鐵摩爾舉行的第三次世界詩人大會，在酒會上筆者與他初識，後同行瞻仰美國詩人愛倫坡墓園，曾在墓園牆外合照留念。此次重晤，不勝欣喜。

除了上述處女詩集『生命的樂章』係三人合集外，劉庚煥其後又出版過五部詩集，即『感情地圖』（一九六九）、『山之夕』（一九七二）、『黑太陽』（一九七四）、『古典的雪原』（一九七五）、『我的小鳥』（一九七七），此外還著有評論集三冊，連同翻譯作品，共出版二十本書，可見他寫作的勤奮。

據劉庚煥說，韓國大約有七百位現代詩人，在「文協」底下分成韓國詩人協會及韓國現代詩人協會二個團體，彼此之間有所競爭。但劉庚煥本人因從事新聞工作，所以除文協外，不另參加任一詩人團體，以免在評論上有所偏倚。另外，韓國筆會是一個開放性文學組織，任何寫作者都可參加，和我國花瓶式筆會的情形不啻有天壤之別。

劉庚煥服務的朝鮮日報發行量達百萬份，偶爾也刊詩，每首詩稿費大約一萬韓幣，約等於新台幣八百元，相當不錯。但如與日本詩人秋谷豐於一九七三年來華參加第二次世界詩人大會時所說，日本報紙給詩的稿酬每首約新台幣伍仟元相較，則又瞠乎其後。

劉庚煥自述他是歌頌韓國鄉土的抒情主義者，玆摘譯他的兩首詩以見其一斑。在「雉岳山」這首短詩裡，描寫雪中樹，以鹿予以形象化，賦與生命力，他造型的簡潔完整，和生命感的潛勢，有很特殊的表現，至於在另一首「母親」裡，以紡絲相映白髮和縐紋，再以顯形的紡絲糾纏對照隱形的心情扭結，烘托着單線而多方輻射的意象，表現了爲家人、爲孩子勞苦一生的偉大母愛，很令人感動。

雉岳山

鹿喲，在冬天，成百
坐抗嚴酷的雪
新春啊，爲了新春
她們的角才會伸出。
鹿喲，在等候中的鹿角上
雪的旋風已歪斜地
冷凍成白色水晶的碎片。

母親

日光已隱遁，她的手
轉動着紡車
（母親是什麼呢？）
當她搖着麻線
如今剩下
一半是猜測
在她髮中的一絲白線。
不知道如何把日光轉變成彩虹
她的兒坐着
觀看着
紡車是否已空
她是否在紡紗。
他看到她的手掌刻滿縐紋
細得像絲一般。

她的心情
（隱藏她的獻身）
好像透過竹簾從內向外睇視我們
紡車已被她摩挲的手掌磨損。
把日光變成彩虹太辛苦。
細線竟如此糾纏，如此糾纏。

在她的紡車上
雖然日光已隱遁
但誰知道如何把
竹簾背後心情的絲線
結在一起？
她的兒只曉得
在她梳理整齊的髮中
如今只留下一些些黑線……只有一些些。
（67.1.19.）

9.楊子病矣

朱炎在「我看一年來的小說」（一月十一日聯合報副刊），提到楊子的小說「慾神」時，他說：『「慾神」極其浪漫，床景寫得非常細膩而火辣，小動作的表現技法是很中國式（雖並非一定是「金瓶梅」式）的；但是那些形而上的玄思和人格的分析却又是很西洋式的。慾神控制下的人們，在理智與情感的交戰中，徘徊在天堂與地獄的邊緣。』

過幾天，楊子自己在專欄內以「天堂與地獄」（一月十六日）爲題大談：『我在「慾神」中傾訴的是一種無可奈何的愛情，雖是無可奈何，但有理智的昇華，情感的執着。」「我認爲，獲得愛與被愛是人生的天堂，這時可能遭受到環境地獄的煎熬；但是形式上的正常與缺失或喪失愛與被愛的平凡，却是表象上的天堂，實質上的地獄。」「然則，天堂乎，地獄乎，便應由自己來肯定了。」

如此一標一榜，一唱一和，像煞有介事。

對自己充滿信心的自我肯定，是很好的一件事，但這種自我肯定必須以客觀事實爲依據，否則便會「脫線」，即或有見仁見智的差異，但如自己的解說和大衆讀者所得印象，有天壤之別，則自我肯定的話，除了往自己臉上貼金外，又能增加幾分藝術價值呢？

發展到目前爲止的「慾神」，我們除了感到羊文彬在玩弄感情遊戲，以一些不能自圓其說的夢囈式詭辯蒙蔽愛昏了頭的純情少女外，實在看不出有什麼提升到英雄性格的內心掙扎。羊文彬跑到鹿港向老醫師學藝，學到了什麼？悲天憫人的胸懷？道德自律的淨心？寂寞無聞的踏實？什麼都沒有！則他開始所表現的壯志，後來實際的荒唐，以及不負責任的態度，又說明了什麼呢？不過滿足自己的虛僞和損害別人而已。

這一顆蘋果，愈咬愈發現爛得可以，是否還要吃完呢？「慾神」無論如何粉飾，也不過是瓊瑤的亞流，不過還差了些美麗的詩詞，和故作慵態的强說愁而已。「慾神」的病態發展誠然反映了社會現實的弊端，但看不出「對所謂貧苦大衆，付出廉價的同情」（侯健語，見「過去一年的文藝批評」，一月七日聯合副刊）的人道精神，而只是一種飽暖思淫佚後假藉高人一等的智識作似是而非的誘拐少女的勾當而已。但這種心態在主人翁身上似乎表現得很理直氣壯，充分顯示男性沙文主義的傾向。羊文彬，其豈「楊子病」乎？

不幸，我們發現了這樣的註脚，楊子在一月二十三日聯合副刊的專欄，以「美好的名」爲題寫道：『我婚前，有黨國要人某先生給我介紹一位夏小姐，論其面貌、學識與能力都令我心折。但是，不幸其舉止行事，太男性化，最太大丈夫化了，乃使我交遊之也而生與同性相處之感，後只好讓她嫁了別人。』

未婚前的男女介紹認識，原是平常之事，有緣則合，否則也不過是萍水相逢，多認識一個人，有那麼一回事，如有值得欣賞之處，不妨偶爾懷念，留下人間溫情，實在不必公然在文章上嚷嚷，嚷嚷之不足，還要對他人的個性奚落一番，最後却表現了大無畏的蓋仙姿態說：「只好讓她嫁了別人」，難道沒有楊子放她一馬，「讓她嫁了別人」，她就嫁不得了嗎？

假使，反過來說，夏小姐今天變成了報社副社長兼主筆，也有專欄勢力範圍供她宣洩與國家、民族、社會大衆都毫無關係的個人情緒，有一天她寫了一篇文章提到：『我婚前，有黨國要人某先生給我介紹一位楊先生，論其面貌、學識與能力都令我心折。但是，不幸其擧止行事，太女性化，太娘娘腔化了，乃使我交遊之也而生與同性相處之感，最後只好讓他娶了別人。』

不知楊子有何感想？（67.1.24.）

笠消息

※日本千葉縣四街道綠ヶ丘的本刊同仁北原政吉先生，最近接到美國卡特總統的禮狀，答謝北原先生贈送其著作詩集「酋長、希拔之歌」。卡特總統的信說：「謝謝你還記得我，而贈給我詩集」。近古稀之年的北原先生和其關係者，都感到這種眞正的親善和文化交流十分感動。按北原先生的「酋長、希拔之歌」是直九公分、橫六、五公分，係列於肥後極小叢書第三彈的巧小詩集。

本屆吳濁流文學獎及新詩獎揭曉！

●吳濁流文學獎

得獎作品：「終戰の賠償」・李双澤作

佳作獎作品：「河鯉」・鍾鐵民作

「剝」・喬幸嘉作

●吳濁流新詩獎

得獎作品：「鄉里記事」・向陽作

佳作獎作品：「醉　漢」・非馬作

「鄉　景」・宋澤來作

編輯手帖

＊十餘年來，笠除揭示本土詩文學之精神，更廣泛介紹海外各國詩人與詩，冀圖經由凝視本土之現實以及觀察各國詩風土之相向交互努力，使台灣的現代詩顯現其生命的秀麗色澤與光輝。我們雖已投入無數努力，但深自檢證仍覺多所未逮，今後將更加積極，務求更充分展示本土詩文學的豐饒映象。

＊葉夫圖先寇是最近在歐美頗受注目的俄國詩人，他常旅遊歐洲各國或美國，朗誦詩作，詩集多部譯為外國文字在世界各國發行。旅居美國芝加哥的詩人非馬，百忙之餘仍抽暇為我國詩學界譯出葉夫圖先寇的最新詩集「從慾望到慾望」，誠為本期笠之壓軸特輯，相信必能提供本國詩人的可貴營養，更能為我國喜愛詩的讀者提供一種新鮮而富意義的感受。

＊李魁賢致力於德國詩文學的研究，成績頗為可觀。其對里爾克之專研尤為國內關心詩文學的朋友們激賞。本期特刊出莫渝的訪問及莫渝撰寫的李魁賢論。讓大家欣賞李魁賢精心選譯的德國詩文學之外，更對李魁賢的創作世界多所了解。

＊在海外詩方面，除連載的里爾克新詩集外，本期有徐和鄰選譯的花的短詩集，以及許其正的譯詩。都可提供本土詩文學一些建設性的滋養。相信必會受到關心詩文學的朋友們所欣賞。

＊本期所刊登的詩作品，有許多作者在笠是新面孔，亦為本土詩學界的新聲音。我們歡迎參與本土詩文學建設的新朋友踴躍提供作品，不論是創作或翻譯的。（李敏勇）

中國民國行政院局版台誌1267號
中華郵政台字2007號登記第一類新聞紙

笠 詩双月刊
LI POETRY MAGAZINE

中華民國53年6月15日創刊
中華民國67年2月15日出版

發行人：黃騰輝
社　長：陳秀喜

笠詩刊社
台北市錦州街175巷20號2樓
電話：551—0083
編輯部：
台北縣新店鎮光明街204巷18弄4號4樓
經理部：
台中縣豐原市三村路90號
資料室：
《北部》台北市北投百齡五路220巷8號4樓
《中部》彰化市延平里建寶莊51～12號

國內售價：每期30元
訂閱全年6期150元•半年3期80元
海外售價：美金1.5元／日幣300元
港幣5元／菲幣5元
歡迎利用郵政劃撥21976號陳武雄帳戶訂閱

承　印：國璽彩色印刷公司
台北市忠孝東路四段325號14樓
電話：7219011（五線）